Th. Troxler
Nov. 99

Glauser

Gourrama

Zu diesem Buch

Als einzige Sache, zu der er stehen könne, hat Glauser seinen Legionsroman bezeichnet. »Gourrama« verfaßte er, während er sich mit Gelegenheitsjobs als Gärtner durchschlug. Hier verarbeitete er zentrale Erfahrungen seines Lebens. Doch niemand wollte zunächst diesen Roman drucken. Acht Jahre später wurde er schließlich in einer Zeitschrift abgedruckt – um 70 Seiten gekürzt. Zudem begann Glauser, den die Zeit in der Legion nie losließ, ganze Teile neu zu schreiben. Bei der Schilderung jenes entlegenen Postens im südlichen Marokko ging es ihm letztlich um die Frage, was der Mensch sei und was ihn umtreibe.

Dies Ausgabe bringt, erstmals im Taschenbuch, den Roman ungekürzt und in der autorisierten Form des Manuskripts.

»Glauser muß ein Leben auf der Lauer gelegen und heimlich Menschen beobachtet haben. Anders ist nicht zu erklären, wie er mit zwei, drei Strichen das Innerste einer Figur herauskehren kann.« *Tages-Anzeiger*

»Mustergültig ediert.« *Österreichischer Rundfunk*

Der Autor

Friedrich Glauser wurde am 4. Februar 1896 in Wien geboren. Sein Leben war von Rastlosigkeit geprägt: Schulen in der Schweiz und in Österreich, Erziehungsheime, Gefängnisse und psychiatrische Kliniken. Friedrich Glauser lebte in Frankreich, Belgien und Italien, war lange Zeit morphiumsüchtig, verbrachte zwei Jahre in der Fremdenlegion und nahm teil an der Dadaismus-Bewegung in Zürich. Er starb am 8. Dezember 1938 in Nervi bei Genua.

Als Unionsverlag Taschenbuch sind außerdem lieferbar: »Die Fieberkurve«, »Matto regiert«, »Schlumpf Erwin Mord (Wachtmeister Studer)«, »Die Speiche (Krock & Co.)«, »Der Chinese«, sowie »Der Tee der drei alten Damen«.

Friedrich Glauser

Gourrama

Herausgegeben und mit einem
Nachwort von Bernhard Echte
unter Mitarbeit von Mario Haldemann

Unionsverlag
Zürich

Die Originalausgabe erschien 1997
im Limmat Verlag, Zürich.

Auf Internet
Aktuelle Informationen
Dokumente über Autorinnen und Autoren
Materialien zu Büchern
Besuchen Sie uns:
www.unionsverlag.ch

Unionsverlag Taschenbuch 148
Diese Ausgabe erscheint mit freundlicher Genehmigung
des Limmat Verlags, Zürich.
© by Limmat Verlag 1997
© by Unionsverlag 1999
Rieterstrasse 18, CH-8059 Zürich
Telefon 0041-1 281 14 00, Fax 0041-1 281 14 40
Alle Rechte vorbehalten
Umschlaggestaltung: Heinz Unternährer, Zürich
Umschlagfoto: Henriette Grindat, »Algèrie«, 1956
(Schweizerische Stiftung für Photographie, Zürich)
© by Pro Litteris 1999
Druck und Bindung: Clausen & Bosse, Leck
ISBN 3-293-20148-2

Die äußersten Zahlen geben die aktuelle Auflage
und deren Erscheinungsjahr an:

1 2 3 4 5 - 02 01 00 99

*Max Müller, dem Arzt,
und seiner Frau Gertrud*

1. Teil — Alltag

La solitude bleue et stérile a frémi …

Mallarmé, *Don du poème*

I. Kapitel Der vierzehnte Juli

«Nur noch zwei Kilometer», sagte Kainz. «Du kannst scho den Turm vom Posten sehn ... Jetzt! Schau! Dort, wo's blitzt, liegt das Zimmer vom Alten ...»

Er hielt sich am Steigbügel fest und keuchte, denn er war alt. «Wüllst nit du jetzt reiten?» fragte Todd, während er sich den Schweiß aus den spärlichen Barthaaren wischte. – «Naa! Naa!» Kainz schüttelte den vertrockneten Kopf und fuhr mit seinem Nastuch unter den Tropenhelm. Es war erst neun Uhr morgens, aber die Sonne brannte schon heiß. Die dritte Sektion der 2. Compagnie montée vom 3. Fremdenregiment hatte ein Détachement von zwanzig Mann, das aus Algerien zur Verstärkung gekommen war, von Atchana abgeholt. Die Truppe marschierte nach Gourrama zurück, einem kleinen Posten im südlichen Marokko.

Grau war die Ebene, und tiefe Gräben zerteilten sie. Die Ränder fielen steil ab, und es sah aus, als habe Hitze und Trockenheit die Erde auf weite Strecken gespalten ... Aber im Winter flossen in den Spalten Bäche – herab von den Bergen aus rotem Stein, die fern in der Sonne flimmerten. Und im Osten, hinter ihnen, bauten sich die Schneegipfel des Hohen Atlas auf, weißblendend wie glühendes Silber, gegen den dunkelblauen Himmel ...

An der Spitze der Kolonne ritt Sergeant Hassa, ein Böhme mit falschen Augen, der in Colomb-Béchar das Kommando über die ‹Neuen› übernommen hatte. Freiwillige für Marokko aus Saida, Le Kreider, Bel-Abbès ... Hassa selbst kam mit zwei Korporälen und drei Mann aus Géryville. Neben Hassa ritt der Adjutant Cattaneo, Befehlshaber der dritten Sektion, ein Piemonteser, der im aufgedunsenen Gesicht einen graugesprenkelten Schnurrbart trug; seine Haut hatte der Schnaps blau gefärbt – außerdem war er ein Analphabet, und nur mit großer Mühe gelang es ihm, seinen Namen zu unterzeichnen. Aber stets fand er Freiwillige genug, die ihm seine Rapporte schrieben, denn er war gefürchtet ob seiner Grobheit. Wie viele Ungebildete, denen unerwartet Macht zuteil wird, liebte er es, belehrende Vorträge zu halten. Und er war froh, daß Sergeant Hassa ein aufmerksamer Zuhörer war ...

Adjutant Cattaneo erzählte von den Zuständen in der zweiten Compagnie montée. Capitaine Chabert führe sie, ein ruhiger, anständiger Mann, der jedoch nicht viel auf Disziplin halte. Mit den Unteroffizieren sei sein Benehmen manchmal unter jeder Kritik – unter jeder Kritik! –, denn er gebe immer dem gemeinen Manne recht. Dann wurde die Stimme giftig, denn nun wurde Leutnant Lartigue durchgehechelt. Ein hocheleganter Herr sei dies – «un moossiööö!» –, der sich viel mit Büchern beschäftige, ja, diese Bücher sogar lese! Und elegant sei dieser Herr Leutnant! Fünf weiße Uniformen besitze er und drei khakifarbene! Zum Zeitvertreib – denn anders könne man wohl seine militärische Tätigkeit kaum nennen – befehlige er die Sektion der Maschinengewehre. Ein Herr, der den Größenwahn habe! Weiter sei über ihn wohl nichts zu sagen ... Hassa nickte zu diesen Eröffnungen, und sein Lächeln hatte die richtige Nuance der Untertänigkeit.

Nun kam ein anderer Mann an die Reihe, der, obwohl Korporal, doch eine gewisse Rolle in der Kompagnie zu spielen schien. *Lös* heiße dieses Individuum, sagte der Fuhrmann aus dem Piemont – denn dieses ehrliche Handwerk hatte Cattaneo betrieben, bevor er es zu einem kleinen Tyrannen in einem Söldnerheere gebracht hatte. Was diesen Korporal *Lös* angehe, so habe er vor zwei Monaten die Administration (die Verpflegung) vom Sergeanten Sitnikoff übernommen. Und das Merkwürdige an dieser Verpflegung – an dieser Administration – sei, daß sie nicht eigentlich dem Kommandanten der Kompagnie, dem Capitaine Chabert, unterstehe, sondern dem Intendanzbureau in Bou-Denib. Bitter fuhr der Adjutant fort, sich über das Individuum Lös zu beklagen. Ihm, seinem Vorgesetzten – denn es sei doch klar, daß dem Range nach ein Adjutant höher stünde als ein

Korporal –, ihm also, seinem Adjutanten, habe dieser Lös den Morgenschnaps verweigert! ... Und dabei lagerten in der Administration mindestens fünf Fäßlein zu je dreihundert Liter! Fünf Fäßlein! ... Kartoffelschnaps! ... Wie wohl tat es dem Adjutanten, seinen Grimm über diesen Administrationskorporal Lös auszuspucken! Und wie wohl taten ihm die Bestätigungen von einem Untergebenen! Sie hoben das Selbstbewußtsein, hoben es derart, daß Cattaneo seinen Wallach Trésor mit den Sporen kitzelte – das Roß griff aus, und Hassas gemütliches Maultier folgte dem leichten Trab, kopfschüttelnd, schnaufend und unwillig ...

Die weißen Mauern des Postens waren schon nah und glitzerten in der Sonne, wie Firnschnee.

«Ein paar anständige Leut' gibt's schon bei uns», meinte der alte Kainz hinauf zum Reitenden, denn auch er fühlte sich verpflichtet, den neuen Freund aufzuklären ... Sie verstanden sich gut, denn sie waren beide Wiener. Das hatten sie gleich festgestellt. «Der Chabert – das is der Capitaine, der schaut auf uns. Prison und Kriegsgericht – das kennen mir nit. Wenn einer beispülsweis an Rausch hat, so muß er ihn in der Zellen ausschlafen. Und dann laßt ihn der Alt' wieder springen. Dann ham mer noch den Leitnant Lartigue, an feinen Menschen! Groß, fest! Der nimmt dir a Mitraillös mitsamt dem Dreifuß auf eine Hand und stemmt's mit ausgestrecktem Arm; aber Fieber hat er halt immer! Des is schod! Aber wenn du einmal kane Spreizen mehr hast, so gehst einfach zu ihm. Dann schenkt er dir zwei oder drei Packerln ... Ja! ...»

Todd verstand die Anspielung. Die algerischen Zigaretten, die *Job*, waren rar in Marokko ... Darum suchte er in seiner Tasche, fand ein angebrochenes Paket und reichte es dem alten Kainz.

«Naa, naa ... Geh weg ... Sei stad! So hab i's nit g'meint! I hab noch genug zum Rauchen, und mein Korporal gibt mir, wenn ich brauche ...» In der Verlegenheit verfiel er in ein komisches Hochdeutsch. Doch da Todd nicht nachgab, nahm er die Zigaretten doch an.

«Gut! Wenn's d'es wüllst ... Aber ich revangschier mi dann.

Heut am Abend kommst mit mir in die Administration, es is eh vierzehnter Juli – und dann stell i di meim Korporal vor, dem Lös. Der wird dir g'folln ... Weißt, i bin in der Administration Fleischhauer ...»

«Tränken!» rief der Adjutant, denn die Truppe kreuzte einen Einschnitt, auf dessen Grunde ein spärlicher Bach sickerte. Verkrümmte Oleanderbüsche säumten seine Ufer ein. Die Tiere schwärmten aus, senkten den Kopf, während die Reiter sich nach hinten lehnen mußten, weit zurück, um nicht abzurutschen. Dann hoben die Esel wieder ihre Schnauzen, und die Wasserfäden, die von ihren Mäulern hingen, schillerten in allen Regenbogenfarben ...

Während das Détachement im Gänsemarsch weiterzog (vorn die Fußgänger, dann die Reiter), fragte Cattaneo:

«Und wie sind die Leute, die Sie mitgebracht haben?»

«Die meisten kenne ich zu wenig», Hassas Französisch war gut, denn er diente schon seit sechs Jahren. «Ich habe sie erst in Colomb-Béchar übernommen. Aber von denen, die sich in Géryville gemeldet haben, kann ich wenig Gutes berichten. Meistens Kranke, und der Capitaine war froh, sie abzuschieben ...»

«Die will ich in meine Sektion», unterbrach der Adjutant. «Die werd ich mir kaufen! Ich kenn nämlich keine Kranken und will sie schon dressieren – die Bürschlein, die Vöglein!» Er lächelte ein ziemlich häßliches Lachen, die Zähne unter seinem Schnurrbart waren gelb und abgefressen, und die Falten, die das Lächeln entstehen ließen, gaben dem Gesicht einen dumm-grausamen Ausdruck – bei Schwachsinnigen läßt sich ein ähnlicher beobachten ... Dann spuckte Cattaneo kunstgerecht durch eine Zahnlücke und traf das Pferd auf die Nüstern. Trésor wollte bocken, aber ein Ruck an der Kandare zwang das Roß wieder zu zitternder Untergebenheit.

Ein kahler Platz – ein richtiger Exerzierplatz. Rechts niedere Häuser mit gelbgestrichenen Lehmmauern – ein vorstehendes war mit einer Veranda geschmückt.

«Das ist unsere Pinte», erklärte der Adjutant. «Und die schöne Farbe, die zum Anstrich verwendet worden ist, habe ich entdeckt ... Eine Art Erde, die ganz in der Nähe zu finden ist. Schön! Finden Sie nicht?» Hassa nickte.

«Und dort», Cattaneo wies auf ein einzelstehendes Haus, das hinter der toten Mauer, die es umgab, kaum zu sehen war, «das ist unser Kloster! Hahahaha!» Er ließ sein Lachen scheppern, zog die Luft geräuschvoll ein und begann es dann von neuem ... Hassa stimmte devot ein. «Jaja, Sie werden es nicht glauben! Schöne Nönnlein! Fromme Nönnlein haben wir hier! Zehn Nönnlein für zweihundertfünfzig Mann – ohne die durchziehenden Truppen zu zählen. Ja, sie müssen arbeiten, unsere Nönnlein – und nicht nur Handarbeit! Glauben Sie mir das, mein lieber Sergeant ... wie war doch Ihr Name? ... Hassa! Ganz richtig! Mein lieber Hassa! ... Natürlich, unsere Nönnlein, sie sind nur da für die Mannschaft – aber Sie sollten sie sehen, an den Zahltagen, wenn sie anstehen vor den Zellen – – – den Zellen hahaha – – – der Nönnlein. Genau wie im Krieg die Frauen daheim vor dem fornaio – dem Bäcker ... Jaja! – Natürlich *wir*» (es lag eine Welt von Hochmut in diesem ‹wir›), «*wir* Offiziere haben unsere Frauen hier im Dorf» (er wies auf die paar Lehmbaracken), «die Sergeanten auch, wenn sie es nicht vorziehen, sich eine nette Ordonnanz auszusuchen. Der Alte hat sich lange Zeit einen kleinen Araberjungen gehalten – zum Wäschewaschen, höhöhö, sagt er! ...» Er verschluckte sich und mußte lange husten. Schweratmend fuhr er fort: «Ich sage Ihnen, Sergeant, diese Weiber! Vergiftet sind sie bis in die Knochen! Zwar kommt der ‹Toubib› (und ich brauche Ihnen wohl nicht zu erklären, daß wir den Arzt hier ‹Toubib› nennen) von Rich, um sie zu untersuchen. Aber was nützt das? Die Weiber kümmern sich den Teufel drum, ob sie konsigniert sind oder nicht. Wenn sie nur Geld einnehmen! Und die alte Vettel, die das B. M. C. führt ...»

«B. M. C.?» unterbrach Hassa fragend.

«Man könnte meinen, Sie seien ein Neuling, lieber Hassa. Ah, Sie haben nur Tonkin gemacht? Dann, ja dann ... Nun, das B. M. C. ist das ‹bordel militaire de campagne›. Untersteht der französischen Administration, auf Marsch werden ihm Zelte und Saumtiere zur Verfügung gestellt ... B. M. C. Kürzer könnte man es nicht benennen. Die alte Vettel, die Äbtissin des Klosters von Gourrama, war seinerzeit die Freundin des Sergeanten, der vor dem Vorgänger jenes Lös die Administration führte. Ein dikkes, stinkendes Weib! ... Aber Liebe macht blind – sagt man nicht so? Der Sergeant nannte die Alte ‹mutatschou guelbi›! – ‹Mein kleines Herz›! Prächtig, nicht wahr?»

Der alte Kainz zeigte auf einen Bau, links am Rande des großen Platzes – Feigenbäume wuchsen hinter seinen Mauern. Der Bau glich in der Form dem Posten – nur war er kleiner und nicht von drei Reihen Stacheldraht umgeben. «Schau», sagte der Metzger. «Das dort is das ‹bureau arabe› ... Dorten darf sich der Bicot über uns beschwern ...» Ein Trupp grauer Kapuzenmäntel flatterte aus dem Tor, zerstreute, ballte sich dann wieder zu einer festen Masse ... Vor ihr spazierte ein schlanker Mann hin und her, barhaupt, aber die schwarz-blauen Haare wirkten wie ein stählerner Kettenhelm.
«Das is der Capitaine Materne», sagte Kainz. «Auch ein Bicot ... Ein Araber. Sein Vater soll Scheich gewesen sein in der Gegend von Rabat – und reich is er a, der Materne ... Weißt, unser Alter muß ihm folgen, denn der Materne is der Platzkommandant – – –. Die grauen Leit hinter ihm – des san Maghzen; die wern aufbotten ‹zu Aufklärungsdiensten›, wenn mir unterwegs san ... Aber der Materne zahlt sie schlecht. Darum muß er si mit eana streiten. Aber *ihm* kann nix passieren. Denn in dem Bau dert liegen no Gums – marokkanische Kavallerie –, aber eigentlich folgen s' nur ihrem Sultan in Fez. Das is au so a G'schicht, wo niemand sich auskennt. Mir kommen gut aus mit die Gum – denn unser Korporal, der Lös, der gibt eane guets G'wicht. – Das Häuserl, das du dorten siehst, is das Schlachthaus. Da geh i jeden Morgen meine acht Schaf abstechen ... Was für Viecher! ... Haut und Knochen! I sag dir: zwölf Kilo Lebendgewicht. Und Würm in der Leber! *So* groß!» Kainz streckte den Zeigefinger aus.

Vor dem Eingangstor war in die drei Reihen Stacheldraht eine Öffnung geschnitten. Aber an der Seite standen Gestelle, ebenfalls mit Stacheldraht überzogen, die genau in die Öffnung paßten. An der Mauerecke, die dem Eingang am nächsten war, drohte das Rohr einer Kanone gegen die Berge im Süden, und dort war der Himmel hell. «Die große Sahara! ...» murmelte der alte Kainz noch mit zahnlosem Mund und sprach das Wort wie den bekannten jüdischen Vornamen aus. Dann ließ er Todd absteigen, nahm das Maultier am Halfter und folgte den andern zum Park.

Furchtsam drängten sich die Neuen zu einem Häuflein zusammen, mitten im Hof, den vier niedere Baracken einsäumten. Der Adjutant hatte sich unter einem vorspringenden Dächlein einen schattigen Platz ausgesucht und saß dort, mit hochgezogenen Knien, die Hände auf den Schienbeinen gefaltet. Hassa flüsterte aufgeregt auf den buckligen Sergeanten Schützendorf ein, der schmierig aussah. An seinem Uniformrock fehlten zwei Knöpfe, und seine Wangen waren unrasiert. Er kam aus Saida.

Plötzlich rollte um die Ecke der einen Baracke eine khakifarbene Kugel, die viel Staub aufwirbelte. Etwas schien ihren Lauf zu hemmen, denn sie hielt an und war ein kleiner, sehr kleiner und dicker Mann, mit zerknitterter Uniform. Die Polizeimütze, ohne Schirm, aus dickem resedagrünem Stoff, war tief über den Kopf gezogen. Die Wangen sahen aus wie rote Polster aus einem Puppenbett ... Der Adjutant stand gemütlich auf, und sein Kommando: «Auf zwei Reihen!» klang mehr wie eine im Gesprächston gegebene Aufforderung. «Garde à ...» sagte er noch, aber das ‹vous› mußte er verschlucken, denn die dicke Gestalt winkte ab, mit müder Gebärde. Die Neuen betrachteten verwundert den Mann, der mit seinen kurzen Armen eine kreisförmige Bewegung beschrieb. Sie sammelten sich, und ihr Geflüster raschelte.

«Ich bin», sagte der Unscheinbare, «euer Capitaine, meine Kleinen. Seid ihr gut gereist? Ja?» Erstaunte Blicke, fragende, kreuzten sich. Wollte sich der Mann einen Spaß erlauben? Einen solchen Ton war man in der Legion nicht gewohnt. Als alle stumm blieben: «Ich möchte gern eine Antwort! Seid ihr gut gereist? Habt ihr eine Klage vorzubringen? Redet nur ruhig. Oder, wenn einer von euch nicht öffentlich reden will, so mag er sich melden und nachher zu mir ins Bureau kommen. Ich bin da, um euch zu eurem Recht zu verhelfen. Nun, nochmals, seid ihr gut gereist?»

Zögernd, im Chor, die Antwort: «Oui, mon capitaine.»

«So ist's recht. Ich merke, ihr müßt euch zuerst an meine Art gewöhnen ... In Algerien, denk ich, hat man euch nur angeschnauzt und sich dann nicht weiter um euch gekümmert. Nun, hier, bei mir im Posten, ist das anders. Ich fühle mich verantwortlich, für euch alle, ja, für euch alle ...» Wieder die kreisförmige Bewegung mit den Ärmchen. «Ihr sollt es gut haben hier. Wenn ihr euch Frankreichs Fahne verpflichtet habt, so sollen wir, eure Vorgesetzten, als Vertreter der großen Republik euch Dank wissen dafür. Jawohl ... Nun, heute habt ihr frei – ihr und meine Kompagnie ...» (das Wort ‹meine› unterstrich der Capitaine mit stolzer Betonung und Gebärde) «... meine Kompagnie, und ihr habt heute frei – der 14. Juli ist ein festlicher Tag, und feierlich wollen wir seinen Abend begehen. Was für ein Tag es ist – heut abend werd ich's euch erklären. Morgen wird der Chef eure Effekten nachsehen – jetzt könnt ihr abtreten.»

Er fuhr mit seiner feisten Hand ganz scharf zur Stirne, die versteckt war unter dem resedagrünen Stoff der Polizeimütze – weder auf ihr noch auf den Ärmeln glänzten die drei goldenen Borten seines Grades. Und dieser ungewohnt korrekte Gruß (in Algerien hatten gewöhnlich die zwei Finger eines Offiziers Mühe, sich in Schulterhöhe zu heben) schien die Zuhörer des kleinen unscheinbaren Mannes zu begeistern. Es knallten die Absätze, als sie aneinanderprallten, gestreckt fuhren die Hände zu den Korkhelmen und blieben dort, die Handfläche nach außen.

Capitaine Chabert aber trollte sich wieder, ohne den Adjutanten beachtet zu haben.

Die Leitung des abendlichen Festes hatte Sergeant Baguelin übernommen, ein rothaariger Südfranzose, dessen zarte, mit viel Sommersprossen übersäte Haut die Sonne auch nach sechs

Monaten noch nicht hatte braun brennen wollen. Er gehörte nicht der Fremdenlegion an, sondern der Kolonialtruppe, besorgte die Post und bediente das Telephon.

Mit Sergeant Hühnerwald von der Kooperative und Korporal Dunoyer (sechzehn Dienstjahre, davon zwölf in den ‹travaux publics›) hatte er am Nachmittag die Baracke der Mitrailleusensektion ausgeräumt und die Bühne auf zehn Fässern aufgestellt, der Korporal Lös von der Administration geliehen hatte. Wenig Sitzgelegenheiten: ein paar alte Feldbetten, deren Füße mit Draht befestigt waren. In der ersten Reihe standen drei wirkliche Stühle ...

Die Vorstellung begann nach dem Nachtessen, das überaus reichlich gewesen war. Vier Mundharmonikabläser eröffneten das Programm: Sie spielten die Marseillaise und stampften dazu im Takt über die Bretter, die sich in der Mitte bogen. Die Zuschauer hatten sich erhoben, der Capitaine sang laut mit, einige brummten die Melodie, die anderen standen schweigend und gelangweilt, mit gefalteten Händen, wie in der Kirche. Dann traten die Spieler ab, und alles ließ sich wieder nieder. Die Feldbetten aber konnten das schwere Gewicht nicht tragen, sie brachen zusammen, worauf sich die Versammlung verpflichtet fühlte, ein lautes Lachen erschallen zu lassen. Auch der Capitaine, bequem zurückgelehnt auf seinem Stuhl, ließ ein überzeugtes Wiehern hören. Er hatte dort in der ersten Reihe Platz genommen. Rechts von ihm hockte seine Ordonnanz, der ungarische Kommunist Samotadji, dessen blonder Bart am Gürtel spitz auslief; links saß der Korporal Hans Lös mit verschränkten Beinen, in einer Stellung, die er vom Scheich des nahen Dorfes gelernt hatte. Im weiten Halbkreis umgaben den Capitaine noch etwa zwanzig Mann, als eine Art Leibgarde, und unter dieser befand sich ein einziger Gradierter: eben jener Korporal Lös. Die Vorliebe des Capitaines für den gemeinen Mann war allzu bekannt. Er trug noch immer seinen verwaschenen Khakianzug, der nirgends die drei goldenen Streifen seines Grades sehen ließ.

Aus seinem wohlausgestatteten Zimmer hatte Peschke, Leutnant Lartigues Ordonnanz, einen Klubsessel geschleppt, in dem der Leutnant mit langausgestreckten Beinen lag. Die weiße, gutgebügelte Uniform ließ seine massigen Glieder noch dicker erscheinen. Sein blondes Haar zitterte im Luftzug über der gelben Rundung seiner Stirne; Müdigkeit hatte rund um die Augen und um die trockenen, weißlichen Lippen Falten eingegraben. Am Morgen hatte er einen Fieberanfall gehabt und darum zwei Gramm Chinin geschluckt. Außerdem hatte ihm seine kleine arabische Freundin, draußen im Dorf, einen Aufguß von Hanfblättern bereitet. Deshalb glänzten nun seine stark vorgewölbten Augen im Flimmern der vielen Kerzen, die rings an den Wänden auf kleinen Holzbrettern brannten. Nur vorn an der Bühne waren zwei Karbidlampen aufgestellt, deren Pfeifen in der bisweilen einsetzenden Stille deutlich zu hören waren. In einer Ecke, auch in der ersten Reihe, saßen, wie auf einer Insel, voneinander wie durch eine gläserne Wand getrennt, Leutnant Mauriot und Adjutant Cattaneo. Leutnant Mauriot, dessen glattes Bubengesicht vergebens versuchte, sich in verächtliche Falten zu legen – zu gespannt und jung war noch seine braune Haut –, und des Adjutanten versoffenes Gesicht, das im gelben Licht grünlich leuchtete, wie das Gesicht eines Ertrunkenen, waren, trotz des Platzmangels, von einem kleinen leeren Raum umgeben, der unübersteigbar schien. Von Zeit zu Zeit warf Leutnant Lartigue aus seinen Kugelaugen einen spöttischen Blick nach den beiden und ein andauerndes inneres Gelächter, das sich nicht entladen konnte, durchschüttelte seinen Körper.

Endlich, nach einer langen Pause, erschien Sergeant Baguelin auf der Bühne. Um seine knochigen Hüften hatte er ein buntes Tuch gewunden und um den nackten Oberkörper, in der Höhe der Brustwarzen, ein gepolstertes Bändchen geknüpft, das wohl einen Büstenhalter vorstellen sollte. Eckig mit den Hüften pendelnd, kreuzte er über die Bretter, wobei die hölzernen Absätze, die er an seine Tuchschuhe geleimt hatte, im Steptakt klappten. Er sang mit hoher Stimme:

«Et puis si par hasard,
Tu voyais ma tante ...»
dazu zwinkerte er.

Das Wort ‹Tante› löste ein lautes Brüllen aus. Chabert beugte sich zu Lös, klopfte ihm auf die Schulter und kniff das linke Auge zu. Lös fühlte sich geschmeichelt; er war der einzige Unteroffizier, dem der Capitaine Freundschaft bewies, wahrscheinlich, weil er kein Kommando hatte.

Leutnant Lartigues Gesicht war naß. Das endlich ausgelöste Gelächter hatte einen Schweißausbruch zur Folge gehabt, und seine Haare waren strähnig geworden. Sein Gesicht schien nun eingefallen, alt und durchfurcht, der Nasenknochen trat deutlich hervor, schmal und spitz, unter der dünnen Haut.

Aber der Lärm verstummte plötzlich, und eine schier ehrfurchtsvolle Stille legte sich auf die Köpfe der vielen, die wie abgelöste Kugeln auf der dunstigen Luft schwammen. Eine Frauengestalt stand auf der Bühne, in einem einfachen braunen Kleid, das von den Schultern geradlinig herabfiel. Die Haut, von einem warmen Braun, war wenig heller nur als die Augen, die ruhig und ein wenig matt in die Ferne sahen.

Erst stand die Gestalt reglos und ließ die Arme entspannt herabhängen. Der Scheitel, der ihr dunkles Haar auf der rechten Seite teilte, war ein sehr weißer Strich, das einzig Weiße an der Erscheinung. Und sie begann zu singen, in deutscher Sprache, ohne merkliche Bewegung, nur der Kopf schwankte sanft auf langem Halse im Takte der Melodie.

«Wir sind die Dollarprinzessen
Mädchen aus lauter Gold.»

Deutlich war die Wirkung des Gesanges in der schweren Stummheit; die gespannten Körper der Lauschenden füllten den Raum mit einer harten Sehnsucht, und die Seufzer, die laut wurden, rissen bunte Fetzen aus den vielen Vergangenheiten und warfen sie in die Baracke, die umgeben war von einer hellen Nacht, einer fremden und feindlichen.

Als sie geendet hatte, verbeugte sich die Frauengestalt, leicht und bescheiden, und hielt dabei die Hände in ihrem Schoß gefaltet. Nun schwoll Klatschen an und Füßegetrappel, immer stärker wurde der Lärm, Pfiffe zerschnitten ihn und begeisterte Schreie; all dies schien die Gestalt nicht zu berühren. Sie verbeugte sich noch einmal und ging dann ab, mit leicht wiegenden Schritten. Aber der Beifall rief sie noch einmal hervor. Mit gut gespieltem Zögern betrat sie die Bretter von neuem, verneigte sich, streckte beschwichtigend die flache Hand aus. Der Lärm brach ab.

Die gleiche Stimme, leise, farblos, ein wenig belegt, so als müsse sie sich durch einen dünnen Stoff durcharbeiten, begann wieder zu singen: das gleiche Lied. So, ohne jegliche Begleitung, einzig getragen von ihrer eigenen Schwäche und unterstützt von den spärlichen Bewegungen des Kopfes, drang sie doch bis in die hinterste Ecke. Aber die braunen Augen verschmähten es, all die Blicke aufzufangen, die sich wie in einem Knotenpunkt auf ihrem Gesicht trafen. Sie waren in die Ferne gerichtet, sahen wohl nichts, enthielten weder Sehnsucht noch Erinnerung.

Als sie geendet hatte, beugte sich Chabert zu Lös. Recht anzüglich ließ er das linke Lid einige Mal über das Auge klappen und meinte dann: «Hä, Lös, das wäre wohl was für diese Nacht, meinst du nicht, mein Kleiner?»

Lös schreckte auf und wunderte sich über die Sehnsucht, die ihn langgezogen seufzen ließ. Dann zuckte er mit den Achseln.

«Das ist ja nur Patschuli, mein Capitaine, und der ist ja schon so gut wie verheiratet.»

«Verheiratet, haha. Verheiratet. Hören Sie doch, Lartigue, was der kleine Lös mir da erzählt.» Der Capitaine beugte sich zum erschöpften Leutnant, um ihm hinter dem Handrücken den guten Witz zu erzählen. Aber Lartigues spröde Lippen blieben fest geschlossen, kein Lächeln vermochte sie zu biegen. Er schien taub zu sein, und der Capitaine wandte sich wieder der Bühne zu.

Dort trat soeben ein sonderbares Wesen auf. Es schien auf einem Schiebkarren einen anderen vor sich herzufahren. Aber bei aufmerksamem Hinschauen erkannte man, daß der Mann den Oberkörper einer Puppe auf den Rücken geschnallt trug, die in seinen lebenden Beinen auszugehen schien, während ein Paar ausgestopfte Hosen auf dem Schiebkarren mit dem Oberkörper des Mannes verbunden waren. Das Ganze sah grob und grausam aus, die Züge der Puppe waren wild bemalt, sie zeigte scharfe Holzzähne und schlenkerte erschreckend mit den toten Armen. Der Mann selbst hatte auch sein Gesicht ganz weiß angemalt, mit schwarzen Kohlefurchen die Schatten nachgezogen, die durch die Wangen liefen und durch die Stirn, und der große, blutige Mund zog sich bis zu den Ohren. Niemand erkannte zuerst das furchtbare Doppelgeschöpf, bis schließlich einer, der Bescheid wußte, flüsternd die Aufklärung weitergab: «Das ist Hühnerwald.»

Capitaine Chabert bearbeitete ununterbrochen seine Schenkel mit den Händen, er hüpfte auf seinem Stuhl und konnte nicht aufhören mit «Ah» und «Oh» und «épatant». Selbst der Adjutant schien aus seiner Starrheit zu erwachen, ein lautes befriedigtes Grunzen ließ seine langen Schnurrbarthaare zittern.

«Enfin, j'ai une auto
Et j'y promène ma femme»,
sang oben das weiße Gesicht und stieß den Schiebkarren über die holprigen Bretter.

Als er nach einigen Reigen verschwunden war, erschienen wieder die vier Mundharmonikabläser; sie spielten nun den *Sembre et Meuse*-Marsch, traten dann ab, und Capitaine Chabert bestieg die Bühne. Breitbeinig stand er oben und winkte Lös und den Sergeanten Sitnikoff zu sich herauf. Er wirkte klein und unscheinbar zwischen seinen beiden Untergebenen. Mit zu kurz geratenen Bewegungen erzählte er von der Erstürmung der Bastille, sprach von der Freiheit, die Frankreichs Volk über ganz Europa gebreitet habe. Auch im vergangenen Krieg sei sein Blut für die Befreiung der Menschheit geflossen, und nun folge es weiter seinen edlen Traditionen, wenn es den Flüchtlingen aller Nationen ein Asyl gewähre gegen die Verfolgungen ihrer Regierungen: den Russen gegen die bolschewistische Diktatur, den Deutschen gegen die Reaktion. Frankreich genüge es zu wissen, daß alle treu zu seiner Fahne stünden, die es aufgerichtet habe vor mehr als hundert Jahren: die Tricolore. Ob Sozialist, Kommunist oder Royalist, ob Verbrecher oder Unglücklicher, Frankreich frage nur nach Tapferkeit und Treue. Und diese Eigenschaften seien stets hochgehalten worden in der Legion.

«So», sagte Capitaine Chabert und wandte sich zu seinen Begleitern, «nun erzählt ihr meine Geschichte in eurer Sprache, damit alle etwas davon haben.» Damit vergrub er seine Hände in den Taschen seiner verknitterten Hosen und lauschte mit gekniffenen Augen den fremden Lauten, die den Mündern seiner Genossen entströmten.

Leutnant Lartigue suchte verschlafen nach Peschke, um sich heimführen zu lassen. Er fühlte sich allzu unsicher auf den Beinen. Und da er seine Ordonnanz nicht fand, winkte er Lös zu sich heran.

«Lös», sagte er, «der Alte hat gut reden. Asyl! Lächerlich. Parlamentarierschlagworte. Und den armen Leuten spricht er von einer neuen Heimat. Ich bitte Sie! Nun ja, der Alte behandelt sie gut, aber ... Na, im Grunde geht mich ja die ganze Sache nichts an.» Er seufzte laut, denn er mußte daran denken, daß er diese Nacht wohl würde allein schlafen müssen. Er war heute nicht stark genug, um seine kleine Freundin unter dem langherabfallenden Mantel am grinsenden Wachtposten vorbeizuschleppen. Offen konnte er sie nicht in den Posten führen. Der Alte würde sich allzusehr aufregen: Anstand mußte gewahrt bleiben. Lös hatte sich auf die Armstütze des Stuhles gesetzt. Die schwere Hand des Leutnants legte sich auf seine Schulter: «Hören Sie, bringen Sie mir doch heute abend noch einen halben Liter Schnaps. Sie verstehen doch? Ich könnte ja in der Kooperative kaufen, aber dort gibt es nur edlen, den man fast Likör nennen müßte. Während Ihr Schnaps so durchaus gemein und giftig ist, daß er mein anständiges Gemüt erquickt. Auch habe ich die drei letzten Nummern der *Nouvelle Revue Française* erhalten. Sie stehen zu Ihrer Verfügung, zusammen mit ein paar allerneuesten Schmökern. Übrigens, große bittere Neuigkeit: Proust ist gestorben.» Des Leutnants Stimme klang traurig, fast als habe er den Tod eines sehr nahen Freundes erfahren. «Ich habe ein Bild von ihm.» Lartigue schloß Daumen und Ringfinger zu einem Kreis und zerschnitt damit die Luft in kleine Zylinder. «Darauf sieht er aus wie eine weiße, dicke Spinne, die irgendwo in einem verdunkelten Raume sitzt und die schillernden Fliegen des Klatsches in silberne Fäden einspinnt.» Er schnalzte leise mit der Zunge, als sei er vom Geschmack seines Satzes aufrichtig entzückt.

«Proust ist also tot?» wiederholte Lös, und auch seine Stimme klang traurig, denn ein Stück Vergangenheit flog an seinen Augen vorbei: eine Bank am See, ein weicher Wind, der mit den Blättern der Bäume spielt. Er liest die Geschichte Swanns, die ihn tröstet, irgendwie, weil er selbst gerade eifersüchtig ist.

Vor drei Jahren war dies. Was ist nur seither geschehen, daß er hier in einem kleinen Posten sitzt, daß er den Liebenswürdigen spielen muß, um nur seinen Druckposten in der Verpflegung beizubehalten? Lieber nicht an Vergangenes denken! Lang sind die Nächte in dieser Verwaltung, weil der Körper den Tag durch nicht genug Müdigkeit zu einem tiefen Schlaf hat aufspeichern können. Und darum sind die Nächte bisweilen angefüllt mit Verzweiflung, die sich nicht vertreiben läßt, sondern wiederkommt, wenn man sie verscheuchen möchte wie einen Fliegenschwarm. Ja, in Bel-Abbès hat er noch Angst gehabt, die fünf Jahre könnten zu schnell vergehen und er müsse wieder zurück in die Verantwortlichkeit und den Kampf, dort in Europa. Aber seit einem Jahre etwa ist diese Angst verschwunden, und nur die Sehnsucht ist geblieben: die Sehnsucht nach Städten, nach dem Asphalt der Straßen, den der Wind hobelt, nach einem Kaffeehaus, dem Klinglerquartett und vielleicht auch nach einer weißen Frau.

Lartigue hatte die Augen geschlossen, und Lös verließ ihn. Als er an der Bühne vorbeikam, hockte dort in einer Ecke die braune Frauengestalt, die vor kurzem gesungen hatte. Zerflossen war die Schminke, das Gesicht sah alt aus, mit bläulichen Schatten auf den Wangen. Die gefalteten Hände hielten die Knie umschlossen.

«Was ist los, Patschuli, bist du traurig?» fragte Lös. Patschuli hieß eigentlich Erich Laumer. Wenn man ihn erfreuen wollte, nannte man ihn Erika. Er sei Damenimitator gewesen, früher, so erzählte er. Sonst war sein Ruf sehr eindeutig in der Kompagnie.

«Wie meinen Sie, Korporal?» Patschuli versuchte beleidigt auszusehen, runzelte die Stirne und gab seinem Mund die Form eines Halbmondes.

«Fräulein Erika, verzeihen Sie mir», Lös verbeugte sich und legte die Hand auf die Brust. «Aber vielleicht gestatten mir, gnädiges Fräulein, Sie zu einem Glas Wein einzuladen.»

«Oh», sagte Patschuli, stand auf und schlängelte seinen Körper. «Aber Sie müssen meinen Freund auch einladen. Fritz», rief er mit hoher Stimme, «ein Herr will uns zu einem kleinen Imbiß einladen. Hältst du mit?»

Zwischen den Fässern kam gelenkig Fritz Peschke hervorgekrochen, apfelgelb das Gesicht, als sei er leberkrank, eine schwarze Locke wie ein dickes Komma mitten in der Stirn.

«Kennen sich die Herren?» flötete Patschuli und legte seine Hand auf die Schulter des Freundes. Es lag doch viel echte Zärtlichkeit in dieser Bewegung.

«Laß die Faxen», fuhr Peschke auf, seine Hand schnappte nach den Fingern des anderen und preßte sie roh zusammen.

«Nein doch, du tust mir weh.» Der Ton dieser Worte war vorwurfsvoll und die Stimme so weibisch, daß Lös ein wenig zusammenzuckte: Wieder wollte ihn Sehnsucht überkommen, Sehnsucht nach etwas Unbestimmtem, nach den Zärtlichkeiten einer Frau vielleicht, die man zum Weinen gebracht hat und mit der man dann, versöhnt, Arm in Arm, durch helle Straßen geht, an erleuchteten Schaufenstern vorbei. Kleider bewundert man dort, während Hupen und Sirenen singen und Trambahnklingeln die Begleitung spielen. Ein breiter Fluß rauscht in der Nähe.

Aus der leeren Baracke rief eine müde Stimme: «Führen Sie mich zuerst in mein Zimmer, dann können Sie meinetwegen gehen.»

Patschuli und Lös sahen zu: Mühsam erhob sich Leutnant Lartigue, stützte sich schwer auf die Schulter des Kleineren, der gerade die richtige Höhe zu haben schien, und ging schwerfällig zur Tür. In der Türe wandte er sich um: «Auf später, Lös, Sie kommen doch noch?»

Aber Peschke drängte vorwärts, und der Leutnant mußte folgen. Bevor er die Türe schloß, warf Peschke noch einen eifersüchtigen Blick auf den zurückbleibenden Freund.

Lös mußte lächeln. Und er dachte wohl an ferne Dinge, denn

er knallte mit der Stirn gegen den niederen Türbalken, als er die Baracke verlassen wollte.

Draußen war die Nacht weit und hoch. Der Wind hatte mit viel feinem Sand die Wellblechdächer glattgeschmirgelt, so daß sie nun spiegeln konnten, wenn der Mond sein weiches Licht über sie legte.

Der Hof der Verpflegung war ein Quadrat mitten im Rechteck des Postens. Drei niedere Schuppen enthielten Wein und Mehl und verschiedene Nahrungsmittel. Zwei kleine Kammern, die sich an den Weinschuppen lehnten, wurden von Lös bewohnt. In einer Ecke des Hofs erhob sich ein Turm, der höchste Bau des ganzen Postens, auf dessen flachem Dach eine Fahne wehte. Dort wohnte der Alleinherrscher, Capitaine Gaston Chabert, der mit seinem Homonym aus Balzac weder das tragische Schicksal noch die grausame Frau gemeinsam hatte.

Eigentlich regierte die Frau des Capitaines die ganze Kompagnie, obwohl sie in Frankreich lebte. Im Turmzimmer stand ihre Photographie auf einem kleinen Tisch. Ein volles Gesicht mit Doppelkinn und engem Mund. Sehr vorwurfsvoll und unversöhnlich blickten die Augen. Capitaine Chabert war vor dem Kriege Kassenbote in Rouen gewesen; seine Frau stammte aus einer alten Hugenottenfamilie. Der Capitaine hatte dies seiner Ordonnanz Samotadji erzählt; da aber die Ordonnanz ihre Kenntnisse des Französischen aus den Briefen der Frau Chabert bereicherte, so erfuhr die Kompagnie nach und nach von der Güte dieser fernen Frau. Milde, schrieb die Gattin, sei den Soldaten entgegenzubringen, denn Menschen seien sie und Geschöpfe Gottes; unerbittlich werde der Höchste Rechenschaft verlangen über jede Grausamkeit, über jedes zugefügte Leid. Schwere Strafen seien vorgesehen für denjenigen, der einem dieser Unglücklichen (heimatlos seien sie und bisweilen von schwerer Schuld bedrückt) Leid zufüge, und Schmerzen, schwere Strafen auch in einem unerbittlichen Jenseits. Dies war wohl der Grund, warum Capitaine Chabert selten jemanden einsperrte. Auch seine angeborene Gutmütigkeit half ihm dabei. So kam es, daß das Arrestlokal, eine schmale Zelle mit einem Zementblock zum Liegen, meist leerstand; länger als eine Nacht war diese Zelle nie besetzt. Grund der Einkerkerung war dann gewöhnlich sinnlose Betrunkenheit. Am folgenden Morgen entließ der Capitaine den Verkaterten mit väterlichen Ermahnungen: «Das nächste Mal, mein Kleiner, mußt du früher zu Bett gehen. Denke daran, der Zement ist hart und kalt, und mir bereitest du Schmerz, wenn ich dich nicht auf deiner Matratze schlafen lassen darf.» Klagte jedoch ein Unteroffizier über die Unbotmäßigkeit eines Mannes, so erhielt er zur Antwort: «Du hast Fäuste, mein Kleiner, gebrauche sie. Und wenn du eine Beleidigung deiner Schnüre fürchtest, kannst du ja den Rock ausziehen.»

Lös ging über den Hof. Die weißen Mauern beschien der Mond. Er war wie eine Milchglaslampe in der hohen Decke des Himmels eingelassen. An die Mauer der Verwaltung stieß der Park, der die Schafherde umschloß. Ein Lamm weinte leise und feucht.

Als Lös die Tür zu seiner Kammer öffnete, sprang ihm Türk entgegen. Die kalte Schnauze des Hundes berührte sein Kinn. Türk stieß ein rhythmisches Bellen aus, einen langgezogenen Ton zuerst, hoch und schrill, dann zwei tiefe knurrende Laute. Türk hatte große Ähnlichkeit mit einem Dackel, nur war er größer. Vor zwei Monaten war er in die Verpflegung gekommen, abgemagert und zerzaust. Seither hatte er sich satt essen können. Nun war er dick und walzenförmig geworden. Die gebogenen Beine vermochten den schweren Körper nur mühsam zu tragen; am meisten war ihm das langsame Gehen beschwerlich. Darum machte er meist Sätze, die ihn weit über das Ziel hinaustrugen; er kroch dann auf dem Bauche zurück.

«Hör, Korporal», sagte der alte Kainz und trat mit einem Unbekannten aus dem Schatten der Mauer. «Da ist ein Freund von mir, der heut mit den Neuen angekommen ist. Ich kenn ihn schon von Bel-Abbès. Ist ein lieber Kerl. Und da schau, Korporal, eine echte *Job* noch, ich hab sie für dich aufgehoben. Da, der Todd hat sie mir geschenkt. Mit seinen letzten. Ist kein geiziger Kerl. Kannst ihm auch einen Bidon Wein spendieren.»

«So, Todd heißt du.» Es war keine Frage, eher eine Feststellung. Lös betrachtete den Neuen im Scheinwerferlicht des Mondes. Das gelbe Gesicht war knochig und lang, mit spärlichen schwarzen Härchen, die aus dem Kinn wuchsen und das Gesicht noch länger und dünner machten. Lös streckte die Hand aus, der andere legte die seine darein. Sie war kalt und trocken. Die Hände blieben lange verbunden, wenigstens schien es beiden so.

«Bleib doch hier», sagte Lös, «dann kannst du ein paar Leute kennenlernen. Oder mußt du zum Appell?»

Todd nickte. Er schien nicht gern zu sprechen. Die beiden setzten sich nebeneinander auf den Boden und lehnten sich gegen die Mauer der Hütte.

«Du, Kainz, bring dem Leutnant Lartigue noch einen halben Liter Schnaps. Da hast du den Schlüssel.»

Sie blieben allein und schwiegen. Lös schätzte die Schweigsamkeit des anderen. Sie war sonst nicht üblich in der Legion; im ersten Ansturm mußte gleich die ganze Lebensgeschichte erledigt werden, alle waren sie Grafen, Millionäre, große Verbrecher oder Anführer, Offiziere oder Revolutionäre gewesen. Todd aber schwieg; er hatte die Arme über der Brust verschränkt, und der Mond beleuchtete seine Handgelenke, die merkwürdig geformt waren, dünn, mit riesigen Gelenkkugeln.

«Warum hast du diesen verrückten Namen gewählt: Todd?» fragte Lös. Dabei legte er zögernd die Hand auf die magere Schulter, die an seine streifte.

«Ich weiß nicht. Zuerst hab ich mich Fritz Todd genannt, mit zwei ‹d›. Aber das ist dann im Verkehr verlorengegangen. Die Deutschen haben das eine ‹d› fallenlassen, und mir war's recht. Den Namen hab ich gewählt, weil ich wirklich Sehnsucht hatte nach dem Tod. Das klingt ganz blöd, ich weiß es schon. Aber du weißt vielleicht auch, wie es ausgesehen hat, drüben bei uns, in Wien besonders. Wir waren so ein paar nach dem Krieg und der Revolution. Haben nicht mehr recht gewußt, was machen. Ein wenig schieben, aber die Kabarette, wo man das Geld verplemperte, öd waren sie. Und dann all die Leut, die auf der Straße umgefallen sind, weil sie nichts mehr zu essen gehabt haben.

Ganz gleichgültig war's uns auch nicht. Einer hat sich erschossen. Ich hab nur einen Check gefälscht, und wie sie mich haben packen wollen, war ich schon auf dem Bahnhof unter französischem Schutz, engagé pour la légion.» Wieder schwieg Todd und rieb seine langen Hände gegeneinander.

Vom Weinschuppen her kam ein schwerer Essiggeruch. Und dieser Geruch weckte in Lös eine Erinnerung. Er sah seinen Vater, der während des Mittagessens eigenhändig den Salat anmachte: Zwei Löffel Olivenöl, dann kommt auf den Grund des Holzlöffels eine Messerspitze Senf, die Höhlung wird mit Essig ausgefüllt, und die Holzgabel verrührt den Senf. Die braune Flüssigkeit spritzt in die Schüssel, und im warmen Zimmer verbreitet sich der Essiggeruch.

«Mich hat der Vater in die Legion geschickt», hörte Lös sich sagen. Dabei schaute er auf die gegenüberstehende Mauer, über die das Mondlicht einen weißen Stoff gebreitet hatte, der ein Stück weit noch den Boden bedeckte. «Hingebracht sogar, bis ins Rekrutierungsbureau nach Straßburg. Weißt du, ich hab in der Schweiz gelebt und hab dort ein paar Dummheiten gemacht. Schulden und so. Und die Schweizer haben mich in eine Arbeitsanstalt stecken wollen. Liederlicher Lebenswandel. Und da bin ich zu meinem Vater nach Deutschland gefahren. Der hat mich zuerst wieder in die Schweiz schicken wollen. Und dann hat er gemeint, die Legion, das wird die Rettung sein. Und hat mir einen Paß verschafft, den er während der ganzen Reise in der Tasche behalten hat. Ja, in Mainz haben sich mich nicht nehmen wollen. Wegen den Zähnen. Und in Straßburg, beim Abschied, hat er dann geweint, der alte Mann. Ganz ehrlich geweint. Und fünfzig Franken hat er mir in die Hand gedrückt. Ja. Das war schon besser als die Tränen. Zum Korporal hab ich's ja gebracht. Höher langt's nicht. Mein Alter hat immer geglaubt, ich komm als Offizier zurück.»

Eine Signalpfeife gellte in langen Trillern durch den Posten, kam näher, entfernte sich wieder. Eine rauhe Stimmer rief: «Appell».

«Du mußt jetzt gehen. Komm dann später zurück. In welcher

Sektion bist du? Mitrailleuse? Das ist gut. Der Lartigue ist ein feiner Kerl.»

Lös blieb allein. Es kam ihm sonderbar vor, daß er die Wahrheit gesprochen hatte. Sonst hatte er das Beispiel der anderen befolgt und mit einer erfundenen Wahrheit geprunkt. Schweizer Offizier, Liebschaft mit einer verheirateten Frau, Entdeckung durch den Mann, Flucht. Er stand auf und holte aus seiner Kammer drei Blechflaschen, die er im Weinschuppen füllen ging.

Rund und schwer standen die Achthundertliter-Fässer in der hellen Dunkelheit. Der Essiggeruch war so scharf, daß er den Atem verschlug. Und während Lös den Wein in die Flaschen füllte, steckte der Mond durch die Ritzen des Daches weiße Stäbe und tastete mit ihnen den feuchten Boden ab.

Als er sich umwandte, sah er fünf Gestalten über den Hof kommen und ging ihnen entgegen.

II. Kapitel Geschichten in der Nacht

Voraus schritt das Liebespaar, eng aneinandergeschmiegt und wiegend. Patschulis Gesicht sah im unbarmherzigen Lichte des Mondes gedunsen und nackt aus. Es war glatt, ohne jegliche Falte. Aufreizend wirkte auch die nackte Schulter und das braune herabfallende Gewand, das die rasierten Waden entblößte bis zum Knie. Peschke trug eines der seidenen Hemden seines Leutnants, am Halse geöffnet, mit umgeschlagenem weichem Kragen, dazu Breeches und schwarze Wadenbinden.

Den beiden folgten die Korporäle Smith und Pierrard, die derart verschieden waren, daß ihr Zusammengehen komisch wirkte. Smith war ein dicker Mecklenburger, mit waagrechten Schultern, auf denen ein glattgeschorener Kugelschädel saß. Die Wangen hingen in Säcken herab, zu beiden Seiten des wulstigen feuchten Mundes, über dem die Nasenlöcher sich wie riesige Höhlen öffneten. So abgeplattet war die Nase, daß sie im Profil unsichtbar blieb.

Pierrard war Belgier. Er sah groß aus, neben dem kugelförmigen Smith. Über dem scharfen Gesicht standen die Haare borstig und silbern schimmernd in die Höhe. Sein Schritt war majestätisch, denn er hielt den Oberkörper mit auf dem Rücken verschränkten Armen stark nach hinten gebeugt.

Als letzter kam, mit schlenkernden Armen und Beinen, der Todd.

Sie alle wurden einzeln begrüßt und ließen sich dann vor Lös' Hütte nieder. Es war der einzige Platz, der vom Fenster des Capitaines aus unsichtbar blieb. Lös füllte die Blechtassen. Andächtig wurden sie geleert. Dann schwieg die Versammlung.

Da ergriff Pierrard die Feldflasche und trank lange und ausgiebig. «Ich bin traurig heut abend», sagte er. Seine Stimme klang heiser. Er rollte das Ende seines Schnurrbarts, zog es gedankenvoll durch den Mund und ließ die Blicke über die Gesichter der Sitzenden streifen, bis sie an Lös hängenblieben, der zwischen Patschuli und Smith saß. Dann begann Pierrard leise zu sprechen, in deutscher Sprache, die einen harten flämischen Akzent hatte. «Einmal, während des Krieges, auch an einem vierzehnten Juli, habe ich mit dem König aus derselben Flasche getrunken.» Er schwieg wieder. Der Wein schien zu wirken, das Blut drängte sich in die Haut seines Gesichtes, die Augen quollen vor zwischen den weitaufgesperrten Lidern. Der Oberkörper sank ein wenig nach vorne. Aber mit einem Ruck fuhr Pierrard wieder auf, sah sich im Kreise um. Und das Galliergesicht wurde verächtlich. Er begann zusammenhängend zu sprechen, wandte sich aber an Lös. «Ja, ich habe oft mit unserem König Albert gesprochen, denn ich war doch sein Adjutant. Capitaine war ich und habe eine Kompagnie geführt.» Noch einmal beobachtete er die Mienen seiner Zuhörer. Da er nur Gleichgültigkeit wahrnahm, schien ihn dies zu ärgern.

«Ihr glaubt mir wohl nicht? Aber Lös, du glaubst mir? Haben wir uns nicht oft genug unterhalten, über Racine und Goethe und Voltaire? Ha, und Latein verstehen wir auch, nicht?

Odi et amo quare id faciam fortasse requiris

Nescio sed fierim sentio et excrutior.»

Er schwieg wieder und blinzelte Lös zu. Da kam aus der Dunkelheit, wo im Schatten der Mauer Todd hockte, die leise Übersetzung:

«Ich hasse und liebe, warum ich dies tue, fragst du vielleicht, ich weiß es nicht, aber daß ich's tue, fühl ich und leide.»

Flüstern. Wer ist das? Pierrard staunte. Lös mußte lächeln. Dann faßte sich Pierrard und drückte seine Freude darüber aus, daß noch ein Gebildeter hier unter ihnen weile. Da würde er doch auf Verständnis stoßen. Lös füllte wieder die Becher, alle stießen sie mit Todd an, näherten ihre Gesichter dem seinen, das plötzlich, im hellen Lichte, uralt und mumienhaft aussah. Er nickte nur mit halbgeschlossenen Lidern und versank dann wieder in den Schatten. Pierrard goß hintereinander zwei Quarts Wein in den Hals, wischte die Tropfen von den Mundwinkeln und vom Kinn, trocknete die Hände an den Haaren und fuhr fort. Seine Stimme war laut und prahlerisch.

«Eigentlich heiße ich ja Löwendjoul, Baron von Löwendjoul. Und mein Großvater war Balzacs initimer Freund. Du weißt doch, wer Balzac war, Lös? Der große französische Dichter.» Er blickte starr in Lös' Gesicht. Patschuli machte sich bemerkbar. Er war die ganze Zeit mit dem Kopf auf seines Freundes Knien gelegen. Nun setzte er sich auf, meckerte höhnisch, stieß Lös in die Seite, als wolle er ihn einladen, mit in das Gelächter einzustimmen, fuhr dann Peschke mit gespreizten Fingern durch die Haare. «Tu nicht so», rief er Pierrard zu. Der schien ihn nicht zu sehen, denn er wartete auf Lös' Antwort. Da ließ Patschuli von ihm ab, rollte sich zusammen, drückte sich gegen seinen Freund, und versank wieder in Schweigen.

«Warum bist du eigentlich in die Legion gekommen?» frug Lös, um einer Antwort zu entgehen.

«In die Legion bin ich vor zwei Jahren gekommen. Warum? Das ist eine lange Geschichte. Soll ich sie erzählen? Wenn ich nur sicher wäre, daß ich euch vertrauen darf. Dir schon, Lös, und auch Smith. Aber die anderen?»

Zum ersten Mal öffnete Peschke den Mund. Er übertrieb noch seine Berliner Aussprache: «Von wejen mia brauchst du keene Angst nich zu haben.» «Und ich bin schweigsam wie das Grab», bestätigte Patschuli mit geschlossenen Augen und viel Schläfrigkeit in der Stimme.

«Ich bin ja zur selben Zeit wie du nach Bel-Abbès gekommen», sagte Pierrard. «Aber während du in die Unteroffiziersschule eingetreten bist, hab ich mich im Hintergrund halten müssen. Denn, wenn man mich erkannt hätte, wäre ich ausgeliefert worden. Du weißt ja, wegen Diebstahl liefert die Legion nicht aus. Aber wegen Mord ...» Pierrard ließ eine Pause eintreten und blickte Lös fest an. Der fühlte sich als Gastgeber verpflichtet, Aufmerksamkeit zu zeigen, und sah gespannt auf seines Kameraden Mund. Patschuli ließ ein hohes Kichern hören und spielte mit Peschkes Händen. Smith und Todd murmelten sich leise Bemerkungen zu, schenkten sich gegenseitig ein und stießen mit den Blechtassen an. Pierrard sprach aufgeregt weiter, mit weiten Bewegungen, als spiele er in einem Melodrama.

«Das Schloß unserer Familie liegt bei Ostende am Meer. Wir sind sehr reich und auch mit der ganzen Aristokratie bekannt. So kam es, daß ich vor dem Kriege oft zum Fürsten von Fürstenberg nach Deutschland eingeladen wurde. Und dort lernte ich meine Frau kennen. Während des Krieges wohnte meine Frau in unserem Familienschloß. Mit ihr waren dort auch englische Offiziere einquartiert. Sie selbst war eine Engländerin, eine Tochter des Lord, des Lord ...» Pierrard zögerte kaum merklich, «des Lord Chesterfield», stieß er heraus. Er machte eine Pause, trank aus der Flasche, räusperte sich. Es klang wie das Kratzen der Nadel auf einer Grammophonplatte vor Beginn eines Stückes.

«Ja, sie liebte die Engländer mehr als die Belgier. Nach dem Waffenstillstand kam ich heim. Die englischen Offiziere reisten ab, nur ein junger Hauptmann blieb noch. Er hatte sich bei meinem Vater eingeschmeichelt, und auch meine Frau schien ihn sehr zu schätzen. Sie spielte oft mit ihm Tennis und Golf. Denn wir haben auch einen großen Golfplatz.»

«Und wie hieß dieser Hauptmann», krächzte eine Stimme aus dem Hintergrund. Todds Gesicht erschien im Licht, auffallend war eine Zahnlücke im gespaltenen Mund.

«Der Hauptmann hieß, wie hieß der Hauptmann doch?» Pierrard dehnte die Worte. Er klammerte sich mit seinen Blicken an Lös, als wisse dieser die Antwort. «Nun, er hatte einen englischen Namen, der mir entfallen ist.»

«Einen englischen Namen, wie sonderbar. Und war englischer Offizier», zwitscherte Patschuli und gebrauchte seine Hand als Fächer.

«Nennen wir ihn Alscott», sagte Pierrard.

«Ja, Alscott, oder Doyle, oder Smith, wollen wir ihn nicht Smith nennen? Vielleicht war ich's, obwohl ich nie Hauptmann war», prustete Smith los, fand seinen Witz so ausgezeichnet, daß er sich auf die Schenkel klatschte, Todd anstieß, zu Lös hinüberlangte, alles Einladungen, doch endlich mitzulachen und die Komik seines Ausspruches gebührend zu würdigen.

Doch auch dieser offensichtliche Hohn schien Pierrard nicht zu stören. Er wandte sich wieder ausschließlich an Lös, der sich an dem Grinsen der anderen nicht beteiligt hatte.

«Dieser Hauptmann blieb also ein paar Monate auf unserem Schloß. Dann fuhr er fort. Nach England zurück. Meine Frau schien ihn nicht zu vermissen, sie sprach nie von ihm. Doch dann, ein Jahr war vielleicht vergangen, begann sie kleine Reisen zu unternehmen. Sie blieb nie länger als eine Woche fort. Sie erzählte mir, sie fahre zu ihrem Vater nach England, und ich erhielt auch immer Briefe von dort. Dann erzählte mir ein Fliegeroffizier, Vonzugarten hieß er» (Pierrard stieß den Namen stolz heraus, so als wolle er sagen: Seht ihr, wie gut ich mich erinnern kann), «daß er meine Frau so oft in Brüssel sehe. ‹In Brüssel?› frage ich. ‹Das ist doch nicht möglich. Ich bekomme doch immer Briefe aus Middlesex, wo Lord Chesterfield sein Landgut hat.› ‹Ja›, sagt Vonzugarten, ‹das kann schon sein, aber ich habe sie in Brüssel getroffen, in der Begleitung von einem jungen Engländer. Übrigens wohnt sie immer im *Splendid*.› Da bin ich hingefahren. Ich hatte so eine kleine Walterpistole, die man bequem in der Westentasche tragen kann. Sehr praktisch, sag ich euch. Man greift mit zwei Fingern in die Tasche, so als wolle man sein Zigarettenetui herausholen. Ich bin also einmal am Morgen ins *Splendid* gegangen. Die beiden liegen noch im Bett, wie ich ins Zimmer trete. Und dann hab ich sie einfach erschossen. Die Pistole hat wenig Lärm gemacht. Ich hab noch ohne Aufsehen das Hotel verlassen können. Dann hab ich mich in Lille anwerben lassen. Ja, in Lille. Viel gesoffen hab ich dort und die Kameraden alle freigehalten.» Pierrard schwieg, als sei eine Feder plötzlich abgelaufen. Wieder floß der dicke Wein in die Blechtasse. Pierrard trank. Dann sog er noch gierig die Tropfen von seinem Schnurrbart, damit nichts von der kostbaren Flüssigkeit verlorengehe.

«Als ich im Ballett der Berliner Oper tanzte, im *Tannhäuser*, kam nach der Vorstellung immer ein Baron von Löwendjoul in meine Garderobe und machte mir Anträge. War das ein Verwandter von dir?»

Pierrard schaute mißtrauisch auf, ob der andere sich über ihn lustig mache. Aber Patschuli sah ganz ernst drein. Er stützte das Kinn auf den Handrücken, spreizte geziert den kleinen Finger ab und zog die Lippen zu einem kleinen dunklen Kreis zusammen.

«Ja, ich hab wohl einen Vetter, der solch unnatürlichen Neigungen frönt», sagte Pierrard und sein Gesicht verzog sich, der Oberkörper straffte sich. Hochmütige Verachtung strahlte von ihm aus. «Ich weiß, es ist in der Legion eine alltägliche Sache, niemand regt sich mehr darüber auf. Aber mir ist sie widerlich.»

Patschuli ließ seine Blicke erst über die Gesichter der Anwesenden streifen, wohl um der Stellungnahme der anderen sicher zu sein. Die Gleichgültigkeit, die er fand, gab ihm Mut, und er ließ ein helles Lachen los, das fast natürlich klang: wohl die Frucht langer Übung. So ansteckend war dies Lachen, daß auch die Münder der übrigen sich strafften und sie ihre Lustigkeit durch lautes Schnaufen kundgaben.

«Ha, du findest wohl, ein Doppelmord sei anständiger? Wie? Oder hast du alles nur erfunden, um uns zu imponieren?» Patschuli ging zum Angriff über. Doch Peschke war wachsam. Er fühlte sich für die Aufführung seines Freundes verantwortlich.

«Kusch», sagte er trocken. Patschuli zog ein Mäulchen, rollte sich zusammen und schwieg einen Augenblick. Dann begann er wieder mit sanfter singender Stimme.

«Als ich beim Theater war, nannte man mich überhaupt immer ‹gnädige Frau›. Die feinsten Lebemänner waren meine Freunde. Orgien haben wir gefeiert. Ein großer englischer Dichter, Oskar Wilde hieß er» – Patschuli sprach den Namen deutsch aus –, «war mein Freund. Er brachte mir immer gelbe Orchideen mit.»

Lös lachte laut.

«Der ist doch schon lange tot, Patschuli.»

«Dann war es sein Sohn.» Patschuli streckte die Hand anklagend gegen seinen Unterbrecher aus. «Es kann auch sein, daß ich den Namen verwechselt habe. Aber es war ganz bestimmt ein großer englischer Dichter. Denn er hat mir ein Buch geschenkt.

Mit wunderschönen Illustrationen und einer Widmung, die ich nicht recht verstanden habe: ‹Meinem kleinen Phaeton›.»

«Phaidon, Phaidon», lachte Lös dazwischen.

«Und Phaeton ist ein Wagen», sagte Todd aus seiner Ecke.

«Natürlich», bestätigte Pierrard, verschränkte die Arme über der Brust und fühlte sich gerächt.

«Darauf kommt's doch nicht an», plapperte Patschuli weiter. «Auf alle Fälle war die Frau des Dichters schwer eifersüchtig auf mich. Das glaubt ihr mir nicht?» Mitleidiges Achselzucken. «Solche Leute sind doch gewöhnlich verheiratet, und Kinder haben sie auch. Die Frage ist nur, ob's ihre eigenen sind. Da war der Graf Moltke, der hat mich fünf Monate ausgehalten und hatte drei Kinder daheim. Und die mußten hungern, weil der Graf alles für mich ausgab.»

Patschuli unterbrach sich. Eine Hand preßte seinen Nacken zusammen, und Peschke fauchte: «Halt jetzt dein Maul. Blamierst dich nur. Bist doch nie aus dem Tingeltangel rausgekommen, und das is vielleicht auch nur erstunken. Strichjunge.»

Aber Patschuli riß sich los. Mit hoher keifender Altweiberstimme überschüttete er seinen Freund mit ausgesuchten Schimpfworten, nannte ihn Zuhälter, Lude. «Und mich verschacherst du hier an die Türken, läßt dich zahlen, während ich das Geld verdienen muß, und gibst es mit Weibern aus.» Er wollte nicht enden.

Peschke blieb ruhig. Er haschte nach der flatternden Hand, bog sie gegen den Ellbogen, immer weiter, bis der andere leise wimmernd schwieg.

«Na, ich will mal was Interessantes erzählen», er ließ Patschulis Hand los, lehnte sich zurück und stützte sich auf beide Hände. «Nach dem Krieg war das ja eine tolle Sache. Zuerst war ich mit Hasenclever im Rheinland, dann hab ich den Putsch in München mitgemacht. Wißt ihr, 's war praktisch. Mal bei den Roten, dann beim Freikorps. Wo's eben was zu verdienen gab. Na, in München bin ich denn mit dem Koffer von 'nem Ententeoffizier abgeschoben. Die Kluft, die drin war, paßte mir tadellos. Piekfein hab ich ausgesehen, wie ich in Berlin angekommen bin.

Und Moneten hatt ich auch. Einmal seh ich da auf der Straße 'n Mädel. Ich steig ihr nach, sie merkt es und läßt mich rankommen. Hakt bei mir ein und führt mich in ihre Wohnung. Stellt mich dem Papa vor. War 'n Graf von Schweiditz, schwerreich, Rittergutsbesitzer. Na, der Papa sagt, wenn ich dem Mädel gefalle, soll ich nur dableiben. Schöne Nacht hab ich mit dem Mädel gehabt. Ein Badezimmer hatte sie, und Kleider!»

Er schwieg und spuckte. Ein Streichholz, das er anrieb, beleuchtete sein knochiges Gesicht und die groben knochigen Hände mit den abgenagten Nägeln. Er zog den Rauch des ersten Zuges tief in die Lungen, bevor er den anderen die Zigaretten anbot.

«Wenn man nur Koks hätte», seufzte er.

«Oh, Koks, jaja. Damit hab ich einen Haufen Geld verdient.» Smith rückte vor. Seine Hände griffen mit gekrümmten Fingern in die Luft, als wolle er etwas an sich heranreißen. Ängstlich blickte er in die Runde: ob jemand ihm das Recht zu erzählen streitig machen wolle. «Ich kannte viele elegante Französinnen, Tänzerinnen aus den Music-Halls, aber ich hatte nie genug Geld, um ihnen richtig imponieren zu können.» Smith übertrieb seinen englischen Akzent, wie Peschke sein Berlinerisch übertrieben hatte; diese Übertreibung war ganz natürlich. Es war ein Mittel, sich von der Masse der anderen zu unterscheiden, sich eine Persönlichkeit zuzulegen. Und wie einen Preis, wie eine Auszeichnung fast, erhielt derjenige, der am besten die Redeweise, die Art eines Landes, einer Stadt zu verkörpern schien, den Namen dieses Landes, dieser Stadt. Ein Ziel war erreicht, und kein kleines, wenn man einmal ‹der Berliner›, ‹der Wiener› oder gar ‹der Engländer› war. Und Smith wollte schier bersten vor Stolz, als er erfuhr, daß er in der Kompagnie nicht mehr ‹der Schneider›, sondern ‹der Engländer› hieß. Schwer war es nicht gewesen. Er war der einzige, der in Großbritannien gelebt hatte und der singen konnte: «Oh yes, we have no bananas, no bananas today.»

«Immer ist es so, die Weiber, sie machen sich über mich lustig, weil ich kein Geld habe. Aber an einem Abend habe ich einen Chinesen getroffen in the docks. Ich war gerade traurig und hatte nichts zu tun. Auch kein Geld. Ich ging am Wasserfluß auf und ab, und jedesmal, wenn ich umkehrte, kehrt auch der Chinese um und kommt mir entgegen. Endlich frage ich ihn, ob er etwas von mir will. ‹Oh yes›, sagt er, und ob ich nicht will viel Geld verdienen. Er habe mich oft mit schönen Frauen gesehen, und er habe da eine Ware, die von diesen Frauen sehr geschätzt werde. Ob ich nicht mit ihm kommen wolle? Ich ging mit. Es konnte mir ja nichts geschehen, Geld hatte ich keines. Aber ich war doch vorsichtig und zeigte dem Tschainaman, dem Chinesen, mein leeres Portemonnaie. Er lachte nur. Dann kamen wir in einen kleinen room, und da zeigte er mir winzige Pakete, mit einem weißen Pulver drinnen. ‹Snow›, sagte er. Das heißt Schnee. Und erklärt mir, das sei Kokain, und ob ich nicht Vermittler spielen wolle. Die Französinnen besonders seien ganz scharf auf dieses Pulver. ‹Oh ja›, sage ich, ich will schon gerne versuchen. Und wieviel ich dabei verdienen könne? Nun, sagt der Chinese, er verkauft mir das Gran für ein halbes Pfund, und ich könne ruhig ein ganzes dafür verlangen.» Ganz mitleidig wendete sich Smith an seine Zuhörer, um ihnen zu erklären, daß ein Pfund, er sagte «a pound», etwa zweihundert Franken seien. Ein schönes Geld. Hier wurde er unterbrochen. Mit wütendem Kläffen fuhr Türk, der in einer Ecke verdaut hatte, auf eine helle schlanke Gestalt los, die mit wippenden Schritten über den Hof kam.

«Korporal Lös», sagte Sergeant Sitnikoff von weitem, es wirkte wie ein Rufen nur durch die übertrieben deutliche Aussprache. «Wollen Sie einen Augenblick kommen.»

Lös erhob sich, die beiden begrüßten sich mit sehr korrekten Verbeugungen. Er komme nur fragen, ob er auch ein Glas Wein verlangen dürfe, er wolle durchaus nicht stören. Den spitzen Kopf weit vorgebeugt, mit verkniffenen Augen versuchte Sitnikoff die Anwesenden zu erkennen. Er rümpfte die Nase, als er Peschke und Patschuli erkannte. Doch auf die Versicherung Lös', die beiden würden bald verschwinden, geruhte er näherzutreten, begrüßte Smith und Pierrard mit Herablassung, schien die ausgestreckten Hände des Liebespaares zu übersehen, ließ sich den Todd vorstellen und schüttelte diesem herzlich und lange die Hand. Dann tätschelte er Türk, der sich nicht recht beruhigen wollte und mißtrauisch die parfümierte Luft beschnupperte, die den Sergeanten umgab.

«Bitte, Korporal Smith, ich möchte Sie nicht unterbrechen.» Ein Schlenkern der schmalen Hand, die automatisch an ihren gewohnten Platz zurückkehrte, unters Kinn, um dort den Kopf zu stützen. Sergeant Sitnikoff war nur noch Aufmerksamkeit.

«Ja, von da an ist mir's gut gegangen. Die kleinen Französinnen machten alles, was ich wollte. Es sprach sich natürlich herum, daß ich ‹snow› hatte, und alle wollten von mir. Jeder Wunsch war sogleich erfüllt. Freibillets und Champagnerdiners, und Nächte mit den Frauen. Schöne Frauen waren es, ich sage euch.» Smiths dicke Unterlippe war mit Speichel überschwemmt, den er mit zischendem Geräusch immer wieder in den Mund sog. Sitnikoff nickte achtungsvoll, Patschuli gähnte laut, es klang wie der Liebesruf einer Katze, Peschke schnalzte verächtlich. Pierrard blinzelte dem Mond zu, der diese Familiarität einfach ignorierte.

«Hin und wieder habe ich das Zeug auch selbst probiert. Einmal hatte ich ziemlich genommen und ging hernach in ein sehr nobles Restaurant» – Smith schien plötzlich seinen englischen Akzent vergessen zu haben, aber er verbesserte sich sofort –, «in ein sehr distinguished Hotel» (mit der Betonung auf der ersten Silbe). «Da sehe ich an einem Tisch nahe mich eine Lady, die mich fixiert. Sie hat wohl meine glänzenden Augen bemerkt und daß ich keinen rechten Appetit habe. Sie steht auf und winkt mir zu mitzukommen. Zwei Pfund hat sie mir für ein Gran geboten. Aber ich sage: ‹No, my lady, ich wünsche eine Nacht von Ihnen.› Ihr versteht, es hat mich gereizt. Ich, der arme Schneider, und eine große, reiche Lady. Endlich war sie einverstanden. Ja, ich habe sie nachher haben können, so oft ich wollte. Auf den Knien ist sie vor mir gerutscht, sie, eine Lady, nur um ein Gran zu haben. Und ich, ich habe sie gequält. ‹Nichts zu machen›, sage ich, ‹hab keins.› Nackt habe ich sie vor mir tanzen lassen. Alles machte sie, nur um eine Prise. Eine Lady.» Gedankenvoll und wie über seine Wichtigkeit erstaunt, ließ Smith seinen Kugelschädel hin- und herrollen.

«Und dann?» fragte Lös und heuchelte Spannung. Es war ihm darum zu tun, die unangenehme Pause zu zerbrechen. Er schämte sich vor Sitnikoff und Todd: daß diese beiden ihn nach seinen Bekanntschaften beurteilen könnten. «Und dann?» fragte er noch einmal, da Smith noch immer schwieg.

«Dann bin ich verhaftet worden. Das Geld, das ich bei mir hatte, langte gerade für die Kaution. Ich bin dann entlassen worden, aber die Lady hatte Angst, ich könnte Erpressungen versuchen. Vielleicht habe ich es auch einmal versucht. Ich weiß es nicht mehr genau. Sie hat sich hinter meinen Vater gesteckt. Der hat mich gezwungen, ins Ausland zu gehen, um dem Prozeß zu entgehen. Zehn Pound hat er mir gegeben. Die waren aber bald verbraucht in Paris. Dann bin ich ins Rekrutierungsbureau gegangen. Ja.»

Alles schwieg. Aber die Stille war nur kurz. Todd durchbrach sie plötzlich mit gedämpfter Trompetenstimme.

«Als ich bei Lettow-Vorbeck als Oberleutnant diente, habe ich in Wiesbaden beim Bac 30'000 Emm vaspielt. Graf Esterhazy ist eigentlich mein Name.» Er sprach wie ein Schmierenschauspieler, der in einem Lustspiel einen vertrottelten Grafen zu mimen hat. Und sprach und sprach, ohne Pause, den Blick starr auf einen kleinen Kiesel zu seinen Füßen gerichtet.

«Geh, hör jetzt auf, das schickt sich nicht», tönte eine Stimme aus dem Schatten des Daches. Der alte Kainz trat hervor. «Du mußt die andern nit so frotzeln. Und dann beleidigst du unseren Korporal.» Er trat dicht an Lös heran, strich ihm über die Schultern, Entschuldigung heischend, so als fühle er sich verantwortlich für den Kameraden, den er eingeführt hatte.

Verlegen schüttelte Lös die Hand ab. Der alte Kainz setzte sich und stellte eine Flasche vor sich hin. «Schnaps», sagte er und schenkte die Tassen halb voll. Alle tranken.

Pierrard hatte sich auf den linken Ellbogen gestützt und die Hände über der Brust gefaltet. So blickte er in die Sterne. Die struppigen Haare fielen ihm in die Stirn und schimmerten weiß.

Er sah stark und unnahbar aus, wie ein betrunkener Soldatenkaiser, mit fallender Unterlippe und kantigem Kinn.

Smith dagegen trank in hastigen kleinen Schlucken und sah aus wie ein überernährtes dreijähriges Kind. Schweißtropfen schimmerten auf seinem Nasensattel und zitterten an seinen Brauen.

Peschke soff. Den letzten Schluck ließ er stets in der Tasse, um ihn dann in weitem Schwung auf die Erde zu schütten. Ein Opfer vielleicht für die Namenlosen, die längst vergessenen, von denen ein schlummernder Teil in ihm noch träumte.

Zierlich zwischen Daumen und Zeigefinger hielt Sergeant Sitnikoff die Tasse, nicht am Henkel, nein, so als habe die Tasse einen schlanken Hals, wie ein Likörglas. Und er schloß die Augen, während er das Trinkgefäß ruckweise kippte.

Todd war in seine frühere Teilnahmslosigkeit zurückgesunken. Die gefüllte Tasse stand vor ihm. Er hatte die Hände rechts und links flach auf den Boden gelegt. Ein grober Bleiring glänzte an einem Zeigefinger.

Um zu trinken, hatte sich Patschuli weit nach hinten gelehnt. Mit prallen Lippen hatte er sich am Blechrand der Tasse festgesaugt und dann mit der Zunge noch den Boden ausgeleckt. Er richtete sich nicht mehr auf, sondern blieb mit dem Kopf auf Lös' Knien liegen.

Das Gewicht dieses Kopfes auf seinen Knien erregte Lös. Und die Wärme des fremden Körpers riß Sprünge in seine Einsamkeit. Er hob die Hand und streichelte die kurzen Haare Patschulis. Diese Berührung, die wie ein Besitzergreifen war, hob aus der Tiefe ein vergessenes Erlebnis.

Er sah das Knabeninternat, in dem er als Fünfzehnjähriger gewesen war, das Zimmer, das er damals bewohnt hatte, den Freund, der jünger war als er und der ein weiches rundes Gesicht gehabt hatte und weiche Haare. An einem Abend nach dem Lichterlöschen war er in das Zimmer des Freundes geschlichen und hatte sich zu diesem ins Bett gelegt. Da war die Türe plötzlich aufgerissen worden: Der Direktor war es gewesen, der hatte ihn in sein Zimmer zurückgetrieben. Am nächsten Tage hatte er

Selbstmord begehen wollen, mit Chloroform, das er aus dem Laboratorium gestohlen hatte. Aber es war ihm nur übel geworden, und er hatte sich übergeben müssen. Die Übelkeit von damals war mit einem Schlage wieder da. Verworren dachte er noch: ‹Warum erzählen wir uns nicht solche Geschichten, die wahr sind, statt uns anzulügen und uns wichtig zu machen.› Da riß er die Augen auf und sah:

Peschke stemmte sich auf, blieb dann einen Augenblick mit dem rechten Knie am Boden kleben, die Fäuste aufgestemmt, wie ein Schnelläufer am Start. Dann stürzte er vor, packte Patschuli an einem Ohr und riß ihn in die Höhe. Patschuli kreischte schrill. Da ließ der andere das Ohr los, schnallte mit einem Ruck den Ledergurt ab und trieb den Schreienden mit klatschenden Schlägen zum Tor hinaus.

Ein Fenster im Turm an der Ecke ging auf. Die Zurückgebliebenen, die sich bis zur Mitte des Hofes vorgeschlichen hatten, sahen eine behaarte Brust, der Kopf des Capitaines blieb unsichtbar im Schatten des Daches. Und aus dem Schatten tönte eine klagende Stimme:

«Ruhe dort unten, ich will schlafen.»

Die klatschenden Schläge hörten auf. Lös sah die beiden Laufenden sich erreichen und engumschlungen in der finstern Türe einer Baracke verschwinden.

Todd summte:

«Das ist die Liebe,
Die dumme Liebe.»

Aber Lös winkte ab, und Todd nagte an der Haut seines Handrückens, als schäme er sich seiner Geschmacklosigkeit.

«Oh, pfui näin, wie gemäin!» sagte Sergeant Sitnikoff erregt in einem sonderbar gefrorenen baltischen Dialekt. Er seufzte laut und machte den Vorschlag, noch ein wenig beisammenzubleiben, da doch die störenden Elemente sich nun entfernt hätten.

Die anderen waren einverstanden und lagerten sich wieder im Kreise. Kainz wurde gebeten, einen starken Kaffee zu kochen. Er kam bald mit einer großen Blechkasserole zurück, in der er die Körner mit dem Kolben des Karabiners zermalmte.

«Wirklich, sehr interessant, was Sie uns soeben erzählten, Korporal» – Sergeant Sitnikoff haßte das familiäre ‹Du›, der Gebrauch des ‹Sie› war ihm unentbehrlich, er überhörte geflissentlich jede familiäre Anrede und zwang dadurch auch die abgebrühtesten alten Legionäre, ihm mit Höflichkeit zu begegnen. Hinter seinem Rücken machten sie sich über seine Pose, wie sie es nannten, lustig; doch wenn sie mit ihm sprachen, schienen sie selbst erfreut zu sein, sich dieser Höflichkeit unterwerfen zu können.

«Denken Sie sich, mir sind auch sonderbare Dinge passiert. Ich war doch Rechtsanwalt, in Odessa, als die Bolschewiken eindrangen. Im Pyjama und Schlafrock war ich nur über die Gasse gegangen, um mich rasieren zu lassen, richtiger: um die Straßenecke. Und als ich zurückkam, war die ganze Häuserreihe schon besetzt. Was blieb mir übrig? Ich ging an den Hafen. Dort stand eine französische Besatzungstruppe, bereit zum Einschiffen. Bei ihr ein Trüpplein Russen, das sich für die Legion verpflichtet hatte. Ob ich nicht mitkommen dürfe, fragte ich den Sergeanten. Nein, die Listen seien abgeschlossen. Da erinnerte sich ein Korporal, daß ein Schreiner, namens Sitnikoff, der sich auch verpflichtet hatte, im letzten Augenblick nicht erschienen sei. Ob ich für ihn einspringen wolle. Ich sagte ja. Wo sollte ich auch hin, ohne Geld, im Pyjama und Schlafrock? So kam ich also zu dem Namen Sitnikoff.»

Smith gähnte laut, Pierrard stimmte ein. Die beiden verabschiedeten sich. Die Zurückbleibenden saßen still beisammen, bis einige Wolkenschwämme auch die letzten Kreidetupfen der Sterne von der Schiefertafel des Himmels gelöscht hatten, die zurückblieb, weiß verschmiert.

III. Kapitel   Zeno

«Kommst, Korporal? Mir gehn schlachten», sagte der alte Kainz. Türk schien verstanden zu haben, denn sein Schwanz zeichnete fröhliche Arabesken in den Sand. Sitnikoff dankte für die Gastfreundschaft, kümmerte sich nicht um das Schweigen Todds, sondern führte ihn, höflich plappernd, bis zur Tür der Baracke.

Am Tor des Viehparks traf Lös den alten Hirten, der jeden Morgen kam, die Schafe auf die Weide zu treiben, hinaus auf die dürre Ebene, den Bled, auf dem nur Alfagras und wilder Thymian wuchs. Die mageren Schafe stolperten unsicher, das Maul mit Rotz verschmiert, durch das enge Gatter. Lös zählte sie, und der alte Hirte nickte dazu, versuchte auch manchmal, selbst mitzuzählen: «Ouachad, susch, thleta ...», aber bei drei mußte er aufhören. Zwei in der Nacht geborene Lämmer, die noch feucht waren, nahm der Alte unter die Arme. Er sah aus wie eine Karikatur des guten Hirten.

Fünf Schafe behielt Kainz zurück und trieb sie über den Platz zum Schlachthaus. Der jüdische Schächter wartete dort und begrüßte Lös demutsvoll. Die Schafe mußten getötet werden nach alten Gesetzen, denn die Eingeweide wurden den Bewohnern des Dorfes verkauft. Und nie hätten diese Fleisch von einem Tiere gegessen, das von einem Rumi geschlachtet worden war.

Der Schächter war klein und alt. Über dem weißen Gesicht erhob sich eine schwarze Kegelmütze, und ein schmaler Bart berührte den Überwurf aus weißer Wolle. Aus diesem zog er das rechteckige Messer und prüfte die Schärfe auf dem Daumennagel. Kainz warf ein Schaf auf den Rücken und kniete darauf. Mit priesterlicher Gebärde legte der Schächter die Hand auf das Maul des Tieres, drückte den Kopf gegen den Boden und fuhr, gedankenvoll sägend, mit dem Messer hin und her. Der Hals klaffte. Nur spärlich rann das Blut. In dem Schnitt war ein weißer Kreis sichtbar, und Luftblasen platzten mit leichtem Geräusch. Kainz sank auf den Knien tief in die Brust des Tieres.

Lös aber blickte in die Augen des Juden. Sie sahen durch die blutbespritzte Lehmmauer hindurch, irgendwo in eine unsichtbare Vergangenheit. Das Messer in der erstarrten Hand sah lächerlich altertümlich aus, wie ein Schermesser. Es wippte, kaum wahrnehmbar, im Takte des menschlichen Herzschlags und war überzogen von einem dünnen Blutschleier.

Der Schächter wischte das Messer ab am Saume seines Mantels; ein zartes rötliches Ornament blieb zurück. Der Jude starrte auf die fernen Bergzüge, die über die Lehmmauer ragten, sich aufwellten aus dem Blau und wieder darin versanken.

Und jedesmal, beim Schlachten der übrigen Schafe, erhielten die Augen des Juden einen Ausdruck stummen, sich erinnernden Gehorsams, der eine unbekannte Vergangenheit hineinzerrte in einen stinkenden Hof, wo Fliegenschwärme um Kothaufen summten und ein dicker Hund, schier mit dem gleichen sich erinnernden Blick, das rieselnde Blut mit träger Zunge lappte.

Auf dem Rückweg traf Lös den Capitaine Materne. Er ging mit langen Schritten vor dem Bureau auf und ab, ließ einen Weidenzweig mit leicht pfeifendem Geräusch regelmäßig gegen seine Gamaschen klatschen. Im Hintergrunde schüttelten die Maghzens drohende Fäuste. Doch diese Drohungen vermochten des Capitaines Spaziergang nicht zu unterbrechen: sechs Schritte vor, sechs Schritte zurück, in aufreizender Eintönigkeit. Der Schwarm folgte ihm.

«Sind die Maghzens nicht vor drei Tagen aufgeboten worden?» fragte Lös den alten Kainz, der neben ihm lief und einen zweirädrigen Handkarren stieß, auf dem die geschlachteten Schafe lagen, mit den abgehäuteten Köpfen nickten und die zerbrochenen Beine willenlos schlenkerten.

«Darum machen sie auch so ein Geschrei. Heut ist schon der zweite Tag, wo sie sich so benehmen, gestern den ganzen Morgen haben sie schon mit dem Materne gehandelt.»

Nun hatten die Männer den Capitaine eingekreist. Alle

streckten sie drei Finger in die Höhe und fuchtelten damit vor dem Gesicht des Schweigsamen. «Thleta Duro», kreischten sie. Es klang wie ein tragischer Chor.

Der alte Kainz war stehengeblieben und sah interessiert zu. Auch Lös mußte halten. Die beiden standen nur wenige Schritte von der Versammlung entfernt.

Capitaine Materne machte noch zwei Schritte. Dann hinderte ihn der geschlossene Kreis am Weitergehen. Die Weidengerte stand senkrecht in seiner Hand und zitterte ein wenig. Sein Kopf überragte die schreiende Menge, die geduckt ihn umgab. Und seine Augen blickten über die Köpfe weg, nach den weißen Schneegipfeln; dann sagte er leise und deutlich, und die Weidengerte wies in die Ebene, die hinter seinem Rücken lag: «Hemschi 'l Bled.» Da klappten die aufgereckten Finger an den Händen der Maghzens zusammen, die Fäuste verschwanden in den weiten Ärmeln. Murmelnd verzog sich der Schwarm, wie Mücken, die dem Rauch weichen müssen. Capitaine Materne aber (drei Jahre St. Maxence, vier Jahre Weltkrieg, Commandant der Ehrenlegion, Kriegskreuz mit drei Sternen und zwei Palmen) stand steif, seine Augen waren weich und ihr Ausdruck ähnelte dem des Schächters. Lös stellte es erstaunt fest.

Links neben dem Eingang des Postens saß ein Mädchen, eingehüllt in einen blauen Stoffetzen. Lös erkannte sie und winkte ihr zu. Es war Zeno, die im nahen Ksar wohnte und täglich zum Posten kam, um die schmutzige Wäsche einiger Unteroffiziere zu holen, die sie dann im nahen Oued wusch. Sie war mit wenig zufrieden: mit einer Handvoll Gerste, einer Gamelle Suppe, einem halben Laib Brot. Sehr mager war sie, ein schmutziges weißes Tuch wand sich um ihren Kopf und ließ ein Büschel strähniger Haare am Hinterkopf frei. Ihr Gesicht war hellbraun, regelmäßig und nicht tätowiert.

Ihr Gang war sanft und knabenhaft, ohne nutzloses Wiegen in den Hüften. Ungeschickt gab sie Lös die Hand, führte die Zeigefinger an die Lippen, nach uraltem Brauch; ihre Stimme war hoch und ein wenig rauh, als sie Lös ansprach: Sie begehrte Zukker und Kaffee und verlangte die Wäsche. Kainz spuckte verächtlich aus: Er liebte es, den Weiberfeind zu spielen. Lös versprach, nach dem Mittagessen zu kommen. Oh, sie werde gerne warten, versicherte Zeno, sie habe nichts zu tun, und ob der Korporal nicht einmal nach dem Ksar kommen wolle. Sie werde ihm Tee bereiten und Kuskus. Lös nickte, er hörte nur halb zu, denn aus dem Posten winkte mit feierlicher Gebärde der Sergeant-Major Dupont.

Narcisse Arsène de Pellevoisin, so behauptete Dupont, sei sein Name, und nur wegen geringfügiger Differenzen mit seiner Familie habe er seinen wirklichen Namen abgetan. Aber von den Sergeanten, die ihm nahestanden, weil sie ihn hofierten, ließ er sich gerne Narcisse nennen. Dieser Blumenname paßte wenig zu seiner vierschrötigen Gestalt, doch war er (wem glich er darin nicht?) ganz außerordentlich von seiner eigenen Schönheit überzeugt. Ein Bart kräuselte sich um seine Wangen und um sein Kinn. Zwar wurde behauptet, er trage diesen Bart nur, um eine tätowierte Schlange zu verbergen, die von einem Haaransatz zum anderen um sein Gesicht lief. Narcisse war geizig und freigiebig, je nach den Leuten, mit denen er es zu tun hatte. Aber Geld hatte er stets genügend. Er verwaltete die Kompagniekasse.

«Du», sagte Dupont zu Lös, «auf elf Uhr sind sechzehn Wagen mit Gerste angesagt. Von Bou-Denib. Komm mit. Ich muß dir etwas erklären.»

Er bot eine englische Zigarette an, *Three-Castle* stellte Lös fest. Der Sergeant-Major ließ diese Sorte in Tausenderschachteln von Fez kommen und verschacherte sie zu Wucherpreisen.

Sie gingen hintereinander durch den Posten. Viel Müßige standen herum, saßen auch an den Mauern der Baracken und flickten Kleidungsstücke oder putzten Gewehre. Vor der Mitrailleusensektion gab Sergeant Sitnikoff Theorie: «Die Mitrailleuse Hotchkiss ist eine automatische Waffe, die mittels der entweichenden Pulvergase getrieben wird. Sie besteht aus Rohr, Dreifuß und …»

Sitnikoff grüßte freundlich. Narcisse dankte kaum.

«Ein Trockenfurzer», sagte er und packte mit dem Unterkiefer die Oberlippe. Dadurch stand der Bart waagrecht nach vorn.

Lös ließ ihm den Vortritt. Der Sergeant-Major hatte ein stark vorspringendes Hinterteil, das er in Pendelschlägen hin und her warf.

In Lös' Kammer war es still und etwas kühl. Die Läden des kleinen Fensters waren geschlossen. Lös ging zwei Flaschen Bier holen, die im kleinen Kanal vor der Hütte kühlten.

Narcisses geringelter Bart wurde von Schaumflöckchen verziert, als er das Glas geleert hatte. Dann begann der Chef zu sprechen, und seine Worte machten ihm sichtlich Freude. Die Endsilben ließ er genießerisch auf der Zunge zergehen.

Wenn der Ort, von dem die Ware komme, erklärte er, mehr als hundert Kilometer entfernt sei, so dürfe man laut Reglement («Wo hast du's?» – «Hier.» – «Bien!») pro hundert Kilometer zwei Prozent abschreiben. Der Spanier, der die Gerste bringe, sei stets bereit gewesen, diesen Überschuß sofort zu kaufen, ja bar zu bezahlen. Der Preis der Gerste sei augenblicklich recht hoch, sechzig Franken der Zentner. Immerhin eine Einnahme von rund dreihundert Franken. Das sei wohl nicht zu verachten. Aber er bitte sich aus, da er doch diesen Vorschlag gemacht habe, daß seine Mühe honoriert werde. Fünfzig Franken dünke ihn gerade gerecht. Damit wolle er aus Freundschaft zufrieden sein und dafür auch das Abladen der Säcke beaufsichtigen, falls, man könne ja nicht wissen, zufällig ein Offizier oder gar der Alte dazukäme. Er sei dann immer da, um Auskunft zu geben.

Lös war einverstanden.

«Chef», sagte er (diese Anrede wurde im Posten gebraucht, wenn man Narcisse besonders schmeicheln wollte, es war der Titel, der einem Sergeant-Major der Kavallerie gebührte, Maréchal des Logis-Chef), «Sie kümmern sich um mich, als ob ich Ihr Bruder wäre. Wenn ich Ihnen irgendwie von Nutzen sein kann, so sagen Sie es nur.»

Der Chef lächelte ein kurvenreiches Lächeln zwischen seinem geringelten Bartwuchs. Er schlug sich mit der Hand auf die gepolsterte Brust, die vorstand wie bei einer Frau, und meinte, er kenne sich schon aus und wisse gut, mit wem er es zu tun habe. Und Lös habe ihm von Anbeginn gefallen, darum habe er sich auch beim Capitaine verwendet, um ihn in die Verwaltung zu bringen, ob er sich noch erinnere an die erste Inspektion, da habe eine Capotte gefehlt und sonst noch manches. Und wer habe das alles ersetzt? Er, der Chef. Ja, das sei eben die Kunst, im Leben keinen Schwierigkeiten zu begegnen. Man müsse die Richtigen aussuchen, die an die richtige Stelle setzen, dann sei die Arbeit ein Vergnügen. Darum duze er sich auch mit dem Korporal, er wisse wohl warum, denn er, Lös, habe doch mehr Bildung und mehr Fingerspitzengefühl als diese Sergeanten. Nur sich schön ruhig in der Administration halten, und übers Jahr, vielleicht schon früher, werde er den Capitaine schon dazu bringen, Lös zum Sergeanten vorzuschlagen. Also, Punkt elf Uhr, bis dahin auf Wiedersehen.

Der Chef kreuzte ab, steif und wippend.

Die Sektionen kamen fassen. Brot, Wein, Seife.

Dann spazierte Lös durch den Posten, besah sich die Barakken, die dunkel und voll summender Fliegenschwärme waren. Holpriger Steinboden, darauf dünne Matratzen. Braune Decken waren unordentlich am Fußende aufgestapelt. Ein Geruch nach Speisen und menschlichem Schweiß hockte fest zwischen den Wänden, und auch der Luftzug, der durch die beiden geöffneten Türen drang, vermochte ihn nicht zu vertreiben.

Es war vielleicht die Schlaflosigkeit der letzten Nacht und die sonderbare Wachheit, die nach vielem Weingenuß zurückbleibt, die Lös' Augen schärfer machte als sonst. Auch das Auffrischen der Vergangenheit mochte dazu beitragen. Aber er sah die Gesichter der vielen, die ihm begegneten, so hell und scharf, wie man sonst nur Dinge sieht. Und sie schienen ihm alle einen gleichen Zug zu tragen, viel Müdigkeit vor allem, und eine graue Stumpfheit, die unter der braungebrannten Haut durchschimmerte. Auf allen Gesichtern war diese Stumpfheit zu sehen, ob sie nun Deutschen gehörte oder Russen. Einzig der alte Guy, ein Franzose, der zu alt war, um bei der regulären Truppe zu dienen, torkelte über den Hof und trug auf seinem roten Gesicht die Fröhlichkeit wie ein buntes Banner. Er sang und lachte, umarmte Lös. Als dieser sich gereizt freimachte, verschwand die Buntheit aus des anderen Gesicht. Es wurde farblos und zerrissen, Tränen füllten die Furchen aus, die das Alter und die Luft gegraben hatten. Aber trotz allem, trotz diesem Schmerz, schien das Gesicht des alten Guy noch Leben zu bewahren, ein Leben, das den andern fehlte. Denn: «Vive la France!» rief er plötzlich und entschwand im Dunkel einer Tür, fuchtelnd und rotzend.

Die Baracke der Mitrailleusensektion enthielt eine goldenschimmernde Dunkelheit. Löcher, in das Wellblech gebohrt, ließen viele Sonnenstrahlen ein. Auf einem Bettgestell saß ein einsamer Mann. In der Linken hielt er einen kleinen runden Spiegel, mit der Rechten teilte er hingebungsvoll seinen kurzen Bart in zwei Teile. Immer wieder fand er ein Härchen, das nicht an seinem Platze war, immer wieder fuhr der Kamm den Kinnscheitel entlang. Lös beobachtete ihn eine gute Weile. Endlich fühlte der Kämmende den Beobachter, er wandte sich um, eine Grimasse, verlegen und traurig, hob die dicken Wangen. Er trat näher: «Ponimaisch porussky?» Lös schüttelte den Kopf. «Ah, Deutscher.» Verbeugung, Hand aufs Herz mit einer edlen Geste:

«Gestatten Sie, Korporal Koribout.»

«Lös.»

«Sehr erfreut, Ihre Bekanntschaft zu machen. Bin gestern neu angekommen. Ja, ganz angenehm in der Kompagnie, nicht?»

Stimmen riefen nach Lös. Dazu knatterte Peitschenknallen. Lös winkte ab und lief davon.

Beim Tor stand ein Fuhrmann, rot leuchtete seine Leibbinde, blau das Hemd. Der kurze Peitschenstil in seiner Hand ließ die lange Schnur Spiralen beschreiben, die in einer knallenden Wellenlinie endeten.

Vor dem Posten hielten die hohen zweirädrigen Karren, bespannt jeder mit sechs Maultieren hintereinander. Knarrend fuhren sie durch das enge Tor, luden in der Verwaltung ab (die dritte Sektion war zum Abladen kommandiert worden) und fuhren wieder hinaus, während die Kompagnie fast vollzählig Spalier bildete. Diese Spanier in Zivil, die vorüberzogen, wirkten wie Schauspieler, die ein Zugstück spielten: das Spiel vom freien Mann; leben kann er, wie er will, seine Stelle verlassen, wann er will, essen, was er sich kauft, und nicht das, was ihm von einer Autorität auf Befehl gekocht wird. Welch anderes Bild von der Freiheit soll sich der Soldat wohl machen?

Lös hatte den Führer des Wagenzuges zusammen mit dem Chef zum Mittagessen eingeladen: Der alte Kainz hatte zwei Lämmer geschlachtet und sie im Backofen mit roten Pfefferfrüchten, Tomaten und neuen Kartoffeln gebacken. Dazu gab es aus der Kooperative weißen algerischen Wein: *Kébir*, den Großen. Der Führer hatte eine Flasche Absinth gestiftet und der Chef *Amer Picon*.

Die Gerste wurde verkauft, und der Führer zahlte. Ein Fünfzigfrankenschein verschwand in Narcisses Hand. Dafür erneuerte der Chef sein Versprechen, beim Abladen des letzten Wagens, draußen vor dem Posten, zugegegen zu sein.

Und dies erwies sich als notwendig. Denn Capitaine Chabert, der den ganzen Morgen unsichtbar geblieben war, verzichtete heute auf seine Siesta und ging im glühenden Sonnenschein draußen vor dem Posten barhäuptig spazieren. Er umkreiste gedankenvoll den Wagen, dessen Säcke nach und nach auf die anderen Wagen verteilt wurden. Irgendwie schien es ihn zu belästigen, daß nicht die ganze Fracht in *seinem* Posten blieb. Aber in dem Augenblick, als der Capitaine einen von den Fuhrleuten um Auskunft fragen wollte, warf der Chef den beruhigenden Schatten seiner großen Gestalt über Chabert und erklärte sachlich und ohne Verlegenheit den Vorgang, wie er sich in den Augen des Capitaines auszunehmen hatte. Und Chabert setzte beruhigt seine Wanderung fort im stillen Dröhnen des Mittags.

Doch noch ein anderer strich mit hastigen Schritten um die Karren, Leutnant Mauriot, mit schmaler Nase und mangelndem Kinn. Aber seine Kenntnisse des Spanischen waren nur spärlich. Darum verstand er auch die Erklärungen des Fuhrmanns nicht, trabte lautlos, auf den weichen Stricksohlen seiner Espadrilles, in den Posten zurück, erkundigte sich zuerst beim alten Kainz, der immer «je ne sais pas, mon lieutenant» wiederholte, bis er schließlich mit einem lautlosen Sprung in Lös' Kammer landete und diesen zur Rede stellte.

Mißtrauisch trabte er wieder ab, mit verkniffenem Ausdruck, wie ihn Schulmeister zur Schau tragen, die dem Schüler nichts haben beweisen können.

«Mon dieu», sagte der Chef ein wenig später, als Lös ihm von diesem Besuch erzählte, er werde sich doch nicht um die Meinung eines Verwaltungsoffiziers kümmern, eines jungen Vatersöhnchens, das wohl noch nicht einmal richtig behaart sei, dort wo es darauf ankomme, und wahrscheinlich noch nicht einmal eine Frau von einem Mann unterscheiden könne. Und er ließ ein lautes Lachen erschallen, wie es bei solchen Gelegenheiten üblich ist, und Lös stimmte ein; endlich konnte er zu seinem Stelldichein gehen.

Zeno schien seit dem Morgen am gleichen Platze, regungslos, verblieben zu sein. Ihr Kopf hob sich, als sie Lös' Schatten sah. Das Lächeln, mit dem sie ihn begrüßte, sollte freundlich sein, war aber unterwürfig und maskenhaft. Lös erklärte ihr seine Verspätung, und sie nickte teilnahmslos. Dann stand er vor ihr, verlegen, weil er nicht wußte, was er tun sollte. Der zerrissene Stoff ihres Kleides brachte ihn endlich zu einem Entschluß. Er winkte dem Mädchen und ging weiter. Als sie an seiner Seite war, nahm sie seine Hand. Aber er schüttelte sie ab, denn es gingen zu viel Menschen über den Platz.

Im einzigen Laden des Dorfes breitete der Händler, ein junger glatter Jude, Stoffe vor den beiden aus. Beim Betasten blieb Zenos rauhe Haut bisweilen an den vorstehenden Fäden des Stoffes hängen. Im stillen Laden war dies Geräusch wie das kurze unterbrochene Nagen einer Maus deutlich zu hören.

Endlich hatte Zeno gewählt: das gröbste Tuch, ungebleicht und von Hand gewebt. Aber dauerhaft, so erklärte sie ihrem Begleiter, später würde es noch für ihre kleine Schwester zu brauchen sein.

Als sie aus dem Laden traten, begegnete ihnen Peschke. Er grüßte nicht, zeigte nur seine spitzen gelben Zähne und spie aus. Dann pfiff er, unbeteiligt, und prüfte doch aus den Augenwinkeln den Stoff, den das Mädchen unter dem Arme trug.

‹Am Abend wird der ganze Posten wissen, daß ich eine Geliebte habe und ihr Stoff schenke. Der Capitaine wird mich fragen, woher ich das Geld habe. Wenn schon›, dachte Lös.

Dann lief er noch einmal in die Verwaltung zurück, holte Kaffee, Mehl und Zucker, trug dem alten Kainz auf, zu sagen, er sei ins Dorf gegangen, um sich mit dem Juden zu verabreden, der die Schafe für die Herde lieferte.

Der Ksar, in dem Zeno wohnte, war ein hoher, auf allen Seiten geschlossener Häuserblock, der sich wie eine böse Märchenburg gegen den Himmel abhob. Er lag im Rücken des Postens, gut zehn Minuten entfernt. Sein Betreten war den Legionären streng verboten.

Zuerst führte der Weg durch Alfagras, das fast von der gleichen Farbe war wie der graue Staub, der seine Büschel umgab. Ein schwacher Wind kam von den Bergen und trug mit sich den Duft verwelkter Blüten. Neben dem Weg floß ein Bach, derselbe, der auch durch den Hof der Verwaltung lief, abgefangenes Wasser des Oued, das die Felder berieseln sollte und die kleinen dürren Gärten mit der sandigen Erde. Die Blätter der Feigenbäume klapperten leise, und die Lancetten der Olivenbäume waren aus mattem Stahl.

Dichter wuchsen die Bäume, und das Gras ward saftiger, als sie ans Ufer des Flüßchens kamen.

Lös verspürte eine unangenehme Leere in seinem Körper, die langsam zu einer Art Angst anwuchs, je weiter er mit Zeno ging. Er hielt ihre Hand gefaßt, blickte sie an von Zeit zu Zeit und versuchte ein Lächeln. Doch Zeno schien ihn vergessen zu haben, sie blickte ruhig auf die näherkommenden Mauern, und ihr rechter Arm hielt den geschenkten Stoff an ihre Hüfte gepreßt. Plötzlich riß sie sich los, lief und verbarg sich hinter einem rotgesprenkelten Oleanderbusch. Die Luft war zäh und schwül, denn der Wind traf nur die Spitzen der Bäume.

In der Lichtung stand das Mädchen braun und nackt gegen das blaue Tuch des Horizonts, das durch die Bäume leuchtete. Die Lumpen, die es fortgeworfen hatte, waren ein schmutziges Häuflein im Gras. Vorsichtig beugte sich Lös zu den spitzen Schultern und küßte sie. Der Geruch des Körpers war säuerlich, und salzig schmeckte die Haut. Die kleinen Brüste hingen schlaff herab und wirkten hilflos, bisweilen spannten Muskeln die Haut. Er legte die Hände auf die Hüften des Mädchens. Doch Zeno schüttelte diese Hände ab, blieb dann regungslos stehen, und ihre Augen waren ohne Ausdruck.

Eine große Dumpfheit war in Lös, die weder einen Gedanken noch einen Trieb aufkommen ließ. Dann flirrten ein paar Bilder ab: eine weiße Tafel, auf der stand ‹Klinik für Haut- und Geschlechtskrankheiten›, eine Flasche mit einer dunkelvioletten Flüssigkeit, eine farbige Tafel aus einem Anatomiebuch. Dann war wieder die dunkle Stumpfheit da, aus der nach und nach ein Gedanke auftauchte, der sich nicht vertreiben ließ: ‹Ein anderer an deiner Stelle›, so sprach jemand spöttisch in ihm , ‹würde zupakken, sich nicht lang besinnen. Aber du? Nirgends, in keinem Augenblick deines Lebens wirst du es lernen können zuzupakken.› Er schloß die Augen, trat einen Schritt zurück. Als er sie wieder öffnete, hatte Zeno den neuen Stoff wie eine breite Binde um ihren Körper gewickelt. Ein Zipfel bedeckte ihren Kopf. Sie lachte auf, laut und kreischend, packte Lös' Hand und zog ihn weiter.

Aufgeregt begann sie zu erzählen, von den Legionären, die sie verfolgten, vom dicken Capitaine, der ihr einmal, am Abend, nachgegangen sei. Aber er habe nicht gewagt, etwas zu sagen. Auch der Chef habe sie einmal in der Dunkelheit eingefangen, aber sie habe ihn gekratzt und gebissen, bis er sie freigelassen habe. Der Vater wolle nicht, daß sie mit den Soldaten gehe. Und dann sei der Capitaine Materne streng. Der sperre die Mädchen ein, die sich mit den Männern einließen. Aber er, der Korporal, der sei nicht wie die andern; das wisse sie. Dabei streichelte sie Lös' Hand und leckte sie wie ein kleiner Hund.

Sie kamen zum Ksar. Die hohen fensterlosen Lehmmauern blendeten ockergelb, beschienen von der Sonne, die schon tief stand. Im Staub spielten Kinder, die Gesichter waren mit Schorf bedeckt, viele Augen mit Eiter verklebt. Sie starrten auf die fremde Gestalt in Khaki und Wickelgamaschen und liefen dann schreiend davon. Ein dunkler Gang führte in das Innere des Dorfes, das ein einziger zusammenhängender Bau war, ein riesiger Termitenbau; dunkle Gestalten strichen an ihnen vorbei, nicht zu erkennen in der schmierigen Dämmerung. Lös dachte an das Verbot, an die Erzählungen, die umgingen, von Raubanfällen, er dachte an das Geld, das er bei sich trug. Aber er fühlte keine Angst. Er hatte sich mehr gefürchtet, als er die Schultern des Mädchens geküßt hatte.

Eine steile Holztreppe führte in ein Zimmer, in dem es erstickend roch. Zeno stieß einen Laden auf, und Strahlenbüschel durchstachen blauen Rauch. In einer Ecke lag ein kleines Mädchen auf einem Haufen Stroh, über ihr saßen auf Stangen etliche Hühner. Die plötzliche Helligkeit weckte sie auf, sie flatterten zu Boden und liefen gackernd umher.

Und Zeno stieß nun eine hohe Tür auf. Sie gab den Blick frei auf eine weite Terrasse. In durchsichtigen Kugeln schwebte der Rauch ins Freie, aber als unverrückbarer schräger Balken lagen die Strahlen vom Fenster zum Fußboden.

Inmitten der Terrasse hockte auf einer Alfamatte ein uralter Mann. Auf dem Scheitelpunkt des sonst glattrasierten Schädels wuchs ein langer grauer Haarschopf und lud Allahs Hand ein, zuzugreifen und den daranhängenden Körper mitzuziehen, hinauf, in eine reichere Welt. Denn der Mann war mager und unterernährt. Als er Lös' Schritte hörte, blickte er auf und ließ seine Zehen fahren, mit denen er gedankenvoll gespielt hatte. Lös erinnerte sich an seine Karl May-Lektüre und sagte: «La illah Allah, Mohammed rassuhl Allah.» Dabei verneigte er sich tief. Es schien zu stimmen, denn der alte Mann lächelte mit breiten Pferdezähnen, murmelte etwas wie: «Mlech, mlech», streckte eine schmale Hand aus, berührte nur leicht die des anderen mit den Fingerspitzen, führte dann den Zeigefinger an die Lippen und wies mit einer sanften Gebärde nach oben. Zeno erschien und zeigte ihr neues Kleid. Dazu schnatterte sie laut und aufgeregt. Das Lächeln des Alten zog sich tief in die Wangen, er deutete mit der Hand auf die Matte. Auch Lös wollte höflich sein. Er zog die Schuhe aus, rollte die Wadenbinden ab und stellte alles ordentlich an den Rand des Daches. Dann setzte er sich neben den Alten.

Dieser zog aus seinem groben Wollmantel eine fingerhutgroße Pfeife aus rotem Ton und füllte sie mit einem feingepulverten graugrünen Kraut. Er rief etwas ins Zimmer. Zeno kam mit einem zerbeulten Blechbecken zurück, das mit Glut gefüllt war. Eine Teekanne stand darauf, aus weißem Metall, mit grob eingeritzten Ornamenten. Der Alte legte eine Kohle auf die Pfeife, zog einen Zug tief in die Lungen und gab sie weiter an den Gast. Der folgte dem Beispiel. Der Rauch schmeckte scharf und duftend, so wie Tabak manchmal schmeckt an einem qualmenden Feuer.

Lös hatte schon früher Kif geraucht, in Bel-Abbès bei seinem Freund, dem großen Mulatten. Doch der Kif des Alten dünkte ihn stärker und würziger. Der Duft weiter Ebenen war in ihm und das schwere Licht eines heißen Tages.

Nach zwei Zügen war die Pfeife leergebrannt. «Sachar», sagt Lös und gab sie zurück. Er hatte sich dieses Dankeswort gemerkt ob seines Klanges, der an Saccharin erinnerte.

Die Terrasse lag neben der weiten Ebene, in der, ferne, der weiße Posten schimmerte. Im Rücken der Sitzenden stieg das Dorf stufenförmig an. Und die Ebene dehnte sich bis an die Berge, die ein zitterndes süßliches Violett bedeckte. Langsam wurden die Bäume schwärzer, die den Oued einfaßten.

Der Alte hatte die Hände auf die Knie gelegt. Manchmal hob er die Tasse zum Munde, die dicke zersprungene Tasse, hob sie zum Munde mit anmutiger Gebärde, und sein Schlürfen trommelte sanft durch die Stille.

Der Tee war süß und mit Minze gewürzt.

Da kam Zeno zurück mit einem flachen Korbteller, geflochten aus dünnen Weidenzweigen. Sie streute Mehl darauf, träufelte Wasser dazu und begann den Teller zu schütteln. «Kuskus», erklärte sie, und der Alte nickte. Das Mehl ballte sich zu groben Körnern, nicht größer als Stecknadelköpfe. Einen eisernen Topf setzte Zeno auf die Glut, zur Hälfte gefüllt mit Wasser. Und fünfmal schüttete sie das körnig geballte Mehl in ein unten spitz zulaufendes Tongefäß, das wie ein Sieb durchlöchert war. Dieser Tontrichter wurde in den Hals des Eisentopfes gesetzt, damit der Dampf die Mehlkörner garkoche.

In das leise Summen des Dampfes scholl plötzlich, ganz aus der Nähe, von einer unbekannten Höhe herab, ein langgezogener hoher Ruf. Der Ruf zersplitterte in viele Worte, die sich folgten und überstürzten, immer in der gleichen hohen Tonlage. Dazwischen sank die Stimme, unerwartet fast, um eine ganze Oktav, um gleich wieder zu ihrer früheren Höhe aufzuschnellen.

Schweigend stand der Alte auf, nahm den rauhen Mantel von den Schultern und legte ihn auf den Boden; er stand nun da in einem ärmellosen Hemd, das bis zur Mitte der Waden reichte. Dann neigte er sich, richtete sich auf, kniete hin, berührte den Boden mit der Stirne, ausgestreckt die Arme und die Hände flach auf den Steinfliesen, und dazu raschelte leise seine Stimme. Es klang, wie wenn der Wind mit verkohltem Papier spielt.

Kaum aber war die springende Stimme des Unsichtbaren verstummt, da saß der Alte wieder auf seinem Platz, eingehüllt in seinen Wollmantel und gab Zeno laute Befehle.

Der Kuskus wurde auf eine Holzschüssel geleert, die mit einer dicken Schicht stark riechenden Fettes bedeckt war. Dann goß Zeno eine farbige Brühe über das Ganze, in der Hühnerknochen und gekochte Pfefferfrüchte schwammen. Der Alte mischte das Ganze mit pflügenden Händen, schlenkerte sie in der Luft, um sie abzukühlen. Ungewohnt und fremd, wie die Haut des Mädchens, schmeckte auch die Speise. Mit langen vorsichtigen Fingern knetete der Alte kleine Kugeln und schob sie dem Gast in den Mund. Lös aß, denn er hatte Hunger. Und je vertrauter ihm der Geschmack dieser Speise wurde, desto stärker wuchs in ihm die Sehnsucht nach dem Körper des Mädchens, das neben ihm saß und sich an ihn lehnte. Auch sie formte Kugeln mit den kleinen Fingern und steckte sie dem Freund in den Mund. Und die Farbe der verknitterten kleinen Hände erinnerte ihn an die Farbe der Haut, an ihren Geruch und an ihren salzigen Geschmack.

Hernach gab es gepreßte harte Datteln und wieder Tee.

Der Vater hatte die kleine Pfeife entzündet. Als Lös die Hand danach ausstreckte, sprach ihm der Alte langsam und deutlich vor: «Amr sbsi.» Zeno übersetzte: «Pfeife füllen.» Und geduldig wiederholte Lös: «Amr sbsi.» Das Mädchen hatte sich neben Lös gelegt, zusammengerollt wie ein weiches kleines Tier, und den Kopf auf den Schenkel des Gefährten gelegt.

Der Abend war sehr ruhig und erwartete still den Mond, den eine unsichtbare riesige Hand über die Berge hob.

Als Lös den Kopf des Mädchens fühlte und gedankenlos die spröden Haare streichelte, mußte er einen Augenblick an Patschuli denken, der am Abend vorher den Kopf an ihn gelehnt hatte. Aber dann vergaß er es wieder, weil alles groß war und friedlich.

Da begann Zeno langsam zu sprechen. Die Worte der ihr fremden Sprache mußte sie mühsam zusammensuchen. Aber Lös verstand schnell und ergänzte geduldig den fehlenden Sinn.

Vor zwei Jahren hatte der Vater einen kleinen Garten besessen, am Oued, und er hatte gut getragen, Kartoffeln und Tomaten und Pfefferfrüchte. Auch ein paar Feigenbäume gab es und ein großes Feld mit Gerste. Aber der Vater hatte das Land verkauft, er hatte Steuern bezahlen müssen und den Juden. Nun hatten sie kein Land mehr, außer einem kleinen Streifen, der weit vom Wasser entfernt war, vom Flüßchen sowohl als auch von der Seguia, die davon abzweigte. Nun gebe es ein Stück Garten zu kaufen, nahe am Fluß, sehr fruchtbar, Feigenbäume wüchsen darauf und Oliven, und der Grund sei nicht zu sandig, sondern ein wenig schwer, so daß er nicht verweht werden könne vom Wind. Auch sei der Mais darauf schon reif. Nun, der Besitzer verlange dafür zweihundert Franken, der Korporal sei reich, ob er dem Vater nicht das Geld geben wolle? Zeno unterbrach sich und richtete eine Frage an den Alten. Der nickte nur. Sie wolle seine Frau werden, setzte Zeno hinzu und zog die Hand, die ihre Haare streichelte, an ihren Mund.

Lös dachte nicht lange nach. Ob er das Geld schließlich vertrank oder es dem Alten gab, war doch gleichgültig. Und dann: Niemand kontrollierte ihn, ob er in der Nacht im Posten schlief oder nicht. Die Nächte würden weniger einsam sein, es war schließlich nicht ganz dasselbe, ob Türk neben ihm lag oder ein Mädchen. ‹Vielleicht weiß der Schächter ein Zimmer im Dorf neben dem Posten. Dort kann sie wohnen, und ich kann bei ihr essen. Sie wird für mich kochen. Und gelegentlich werde ich dem Capitaine die ganze Geschichte erzählen, er wird wohl Verständnis haben. Ich kann ihm sagen, ich hätte von zu Hause Geld bekommen. Baguelin bestätigt es mir gern.›

Zeno hatte sich aufgesetzt und blickte Lös erwartungsvoll an. Da griff er in die Tasche, holte die zwei Hundertfrankenscheine hervor und gab sie dem Alten. «Sachar», sagte dieser, nickte und klopfte Lös auf die Schulter. Das Geschäft schien ihn nicht weiter aufzuregen. Er stopfte mit den immer gleichbleibenden Bewegungen die kleine Pfeife, nahm aber diesmal statt eines tiefen Zuges nur einen oberflächlichen, der gerade genügte, um die Pfeife in Gang zu setzen, und gab sie an Lös weiter, mit einer kleinen Beugung des Oberkörpers; dazu legte er noch die Hand auf die Brust.

Zeno aber riß ihrem Vater die Scheine aus der Hand, besah sie, rieb jeden einzelnen zwischen den angefeuchteten Fingern, hielt sie zwischen den Mond und ihre Augen und gab sie schließlich dem Alten zurück.

Ob er hier schlafen wolle, fragte sie ihn dann und versprach, Decken und Matten auf die Terrasse zu bringen. Lös nickte, er wolle nur schnell zum Posten zurück, sehen, was dort los sei. Er blieb noch eine Weile neben dem Alten sitzen, verschränkte die Arme hinter dem Kopf und blickte so lange in die Sterne, bis er sie tanzen sah; er hatte tränende Augen und ein schmerzendes Genick.

IV. Kapitel Nacht und Schlaf

Der Mond legte kalte Kompressen auf die Wellblechdächer, und, eine kurze Zeit nur, hatte auch der Abendwind versucht, Kühle in die fiebernden Baracken zu blasen. Aber dann hatte er die Nutzlosigkeit seiner Bemühungen eingesehen und war wieder eingeschlafen; die große Reise vom Meer über die roten Berge hatte ihn ermüdet. Und jetzt stöhnten die Schläfer unter der schweren Luft.

Zuerst versuchten sie verzweifelt, Verstecken mit der Wachheit zu spielen, die Augen zuzukneifen und sich einzureden, daß sie gleich wieder tief schlafen würden. Dann überkam sie die Wut, sie trommelten mit den Fäusten auf die Matratzen, um sich müde zu machen. Als dies alles nichts nützte, nur den Schweiß stärker aus den Poren trieb, entschlossen sie sich, die Baracken zu verlassen und draußen zu schlafen. Es dauerte stets lange, bis dieser Entschluß zustande kam, denn nicht nur die Trägheit mußte überwunden werden, sondern eine tiefeingewurzelte Überzeugung und eine schwer zu brechende Tradition: Nur auf Märschen schlief man unter freiem Himmel, im Posten war es Sitte, unter einem Dach zu schlafen. Das Dach, das den Himmel ausschaltete, und die Wände, die der Luft wehrten, waren etwas, was ihnen im Posten gebührte, was sie sich nicht ohne weiteres rauben ließen.

In der Mitrailleusensektion begann die Auswanderung, und es war Korporal Koribout, ein Neuer, der noch keine Tradition zu brechen hatte, der zuerst seine Matratze ins Freie schleppte. Ihm folgte Schilasky, ein Deutscher, dessen Körper so flach und hölzern war, daß er wie eine wandelnde Scheibenfigur wirkte. Und Todd folgte ihnen. Sie waren dem gleichen Geschütz zugeteilt worden und verstanden sich auch sonst gut.

Die drei bildeten eine einsame Gruppe, scharf getrennt von der Masse der übrigen, die ihre Matratzen dicht aneinanderreihten, um keinen Zwischenraum zwischen sich aufkommen zu lassen. Sie fürchteten das Alleinsein mehr als irgend etwas und warteten am Morgen aufeinander, um auch in Gruppen die Latrinen aufzusuchen.

Sie sprachen wenig, *ein* Witzbold genügte in der Gruppe, um die notwendigen Worte zu sprechen und den Gedanken der Masse Ausdruck zu verleihen über das Essen, den Dienst, die Kleider, die Löhnung, die Verdauung und die Huren. Aber von der Hitze war der Sprecher der Gruppe, der Berliner Kraschinsky, so erschöpft, daß er es nur zu Ausrufen brachte wie: «Kinder ... Nee ... diese Hitze ...» Sie waren alle nur mit Hemden bekleidet, und ihre Beine wuchsen daraus hervor, leichenhaft gelb.

Korporal Koribout lag zwischen seinen beiden Kameraden. Er trug Unterhosen, und seine Füße glänzten fett. Sie waren vom letzten Marsch noch wund, und er hatte sie mit einer Speckschwarte eingerieben. Seine Mutter sei eine Deutsche gewesen, hatte er erzählt, und er liebe diese Sprache. Darum verkehre er wenig mit den Russen.

«Ich habe heute ein Gedicht gemacht», flüsterte er, «in russischer Sprache, aber ich will versuchen, es euch zu übersetzen. Oder langweilt es euch?»

Die beiden anderen verneinten durch ein Brummen.

«Nun also», sagte Koribout. Er setzte sich auf, zog unter seinem Kissen ein schwarzes Wachstuchheft hervor, blätterte lange, blieb manchmal an einer Seite hängen, fand endlich, was er suchte, und begann:

«Wie viele lange Tage sind wir vorbeigewandert
An trockenen Gräsern,
Und haben das Bild gesucht der Frau, die mit uns
In einem kleinen Boot gefahren ist.
Blau war damals das Meer und lachte mit den weißen Zähnen
Seiner Schaumkronen.
Seit dieser Zeit sind wir allein gewesen.
Nie mehr sehen wir die Frau, die ferne,
Nur manchmal, in einem wachen Traum

Schreitet sie auf den Spitzen der verdorrten Gräser
Und grüßt uns mit müder Hand.»
Er unterbrach sich. «Das ist nicht richtig übersetzt», er murmelte ein russisches Wort, sprach es gedehnt aus, so als wolle er den Geschmack des Wortes finden, zog die Luft ein, wie um einen verwehten Duft einzufangen, schüttelte dann traurig den Kopf. «Ich finde es nicht», flüsterte er. «Müde ... es ist ein anderes Wort als ‹müde›. Traurig zugleich und hingegeben und doch gelangweilt. Es gibt kein solches Wort auf deutsch. Aber der Vers ist schön, nicht wahr?» Er wiederholte:

«Schreitet sie auf den Spitzen der verdorrten Gräser.»

Er schwieg. Die anderen blickten in die Sterne, und auch sie schwiegen. Sie wagten einander nicht anzusehen, und eine große Verlegenheit wuchs zwischen ihnen auf. Sie schämten sich für den Dichter und für das, was er ausgedrückt hatte, schämten sich, ohne zu wissen warum, weil er Dinge ausgedrückt hatte, die vielleicht richtig waren, aber die doch verschwiegen werden müssen, weil sie, ausgedrückt mit Worten, doch zu einer Unehrlichkeit, einer Lüge werden. Nicht zu einer groben Aufschneiderei, die schließlich unterhaltsam ist und die Zeit vertreibt, sondern zu einer tieferen Lüge, die einem vorübergleitenden Gefühl plötzlich Ewigkeit schenkt und Dauer. Dies war es wohl, was Todd meinte, als er verärgert brummte:

«Du dichtest da etwas über eine Frau, meinst du eine bestimmte? Oder ist das nur so ein ... ein ... Traum?»

Koribout stieß die Luft leise durch die runden Nasenlöcher, die mitten im Gesicht zwei dunkle Kreise waren; denn seine Nase war nach oben gestülpt. Dann sprach er wie ein Lehrer, der einem unwissenden Kinde längstbekannte Tatsachen enthüllt, die es nur vergessen hat, sich zu merken.

«Natürlich habe ich diese Frau gekannt. Wie könnte ich sonst von der Erinnerung an sie so verfolgt werden, daß ich sie gestalten muß? Siehst du, ich habe bemerkt, daß wir hier viele sind, die von solchen Erinnerungen verfolgt werden. Tage, ja Wochen sind die Leute ruhig, und plötzlich werden sie traurig, wissen nicht mehr, was sie mit sich anfangen sollen, laufen gereizt herum, bis endlich an einem Abend sich alles entlädt. Wie ein Abszeß, der aufplatzt und viel schmutzigen Eiter enthält ...»

Schilasky nickte gedankenvoll. Es schien, als hätte der andere ihm aus dem Herzen gesprochen.

«Es braucht ja nicht immer eine Frau zu sein», sagte er leise, rollte sich auf den Bauch und stützte den Kopf in die zur Schale geschlossenen Hände.

Koribout wollte nicht hören, er war zu sehr mit sich selbst beschäftigt.

«Die Frau, von der ich schreibe, ja, ich habe sie gut gekannt ... und auch geliebt, wie sehr!» Er redete stockend und ein wenig ungeschickt, um den Worten mehr Gewicht zu geben. «Ihr wißt ja, daß wir nach Konstantinopel zurückgedrängt wurden. Und wir waren alle arm. Ich hatte ein wenig Schmuck von meiner Frau, aber meine Frau selbst war verlorengegangen. Vielleicht hat sie nach Deutschland fliehen können. Nun gut, zu unserem Kreis gehörte auch ein Ehepaar; er war ein großer brutaler Kerl und quälte seine Frau, die zart und schlank war. Sie hatten kein Geld, und ich habe sie unterstützt, mit dem wenigen, das ich hatte. Ich weiß gut, daß der Mann von seiner Frau verlangte, sie solle mir entgegenkommen. Und sie tat es auch, zuerst. Aber dann merkte sie, daß sie mich lieb gewann, und da wurde sie zurückhaltender. Oh, oft haben wir ein Boot genommen und sind aufs Meer hinausgefahren. Der Mann saß im gedeckten Hinterschiff, er hatte auch noch den Vorhang vorgezogen, um uns ganz ungestört zu lassen. Dort betrank er sich. Und wenn er dann allein mit seiner Frau war, später am Abend, schlug er sie, um sich zu rächen und um seine Eifersucht loszuwerden. Und dabei lebte er doch von dem Gelde, das ich der Frau gab. Es ist nie etwas zwischen uns vorgefallen, dafür liebte ich sie doch viel zu sehr.»

Koribout sah immer lächerlicher aus; sein Gesicht war den Sternen zugewandt, er sperrte die Augen weit auf und blähte die Nüstern, manchmal riß es ihm die gefalteten Hände auseinander, und dann versuchte er, die Stellung des Adoranten einzunehmen, was schlecht zu seinem sauber geteilten Bart und seinen fleischigen Wangen passen wollte. Auch seine Sprache wollte er edel, darum dehnte er die Silben in gekünsteltem Singsang.

Todd gähnte.

«Aber ihr müßt begreifen», fuhr Koribout fort, «daß ich diese Frau nicht mehr vergessen kann. Die Gemeinschaft unsrer Seelen war zu tief, wir haben zu lange das Wachsen unserer Leidenschaft beobachtet, das bindet mehr, glaubt mir, als ein fleischliches Erlebnis.»

Koribout schwieg. Nach einer Pause, in der er mit gekrümmten Fingern in der Luft gegraben hatte, förderte er mühsam folgende Feststellung zutage:

«Aber manchmal überfällt mich die Erinnerung an sie, und dann weiß ich mir nicht zu helfen. Diese Frau kommt zu mir zu Besuch, ihre Nähe ist so leibhaftig und quälend, daß ich weinen könnte. Und um den Schmerz zu bannen, versuche ich ihn zu beschwören. Ein Gedicht ist eine Beschwörung, nichts weiter. Andere müssen nur erzählen, sie brauchen ihr Erlebnis nicht schön zu formen. Ich muß dies noch tun, dann wirkt es besser.»

«Es ist ganz richtig, was Koribout da sagt», bemerkte Schilasky und wandte sich angriffslustig gegen Todd, auf dessen Gesicht ein höhnisches Grinsen eingetrocknet war. «Der Ackermann, der Korporal in der vierten Sektion ist, hat es ganz gleich. Ich kenne ihn gut, denn ich habe mit ihm zusammen in Mainz engagiert. Und er hat etwas ganz Ähnliches erlebt …»

Koribout war sogleich interessiert. Schilasky solle doch erzählen, meinte er. Sein süßlicher Ausdruck wurde durch einen angespannten, gierigen verdrängt. Er öffnete sein Wachstuchheft, feuchtete den Bleistift mit den Lippen an und wartete wie ein geschulter Sekretär auf das aufzunehmende Diktat.

Es sei mit diesem Ackermann, wie Koribout sage. Er habe auch Besuche. Ob die anderen den Korporal kennten? Er sei, was man so einen Germanen nenne, blond und blauäugig, gut gebaut, und begeistert für den Dienst. Er wolle hochkommen, das habe er schon bei seinem Engagement geschworen. Nun, so ein Junge würde das ja noch fertigbringen. Er habe nur zwei

Wochen Krieg mitgemacht, stamme aus reicher Familie, mit Verwandten in der Schweiz, er habe eben die Unterernährung während des Krieges gar nicht gespürt.

«Während wir!» – abgehackt und verbittert sprach er weiter und stieß Todd in die Seite. «Ich, für mein Teil, bin erledigt. Lebe so als halbe Leiche. Typhus in Mazedonien, Lungenschuß bei Verdun, wundert mich nur, daß sie mich in Mainz genommen haben.»

Nun also, der Ackermann sei aus dem Krieg zurückgekommen, und habe sich während der Umsturzzeit so richtig herumgetrieben. Habe dann ein Mädel aus einem öffentlichen Hause kennengelernt und habe sich in dieses verliebt. Er sei mit ihr spazierengegangen, habe ihr Geld gegeben, das er irgendwie immer aufgetrieben habe. Zuerst von daheim, und als da nichts mehr zu holen gewesen sei, habe er geschoben, Fieberthermometer und Salvarsan und sonst verschiedene Dinge. Der Vater habe dann von Freunden den Verkehr seines Sohnes erfahren. Ganz gehässig und zischend wurde Schilaskys Stimme:

«Die Väter! Meiner war genauso. Sprechen immer von ihrem guten Namen, der nicht beschmutzt werden darf. Als ob so ein paar Buchstaben etwas unglaublich Kostbares wären. Ich habe meinem Vater einmal gesagt: ‹Dein Name, schau, er kommt mir vor wie ein altmodischer Zylinderhut, den man nur bei Begräbnissen aufsetzt. Man hütet ihn, damit er nur ja keinen Flecken kriegt, aber in der Schachtel wird er doch grün und läßt schließlich Haare und wird unansehnlich.› Was ist das, ein Name? Ich habe die Mode nicht mitgemacht, mich nicht umgetauft, sondern meinen Namen behalten, wie ich in die Legion bin.»

Nun, auch Ackermanns Vater hatte den Sohn mit Vorwürfen überschüttet, und da war der Junge schließlich in die Legion gegangen und hatte einen rührenden Abschied von dem Mädchen genommen. Er hatte es heiraten wollen. Warum nicht? Sie wäre vielleicht eine gute Frau geworden. Aber die Sache sei so: Dieser Ackermann tue tadellos Dienst, drei Wochen, vier Wochen. Plötzlich aber, an einem Abend, beginne er zu stöhnen, die Nacht darauf schlafe er nicht, man höre ihn schluchzen, wie ein kleines Kind. Und oft habe er, Schilasky, den Freund trösten müssen. Auch der folgende Tag bringe nicht die erwartete Erlösung. Erst gegen den Abend packe dann Ackermann irgendeinen Kameraden, den er gerade erwischen könne, und fange an, ihm das Mädchen zu beschreiben. Wie es ausgesehen habe und nach was sie gerochen habe, nach Maiglöckchen, und gelbe Unterwäsche habe es getragen, kurz, er versuche das Mädchen aus Worten zusammenzusetzen, bis es wieder lebendig vor ihm stehe. Dann sei der Schmerz vergangen, Ackermann tue wieder Dienst wie vorher. Das sei es wohl, was Koribout gemeint habe.

Koribout schrieb so eifrig, daß er nicht zu antworten vermochte, sondern nur nickte.

Korporal Ackermann aber wußte nicht, daß soeben von ihm gesprochen wurde. Mit vier anderen zusammen, dem alten Guy, dem Türken Fuad und dem Schweizer Bärtschi, spielte er Einundzwanzig. Später kam noch Pullmann hinzu, die bullenhafte Ordonnanz des Leutnant Mauriot. Über Ackermann war diese Spielwut ganz plötzlich gekommen. Sonst hielt er sich gerne von seinen Untergebenen fern, er hielt ‹distance›, wie er es mit übertriebener französischer Aussprache nannte. Aber gestern hatte er eine seiner Krisen gehabt und fühlte sich anschlußbedürftig. Sie spielten gelangweilt, die alten Karten klebten von Schweiß, das Geben bereitete Mühe. Guy hielt die Bank. Er und Fuad besaßen das meiste Geld. Fuad war klein und gelb und erinnerte an einen schnüffelnden Hund. Er hatte eine bewährte Methode, Geld zu verdienen. Er trank keinen Wein, sammelte ihn vielmehr. Dann gab es Kameraden, die ihre Löhnung immer schnell ausgegeben hatten. Denen kaufte er den Wein ab, er gab vier Franken, wenn ihm der tägliche halbe Liter während vierzehn Tagen abgeliefert wurde. Gewöhnlich hatte er sechs Tributpflichtige. Das gab täglich mehr als drei Liter. Er verkaufte die Zwei-Liter-Feldflasche den Reicheren zu zwei Franken, wobei für ihn ein guter Verdienst abfiel.

Sonderbar, aber er gewann auch gewöhnlich beim Spielen. Er war vorsichtig und kaufte nur ganz selten, wenn er siebzehn hatte. Aber Pullmann verlor, ebenso wie der alte Guy. Den kümmerte es nicht viel. Ihm war es nur um Zeitvertreib zu tun. Aber Pullmann wurde immer aufgeregter. Er hatte Schulden und gehofft, einen guten Fang zu machen und seine Sorgen auf einen Schlag loszuwerden.

Die Ruhe des Türken übte auf alle einen unangenehmen Reiz aus. Er hatte ein ewiges Lächeln, das die spitzen Zähne sehen ließ und die Schnüfflerfalten um seine Nase noch vertiefte.

In der staubigen Luft brannte die Kerze oben auf dem Kleidergestell mit trüber Flamme und warf riesengroße Köpfe auf die gegenüberliegende Wand.

«Noch eine», sagte Fuad. Es war das erste Mal, daß er kaufte. Er hatte As und König; nun bekam er eine Sieben. Er legte die Karten auf: «Einundzwanzig», sagte er unbewegt. Der alte Guy warf ihm einen Franken hin.

«Ich könnte wetten», sagte Pullmann, «daß er die Karten aus dem Ärmel zieht. Aber bei dem Licht kann man es nicht genau sehen.» Er sprach deutsch und wandte sich ausschließlich an Ackermann. Dieser zuckte die Schultern. Er wollte sich in kein Gespräch einlassen. Die anderen blickten auf Pullmanns Lippen, um womöglich den Sinn des Gesprochenen zu erraten. Es gelang ihnen nicht, denn Pullmann zog mit Erfolg eine unbeteiligte Grimasse.

Ein kleiner magerer Kerl wankte herein, kauerte sich in eine Ecke, weit von den Spielenden entfernt, zog eine Mundharmonika aus der Tasche und begann verträumt ein Lied zu spielen. Das Instrument war alt und quiekte sehr falsch. Bisweilen schüttelten den kleinen Mann bösartige Schauer. Dann teilte sich das Zittern auch dem Liede mit, das dadurch so traurig wurde, daß die Spieler mit Fluchen gegen die Störung demonstrierten. Aber den kleinen Mann störte das nicht weiter. Immer begann er wieder von vorne die Melodie zu spielen, immer an der gleichen Stelle:

«oder geht mein Leben ins Verderben»,

machte er einen Fehler, und mit unendlicher Geduld verbesserte er den Fehler, suchte den richtigen Ton, fand ihn, begann wieder von vorne, um an der gleichen Stelle den gleichen Fehler zu machen.

Pullmann riß dem alten Guy die Karten aus der Hand. Er wollte die Bank übernehmen.

Bärtschi, der Schweizer mit dem feuchten Tomatengesicht, sang die Melodie des Harmonikaspielers mit:

«Ich weiß nicht, bin ich reich oder arm,

Oder geht mein Leben ins Verderben»,

kümmerte sich nicht um die Unterbrechung und fuhr tapfer fort:

«Und ich weiß nicht, komm ich gesund nach Haus,

Oder muß ich in der Fremde sterben.»

Das ‹Sterben› dehnte er so lange, bis es Ackermann zu dumm wurde und er den Singenden anfuhr.

Aber dies brachte Bärtschi nicht aus der Ruhe. Er antwortete ebenso grob, und seine krächzende Aussprache verstärkte noch die Beleidigung. So sehr er sonst dem Korporal Untertänigkeit bezeigte, jetzt beim Spiel behandelte er ihn als Gleichgestellten, ja verachtete ihn. Es ging nicht, so fand er in seinem disziplinierten Geist, daß ein Vorgesetzter mit seinen Untergebenen spielte.

Ackermanns Gesicht wurde weiß, und seine Lippen verschwanden zwischen den Zähnen. Er warf die Karten hin, stand auf, Bärtschi duckte sich, er wartete auf den Schlag, der kommen mußte. Aber Ackermann ging mit langen Schritten zu dem Bläser, setzte sich neben ihn. Endlich war er beruhigt und erkundigte sich nach dem Befinden des andren.

«Immer Fieber», sagte der kleine Schneider. Dann schwieg er wieder. Bald aber begann er zu murmeln, verfluchte den Posten, der nie von einem Arzt besucht werde. «Komm», sagte Ackermann, nahm ihn beim Arm, führte ihn in die Baracke der dritten Sektion zurück, hieß ihn sich niederlegen, zog ihm die Schuhe aus und die Wadenbinden, wickelte ihn in Decken ein und strich ihm dann noch beruhigend über die Haare. Dann brachte er Wasser, befeuchtete sein eigenes Taschentuch und legte es auf die heiße Stirn des Liegenden. Mit glänzenden Augen starrte der kleine Schneider auf die gerippte Decke. Viel Sonderbares schien er dort zu erblicken, denn er murmelte andauernd, seine Hände unter der Decke waren unruhig, er zeichnete Linien nach. Endlich hatte er es gefunden. Zaghaft setzte er die Mundharmonika wieder an die Lippen, spielte langsam und andächtig, deutlich sah Ackermann, wie das Gehör des Kranken nun den Linien der Töne folgte, als seien sie Wege, die in einem unbekannten Land bergauf, bergab führten. Ackermann ließ den Kranken ruhig weiterwandern.

Er kehrte zurück und fühlte sich durchaus glücklich. Der kalte Zorn war schnell geschmolzen. Er dachte, daß er hätte zur Sanität sollen, erinnerte sich an sein Mädchen, das auch einmal krank gewesen war und das er gepflegt hatte. Sie hatte ihm damals auch gesagt, daß er gut pflegen könne. Und diese Tatsache, ein guter Pfleger zu sein, erfüllte ihn mit großem Stolz.

Ihm war es nun ganz unverständlich, daß er hatte spielen können. Denn dies Spielen: ganz als Zeitvertreib, als unschuldigen, konnte man es doch nicht ansehen. Es war ein Kampf gegen die anderen, wenn er spielte, tat er es doch mit der festen Absicht zu gewinnen, und sein Gewinn schädigte die anderen. Es war falsch, die anderen zu schädigen, empfand er plötzlich, sie alle waren unglücklich, das bißchen Geld, das sie besaßen, bedeutete Glück für sie, und er, er hatte es ihnen aus der Tasche nehmen wollen. So überschwengliche Güte fühlte er plötzlich in sich, daß er nicht wußte, was er mit diesem Überschwang machen sollte. Er wollte noch einmal nach dem kleinen Schneider sehen oder Schilasky besuchen, der stets so schwer an seinem Gewissen zu schleppen hatte, aber da hörte er aus der Baracke der Vierten lautes Streiten, und er lief, um Frieden zu stiften.

Der dicke Pullmann sah nun ganz einem gereizten Bullen gleich. Mit blutunterlaufenen Augen kniete er am Boden, die Rechte noch aufgestützt, die Linke im Hosensack eingegraben. Er spuckte Fuad Schimpfworte ins Gesicht, richtete sich auf, um den Gelenkigeren zu packen, der ihm immer wieder, mit einem höhnischen Sprung entwischte. Der alte Guy hatte sein Geld in Sicherheit gebracht, nun hockte er da, auf seinen verschränkten Beinen, klatschte in die Hände und eiferte die anderen an.

Bärtschi stand in einer Ecke, weit von den Streitenden entfernt, die Augäpfel waren aufgequollen, stumpf und blicklos. Schlaff hing die Unterlippe herab. An der Tür drängten sich Zuschauer.

Nun richtete sich Pullmann auf. Ein Messer wanderte von der einen Hand in die andere und sprang auf, mit einem trockenen Schnappen. Aber auch in Fuads Hand sah Ackermann ein Messer. Der Türke trug noch immer den unbeteiligten Ausdruck. Kein Blut färbte die pergamentgelbe Haut. In kleinen federnden Sätzen umkreiste er den Großen, seine harten Augen folgten jeder Bewegung des anderen, er suchte die unbeschützte Stelle. Von weitem schon rief Ackermann: «Ruhe!», er war zornig, die Baracke war sein Eigentum, hier hatte er zu kommandieren, eine Messerstecherei war eine Beleidigung seiner Autorität. Aber die Baracke war lang, er hatte den ganzen Gang zu durchlaufen, und der Gang dehnte sich, es war wie in einem Traum, er kam nicht von der Stelle, obwohl er lief. Endlich hatte er die beiden erreicht. Er sprang zwischen sie, die Arme nach vorne gereckt, seine Ellbogen spürten die Brustknochen der Gegner. Aber Pullmann schien blind. Einen kleinen Schritt nur tat er zurück, dann ließ er das Messer mit voller Kraft nach unten stoßen. Er traf Ackermanns Beuge. In einem Augenblick war der Ärmel dunkelrot, und das Blut tropfte auf den Boden. Pullmann stieß ein Heulen aus. Dann verstanden die Zuschauer die leisen Worte, die folgten: «Nicht dich, Korporal, nicht dich.»

Die Aufregung war groß. Die Zuschauer drängten herbei, sie konnten nicht still bleiben, tanzten von dem einen Fuß auf den anderen, schnitten Grimassen, glücklich, oh wie sehr, daß sie dies interessante Schauspiel nicht verpaßt hatten. Ratschläge schwirrten durch die Luft; einer rief nach Spinnweben, der andere erbot sich, sein Wasser über die Wunde zu lassen. Drei, dann vier Kerzen beleuchteten das Schauspiel.

Ackermann zog den Rock ab, der Schnitt war nicht tief, eine einzige Vene war getroffen, die ihr Blut in einem kleinen Springbrunnen in die Luft spritzte. Und Ackermann fühlte, wie das Glücksgefühl, das ihn vorher nur bescheiden erfüllt hatte, nach und nach wuchs, bis es schier unerträglich wurde. Eine Leichtigkeit durchdrang seinen Körper, wie er sie nur in den Flugträumen seiner Kindheit erlebt hatte. Und auch diese Kindheitsträume waren deutlich wieder da, verwandelten die ganze Begebenheit und tauchten sie in ein sonderbar glühendes Märchenlicht, dessen Schönheit so überwältigend wurde, daß er lächelnd die Augen schloß.

Als er sie öffnete, hatte Pullmann schon sein Hemd zerrissen. Der Ärmel, festgerollt, diente ihm zum Abbinden. Das Blut stockte. Ackermann stand auf. Seine Haltung war voll Feierlichkeit, und die anderen verstummten. Sie fanden ihn schön, sein Gesicht war bleich und scharf, sein blondes Haar lag am Kopf an, wie eine Kappe aus Goldstoff. Er sprach, ohne sonderlich die Stimme zu erheben, verlangte Schweigen von ihnen allen über den Vorfall. Kein Vorgesetzter durfte davon erfahren. Das fordere er von ihrer Kameradschaft. Er wiederholte die Worte in französischer Sprache. Dann ließ er die Lichter löschen und legte sich auf seine Matratze. Pullmann ließ sich nicht vertreiben. Die ganze Nacht blieb er neben dem Verwundeten.

Lös war ohne Schwierigkeit in den Posten gelangt. Die Wache am Tor hatte gerade den Rücken gekehrt. Vor der Tür seiner Kammer hockte der Bäcker Frank, ein Wiener, der eine ewige Leidensmiene wie eine Maske trug. Und seine Klagen sickerten zähe zum alten Kainz, der neben ihm saß.

«Auch kann ich nicht schlafen. Immer das Reißen im Rücken. Und die Zehen tun mir so weh. Dann is mir wieder kalt, auch wenn ich vor dem heißen Ofen steh. Weißt, ich glaub, ich mach es nicht mehr lang. Entweder der Major muß mich auf Reform schicken, oder ich geh sonst drauf. Ein schweres Leben is es schon. Servus, Korporal, wo kommst denn du her?»

Lös erkundigte sich nur, ob niemand nach ihm gefragt habe. Nein, der Leutnant Mauriot war nicht in der Verpflegung gewesen. Die Offiziere saßen noch alle in der Messe zusammen und feierten irgend etwas. Der Koch hatte zwei Büchsen grüne Erbsen geholt. Und Hühnerwald hatte drei Flaschen Wein liefern müssen. Auf Rechnung von Mauriot. Ja, ja. Das seien alle

Neuigkeiten. Es war nicht ganz leicht, diese Meldungen zu verstehen. Denn der alte Kainz hatte einen wackligen Zahn, dessen Festigkeit er während des Gespräches ständig mit zwei Fingern kontrollieren mußte.

Und Lös gab seine Absicht kund, die Nacht nicht im Posten zu verbringen. Kainz behauptete, er gönne dem Korporal diese Abwechslung. Was soll auch der Mensch anfangen ohne ein wenig Liebe? Was ihn betreffe, so habe er genug von den Frauen, seine Alte sei ihm untreu geworden ... aber das wisse ja der Korporal.

Lös kannte eine Stelle, hinten beim Park der Maultiere, wo die Mauer leicht zu übersteigen war. Und auch der Stacheldraht war dort schadhaft. Es kam nur darauf an, zu wissen, ob die Stallwache schlief oder ob sie bestechlich war.

Schlafende Tiere sind fremdartig, viel fremdartiger als schlafende Menschen. Das Maultier steht still mit gesenktem Kopf; es scheint aus Holz zu sein, sein Kopf bewegt sich nicht, seine Ohren sind reglos. Aber es träumt ganz sicher. Denn bisweilen laufen über seine gespannte Haut leise zitternde Wellen, und ganz sanft schwingt der Schweif mit. Plötzlich erwacht es, spreizt die Hinterbeine, läßt fließen, was es beschwert, seufzt tief auf, und steht wieder reglos, mit steinernen Nüstern, die glänzen wie schwarzer polierter Marmor.

Die Stallwache schlief. Der Weg über die Mauer war frei.

Aber Lös blieb einige Minuten auf der Mauer sitzen, um die Reihe der schlafenden Tiere zu betrachten. Eine Kette klirrte, ein aufstampfender Huf ließ den Boden dröhnen, ein Prusten kollerte, wie ein kurzer gedämpfter Trommelwirbel. Lös sprang ab.

Zeno hatte sich Mühe gegeben. Sie hatte alles mögliche auf die Terrasse geschleppt und übereinandergeschichtet, um ein weiches Lager zusammenzubringen. Beim Untersuchen stellte Lös folgende Lagen fest: Zuerst mehrere alte Säcke, die, obwohl halb verfault, doch noch deutlich den Stempel der Militärverwaltung trugen. Dann kam eine Lage frisches Alfagras, darauf Lumpen, aber saubere Lumpen, am Oued gewaschen und in der Sonne getrocknet. Das Ganze wurde von vier Schaffellen bedeckt, die ihre weiße Wolle in der Nacht leuchten ließen. Die breite Lagerstatt war in einer Ecke der Terrasse aufgeschlagen, und die hohen abschließenden Mauern gewährten Schutz gegen den Morgenwind, den man erwarten durfte.

Still breitete sich die Terrasse aus; kein Geländer war da, das sie abschloß von der Ebene, in welche sie unmerklich überging. Nur die Berge waren eine weiche Grenze, die den Blick aufhielt und ihn überleitete zum Funkeln der Sterne.

Zeno lag auf dem Rücken, die Arme unter dem Kopf verschränkt. Ihr Brust hob und senkte sich, und ihre Haut wirkte zart wie das Fell eines Tieres. Und auch Lös träumte in den leeren Himmel hinein, füllte ihn mit den Göttern, die er langsam auferstehen ließ aus ihrem tausendjährigen Schlaf.

Vergessen ist das dumpfe Zimmer im Posten, die Zahlen auf den Registern, das Kriegsgericht und der kleine Leutnant Mauriot. Auch die Kameraden sind vergessen, die stets umgeben sind von dem Geruch schmieriger Vergangenheiten, der ihnen anhaftet, was sie auch tun, um ihn zu vertreiben. Und wie er denkt: ‹Vergessen› – sind sie alle wieder da und höhnen ihn. Er hört ihre Worte, sieht das zahnlose Grinsen des alten Kainz. Und wie um Rettung zu finden, als könne er ihre Anwesenheit abstreifen wie ein Kleid, beginnt er sich auszuziehen. Wirft weit weg die Uniformstücke, die Schuhe, die Unterkleider. Bis er, endlich nackt, ein Mondbad nehmen kann, das ihn befreit. Auch der Körper neben ihm ist kühl. Und ihn zu fühlen, vermag das Denken zu bannen, auf Augenblicke.

Hernach aber ist die Traurigkeit noch größer, und die Einsamkeit wächst und der Ekel. Wolkenfetzen sind graue Abwaschlumpen, ein übler Geschmack von fremder Haut bleibt im Munde zurück. Die Angst wächst wieder, vor allem: vor der Zukunft, dem anbrechenden Tag, vor der Krankheit (war die Frau nicht doch angesteckt?). Schweigend zieht Lös sich wieder an. Er stößt das Mädchen zurück, das ihm helfen will, das fragt, ob es ihm etwas bringen könne. Heißen Tee? Oder Kaffee? Er schüttelt nur den Kopf. Dann stolpert er eine dunkle Treppe hinunter.

Noch nie hat ihm der Weg zum Posten so lang geschienen. Er springt über die Mauer. Die Stallwache schläft noch immer. Aber die Maultiere sind alle wach. Sie wiehern leise, stoßen kleine Schreie aus, wie Frauen, die gekitzelt werden, scheinen zu lachen und sich komische Geschichten zuzuflüstern.

Wie Sterbende liegen die Schläfer im Posten verstreut, sie röcheln aus weitgeöffneten Mündern. Dazwischen tönt das laute Traumlallen einzelner. Ein dicker Gestank füllt die Schluchten zwischen den Baracken aus: Schweiß und faulendes Fleisch und die Ausdünstungen der offenen Latrinen.

In einer Ecke der Kammer steht die Flasche mit dem Kartoffelschnaps. Lös handelt automatisch. Die Blechtasse füllen, die Flüssigkeit wie eine Medizin hinunterleeren, den Mund verziehen, laut «Ah» sagen, als sei ein anderer da, der zuhöre und beruhigt werden müsse. Dann wie ein Klotz sich hinfallen lassen auf die Matratze, die Kraft reicht gerade noch aus, die Decke um sich zu wickeln, denn es beginnt kühl zu werden. Und endlich in den tiefen Schacht versinken, der schwarz ist und kühl und stumm.

Bis spitze Strahlen das unbeschützte Gesicht stechen, das Trillern einer Pfeife schmerzhaft die Ohren verwundert.

Und ein neuer Tag beginnt.

V. Kapitel   Der Ausmarsch

Die Tage zogen über den kleinen Posten hin, und nichts unterbrach ihre Gleichförmigkeit. Es pfiff am Morgen zum Réveil, schon eilten die dazu Bestimmten zur Küche, den Kaffee zu holen, brachten ihn zurück, während hinter ihnen, wie Fahnen, der Geruch des Getränkes wehte. Ein neuer Pfiff: Ohne Sattel wurden die Maulesel zum Fluß geritten, zur Tränke. Der Sergeant vom Wochendienst lief herum: Krankenappell. Dabei war der Capitaine zugegen, denn der Arzt kam nur alle drei Wochen. Der Capitaine war gutmütig. Er verordnete wenig Medizin, weil er nur Aspirin und Jodtinktur kannte. Auch Chinin. Aber freigebig war er mit Ruhe. Zwei Tage dienstfrei, drei Tage dienstfrei. War es dann noch nicht besser, so wurde die Temperatur gemessen. Dann gab es Chinin und weiter Ruhe. Nützte alles nichts, so kam man nach Rich ins Lazarett. Die Camions, die von Zeit zu Zeit den Posten besuchten, nahmen die Kranken mit. War jemand nicht transportfähig, so wurde der Major Bergeret telephonisch angerufen. Er kam dann am Nachmittag, hoch zu Roß, ein sanfter, schwarzbärtiger Mann, untersuchte, tröstete, ließ Tee kochen, jagte den Krankenwärter aus seiner Faulheit auf, trank mit den Offizieren eine Flasche Wein und ritt am Abend wieder fort.

Um neun Uhr war Rapport. Die Kompagnie trat an, bildete ein Karree. Der Capitaine spazierte das Viereck ab, tätschelte hier eine Wange, kniff dort einen Arm. Führte das Stöckchen zum Mützenschild: Abtreten.

Die Mitrailleusensektion ging schießen. Leutnant Lartigue ließ irgendwo in der Ebene Scheiben aufstellen. Das Maschinengewehr wurde auseinandergenommen, zusammengesetzt, zuerst mit offenen Augen, dann mit verbundenen, der Leutnant ließ die Theorie wiederholen: «La mitrailleuse Hotchkiss est une arme automatique fonctionnant par l'échappement des gaz.» Der

Leutnant nickte dazu, die Leute plapperten wie gutdressierte Papageien. Aber sie kannten den ‹piston moteur› und den ‹ressort de détente›, denn sie hatten ja schon zwei Jahre Dienst.

Dann schoß man eine ‹bande› ab gegen die Scheiben in der Tiefe, der Leutnant kontrollierte die Einschläge mit dem Feldstecher: Die Staubwolken der einschlagenden Kugeln waren übrigens auch mit freiem Auge leicht zu erkennen. Auf einem Hügel weiter links ließ der Adjutant auf die gleichen Scheiben schießen. Das Geknatter der verschiedenen Waffen klang recht kläglich unter dem hohen heißen Himmel.

Langsam füllte sich der Posten wieder um die Mittagszeit. Ein erneutes Pfeifen: Langsam trabten die Männer zur Küche, um dort Kartoffeln zu schälen. War dies erledigt, so schlürften sie in die Baracken zurück, um Schatten zu suchen. Es pfiff zum Essen; wenig Abwechslung gab es: Schafragout oder Büchsenfleisch, dazu Reis oder Bohnen oder Linsen. Aber das Wochenmenu, das nach Fez geschickt wurde, wies wunderbare Speisen auf: Das ewige Ragout nannte sich Irish Stew, Mouton sauté, Rôti de mouton, Côtelettes d'agneau. Und Oberst Jaquelin war zufrieden, wenn er dies las. Die Legion hatte gut zu essen. Bis gegen halb vier schlief dann der Posten. Da war der Abend schon da: Man reinigte ein wenig die Gewehre. Die Wache zog auf, es pfiff zum Tränken und Füttern, die Menschen aßen zu Nacht, die Russen sangen, die Türken strichen herum und suchten nach Opfern, um sie beim Spiel auszuplündern, es gab Geschrei, der Capitaine machte eine Runde, Leutnant Lartigue ging seine Freundin besuchen, Sergeant Farny suchte nach seiner Ordonnanz (sie wechselte oft, war aber stets jung und hatte eine weiche glatte Haut).

Diese Ordonnanz des Sergeant Farny bildete eigentlich – mehr noch als des Leutnants Freundin, Lös' Reichtum und Korporal Ackermanns Verwundung – den Hauptteil oder, genauer ausgedrückt, das Feuilleton der gesprochenen Zeitung des Postens. Denn Farny, eine zähe, eher kleine Gestalt, war durch sein Schicksal, das fest mit dem der Kompagnie zusammenfiel, eine bedeutende Persönlichkeit. War er nicht einer der wenigen Überlebenden aus der großen Katastrophe, welche die Kompagnie vor nun bald drei Jahren heimgesucht hatte? Und obwohl dieser Sergeant Farny von der geistigen Aristokratie (Sitnikoff gehörte dazu, Lös und der Leutnant Lartigue) für herzlich unbedeutend und uninteressant gehalten wurde, gelang es ihm doch, durch sein schlaues Verhalten, großen Einfluß auf einfache Gemüter auszuüben. Gerade weil seine Schlauheit keiner bewußten Überlegung entsprang, sondern rein instinktiv war, verhalf sie ihm zu jener Macht, die er gern mißbrauchte.

Sergeant Farny hatte den Befehl über die vierte Sektion, und alle seine Untergebenen fürchteten ihn, vorab Sergeant Wieland, ein ewig keuchender, fetter Münchner, der von allen ausgelacht wurde. Nur Korporal Ackermann ließ sich von Farny nicht einschüchtern. Die beiden haßten sich, und Farny hetzte unter seinen Leuten gegen den Korporal.

Die Art des Terrors, die Farny ausübte, war versteckt und hinterlistig. Es waren vor allem seine Augen, die Furcht einflößten. Die Iris war grau und schmal, mit vielen winzigen gelben Tupfen. Darum lag die Hornhaut, durchzogen von vielen roten Äderchen. Aber was diese Augen eigentlich so Entsetzen erregend machte, konnte niemand recht sagen. Sie waren wohl leer, ganz und gar ausdruckslos, und auch wenn man fühlte, daß der Sergeant innerlich von Wut geschüttelt wurde, die Augen blieben sich gleich. Das Gesicht war bei diesen Gelegenheiten verzerrt, der Mund belferte, die Wangen zuckten. Aber während die Wut sich bis zum heiseren Schreien steigerte, blieben die Augen weit offen, die Lider schienen festgewachsen und senkten sich auch nicht ein einziges Mal über die Augäpfel, deren Beschaffenheit am ehesten an trübe Gelatine erinnerte.

Es war etwa drei Tage nach der Verwundung Ackermanns, als ein derartiger Wutanfall Farnys dem Posten wieder Gesprächsstoff lieferte. Pausanker, ein weicher Junge aus der Mitrailleusensektion, so jung, daß er sich noch nicht zu rasieren brauchte (der schwache blonde Flaum auf seinen Wangen war nur zu sehen, wenn er die Sonne im Rücken hatte), hatte Farnys Wohlgefallen erregt. Er wollte ihn als Ordonnanz. Bisher hatte Patschuli diese

Stelle bekleidet, und er war willig gewesen, aber nicht treu. Und Sergeant Farny war sehr eifersüchtig. Während des Mittagessens in der Messe der Unteroffiziere begann der Kampf. Ein kleines unabhängiges Gebäude war diese Messe, lag an der Umfassungsmauer der Verpflegung im Schatten des Turmes. Sie war in zwei Räume geteilt, einen kleineren: die Küche (denn die Sergeanten aßen nur auf dem Marsch mit der Mannschaft), und einen größeren, der als Speisesaal diente. Dieser war lang, ein einziger schmaler Tisch stand darin. An den Wänden klebten Zeichnungen aus der *Vie Parisienne*, mehr oder weniger nackte Frauen darstellend, deren wichtigste Schönheiten grobe Bleistiftstriche hervorhoben. In diesem Saale roch es wie in einer Schnapsbrennerei.

Am oberen Ende des Tisches saß der alte Adjutant Cattaneo. Er hatte einen verbogenen Zwicker auf der Nase und studierte eine Nummer des *Fantasio*. Neben ihm saß der blasse Hassa, der Eigentümer des Blattes, und machte devot auf die pikantesten Stellen aufmerksam, las die Untertitel laut vor, entschuldigte sich bisweilen, dies zu tun, aber laut vorgetragen übten sie mehr Wirkung aus. Der Adjutant war glücklich, daß seine Unfähigkeit, Gedrucktes zu lesen, so höflich verschleiert wurde. Neben Hassa saß Sitnikoff und las in einem russischen Buch. Die jüngeren Sergeanten, Wieland, Hühnerwald und andere, hielten sich mehr an Farny, der am unteren Ende der Tafel saß.

Als das Essen vorbei war, brachte der Koch den schwarzen Kaffee. Sitnikoff trank schnell seine Tasse leer, wollte aufstehen und sich verabschieden. Da hielt ihn die verstaubte Stimme Farnys, die trotz ihrer Heiserkeit sehr durchdringend war, auf.

Farny sagte: «Ich will Pausanker zur Ordonnanz. Er ist in Ihrer Sektion, Sergeant Sitnikoff.» (Alle Sergeanten siezten Sitnikoff.) «Wollen Sie es dem Capitaine mitteilen, oder soll ich es tun?» Farny sprach deutsch, er war Elsässer. Es war eigentlich eine Höflichkeit, die Farny dem Sergeanten Sitnikoff damit erwies, der das Französische nur mangelhaft beherrschte. Im gleichen Augenblick ließ der Adjutant ein rasselndes Lachen hören, das jedes andere Geräusch erstickte. Er hatte einen Witz verstanden.

Sitnikoff antwortete, aber Farny verstand die Antwort nicht. Er beugte sich vor und hielt die Hand hinters Ohr. Sitnikoff wiederholte seine Worte, er sprach französisch: Davon könne nicht die Rede sein. Er werde sich diesem Projekt widersetzen. Farny lachte. Die Haut seines Gesichtes, die wie rauhes rotes Leder aussah, verfärbte sich und nahm eine hellviolette Tönung an. Die Augen blieben weit aufgerissen. Warum der Sergeant sich weigere? Er sprach nun auch französisch. – Ob Farny ihm nicht die Auseinandersetzung der Gründe ersparen wolle. – Nein, Farny wollte nicht. – Schweigen. – Sitnikoff hielt die Lehne seines Stuhles umklammert. Er stand noch immer und blickte auf den Sitzenden herab. Dann ließ er seinen Blick langsam über die Anwesenden gehen, so als wolle er feststellen, wer etwa noch zu ihm halten würde. Aber überall senkten sich die Köpfe vor seinem Blick. Nur der Adjutant fixierte ihn mit einem breiten Lächeln.

Farnys Fäuste lagen auf dem Tisch, die Daumen als Verschluß darauf. Er wartete. Noch einmal fragte Sitnikoff, ob es nicht besser sei, wenn er die Gründe, die seine Weigerung bestimmten, für sich behalten könne. Hierauf erlosch das Feixen des Adjutanten; der dicke Mann schien anzuschwellen wie ein wütender Truthahn. Sitnikoff solle seine Überheblichkeit nicht gar zu deutlich zeigen. Er sei nicht mehr als seine Kameraden, polterte er, und solle Rede und Antwort stehen. Farny sei ein alter Sergeant, der auch ein Recht habe, einen Wunsch zu äußern. Vor Erregung bekam er einen Schluckauf.

Farny beachtete die Unterstützung nicht. Unentwegt hielt er seine leeren Augen auf Sitnikoff gerichtet. Dieser zog mit einem Ruck den Stuhl wieder zu sich heran und setzte sich. Das wirkte verblüffend. Hassa rückte ab, auf der anderen Seite tat Wieland das gleiche. Nun erklärte sich Sitnikoff, in wohlgesetzter Rede; er gab sich sichtlich Mühe, keine Fehler zu machen, er wollte jede Spur von Lächerlichkeit vermeiden. Es sei doch allgemein bekannt, was Sergeant Farny mit seinen Ordonnanzen treibe. Solange es sich um Leute wie Patschuli handle, an denen doch nichts zu verderben sei, habe er keine Einwände zu machen, aber wenn junge unschuldige Burschen wie dieser Pausanker in Frage kämen, fühle er sich verantwortlich. Dieser Pausanker gehöre zu seiner Sektion, er fühle sich verpflichtet, ihn zu schützen. Jetzt sei er noch gesund, könne später in seine Heimat zurück und vielleicht wieder den Weg zu Leben und Glück finden (bei diesen Worten lachte Cattaneo wieder sein trommelndes Lachen, Hassa sekundierte diskret, Farny blieb steinern). Darum sei er gegen den Wechsel und werde auch seinen Einfluß beim Capitaine in dieser Richtung geltend machen, denn es sei doch allgemein bekannt, daß Farny «an-ge-fault» sei. Die letzten Worte dehnte er. Sie zogen gleichsam einen Strich durch das Schweigen.

Es erhob sich lautes Geschrei und Füßegetrappel. Sie sprangen alle auf, beugten sich über den Tisch, redeten auf Sitnikoff ein, schlugen vor ihm die Fäuste auf die Tischplatte, drohten ihm mit Prügel.

Nur Cattaneo und Farny blieben ruhig sitzen. Der Adjutant hatte wieder den *Fantasio* zu sich herangezogen und vertiefte sich in eine Zeichnung.

Erst schien es, als sei Farnys Ruhe nur gemacht. Seine ganze Haltung wirkte verkrampft, die Kaumuskeln auf seinen Backen traten scharf hervor, die Haut seiner Stirn war gewellt, als bereite ihm das Aufreißen der Augen große Schwierigkeiten. Dann löste sich der Krampf, er sprang auf. Da schwiegen die anderen und setzten sich. Sein verfärbtes Gesicht war wüst. Er schluckte. Dann brach er los. Er stand dicht vor Sitnikoff, den er kaum überragte, obwohl Sitnikoff saß. Farny schrie nicht, denn seine Stimmbänder waren krank, und auch auf seiner Zunge, die manchmal sekundenlang aus dem Munde hing, waren runde weiße Wucherungen zu erkennen. Die Zuhörer verstanden nicht alles, was er sagte, die Schimpfworte überstürzten sich. Aber während seiner ganzen Rede blieben die Augen weit offen, und diese offenen Augen schienen auf Sitnikoff mehr zu wirken als der ein wenig hilflose Wutausbruch, denn plötzlich legte er die Stirn auf seine Hände und senkte den Kopf. Farny schien über seinen Sieg erfreut und ging an seinen Platz zurück. Der Koch mußte auf seinen Befehl Pausanker holen. Es herrschte wieder Stille im Raum bis zur Ankunft des Jungen.

Dieser blieb an der Tür stehen und wagte nicht, die Schwelle zu überschreiten. Sonnenstrahlen fielen senkrecht auf ihn, so daß er für die im Schatten Sitzenden sehr hell aussah. Die langen Wimpern, die seine sauberen Augen einsäumten, warfen lichte Schatten auf seine Wangen.

Allzu bieder tönte des Adjutanten Aufforderung, näherzutreten. Und als der Junge über die Schwelle stolperte, verschlug ihm die Schnapsluft nicht nur den Atem, nein, sie schien auch zersetzend auf ihn zu wirken. Die Miene des Gesichts wurde blöde, der Mund erschlaffte und die Augen bekamen ein schmieriges Glänzen. Zuerst war ihr Blick an Sitnikoff hängengeblieben, begreiflicherweise, denn dieser war sein Vorgesetzter. Aber dann floh der Blick, lief schnell über die Köpfe der anderen und wurde endgültig von Farny abgefangen.

Farny hatte seine Lieblingsstellung eingenommen, Fäuste auf dem Tisch. Er lächelte unangenehm unter seinem geringen Schnurrbart. «Willst du Ordonnanz bei mir werden?» fragte er auf deutsch. «Weißt du, ich zahle gut. Kannst dreißig Franken im Monat haben, mehr als der Putzer vom Capitaine, und ich gebe noch gute Trinkgelder, wenn du folgsam bist.»

«Tu's nicht, Pausanker. Du weißt, was ich dir gesagt habe», sagte Sitnikoff leise. Aber ein Sturm von Zurechtweisungen brauste gegen ihn.

«Halten Sie Ihr Maul», fauchte Farny.

Pausanker konnte seinen Blick nicht aushaken. Er saß fest. Farny hatte ihn auch während der Zurechtweisung Sitnikoffs nicht losgelassen. Der Junge keuchte. Es schien ihm übel zu werden. Ein Ausdruck des Ekels trat in sein Gesicht. «Ja», sagte er leise, «ich will gerne.»

«Na also», sagte Farny, faltete die Hände und drehte die Daumen umeinander. Eine ganze Weile blieb es still. Alles starrte auf Farnys Hände, die wirbelnden Daumen zogen die Aufmerksamkeit an. Da brach Sitnikoff den Bann. «Gute Verdauung», sagte er laut.

Dann ging er Leutnant Lartigue sein Leid klagen. Er erhielt das Versprechen, daß der Capitaine die Sache erfahren solle.

Aber noch vor dem Abend kam telephonischer Bericht von Bou-Denib, die Kompagnie habe mit drei Sektionen und den Maschinengewehren über Atchana nach Aïn-Kser zu marschieren, um dort Camions in Empfang zu nehmen und diese dann nach Midelt zu begleiten. Eine Sektion solle nur bis Atchana marschieren und dort zum Kalkbrennen bleiben.

Lös war den ganzen Nachmittag im Ksar gewesen. Als er um sieben Uhr zurückkehrte, stand in der Mitte des Hofes Capitaine Chabert und fluchte aufgeregt auf den alten Kainz ein, der, mit immer gleichbleibender Geduld, die Worte: «Oui, mon capitaine» aus seinem zahnlosen Mund spuckte. Lös war nicht unvorbereitet, Pierrard war auf Wache und hatte ihm die Neuigkeit mitgeteilt.

«Wo waren Sie, Lös?» schrie Chabert aufgeregt. «Ich warte schon seit drei Stunden auf Sie. Ich habe Sie überall suchen lassen. Sie haben im Posten zu bleiben und sich nicht ohne Erlaubnis zu entfernen, um irgendwo in einer Ecke kleine Mädchen zu verführen. Sie müssen die Verteilung leiten. Können Sie das überhaupt? Oder sind Sie besoffen? Antworten Sie.»

«Ich habe nur einen Spaziergang gemacht, mon capitaine», entschuldigte sich Lös, der sich schuldbewußt und klein vorkam. «Ich war ja gar nicht saufen.»

«Gut, gut, das wird man ja an Ihrer Aufführung merken. Haben Sie genug Brot für zwei Tage? Sind auch Biscuits da? Und die Konserven? Was haben Sie da? Bohnen? Kompott? Sie wissen, ich halte sehr darauf, daß meine Leute auf dem Marsch gutes Essen haben. Und Fleisch? Frisches Fleisch für zwei Tage? Chef!» brüllte er plötzlich. «Wo ist der Chef wieder? Der Chef hat die Bestellzettel», teilte er in gewöhnlicher Rede mit, «ich habe sie schon unterschrieben, mich trifft keine Schuld, wenn es Verspätung geben sollte. Auf was warten Sie, Lös? In fünf Stunden ist Abmarsch, Sie haben gerade noch Zeit.»

«Aber ich muß doch zuerst die Scheine haben», entschuldigte sich Lös weinerlich. Ein plötzlicher Haß auf Zeno ergriff ihn; sie war schuld, daß er zu spät gekommen war.

Narcisse kam mit langen Schritten (geziert wirkten sie,

besonders durch die allzu bewußte Inanspruchnahme der Hüften) auf den Capitaine zu. Er hielt eine Rolle Schriftstücke in der Hand; diese führte er grüßend gegen die Mütze und markierte das Strammstehen durch ein bequemes Sammeln der Hacken. «Wir haben noch Zeit, mein Capitaine, es wird alles in Ordnung kommen.»

Diese beruhigenden Worte schienen Capitaine Chaberts aufgeregten Schnurrbart zu glätten. Auch die dicken Hände, die so hilflos in der Luft herumgeflogen waren, vergruben sich beruhigt in den Hosentaschen.

«Mach's gut, mein Kleiner, ich habe Vertrauen zu dir. Und auch zu diesem da ...» Er wies mit dem Schnurrbart nach Lös. Dann aber wurde er von einer neuen Beunruhigung besessen. «Wo ist der Leutnant Lartigue? Ich brauche den Leutnant Lartigue. Er soll die Sektionen inspizieren, die Maulesel kontrollieren. Und dann vergeßt mir nicht die Gerste, Gerste für 120 Tiere und für zwei Tage. Wir können dann in Bou-Denib wieder fassen, wenn wir dort haltmachen.»

Und rollte fort.

«Frank muß die Nacht durcharbeiten», sagte Narcisse sachlich. «Dann sagst du dem Kainz, er solle fünf Schafe schlachten. Jetzt gleich. Hast du zwei Lämmer? Ja? Die läßt du backen. Eins für den Capitaine, eins für Lartigue. Das wird den Alten wieder gnädig stimmen, und der Lartigue ist ja dein besonderer Freund. Hoho. Aber, nun kommt das Aber ... Wir sind doch Freunde. Ich helfe dir, du hilfst mir, nicht wahr? Also: Ich brauche fünfzig Kilo Mehl und dreißig Liter Wein, die fehlen mir, ohne Bon, natürlich. Fehlen einfach, fort, verschwunden ...» Er wedelte mit seinen Händen wie ein bettelnder Hund und machte dazu auf den Zehenspitzen kleine Sätze. Doch machte dieser kindliche Humor auf Lös den Eindruck des Gezwungenen. Er gehörte zum System des Chefs und sollte etwa ausdrücken: ‹Ich bitte dich um eine Gefälligkeit, aber dafür bringe ich dich zum Lachen. Eigentlich sind wir jetzt quitt, und wenn ich dir später helfe, bist du schwer in meiner Schuld.›

Da kam auch schon Baskakoff, der Küchenkorporal, um die

Ecke, und der Chef winkte eifrig. Baskakoff lief und stand sogleich stramm, der weiche Mann mit den dicken Augenlidern und der zu fleischigen Unterlippe, die mit Pusteln besät war und aussah wie ein Beefsteak mit weißen Pfefferkörnern; Narcisse aber blickte unendlich vornehm auf seinen Untergebenen, seine Befehle waren nur ein schwacher Hauch durch die Nase: «Nehmen Sie das Mehl gleich mit, das der Korporal hier Ihnen übergeben wird, und dann kommen Sie noch einmal, aber womöglich mit einem Wägelchen und einem Mann, um den Rest zu empfangen.» Und um Baskakoff zu ärgern, legte er freundschaftlich den Arm um Lös' Schultern: «Komm, mein lieber Alter, wir wollen noch schnell eine kleine Stärkung zu uns nehmen. Ich habe da etwas Vorzügliches in meiner Tasche.» Er ging ein paar wiegende Schritte, machte kehrt, blinzelte durch die Lidspalten auf den schier festgewachsenen Baskakoff und ließ aus Sternenhöhe die Worte träufeln: «Ich besinne mich gerade, mein Freund Lös hat augenblicklich Wichtigeres zu tun. Holen Sie Ihre Mannschaft zusammen und den Wagen, es wird dann alles zusammen ausgegeben.»

Und als Baskakoff noch immer stand: «Sie sollten schon längst fort sein, wenn Sie nicht schneller machen, will ich dafür sorgen, daß Sie morgen das Laufen lernen.» Da lief auch Baskakoff schon, und sein muskelloses Fleisch schwabbelte in der zu engen Uniform.

Der Chef hatte richtigen echten Whisky, *Black and White*, sagte er und schnalzte mit den Lippen, obwohl er die englischen Worte französisch aussprach. Er füllte den kleinen Metallbecher, der die Feldflasche schloß, bot Lös an, kippte selbst und machte ein zufriedenes Lächeln. «Wenn du's nicht wärst», meinte er, «würde ich nichts von dem edlen Zeug verschenken. Aber du bist mein Freund, nicht wahr? Na also.» Dann schraubte er das Fläschchen wieder zu.

Baskakoff hatte mit viel Mühe die nötigen Leute zum Fassen aufgetrieben. Die andern stießen am Wagen und ruckten, daß dem armen Korporal die Deichsel in den Rücken fuhr. Todd war dabei. Während sie zum Weinschuppen gingen, um die kleinen

Fäßchen zu füllen, schlich Pierrard heran und verlangte flüsternd die Füllung seiner Feldflasche.

Lös nahm Todd beiseite. Er wisse doch, sagte er, daß er eine kleine Freundin im Ksar habe. Nun, diese warte auf ihn. Ob er, Todd, nicht so gut sein wolle, über die Mauer zu springen und dem Mädchen zu sagen, daß er diese Nacht nicht kommen könne?

Todd wiegte den Kopf wie ein jüdischer Trödler, dem jemand einen zerrissenen Regenmantel zu einem übertriebenen Preis angeboten hat. Er stieß einige saugende ‹z›-Laute aus und meinte tadelnd: «Immer kommen die Leut zu mir, wenn es irgendein stinkendes Geschäft zu machen gibt. Und wenn ich geschnappt werde, was dann? Ich bin noch ein Neuer, und der Alte kennt mich noch nicht. Na, schließlich ist es gleichgültig, morgen geht es auf Marsch, da werd ich schon keine Prison erwischen.»

Lös drückte ihm einen zusammengefalteten Zehnfrankenschein in die Hand, den Todd mißtrauisch betrachtete: Etwas wie Traurigkeit schien in seinem Gesicht aufsteigen zu wollen. Doch dann zuckte er die Achseln und verschwand über die Mauer. «Nicht dort», wollte Lös rufen, da war der andere schon verschwunden.

In der Bäckerei schwitzte Frank vor dem Backofen.

«Hast kein' Wein, Korporal?» war seine Begrüßung, als Lös eintrat. Lös mußte lächeln. Es schien ihm, als habe er seine bevorzugte Stellung im Posten einzig dem Schlüssel zum Weinkeller zu verdanken. Vor einer Woche hatte sich der Russe Artimov mit dem Ungarn Sekelö geprügelt, weil beide gern in der Verpflegung Ordonnanz geworden wären. Schließlich hatte Sekelö gesiegt. Aber man sah ihn selten. Er kam eigentlich nur, wenn er sehr großen Durst hatte, wusch dann schnell Lös' Wäsche, die Zeno übriggelassen hatte, um sich hernach dem stillen Trunk ergeben zu können.

Eben als Lös den Wein holen wollte, wankte eine armselige Gestalt zur Tür herein: der kleine Schneider. Er schlotterte. Frank schabte seine Hände ab, die mit Teig überzogen waren.

«Du armes Hascherl», sagte er, «hast Fieber. Ja, ja, wenn man nicht g'sund ist, hat man nix zu lachen. Geh, komm her zum Ofen; der Korporal bringt dir ein' Wein, den machen ma heiß mit Zucker, und dann kannst schwitzen. Wirst morgen marschieren müssen?»

«Der Schützendorf hat mich fortgeschickt und gesagt, daß ich die ganze Sektion demoralisiere. Aber ich kann doch nichts dafür, daß ich krank bin und keiner glaubt mir's. Krank kann ich mich auch nicht melden, der Major kommt erst in vierzehn Tagen, und der Sanitäter hat nicht einmal ein Fieberthermometer.»

«Wann wird das Brot fertig sein?»

«Bald, bald, Korporal, aber vergiß mein' Wein nit.»

Lös nahm den kleinen Schneider mit auf sein Zimmer, brachte ihm heißen gezuckerten Wein und deckte ihn mit zwei alten Mänteln und den Decken zu. Er ging in die Bäckerei zurück, die Lämmer waren fertig gebacken. Er zerteilte sie, verpackte sie in frischgewaschene Säcke. Dann stieg er die Treppe zum Turm empor.

Der Capitaine trug eine alte verbogene Stahlbrille, die er auf seinen kurzgeschorenen Schädel schob, als Lös eintrat. In einer Ecke packte Samotadji einen kleinen rechteckigen Koffer. Währenddessen vernähte der Capitaine einen Riß an einem alten blauen Hemd.

«Wir sind nicht reich, mein Kleiner», so empfing er Lös, «und können es uns nicht leisten, kleinen Mädchen neue Kleider zu schenken. Und unsere Ordonnanz ist stets so beschäftigt, daß sie keine Zeit zum Flicken hat. Nun, wir können sie auch nicht allzu hoch bezahlen. Wir müssen eben unsere alten Kleider auftragen, weil wir daheim eine Familie haben, die auch leben will. Wir können unserer Ordonnanz nur fünf Franken im Monat geben. Aber er wird belohnt werden, der Samotadji. Wir werden ihn zum Korporal vorschlagen, wenn wir nach Frankreich zurückkehren. Und was bringst du uns da?»

Er betrachtete das halbe Lamm eingehend, zupfte eine Faser Fleisch ab und kaute schmatzend daran.

«Du willst mich wohl bestechen, he? Damit ich dich hierlasse? Oder ist es als Versöhnungsopfer gedacht? Hast wohl Angst, das Mädel allein zu lassen und daß dir ein anderer sie fortnimmt? Warst heut nachmittag bei ihr? Wie war's? Hat sie eine weiche Haut, und riecht sie gut?» Der Capitaine lächelte ein weiches Lächeln, das ihm Speichelbläschen in die Mundwinkel trieb. Dann strafften sich die Lippen wieder, als er fortfuhr: «Aber wenn du hierbleibst, mach mir nicht zuviel Dummheiten, während wir fort sind. Du weißt, der Leutnant Mauriot mag dich nicht leiden. Er wird den Posten während meiner Abwesenheit unter sich haben, und er hat mir schon gesagt, daß er dir scharf auf die Finger sehen wird. Paß nur auf, daß er nichts merkt.»

Der Capitaine ließ die Stahlbrille wieder über die Augen fallen, senkte den Kopf und nähte weiter.

Lös schlug die Absätze zusammen und ging. Am Fuße der Treppe nahm er das zweite Paket auf und klopfte dann bei Leutnant Lartigue an.

«Was bringen Sie da?» Der Leutnant lag in seinem bequemen Klubsessel und schlug die Zeitschrift zu, in der er gelesen hatte. Sie trug rote Buchstaben auf einem weißen Grund. «Ein ganzes Lamm? Wie liebenswürdig ich das finde. Denn ich täusche mich doch nicht, wenn ich annehme, Ihre Aufmerksamkeit sei ein Zeichen freundlicher Wertschätzung meiner Person? Setzen Sie sich. Hier ... Anisette – und da Zigaretten. Nehmen Sie bitte. Und Sie bleiben hier? Da ist die Nummer, von der ich Ihnen sprach. Einige Nachrufe, wie Sie sehen. Auch Herr Gide hat sich bemüßigt gefühlt, seinen Senf dazuzugeben. Oh, wie sehr geht mir dieser schreibende Mann auf die Nerven. Einen Grund kann ich nur schwer ausfindig machen. Er ist mir zu klug. Klug in einer bösen Bedeutung. Schätzen Sie ihn?»

Lös rauchte schweigend. Er erwartete die fällige Anspielung auf sein Liebesverhältnis. Aber Leutnant Lartigue war zu sehr mit literarischen Angelegenheiten beschäftigt.

«Daß doch Proust tot ist!» Er schüttelte sein klobiges Haupt, strich sich durch die Haare, daß sie unordentlich aufstanden. «Es hat mich so traurig gemacht, daß ich die ganze vorige Nacht nicht habe schlafen können. Wer wird uns nun helfen, in die

Unordnung und das Dunkel in uns ein wenig Licht zu bringen? Und denken Sie, ich habe versäumt, ihn kennenzulernen. Ein junger Freund wollte mich einmal zu ihm mitnehmen. Ich hätte ihm vielleicht ein paar schöne Anekdoten erzählen können, über meinen Obersten in Tours; auch eine Art Baron de Charlus, nur viel gröber. Wirklich sehr lustige Geschichten. Aber vielleicht wäre der Besuch eine Enttäuschung gewesen, und so ist es besser, ja, ja, viel besser, ich habe ihn unterlassen.» Die große Hand griff zum Tisch hinüber und nahm ein anderes Heft. «Kennen Sie einen deutschen Dichter namens Rilke?» Er buchstabierte die ihm fremden Vornamen: Rainer Maria, schüttelte wieder den Kopf. «Der Mann beginnt französische Gedichte zu schreiben. Wußten Sie das?» Er murmelte eine Zeile vor sich hin. «Man merkt doch deutlich, daß er ein Deutscher ist. Aber woran? Daß ihm die Zeichnung fehlt, verstehen Sie. Ein Gedicht soll kein Farbengeschmier sein. Wie eine Radierung soll es wirken, auch wenn es das Unaussprechliche sagen will. Formlos ist dies, Sie werden es selber sehen, wenn Sie es lesen. Ich mag es nicht laut lesen, denn es widersteht meiner Zunge. Gewiß, viel Geduld zeigt sich, schwere und mühselige, es wird betont, wieviel Arbeit es gekostet hat. Nehmen Sie dagegen einen Vers von Mallarmé: ‹La solitude bleue et stérile a frémi …›, und sagen Sie mir dagegen einen Vers von Ihrem Rilke, wenn Sie einen wissen, soviel Deutsch verstehe ich schon noch.»

Lös dachte nach. Die Einrichtung des Raumes störte ihn. Die schwere Petroleumlampe, die auf dem kleinen Tisch stand, die bunten Vorhänge, das niedere Feldbett, das mit einem grellen Teppich belegt war und wie ein ärmlicher Diwan wirkte. Im Lehnstuhl aber lag eine schwere Gestalt, die kraftlos schien und ein wenig morsch, nun da sie sprach. Der Daumen der Rechten stützte das Kinn, während die übrigen Finger den Mund verbargen.

«Götter schreiten vielleicht, immer im gleichen Gewähren,
Wo unser Himmel beginnt …»
sagte Lös zögernd; es war, als müsse er die Worte irgendwo aus fernen Ländern holen. Ja, wahrhaftig, die Worte waren einge-

schlossen in einem Zimmer, das drüben in einer Stadt lag. Und in diesem Zimmer lag auf einem rechteckigen Tisch das Buch, das die Verse enthielt, die Verse, die nach Vergangenheit klangen. Lös schüttelte sich. Er stand auf: «Ein andermal, mon lieutenant, ich habe noch zu tun. Vielleicht sucht mich der Capitaine und schmeißt mich endgültig aus der Verwaltung, wenn er mich nicht findet.»

«Ja, ja», sagte Lartigue und reckte die Fäuste gegen die Decke. «Sehr gut so. Geben Sie nur acht, Lös. Man beneidet Sie hier, nicht so sehr wegen Ihres Druckpostens, der Ihnen Geld einbringt. Deswegen auch, natürlich. Aber haben Sie bemerkt, daß man Sie auch haßt? Warum? Das ist eine Frage, die ich selbst nicht richtig beantworten kann. Worte genügen da nicht. Man kann wohl mit den Leuten saufen, Zoten erzählen und geradeso gemein scheinen wie sie. Sie fühlen doch, daß da etwas nicht stimmt. Daß wir voll Vorbehalte sind, innerlich, ein Reservat besitzen, auf das wir uns zurückziehen können und das sie, die anderen, nicht besitzen. Man soll ganz mitmachen, meinen sie – aber mitmachen und dabei noch beobachten, das finden sie gemein.» Jetzt erst ließ er die Fäuste auf die Schenkel fallen, streckte die Finger und umfaßte die Knie. «Warten Sie», rief er und winkte Lös mit der Hand. Dann flüsterte er hinter dem Handrücken, so wie man auf dem Theater ein ‹a parte› mimt: «Sie treiben, wie ich höre, praktische Völkerpsychologie. Ich versuche es ja auch. Noch eine Gemeinsamkeit, die uns verbindet. Aber geben Sie acht, manchmal kann es schmerzlich werden.»

Er streckte Lös die Hand hin; sie war unbehaart und klein. Eine Knabenhand fast, wenn man den Rücken betrachtete, und wirkte doch wieder greisenhaft durch die verrunzelten Finger.

Lös stieß die Tür auf gegen die stumme Nacht, die über dem Posten lag. Von einem leichten Wind ward sie bewegt; den Morgen kündete er, der hinter den schwarzen Bergen vorsichtig näher schlich.

Seit einer halben Stunde wartete Korporal Baskakoff im Hofe der Verwaltung auf die Verteilung. Vor der Bäckerei stand Frank neben einem Haufen dampfender Brote, deren Geruch sich mit dem Hauch der verglimmenden Holzglut mischte. Auf einem Stein flackerte die lange gelbe Flamme einer Kerze.

Baskakoff sah verärgert aus. Augen und Lippen wölbten sich übertrieben vor. Die anderen dagegen, die ihn begleiteten, schienen angeregt und erfreut: Der Geruch des frischen Brotes schien diese belebende Wirkung auszuüben; er war wohl altgewohnt und hing mit Frühstück und dem Beginn eines neuen Tages zusammen. Zum Schluß gab Lös jedem eine Blechtasse Wein. Sie wurde mit demütigem Grinsen entgegengenommen und mit untertänigen Späßen bezahlt. Das Flüstern aber, das aufraschelte, wenn Lös beiseite trat, war voll Haß und Neid. Einmal hörte er ganz deutlich den Türken Fuad und den Schweizer Bärtschi flüstern: «Er nicht ausrückt, er kann geben Wein.» Wozu Bärtschi nickte.

Als aber Lös auf Fuad zukam, machte dieser Verbeugungen, streckte seine Blechtasse vor, um sie noch einmal füllen zu lassen, und leerte dann den Wein in seine Feldflasche.

Nun war der Hof leer. Da schlich aus einer Ecke Todd hervor, mit leisen Schritten und klopfte Lös unerwartet auf die Schulter. Er habe die Bestellung ausgerichtet, teilte er mit, Zeno sei ein wenig traurig gewesen, doch habe sie erklärt, daheim bleiben zu wollen, bis Lös komme.

«So, und jetzt wirst du mich einladen. Ich habe Hunger und keine Lust, mich noch hinzulegen und zu schlafen.»

Sie waren in das kleine Haus getreten. Lös zündete eine Acetylenlampe an. Hinter der Flamme war ein Scheinwerfer aus spiegelndem Blech angebracht. Karbidgeruch erfüllte den Raum. Vom Bett aus fragte eine schläfrige Stimme: «Wie spät ist es? Sind die anderen schon ausgerückt?» Der kleine Schneider war erwacht und schaute mit glänzenden Augen ins Licht, warf dann die gefalteten Hände vors Gesicht und stöhnte: «Mein Kopf tut mir weh.»

«Willst du noch einen Schluck Wein?» fragte Lös, trat ans Bett und strich dem Liegenden über die feuchte Stirn. «Die anderen sind noch da. In einer Stunde rücken sie aus. Wirst mitkönnen, oder soll ich dem Alten sagen, daß du krank bist?»

«Nein, nein.» Der kleine Schneider war sehr erschrocken. «Ich bin doch ein Neuer, da kennt mich der Capitaine nicht und wird auch nichts wissen wollen von mir. Der Adjutant hat auch sicher über mich geklagt ...» Lös zuckte die Achseln. Todd nickte traurig. Dann stand der kleine Schneider auf, zog seine Schuhe an, legte stöhnend die Wadenbinden um die dünnen Beine, grüßte leise und drückte sich zur Tür hinaus.

Todd hatte sich in eine Ecke auf den Fußboden gesetzt und starrte vor sich hin.

«Was willst du bloß von dem Mädchen», fing er plötzlich an, und seine Stimme war ärgerlich, während die Finger vor lauter Verlegenheit an dem Stoff der Hosen zupften. «Ich weiß schon, es ist aufdringlich, wenn ich dich so frage, ich kenne dich ja kaum, aber mir schien es so, daß wir einander doch ziemlich nahegekommen sind, oder nicht?»

Lös nickte schweigend. Warum nicht Rechenschaft ablegen? Das war manchmal ganz angenehm und befreite.

Die Muskeln Todds arbeiteten unter der gelben Haut des Gesichtes und brachten die spärlichen schwarzen Härchen am Kinn zum Zittern.

«Du mußt mich verstehen. Ich will keine Geständnisse. Aber ich verstehe dich nicht recht.» Fast klangen die Worte wie Eifersucht: ‹Eigentlich gehörst du mir, was unterstehst du dich, mit einer Frau zu gehen?› Aber dieser Grund war Todd verhüllt, er sprach weiter, und seine Stimme wurde zorniger. «Ich habe mir eine ganz falsche Vorstellung von dir gemacht. Ich dachte, du seist ein anständiger Kerl. Hast doch den anderen gegenüber renommiert, du gingest nie zu den Weibern. Und jetzt? Dabei drückst du mir zehn Franken in die Hand, als sei ich ein Dienstbote, der ein Trinkgeld braucht. Kannst du nicht warten, bis man etwas von dir verlangt?»

Es war still. Nur vor der Kammertür rauschte leise das Wasser des Kanals. Lös ging hinaus, kam mit einer Büchse Fleisch zurück, öffnete sie, schnitt Zwiebeln, machte einen Salat an, reichte Todd den vollen Teller, füllte eine Tasse mit Wein und setzte sich schließlich auf das leere Bett.

«Du findest also, daß ich gemein geworden bin», stellte Lös fest. «Und dazu noch taktlos. Was soll ich da lange erklären? Aber doch, es ist eigentlich ganz richtig, einmal darüber zu sprechen. Früher, weißt du, als ich noch im Schlafsaal und dann später in der Baracke geschlafen habe, da ist es ganz gut gegangen. Ich bin stumpfsinnig geworden und wunschlos. Dieser Zustand war gar nicht unangenehm, weil man ihn eigentlich nie so recht fühlte. Tagsüber habe ich mich sogar noch aufschwingen können und mit anderen Leuten ganz vernünftige Gespräche geführt. Vernünftig! Du weißt schon, was ich meine. Nicht den allgemeinen Stumpfsinn. Ich war dabei innerlich ganz ruhig. Und eigentlich ganz zufrieden, ruhig zu sein nach den Aufregungen drüben, vor meinem Engagement. Dann war das Wachestehen eigentlich ganz sympathisch. Man konnte so vor sich hinträumen. Ja. Aber wie ich hier in die Administration kam, da war ich plötzlich allein ... hatte Zeit. Verstehst du? Auch in den Nächten. Das war zuerst sehr komisch, fast angenehm. Aber dann wuchs so eine Art Spannung, die ich einfach nicht loswurde und die nach und nach eine regelrechte Verzweiflung geworden ist. Weißt du, in den Nächten kommen dann alle Dummheiten, die man in der Vergangenheit gemacht hat, und quälen einen. Und noch etwas: Daß überhaupt so eine Spannung in der Einsamkeit sich bilden kann, habe ich mir so erklärt.» Lös schwieg und dachte nach. Er wollte durchaus keinen Monolog halten, er wollte glasklar sein, wenn der andere nicht verstand, so hatte die ganze Rede gar keinen Sinn, der andere *mußte* verstehen.

«Ja, etwa so: Wenn du in den Nächten nie allein bist und auch am Tage nicht, so kann doch gar keine Spannung entstehen. Sobald du ein Gespräch führst oder einen Witz machst, so ist das doch wie eine Berührung, die du mit dem anderen tauschst.» Lös hatte den Ellbogen aufs Knie gestützt und bewegte die gehöhlte Hand waagrecht hin und her, so als sei sie mit etwas Kostbarem gefüllt, das er nicht verschütten dürfe. «Eine Berührung, ja, fast eine Zärtlichkeit. Weißt du, wir sind ja so hungrig nach Zärtlichkeit, daß ein freundliches Wort, gesagt oder empfangen, genügt, um die Spannung zu lösen. Verstehst du?»

Todd war längst fertig mit Essen. Er hielt die geknickten Beine mit den Armen umspannt und hatte das Kinn auf die spitzen Knie gelegt. So sah er steif auf Lös' braunglänzende Sandalenspitze. Jetzt hob er den Kopf, schloß aber gleichzeitig die Lider und nickte. Sein entspanntes Gesicht schien ein Lächeln anzukündigen, das noch nicht reif war.

«Ja, draußen, in den Baracken, kinderleicht ist das Leben dort. Man kommt doch nicht zum Nachdenken, die Vergangenheit wird ganz unwirklich, einzig bestehen bleibt nur der Tag und was der Tag bringt: Wo man eine Zigarette schinden kann, wenn man kein Geld mehr hat, was die kleine Freundin des Leutnants gesagt oder getan hat, ob der Sergeant Farny einen neuen Burschen hat und was er mit diesem neuen Burschen tut. Wieviel Fleischklöße es zu Mittag gibt für die Gruppe und ob es gelingen wird, den überzähligen in seine Gamelle zu praktizieren, ohne daß es die anderen merken. Und dann diese Einsamkeit hier. Die ersten Tage ging es noch, da schlief Sitnikoff hier, während wir den Bestand aufnahmen, und mit ihm konnte man schließlich noch reden. Er ist gar nicht so dumm und hat schon gewußt, warum er wieder in die Sektion zurückwollte. Ja, die Einsamkeit hier. Da kommen die Bilder, die man nicht vertreiben kann. Ganz unschuldige zuerst: Wälder, in denen man geschlafen hat. Der Geruch nach feuchten Blättern und nach Pilzen, die Sonne scheint durch die Zweige, und eine Ameise kitzelt auf der Hand. Ein Käfer torkelt ungeschickt über Gräser. Dann ist plötzlich das Leben von drüben da, eine Melodie, die man nicht aus den Ohren bringt, auch wenn man an anderes denken will. Du kennst das ja auch. Warum hast du gestern gesummt: ‹Das ist die Liebe›? Soll ich dich noch mehr mit Erinnerungen langweilen? Jeder kennt doch das, und wenig braucht es, um das Kino der Vergangenheit zum Surren zu bringen. Einmal hat mich Narcisse mit ins Kloster genommen. Du weißt, wie es dort aussieht, oder nicht? Wenn die Leute am Zahltag vor den Türen der Weiber anstehen und warten, bis sie drankommen. Als müßten sie Brot fassen. Liebe fassen. Das, was sie Liebe nennen.» Es schien Lös Mühe zu bereiten, ganze Sätze zu formen. Todd lächelte, aber er blickte nicht auf. Manchmal versuchte er das Lächeln durch Einziehen der Lippen zu unterdrücken, aber bald brach es wieder hervor.

«Ich war an einem Abend dort, wo es fast leer war. Aber die Frauen, die dort leben! Die Schminke, die von den Gesichtern rinnt, der Stumpfsinn und der Geruch, von dem einem übel wird. Der schlechte Tee, für den man noch teuer bezahlen muß. Und die ‹Patronne›, die keifend einkassiert. Jede von den fünf Dirnen wollte mich haben. Nur weil der Chef ihnen gesagt hatte, ich sei in der Verpflegung. Und der Vorgänger von Sitnikoff war doch dort ein eifriger Besucher. Jede hoffte, ich würde mich in sie verlieben und ihr ein Zimmer im Dorf zahlen, sie aus dem Hause herausnehmen. Aber ich habe wirklich nur Ekel gespürt. Narcisse hat sich über mich lustig gemacht. Oder soll ich vielleicht mit Patschuli schlafen und mich dann mit seinem Zuhälter herumprügeln? Das geht doch nicht. Das ist alles zu schmutzig. Ja, wir sind beide in die Legion gekommen, um Schluß zu machen. Ganz recht. Aber doch nicht, um im Schmutz zu ersaufen. Ich spreche nicht von Moral. Was haben wir noch mit Moral zu tun? Wir *können* einfach nicht. Uns fehlt vielleicht der letzte Mut. Mut, das ist auch so ein Wort. Manche Sachen können wir einfach nicht tun. Warum? Das weiß ich selber nicht. Nun schau. Das Mädchen dort ist wenigstens sauber. Und sie hat mich gern auf ihre Art, obwohl es nicht immer leicht ist mit mir. Sie ist vielleicht auch nur dankbar und will zurückzahlen, weil ich ihr ein Kleid geschenkt habe und ihrem Vater zweihundert Franken, damit er sich einen Garten leisten kann. Aber sie ist doch noch ein Mensch und nicht irgendein schmutziges Tier. Das ist vielleicht falsch, die Huren sind vielleicht auch keine Tiere. Aber wenigstens bin ich sicher, daß ich bei ihr nicht krank werde, und davor habe ich eine heillose Angst. Und anhänglich ist sie auch. Und wenn ich einmal fortgehe, so wird ihr Vater einen Garten haben, und dann findet sie vielleicht einen, den Chef oder einen Leutnant, der sie weiter versorgen wird. Um mich hat sich auch niemand gekümmert, als es mir schlecht ging.»

Todd, in der Ecke, schwieg. Das Lächeln hatte er eingestellt.

Er nickte vor sich hin, und es wirkte automatenhaft. Dabei hatte er die Augen geschlossen und zupfte an den wenigen Haaren seines Kinns.

«Ja, ja», sagte er, «ich verstehe schon. Na, dann ... Servus ...»

Lös sah ihn durch das Tor der Verwaltung gehen, als die Signalpfeife im Posten zu trillern begann. Der Himmel war schon grau, und die Luft schmeckte nach sauren Bonbons. Lös hörte das Trappen der Maultiere, die ungeduldig beim Satteln den Boden mit den Hufen schlugen. Er ging zum Tor und setzte sich dort auf einen Stein. Die Sektionen marschierten an, draußen vor dem Posten, und stellten sich auf in fünf Reihen. Vor jeder Gruppe die Fußgänger, einer hinter dem anderen, nachher die Maultiere mit den hochbepackten Sätteln. Die ‹Titulaires› hielten die Tiere am Halfter. Vor den Kolonnen trabte Capitaine Chabert aufgeregt auf und ab. Das heisere Brüllen Cattaneos war hörbar. Der kleine Schneider hatte sein Mißfallen erregt, er hatte den Hafersack seines Maultiers vergessen. Leutnant Lartigue ritt vorüber; er hielt sein Pferd an und meinte freudig: «Meine Ordonnanz bin ich an den Adjutanten losgeworden. Herr Peschke wird in Atchana Kalk brennen. Und ich habe mir ihren Freund, den Todd, ausgebeten.» Er grüßte, mit der Hand winkend, und ritt im Schritt an die Spitze der Mitrailleusensektion. Dort schüttelte er Sergeant Sitnikoff die Hand, ritt die Sektion ab und nickte den lächelnden Gesichtern seiner Leute zu. Capitaine Chabert hob den Arm. Das Gemurmel verstummte. Er ließ den Arm nach vorne fallen und gab seinem Pferde die Sporen. Leutnant Lartigue folgte, vornübergebeugt, die Hände in den Hosentaschen, schlaff hingen die Zügel über dem Hals des Tieres. Und mit gebeugten Köpfen schlossen sich die Fußgänger seiner Sektion an, dann kamen die Maulesel mit pendelnden Ohren und Schweifen in Bewegung. Die erste Sektion stand erwartungsvoll, Korporal Pierrard hob ungeduldig den linken Fuß und setzte ihn mit Betonung auf die Erde, als das letzte Tier der vorangehenden Sektion an ihm vorbei war.

Lös stand auf und blickte der abziehenden Kompagnie mit zufriedenem Lächeln nach.

Der hochbeladene Bastsattel des letzten Küchentieres wurde kleiner, die Ebene verschluckte vorsichtig die Kolonne.

Mit einem hörbaren Aufatmen steckte Lös seine Hände in den Gürtel und ging um den Posten herum, den schmalen Weg, der am Ufer des Kanals zum Ksar führte. Er traf auf Zeno, die lachend seine Hand nahm und mit ihm davonlief.

VI. Kapitel   Der kleine Schneider

Adjutant Cattaneo trat aus seinem Zelt und führte zwei Finger zum Mund. Der Pfiff gellte durch den kühlen Morgen, stieß an die roten Berge, prallte ab an der Mauer des alten Postens, dort oben auf dem nahen Hügel. Kaum daß der Pfiff verhallt war, begann der Adjutant zu fluchen. In den kleinen braunen Zelten, die um sein eigenes großes im Viereck aufgestellt waren, hörte er Rascheln und Gähnen. Verschlafene Stimmen riefen: «Auf!» – höhnisch und gereizt. Doch die Zelte leerten sich nicht schnell genug. Der Adjutant riß einige Pflöcke aus dem Boden, und die Zelttücher fielen zusammen. Er lachte, als er das unterdrückte Murren hörte. Dann teilte er einige Fußtritte aus in die krabbelnde Masse und ging zur Küche, um Kaffee zu trinken. Sein rotes Képi stach leuchtend ab vom gelben Khakianzug.

Er hielt dem alten Guy die Metalltasse hin, ließ sie halb füllen und stellte sie auf einen Stein, zog eine Feldflasche aus der Tasche und goß Rum in den Kaffee. «Mezzo e mezzo», murmelte er. Im bläulich weißen Morgenlicht lag das Zeltlager vor ihm. Er blickte darauf und fühlte sich als Alleinherrscher über die fünfzig Mann. Und er war stolz auf die Macht, die er besaß.

Die Maulesel zerrten an den Ketten. Ein langes Drahttau verband sie. Bisweilen schrien sie auf, denn sie waren ungeduldig: Die Futterstunde war nahe.

Vor dem Posten auf dem Hügel putzten graue Gestalten, in langen Kapuzenmänteln, ihre Pferde.

Der Adjutant klopfte auf seine Schenkel und ruderte mit den Armen in der Luft.

«Wird's bald!» krächzte er heiser und sah höhnisch den Ankommenden entgegen. Sie drückten sich scheu an ihm vorbei.

Sergeant Schützendorf schlenderte als einer der letzten heran, Hosen, Rock und Stiefel geöffnet, und kratzte mit dem Nagel an einem gelben Punkt, der auf seiner Nase reifte. Der Adjutant schrie ihn an: «Können Sie sich nicht ordentlich anziehen?» Schützendorf grinste nur und zog mit einem Ruck die Hosen höher.

Nach ihm kam Korporal Dunoyer, zwanzig Jahre Dienstzeit, davon drei Jahre gut, der Rest in Arbeitsbataillonen in Tunis abgedient. Über die Halshaut zogen sich, blau tätowiert, die Worte: «Immer durstig» und wogten auf und ab bei jeder Bewegung des Adamsapfels. Auf der Stirne stand zu lesen: «Ein Märtyrer der Freundschaft.» Von den Schläfen ringelten sich zwei Schlangen herab, bogen sich im rechten Winkel auf den Wangen und öffneten ihre Mäuler auf den Nasenflügeln. Als er vor dem Adjutanten die Hand grüßend an den Mützenschirm legte, zeigte sich auf der Innenfläche das Wort: «Merde». Gönnerhaft nickte ihm der Adjutant zu.

Dann zogen die anderen vorbei, graue Gesichter, gepudert mit Staub, leer die Augen, schmal die Wangen. Pfiffen zwischen den Zähnen oder spuckten in weitem Bogen braunen Saft, husteten auch, die Köpfe zur Erde gesenkt. Als letzter schlürfte Stefan vorbei, der Liebling des Adjutanten, ein plumper Nordfranzose aus Lille, mit blondbestoppeltem Affengesicht, und grölte fröhlich:

«C'est à Paris, dans une boîte
dans une boîte de nuit
Place Piga-a-a-alle.»
Der Adjutant schrie ihn an: «Immer der letzte, Stefan!»
«Immer, mon adjudant, aber beim Schnapsfassen der erste.»

Da lachte der Adjutant und streckte ihm die Rumflasche hin. Stefan trank in gierigen Zügen, bis die grünen Augen unter den Lidern aufquollen.

«Füttern!» gellte eine Stimme; inmitten des Vierecks stand der klapprige Sergeant Veyre in voller Ausrüstung. Sogar den Revolver hatte er umgeschnallt. «Füttern!» schrie er noch einmal.

Ein dumpfes Getrappel war hörbar, von Hufen und genagelten Schuhen. Die Tassen flogen in die Zelte. Trésor, der Fuchs des Adjutanten, wieherte der aufgehenden Sonnenscheibe entgegen, die müde hinter den Bergen hervorkroch. Plötzliche Stille. Neben der Küche, auf dem Kalkofen, stand immer noch breitbeinig der Adjutant, blickte ins Tal hinab, aus dem das Rauschen des Oued klang. Ein Geruch von verfaultem Holz, ranzigem Speck und Schweiß drang ihm in die Nase. «Òstia», fluchte er laut. Als er die Hand vor die Augen legte, war ein Bild aus seiner Jugend da: Eine Straße bei Parma, weiß in der Sonne der Poebene, Bäume in der Ferne, Maisfelder, die um eine kleine Schenke grünten. Sein Fuhrwerk stand davor, beladen mit Flußsand. Er trug ein Stück Speck in der Tasche, dessen fetter Geruch ihn hungrig machte. «Òstia!» hatte er auch damals geflucht, weil ihm ein Leitseil gerissen war.

«Antreten!» bellte er. Zum Spaß schoß er noch den Revolver ab. Und auch der Widerhall des Knalls erinnerte ihn an seine Fuhrmannszeit.

«Ho-o-o», heulte es von allen Seiten; die Sektion trat an auf zwei Reihen.

«Ausrichten!»

Da standen sie alle wie die Puppen, den leeren Blick auf den Nebenmann gerichtet.

«Ruhen.»

Füßescharren, gedämpftes Murmeln. Dann begann das Aufrufen, eintönig. Doch als der kleine Schneider aufgerufen wurde, unterbrach der Adjutant:

«Steh gerade, Schneider; wie ein nasser Wollappen sieht er aus.»

«Melde mich krank», stieß Schneider hervor.

«Ich kenne keine Kranken.» Der Adjutant wurde rot, und sein verdorrter Schnurrbart sträubte sich. Schneider tauchte unter und verschwand hinter dem Rücken seines Vordermannes.

Der Appell ging weiter.

«Wird das Ehepaar nicht endlich ruhig stehen?» schrie wieder der Adjutant. Lachen sprang auf, ein gezwungenes Lachen, wie es schlechten Vorgesetztenwitzen gebührt. Patschuli zeigte sein welkes Mädchengesicht und Peschke seine Apachenlocke.

Der Adjutant ließ eine Zote fahren und begann die Front abzuschreiten.

«Zwei, vier, sechs, zehn. Sergeant Veyre, Korporal Dunoyer: Holz ... Zwei, sechs, zehn, zwölf und der Rest ... Sergeant Schützendorf, Korporal Claus ... Steine holen.»

Die beiden Geraden zerbrachen in viele Teile; da rief der Adjutant: «Halt! Fünf bleiben im Lager, um den Kalkofen herzurichten.»

Das Getrappel begann wieder. Der Hund des Adjutanten bellte laut einigen Arabern nach, die mit kleinen schwerbepackten Eseln auf der nahen Straße vorbeizogen. Die Sonne beleuchtete das schwere Grün der Oleanderbüsche an den Ufern des Oued.

Der kleine Schneider mühte sich ab, seinem gereizten Maultier den Sattel aufzulegen. Er hatte es Jakob getauft, und es war sehr kitzlig. Peschke sattelte das Pferd des Adjutanten und warf schnelle Blicke nach Patschuli, der mit Fuad schäkerte. Er wollte dazwischenfahren, doch erinnerte er sich, daß er dem Türken noch fünf Franken schuldete.

Sergeant Schützendorf balancierte auf seiner Lisa, einem schläfrigen Tier, das mit gesenkten Ohren geduldig wartete.

«Aufsitzen!» krächzte er. Dann kehrte er die Lisa und ritt auf einen Bergsattel zu, den ein Nebel zart verschleierte. Hinter ihm ordnete sich der Zug. Als letzter fuhr Stefan mit der Araba, einem leichten zweirädrigen Karren, mit drei nebeneinandertrabenden Mauleseln bespannt.

Der kleine Schneider saß zusammengeschrumpft im Sattel. Er hatte am Morgen Chinin geschluckt, das er sich zusammengespart hatte, und nun dröhnten vor seinen Ohren rasch sich folgende Paukenschläge. «Reiten, reiten», sprach er vor sich hin, und bunte Bilder waren in seinen Augen. Der graue Weg war ein schmaler Läufer, die blaßgrünen Alfabüschel und ihre Schatten warfen bunte Muster.

‹Der Adjutant hätte mich liegen lassen sollen.› Die Gedanken rollten gebremst durch seinen Kopf. ‹Er weiß ja gar nicht, wie es ist, krank zu sein. Wenn's ihm schlecht geht, sauft er Schnaps.

Wer das auch könnte! Aber wir haben ja nie Geld. Wenn ich nur die Prämie noch hätte, aber die ist längst beim Teufel. Ich könnte ja beim Juden oben ein paar Sattelriemen gegen Schnaps eintauschen, aber der Adjutant brächte mich vors Kriegsgericht. Vielleicht wär's besser. Aber der Capitaine würde mich sicher nur in die Disziplinkompagnie schicken. Und das wäre nicht gut.› Er sah ganz deutlich den Steinbruch in Colomb-Béchar, wo Senegalneger mit geladenem Gewehr und Gummiknütteln magere Legionäre zur Arbeit antrieben. Dann griff er in den Umschlag seines Bonnet de police, fand darin eine aufgesparte Kippe vom vorigen Abend und begann zu rauchen. Aber nach einigen tiefen Zügen wurde ihm schwindlig. Er drückte den kleinen Stummel aus und versorgte ihn am gewohnten Platz.

Wieder flimmerten Farben, und ein leichter Schwindel ließ die Luft vor seinen Augen zittern. Dumpfe Glocken dröhnten vor seinen Ohren, ganz nahe, unterbrochen von gellem Schellengeklingel. Und wieder fielen Worte tropfenweise durch seinen Kopf: ‹Komisch, wie das Chinin wirkt, und letzte Nacht habe ich vom großen Krieg geträumt. Vielleicht war die Kälte daran schuld. Ich hab von Rußland geträumt und von einem dicken polnischen Mädchen ... Vergiß Maruschka nicht, das Polenkind.› Er summte die Melodie vor sich hin. ‹Aber die Araberschicksen ... schmutzig sind sie und stinken. Pfui.› Ekel schüttelte ihn. ‹Der Krieg ist wohl an allem schuld. Was haben wir eigentlich vom Leben gehabt? Fünf Jahre bin ich Soldat gewesen, in Deutschland. Dann sollte es Frieden geben. Ich hab wohl auch das Recht gehabt, ein wenig Glück zu finden. Und sie haben uns den Frieden versprochen und ein neues Leben. Ja. Dafür sollten wir noch einmal kämpfen. Ich hab's geglaubt. Es waren nur die Großen und Reichen an unserem Unglück schuld. Und dann der Sturm auf den Bahnhof. Warum gerade auf den Bahnhof? Im Bahnhof hat es doch nur alte Waggons und keine Großen, Reichen. Im Grunde habe ich nichts getan, als wieder anderen zu folgen, die wieder kommandiert haben, wie die Offiziere früher. Und das war wieder falsch, und sie haben mich einsperren wollen. Da bin ich dann durch die Lappen. Lieber die Fremdenlegion, hab ich gedacht. Wenn ich damals gewußt hätte, was ich heute weiß! Jetzt soll ich noch drei Jahre aushalten. Drei Jahre!› Ein Schauer ging durch seinen Körper, eine unsichtbare Hand zog seinen Kopf an den Haaren nach hinten. Ganz klar, plötzlich, dachte er: ‹Sterben. Ganz leicht. Den Lauf des Gewehres in den Mund stecken und mit der großen Zehe abdrücken. Das geht gut.› Er lächelte freudig und still.

In weitem Bogen schwang sich Sergeant Schützendorf auf die Erde. Die Wickelgamaschen waren auf die Schuhe gerutscht. Er blickte mit schläfrigen Augen um sich, dann rief er: «Absitzen.»

Durch die Schlucht lief ein Bach, der weiter unten im Erdreich träge versickerte. Rechts und links stiegen graue Felsen auf, büschelweise bewachsen mit verhutzelten Nadelhölzern. Ein Rudel Gazellen verschwand, lautlos hastend, fern in der Ebene. Mühsam stieg der kleine Schneider ab. Als er sich bückte, drehten sich die Grasbüschel in grünen Wirbeln.

An der Araba teilte Stefan Minierstangen und Pickel aus. Schützendorf hatte sich nahe an den Bach in den glitzernden Sand gelegt und blinzelte in den Himmel. Der kleine Schneider berührte ihn an der Schulter: «Ich bin krank, Sergeant, und kann nicht arbeiten.» Schützendorf räkelte sich und gähnte, blickte dann teilnahmslos auf die wankende Gestalt und brüllte in deutscher Sprache: «Achtung, steht!». Der kleine Schneider stand stramm. Er fühlte das Schlottern in seinen gestreckten Knien schmerzhaft deutlich. Im rechten Schenkel klopfte ein Hammer. «Na. Ruhen», sagte Schützendorf gemütlich. Er zog ein Paket Zigaretten aus der Tasche, Schneider blickte mit hungrigen Augen darauf.

«Gib mir dann die Kippe, Schützendorf, ich hab nichts mehr zu rauchen», bettelte er demütig.

«Da nimm ein paar.» Der Sergeant hielt ihm das Päckchen hin. «Weißt du, ich bin ja eigentlich kein schlechter Kerl. Hab früher auch meinen Wein für Zigaretten verkauft. Ja, Tabak ist wichtiger als Brot und Wein» – er versuchte ein tiefsinniges Gesicht zu machen. «Also krank bist du. Dann kannst du dort oben Wache stehen, wenn du noch hinaufkommst.»

Dem kleinen Schneider tat es wohl, daß man deutsch zu ihm sprach. Und Schützendorf kannte er schon lange. Er war mit ihm in Bel-Abbès in der gleichen Sektion gewesen. Nun hing er sein Gewehr um, wog die vollen Patronentaschen in den Händen und stapfte bergauf.

Oben setzte er sich auf einen großen Stein, den die Sonne erhitzt hatte. Er legte das Gewehr auf die Knie und blickte sich um; das Tal vor ihm war weit und grau, zierliche Hügel standen darauf. In schwarzem Schatten lagen die Berge zu seiner Rechten. Der Wind schliff die Spitzen der Gräser mit Sand. Fliegen zogen klingende Kurven durch die Luft und über den fernen Schneebergen sonnten sich weiße Wolken.

Der kleine Schneider schlief ein. Vom Dom der Heimatstadt am Rhein läuteten Glocken den Krieg ein, läuteten stärker und verfolgten die vielen Männer, die zur Kaserne zogen. Er marschierte mit. Dann brannte die Uniform auf seinem Körper, ihm war so elend zumute. Irgendwo weinte die Mutter. Nun verfolgte ihn ein Feldwebel mit Fußtritten. Alles ging entsetzlich langsam vor sich, als halte eine unbekannte Macht alle Bewegungen auf.

Der kleine Schneider fuhr auf und stürzte vornüber. ‹Wer hat mich geschlagen?› dachte er und sah um sich. Da stand der Adjutant mit geschwungener Reitpeitsche, die er langsam sinken ließ, als er des anderen Gesicht sah. Er schien auch gar nicht böse zu sein, eher belustigt.

«Mein Trésor hätte den Schlag kaum gespürt, und du fällst gleich um. Das sind mir Soldaten!» Er schnupfte feucht. «Auf Wache geschlafen. Darauf steht Kriegsgericht.» Er brüllte sich in Wut. «Ja, aufs Kriegsgericht sollte ich dich schicken. Dort würde man vielleicht ein Mittel finden, aus dir einen Soldaten zu machen.»

Der kleine Schneider lächelte traurig. Er dachte an das Eiserne Kreuz, das er in der Somme-Schlacht verdient hatte. Er wollte etwas erwidern, aber der Mund war ihm ausgetrocknet, und die Zunge hing darin wie ein hölzerner Klöppel.

«Du gehst jetzt zu Fuß heim», des Adjutanten Stimme wurde

sachlich, «und baust dein Grab auf. Weiß du, was das heißt? Du nimmst deine Zeltplan und machst ein einzelnes, ganz niederes Zelt, so daß du gerade darunter liegen kannst. Keine Decken, verstanden? Legst dich darunter und kriechst nicht heraus, bis ich dir die Erlaubnis dazu gebe. Abtreten.»

Der kleine Schneider stand vor dem dicken Mann und betrachtete ihn, wie man ein böses Tier beschaut.

«Aber ich bin doch krank», sagte er weinerlich.

«Krank, krank!» grölte Cattaneo. «Ich kann dir nicht helfen. Soll ich vielleicht den Arzt spielen? Und der Major kommt doch nie zu uns.»

Als er Tränen sah in des anderen Augen, schien er sich zu freuen, daß er imstande war, soviel Furcht einzuflößen. Plötzlich schlug er um, und ganz freundlich sagte er: «Also Fieber hast du, dann geh ins Lager zurück und leg dich hin. Ich bring dir Chinin.»

Lächelnd zottelte der kleine Schneider den Berg hinab. In ihm war nur eine Sehnsucht: sich niederzulegen und zu schlafen, lange, lange ... Tage hindurch, und womöglich nicht mehr aufzuwachen.

Jakob rupfte Grasbüschel aus, die er verzehrte, samt der daran hängenden Erde. Als ihm der kleine Schneider die offene Hand hinhielt, kam er mißtrauisch näher, ließ sich aber dann packen. Doch schüttelte er unzufrieden den Kopf, als der kleine Schneider aufstieg.

In der Ebene begann Jakob zu traben, dann schlug er einen langgezogenen Galopp an. Der kleine Schneider hatte die Zügel über den Hals fallen lassen und hielt sich am Sattelknauf. Jakob kannte den Weg. Der Reiter hatte den Helm abgenommen und freute sich über den Luftzug, der zart und kühl war, wie eine pflegende Hand. Der kleine Schneider dachte an Lös: ‹Ein anständiger Kerl›, murmelte er laut und nickte mit dem Kopf.

Ein wenig später lag er unter dem Zelt und sah der Sonne zu, die winzige Löcher durch das braune Tuch bohrte. Draußen hörte er die Gamellen klappern; es war Essenszeit.

«Willst du etwas, Schneider?» fragte Korporal Claus vorne am Zelteingang und rollte das letzte ‹r› im Gaumen.

«Nur meinen Wein, sonst nichts.»

Korporal Claus versteckte, glücklich lächelnd, die Gamelle, die er für den Kranken hatte füllen lassen, unter einer Decke, um sie später in Ruhe zu verzehren. Er litt an chronischem Hunger.

Dann brachte der Adjutant ein paar Chinintabletten, die Schneider mit dem Wein hinunterspülte.

«Laß dir's besser gehen», sagte der Adjutant freundlich.

Den ganzen Nachmittag lag der kleine Schneider regungslos im Halbschlummer. Ihm war wohlig warm. Und auch die Erinnerungen, die zerrissen vorbeiflogen, waren mild und beruhigend. Er schwamm im Rhein, das Wasser war lau. Erst zwölfjährig war er und trug blaugestreifte Schwimmhosen. Große grüne Bäume standen an den Ufern, und Motorboote fuhren tutend vorbei. Er legte sich auf den Rücken, und die Sonnenstrahlen machten die Wimpern seiner halbgeschlossenen Augen farbig. Dann war er daheim, und die Mutter strich über seine Stirne. Nein, nicht die Mutter, der Korporal Lös war es, und der Adjutant stand daneben und lachte. Da erwachte der kleine Schneider. Das Hemd klebte am Rücken, und die Arme waren so schwach, daß sie nicht die Decken abschütteln konnten, die allzu heiß gaben. So leer war der Kopf, daß die Augen sich von selber schlossen.

Da war er plötzlich in einem Granattrichter. Und Schnee fiel herab, durchnäßte ihn. Deutlich hörte er dumpfes Trommelfeuer. Dann fuhr ein Zug durchs Land, und ein rotbärtiger Mann predigte von der Befreiung des Proletariats. Dann mußte er auf einer Straße fliehen, die durch eine dicke Nacht führte. Immer war hinter ihm eine unsichtbare Hand, die ihn greifen wollte.

Wieder erwachte er. Es war kein richtiges Wachsein. Eher ein Hindämmern, in dem er seinen Traum weiterverfolgte. Das Rekrutierungsbureau in Mainz sah er. Eine Kartontafel an der Wand, mit rot-weiß-blauem Rand umgeben. Liberté, Egalité, Fraternité stand darauf. Der Adjutant dort, der gut deutsch sprach, übersetzte die Worte. Die waren wohl schön, und

Schneider kannte sie von früher her. Aber sie waren auch eine große Lüge, wie alles frühere, wie die Wacht am Rhein, wie das Hurraschreien. Und die Revolution, vielleicht war sie auch eine Lüge? Man kannte sich nicht mehr aus. Nun diente er bei jenen, auf die er geschossen hatte. Er hatte sich verkauft – für fünfhundert Franken, und 75 Centimes täglichen Lohn. Auf fünf Jahre. Wie viele Fünfen es in dieser Rechnung gab. Er lächelte. Doch die ihn gekauft hatten, brauchten ihn nicht zu schonen. Täglich wurden Neue angeworben. Nun mußte er Straßen bauen und Kalk brennen. Und war doch als Soldat eingetreten.

Plötzlich war er ganz wach. Eine Melodie summte in seinem Kopf, die er in den Revolutionstagen oft gehört und mitgesungen hatte. Aber nicht die deutschen Worte suchte er, die zu diesem Lied paßten. Er wollte von allen verstanden werden, besonders vom Adjutanten. Und er fand auch die französischen Worte. Mit lauter Stimme sang der kleine Schneider das Lied, das auszudrücken schien, was in ihm war:

«C'est la lutte finale
Tous en rang et demain ...»
Da stand schon der Adjutant am Zelteingang und brüllte:
«Was, du singst bolschewistische Lieder? Ich will dir helfen. Ein Bolschewik ist nicht krank. Du ziehst heut abend auf Wache.»

Aber hinten, beim Kalkofen, griff eine verrostete Stimme die Melodie auf:
«C'est l'Internationa-a-a-le ...»
Stefans Stimme verstieg sich auf dem ‹In-› zu hohem Kreischen. Das störte den Adjutanten wenig. Er lächelte bloß: Nur den deutschen Spartakisten war nicht zu trauen. Die konnten aus Patriotismus eine Revolte anzetteln.

Um sechs Uhr wurde zu Nacht gegessen. Der alte Guy schleppte nacheinander zwei große Kessel in die Mitte des Zeltvierecks, gerade vor des Adjutanten Zelt. Um die Kessel standen die Gamellen in konzentrischen Kreisen, und diese wieder wurden umschlossen von einem dreifachen Ring starrer gelber Gestalten. Alles überwachte die Austeilung. Korporal Dunoyer klatschte mit Schwung zuerst das Fleischragout und dann den Käsereis in die Eßschalen.

Zwei Stunden später war die Sonne nur eine blinde Messingscheibe, die langsam hinter den Bergen verschwand. Der Oued schimmerte kupfern. Dann waren auf dem grünen Himmel zwei Sterne. Ein kalter Wind ließ den Hund des Adjutanten zittern und winseln. Oben hinter den Mauern des Postens (auch sie schimmerten metallen-grünlich) wimmerte es eintönig zu klappernder Zupftrommel:

«Ay, ay, ay, la moulay djiroua ...»

Aus dem Kalkofen drangen scharfduftender Rauch und einzelne blasse Flämmchen. Unten im langen Gang, der zur Feuerstelle führte, stand Stefan und stieß frisches Holz in die Glut. Im Gang saß die Sektion beisammen und ließ die Feldflasche kreisen. Der Adjutant hatte doppelte Ration Wein austeilen lassen. Das feuchte Holz summte mannigfaltige Töne, die zusammenklangen zu einem sonderbaren Akkord.

«Drei Lilien, drei Lilien,
die pflanzt ich auf ein Grab, fallera,
da kam ein stolzer Reiter
und brach sie a-a-ab.»

Die Deutschen sangen, zaghaft und leise. Korporal Claus' Fistelstimme stach ab, wie der Ton einer Kinderflöte.

Dann sang der Russe Petroff mit hohem, sehr gleichmäßigem Tenor, ein wenig durch die Nase, und seine Landsleute fielen ein. Es klang traurig und ein wenig verzweifelt. Das Ehepaar rückte näher zusammen.

Ganz am Ende des Ganges, die Brust noch warm beschienen, doch den Rücken im kalten Abendwind, saß in voller Ausrüstung, einsam, der kleine Schneider. Die grüne Capotte fiel herab bis zur Mitte der Waden. Der Tropenhelm verdeckte schier die Hälfte des Gesichts und ließ nur den Mund sehen, der weinerlich geschürzt war.

«Appell!» Veyres Stimme zerriß die Dunkelheit.

Der Gesang am Feuer verstummte. Schneider erhob sich, hing das Gewehr über die rechte Schulter und begann mit unsicheren Schritten das Zeltviereck abzuschreiten. Er mußte den Helm halten. Der Wind wehte stark.

In seinem Zelt saß der Adjutant. Auf dem niederen Klapptisch brannte eine Stallaterne. Neben ihr, halbvoll, stand eine Flasche Rum. Als Schneider am Eingang vorbeiging, sah er die bunte Etikette leuchten: *Negritos* stand darauf, und ein Negergesicht grinste daneben.

«Mir ist kalt», flüsterte der kleine Schneider. Cattaneo rührte sich nicht. Lauter wiederholte Schneider die Worte.

«Schnaps willst du? Na komm.» Der Adjutant goß eine Tasse voll und schob sie Schneider hin ...

Er saß hemdsärmlig auf dem Feldbett, dessen Latten sich unter dem Gewicht seines Körpers bogen. Die offenen Breeches wehten um die Waden.

«Merci, mon adjudant», sagte der kleine Schneider und stand ganz stramm.

«So ist's besser», lobte der Adjutant, wie man einen gelehrigen Hund belobt, und winkte gönnerhaft mit der Hand. «Schnaps ist die beste Medizin.»

Und weiter schritt der kleine Schneider, während ein großes Glücksgefühl seinen Körper ergriff und frohe Bilder in seinem Kopfe tanzten.

Der Mond war aufgegangen. Eine Wolke glänzte wie ein rundlicher wächserner Gott auf dem Altar des Berges.

‹Ich werde sicher noch Korporal›, dachte der kleine Schneider, ‹ich werde einfach verlangen, nach Fez in die Unteroffiziersschule zu gehen.› Alles schien leicht durchführbar. ‹Oder ich finde dort einen Major, der mich auf Reform schickt.› Ein ganz neues Leben stieg vor ihm auf bei dem Gedanken an die Reform: Rückkehr zu Menschen, die seine Sprache sprachen, zu blonden Mädchen, die sauber waren und gesund. Es würde vielleicht schwer sein, Arbeit zu finden, aber doch nicht unmöglich. Man konnte auch wandern. Und in Deutschland hatte es wohl inzwischen eine Amnestie gegeben.

Drüben schimmerte die Straße weiß zwischen schwarzschraffierten Feldern, auf denen einzelne Grasbüschel wehende Straußenfedern waren. Stumm lagen die Zelte da, bisweilen nur drang aus ihnen ersticktes Schnarchen, das sich jäh unterbrach, als erschräke der Schläfer vor seinem eigenen Lärm. Die Maulesel klirrten unruhig mit ihren Ketten. Nun löschte der Adjutant seine Laterne aus. Seinen großen schwarzen Schatten hatte die Nacht verschluckt. Der Wind mischte den Petroleumgeruch mit dem würzigen Rauch des Kalkofens. Die Einsamkeit war sehr groß.

Der kleine Schneider setzte sich an eine Ecke des Zeltvierecks. Dort fiel der Abhang steil zum kaltrauschenden Oued ab. Die Luft war still nun. Aus dem Posten näselte es noch müde: «Ay, ay, ay la moulay djiroua ...»

Da plötzlich schüttelte den kleinen Schneider die große Verzweiflung. Sie brach in seinen Kopf ein, peitschte Schauer durch den müden schmerzenden Körper, zerrte so heftig an allen Muskeln, daß die Beine schlotterten. Zitternd öfnete die rechte Hand die Patronentasche und legte eine Patrone auf die Erde. Dann nahmen die beiden Hände das Gewehr auf und entriegelten den Verschluß. Das Klappen klang wie ein lauter Knall in die Stille. Und zitternd schob die Rechte die Patrone ein. Das Gewehr fiel zu Boden. Die beiden Hände rissen die Wickelgamasche vom rechten Bein, lösten zitternd die Schuhriemen, um den Fuß zu befreien. Bei einer heftigen Bewegung des rechten Armes entlud sich das Gewehr, dessen Mündung in den Falten der Capotte lag. Der Knall erstickte im dicken Stoff. Der kleine Schneider fühlte einen heftigen Schlag am linken Schenkel. Und dieser Schlag gab ihm das Gefühl seines Körpers zurück: Nicht mehr losgelöst von seinem Willen waren die Glieder. Dann rollte er den Abhang hinab. Der Mond drehte sich rasend schnell. Er verschwand, und der Oued glänzte nahe. Die Hände des kleinen Schneider waren feucht, und ein warmer Strom floß an seinem Schenkel herab. Er fühlte noch eine kalte Hundeschnauze, die an seine Wange stieß. Dann wurde die Nacht purpurn.

Um Mitternacht machte der Adjutant die Runde und fand den Toten. Er drehte den Körper mit der Fußspitze um, zuckte die Achseln und ließ ihn liegen. Am Morgen suchte er einen alten

Sack, preßte selbst den Körper hinein und ließ ihn verscharren. Gegen Sonnenaufgang hatte es leicht geregnet. Die lehmige Erde war feucht. Er beaufsichtigte das Zuschaufeln des Grabes. Eine Erdscholle blieb an seinem Stiefelabsatz kleben.

«Merde», sagte er und schleuderte unwillig den Fuß nach vorne.

2. Teil — Fieber

> Les amants des prostituées
> Sont heureux, dispos et repus
> Quant à moi, mes bras sont rompus
> Pour avoir étreint des nuées.
>
> Baudelaire, *Plaintes d'un Icare*

VII. Kapitel Der Marsch

Todd hatte die letzte Wache, die von Mitternacht bis zwei Uhr. Der Wind war frisch, kam in Stößen, beruhigte sich wieder, zerfetzte die Wolkendecke vor dem Mond. Todd zog die Uhr aus der Hosentasche. Es war eine schöne flache Uhr, die Goldschale ohne Verzierungen; als Kette trug sie einen geknüpften Schuhriemen. Korporal Pierrard hatte sie ihm geliehen. Es war ein Uhr. Um halb zwei mußten die Köche geweckt werden, um zwei war Tagwacht.

Um zwölf war es noch warm gewesen. Erst später war der Wind aufgestanden. Todd zog die Capotte an.

Durch die dünnen Zelttücher hörte er den Atem der vielen Schläfer. Manchmal klang es wie das Zischen vieler kleiner Dampfkessel. Dann verstummte das Zischen, die vielen Atem hatten wohl das Zeitmaß gefunden, in das sie sich fügen konnten, weitausholend, und doch irgendwo gehemmt, als müßten sie sich im Schlafe noch einer Disziplin fügen.

Nur die Maultiere blieben verschont vom umgebenden Zwang. Sie schienen gar nicht in das Lager zu passen mit seiner streng quadratischen Form. Sie standen oder lagen, bissen einander zum Spiel, schnauften dann laut. Es klang wie leises unterdrücktes Lachen; bisweilen stieß das eine kurze pfeifende Laute aus und warf die Hinterbeine in die Luft. Und auch den beruhigenden Knüppelschlag der Stallwache nahm es weiter nicht übel. Das gehörte zum Spiel.

Halb zwei. Noch eine halbe Stunde, dann gab es heißen Kaffee und einen Achtelliter Schnaps. Todd ging an das Zelt, wo die Köche schliefen, und riß an ein paar nackten Füßen, die hervorragten.

Bald brannten die Feuer aus dürrem Gras und trockenem Thymian. Der Wind breitete den Rauch wie ein scharfduftendes Tuch über das Lager. Es wogte unruhig, bis eine Stille eintrat, dann blieb es liegen. In den Zelten wurde es unruhig. Gestalten schlichen heraus, die den Schatten Verstorbener glichen. Der Himmel wurde langsam weiß, als sei die Milchstraße über ihre Ufer getreten. Die Ordonnanzen rissen die Pflöcke der Offizierszelte aus. Korporal Pierrard kam heran und verlangte seine Uhr zurück. Todd ging zu den Feuern, um zu frühstücken. Sergeant Hassa pfiff zum Réveil.

Das Zelt über Capitaine Chabert verschwand plötzlich, er lag in seiner Fülle auf dem niederen Feldbett, lachte, hustete, fand den Witz ausgezeichnet, den Samotadji sich da erlaubt hatte, fluchte dann plötzlich, weil er seine Pfeife nicht fand. Er brauchte fünf Streichhölzer, um den Tabak in Brand zu setzen (der Sturm wehte heftig). Nun brüllte er Lartigues Namen in den Wirrwarr. Niemand hatte den Leutnant gesehen. Doch da erschien er im Schein eines der Feuer, er hatte einen Spaziergang gemacht, seine braunen Ledergamaschen glänzten, und sein Gesicht war dunkel beschattet vom Mützenschild. Samotadji rief nach dem Koch; endlich brachte dieser den kleinen Aluminiumkrug mit dem Kaffee. Der Capitaine kostete und verstummte, spuckte, er hatte sich die Lippen verbrannt. Einen Teil des Kaffees goß er auf den Boden und leerte Schnaps aus der Feldflasche nach.

Er klatschte in die Hände, rief «Vorwärts, vorwärts» in das Chaos, das um ihn kreiste. Nur ein Feuer brannte noch. Hoch schlug die Flamme auf, knatterte im Sturm, das Lager war taghell, große Schatten tanzten auf der Ebene, ballten sich zu Klumpen, lösten sich wieder. Doch war kein Wort und kein Ruf zu hören. Nur des Capitaines Händeklatschen drang durch das Scharren des Aufbruchs. Todd warf den Sattel auf seine Lisa.

Das Feuer war abgebrannt. Nun klärte sich das Chaos. Eine unterdrückte Fröhlichkeit, die sich nur in Gesten äußerte, zitterte durch die Kolonne. Der Schnaps war die Ursache, der starke Kaffee und die Zigarette auf nüchternen Magen.

Der Capitaine saß schon auf seinem Pferd. Er hob den Arm, und diese Bewegung sah aus wie eine sakrale Geste. Dann ließ er ihn nach vorne fallen, gab dem Pferd die Sporen und war bald nur ein Schattenriß gegen den silbernen Himmel.

Todd ritt als vierter. Unter den Hufen seines Tieres war die Straße ein grauer Teppich, dunkel zuerst, dann wurde er nach und nach heller. Eigentlich war es gar keine richtige Straße, eher ein primitiver Weg, das Gras oberflächlich abgekratzt, manchmal von tiefen Rinnen durchfurcht: In der Regenzeit hatten die schweren Camions sie gegraben. Die Ohren des Maultieres wippten. Der dichte Schwanz des vorhergehenden hing schlapp und reglos herab. Angenehm war die Spannung, die von der Schlaflosigkeit der letzten Nacht erzeugt wurde: diese Spannung, die fremd war und erwartungsvoll. Und doch war kein Grund vorhanden, irgend etwas zu erwarten. Der Tag würde dem gestrigen gleichen: marschieren, reiten, marschieren. Um acht Uhr würde die Sonne beginnen zu stechen, und dann gab es Durst. Um Mittag herum kam man an den großen Halt. Dort mußte man bis zum Abend unter den braunen Zelttüchern liegen, durch die sich die Sonne fraß; immer war sie ein brennender Hohlspiegel, kaum verdeckt, der die Augen blendete, durch die Lider stach, Wasser aus dem Körper sog, bis er ausgetrocknet war, wie das zähe Alfagras, das schon als Heu wuchs.

Der Himmel wurde rot, und der Wind legte sich. Es war noch frisch. Vielleicht hatte es sogar Tau? Todd dachte nach. Gab es hier überhaupt Tau? Er hätte es nicht sagen können. Immer blieben die Bilder stumpf, die man aufnahm, die Wirklichkeit fehlte ihnen. Viel wirklicher waren die Landschaften der Träume, in denen Wasser floß und Weiden grünten. Auch die Kameraden blieben Puppen mit automatischen Bewegungen. Nur Wut empfand man gegen diese Puppen, wenn sie beim Satteln störten.

Der Capitaine pfiff, hob den Arm, ließ ihn lange erhoben. Der Zug stand. «Absitzen, wechseln», kam der Befehl und wurde weitergegeben. Todd stieg ab, von vorne kam sein ‹Doubleur› gerannt, ein kleiner Russe mit Wieselgesicht namens Veraguin, der kein Wort Französisch sprach. Todd hielt den rechten Steigbügel, während der andere links aufstieg. Der Sattel war schwer beladen mit der Ausrüstung der beiden. Man war nie sicher, ob der Sattel hielt, der Gurt konnte noch so fest angezogen sein, manchmal rutschte das Ganze doch auf den Bauch des Tieres, dann mußte man umsatteln. Das gab Verspätung, man war gezwungen, der Kolonne nachzulaufen, wurde angeschrien, und das vergrößerte das Gereiztsein und die Müdigkeit. Es war besser, man gab acht. Todd lief nach vorn, stellte sich an seinen Platz, es war der dritte im Einerzug, und sah nach Capitaine Chabert. Der hielt noch immer den Arm erhoben, wie ein indischer Fakir, das Pferd unter ihm stand ergeben still. Nun senkte sich der Arm, ein Ruck ging durch die lange farblose Schlange, sie kroch weiter ...

... Die Stunde vergeht. Mit vorgeneigtem Kopf marschieren, die Knie gebeugt, die Sohlen kaum vom Boden hebend, fast schleifend, wie beim One-Step, nur daß man da kleinere Schritte nimmt. Todd muß wirklich an den Tanz denken, wie er auf dem grauen Straßenband weitergeht, eingehüllt in eine Staubwolke, die viele Schuhe, viele Hufe aufgewirbelt haben. Die Gespanntheit will noch nicht weichen. Es sind viele Bilder da, Erinnerungen von früher, aber nicht klar und deutlich, sondern verschwommen, so als habe Staub und Müdigkeit sie getrübt. Nur eine Erinnerung setzt sich fest, und er muß ihr nachgehen, sie ausmalen, bis sie endlich fertig vor ihm steht: Eine Bar sieht er und viele geschminkte Gesichter, er hat Geld genug, aber ist trotzdem unruhig und sieht immer wieder nach der Tür, ob dort nicht ein Polizist auftauchen wird, um ihn zu verhaften. Eigentlich ist es am Morgen viel zu glatt gegangen auf der Bank, mit dem Check. Niemand hat die Unterschrift geprüft, die Unterschrift des Bruders, ohne weiteres sind ihm die fünfhundert Dollar ausbezahlt worden. Seine Angst ist wirklich grundlos.

Da tritt ein Mädchen auf, Pagenfrisur, eine zierliche schwarzhaarige Person, in seidenen Culottes, weißen Strümpfen, Spitzenjabots und Pumps. Sie rezitiert mit ganz flacher Stimme, ohne eine Bewegung zu machen:

«Verträumte Polizisten watscheln bei Laternen
Zerbrochne Bettler meckern, wenn sie Fremde ahnen
In manchen Straßen stottern starke Straßenbahnen
und sanfte Autos rollen zu den Sternen.»

Todd merkt plötzlich, daß er die Verse laut vor sich hin spricht.

Sein Vordermann dreht sich um. Todd schweigt und schämt sich zuerst, dann sieht er, daß es Schilasky ist. Das umgewandte Gesicht sieht aus wie aus Buchenholz geschnitzt. Die Nase ist auch im Profil scharf.

«Was sagst du?» fragt Schilasky.

«Nichts, nichts. Es ist mir nur ein Gedicht eingefallen.» Dann will er weiterschweigen. Aber Schilasky ist interessiert. Er tritt aus der Reihe, nachdem er sich vorsichtig umgesehen hat. Es ist kein Vorgesetzter in der Nähe. Sergeant Sitnikoff an der Spitze schläft, und Chaberts Pferd ist weit vorne, ganz undeutlich sichtbar, Samotadji hält es. Der Capitaine hat wohl austreten müssen.

Schilasky fragt, was es denn für ein Gedicht gewesen sei. Koribouts Vorlesung scheint gewirkt zu haben. Schilasky interessiert sich für Gedichte. Da beginnt Todd zu erzählen. Von der kleinen Diseuse im Cabaret, nachher habe er sie eingeladen, gerade am Tag, wo er den falschen Check eingelöst habe. Sie sei ganz einsam in der Bar gesessen, niemand habe sich getraut, sie anzureden, denn ihr Ausdruck sei sehr abweisend gewesen. Übrigens, sie habe gut rezitiert. Auch ein anderes. Todd wisse nicht, warum er die Gedichte behalten habe. Er habe die Kleine in der Nacht noch gebeten, sie zu wiederholen. Es sei sehr komisch gewesen. Sie sei nackt auf dem Bett gelegen, ganz kleine Brüste habe sie gehabt und die Verse gegen die Decke des Zimmers gesprochen. Es sah aus, als bete sie einen Rosenkranz. Wirklich. Ja, Schilasky lache, aber es sei trotzdem so gewesen. Todd schiebt den Unterkiefer vor und schweigt.

Schilasky hat einen horchenden Ausdruck. Sein hölzernes Gesicht bekommt Leben. Während er sich mit gebeugten Knien vorwärtsschiebt, legt er den Kopf schier anmutig auf die Schulter, um den Worten des Kameraden zu lauschen.

«Ja», sagt er, wie der andere schweigt, «in Berlin bin ich auch oft ins Cabaret gegangen, mit meinem kleinen Freund. Ein lieber Junge war's, sage ich dir. Und konnte so schön Gitarre spielen und Lieder dazu singen. ‹Es fiel ein Reif in der Frühlingsnacht›», singt er plötzlich mit hölzerner Stimme, die abgehackt klingt, wie ein Xylophonsolo. «Du kennst doch das Lied?»

Todd nickt. Es tut so gut zu sprechen, der Weg rollt viel schneller ab, vorn hebt schon wieder der Capitaine den Arm. Absitzen, wechseln. Sie laufen beide zurück, so schnell sie können, und die Gewehre hüpfen auf ihren Rücken.

Nun reiten sie nebeneinander, obwohl das eigentlich verboten ist. Noch ist der Weg breit, die Berge aber kommen schnell näher. Bis dahin können sie miteinander sprechen, das heißt, jeder kann erzählen, sich selbst erzählen; ob der andere zuhört, ist eine andere Frage.

«Ich habe ihr einen Gin-Fizz angeboten», erzählt Todd. «Zuerst war sie ein wenig zugeknöpft, aber ich sage zu ihr: ‹Wie können Sie so zugeknöpft sein, mein gnädiges Fräulein, Sie haben ja gar keine Knöpfe an Ihrem Kleid.› Weißt du, sie hatte so ein enganliegendes Kleid an, nachher zog sie es einfach über den Kopf. Sie sah wie ein Schulmädchen aus, ein wenig verboten; in ihren Schlupfhosen sah sie wie ein Bub aus. Und frech war sie. Erzählt mir da, sie sei mit zwölf Jahren von ihrem Großvater vergewaltigt worden. Auf einem roten Kanapee. Ja. Hat wohl schauen wollen, was ich dazu sage. Nichts hab ich gesagt. Gelacht hab ich. Und dann war sie so bescheiden. Die Mädels animieren einen sonst zum Trinken. Sie gar nicht. War mit ihrem Gin-Fizz ganz zufrieden. Saß still neben mir und erzählte von einer Bootsfahrt auf dem Vierwaldstättersee. Sie hatte ein Engagement in der Schweiz gehabt; das sei angenehm gewesen, während dem Krieg. Dort hätte sie sich wieder einmal sattessen können.»

Schilasky unterbricht ihn, und nun hört Todd, daß der andere gar nicht aufgepaßt hat, denn er fährt fort, dort, wo er stehengeblieben ist.

«Weißt du, ich hatte ihn auf dem Bahnhof kennengelernt. Am Abend war ich immer auf dem Bahnhof. Natürlich in Zivil. Als Wachtmeister von der Sipo kann man doch nicht in Uniform gehen. Plötzlich gefällt einem ein Gesicht, oder die Bewegung eines Körpers, man geht nach, eine Zeitlang, bis man den Menschen ein wenig studiert hat. Man kriegt Übung. So kleine Anzeichen verraten viel. Irgendein weiches Gehen, ein Schwingen in den Hüften, ein sonderbares Lächeln, untertänige Augen. Ich habe einen guten Blick. Meinem Jungen bin ich ein paar Tage nachgestiegen, bis ich es gewagt habe, ihn anzusprechen. Von den vielen, die ich gehabt habe, war es der einzige, der mir ein wenig Angst gemacht hat, im Anfang. Aber ich glaube, ich wäre eingegangen, wenn es nicht zum Klappen gekommen wäre. Ich hab ihn vom ersten Augenblick lieb gehabt. Er war noch Gymnasiast. Und dann sind die Eltern dahintergekommen. Skandal hat es gegeben. Der Junge hat einen Selbstmordversuch begangen, so sehr hat er an mir gehangen.»

Todd betrachtete Schilasky von der Seite. Immer mehr zerbrach die hölzerne Maske. Das Ohrläppchen, das unter dem Tropenhelm sichtbar war (zierlich geformt war es, wie bei einer Frau), hatte sich gerötet, und auch auf den Backenknochen saßen zwei rote Tupfen.

Da waren die Berge. Der Weg wurde eng. Er war in die Felsen gesprengt, die hellgelb glühten. Todd hielt die Lisa zurück. Eine Zeitlang ritten sie schweigend. Links fiel der Abhang steil zu einem kleinen Bach ab.

Todd sah den Rücken des vor ihm Reitenden. Ein schmaler Rücken. Die Schulterknochen verschoben sich in gleichbleibendem Rhythmus unter dem enganliegenden Khakirock. Der Korkhelm lag über dem Kopf wie eine leichte Glocke. Wieviel mußte unter dieser gelben Glocke geschehen! Ein Heißlaufen der Gedanken, gegen das selbst die Müdigkeit nichts nützt. Immer die gleichen Gedanken, die gleichen Wünsche, die peinigen; es lohnt sich kaum, von ihnen zu sprechen. Sie sind so schwer in Worte zu fassen, und dann ... niemand versteht sie. Todd ärgerte sich, daß er die Geschichte der kleinen Diseuse erzählt hatte. Unwürdige Geschwätzigkeit war es, nichts weiter, mit dem undeutlichen Wunsch, den anderen zum Reden zu bringen. Es war auch noch etwas anderes. Koribout hatte es eine Beschwörung genannt, oder so ähnlich, dies Gedichtesprechen. Es beruhigte ein wenig und ließ die Spannung abflauen.

Der Weg war steil. Todd sah auf die Vorderfüße seines Tieres. Ganz vorsichtig betastete der rechte Vorderhuf einen Stein, ob er nicht rutsche, dann mit einem Ruck zog sich der Körper an dieser Stütze nach. Es war viel Sicherheit in diesen Bewegungen. ‹Und ich habe keine Sicherheit›, dachte Todd. Aber es bedrückte ihn wenig. Er war zufrieden, daß keine Entschlüsse mehr von ihm verlangt wurden, daß der Tag in einer vorgeschriebenen Art gelebt werden konnte, mit Sattelaufschnallen, Reiten, Wasserholen, Marschieren, Zeltaufbauen und Schlafen. Wenn die Erinnerungen quälend wurden, gab es am Abend den Wein, der kein Genußmittel war, sondern eine saure Notwendigkeit: Der Müdigkeit nimmt er das Peinigende, gibt der leeren Gegenwart einen Inhalt und dem Körper, der nicht mehr weiß, was Lust ist, eine seltsame Art Wohlbehagen.

Die Sonne war schon hoch, als die Kolonne zum vierten Mal hielt. Sie war auf der Höhe angelangt. Diesmal hob der Capitaine beide Arme zum Himmel und machte eine Zeitlang Freiübungen. Das bedeutete einen längeren Halt. Als er endlich vom Pferd sprang, saßen schon alle am Wegrand, die Zügel der Maultiere leicht um das Handgelenk geschlungen. Korporal Pierrard ging an den Sitzenden entlang und verteilte Speckscheiben. Schweigsames Schmatzen. Die Maultiere rissen Gras aus und kauten blasiert. Dann standen sie wieder still mit gesenkten Köpfen und halbgeschlossenen Augen.

Ganz hinten in der vierten Sektion saß Pausanker neben dem Sergeanten Farny. Der Junge hatte sich verändert. Die Wangen waren grau im Schatten des Tropenhelms, aber rot schimmerten die Lippen, und in den Mundwinkeln standen winzige Bläschen. Farny hielt den steifen Blick auf eine Wolke geheftet, die wie ein einsamer Fesselballon regungslos über der Ebene stand. Manchmal packte er das Handgelenk seiner Ordonnanz, preßte es, ließ es wieder los. Dieses eigentlich grundlose Zupacken (oder war es doch ein krampfhaftes Sich-bewußt-Machen, daß man Macht hatte?), wirkte auf Pausanker erschreckend. Das Kinn klappte herab, und dadurch bekam das Gesicht etwas Blödsinniges.

Korporal Ackermann spazierte vorbei, Seite an Seite mit Korporal Seignac, dem Neger. Die Uniformen der beiden waren weiß vom vielen Waschen, die Wadenbinden saßen ohne Falten, auch die gelben Krawatten waren dreifach zusammengefaltet, wie es das Reglement vorschreibt, und so eng um den Hals gelegt, daß sie wie gebügelt wirkten.

Seignac hatte es nicht leicht als Schwarzer, obwohl er gar nicht negerhaft aussah. Seine Lippen waren schmal und die Backenknochen so weit zurückgelagert, daß die edel geformte Nase deutlich sichtbar blieb. Er sprach ein fehlerloses Französisch und auch einige Worte Deutsch; wohl aus diesem Grunde, und vielleicht auch, weil Seignac einmal zwei Monate auf der *Bremen* als dritter Steward gedient hatte, protegierte ihn Ackermann.

Das einzige, was man Korporal Seignac vorwerfen konnte, war seine übertriebene Korrektheit. Er spielte den Gentleman, spielte ihn allzu gut, so gut, daß er damit den anderen auf die Nerven fiel und sie in einen begreiflichen Protest hineintrieb, der sich in Hohn, Rippenstößen und sonstigen Naturburschenallüren kundtat. Aber Seignacs Phlegma war nicht zu erschüttern: Er gab seine Befehle, führte sie selber aus, wenn er auf Weigerungen stieß, sprach selten und lernte in seiner freien Zeit englische Wörter aus einem alten roten Diktionär. Die Aussprache, die er den Wörtern gab, war bisweilen phantastisch, und Korporal Smith, der Schneider, der ebenfalls keine Rassenvorurteile kannte, korrigierte ihn geduldig.

Als Ackermann mit seinem Gefährten am Sergeanten Farny vorbeiging, sah er zuerst nicht zur Seite. Doch Farnys kompakter Blick war ein Hindernis, das den Deutschen aufhielt – und nun mußte er nach der Störung schauen. Ekel zog Falten in sein Gesicht, denn Pausankers Haltung gab Grund genug zu ehrlichem Widerwillen.

«Schau», sagte Ackermann und stieß Seignac mit dem Ellbogen an. Der Schwarze nickte. Und aus Freundschaft für Ackermann legte auch er sein Gesicht in angewiderte Falten. Um nicht wieder an den beiden Sitzenden vorbeizumüssen, stiegen beide in das Tälchen links von der Straße hinab und erreichten das Sträßlein weiter unten.

Schilasky steckte das letzte Stück Speck in den Mund und zog ein Taschentuch aus der Hose (es war wirklich ganz sauber, Todd stellte es erstaunt fest), wischte sich den Mund und die Hände. Es sah aus, als putze sich ein alter, abgemagerter Kater. Dann ließ er sich auf die Böschung zurücksinken, benützte die verknüpften Finger als Kopfkissen und sah sich an einem Stück Himmel fest.

«Denk dir», sagte er, «wie wir noch in Sebdou waren, da hat es mich plötzlich wieder gepackt. Überhaupt ist das immer so. Ein paar Monate, oder ein paar Wochen, bin ich ganz wunschlos. Und dann ... Es braucht mir plötzlich nur ein Gesicht zu begegnen, das ich schon Dutzende Male gesehen habe, aber dieses eine Mal hat es einen bestimmten Ausdruck, der mich fesselt, und dann ist der Teufel los. Ich muß einfach den Burschen haben. Hier in der Legion ist es ja leicht, man kann ja fast jeden haben, wenn man es geschickt genug anstellt. Sie wissen ja alle Bescheid, ob Deutscher oder Russe, sie sind im Krieg gewesen, und wenn sie nicht im Krieg waren, so kommen sie aus einer Großstadt. Sie wissen Bescheid, glaub mir», Schilasky sprach eindringlich, so als müsse er sich rechtfertigen. «Wenn nun der Bursche noch anständig ist, so tut er's umsonst, sonst verkauft er sich gerne, wenn er einmal etwas braucht.» Das Wort ‹Bursche› klang sonderbar zwiespältig in Schilaskys Mund, zärtlich und bitter zugleich. «Der eine raucht gerne, der andere trinkt gerne. Ich brauche beides nicht und kann also gut schenken ... oder kaufen», fügte er nach einer Pause hinzu. Dann schwieg er. Da hatte er sich plötzlich aufgerichtet, und die Worte überstürzten sich. «Du weißt ja, wie es ist, für ein Paket Zigaretten oder einen Liter Wein würden sie alles hergeben, was sie haben. Und sie haben verflucht wenig. Nur ihren Körper, eigentlich.» Die Augen Schilaskys hatten den starren Ausdruck des Rennfahrers, der nur noch Augen hat für das sich rasend drehende Rad des Schrittmachers vor ihm. «Ich will doch nur eines, und das will ich dann so fest, daß der andere gar nicht die Kraft aufbringt, nein zu sagen. Schön bin ich ja gerade nicht. Das weiß ich.» Der Capitaine pfiff, aber Schilasky war nicht zu unterbrechen. Die beiden liefen zu den Maultieren, hielten die Steigbügel für ihre

Doubleure, liefen dann nach vorn, und auch während des Laufens rasselte Schilaskys Rede ab: «Kannst du mir sagen, warum ich nachher Gewissensbisse habe? Ich tue doch niemand etwas zuleid. Vielleicht ist meine Erziehung daran schuld, wer weiß. Aber ich habe immer den Eindruck, eine große Sünde zu begehen. Als wenn mein Vater hinter mir stünde, nachher, mit gehobenem Stock, und ich müßte mich ducken, damit der Schlag mich nicht zu hart trifft.»

Korporal Koribout sah sich um, und Schilasky verstummte. Die Sonne brannte auf eine öde Landschaft. Die Felsen rechts und links nahmen die Sonnenstrahlen nicht an, warfen sie zurück in die Luft, die über dem Weg flimmerte. Kein Geräusch als das eintönige Trappen vieler Schuhe, die auf dem Schotter stolperten, und das metallene Klappern der Hufeisen.

Aber Koribout öffnete den Mund, um höfliche Anteilnahme auszudrücken. «Sehr interessante Probleme werden behandelt», sagte er. Schilasky wurde abweisend, und sein Gesicht ward hölzern. Koribout war beleidigt. «Oh, bitteee», er dehnte das ‹e›, «ich will nicht stören», und vergrößerte seine Schritte, um einen Vorsprung zu gewinnen.

Dann wandte Schilasky plötzlich den Kopf und saugte sich an den Augen Todds fest. Der Blick wirkte wie ein Schlag, er durchzitterte des andern Körper und sammelte sich schließlich als schmerzhafte Leere in der Magengrube. Aber zu gleicher Zeit löste dieser Schlag eine Erinnerung aus: Er steht als Sechzehnjähriger auf der hinteren Plattform einer Straßenbahn. Da steigt ein alter Herr ein, mit weißem Franz Josefs-Bart. Und kaum fährt die Elektrische wieder, drängt sich der Alte an ihn. Das gleiche starre Saugen in seinen Blicken, und er hält sie unausgesetzt auf den Jungen gerichtet. Der ist froh, daß er an der nächsten Station aussteigen kann.

Ob da eine Verwandtschaft ist zwischen dem alten Herrn und Schilasky? Ob sie zur selben ‹Familie› gehören? Todd denkt das Wort ‹Familie› höhnisch in Anführungszeichen, und doch fühlt er selbst, wie schwach dieser Hohn ist. Eine schlechte Verteidigung. Woher kommt meine Angst? Schilasky hat das Gesicht wieder abgewandt, so daß nur noch das Profil sichtbar ist, dieses hölzerne Profil, das ein wenig an einen Kasperlekopf erinnert. Das Auge, seltsam vorgewölbt, sieht aus wie ein künstliches Glasauge. Und nur, um endlich über dies leere Gefühl in der Magengrube hinwegzukommen, fragt Todd: «Wie hat das eigentlich bei dir angefangen?»

«Angefangen?» wiederholt Schilasky und schweigt eine ganze Weile. Die beiden Daumen, die am Gewehrriemen festgehakt waren, lösen sich, und die Hände tasten nach vorne, als müsse er auf einem finsteren Wege voller Hindernisse gehen. «Ja, angefangen. Ich weiß gut, wie es angefangen hat. Wie ich so zwanzig war, vor dem Krieg noch, hatte ich eine Freundin. Zufällig kennengelernt. Zufällig hatte ich Ferien, und wir machen zusammen eine Reise. Einmal an einem Nachmittag liege ich im Hotel auf dem Sofa. Ich hatte Kopfweh, und sie machte mir Kompressen. Kommt da plötzlich ein Kerl zur Türe herein, schreit zuerst fürchterlich, zieht dann einen Revolver heraus und schießt auf mich. Zwei Zentimeter über meinem Kopf geht der Schuß in die Wand. Ein früherer Geliebter war es. Vielleicht verstehst du, daß ich ein wenig Angst vor Frauen habe. Und doch ist das nicht ganz wahr. Denn ich habe schon in der Schule einen Freund gehabt, den ich sehr lieb...» Schilasky schwieg plötzlich. Seine Stimme war feucht und unsicher geworden. Auch Todd schwieg und starrte geradeaus, um den anderen nicht zu beschämen durch seinen Blick. Irgend etwas wurde klar in ihm, das er nicht in Worten ausdrücken konnte. Er sah die Jünglinge in den Bars, die Jünglinge mit den geschweiften Hüften und den Weiberstimmen, die geziert sprachen und kreischend kicherten. Sie waren ihm immer lächerlich und fremd erschienen, als seien sie von einer anderen Rasse, zugleich ein gutes Thema für Anzüglichkeiten und grobe Witze. Hier in der Legion war es ähnlich, man sprach davon mit einem Achselzucken, aber man nannte die Dinge beim Namen. Es konnte sogar Capitaine Chabert einfallen, beim Rapport zu sagen: «Geht lieber mit einem Freund an den Oued hinter die Büsche als zu einer Araberin. Wenigstens riskiert ihr keine Ansteckung!» Aber daß ein Mensch wie Schilasky diese Sache so tragisch nehmen konnte ... Todd wollte gerade das Wort ‹tragisch› gebrauchen, da fuhr Schilasky mit gefestigter Stimme fort:

«Was glaubst du, soll ich wegen dieser Sache nicht einmal zum Major gehen und ihn fragen, ob er mich nicht kastrieren will? Dann hätte ich doch Ruhe. Gewiß, im Augenblick ist es ein Genuß, aber dann muß ich viele Nächte wachliegen und mich quälen. Und diese langen Nächte wiegen doch den einzigen Augenblick nicht auf. Denn wenn ich den Burschen einmal gehabt habe, dann kann ich ihn nicht mehr sehen. Er ekelt mich an, und ich selbst möchte mir die ganze Zeit die Hände waschen. Ja, wirklich und ganz wörtlich genommen.» Dann, als wolle er gewaltsam das Thema ändern: «Jetzt sind wir wieder in der Ebene. Wir werden bald wechseln müssen. Wieviel Pausen gibt es wohl noch?» «Ich rechne zwei oder drei», sagte Todd; da hob auch schon Capitaine Chabert den Arm, und sie mußten zu ihren Tieren laufen.

Ein Pfiff ...

Der Marsch ging weiter durch Alfagras und wilden Thymian, der Weg war grau, nicht einmal die Sonne vermochte ihn weiß zu färben. Manchmal ging es durch ein Bachbett, in dem ein fauliges Wasser die Wurzeln der Oleanderbüsche bespülte. Die Maultiere schlürften einen Zug, wurden zurückgerissen, schüttelten mißbilligend die Köpfe ...

Dies südliche Marokko war wirklich öde. Im Norden sollte es besser sein, da gab es Wälder und Berge, sogar Wasserfälle und richtige Flüsse, wie daheim. Die Urlauber, die nach zwei Jahren Süden nach Casablanca in die Ferien gingen, erzählten davon, und vom Meer und den weißen Frauen, die dort durch die Straßen gingen. Es klang ganz wie ein Märchen.

Es war Samotadji, des Capitaines blondbärtige Ordonnanz, welcher die Rede auf die Ferien brachte. Er ritt den Zug entlang, schlug manchmal einen leichten Galopp an und hatte den langen Bart über die Schulter gelegt. Dazu tat er gar gnädig, spielte stellvertretende Autorität (der Capitaine war nirgends zu sehen), sprach geheimnisvoll in Andeutungen von einem bevorstehenden Kampf; ein Dschisch, das sei eine Räuberbande, erklärte er den Neuen, sei signalisiert, der Capitaine wisse Bescheid.

«Wie sie sich aufspielen, wie sie sich aufspielen», sagte Leutnant Lartigue zu Sitnikoff, der neben ihm ritt. «Mon bon ami, welche Wichtigtuerei, und der Alte freut sich noch, wenn wir angegriffen werden. Die Krawatte des Kommandeurs ist fällig, Offizier der Ehrenlegion ist er ja schon, in guter Gesellschaft, muß ich sagen, mit Herrn Paul Bourget und Herrn René Bazin. Ich bitte Sie, welche Ehre bedeutet es, wenn irgendein Minister mir einen silbernen Speichelfleck auf die Brust spuckt. Ich danke, ich mache nicht mit. Überhaupt», er schob das Képi auf den Hinterkopf, «wächst mir die ganze Geschichte zum Hals heraus. Fieber hab ich erwischt und hätte doch so bequem daheim in Paris leben können. Geld hab ich genug, was tu ich in dieser ‹Galera ambulante›, wie irgendein Italiener sagt? Psychologische Studien dachte ich zu machen und habe mich deshalb in die Legion gemeldet. Schicksale riechen! …» Der Leutnant zog die Luft tief ein. «Aber fremde Schicksale sind langweilig, wenn man selbst keins aufzuweisen hat. Ich bin am Weg vergessen worden, bin stehengeblieben … Und muß nun den Zuschauer spielen. Das ist langweilig.»

Sitnikoff schwieg. Das Geplapper des Leutnants wirkte einschläfernd, wie ein monotones arabisches Lied.

Und wieder war es Samotadji, der Leben in die schläfrige Kolonne brachte. Von einem Ende des Zuges zum anderen ritt er, hielt bei einem Bekannten an, erzählte die Neuigkeit des bevorstehenden Kampfes, Lauscher kamen näher. Er, Samotadji, habe keine Angst, er habe bei den Honved gedient und alle Karpatenschlachten mitgemacht. Und dann auch noch die Revolution mit Béla Kun. Das sei ärger gewesen als der ganze Krieg. Schilasky lächelte nur höhnisch. Er hatte keine Lust mitzurenommieren. Aber der dicke Russe Samaroff, der ein besonders kräftiges Maultier brauchte, weil er über neunzig Kilo schwer war, nahm den Mund gar voll, erzählte in gebrochenem Französisch von Rennenkampf und Koltschak, fluchte auf die Bolschewiken und grinste dann wieder, wie zur Entschuldigung, als

Samotadji, der Kommunist, vorbeiritt. Aber Samotadji hatte gar keine Lust, politische Diskussionen zu beginnen. Das war gut und recht für drüben. Hier gab es andere Interessen: Wichtiger war es, zu erfahren, ob man auf der Beförderungsliste stand, die der Capitaine nach Fez geschickt hatte. Was interessierte es jetzt noch den langen Wiener Malek, der behauptete zur Holzhammerbande gehört und ein paar Gräfinnen aus den Fenstern ihrer Palais auf die Straße geworfen zu haben, was kümmerte es ihn, ob diese Bande arretiert worden war? Jetzt galt es, mit Schilasky zu rivalisieren, dessen Sauberkeit auszustechen und beim kleinen Korporal Allery von der zweiten Sektion für zwei Liter Wein in der Woche französische Stunden zu nehmen. Denn auch Malek hatte den Ehrgeiz, die einfachen Schnüre eines ‹ersten Soldaten› (so wurden die Gefreiten genannt) gegen die doppelten eines Korporals einzutauschen.

An jedem Marschtag wiederholte sich das gleiche Phänomen. Todd stellte es heute fest und versuchte es Schilasky klarzumachen, der aber wenig Interesse zeigte. Am Morgen, beim Aufbruch, lief jeder am anderen vorbei, das Durcheinander war wirklich ein Wirbel einzelner unzusammenhängender Teilchen. All diese menschlichen Teilchen arbeiteten jedes für sich, ohne Zusammenhang mit den andern. Jeder sah im anderen nur die Störung, also den Feind. Die Gereiztheit war überspannt. In den ersten Stunden des Marsches hielt sich diese Stimmung. Jeder ritt für sich, marschierte für sich. Erst wenn nach und nach die Müdigkeit sich einstellte, die Sonne stärker brannte und der Durst mit staubigen Fingern über die Lippen fuhr, erinnerten sie sich nach und nach, daß sie nicht allein waren. Ein Anlehnungsbedürfnis entstand. Man tauschte einzelne Worte, vorsichtig und mißtrauisch, wie Markensammler seltene Doubletten austauschen. Bei der fünften, bei der sechsten ‹Pause›, wenn der Mittag nahte, der schwere, und mit ihm die große Rast, wurden die Worte zahlreicher. Korporal Pierrard steckte dann wohl eine Zigarette unter seinen Gallierschnurrbart, und Samaroff, der stets auf dem Hund war, bat den Korporal um das Mégot. Pierrard nickte dann gnädig und schlug einen Handel vor: «Drei

Zigaretten für einen Quart Wein, bezahlbar mittags oder abends.» In Samaroff kämpfte das Bedürfnis nach Nikotin gegen das Bedürfnis nach Alkohol. Das Nikotin siegte. Es war noch weit bis zum Abend, und vielleicht vergaß Korporal Pierrard zu reklamieren. Aber die anderen verfolgten den Handel mit Spannung. Ein Handel ist ja nie ganz einwandfrei, aber spannend ist er stets.

Da erschien der Capitaine und hüpfte im Sattel zum harten Trab seiner feisten Stute. Er rief nach Samotadji, beide ritten davon. Nun wurden alle Gesichter in der Kolonne lebendig. Der Capitaine suchte einen Platz zum Kampieren. Zuletzt war nur noch Samotadjis zurückgewandtes triumphierendes Gesicht zu sehen, als sei er der Anlaß der bevorstehenden Rast – und sein Bart wehte, einem goldbestickten Wimpel gleich.

In der Ferne tauchte ein weißes Viereck auf. Zuerst war es nur eine verkürzte schimmernde Platte. Dann hoben sich die Mauern ab, Schatten zeichneten kubistische Muster. Ein Posten – wie die andern, die unzählbaren, welche das Land überzogen gleich einem Netz, dessen Fäden unsichtbar sind – die Knotenpunkte aber leuchten desto heller. Hinter dem Posten türmten sich gelbe Lehmwürfel übereinander. Ein unwahrscheinlich grünes Band zog sich durch die Ebene, es war ein Grün, wie man es sonst nur auf schlechtkolorierten Postkarten sieht: Dattelpalmen, die einen Oued einsäumten. Und giftig stach dieses Grün ab gegen den zyanenen Himmel.

In zehn Minuten stand das Lager. Nur die Maultiere wurden abgesattelt und angepflockt. Es sei nicht nötig, Zelte aufzubauen, die Bäume gäben Schatten genug, hatte Chabert verkündet. Im nahen Dorf hatte er acht Schafe gekauft, auch Kartoffeln. Lartigue fand einige Tauben und Hühner. Diese Verschwendung entlockte dem Capitaine ein mißgünstiges Grunzen; doch bald ging es über in ein «bon, bon», als der Leutnant erklärte, daß dieser Einkauf doch für sie beide, für Chabert und für Lartigue, bestimmt sei …

«Wissen Sie», sagte Chabert, als sie wieder im Lager waren, und sprach so laut, daß alle ihn verstehen konnten, «wenn man

Junggeselle ist wie Sie, kann man sich solche Verschwendung leisten. Aber ich, der ich fast meinen ganzen Sold meiner Frau schicken muß ...» Er breitete die dicken Arme aus, wie ein Gekreuzigter, und ließ sie dann gegen die ausgewaschene Uniform fallen.

Der wichtigste Augenblick des Tages war da: Das Brot wurde verteilt und der Wein. Beides hatte der Posten geliefert, in dem eine Kompagnie Tirailleurs und eine Schwadron Spahis lag. Das Brot war daher frisch und der Wein weniger sauer als die letzten Tage, da ihn die kleinen Fässer liefern mußten, die an den Tragsätteln den ganzen Tag an der Sonne hingen ...

Unter den Dattelpalmen war es dumpf, aber erträglich, erträglicher als unter den Zelten, das Wasser des ziemlich breiten Oued war lau und weich. Schilasky, Malek und zwei Russen gingen gleich nach dem Essen waschen, während die andern faul unter den Bäumen lagen.

Den ganzen Nachmittag war Todd allein. Schilasky ging ihm aus dem Wege. Zuerst lag Todd lange auf dem Rücken und starrte zwischen den Blättern in den Himmel. Er dachte an nichts und ließ die Stunden fließen. Bisweilen rollte er mit feuchten Fingern eine Zigarette (es war warm wie in einem Dampfbad unter den Bäumen), das dünne Papierblättchen zerriß oft, und der trockene Rauch brannte auf der Zunge und im Halse. Gegen vier Uhr stand er auf und ging ins Dorf.

Aus einem weißgekalkten Lehmwürfel drang ein starker Geruch, Mischung aus Minze und Kaffee. Zwei zusammengenähte Säcke bedeckten den Eingang. Der kleine Raum war kühl, der gestampfte Boden mit Wasser besprengt. Beim offenen Kohlenfeuer stand ein uralter zahnloser Mann, stellte kupferne Kännlein ins Feuer, in denen er den Kaffee mit einem Löffel schlug, sobald er aufkochte. An der Hinterwand des Raumes lief eine niedere Holzbank, so breit, daß vier Araber mit verschränkten Beinen darauf sitzen konnten. Ein paar blecherne Gartentische waren über den Raum verteilt, mit wackligen eisernen Stühlen davor. Todd bestellte Tee, der Uralte brachte ihn.

Die vier Schatten an der Wand trugen graue Mäntel, deren

Kapuzen trotz der Hitze die Köpfe einhüllten. Einer dieser Männer kam an Todds Tisch, grüßte, indem er die Finger an die Lippen führte. Dann erkundigte er sich in gebrochenem Französisch, welche Kompagnie heute angekommen sei. Todd gab Antwort. Ob auch Gewehre dabei seien, die schnell schössen? – Ja. – So. Was hätten wohl die Camions geladen, die sie abholen müßten? – Wahrscheinlich Wein und Reis und Mehl und Zucker ... Todd zählte an den Fingern ... Eine Kiste Seife vielleicht ... Der andere zeigte breite Zähne und legte die Hände flach auf den Tisch. Schöne hellbraune Hände, mit gewölbten Nägeln an der Spitze, die sauber waren. – Ob auch das Auto des Zahlungsoffiziers bei den Camions sei, wollte der Mann noch wissen. Todd glaubte es nicht. Doch der andere schien besser informiert zu sein, denn er lächelte nur, sehr vorsichtig, zu den drei Schatten an der Wand. Diese aber übersahen den Blick, sie spielten jetzt mit schmutzigen Karten, und ihre Unterhaltung klang wie das Fauchen gereizter Katzen.

Der Mann, der Todd gegenübersaß, warf mit einem Ruck die Kapuze zurück. Todd fuhr zurück. Das Gesicht war ihm so bekannt, einzig die Hautfarbe stimmte nicht: knochig und sehr mager, mit spärlichen schwarzen Härchen, die am Kinn zitterten und die Haut unter der Nase schwarz schraffierten. Er versuchte sich zu erinnern. Es gelang ihm nicht. Er hatte schon lange nicht mehr in einen Spiegel geblickt.

Erst draußen auf der Straße, als er nachdenklich an seinem Bärtchen zupfte, mußte er lächeln. ‹Mir hat der Kerl ähnlich gesehen›, dachte er. Aber diese sonderbare Ähnlichkeit beschäftigte ihn nicht anders als ein schlechter Witz.

Es mochte sechs Uhr sein, als er ins Lager zurückkam. Das Abendessen kochte schon in den hohen schwarzen Blechkesseln, und Pierrard hatte den Wein an die Sektionen verteilt. Korporal Koribout habe nach ihm gefragt, teilte man Todd in der Gruppe mit. Doch war es nichts Wichtiges. Er sollte nach dem Abendessen mit Schilasky die Maschinengewehre putzen.

«La mitrailleuse Hotchkiss est une arme automatique, fonctionnant par l'échappement des gaz.» Dieser so oft wiederholte

Satz setzte sich in Todds Kopf fest und ließ sich nicht daraus vertreiben. So peinigend wurde schließlich seine ewige Wiederholung, daß Todd mit dem abweisenden Schilasky ein Gespräch begann. Es war noch hell, die kleinen Stahlteile des Maschinengewehres glänzten rötlich auf dem braunen Zelttuch.

«Glaubst du auch, daß es morgen etwas geben wird?»

Schilasky schien mühsam aus einer Tiefe emporzutauchen, sah blöde um sich, ließ sich die Frage wiederholen, besann sich einen Augenblick, während seine Lider wie Fledermausflügel schlugen, und fragte dann: «Morgen? Was soll denn morgen sein?»

«Ob du auch glaubst, daß es einen Überfall geben wird?» Todd wurde ungeduldig.

«Ach», sagte Schilasky müde, «das hat man doch schon so oft erzählt.»

Dann schwieg er wieder und arbeitete mit den Putzfäden.

«Ich freu mich ja auf die Unordnung. Und wieviele ausreißen werden.» Todd sprach krampfhaft lustig, die Schweigsamkeit des anderen wirkte aufreizend.

Schilasky zuckte mit den spitzen Schultern und sah seinen Kameraden kurz von der Seite an.

«Was ist denn los, Schilasky, was hast du?» Todd zwang einen mitfühlenden Klang in seine Stimme, obwohl er den anderen lieber verprügelt hätte. Die Gereiztheit wollte losbrechen.

«Laß mich in Ruh.» Das klang ungeduldig. «Ich weiß nicht, warum ich dir heut morgen das alles erzählt habe. Jetzt wirst du natürlich über mich Witze reißen mit den anderen. Und das Ganze ist doch wirklich nicht lustig. Ich weiß schon, sie lachen darüber und wissen doch nicht, daß ich mich die ganze Zeit mit meinem schlechten Gewissen herumschlagen muß. Und immer nur schweigen und hinunterschlucken, das geht auf die Dauer auch nicht. Einmal muß ich auch reden. Zu dir hab ich Vertrauen gehabt. Aber das war sicher ein Fehler.» Derselbe kurze Blick strich über Todd. Es war ein lauernder Ausdruck darin.

«Du bist ein Idiot, Schilasky», Todd sprach übertrieben treuherzig. «Ich bin doch keine Klatschbase. Natürlich, wenn man sich immer abschließt gegen alle wie du, so wird man mißtrauisch. Das ist begreiflich. Aber ich bin doch dein Freund.»

Wieder der kurze Blick Schilaskys. Dann:

«So, bist du das?» Schweigen fiel über die beiden und vermischte sich mit der Dunkelheit.

Denn die Nacht hatte sich plötzlich, wie eine riesige hohle Halbkugel, über die Ebene gestülpt. Geruhsam fächelten die Palmen mit ihren gespreizten Blättern. Das Lager schien leer, und die Feuer waren heruntergebrannt. In der Mitte eines baumfreien Platzes, dicht bei den Maultieren der Mitrailleusensektion, standen zwei große Zelte, in denen noch Licht schimmerte: Die Offiziere waren noch wach. Als Todd an dem einen Zelt vorbeischlenderte, sah er Lartigue lesend auf dem schmalen Feldbett liegen. Der Leutnant blickte auf und winkte mit der Hand. Todd trat näher. «Wie geht's, wie geht's, Todd?» Der Leutnant sprach deutsch. Er erhob sich vom Bett und klemmte den Zeigefinger ins Buch.

«Fertig mit die Maschinengewehr?» fragte er und deutete nach der Richtung, wo die Mitrailleusen standen.

«Den Maschinengewehren, mon lieutenant», korrigierte Todd und feixte.

«Danke, danke», sagte Lartigue und lachte stumm. «Habe viel Deutsch vergessen seit letztem Aufenthalt in Rheinland.» Er nickte und seufzte. Dann fuhr er französisch fort. Die Maschinengewehre müßten sauber sein. Vielleicht sei morgen schon etwas los. Dann bot er eine Zigarette an, Todd verbeugte sich eckig. Im aufflammenden Streichholz sah er, daß in des Leutnants Gesicht tiefe Falten waren, um den Mund, auf der Stirn. Lartigue sprach wieder deutsch: «Der Alte», er deutete mit dem linken Daumen über die Schulter nach dem anderen Zelt, «weiß nicht, was er riskiert mit seine indifférence. Und ich kann doch nicht querulieren die ganze Zeit mit ihm. Und erst die Sergeants.»

Todd war stolz darüber, daß der Leutnant mit ihm sprach. Innerlich ärgerte er sich über diesen Stolz. Aber das half nicht viel. Das gehobene Gefühl blieb. Er gab Bescheid in gewollt lässigem Ton.

«Nun, unsere Sektion riskiert ja nichts. Wir haben ja mit Ihnen genug manövriert und wissen, was wir zu tun haben. Aber die anderen ... Ja, ich glaube auch, daß es ein wenig Verwirrung geben wird.»

Aus dem Zelte nebenan drangen unverständliche wütende Worte. Dann hörten die beiden das Knarren eines Feldbetts. Capitaine schien sich über die Unterhaltung zu ärgern.

«Na, gute Nacht, Todd», sagte der Leutnant. «Versuchen Sie zu schlafen. Es ist zwar verdammt heiß.» Er legte sich nieder.

Als Todd aus dem Zelt trat, stieß er einige Schritte weiter mit einer dunklen Gestalt zusammen. Es war Sergeant Hassa, der Deutschböhme mit den falschen Augen, der Todd grob anfuhr: Er solle machen, daß er weiterkomme, und nicht um die Offizierszelte lungern.

Todd betrachtete den Sergeanten von der Seite, während er neben ihm weiterschritt. Es habe noch nicht zum Appell gepfiffen, erwiderte er. Doch Hassa regte sich auf. Er sprach mit unangenehm hoher Stimme, die ein wenig heiser war. «Sie haben zu gehen an Ihren Plotz», sprach er deutsch, mit stark böhmischem Akzent, «sich hinlegen missen Sie und nicht herumtreiben.»

«Ich habe dem Leutnant etwas melden müssen.» Todd blieb stehen und steckte die Hände in die Hosentaschen. Dann ging er mit aufreizend langsamen Schritten weiter. Er ließ das Becken pendeln und schlenkerte die dürren Beine.

«Wollen Sie schneller gehen!» bellte der Sergeant, und in weiter Ferne gab ein Schakal Antwort. Aber Todd schwieg. ‹Wenn er mich doch nur anrühren würde!› dachte er. ‹Eine kleine Prügelei wäre ganz angenehm.› Seine Fäuste lagen schwer in den Taschen und spannten den Stoff, wie kantige Steine.

Hassa spritzte Speichel. «Sie wollen frotzeln mich.» Es war eine Feststellung, keine Frage. «Worten Sie, es wird Ihnen kommen teier zu stehen.» Unter den Bäumen raschelte es, Gestalten krochen hervor. Aus dem Zelt des Capitaines kam ein weißer Lichtkegel auf die beiden zu, der von einem sanften Summen begleitet wurde. Das Surren wurde lauter: Es war Chabert mit seiner Dynamotaschenlampe. Hassa sprach plötzlich französisch, so laut, daß Chabert ihn hören mußte. Er werde Rapport machen, Todd vor Kriegsgericht bringen. Die Stimme überschlug sich. Er packte Todd am Arm und wollte ihn fortschieben.

Was es denn gebe, fragte Chabert. Seine Stimme war sehr ärgerlich. Ob er die Leute nicht in Ruhe lassen könne, fuhr er Hassa an. Der Lichtkegel bestrahlte die beiden Gesichter, wanderte dann in die Ebene hinaus und kam nicht weit. Die Grasbüschel verschluckten ihn. Und dann erlosch er, des Capitaines Hand war müde geworden.

Hassa stand im ‹Garde à vous›, salutierte und wollte seine Meldung beginnen. «Uhh», tönte es unter den Bäumen hervor. «Ruhe dort!» rief Chabert. Seine Lampe begann wieder zu summen, und dieses Summen wirkte beruhigend. «Ich will nichts hören», sagte er noch, als Hassa sprechen wollte. «Ihr solltet beide schlafen gehen. Streitigkeiten kann ich nicht brauchen.»

Er kehrte sich um und ging davon.

«Hassa hat das Kommando der Wache, man soll ihn in Ruhe lassen», brummte er noch, laut genug, um verstanden zu werden.

Aber damit war die Angelegenheit noch nicht erledigt. Um die beiden hatte sich ein Kreis gebildet. Ein leises böses «Uhhh» stieg auf aus ihm. Der Sergeant war hilflos. Er fühlte deutlich den Haß, der ihn umgab, aber durch keine Bewegung zeigte er seine Aufregung. Ein schwaches Licht kam von den Sternen und überzog die Gesichter mit einer Puderschicht.

Am sonderbarsten sah Korporal Seignac aus, der in der ersten Reihe stand. Sein Gesicht war verkrampft, die Zähne leuchteten weiß.

«Geht auseinander, ihr sollt auseinandergehen, hat der Capitaine gesagt.» Es klang weinerlich und hilflos.

«Uhhh», tönte es wieder, der Kreis schloß sich enger, sie hatten sich untergefaßt.

Todd stand noch immer mitten im Kreise, die Hände in den Hosentaschen vergraben, und rührte sich nicht.

«Und Sie haben sich zu verziehen!» kreischte Hassa und gab Todd einen Stoß vor die Brust.

Der Stoß kam unerwartet, und so taumelte Todd zurück.
«Uhhh», klang es wieder.
Todds Hände kamen langsam aus den Taschen heraus, knöpften bedächtig den Rock auf, zogen ihn aus. Dann, sehr ruhig: «Du wirst jetzt auch den Rock ausziehen, damit ich dich verhauen kann.»
«Ich bin Vorgesetzter, Sie haben nicht zu sagen du zu mir.»
Sergeant Hassa wollte den Rückzug antreten. Aber der Kreis war fest geschlossen. Er kam nicht durch. Todd krempelte langsam seine Hemdsärmel auf. Dann holte er aus und gab dem Sergeanten eine Ohrfeige. Hassa heulte auf: «Das gibt Kriegsgericht.» Noch einmal versuchte er den Kreis zu durchbrechen. Wieder war es vergeblich. Da floh er an den offenen Mündern vorbei, die ihm ihr Lachen ins Gesicht bliesen. Er knöpfte mit zitternden Fingern seinen Waffenrock auf. Die Haken am Hals wehrten sich, so mußte er sie aufreißen. Dann endlich hielt er den Rock in den Händen und warf ihn Todd über den Kopf. Todd blieb stehen und suchte sich zu befreien. Aber schon war der andere über ihm, packte ihn von hinten, preßte den Hals zwischen Ellbogen und Körper und steigerte langsam den Druck. Todd hörte, wie sein eigener Atem schwer ging, sein Kopf füllte sich mit Blut, das jedes Denken verdrängte. Er versuchte, sich mit ein paar Rucken zu befreien. Aber der Druck steigerte sich. Am meisten peinigte Todd der Geruch des Sergeanten. Es war ein gemeiner Geruch, von altem saurem Schweiß. Wie ungelüftete Betten. Eine große Übelkeit überkam ihn. Dumpf hörte er die anfeuernden Rufe des Chors. Dazwischen das heisere Flüstern des Sergeanten: «Ich werd lehren dich, ich werd lehren dich.»
Plötzlich hörte er eine Stimme; sie war in seinem Kopf, das wußte er. Und doch klang sie wie ein beruhigendes Flüstern vor seinen Ohren. Eine gemütliche Stimme, ein wenig rauh vom vielen Rauchen und Schnapstrinken. Sie gab einen Rat: «Wenn dich einer so packen tut, daß du nimmer los kannst, dann hau ihm eins zwischen die Haxen oder pack zu und drück fest zusammen. Dort nämlich sind die Leut am empfindlichsten.» Und blitz-

schnell war auch das Bild da, das zu den Worten gehörte. Irgendwo, am Wiedener Gürtel, auf einem unbebauten Platz. Ein Plattenbruder, ein Vagant, liegt auf der Erde, die Schirmmütze über den Kopf gezogen, weil die Sonne blendet. Und dieser Apache gibt dem Vierzehnjährigen Ratschläge. Sie sind wertvoll, denn der Mann hat viel Erfahrung. «Nämlich», sagt der Mann noch, «wenn du kein Messer hast.» Da greift Todd auch schon zu, die Kraft zu schlagen hat er nicht mehr. Er greift zu und drückt mit aller Kraft, was er da in die Hand bekommt. Ein leises Wimmern, dann ein sehr hoher Schrei. Der Druck läßt plötzlich nach.

Auch Todd ließ los und sprang zurück. Er sah, daß Hassa sich den Unterleib mit beiden Händen hielt. Dann sprang er vor und rannte dem Sergeanten den Kopf in die Magengrube. Mit einem leisen ‹Hn› sackte der zusammen. Todd kniete auf ihm und schlug mit den Fäusten auf das emporgewandte Gesicht. Als Todd aufstand, schmerzten seine Fingerknöchel. Der andere hatte einen harten Schädel.

Und wie er um sich blickte, sah er zuerst Korporal Seignac. Er war nicht zu übersehen. Knapp vor dem festgeschlossenen Kreis stand er, die Oberarme in gleicher Höhe mit den Schultern, während die Unterarme in rechtem Winkel nach oben wiesen. Die Fäuste waren geballt und der ganze Körper bis zu den Hüften reglos. Nur die Beine warfen sich in einem sonderbaren Tanz nach vorn, immer aber blieb Seignac an der gleichen Stelle. Sein Gesicht war ausdruckslos, die Augen verdreht. Da packte ihn Ackermann am Arm. Seignac schien zu erwachen. Der Körper entspannte sich, die Beine blieben still. Ackermann durchbrach den Kreis, knapp neben Sergeant Farny, der ausdruckslos vor sich hin starrte. Der Kampf hatte ihn nicht erregt. Und durch die Öffnung des Kreises schlüpfte auch Hassa, den verknüllten Waffenrock wie ein Bündel unter dem Arm.

Todd stand allein inmitten des Kreises und ließ die langen Arme herabhängen. Er fühlte Müdigkeit und zugleich eine große Freude. Verwundert sah er Schilasky an, der plötzlich neben ihm stand und seine Hand gepackt hielt. «Komm, wir wollen schlafengehen, es ist schon spät», sagte er. Der Kreis löste sich auf. Eine Pfeife gellte. Appell.

Die Sättel waren unter den Bäumen verstreut und sahen aus wie große aufgeklappte Folianten.

Ein wenig von den übrigen entfernt hatte Schilasky das Lager bereitet. Ein Sattel als Kopfschutz, der zweite Anzug als Kissen, die Capotte als Matratze, die Satteldecken zum Zudecken. «Wir brauchen nur einen», sagte Schilasky, «den anderen Sattel habe ich deinem Doubleur verehrt.»

Sie legten sich nieder.

«Ich danke dir», sagte Todd, «man könnte fast meinen, du willst mich verführen.»

«Mach keine schlechten Witze.» Schilasky stieß einen Seufzer aus. «Du bist gar nicht mein Fall», fügte er hinzu und versuchte ein Lachen, das aber kläglich ausfiel.

Die Stille war schwül. Todds Atem ging noch rasch. Er begann leise zu renommieren.

«Der Kerl, der verdammte, der wird an mich denken. Ob er wohl morgen reiten kann? Wird ein wenig schwierig sein. Was diese Sergeanten sich einbilden. Gut nur, daß der Alte ihnen nie recht gibt. Soll er sich doch beschweren. Ich steck mich hinter den Lartigue. Der hilft mir schon. War heut abend ganz lieb zu mir. Wenn ich denk, daß ich mich sonst nie geprügelt habe. Aber weißt, es tut doch gut. Wie ein Liter Wein. Oder nein. Wie wenn man bei einer Frau geschlafen hat. Und doch möcht man noch etwas.»

Seine Stimme wurde leiser; er schloß die Augen.

Aber er schlief nicht. Die Atemzüge Schilaskys waren heftig. Todd war nicht verwundert, plötzlich magere harte Finger zu spüren, die seine Hand umschlossen. «Ja, ja», sagte er schläfrig und vielleicht ein wenig unmotiviert.

Dann tönte Schilaskys Stimme voll und dumpf vor seinen Ohren. «Du solltest dich noch rasieren, Bürschlein.» Das Wort ‹Bürschlein› ärgerte ihn. Er wollte die Hand fortwerfen, die an seinem Körper entlangstrich. Dann war ein großes Glücksgefühl da, Todd zog die Luft tief ein. Und dann versank er.

VIII. Kapitel Verwirrung

Leutnant Mauriot, der den Posten in Abwesenheit des Capitaines zu befehligen hatte, sah aus wie einer jener künstlichen Eiszapfen, die an Weihnachtsbäumen hängen. Sein unten weit geschweifter Tropenhelm, dessen Rand geradeso breit war wie die schmalen Schultern, rundete den spitz zulaufenden Körper nach oben ab; die goldenen Knöpfe des Waffenrocks wirkten wie Kerzenreflexe. Die Hosen verengten sich, bis sie, knapp oberhalb der Knöchel, die schmalen Gelenke umspannten. Die winzigen Füße steckten in getalkten Tennisschuhen. Einzig der gerade Rohrstock, der an einer Schlaufe am Handgelenk hing, war hellgelb. Übrigens war Leutnant Mauriot der Sohn eines Brigadegenerals. Achtzehnjährig zu Beginn des Krieges, hatte er im Büro eines Gefangenenlagers gearbeitet und viel mit deutschen Offizieren verkehrt. Von diesen mochte sein näselnder Kommandoton stammen, den er offenbar für vornehm hielt.

Nur wenig Leute waren im Posten zurückgeblieben: der Chef, Smith, der Schneiderkorporal, Sergeant Baguelin, der die Post und das Telephon besorgte, Korporal Baskakoff in der Küche mit einem Koch, dem Wiener Veitl, und in der Verwaltung Lös mit dem alten Kainz und Frank, dem Bäcker. Dann waren noch zwei Ordonnanzen vorhanden, der dicke Pullmann, der den Leutnant Mauriot betreute, ein blonder schweigsamer Frankfurter, mit Händen, deren Finger wie rohe Knochen aussahen; zwischen den Pusteln seiner Wangen wuchsen weißliche Härchen, und Mehmed, ein Türke, schweigsam und schielend, der für den Chef wusch.

Lös kam erst um die Mittagszeit aus dem Ksar zurück. Die Stille des Postens, nach dem lärmenden Aufbruch am Morgen, schien ungewohnt und feindlich. Stumm standen die Baracken. Am Tor wachte einsam Mehmed, die Ordonnanz des Chefs, zog mechanisch an einer Spitze seines Chinesenschnurrbarts, und sah nicht auf.

Im Hofe der Verpflegung ging Leutnant Mauriot auf und ab und klopfte mit dem Rohrstock imaginären Staub aus seinen Hosen.

«Wo sind Sie gewesen?» Er fragte mit leiser Stimme und blickte nicht auf, während er die ruhelose Wanderung fortsetzte.

Er sei beim Juden gewesen, erwiderte Lös, aber die Antwort kam unsicher; ein Beben des Unterkiefers mochte wohl die Lüge verraten haben, denn der Leutnant blickte kurz auf, und der Ausdruck seiner gelben Augen wirkte ungemütlich. Lös schwieg.

«Bei welchem Juden?» wollte der Leutnant wissen. Der die Schafe liefere? Lös nickte. Nun, das werde ja leicht nachzuprüfen sein, meinte der Leutnant, und die glatte Haut oberhalb des Mundes warf senkrechte Falten. Der Korporal werde sich von nun an vor jedem Ausgange bei ihm, dem Leutnant, melden. Und in seiner Abwesenheit beim Chef. Verstanden? Die Stimme war lauter geworden, blieb aber dünn. Die Worte wurden aneinandergereiht und schienen als langer Faden aus der Nase zu quellen.

Lös nickte.

Dann seien noch die Rechnungen vom letzten Monat zu revidieren, fuhr Mauriot fort, immer mit der gleichen hohen Stimme, ohne Modulationen. Bou-Denib habe reklamiert. Sei nicht auch Geld abzuliefern? Lös schüttelte den Kopf. Die Spaniolen damals, die mit der Gerste gekommen seien, hätten also nichts gekauft? Wieder schüttelte Lös schweigend den Kopf. So? (Sehr gedehntes ‹o›.) Merkwürdig. Die Hände des Leutnants waren auf dem Rücken zusammengelegt, der Stock stak aufrecht darin und trommelte leise gegen den Tropenhelm. «Nun ja!» Ein Aufsehen, das Lös mühsam aushielt – übrigens verlange Bou-Denib Kartoffeln. Man solle dem Adjutanten vom ‹bureau arabe› Bescheid sagen, der werde dann im Ksar das Nötige veranlassen. Der Korporal könne dann bei der Waage stehen und das Gewicht angeben. Aber auf deutsch. Die Araber brauchten nicht alles zu verstehen.

Der Leutnant schwenkte den Stock nach vorn, berührte kaum den Rand des Helms und ging.

Den ganzen Nachmittag schwitzte Lös über den Rechnungen. Er trank viel Kaffee, mit Schnaps vermischt, um nicht einzuschlafen. Aber die Rechnung wollte nicht stimmen.

Denn die Buchhaltung einer Administration ist eine verwikkelte Angelegenheit: Sie besteht aus vielen Bogen, die, breiter als hoch, mit einem dünnen Liniennetz überzogen sind. Am äußersten Rande links werden die Kunden angeführt: die Kompagnie, die Unteroffiziersmesse, die Offiziersmesse, der Adjutant des ‹bureau arabe›, die Gums, die durchziehenden Truppen. In den nachfolgenden Kolonnen werden die Mengen der gelieferten Waren eingetragen: Wein, Mehl, Brot, Kaffee, Tee, Fleisch, Schnaps, Seife, Trockengemüse, Teigwaren, Reis, Gries – in Kilos, in Litern, nach ihrem Rauminhalt oder nach ihrer Anzahl. Dann wird waagrecht addiert: Kilo zu Liter, und die Stücke dazugerechnet. Das ergibt bestimmte Summen, die am Rande rechts senkrecht zusammengezählt werden. Bei den einzelnen Kolonnen verfährt man gleich, und die so gefundenen Summen werden wieder waagrecht zusammengezählt. In der untersten Ecke rechts erhält man also eine Summe, die aus den Summen der waagrechten und senkrechten Kolonnen besteht. Und diese Summe muß stimmen. Wenn sie aber endlich stimmt, so ist das noch gar kein Beweis, daß in der Verpflegung alles in Ordnung ist.

Seit einem Jahre ist die Verwaltung der Verpflegung durch drei Hände gegangen. Zuerst durch die des französischen Sergeanten, dessen Name schon vergessen ist und der nur im Gedächtnis der Vorsteherin des Klosters als ‹mutatschou guelbi› weiterlebt, dann durch die Sitnikoffs, um schließlich an Lös' Fingern kleben zu bleiben. Bei der Übergabe der Magazinbestände in Anwesenheit Leutnant Mauriots hat sich jedesmal folgendes abgespielt: Der Abgehende zieht den Neuen in eine Ecke und teilt mit, daß im ganzen etwa zweihundert Liter Wein, fünfzig Kilo Zucker und sonst noch einige Kleinigkeiten fehlen. Der Neue soll die Geschichte übernehmen, er werde das

Fehlende schon irgendwie einholen, und übrigens, die Geschäfte seien ganz gut gegangen, hier ... Ein Hundertfrankenschein wechselt den Besitzer.

Dies war eine der Ursachen des großen Schnapsverbrauches in der Administration. Die fehlenden Quantitäten hatten sich nicht etwa vermindert, im Gegenteil, die Fehlbeträge wuchsen. Der Chef hatte Verschiedenes gebraucht, was man ihm nicht gut abschlagen konnte. Man hatte Freunde, die gern Wein tranken, kleine Dienste waren zu bezahlen, und das Fäßchen mit Kartoffelschnaps enthielt nur hundertsiebzig Liter. Die Angst aber ließ sich nur mit viel Alkohol einschläfern.

Lös saß allein in seiner Kammer. Der Abend war schon nahe: ein heißer, dumpfer, einsamer Abend. In der Ecke stand das Bett, ein grober Rahmen mit dickem Draht bespannt, die flache Matratze lag darauf, zerrissen, und aus den Rissen starrte das Alfagras. Nicht viele würden zu ihm halten, wenn die Katastrophe käme, dachte Lös. Der Chef vielleicht, und auch der war unberechenbar, der Capitaine, aber der konnte nicht viel tun. Leutnant Mauriot? Besser man vergaß sein Vorhandensein.

Lös sah Zeno deutlich vor sich und verband mit ihrer Gestalt viel Tröstliches. Es war gut zu wissen, daß man außerhalb dieses Postens, der doch eigentlich ein Gefängnis war mit seiner dreifachen Reihe Stacheldraht und dem Wächter am Tor, einen Menschen besaß, dem man vertrauen konnte, der vor allem das Land kannte, dessen Beziehungen eine Flucht erleichtern würden. Lös wunderte sich, wie unnatürlich gewunden sich seine Gedanken schlängelten. «Kein rechtes Vertrauen», murmelte er, fluchte in drei Sprachen, was immer geschah, wenn er sich beim lauten Denken ertappte. Und sprach dann doch gedämpft weiter: «Kein Vertrauen. Weder zu mir noch zu ihr. Ich und fliehen! Zwei Ausrufezeichen!!» schrie er. Etwas stieß an seine Wade. Türk wedelte mit seinem Ferkelschwänzchen, denn er meinte wohl, er sei gerufen worden. Er zeigte seine Zähne und schien aufmunternd zu lächeln. Lös packte die Rechnungen zusammen und klopfte am Zimmer des Leutnants. Niemand antwortete ... Nur unterdrücktes Schnaufen drang durch die geschlossene Tür. Als er sie öffnete, sah er eine plumpe Gestalt, die mit großer Beweglichkeit von der hinteren Wand des Zimmers in zwei Sätzen zum Fenster sprang. An dieser hinteren Wand stand die Stahlkassette, in der das Geld der Verpflegung bis zu seiner Ablieferung aufbewahrt wurde.

Pullmann stand sehr verlegen am Fenster und putzte mit übertriebener Geschäftigkeit einen Ledergürtel.

– Wo der Leutnant sei, fragte Lös. – Auf der Jagd.

Nach dieser kurzen Antwort mußte Pullmann husten (es wirkte wie ein Anfall, denn sein Gesicht wurde blaurot). Lös legte die Rechnungen auf Mauriots Tisch und ging zur Tür. Er hatte nicht Zeit, sie zu schließen. Pullmann schmetterte sie von innen ins Schloß. Türk ärgerte sich über diese Unhöflichkeit, bellte laut, fand dann Freude an seiner Stimme und setzte das Bellen fort, weniger gereizt scheinbar, nur zum eigenen Vergnügen.

Am Tor stand Korporal Baskakoff Wache. Er wollte Lös nicht durchlassen: Befehl vom Leutnant. – Aber der Leutnant sei ja auf der Jagd! Höhnisches Achselzucken Baskakoffs. Seine Unterlippe hing fast bis aufs Kinn, und speckig glänzte die Haut seiner Wangen.

Es war Feindschaft zwischen den beiden, seit Baskakoff einmal beim Chef vorstellig geworden war: Er erhalte in der Verpflegung nicht die vorgeschriebenen Quantitäten. Zufällig war diese Behauptung unwahr. Lös hatte es durch Zeugen beweisen können. Doch Baskakoff brauchte viel. Er war ob seiner Dicke so oft ein altes Weib genannt worden, daß er sich allabendlich verpflichtet fühlte, das Kloster zu besuchen, um seine Männlichkeit in einwandfreier Weise zu erhärten. Er zahlte dort mit Lebensmitteln und war ein gern gesehener Gast. Daß der Chef ihm in der letzten Zeit auf die Finger sah, machte ihn gereizt, und er gab Lös die Schuld für diese so unangenehme Überwachung. Was aber der Situation am Tor etwas Peinliches gab, war die Sicherheit Baskakoffs und Lös' Schwanken. Er mußte sich besinnen, welchen Grund er für sein Ausgehen angeben sollte. Und Baskakoff genoß sichtlich das Schwanken des anderen. Er, als Wache, stand auf dem festen Boden des Befehls, der andere hatte nur eine durch Gefälligkeiten, durch Bestechungen erworbene Autorität; Lös kehrte um.

Im Bureau saß der Chef bequem auf einem Rohrstuhl, hatte die dicken Beine auf einen zweiten Stuhl gelegt und las in einem Buch mit farbigem Umschlag: *Vierge et Martyre*. Er legte das Buch auf den Tisch neben eine halb geleerte Flasche Cointreau und blickte Lös aus glasigen Augen an.

«Ich kann nichts machen», sagte er, als Lös sein Anliegen vorgebracht hatte. «*Ich* nicht. Ich will keinen Streit mit dieser weißen Laus. Nein, sicher nicht.» Und unter vielen «nom-de-dieus» und Beteuerungen, wie unangenehm ihm die Sache sei, und er begreife doch gut, daß Lös Eile habe, wandte er sich von neuem seinem Buch zu.

Lös fühlte wieder die Angst. Alle wandten sich von ihm ab. Sicher, etwas lag in der Luft ... Vielleicht hatte Bou-Denib schon Befehl gegeben, ihn überwachen zu lassen, und eine Klage ans Kriegsgericht war schon eingereicht worden. Und doch schien es Lös wieder, als genüge diese begründete Furcht nicht, um das dunkle Angstgefühl zu erklären, das stündlich in ihm wuchs. Er stand da und knetete seine Finger. Aber er müsse doch zum Juden, wegen der Schafe, brachte er stotternd hervor, der Leutnant sei auf der Jagd, darum komme er zum Chef. Eigentlich wußte er selbst nicht, warum er darauf beharrte, aus dem Posten gehen zu dürfen.

Wie umgewandelt war Narcisse plötzlich. So, der Leutnant sei nicht im Posten, warum Lös das nicht gleich gesagt habe. Dann, ja natürlich, dann ... Er stand auf und wollte gleich selbst mitkommen. Lös solle sich das merken: Nie etwas Schriftliches aus der Hand geben, wenn es nicht unbedingt notwendig sei. Lieber zweihundert Meter laufen und eine Sache mündlich abmachen, als ein kurzes Billet schreiben; diese Papierfetzen können dann einmal, plötzlich, aus heiterem Himmel wie ein Blitz herniederfahren, als zerschmetternde Beweismacht. Nicht wahr, er könne Lös ja gut einen Erlaubnisschein an Baskakoff mitgeben, aber ... So sei die Sache viel einfacher: Er, der Chef, werde mitkommen und mit Lös durch die Pforte des Postens schreiten, vorbei an dem angewurzelten Baskakoff.

Der Chef ging voran durch die helle Nacht und sprach weiter über die Schulter. Lös bewunderte ihn. Es lag so viel Überzeugung des eigenen Wertes in seinen Worten und Gebärden, in der Art zu gehen besonders, die bei jedem anderen komisch gewirkt hätte: Die Füße, die in dünnen Ledersandalen steckten, berührten den Boden mit der Spitze zuerst, ließen den Fuß sanft abrollen bis zur Ferse, die einen kurzen Augenblick nur am Boden haftete und sich dann löste, mühelos und leicht, während das Knie den Fuß schon wieder nach vorne zog. Und selbst das Pendeln der Hüften wirkte beschwingt. Auch das wichtige Vorbringen von Gemeinplätzen sollte kameradschaftlich herablassend klingen (‹Nicht wahr, wir beide verstehen uns doch!›), aber auf Lös wirkte es auflockernd und niederdrückend zugleich. Doch als das Gerede des Chefs nicht enden wollte, bekam Lös Kopfweh: einen stechenden Schmerz über dem linken Auge. Und der Schmerz verstärkte sich noch, als der Chef den versteinerten Baskakoff grob anfuhr. Dieses Anschreien, das im leeren Posten widerhallte, wirkte gemein – Lös zog den Chef weiter. Dann blieb Lös allein ...

Der Jude, welcher die Schafe zusammenkaufte (meist von den Einwohnern der umliegenden Ksars), um sie dann an den Posten zu liefern, war ein buckliges Männchen mit schwarzen Haarlocken und graugesprenkeltem Bart. Er führte Lös auf das flache Dach des Hauses und schlug dann ein Geschäft vor. Sein Französisch war zu verstehen. Er erklärte: Der Korporal sei ein kluger Mann, das habe er (der Jude) sogleich gesehen; auch mit den früheren Sergeanten von der Administration habe er immer gute Geschäfte gemacht. Nur mit dem letzten nicht. Der sei ehrlich gewesen. Er spuckte über den Dachrand. Das Geschäft sei so einfach. Er liefere die Schafe, bon. Die Schafe würden gewogen. Nun, wenn ein Schaf, man nehme an, elf Kilo wiege, so schreibe der Korporal dreizehn auf. Hehe. Das mache bei zweihundert Schafen 400 Kilo mehr. Verstanden? Der Korporal unterschreibe den Zettel, den er, der Jehudi, in Bou-Denib einkassieren gehe.

Ein Überschuß von 400 Kilo ergebe 400 frs. – und diese Summe werde geteilt zwischen dem Korporal Administration und ihm, dem Jehudi. Ob der Korporal einverstanden sei?

Ja, Lös war einverstanden. Der Jude hatte Dattelschnaps aufgestellt, ein scharfes Zeug, das er aus unerfindlichen Gründen Anisette nannte.

– Die Hälfte des Geldes also und eine Flasche Anisette. Der Jude nickte eifrig und wollte Lös' Hand küssen. Er tat sehr untertänig und ging, um die Flasche aufzufüllen, die Lös mitnehmen sollte. Als er wiederkam, brachte er noch Datteln mit, große Datteln aus dem Tafilalet, lang wie der kleine Finger, hellgelb und durchsichtig, süß wie Honig. Ein kleines Leinensäckchen wurde mit diesen Früchten gefüllt und Lös zum Abschied überreicht. Also, morgen werde er bestimmt kommen, die Herde sei beisammen, er brauche sie nur zu holen. Lös wurde noch gebeten, den einjährigen Knaben des Juden zu besehen.

Das Kind lag in einem dunklen Zimmer, in dem außer der Wiege noch eine europäische Spiegelkommode aus den achtziger Jahren stand. Lös tat, als verstehe er sich auf Krankheiten, griff nach dem Puls, zog die vereiterten Augenlider in die Höhe. Die unförmig dicke Mutter, die daneben hockte und aussah, als komme sie geradewegs aus Galizien, wagte kaum zu atmen in Erwartung des Urteils. Es sei keine schwere Krankheit, sagte Lös, man solle das Kind baden (es war wirklich sehr schmutzig und stank), und er werde später noch einmal kommen und etwas bringen, um die Augen zu waschen. Lös war von seinem Edelmut befriedigt. Das Kopfweh hatte nachgelassen. Es verschwand ganz, als er in der Dunkelheit in den Posten zurückkehrte, und ein Gefühl des Befreitseins blieb zurück.

Und dieses Gefühl wollte er nicht sogleich einbüßen. Er verlangte von der Wache am Tor (Veitl war es diesmals), ihn später noch einmal hinauszulassen. Ein Liter Wein oder eine halbe Flasche Schnaps stehe zur Verfügung. Veitl besann sich lange und nickte schließlich.

Der Leutnant war noch immer nicht zurückgekommen. Vor

dem Tor der Verwaltung saß der alte Kainz mit angezogenen Knien und saugte an einer Pfeife.

«Wos is, Korporal, gehst die Nacht wieder fort, oder willst hier schlafen?» Er kaute an den Worten und zugleich am Mundstück seiner Pfeife.

Lös wich aus. Er wußte es noch nicht. Zeno wartete wohl auf ihn, aber er hatte keine Lust, sie zu sehen. Vielleicht brachte er ihr nur Unglück. Das Stechen über dem linken Auge setzte wieder ein.

Aber der alte Kainz ließ ihm zum Grübeln keine Zeit.

«Komm, Korporal, geh her, setz di zu mir, wannst Zeit hast. Weißt mir kan Rat, um auf Reform zu gehen? Du bist doch so g'scheit, das weiß i.»

Lös setzte sich. Der Mond war noch nicht aufgegangen.

«Also, was glaubst, Korporal, was soll ich machen?» Unwillkürlich sprach der alte Kainz leise.

Lös wandte sich ihm zu. Er hob die Oberlippe des anderen, so, wie man es bei Pferden tut, um ihr Alter an den Zähnen festzustellen, sah den leeren Oberkiefer und gab ernst den Rat: «Für die Reform reicht's nicht aus, aber du kannst ja verlangen, nach Fez zu gehen, um dir ein Gebiß machen zu lassen.»

«Also, kloar», sagte der alte Kainz und rückte nach vorn, um Lös besser ins Gesicht sehen zu können. «Ich hab's ja immer g'sagt, dumm is der Korporal net. A bisserl ung'schickt vielleicht.» Er schwieg kurz. «Wenn ma so denkt, wie froh ma g'wesen is, wie sie einen g'nommen ham. Ma hat's ja kaum derwarten können, bis es g'heißen hat: Ich bin tauglich. Ich sag dir, g'hungert hab i! Und bei den Franzosen dann: gleich a guats Essen. Wurst und Brot. Immer noch hat ma Angst g'habt, wie sie einen schon g'nommen ham, es gibt no a Contrevisite und ma wird wieder z'ruckg'schickt, weil sie g'funden ham, ma ist z' alt und taugt nix mehr. Und dann bedauert ma die anderen, wo nit mitkommen sind. Aber i bin no nit amol vier Monat in Bel-Abbès g'wesen, da hab i ‹Merde!› g'sagt, weils das erste Wort is, das ma lernt. Weißt, a Abwechslung muß doch sein. Klagen kann i nit; in der Legion hab i ja alles g'habt, was i braucht hab, Zigaretten und Wein. Für die Weiber bin i schon z' alt. Und wenn i krank g'wesen bin, habens mi ausruhen lassen im Spital, solang i hab woll'n. Naa, all's was recht is. Da redens drüben und schreibens in allen Zeitungen: ‹Die Legion ist eine Schande, sie hungern und dürsten und werden geschlagen›» (das plötzliche Hochdeutsch des alten Kainz wirkte pathetisch), «aber es stimmt doch nicht. Hat dich einmal einer ang'rührt? Mi nit. Trinkgelder hams mir geben. Und wann i nimmer hab laufen können: ‹Geh, mon vieux, setz dich auf den Wagen›. Wirklich anständig. Anständiger als beim k. und k. Infant'rieregiment. Aber i mag *doch* nit mehr. Schau, i möcht so gern wieder amol garniert's Rindfleisch essen und die *Kronenzeitung* lesen. Die ewigen Schaf! Du, wie sagt ma ‹Gebiß› auf französisch? ... Un dentier, un dentier», wiederholte er.

Während der letzten Sätze hatte jemand leise hinter dem Weinschuppen gestöhnt. Lös stand auf. Als er um die Ecke bog, sah er Frank, den Bäcker, auf dem Boden liegen; die Beine spannten sich, und die Absätze der schweren Schuhe gruben sich in den Boden ein. Lös kniete nieder und griff nach dem Handgelenk des Zuckenden.

Und auch der alte Kainz kam herangeschlürft, zog die Luft durch die Nase und schneuzte mit dem Daumen das Nasenloch. «Was is, Korporal, will er sterben?» Er schluckte laut auf und blieb dann stehen, mit pendelndem Oberkörper. «Aber naa, er wird doch nit sterben. Geh, hör auf, Frank, es glaubt dir's doch kaner. Geh, sei g'scheit.»

«Aber Fieber hat er doch», sagte Lös und ließ das Handgelenk los; der Arm fiel herab, als seien die Sehnen abgeschnitten.

«Was ist los, Frank?» fragte Lös. Er fühlte eine freudige Erwartung: ein Kranker! Das war eine Abwechslung! Der Leutnant würde sich mit ihr befassen müssen und nicht mehr Zeit haben, sich allzusehr um die Verpflegung zu kümmern. Das gab freie Zeit. Lös schob den Arm unter Franks Schultern, stützte den Kranken, führte ihn bis zur Hausmauer und schickte Kainz zum Leutnant, um den Fall zu melden. Dann holte Lös Schnaps, das Universalheilmittel, auch eine Stallaterne – die stellte er neben den Kranken. Im Licht der gelben Petroleumflamme sah Frank wirklich sehr bleich aus.

Als er gefragt wurde, wo er Schmerzen habe, legte Frank die flache Hand auf den Hosengürtel. Da täte es weh, erklärte er, es seien Krämpfe, dann werde ihm schwindlig, und er falle um. Aber auch im ganzen Bauch tue es ihm weh, und dann habe er Durchfall, und erbrechen müsse er. Heut morgen habe er Nasenbluten gehabt. Seine Hände zitterten – dies Zittern schien ihn mit Befriedigung zu erfüllen.

Kainz kam zurück und meldete ärgerlich, der Leutnant wolle nicht gestört werden. Er sei müde von der Jagd und wahrscheinlich wütend, weil er nur *einen* Hasen geschossen habe. Pullmann stehe vor der Türe Wache.

Die beiden waren ein Stück in den Hof gegangen. Als sie Frank suchten, lag er am Ufer des kleinen Kanals und erbrach sich. Dann hoben sie ihn auf und trugen ihn in Lös' Hütte.

Sergeant Baguelin, der lange Komiker mit den Sommersprossen, war sofort bereit mitzukommen, obwohl er eigentlich, wie er erklärte, Wichtigeres zu tun habe. Er hatte eine ganze Sendung neuer Chansons aus Frankreich erhalten und mußte sie zuerst Lös vorsummen. Da war zuerst das schöne:

Dans sa petite mansarde
Tout là haut, tout là haut
Dans les cieux.

und das ergreifende:

Fleur de Lila ...

Aber schließlich kam er doch mit, denn er besaß das einzige Fieberthermometer des Postens, das er stets, neben der Füllfeder, in der oberen Tasche seines Khakirockes in einer glänzenden Metallhülse trug.

Baguelin steckte das Thermometer in die Achselhöhle. «Neununddreißig sieben», sagte er nach zehn Minuten, zog die Mundwinkel gegen das magere Kinn. «Und erbrochen hat er auch. Das ist gefährlich. Sehr gefährlich.» Der alte Kainz wiederholte das letzte Wort und nickte dazu, wie mit geschwächten Halsmuskeln.

«Es könnte eigentlich Typhus sein.» Lös sagte es etwas verträumt und lächelte dazu, mit milder Befriedigung. Lös' Gesicht leuchtete, und die gleiche leuchtende Befriedigung verklärte auch die Gesichter der anderen.

Lös zählte die Vorteile eines derartigen Falles nachdrücklich auf: Quarantäne des Postens! Kein Verwaltungsoffizier aus Bou-Denib würde es wagen, die Warenbestände zu kontrollieren. Steigender Schnapsverbrauch! Die fehlenden Liter im Nu eingebracht! Doppelte Ration Wein! Schon füllten sich die geleerten Fässer mit Wasser, niemand würde einen Unterschied merken, und die Seguia, der kleine Kanal, floß ja mitten durch die Verpflegung. Zu alledem noch: Der Leutnant würde die Verpflegung meiden, hatte er nicht schreckliche Angst vor Krankheit? Typhus! Welch ein Glücksfall!

Begeistert übernahm der Sergeant die Fortsetzung der Hymne, Typhus! Es könne doch auch ihn packen, nicht allzu stark, aber genug, um eine Rekonvaleszenz in Frankreich nötig zu machen. Mit einem kleinen netten Typhus, das Wort tönte in seinem Munde wie ein bacchantisches Evohé, würde er sicher zwei Monate früher entlassen!

Da ließ auch der alte Kainz sein gesprungenes Lachen scheppern und platzte zitternd los: «Korporal, dann brauch i ja kan ... kan ... den ... dentier.»

«Ah so, an Typhus», sagte Frank mit tiefer Stimme. Seine Hände legten sich gefaltet auf die Decke. «Aber sterben brauch ich doch nit?»

«Ja woher!» meinte Lös. Er nahm die Schnapsflasche, sog daran, gab sie weiter, Baguelin nahm sein Teil, der alte Kainz lutschte am Flaschenhals, wie ein Säugling, alle fanden den Typhus komisch, selbst Frank grinste.

«Ich werde jetzt den Major in Rich anläuten», beschloß Lös. Die anderen waren viel zu begeistert, um abzuraten. Und so verließen sie die Kammer untergefaßt.

Das Telephon lag links vom Tor, gerade dem Wachtlokal gegenüber. Baguelin drehte die schmierige Kurbel und wartete, drehte noch einmal ... Endlich fragte eine verschlafene Stimme, was denn los sei. Baguelin gab den Hörer weiter. Lös ergriff ihn und redete in den schmierigen Trichter.

Major Bergeret solle ans Telephon kommen, verlangte er ... Der Sergeant sah auf seine Uhr und bemerkte, es sei ja kaum zehn Uhr, da würde der Major schon noch auf sein. Aber der Telephonist in Rich wollte wissen, wer denn telephoniere. Nur ein Korporal? Man sei wohl in Gourrama verrückt geworden? In der Nacht sei der Major nicht zu sprechen. Lös wurde energisch. Es handle sich um einen schweren Fall, vielleicht sei es Typhus, der Major müsse unbedingt benachrichtigt werden. Brummend ergab sich der andere, und nach kaum fünf Minuten tönte des Arztes sanfte Stimme, kaum gedämpft durch die Entfernung. Hallo? Lös stotterte, meldete sich zuerst nicht korrekt, so daß der Major zweimal, mit immer gleichbleibender Geduld, nach dem Namen des Anrufenden fragen mußte. Er wunderte sich, daß nur ein Korporal am Telephon sei, versprach dann aber, gleich am nächsten Morgen um vier Uhr loszureiten. Er werde dann etwa um acht Uhr in Gourrama sein. Und dem Korporal ginge es gut? wollte Bergeret noch wissen, habe der Korporal nicht einen kleinen Herzfehler? Lös dankte, ja, er fühle sich ganz wohl, seit er nicht mehr marschieren müsse. Der Major wünschte gute Nacht und hängte ein.

Lös war sehr zufrieden. Es war günstig, daß der Major sich seiner noch erinnerte. Denn eigentlich hatte es Lös dem Major Bergeret zu danken, daß er in die Verpflegung gekommen war. Bei der ersten Untersuchung hatte er sich krank gemeldet, weil er das Tempo der Kompagnie auf den Märschen nicht aushalten konnte. Und der Major hatte dem Capitaine geraten, diesen Mann in einem Bureau zu beschäftigen.

«Und wenn uns Frank etwas vorsimuliert hat, dann bin ich der Blamierte», stellte Lös fest. Aber die beiden anderen sprachen ihm Mut zu. Frank habe doch nicht das Thermometer durch Reiben in die Höhe treiben können, sie hätten ihn ja nicht aus den Augen gelassen. Aber diese Tröstungen klangen nicht sehr überzeugt. Nun, da etwas Entscheidendes getan worden war, schienen die drei Katzenjammer zu haben ...

Frank hatte alle Decken von sich geworfen und lag fast nackt auf der Matratze. Der Körper war von einer gelben Haut überzogen, unter der die Knochen der Rippen und des Beckens spitz hervorstachen. Der Kranke war unruhig: Die Nägel mußten juckende Stellen kratzen, dann blieben rote Striemen zurück, die lange nicht vergehen wollten.

Lös ging an die Seguia und tauchte ein rauhes Leintuch ins laue Wasser, auf dessen Oberfläche die Sternbilder wogten. Dann hoben Baguelin und Kainz den Kranken auf, Frank wurde in das feuchte Linnen gewickelt und lag hernach ruhig.

Der alte Kainz erlaubte sich eine geflüsterte Bemerkung: «Eigentlich hättest du das nit machen sollen, Korporal, wenn er jetzt schwitzt, is er vielleicht morgen g'sund, und dann bist du der Blamierte.»

Es herrschte Schweigen nach dieser Bemerkung.

Was der Stille soviel Bedrückendes gab, war Franks lautloses Atmen. Unter den vielen Decken war das Heben und Senken des Brustkorbes nicht zu sehen. Die Nacht drang durch die geöffnete Tür, und sie bedrängte das Licht der Stallaterne, deren Flakkern war wie das Kämpfen eines Erstickenden um Luft.

Da schlug Baguelin vor, gemeinsam zum Spaniolen zu gehen. Man könne dort etwas trinken und hernach noch dem Kloster einen Besuch abstatten. Dieser Vorschlag wirkte belebend. Lös wollte noch Smith einladen, sicher war der Schneiderkorporal bereit mitzukommen.

In der Schneiderwerkstatt war noch Licht. Mit gekreuzten Beinen saß Korporal Smith auf dem großen Tisch und nähte einen Kragen an einen Sergeantenrock. Die Petroleumlampe neben ihm trieb schwarze Blätter aus ihrem Glaszylinder. Smith sprang vom Tisch und hüpfte auf und ab wie ein prallgefüllter Rugbyball. Als Veitl, der Koch, der noch immer am Tor wachte, die drei nicht durchlassen wollte, wurde er einfach mitgeschleppt. Er hatte verraten, daß der Chef noch immer nicht heimgekehrt war, und durch Pullmann, den der Lärm herbeilockte, erfuhr man, daß der Leutnant tief schlafe. Er habe Chinin genommen, aus Angst, krank zu werden, denn er hatte am

Nachmittag aus einem Bache Wasser getrunken. Und Pullman schloß sich an, statt Baguelin, der verschwunden war.

Die Kneipe des Spaniolen bestand aus einem weißgekalkten Raum, in dem zerkratzte Eisentische standen. Einzig die vielen Flaschen, auf einem Bord hinter dem Schanktisch, brachten mit ihren Etiketten einige Buntheit in den kahlen Raum.

Als die fünf eintraten (Kainz, Lös, Pullmann, Veitl und Smith) betrachtete der Spaniol sie durch ein Weinglas, das er mit einem schmierigen Lumpen putzte. Seine schlechtrasierten Wangen wirkten wie abgekratzte Speckschwarten. Er näherte sich mit gesenktem Kopf und wies mit dem Finger in eine Ecke. Dort thronte der Chef und füllte den einzigen Stuhl, der mit Armlehnen versehen war; auf seinen Schenkeln saß die kleine Mulattin, die hier als Schankmädchen diente. Sie galt für seine offizielle Freundin.

Zuerst schien Narcisse böse; die fünf störten seine Ruhe, und er wollte sie mit lauten Flüchen wieder in den Posten zurückjagen. Als aber die von Lös bestellte Flasche Anisette (*Marie Brizard*) vom grinsenden Wirt auf den Tisch gestellt wurde, glättete Wohlwollen seinen zornigen Mund. Der Chef trank sein Glas leer und leckte den letzten Rest von Ärger aus den Mundwinkeln. Er öffnete den Uniformrock, auch den obersten Knopf seiner Hose, um dem beginnenden Spitzbauch die zu seinem Wohlbefinden notwendige Freiheit zu verschaffen. Dann zog er die kleine Mulattin näher zu sich heran und gab ihr aus dem frisch gefüllten Glas zu trinken.

Nach kaum einer halben Stunde war die Flasche leer; denn süß war das Getränk, brannte nicht im Mund und ließ sich trinken wie Sirup. Der Chef ließ eine zweite Flasche bringen («auf meine Rechnung», sagte er) und dämmte jeden Widerspruch ab mit der flachen Hand.

Smith entwickelte ein klebriges Erzählertalent. Er sprach in dunklen Worten von einem Smoking, bezeichnete sich als englischen Untertanen und forderte die französische Regierung heraus: Ob diese sich einbilde, ihn hier in der Legion halten zu können? Dann bat er Lös (Lös könne doch so gut schreiben!), eine

Charakteristik (mit Betonung auf der drittletzten Silbe) zu schreiben über den ‹taylor› Smith, ein ausgezeichnetes Thema, ein interessantes dazu! Aber es müsse eine psychologische Studie sein (Smith stolperte ein paar Mal über das Wort ‹psychologisch› und sprach es endlich englisch aus). Da unterbrach ihn aber der alte Kainz. Er hatte sich von der anderen Seite an Lös herangemacht und murmelte Verdammungsflüche, die seiner Frau in Wien galten, weil diese mit einem jungen Bäckerlehrling durchgegangen war, während er, der Mann, draußen im Felde kämpfte. Kämpfen ... das sei so eine Redensart, er sei auch dort immer als Fleischer beschäftigt gewesen. Er begann zu singen: «Verlassen, verlassen bin i», wußte nicht weiter, schluchzte und ließ den grauen Kopf auf die gefalteten Hände fallen. Da aber forderte Pullmann die Genossen auf, das schöne Lied zu singen von der Hamburger Hure:

«In Hamburg bin ich gewesen ...»

Als der Chef ihm deshalb über den Tisch eine Ohrfeige gab, unterbrach er sich, ballte die Hände. Er wollte aufspringen, da sah er auf dem immer noch gegen ihn gereckten Arm die zwei goldenen Winkel: Unbegreiflicher Respekt schüttelte ihn. Er kroch in sich zusammen und summte nur ganz leise die Fortsetzung des Liedes.

Lös gelang es, die Aufmerksamkeit des Chefs zu wecken. Er erzählte den Fall Frank. Der Chef wackelte mit dem Kopf, packte die Mulattin, schob sie weit von sich, gab ihr noch einen Klaps, um diese Vertreibung erträglicher zu gestalten, und rief ihr nach: «Ich komm dann zu dir, jetzt muß ich reden.» Dann sah er Lös böse an.

Eine verfluchte Dummheit, dem Major selbst anzuläuten! Jetzt würde der Leutnant erst recht wütend sein, der Major auch, denn Frank sei doch als Simulant bekannt! «Warum hast du mich nicht um Rat gefragt?» war der Refrain seiner Rede.

Lös entschuldigte sich. Der Chef sei nicht dagewesen.

«In solch wichtigen Fällen sucht man mich wenigstens. Mich, den Mann der großen Erfahrung. Glaubst du, ich habe umsonst zwölf Jahre Dienst? Gegen mich seid ihr doch alle nur Wickelkinder, du besonders! Und jetzt hast du Angst!» So eindringlich sprach der Chef, daß Lös wirklich vermeinte, die Anzeichen einer nahenden Kolik zu verspüren. Dann blähte sich Narcisse gewaltig, und sein Schweigen war noch bedrückender als seine Rede. Als aber Veitl, mit einem dummen Grinsen, renommierte, er solle eigentlich Wache stehen, aber er sei schlau, das Drücken habe er in der Legion gelernt, zog sich das Gesicht des Chefs so zusammen, daß der Bart waagrecht stand. Schweigend zündete sich Narcisse eine Zigarette an, ohne die Schachtel herumzubieten, stand dann schweigend auf, packte Veitl am Arm und schleppte ihn zur Tür hinaus.

Lös wollte folgen. Als er sich aber ein wenig mühsam erhoben hatte, durchdrang ihn im Augenblicke, da er die Kante des Stuhles an seinen Kniekehlen spürte, eine schmerzende Wachheit: so, als sei plötzlich in ihm ein Wesen erwacht, das lange Jahre geschlafen hatte.

Die Umgebung, die seinem Blick Grenzen setzte, war klar und hell, viel klarer und heller, als es mit der schlechten Beleuchtung vereinbar war. Zugleich sah Lös wie durch einen umgekehrten Feldstecher die Dinge verkleinert und in die Ferne gerückt. Puppenhaft wirkten die drei am Tische und der Spaniol, der Weingläser polierte, die Mulattin mit dem bunten Kopftuch, die ihre dünnen Fußgelenke umspannt hielt. Die Karbidlampe an der Wand gurgelte grelles Licht und spuckte es über die Tische. ‹Die Gegenwart›, dachte Lös, ‹das ist die Gegenwart.› Die schöne, schmerzhafte Gegenwart, in der man ewig leben möchte. Nicht ‹man›, *ich* möchte darin leben. «Ich», flüsterte er vor sich hin. Als müsse er sie suchen, ging er vorwärts mit tastenden Füßen. Alles war überdeutlich, er meinte jeden Teil seines Körpers zu fühlen: den brennenden Magen, die mit schwerer Müdigkeit gefüllten Muskeln der Schenkel. Das Blut, das die Haut der Hände spannte bis zu den Fingerspitzen, das im Kopfe hämmerte! ‹Zuviel Blut!› dachte Lös, ‹darum glaub ich, daß diese Hände von einer Schmutzschicht überzogen sind; wird sie sich noch abwaschen lassen?› ... Eine riesige feuchte Hand legte sich auf sein Gesicht und drängte ihn zurück. Er hatte die Tür ins Freie geöffnet ...«Der Nachtwind!» murmelte er erleichtert.

Still und leer lag der große Platz vor ihm. Und die Berge schimmerten, durchsichtig und schwarz, viel durchsichtiger als der Himmel aus verrußtem Glase, während die Sterne dumpfes Licht ausstrahlten. Die Baracken des Postens hockten wie unbekannte riesige Tiere hinter der Mauer ...

Lös sah eine Gruppe, die vor dem Eingang zum Posten stand. Und dann stand Sergeant Baguelin neben ihm. Er flüsterte:

«Sie haben gar nicht bemerkt, daß ich Sie verlassen habe. Ich bin schnell in mein Bureau gegangen, um Geld zu holen, und als ich wiederkam, waren Sie mit Ihren Begleitern schon verschwunden. Aber ein anderer stand am Tor!» Baguelin sprach drohend geheimnisvoll. «Der Leutnant! Er hatte eine Ronde gemacht und den ganzen Posten leer gefunden; da gab er mir den Auftrag, alle zu holen. Aber unterwegs habe ich den Chef mit Veitl getroffen. Jetzt stehen die beiden beim Leutnant, und soviel ich habe hören können, schiebt der Chef alle Schuld auf Sie. Beeilen Sie sich, sonst müssen Sie vielleicht diese Nacht noch in der Zelle schlafen.»

Die helle Wachheit erlosch, die schmerzhafte Gegenwart war. Eine andere, dumpfe Gegenwart stieg auf, keine unbedingte, keine ewigwährende. In dieser neuen erlosch auch das Gefühl für den eigenen Körper, nur Rechnungen, Zellen, Kriegsgericht gab es in ihr; und statt der zwergenhaften Umgebung gab es nur noch quälende innere Angst. Rasch kehrte Lös noch einmal um, warf dem Spaniol eine Banknote auf den Schanktisch: «Für die beiden Flaschen», sagte er kurz. Dann näherte er sich der Gruppe am Tor.

Der Leutnant schickte ihm den weißen Strahl seiner Taschenlampe ins Gesicht und begann sogleich, da dieser Einschüchterungsversuch wirkungslos blieb: «Ich warne Sie, Korporal, ich warne Sie zum letzten Mal. Ich habe Ihnen verboten, den Posten ohne meine ausdrückliche Erlaubnis zu verlassen. Wie der Chef mir erzählt, hat er Ihnen einen kurzen Ausgang bewilligt, weil

Sie Geschäfte zu erledigen hatten. *Einen* Ausgang nur. Sie sind zum zweiten Male ausgegangen und haben die Wache zum Mitkommen verführt. Mit Veitl will ich nicht rechten. Er ist krank und nicht fähig, Widerstand zu leisten. Aber Sie! ... Übrigens will ich Ihre Rechnungen doch näher untersuchen, denn wie ist es möglich, daß Sie mit Ihrem kleinen Sold Anisette zahlen können, die fünfundzwanzig Franken die Flasche kostet? Selbst mir wäre das zu teuer ... Bitte, keine Ausreden, der Sergeant-Major hat mich informiert. Für diesmal will ich Ihre Verfehlung noch auslöschen, besonders weil augenblicklich kein Vertreter für Sie beschafft werden kann. Aber bei der kleinsten Unregelmäßigkeit benachrichtige ich die Intendanz in Bou-Denib und werde dann selbst die Klage gegen Sie aufsetzen. Dann kann Ihnen auch *Ihr* Capitaine Chabert nicht mehr helfen. Ihnen, Chef, danke ich noch, daß Sie Ihre Pflicht so gewissenhaft erfüllt haben.» Die dünne näselnde Stimme brach ab wie ein plötzlich abgestopptes Grammophon. Dann warfen die Hände des Leutnants den Vorhang der Finsternis beiseite – und er schloß sich wieder hinter ihm. Die Zurückgebliebenen hörten eine Türe ins Schloß fallen.

«Amen», sagte der Chef und begann sogleich, mit gelenkigen Worten sich bei Lös zu entschuldigen. «Du verstehst, ich mußte die Schuld auf dich wälzen: Wenn *ich* einmal kompromittiert bin, kann ich dir nicht mehr helfen. Es muß immer so aussehen, als ob wir überhaupt keine Beziehung zueinander hätten, dann hält man mich für unparteiisch. Und wenn diese kleine Wanze mich beim Capitaine lobt, so macht sich das gut; der Alte glaubt mir dann auch das, was ich über dich erzähle. Und wenn der Kleine dann die Intendanz in Bou-Denib auf dich hetzt, so hat der Alte auch dort noch Freunde und wird dich heraushauen. Aber vor allem (versteh mich richtig!) muß ich, der Chef, vollkommen makellos dastehen ... Verstehst du? Und du glaubst doch nicht etwa, daß ich mich vor dieser kleinen Mißgeburt fürchte? Und jetzt, weißt du, was wir jetzt tun? Wir gehen ins Kloster, jawohl. Du hast wohl die zwei Flaschen beim Spaniol bezahlt? Das ist recht, ich habe auch nichts anderes von dir erwartet. Nein, kein Wort, sprich jetzt nichts. Du bist ja ganz bleich geworden. Aber eine Tasse Tee im Kreise jener schönen Damen und nachher einen kleinen stummen Tanz zu zweien, ha, das wird wieder einen Mann aus dir machen, glaub es mir, Narcisse hat Erfahrung.»

Sie gingen Arm in Arm über den weiten Platz. Sergeant Baguelin, in einiger Entfernung, folgte kopfschüttelnd. Er winkte dem alten Kainz: «Ça, pas bon», sagte er und zeigte auf die Voranschreitenden. «Pas bon», wiederholte der alte Kainz und zog einen sorgenvollen Mund. «Dommage für caporal.» Sie nickten sich zu und bogen dann in ein schmales Gäßchen ein, in welchem die Nacht zäh und beklemmend stand, wie die Luft in einem verlassenen Kohlenbergwerk.

IX. Kapitel   Das Kloster

Fernab von den wenigen Häusern, die im Schutze des Postens hocken, steht ein sonderbarer Bau, den eine drei Meter hohe Mauer beschützt. Viele haben vergeblich versucht, die Mauer zu übersteigen, Senegalneger und algerische Tirailleurs, Spahis und Gums; selbst wenn ein Mann auf die Schultern seines Kameraden klettert und sich am First anklammern will, um sich hochzuziehen, gleiten seine Hände von der schief nach außen abfallenden Fläche ab, und seine Finger schneiden sich an den Flaschenscherben, die zackig-glitzernde Ornamente bilden.

Tagsüber herrscht hinter diesen Mauern tiefes Schweigen. Am Abend jedoch und bisweilen, an den Löhnungstagen, die Nacht hindurch, rötet ein schwacher Schein die Luft über dem dachlosen Viereck, ein Summen dringt aus dem Bau, das bei aufmerksamem Lauschen in wüste Schreie und schrillen Gesang zerfällt. Aber die Töne verlieren ihre Kraft, bevor sie noch die dicken Mauern durchdrungen haben, nach oben jedoch sind sie ein riesiges Megaphon, das den verworrenen Lärm in einen stummen Himmel sendet.

An einer Ecke ist die Mauer in Form eines romanischen Bogens durchbrochen, in der Nische, die durch die Türe gebildet wird, kann man die Dicke der Mauern messen; ein Mann kann sich dort bequem verstecken. Die Türe, die den Eingang ins Innere versperrt, ist aus viereckigen, spanndicken Bohlen gefügt; diese werden noch von drei Bändern aus geschmiedetem Eisen zusammengehalten. Die Tür ist ganz glatt, kein Schlüsselloch ist an ihr zu sehen. Innen aber sind drei Riegel angebracht, oben, in der Mitte und unten; richtige Gefängnisriegel, die sich noch durch Vorlegeschlösser sichern lassen.

Im Hof liegen, links vom Eingang, sieben niedere Zellen in einer Reihe; auch deren Türen tragen Riegel und Ringe zum Anbringen von Schlössern.

Der Zellenreihe gegenüber, und von ihr geschieden durch einen breiten gepflasterten Hof, öffnen sich zwei große Räume, deren niedriges Dach von der Umfassungsmauer noch um einen Meter überragt wird. Diese Räume sind kahl, in dem einen stehen zwei tönerne Schalen, die, gefüllt mit glühenden Holzkohlen, als Kochherde dienen. Der Fußboden des anderen Raumes ist mit zerschlissenen Alfamatten belegt. In einer Ecke erhebt sich, zusammenhängend mit der Mauer und aus dem gleichen Stoff wie diese, ein länglicher Block, das Bett darstellend. Eine dünne Matratze liegt darauf ...

Vor der schweren Türe wurde der Chef ungeduldig. Seine Fäuste vermochten den Bohlen keinen Laut zu entlocken. So entschloß er sich endlich zu einem gedämpften Rufen: «He, Fatma, aroua mna.» Und ebenso gedämpft wiederholte der Chor: «Aroua mna!» – «Viens ici!» rief der Chef. «Come on», krächzte Smith. Da auch dies Rufen erfolglos blieb, wurde der alte Kainz vorgeschickt, der einzige, der genagelte Schuhe trug. Er lehnte sich mit dem Rücken gegen die Tür und schlug mit einem Absatz gegen das Holz. Obwohl der Ton, den er hervorbrachte, kaum lauter war als das Klopfen der Fäuste, schien sich doch innen etwas zu regen. Der Chef antwortete einer ängstlichen Frauenstimme in arabischer Sprache. Lange dauerten die Verhandlungen. Der Chef erklärte den anderen, die Alte wolle nicht öffnen, sie habe Angst vor dem Capitaine Materne, der verboten habe, Legionäre nach Mitternacht einzulassen. Der Chef schien aber endlich doch ein unwiderstehliches Argument gefunden zu haben, denn innen schlugen die Riegel kreischend zurück; ein dickes altes Weib wollte sich dem Andrang entgegenstemmen (sie schien nicht auf eine zahlreiche Gesellschaft gefaßt zu sein), wurde aber beiseite gedrückt und watschelte, mit den Armen schlagend, gackernd davon. Sie glich einem alten weißen Huhn, das schon Federn gelassen hat, so daß die rauhe, entzündete Haut an den kahlen Stellen zu sehen ist; denn die Alte trug ein zerschlissenes Gewand, das sich zwischen ihrem qualligen Körper und den schlenkernden Armen wie Flügel spannte. Das Haar, von schmutzig grauer Farbe, war auf dem Scheitel des

Kopfes aufgesteckt und ähnelte dem Kamm einer alten kranken Henne ...

Kainz hatte die Türe als letzter mit einem Fußtritt geschlossen. Zu einem dunklen Klumpen geballt, standen die andern da, verlegen. Die Alte hatte in einem der beiden Räume rechts Zuflucht gesucht, und durch die offene Tür drang ein Lichtschein. Die Zellenreihe aber lag da, stumm, finster ... Nicht lange ließ der Chef die Verlegenheit dauern. Vorerst prüfte er die Riegel des Eingangstors, schob sie vor, nickte dem alten Kainz anerkennend zu: «Sicherung gegen außen!» erklärte er. Dann packte er wieder Lös', des Stummen, Arm, schritt wiegend vorwärts, während er über die Schulter anfeuernde Flüche rief und mit der Hand zum Folgen einlud. Pullmann gehorchte gern der Aufforderung. Er stapfte vorwärts, wie zu einem Angriff den Kopf gesenkt, die Hände schienen ein Gewehr mit aufgepflanztem Bajonett zu halten. Smith neben ihm ballte die Fäuste vor der Brust, als gelte es, zu einem Boxkampf anzutreten. Seine Augen schossen unruhig hin und her, und seine Zunge klemmte sich zwischen die Zahnreihen.

Kainz marschierte als letzter und prüfte mißtrauisch den heftigen Tiergeruch, der den Hof füllte.

Der Chef prallte gegen die Öffnung des Raumes, wie gegen ein Hindernis; und doch versperrte nicht einmal ein Vorhang den Eingang. Dies Zurückprallen suchte er sofort mit der Breite seiner Schultern zu entschuldigen, für welche die Türe zu eng sei. Er nahm seine Mütze ab, stieß scherzhaft mit der Stirne gegen den niederen Balken, als wolle er sagen: «Für Riesen sind sie hier nicht eingerichtet.»

Der Raum wurde von der Glut der beiden Kohlenbecken erhellt. Auf dem Lehmblock in der Ecke lag die Alte flach auf dem Rücken. Das eine Bein, entblößt bis über das Knie, baumelte herab, seine Gelenke waren geschwollen, und die Krampfadern an seinen Waden wirkten wie phantastische Tätowierungen. Aber der Eintritt des Chefs ließ die Liegende auffahren, sie schnatterte durchdringend und stürzte sich wütend auf die Eindringlinge. Pullmann stellte sich vor den Chef und packte die

Alte an den Handgelenken. Noch lauter wollte sie kreischen, aber der Chef beruhigte sie, indem er ihr mit einer Banknote das Gesicht fächelte. Da klatschte sie in die Hände, stieß ein schrilles Kreischen der Freude aus und wollte vor dem Chef die Knie beugen. Narcisse verhinderte dies und stellte Lös als ‹caporal administration› vor. Liebliche Bilder schienen diese Worte im Kopfe der Alten auszulösen, denn sie lallte entzückt, mit nach oben gedrehten Augen, holte aus ihrem Kleide eine bunte Ansichtskarte, die einen Hafen darstellte, mit dem Aufdruck: «Souvenir de Marseille». Adressiert war sie an Madame Fatma B. M. C. Gourrama. «Gros baisers pour mutatchou guelbi», stand neben der Adresse. Pullmann, der auch die Karte beäugte, wollte wissen, was B. M. C. bedeute. «Bordel militaire de campagne», sagte der Chef, im Tonfall eines Botanikprofessors, der eine Pflanze vor seinen Schülern bestimmt. Und als müsse er noch die besonderen Kennzeichen der Pflanze erläutern, fuhr er fort: «Steht unter der Aufsicht der Intendanz in Bou-Denib, die bei schlechtem Geschäftsgang für die Verpflegung der Frauen aufzukommen hat. Alle zwei Monate muß diese alte Dame ihre Rechnungen vorlegen. Begibt sich die Kompagnie auf Kolonne, so werden die Frauen mitgeführt. Die Verwaltung hat in diesem Falle für jede Frau ein Maultier zu stellen und außerdem zwei Lasttiere zum Transport des Zeltes und der Bagage. Der Major ist verpflichtet, alle vier Wochen eine Visite zu machen und die Kranken unnachsichtig zu konsignieren. Das ist natürlich nutzlos ... Aber Lös, mein Alter, was ist mit dir los?»

Lös hatte seit der Szene am Tor kein Wort gesprochen. Auch jetzt blickte er mit steifen Gesichtszügen auf die Postkarte, die der Chef hielt, vorsichtig, zwischen den Fingerspitzen, als fürchte er, sich zu beschmutzen. «Komm, Alter, komm!» sagte der Chef in väterlichem Tonfall, führte seinen Freund in eine Ecke, hieß ihn sich setzen und sprach eifrig auf ihn ein: Er solle sich doch aufraffen, die Frauen kämen gleich, die dumme Geschichte von vorhin sei doch vergessen, und die Angst vor dem Kriegsgericht sei doch einfach lächerlich. Sieh, sieh, da kämen die Frauen schon!

Und wirklich, gefolgt von einem Trupp bunter Kleider, nahte die Alte und klapperte mit einem Bund rostiger Schlüssel, wie mit Kastagnetten. Bei dem Wort ‹Frauen›, das der Chef mit einiger Betonung ausgesprochen hatte, zerbrach Lös' Starrheit. Ein trockenes Aufschlucken zuckte durch seinen Körper, seine Augen füllten sich mit Wasser, er warf die Hand auf die Schulter des Chefs, die Stirne darauf und schluchzte ein hohes Wimmern, das kindlich klang. Der Chef zeigte sich auch dieser Situation gewachsen. Als wisse er, daß mitleidiges Bedauern die Sache nur verschlimmern könne, stellte er in belehrendem Tonfall die Tatsache einer großen Überreizung fest, bot eine englische Zigarette an und einen Schluck aus seiner Whiskyflasche, zog in drastischen Redewendungen die Behaarung des kleinen Leutnant Mauriot in Frage und beantwortete sich selbst diese Frage in verneinendem Sinn. Lös mußte lachen, dies Lachen ließ er in ein Husten übergehen, sogleich begriff der Chef die Absicht, er klopfte mit seiner weichen Hand des anderen noch zuckende Schulterblätter. Auf diese Weise fiel es den übrigen nicht auf, daß Lös' Augen voll Tränen standen: «Er hat sich verschluckt», bestätigte der Chef noch mit lauter Stimme. Alle, mit einer Ausnahme nur, waren viel zu sehr mit den erschienenen Frauen beschäftigt, um auf Lös zu achten. Allein der alte Kainz, der einsam auf der Kante des Lehmbettes saß, schüttelte bedauernd den grauen Kopf, während er unverständliche, doch sicher tröstende Worte murmelte und seine Hand sich zu einer segnenden Gebärde erhob.

Nach Erledigung dieser Angelegenheit dämpfte der Chef den flackernden Lärm durch ein Zischen. Er winkte die Alte herbei, bestellte Tee, erhob sich schwerfällig, schritt tänzelnd, mit herausgedrücktem Hinterteil, die Front der Frauen ab. Eine kleine Negerin, mit kurzen wolligen Haaren und dem schlanken Körper eines Knaben, schien ihm besonders zu gefallen. Er winkte ihr, mit lässig pendelnder Hand, sie gehorchte sogleich, und beide verschwanden im Nebenraum, wo der Schein des anderen Kohlenbeckens die beiden als riesige Schatten an die Wand warf. Dann blieb die Wand lange Zeit leer.

Pullmann mußte seine Auserwählte zuerst einfangen. Lange lief sie rund um das Zimmer, an den Wänden entlang, neckte ihn, indem sie einen Augenblick anhielt, um ihm dann mit einer brüsken Wendung zu entkommen. Pullmann war außer Atem und seine Stirne feucht. Endlich hielt er seine Beute. Sie hatte eine gedrungene Gestalt, dicke Backen wölbten sich in ihrem Gesicht, und ihre leeren Augen glitzerten wie Tau. Eigentlich sah sie aus wie eine saubere, lebenslustige Köchin.

Korporal Smith spielte den Gentleman und glich einem Knaben, der das Gebaren der Erwachsenen nachahmt. Er ging auf und ab und fuhr gern mit dem Zeigefinger an die Nase, wie wenn er eine tiefsinnige Bemerkung machte. Über dem Doppelkinn, das beim Nicken vorquoll wie ein roter Ballon, der von Kinderhänden zusammengepreßt wird, legte sich der Mund in ernste Falten. Er wandte sich mit Verbeugungen und einem gelispelten Französisch an das magere Geschöpf, das geduldig neben ihm herlief und aus leerem Gesicht stumpfsinnig glotzte. Das Mädchen hatte auf der Nasenwurzel sechs eintätowierte Punkte, die in Form eines unregelmäßigen St. Georgskreuzes angeordnet waren. Und diese Punkte fixierte Smith mit aller ihm verbliebenen Aufmerksamkeit, denn er fürchtete sich insgeheim vor der Öde, die in den Augen seiner Begleiterin lag.

Sergeant Baguelin war sogleich bei der Ankunft der Frauen zur Türe gestürzt. Wahllos hatte er eine aus dem Haufen am Arm ergriffen, der Alten zugerufen, sie möge ihm den Tee erst in einer halben Stunde bringen, und war dann mit seinem Raub verschwunden.

Obwohl noch drei Frauen müßig herumhockten, wagte sich keine an den alten Kainz. Mit verknöcherter Mißachtung sog er an seiner Pfeife und spuckte regelmäßig aus; damit verschaffte er sich die gewünschte Ruhe. Er starrte dem Rauche nach, nickte zu seinem Murmeln und nahm die Pfeife nur dann aus dem Munde, wenn er seinem Korporal drüben an der Wand ein mildes aufmunterndes Lächeln zusandte.

Die Alte brachte den Tee und setzte vor jeden ein dickwandiges Glas, dessen Inhalt nach Whisky und Minze roch. (Der Chef war freigebig gewesen.) Dann ließ sie sich vor Kainz nieder, kümmerte sich nicht um die Mißbilligung, die auf sie niedertröpfelte, sondern erzählte in gebrochenem Französisch von ihrem Liebsten, dem Sergeanten, der sie, zwei Jahre lang, während seines ganzen Aufenthaltes in Gourrama Abend für Abend besucht habe. Nun aber sei er entlassen worden und arbeite in Marseille. Und wenn er genug verdient habe, so wolle er sie kommen lassen und mit ihr ein kleines Haus halten, mit jungen Araberinnen, und sie würden reich werden und angesehen leben. Ihre Sprache ähnelte stark derjenigen, die der alte Kainz sprach, darum verstanden die beiden sich ganz gut. Zwar beschränkte sich Kainz auf kurze Einwürfe, wie: «Bon! Très bon! Oui, oui!», aber das genügte, um der Alten weiterzuhelfen. Nun fragte sie, ob der ‹Schibany› (der Alte) ihr nicht einen Brief ‹machen› wolle ...

«Ja, alte Schachtel», sagte Kainz wienerisch, «das geht scho. Aber caporal administration là-bas besser écrire.»

«Ah, caporal administration, mlech, mlech.» Die Alte nickte begeistert, was den welken Hahnenkamm zum Wippen brachte. «Aber weißt», fuhr Kainz fort, «non tout dsuite. Après.» Er winkte in die Ferne. Wieder nickte die Alte, sie hatte sich mit den Augen am Munde des Sprechenden festgesehen, und die gespannte Aufmerksamkeit gab ihrem Gesicht einen tierhaft weisen Ausdruck. Als Kainz schwieg, legte sie den schmierigen Kopf an dessen Knie. «Bist a guter Kerl.» Kainz' Lider flatterten heftig. Er tätschelte ihre Schulter, und Fatma gluckste leise unter dieser Berührung, wie ein zahmes Huhn.

Nach dem Verschwinden des Chefs blieb Lös allein. Das Stechen im Kopfe hatte sich wieder eingestellt, es beherrschte jetzt die ganze Stirn, und auch im Hinterkopf war es zu fühlen. Noch etwas störte ihn, doch es gelang ihm nicht sogleich, die Ursache dieser Störung festzustellen. Bisweilen schüttelte er seinen Kopf, als müsse er eine lästige Fliege verscheuchen, fuhr wohl auch mit der Hand über seine Wange. Aber die Störung blieb. Die Kohlenglut warf durch das dicke Glas rote Striche auf die Oberfläche des Tees, und die Flüssigkeit selbst schien zu glühen, wie helles Gold.

Als er den Blick hob, um endlich die Belästigung festzustellen, traf er auf zwei Augen, die ihn aus einer Ecke heraus anstarrten. Zwingend waren diese Augen, doch ohne eigenes Leben, und eine aufreizende Forderung lag in ihnen. ‹Eins von den Mädchen, das noch niemanden eingefangen hat›, dachte Lös und wollte sich wieder abwenden. Da aber stiegen die Augen langsam in die Höhe, kamen näher und näher und hielten dicht vor ihm an, senkten sich langsam, tiefer und tiefer, bis sie über dem Boden stillstanden. Plötzlich wurden sie von einer dünnen Haut verdeckt. Weißes Licht erfüllte den Raum (die alte Fatma hatte eine Karbidlampe angesteckt), und grellbeleuchtet saß neben Lös eine Frau.

Sehr dünn war ihr Mund, und in seiner Magerkeit wirkte ihr Gesicht hölzern. Hölzern waren auch die Falten ihres violetten Gewandes. Doch die Schultern, deren Rundung sich deutlich unter dem Stoff abzeichneten, ließen weiche Glieder vermuten. Nun stand sie wieder auf, um für Lös das leere Glas zu füllen. Ihr Schreiten war schwer, wie das eines beladenen Tragtieres.

Sie kehrte zurück, stellte das Glas ab, indem sie sich behutsam niederbeugte, als fürchte sie vornüberzufallen, richtete sich wieder auf, den Blick nach oben gewandt. Dann ließ sie sich unerwartet zu Boden gleiten und blickte Lös an, ausdruckslos.

Aufreizend wirkte dieses schier leblose Gesicht. Nun öffnete ein unerwartetes Lächeln den Mund der Frau. Ein schmutziges Grinsen erschien, das gelbe angefressene Zähne zeigte; auch die Augen machten die Veränderung mit, ein feuchtes Glimmen erhellte die Pupillen. Die Frau streckte die Hand aus, eine grobe schmierige Hand mit rissigen Nägeln, die bis zu den Fingerbeeren abgeknabbert waren. Diese Hand legte sich um Lös' Arm, während die andere mit deutlich verständlicher Gebärde nach ihrem Schoß wies.

Das veränderte Aussehen der Frau wirkte wie eine Befreiung. Lös atmete tief auf, erlöst und beruhigt. Das hölzerne Heiligenbild, das tief versenkte Heimlichkeiten, verwunschene Liebe und Ehrfurcht verlangte, hatte sich in eine Dirne verwandelt ... Hell war wieder der Raum, und der Druck des stechenden Stirnreifes wurde schwächer.

‹Warum immer so zimperlich tun?› fragte er sich. ‹Ist es nicht besser, die Einladung einfach anzunehmen?› Aber dennoch fühlte er, wie unwahr seine Überlegenheit war; der freie Entschluß lag nicht mehr bei ihm, ein Zwang gebot ihm, der Frau zu folgen, ein Zwang, den er zu leugnen versuchte und der ihn dennoch trieb, das Lächeln der Frau zu erwidern.

Die Frau trank in kleinen Schlücken ihr Glas leer und blickte ihn spöttisch an. Ihre Erfahrung sagte ihr wohl, daß es gut sei, den Mann warten zu lassen. Lös sah den Raum, die Kameraden, er verstand die Satzfetzen, die seine Ohren trafen. «Come on», sagte Smith, und die Geste, mit der er die Worte begleitete, war so deutlich, daß die Kleine, die wie eine Köchin aussah, ihm folgsam wie ein Hündchen nachtrippelte. Die Nacht des Hofes verschluckte auch diese beiden.

Lös suchte den Chef; aber er sah nur Pullmann, der seiner Gefährtin zubrüllte: «Et encor' touschour une fois, hahaha.» Mit Schwung fuhren seine Arme nach vorn, ergriffen das Mädchen, hoben es hoch, ein meckerndes Lachen flatterte hinter ihr, wie ein weißes Band.

Kainz bemühte sich verzweifelt, Lös' Blicke zu fangen, stand auf, verdrehte den Kopf und fuchtelte mit den Händen. Aber Fatma hielt ihn zurück, ihr geblähter Körper ließ ihn nicht durch, und ihre Arme umklammerten die Beine des Fortstrebenden. Lös sah den Alten endlich und winkte ab. «Wo ist der Chef?» rief er hinüber, und Kainz deutete auf die Tür, die in den Nebenraum führte. Aber kaum war Lös ein paar Schritte in dieser Richtung gegangen, wurden seine Hüften von schwammigen Händen gepackt. Fatma stand hinter ihm, erregt und beleidigt. Der Chef dürfe nicht gestört werden, stotterte sie. Kainz befreite seinen Korporal aus der Umklammerung, puffte Fatma an ihren Platz zurück (sie ließ es sich kichernd gefallen) und sprach dann Lös zu, bedächtig, wie ein weiser Arzt, dem alle menschlichen Schwächen wohlbekannt sind:

«Weißt Korporal, die Traurigkeit und die Angst, das kommt alles nur vom Blut. Weil nämlich das Blut dann zu dick is. Geh, tu di erleichtern. Glaub mir, morgen bist du dann a ganz onderer Mensch. Und die dort, die is ganz recht. Nit grad scheen, aber a weich's Hascherl. Und so fette Weiber, die sind ganz b'sonders g'sund. Die reinste Medizin, sag i dir. Viel besser als das magere G'stell, das du dir dort draußen ang'schafft hast.» Er schwieg bedächtig und nahm seine Pfeife aus dem Mund, um den folgenden Worten Platz zu schaffen. Sogar zu Hochdeutsch verstieg er sich und unterstrich außerdem noch die Worte mit dem feuchten Mundstück. «Glaub mir doch, Korporal, das dicke Blut ist an allem schuld. Ich weiß es aus Erfahrung, vierzig Jahr Erfahrung hab ich ...» Um jeden Widerspruch unmöglich zu machen, drehte er sich um und schritt, mehrfach nickend, auf seinen Platz zurück.

Lös winkte der Frau und ging voran.

Über die Mauer, die das Dach der sieben Zellen überragte, blickte ein riesiges weißleuchtendes Gesicht: der Mond. Die Nacht war kühl und hart, voll verächtlicher Ruhe. Nur Tiere klagten ferne über die Unerbittlichkeit des Dunkels. Der Raum über dem Schacht der Mauern war leer.

Vor der Eingangspforte wimmerte es leise, viel leiser als die fernen Tiere. Lös öffnete, und Türk sprang begeistert an ihm hoch, sprang zurück, stellte sich auf die gestreckten Hinterbeine und bearbeitete die Luft mit den Vorderpfoten, wie ein Pianist sein Instrument. Dann fand er, es sei genug der Höflichkeiten, beschnüffelte mißtrauisch die Frau, die hinter Lös stand. Sie kreischte auf. Türk nieste verachtungsvoll, dehnte sich, die Schnauze auf die gestreckten Vorderpfoten gelegt, während sein Hinterteil sich in steilem Bogen wölbte. Er gähnte noch und folgte dann seinem Herrn, der auf eine Zelle zuschritt. Es war die falsche, das Mädchen zog ihn weiter bis zur letzten; sie war vom Eingang am weitesten entfernt.

Eine kahle Nonnenzelle, zweifellos; sogar eine Art Rosenkranz hing an der Wand, ein kurzer Rosenkranz aus braunen undurchsichtigen Steinen. Auf dem erhöhten Kopfende der Bettstatt aus getrocknetem Lehm brannte ein Kerzenstumpf. Das Mädchen holte aus einer Ecke eine frische Kerze, weichte das Stearin an der Flamme auf und klebte das tropfende Ende neben die verlöschende. Das Licht der flachen Flamme umspielte den weißen Stab, den der Mond durch die Luke der Hinterwand trieb.

O das harte Bett! Nur eine dünne Matte war darüber gebreitet.

Die Frau stand neben der Flamme; von unten beleuchtet, schien ihr Gesicht wieder hölzern. So überdeckt war es von Schattenflächen, daß es dem Antlitz eines jener schwarzen Madonnenbilder glich, die an Wallfahrtsorten jahrhundertelang von Gebeten umspült worden sind.

Wie ein großes Sausen war die Stille im Raum. Immer noch stand die Frau regungslos. Sie schien zu warten und zu träumen und stach den Blick in die Dunkelheit, die wie zerzupfte schwarze Wolle den oberen Teil des Raumes füllte.

Türk schnaufte laut; die Frau erschrak, mit einer heftigen Bewegung des verhüllten Arms verlöschte sie fast die Kerze. Da glühte der Mondstab heller auf und brannte sein weißes Siegel auf die Mauer.

Schützend legte das Mädchen die hohle Hand um die Flamme; als sie wieder das Gesicht hob, hatte sie ihr Lächeln vorgebunden.

«Viens», sagte sie. Es war das erste Wort, das sie mit heiserer Stimme formte.

«Viens, petit chéri», sagte sie nochmals und winkte mit deutlicher Gebärde.

Lös kam langsam näher und blieb vor der Frau stehen, die sich auf die Kante des harten Bettes gesetzt hatte. Das Licht lag auf ihren Füßen, die breit und nackt auf dem Boden klebten. Die Zehen bewegten sich wie braune Käfer.

Sie verlangte Geld, der Korporal solle ihr Geld geben, sie sei arm, Fatma gebe nichts, sie habe Hunger, oh so viel Hunger. Denn sie nehme nicht viel ein. Sie sei alt und oft krank. Schon dreimal habe sie der Major konsigniert, und viel böse sei Capitaine Materne gewesen, weil sie doch ... Ihr Reden ging in ein Heulen über, ein hilflos-weiches Heulen, in dem einige arabische Flüche wie harte Klötze schwammen.

Lös leerte seine Taschen: Münzen waren es nur, dann kam eine Fünffrankennote, ein Douro. Den nahm die Frau eilig und stopfte ihn ins Haar. Das Kleingeld jedoch ließ sie in den hohlen, aufeinandergelegten Händen klimpern, hielt das Spielzeug ans Ohr, heulte wieder los, höher jetzt und freudiger. Sie verschluckte sich und erstickte schier. Dann mit lächerlich geheimnisvollen Bewegungen schlich sie zur Wand, kratzte ein kleines Loch frei und versteckte das Geld darin. Die herabgefallene Erde befeuchtete sie mit Speichel, knetete sie und verschmierte gewissenhaft das Loch. Als sie sich umwandte, war ihr Lächeln greisenhaft, und in ihren Augen lag eine satte Fröhlichkeit.

Nun wollte sie das Kleid abwerfen, besann sich aber. Mühsam erklärte sie, sie sei noch konsigniert, Korporal sei gut zu ihr gewesen, Korporal nicht krank werden! Sie nicht böse Frau, gute Frau, Korporal müde, sich hinlegen. Sie übertrieb ihr spärliches Französisch ins Kindliche. Ungeschickt umfaßte Lös das Handgelenk der Frau – dann glitt seine Hand ab, bis er nur noch den Zeigefinger hielt. Auch diesen ließ er los, und es war ihm, als lasse er eine Kornähre durch die Finger gleiten: Denn hart und kühl war der Finger, mit kleinen Rissen.

Sie solle sich nun niederlegen, forderte Lös. Gehorsam tat sie es, drückte sich gegen die Wand, um Platz zu lassen für ihn. Als er sich ausstreckte, stieß er gegen die Kerze, die mit einem Zischen verlöschte. Lös schloß die Augen.

Er träumte wirr, und die Zeit verging. Plötzlich sagte er laut: «Nun bin ich wach», und stieß sich von der Wand ab. «Nicht gut Angst haben», sagte eine rauhe Stimme neben ihm. An seiner Schulter lag eine warme Kugel. Er griff nach ihr, sie war ein Kopf. Langsam ließ er das Haar los, das er gepackt hielt. Es fühlte sich grob und trocken an, wie die Mähne eines Pferdes. Er schloß wieder die Augen, schlief aber nicht ein.

Heftige Schläge polterten an der Tür. Der Chef rief unterdrückt: «Komm schnell, Materne will eine Runde machen, er ist mit den Gums schon unterwegs. Der Jehudi, der dir die Schafe verkauft, ist vorausgelaufen, weil er gewußt hat, daß du hier bist, und er hat uns gewarnt.»

Als Lös hinaustrat, waren die anderen mit ängstlichen Gesichtern um den Chef versammelt. Nur der alte Kainz bewahrte seine Ruhe, er empfing Lös mit einem lauten: «Gelt, jetzt is dir besser?» Aber Narcisse wollte kein Wort hören. Schweigen befahl er. Von ihm angeführt, lief der Trupp zum Eingangstor, Fatma stand wartend dort, hinter dem letzten warf sie die Tür zu. Gedämpft klang das Kreischen der Riegel hinter den Enteilenden, wie ein boshaftes unterdrücktes Gelächter.

Durch dunkle Gassen liefen sie zum Posten, umgingen ihn, langsam und vorsichtig, bis sie zu jener Stelle beim Maultierpark gelangten, wo der Stacheldraht eine Öffnung hatte. Dann erteilte der Chef mit lässiger Stimme seine letzten Weisungen. Er werde vorne zum Tor gehen und dort, ohne sich zu verbergen, offen eintreten. Entweder schlafe die Wache, oder sie sei wach. «Ohne Zweifel», sagte Lös und lachte keuchend. Der Chef sah ihn böse an. Er liebte es nicht, in Anwesenheit anderer verhöhnt zu werden. Und mit grobem Geschütz schoß er auf Lös: Der Korporal täte besser, seinen Geist zu sparen, er habe ihn nötig. Es sei nicht alles in der Administration so, wie es sein solle, er, der Chef, könne davon ein Lied singen. Und wenn man wegen jeder Kleinigkeit wie ein Kind heule, so habe man weiß Gott keinen Grund, sich über andere lustig zu machen. Doch er beruhigte sich gleich wieder. – «Nichts für ungut», schloß er mit seinem milden Lächeln.

Er ist doch gemein, dachte Lös, aber er konnte dem versöhnenden Lächeln nicht widerstehen. Er entschuldigte sich und streckte dem Chef die Hand hin. Der ergriff sie, sah Lös prüfend an, seine Augen wurden scharf, dann senkte er die Lider darüber und lächelte wieder mild, während er die dargebotene Hand kräftig schüttelte. Also, es bleibe dabei, er, der Chef, der jeden Abend Permission bis Mitternacht habe, werde durchs Tor gehen. Es sei ja jetzt schon bald zwei Uhr. Nun, wenn es irgendeinen Anstand gebe, so habe er sich verspätet. Die anderen sollten hier über die Mauer und ruhig den Posten durchqueren. Sammlung in zehn Minuten in der Verpflegung, wo Korporal Lös noch einen Trunk spenden werde. Und über die Achsel sagte er noch leise zu Lös, daß die anderen seine Worte nicht verstehen konnten:

«Ich habe für alle bezahlt, im Kloster, wir teilen dann die Kosten, mein Alter.»

«He, Chef, ich komme mit Ihnen», rief Baguelin hinter ihm drein.

«Verzeihen Sie, bitte verzeihen Sie. Ich habe gar nicht an Sie gedacht. Natürlich, Sie sind ja auch ein Freier. Ihnen hat niemand etwas zu sagen.» Und eifrig auf den Begleiter einredend, verschwand der Chef endgültig.

X. Kapitel Handel

Lös erwachte neben dem kleinen Kanal; in seinem Kopfe war es klar, nur seine Augen schmerzten ihn, und die Angst, die zeitweise, am vorigen Abend, in seinem Körper gezittert hatte, war jetzt im Unterleib geballt. Sein Mund war ausgetrocknet, darum tauchte er die Lippen in das laue Wasser der Seguia und trank in langen Zügen; es störte ihn nicht, daß das Wasser nach faulendem Gras schmeckte. Die Mauern und der helle Kies des Hofes zeigten eine hellrosa Färbung, denn die Sonne verbarg sich noch hinter dem Dache des Weinschuppens. Als Lös aufblickte, sah er neben sich den alten Kainz liegen, der mit offenem Munde schnarchte. Er versuchte ihn zu wecken, aber das verlangte viel Mühe und Zeit. Das Schnarchen verstummte zwar sogleich, aber die Lider schienen in der Nacht zusammengewachsen zu sein, man sah das Spiel ihrer feinen Muskeln. Als sie endlich aufgingen, taten sie es nur widerwillig, klappten auf und zu, selbst das gedämpfte Licht mußte die Augen schmerzen. Endlich war der alte Kainz hellwach und begann sofort die Geschehnisse der verflossenen Nacht zu erörtern; die milde Weisheit und die abgeklärte Erfahrung seines Alters standen ihm hilfreich zur Seite:
«Also schön war's, Korporal, und mit der Alten hab i mi gut unterhalten. Schad, die hätt zu mir paßt; so grad das richtige Alter, und i hätt nimmer Angst haben brauchen, daß sie mir mit am anderen durchgangen wär.» Dann erkundigte er sich nach Lös' Abenteuer. Als er erfuhr, daß sein Korporal nur geschlafen habe, dort in der kahlen Zelle, neben der Frau, war Kainz nicht sonderlich erstaunt. Ja, meinte er, es seien eben nicht alle gleich. Und natürlich! – die Ansteckung! Darum wär es besser so. Der Major in Rich sei saugrob mit denen, die etwas derartiges aufgelesen hätten, lache sie aus und schicke sie, kaum geheilt, in die Kompagnie zurück. Er, Kainz, wisse einen Fall ... Aber er brach

gleich ab und wollte wissen, wieviel der Chef sich habe bezahlen lassen für die Hälfte der Ausgaben. (Denn Kainz hatte gelauscht.) Lös wußte es nicht mehr genau. Er zog darum seine Brieftasche heraus, eine rote Brieftasche mit geflochtenen Lederornamenten, wie man sie bei den Händlern hier zu kaufen bekam, und stellte bedrückt fest, daß ihm nur eine einzige Zwanzigernote übriggeblieben war. Dreißig mußte der Chef bekommen haben. Das erregte den alten Kainz. Er habe schon gedacht, daß Lös sich von dem fetten Scheinheiligen habe übers Ohr hauen lassen. Aber Lös tröstete den Aufgeregten. Der Jude käme heut mit der Schafherde, da seien zweihundert Franken sicher. Ob Kainz sich aufs Wiegen verstehe? Kainz lachte, zog mit dem Zeigefinger sein rechtes Unterlid tief in die Wange und wollte wissen, ob Lös ihn nie angeschaut habe und ihn vielleicht für einen heurigen Hasen halte. Er sei noch schlauer als der Jude, und er wolle die Waage so deutlich sprechen lassen, mit der Fußspitze, daß der Jehudi auch mit einer Brille zu kurz komme …

Lös hatte sich ausgezogen und nahm in der Seguia ein Bad. Der alte Kainz sah ihm zu, schüttelte den Kopf: Er fand, es sei ein hoffnungsloses Unternehmen, den Schmutz und den Schweiß vom Körper zu waschen; nach einer halben Stunde sei man ja wieder genauso dreckig wie vorher.

Er wolle noch ein wenig schlafen, teilte er gähnend mit (während Lös sich anzog und vorschlug, zur Küche zu gehen, um Kaffee zu trinken), legte sich dicht an die Mauer des Weinschuppens, um von der Sonne möglichst lange verschont zu bleiben, und schnarchte nach ein paar Minuten wieder.

Als Lös vors Tor des Postens trat, stand dort Pullmann und sah arg verkatert aus. Auf Lös' freundlichen Gruß erwiderte Pullmann nur einen zerstreuten Fluch, der dem Schnapse der Verpflegung galt: Salpetersäure sei er und verbrenne den Magen. Aber dies wurde ohne die richtige Überzeugung festgestellt, Pullmanns Gedanken schienen mit anderem beschäftigt, denn er stellte die folgende, in diesem Zusammenhang schwer verständliche Frage: Wie lange Lös wohl glaube, daß ein Maultier ohne Futter laufen könne. Lös wußte es nicht. «Und da sagen die

Leute immer, daß du so viel weißt. Ein verdammter Idiot bist du!» blies ihn Pullmann an. «Aber wenn ich erfahre, daß du jemandem erzählt hast, was ich dich jetzt gefragt habe, so schlag ich dich ungespitzt in den Boden hinein.»

Lös ging achselzuckend weiter. Wenn Pullmann von der Stahlkassette und einer Flucht träumen wollte, was ging's ihn an? «Schläft der Leutnant noch?» fragte er statt einer Antwort. Pullmann gab ein bejahendes Knurren von sich.

Korporal Smith hatte die Schneiderwerkstatt ausgeräumt: Vor der Türe lag die Nähmaschine in einem Haufen von Uniformstücken. Dies Ausräumen war stets die Krönung eines Rausches. Auch diese Nacht, wie schon oft, hatte Lös versucht, Smith zu beruhigen. Aber es war umsonst gewesen; der Schneider hatte ein Messer gezogen und stumm gedroht, denn sprechen konnte er nicht mehr. Da hatte auch der Chef gefunden, es sei besser, den Betrunkenen gewähren zu lassen.

Wenn Smith ausräumt, tut er dies mit angespannter Gewissenhaftigkeit: Jedes Stück faßt er behutsam mit den Fingerspitzen, hält es weit von sich und trägt es aus der Werkstatt, legt es sorgfältig auf den Boden und trampelt darauf herum. Dann faßt er es wieder sorgfältig mit den Fingerspitzen, betrachtet es aufmerksam, schüttelt es aus und wirft es gegen die Mauer. Mit allen Uniformstücken, die ihm zum Ausbessern übergeben worden sind, macht er es so, bis an der Mauer ein großer Haufen liegt. Als letztes Stück kommt die Nähmaschine dran, aber die ist schwer. Smith überlegt zuerst, ob er Hilfe verlangen soll, und sieht die Zuschauer der Reihe nach an, ob sie würdig sind, ihm beizustehen. Denn das Ausräumen ist eine heilige Handlung, der Ernst von Smiths Gesicht bürgt dafür und die sakrale Einförmigkeit der Bewegungen. Er packt die Nähmaschine, hebt sie, bis die Platte sein Kinn berührt, und trägt sie mit kurzen Schritten (weil das Pedal bei breiterem Ausschreiten seine Schienbeine verletzen würde) aus der Türe. Der Aufbau ragt vor seinem Gesichte auf, er gleicht einer jener Königsstatuen, die das Modell einer von ihnen erbauten Kirche bis in alle Ewigkeit tragen müssen. Die Nähmaschine wird abgestellt und mit einem Fußtritt umgeworfen. Die anderen sehen stumpfsinnig zu, der Chef hat sich schon lange davongemacht. Nach der Säuberung schreitet Smith auf Lös zu, er will einen tiefsinnigen Spruch von sich geben, verzweifelt arbeiten die Muskeln, um die Lippen voneinander zu lösen – aber der Mund ist versiegelt. Da schlägt sich der Schneider mit geballter Faust auf den Brustkasten; er hat tief eingeatmet, um die Resonanz zu vergrößern, und hält den Atem an. Und während er, steinern schreitend wie der erwachte Komtur, in seine Werkstatt geht, fährt er fort, seine Brust mit der Faust zu bearbeiten. In der Mitte des Raumes bleibt er stehen – ein letzter Schlag auf seine Brust, der stärkste – und läßt sich zu Boden fallen. Das soll wohl bedeuten: Nur ein Mensch kann mich fällen – ich selbst.

Als Lös an diesem Morgen in die Hütte trat, lag Smith noch auf dem gleichen Fleck. Sein Gesicht war friedlich, und sein Atem ging fast lautlos. Lös schüttelte den Schlafenden, und mit einem Ruck richtete sich Smith auf, als habe er nur auf diese Berührung gewartet, streifte wiederholt unsichtbare Spinnweben von seiner Stirn, gab es dann auf, ließ seine Blicke durch die leere Werkstatt schweifen und sagte, fragend und feststellend zugleich: «Ausgeräumt?»

Sein Gesicht wurde ängstlich wie das eines Kindes, das Prügel fürchtet. Tränen traten in seine großen Augen, er versuchte diese Schwäche durch Übertreibung zu verbergen, indem er laut losplärrte, den Unterarm vorm Gesicht. Dann schneuzte er die Nase mit zwei Fingern, fragte, ob der Leutnant schon auf sei, und war beruhigt, als Lös den Kopf schüttelte. Er ließ seine feisten Wangen freudig hüpfen, wackelte mit Ohren und Nase, ließ sich zurückfallen, rollte zur Türe hinaus, stand auf und begann die Uniformstücke auseinanderzuklauben, zu glätten und in der Werkstatt sauber auf den großen Tisch zu schichten, der dem Ausräumen nur deshalb widerstanden hatte, weil seine Füße in die Erde eingelassen waren. Lös half. Die Nähmaschine war unversehrt. Beide schwitzten, als sie fertig waren. Es war schwül, weißglühende Wolken bliesen einen trockenen Wind durch die Höfe.

Vor der Küchentür schenkte Veitl Kaffee aus. Bitter beklagte sich soeben der Chef, daß Mehmed, seine Ordonnanz, so faul sei; er habe sich geweigert, ihm, seinem Chef, den Kaffee ans Bett zu bringen, unter dem Vorwand, er müsse die nächste Nacht auf Wache ziehen. Und dabei zahle er dieser Ordonnanz zwanzig Franken im Monat. Überhaupt war der Chef gereizt, seine Gesichtshaut war grau. Den beiden Ankömmlingen schickte er einen bösen Blick entgegen und erwiderte nicht das Grinsen des Einverständnisses, das sie sich erlaubten.

Baskakoff strich schnuppernd umher und, zum Chef gewandt, stellte er wiederholt und angriffslustig fest: «Es stinkt nach Schnaps. Entschieden stinkt es nach Schnaps!» Als er an Smith vorbeikam und auch hier seine Feststellung anbrachte, wurde ihm entgegnet, er könne dies ja gar nicht feststellen, da sein Inneres dermaßen verfault sei, daß jede Fliege im Umkreis von drei Metern von diesem Gestank getötet würde. Und als Baskakoff diese Beleidigung mit einem Fußtritt gegen Smiths Schienbein erwidern wollte, fing Lös das vorschnellende Bein ab, riß es an sich, so daß Baskakoff den Halt verlor und auf Smith fiel, der ihn mit beiden Ellbogen zurückstieß. Der heiße Kaffee spritzte Baskakoff ins Gesicht, hart setzte sich der Küchenkorporal auf den Boden und blickte mit verzerrtem Gesicht auf Lös: «Warten Sie nur, Korporal, ich schreibe das zu dem andern. Einmal rechnen wir ab.» Er stand auf und humpelte davon. In einer versteckten Ecke kicherte Mehmed.

«Wie geht es Frank?» Mit dieser Frage trat der Chef vor Lös. Er wisse es nicht, antwortete dieser, er habe seinen Kranken noch nicht besucht. Der Chef tat baß erstaunt: Dies sei wohl ein Irrtum des Korporals? Ob er richtig verstanden habe: Noch nicht besucht? Und am Abend vorher sei der Major angeläutet worden? Was das eigentlich heißen solle? Beliebe der Korporal sich über seine Vorgesetzten lustig zu machen? (‹Welche Mühe er sich gibt, um seine Familiarität von gestern auszulöschen!› dachte Lös und lächelte unwillkürlich.) Dies Lächeln verwunderte den Chef, er zog alle Register seines Hohnes, und seine Füße schienen die Pedale einer Orgel zu treten. Zum Glück hemmte der alte Kainz durch sein Erscheinen den Fortlauf der Rede. Aber auch er wußte nichts Erfreuliches zu berichten. Pumperlg'sund sei der Frank, er klage über Hunger und wolle aufstehen. Nur durch die Androhung, er bekomme fürchterliche Prügel und werde dann ins Cachot gesperrt, hätte ihn Kainz überzeugen können, liegenzubleiben und dem Major etwas vorzuwimmern. «Unser schöner Typhus», klagte der alte Kainz, «so g'freut ham mer uns. Ja, Korporal, es schaut bös aus, und du bist der Blamierte. I hab dir's ja gestern schon g'sagt.» Der Chef ließ sich die Meldung übersetzen, und seine Haltung wurde darauf ganz dienstlich: «Ich kann Ihnen nicht helfen, Korporal, Sie müssen sehen, wie Sie sich aus der Affäre ziehen. Außerdem muß ich Sie bitten, meine direkten Untergebenen, ich habe dabei besonders den Korporal Baskakoff im Auge, rücksichtsvoller zu behandeln.»

Der alte Kainz nickte verständnisvoll zu den Worten des Chefs, deren Sinn er verstand, und als dieser geendet hatte, sagte er laut und deutlich, mit einem innigen Lächeln, so als gebe er dem Chef seine ungeteilte Zustimmung: «Du dreckiger Falott, du Hosenscheißer.» Da Veitl, an der Küchentür, laut auflachte, sah sich der Chef mißtrauisch um, blickte Kainz scharf in die Augen, der jetzt nur: «Oui, bon, chef» sagte, mit einem so naiv bewundernden Ausdruck, daß der Chef sich kurz umdrehte und davonschritt. Sein Wippen gelang nicht wie sonst, es war ein wenig unsicher geworden. Aber Baskakoff hatte die Worte, die ihn in Schutz nahmen, mit einem tiefen Atemzug eingesogen. Er wuchs sichtlich und ließ, als Zeichen des Triumphes, seine abstehenden Ohren rot leuchten.

Auf Smith übten die Worte des Chefs eine unerwartete Wirkung aus: Er rückte von Lös ab, zweimal grub er seine Absätze in den Boden und zog sich nach, wie ein vollgesogener Blutegel an seinem Saugnapf. Aber des alten Kainz deutlich gezeigte Verachtung ließ ihn innehalten: Seine Wangen wurden zu zwei reifen Pfefferfrüchten, er pfiff die Anfangstakte von Tipperary und benutzte die eingegrabenen Absätze, um sein Gesäß wieder zurückzuschieben. Aber die anderen hatten keine Rücksicht zu nehmen. Veitl verschwand in der Küche, Mehmed in einer Baracke, und Baskakoff zeigte Befriedigung. Kainz hatte seinen Kaffee getrunken. Er half Lös beim Aufstehen, faßte ihn unter und zog ihn mit sich fort. Aber die scharfe Stimme Leutnant Mauriots traf die beiden von hinten und ließ sie mit einem Ruck herumfahren. Lös machte seinen Arm frei.

Der Leutnant war stehengeblieben. Sein Ruf gellte noch einmal über den Hof. Und mit derselben gellenden Stimme, die auch beim Schreien ihr Näseln nicht verlor, fuhr er fort: «Auf was warten Sie, Korporal, wenn ich Sie rufe?» Und von Baskakoffs lautem Kichern verfolgt, setzte sich Lös in Trab, blieb drei Schritte vor der weißen Gestalt stehen und grüßte.

«Seit wann ist es gestattet, daß ein Gradierter mit seinem Untergebenen Arm in Arm geht?» Offenbar verlangte der Leutnant keine genaue Zeitangabe auf diese Frage, denn er fuhr sogleich fort: «Das hat aufzuhören. Und was hat es zu bedeuten, daß der Bäcker in Ihrer Kammer, in Ihrem Bett liegt? Hat er nicht sein eigenes Quartier? Ich muß mich immer mehr über die Freiheiten wundern, die Sie sich in letzter Zeit erlauben. Also antworten Sie. Halt», sagte er, als Lös sprechen wollte, «ich weiß, daß mich gestern abend jemand stören wollte, um mir mitzuteilen, es sei ein Mann erkrankt. Ich bitte Sie, wenn ich schlafe, kann meinetwegen der ganze Posten verrecken, *ich will schlafen,* verstehen Sie – und merken Sie es sich für ein anderes Mal. Also bitte ...»

Lös erzählte, daß er Frank, nach den Symptomen, die er gezeigt habe, für typhusverdächtig gehalten und deshalb eigenmächtig an den Herrn Major[*] in Rich telephoniert habe. Dieser sei einverstanden gewesen, heute noch zu kommen, um nach dem Kranken zu sehen. Dem Kranken aber gehe es viel besser,

---

[*] Ärzte und Intendanzoffiziere nennt man in der französischen Armee «Monsieur» und läßt darauf die Bezeichnung Major oder Intendant folgen, mit vorgesetztem Artikel; es ist dabei gleich, welchen militärischen Rang sie bekleiden: ob Unterleutnant oder Oberst, sie werden Monsieur le Major oder Monsieur l'Intendant genannt.

und er, der Korporal, fürchte nun, daß der Herr Major die Belästigung übelnehmen werde. Lös stand während seiner ganzen Rede in vorschriftsmäßiger steifer Haltung, den kleinen Finger an der Hosennaht, die gestreckten, flachen Hände nach vorn gekehrt. Die Zeit, die verstrich, nährte seine Angst. Bisweilen schüttelte ihn ein kleiner Frostschauer, und der stechende Schmerz von gestern nistete sich wieder in seinem Kopfe ein. Er fühlte sich feige und dem kommenden Unglück ausgeliefert. Was mochte wohl drohen? Kriegsgericht oder Disziplinarkompagnie? Es wurde stündlich schwerer, die Unsicherheit zu ertragen. Im Augenblick war er überzeugt, daß der Leutnant ihn verschikken werde, in den nächsten Tagen, vor der Rückkehr des Capitaines. Um so erstaunter war er, als er die Blicke auf das Gesicht des Leutnants hob. Es war freundlich anerkennend und trug ein kleines Lächeln auf dem Mund. Die Hände auf dem Rücken hielten wie gewohnt den Rohrstock aufrecht und ließen ihn gegen den Rand des Korkhelms einen fröhlichen Rhythmus trommeln. «Gut so», lobte der Leutnant, beschrieb mit langsamen kleinen Schritten einen Kreis um Lös, nickte wiederholt anerkennend und verlieh dieser Anerkennung auch Worte. – Man sei ja ein ganz strammer Soldat, wenn man nur wolle, aber der Wille fehle meistens, nicht wahr? Nun ... Ruhen!

Lös ließ den rechten Fuß nach vorne gleiten. Also Lös habe Angst, weil er den Major umsonst gerufen habe? Wenn dies wirklich der einzige Grund seiner Furcht sei, so möge er sich beruhigen. Er, Leutnant Mauriot, werde die Sache schon zur Befriedigung aller regeln. Im Gegenteil, dieser Besuch des Majors sei eine ausgezeichnete Sache. Glaube Lös vielleicht, es sei immer lustig, so ganz allein, ohne Kameraden, in einem Posten zu leben und niemanden zu haben, mit dem man ein Glas Wein trinken und ein vernünftiges Wort reden könne? Wenn Lös ein wenig klug gewesen wäre, so hätte sich ihr gegenseitiges Verhältnis viel angenehmer gestalten können. Lös müsse nicht meinen, daß nur Lartigue fähig sei, ein Gespräch zu führen. Mauriots Stimme war gar nicht mehr näselnd und eintönig. Ein knabenhafter Eifer ließ sie natürlich klingen, er hob und senkte sie in der deutlichen

Bestrebung zu überzeugen, und sei es auch nur einen Untergebenen. Dennoch zitterte in ihr Eifersucht und Trotz. Lös fühlte dunkel, der Leutnant werde ihn nach dieser Rede noch mehr hassen: Weil er sich vor einem Untergebenen hatte gehenlassen. Nun, fuhr der Leutnant fort, Bergeret käme ja heute; er, Mauriot, wolle versuchen, die Eigenmächtigkeit des Korporals dem Arzte gegenüber zu entschuldigen. Eben wollte Lös erwidern, daß dies nicht nötig sei, aber er hielt noch rechtzeitig inne, durfte abtreten, grüßte mit flach nach vorne gekehrter Hand, machte rechtsum kehrt und ging davon; den Blick des Leutnants fühlte er wie ein unangenehmes Kitzeln zwischen den Schulterblättern.

Müde setzte sich Lös in den schmalen Schatten, den seine Hütte auf den Boden des Hofes warf, zog die Beine an, stützte das Kinn auf die Knie und starrte die blendende Mauer an. Er konnte nicht denken: Die Luft war zu heiß, das Licht zu grell, die Müdigkeit der Nacht warf flimmernde Tücher über seine Augen. Sein Mund war trocken und seine Zunge ein verdorrtes Blatt. Trotzdem schien ihm das Aufstehen eine viel zu große Anstrengung; und wenn er an den Geruch eines alkoholhaltigen Getränkes dachte, wurde ihm übel. Seine Füße glitten nach vorn, er sank gegen die Mauer zurück und schloß die Lider. So saß er lange, bis etwas Warmes und Feuchtes seine Wange liebkoste: Es war Türk, der mit vorsichtiger Zunge die Backe seines Herrn leckte, mit schlenkernder Vorderpfote Ergebenheit beteuerte. Das war tröstlich, und Lös versuchte dem Hund zu erklären, was so schwer zu verstehen war.

«Schau, da hat mich nun mein Vater in die Legion geschickt, und ich war's zufrieden, denn ich fand, daß ich schwere Sünden wiedergutzumachen hatte: Ich hatte doch viele Leute, die es gut mit mir meinten, schwer gekränkt. Aber nichts ist echt bei mir, und weißt du, darum sage ich gewöhnlich, wenn ich von mir spreche, nicht: ‹ich› – sondern: ‹man›. Weißt du, dieser Besuch in der Zelle, die schlafende Frau neben mir, diese Dinge haben mich aufgelockert, ich gestehe es, Türk. Und daneben spielt es keine Rolle, daß ich mich dumm benommen und mich vom Chef hab übertölpeln lassen.»

Türk stieß ein leises Jaulen aus, weil Lös ihn ins Ohr gekniffen hatte, schüttelte den Kopf, bellte heiser, und begeistert trommelte er mit den Pfoten auf der Schulter seines Herrn. Aber plötzlich packte ihn Raserei: Ein Araber war im Hof der Verpflegung erschienen, ein Araber mit nackten Waden und einem zerschlissenen Mantel, der sich ängstlich mit einem Bambusstecken Türk fernhielt. Zweimal mußte Lös pfeifen, der Zorn riß den Körper des Hundes in gewaltigen Schwüngen vorwärts, doch der Gehorsam siegte, ein blinder Gehorsam ...

Zuerst verstand Lös die Worte des Jungen gar nicht, so laut war noch Türks Gekläff. Aber dann gelang es ihm, des Hundes Unterkiefer zu packen, und da beruhigte sich Türk, wedelte treuherzig und gab durch ein nachdrückliches Räuspern zu verstehen, daß er sich ruhig verhalten wolle.

«Caporal administration!» Der Junge legte die Hand auf die Brust und ließ seine Zähne leuchten. Umständlich wiederholte er Zenos Botschaft: Sie wolle heut abend Kuskus kochen und habe dazu zwei Hühner geschlachtet. Der Korporal müsse kommen. Lange sei der Korporal nicht mehr bei seiner Frau gewesen. Auch die Frau von Leutnant Lartigue komme. – ‹Die Frau des Leutnants besucht die Frau des Korporals, eine richtiggehende Teevisite!› dachte Lös lächelnd, und er versprach zu kommen. Der Junge verstaute ein Kilo Zucker in seiner Kapuze, drohte Türk mit dem Stock (der Hund blinzelte in die Sonne, er hatte verstanden, um solche Leute kümmerte man sich am besten nicht) und ging pfeifend zum Tor hinaus.

Frank rief aus der Hütte und wollte wissen, ob der Korporal ihm nicht etwas zu essen geben wolle. Er habe Hunger und wolle aufstehen. Ob er denn ganz verrückt sei, fuhr ihn Lös an, der Major könne jeden Augenblick kommen, Frank solle nur ja im Bett bleiben und ordentlich wimmern und über Schmerzen klagen. Aber Frank war bockig, er wollte aufstehen, denn er hatte Angst, seinen Druckposten zu verlieren. Er schluchzte laut, und die Tränen hatten Mühe, durch das Gewimmel der Bartstoppeln ihren Weg auf das schmutzige Kissen zu finden. Lös mußte trösten, versprechen, die Stelle nicht mit einem anderen zu besetzen.

Er prüfte den Puls des Kranken, die Schläge waren müde und klopften einen verworrenen Takt: wie ein Erschöpfter, der das Ziel in nächster Nähe sieht und versucht, ein kurzes Stück zu laufen; aber die Kraft reicht nicht mehr aus, er zieht lange schleppende Schritte, läuft wieder ein Stück, aber das Ziel ist verschwunden, und nun behält er den einmal begonnenen Rhythmus aus Erschöpfung bei. Franks Haut war kühl, Fieber hatte er wohl keins mehr. Die Hornhaut der Augen war gelb. Lös schlug die Decke zurück und betastete den nackten Bauch, rechts, über dem Vorsprung des Beckenknochens. Frank wimmerte leise unter der Berührung.

«Du mußt dann fest schreien, wenn der Major auf diese Stelle drückt. Mit der Leber ist sicher etwas nicht in Ordnung. Also ganz blamiert hab ich mich doch nicht.» Lös ordnete die Bettdecke, lief hinaus und kam mit einem feuchten Tuch zurück; damit wischte er über Franks Gesicht. Kaum war er fertig, da hörte er zwei Stimmen, die näher kamen, eine hohe, die schnelle Worte formte, und eine tiefe, die wie mit Gongschlägen die erste begleitete. Die Tür flog auf, Lös riß seine Polizeimütze vom Kopf und stand stramm.

«Nun, nun, Korporal, stehen Sie bequem; Sie sehen ja ganz bleich aus, haben Sie Angst vor mir? Ich will Ihnen nichts tun. Ja, das Herz, dieses gefräßige Herz; bei der kleinsten Aufregung saugt es alles Blut aus dem Kopf. Ha ha hooo.» Zwei kurze, harte Schläge, der dritte sanft ausklingend – so tönte Major Bergerets Lachen.

Manchmal sind Bärte Masken, die ein nichtssagendes Gesicht mit Bedeutung behängen: die langen Bärte, die bis zur Mitte der Brust wallen und dazu bestimmt sind, ein fliehendes Hühnerkinn zu verbergen: Samotadjis spitz zulaufender und des Chefs lockig wuchernder Bart gehörten in diese Kategorie. Doch anders sind die dünngewachsenen, strähnigen Bärte, die nichts verbergen; die Rundung des Kinns schimmert zwischen ihnen durch, sie sind eine kleine humoristische Verzierung, und ihr Besitzer hat sie auch so gewollt. So war Major Bergerets Bart, den er hatte wachsen lassen, um eine Wette um zwei Flaschen

Champagner zu gewinnen, eingegangen vor fünf Monaten mit dem Capitaine an einem fröhlichen Abend. Chabert hatte an Bergerets Mut gezweifelt: «Nie wirst du die Geduld haben, in einer Woche wirst du wieder glattrasiert herumlaufen.» Die Wette war schon lange gewonnen, seufzend hatte Chabert die Flaschen gezahlt. Aber Bergeret freute sich an den gewellten Fransen, die sein Kinn umsäumten: Sie waren so brauchbar, wenn die Hände unbeschäftigt waren, er konnte sie um den Finger wickeln, ihr Ende dann als Pinsel benützen, um sich im Nasenloch zu kitzeln, er konnte daran saugen, kurz, sie waren ein bewährtes Mittel gegen jene grundlose Verlegenheit geworden, die ihn manchmal überfiel.

Heute ließ Bergeret seinen Bart in Ruhe. Der Ritt hatte ihn gestärkt.

«Allzu schlimm scheint es ja nicht zu sein», er hielt schon das Handgelenk des Kranken zwischen zwei Fingern, «Leutnant Mauriot hat mir schon erzählt von Ihrem diagnostischen Fehlurteil, Korporal. Nun, das brauchen Sie nicht tragisch zu nehmen. Was, ein Typhus, das wäre so etwas nach Ihrem Herzen gewesen! Ich habe das gestern an Ihrer Stimme erlauscht, die so freudig geklungen hat. Also Typhus ist es nicht. Nun, laßt uns sehen, was es sonst sein könnte.»

Die Untersuchung ging schweigend weiter. Aber Frank benahm sich sehr dumm. Sobald der Arzt irgendeine Stelle des Unterleibs berührte, wimmerte er leise und nachdrücklich. Als Bergeret jedoch herzhaft auf die Stelle drückte, rechts, gerade oberhalb des Beckenknochens, stieß Frank einen langgezogenen hohen Schrei aus, der wie das erstickte Plärren eines Babys klang. Türk benützte diese Gelegenheit zu einem Angriff auf die Reitstiefel des Arztes, ein leicht abzuwehrender Angriff, denn Türk beruhigte sich sogleich, als Bergerets Hand seinen Kopf streichelte. Nur Leutnant Mauriot war wieder einmal unzufrieden: Woher der Hund komme und ob Lös die Erlaubnis habe, einen Hund zu halten, wollte er wissen. Aber Bergeret verscheuchte die Gereiztheit mit einer höflichen Frage: Mauriot habe doch auch einen Hund gehabt, einen kleinen Fox, wenn er sich recht erinnere. Was denn aus diesem geworden sei? Er habe sich überfressen vor ein paar Tagen, aber heute gehe es ihm wieder besser, und er wolle ihn gegen Abend mitnehmen auf die Jagd, erwiderte der Leutnant.

«Ja», sagte Bergeret nach einer stummen Pause und quirlte sein Stethoskop zwischen den Handflächen, nahm dann einen alten Hornzwicker aus der oberen Tasche seines Uniformrocks und setzte ihn mit einer breiten Bewegung auf seinen Nasensattel. «Leberkrank ist dieser junge Mann entschieden. Ganz entschieden. Fragt sich nur, welche Erkrankung hier in Frage kommt.» Er blickte jedem eingehend ins Gesicht, als seien diese Gesichter medizinische Werke, aufgeschlagen auf Stehpulten liegend. «Ich weiß, was wir machen», er schraubte umständlich die obere Scheibe des schwarzen Gerätes in seiner Hand ab und ließ es in die Seitentasche gleiten. «Ich werde den jungen Mann da einfach mit nach Rich nehmen, und dort werde ich ihn ganz genau untersuchen, in seinem Urin nachforschen nach Zucker, Eiweiß oder nach sonst nicht dorthin gehörenden Stoffen. Sehr gut. Und dann werden wir ihn für die Reform vorschlagen. Für die Reform.» Er setzte mit der Faust einen ausdrucksvollen Punkt an den Schluß seiner Rede.

Bei dem Worte ‹Reform› fing Franks Gesicht an, sich zu verziehen. Es war zuerst nicht klar, ob er weinen wolle. Aber dann zog sich der Mund in die Breite, die Augen öffneten sich weit und wurden leuchtend, er stotterte: «Oh, Reform, oui, oui» mit einer vor Glück zitternden Stimme, wie ein Kind, dem man die Gewährung eines unerfüllbar gedachten Wunsches verspricht.

«So sind die Leute nun», sagte der Major und wischte mit den kurzen Fingern Falten aus seiner Stirn. «Nie sind sie zufrieden. Und doch haben sie es sicher besser bei uns als in ihrer Heimat. Was erwartet sie dort? Hunger und Elend. Hier sind sie gekleidet, gefüttert, der Lohn langt, spärlich zwar, für Zigaretten und Wein. Und nun wollen sie dies glückliche Leben eintauschen gegen eine zweifelhafte Zukunft, in einem Lande, dem sie längst entfremdet sind. Sie glauben nicht», dabei wandte er sich keinem bestimmten Zuhörer zu, sondern sprach in die Luft hinaus, «ein wie kompliziertes und schwer definierbares Gefühl das sogenannte Heimweh ist. Gewiß, auch ich sehne mich manchmal nach dem schwarzen Himmel von Lyon, dessen Farbe sich entschieden nicht mit der azurnen Bläue dieses Himmels vergleichen läßt. Sehen Sie, auch in den seelischen Zuständen des Heimwehs herrscht entschieden das große ökonomische Gesetz von Angebot und Nachfrage vor. Um dem Angebot der ‹Reform› gerecht zu werden, läßt sich der Körper bestimmen, Schmerzen zu erdulden, ich möchte sagen: zu produzieren; ich bin mir klar, daß ich mich sibyllinisch ausdrücke, aber das tut nichts.»

Und nach einer echt ärztlichen Gebärde, den Kranken an der Schulter packend und ihn gelinde schüttelnd, empfahl sich Herr Major Bergeret.

Leutnant Mauriot ließ dem Arzte den Vortritt, wandte sich noch einmal um und rief unnötig laut: In einer Stunde kämen die Kartoffeln, er erwarte den Korporal zum Wiegen, und der Korporal solle nicht vergessen, was gestern abgemacht worden sei: die Zahlen deutsch anzugeben und außerdem bei jedem Gewicht mindestens fünf Kilo abzuziehen. Für die Erde, fügte er erklärend bei, da Major Bergeret erstaunt zurücksah.

«Und ich kann mir in die Hände spucken, während du das Geld einsackst», brummte Lös. Er ging noch schnell ins Dorf, vorbei an Smith, der die Wache hatte und dessen Gesicht wieder in unerschütterlicher Befriedigung glänzte. «Wenn du dann schreibst meine Charakteristik, darfst du nicht hineinsetzen den Abend von gestern. Ich will es schicken einem Freund», rief er Lös nach.

Der Jehudi war einverstanden, nach langen Klagen, erst am nächsten Tag zu kommen. Aber daß der Leutnant dann wahrscheinlich abwesend sein würde, gab den Ausschlag. Lös entschuldigte sich, ohne Hochmut, eher tief betrübt ob seiner Vergeßlichkeit, daß er nichts für das Kind mitgebracht habe. Oh, diesem ginge es besser, versicherte der Jehudi. Der Schächter habe geraten, die kranken Augen mit feuchtem Lehm zu bestreichen und nasse Tücher darüberzubreiten. Das habe gewirkt. Im Kinderzimmer aber roch es noch immer nach zersetztem Urin.

Bleich und still lag der Knabe in seinem Korb, auf einer Strohschicht, bedeckt mit einem rauhen Leintuch. Fliegen krochen auf seiner Stirn, aber seine Ärmchen waren zu schwach, die lästigen Tiere zu vertreiben. Nur die Stirnhaut runzelte sich, wie bei unterdrücktem Weinen.

Im Tor zum Posten stand Korporal Smith, hielt das Gewehr waagrecht vor der Brust und drängte schwatzende und kreischende Gestalten zurück, die gegen ihn anrannten. Kleine Esel trugen Tragsäcke rechts und links und schrien mit, laut und klagend, wie gereizte alte Männer.

Nur mühsam konnte sich Lös durch die zähe flutende Masse winden, ein Esel schlug aus und traf ihn schmerzhaft oberhalb des Knies.

Als er durch den Hof ging, kam gerade Mauriot aus der Tür seines Zimmers, sein kleiner Fox lief ihm zwischen die Beine, so daß er stolpernd vorwärtsstürzte. Lös fing ihn auf, der Leutnant dankte fluchend, aber in Lös blieb ein stolzes Gefühl zurück. So sehr er versuchte, sich auszulachen – es gelang ihm nicht. Etwas in ihm erlaubte sich eine erschütterte Fröhlichkeit: Er hatte doch dem Menschen, den er haßte und fürchtete, einen Dienst erwiesen, er hatte ihn in den Armen gehalten!...

Mürrisch und leise gab Mauriot seine Anordnungen: Smith solle die Leute hereinlassen. Halt! Lös kam zurückgelaufen. Zuerst nachsehen, ob alles in der Verpflegung bereit zum Empfang sei: die Waage, der alte Kainz zur Assistenz. Lös lief. Schweißbedeckt kam er zurück. Zitternd vor Eifer meldete er, daß alles in Ordnung sei. – Nun, so solle er am Tor das Nötige veranlassen.

Auf Lös' Anruf (er mußte schreien, um verstanden zu werden) trat Smith beiseite und wurde von der gackernden, mekkernden, quietschenden Menge gegen die Mauer gedrückt. Er war knallrot im Gesicht, und seine Lippen bewegten sich bebend.

Vor dem Fleischschuppen stand die Waage. Im Schuppen selbst saß der Leutnant barhaupt im Kühlen, sein braunes Haar wellte sich auf dem langen schmalen Schädel. Der kleine Hund kauerte auf dem Boden und rieb seine Schnauze an den Tennisschuhen; der abbröckelnde Talk brachte ihn zum Niesen.

«Anfangen!»

Der Leutnant gähnte. Anfangen! Das war leicht gesagt. Die Waage wurde von allen Seiten belagert, das Schnattern der vielen Stimmen brach sich an den Mauern, der alte Kainz teilte schwache Fußtritte aus, um wenigstens um die Waage einen leeren Raum zu schaffen. Es gelang nicht. Erst als Smith, noch wütend, weil seine Uniform zerknittert worden war, die Menge von hinten angriff und mit der Spitze des Bajonetts in einige Hinterteile stach, verstummte, nach einigen besonders hohen Schreien, der Lärm; Gruppen bildeten sich. Die Leute, die ihre Säcke auf dem Rücken herbeigeschleppt hatten, legten einen Wall vorn um die Waage, der den Eseln den Zutritt versperrte. Dreimal wurden die Leute betrogen: Der alte Kainz wollte sich für das Wiegen der Schafe die nötige Übung verschaffen, daher hielt er die eine Fußspitze diskret unter die Platte, auf der die Säcke standen, und stieß sie nach oben. Dann las Lös ab. «Dreiundzwanzig», rief er auf deutsch. Mauriot notierte achtzehn. Der Waagebalken gab achtundzwanzig Kilo an.

Nach einer Stunde lag ein viereckiger Kartoffelhaufen mitten im Hof. Die Erde, die abgefallen war, bedeckte den Boden, wie eine Schicht kleiner brauner Schuppen. Aber mit der Feuchtigkeit, welche sie an die Luft abgab, verlor sie ihre Farbe, wurde hellgelb, dann weißlich, bis sie der Mittagswind als Staub über den Kies des Hofes verstreute und sie in die Augen der Menschen und Tiere trieb.

Während die Menschen deswegen in verschiedenen Sprachen fluchten, sich ungeduldig und weinerlich die Augen rieben, ließen die kleinen Esel, mager, grau, mit roten Wunden am Rist, nur die Lider klappen und blinzelten dann mit den langen, schön gebogenen Brauen in die wieder klar gewordene Luft.

Der Leutnant befahl Antreten: Keiner der vier konnte Arabisch. Jedoch durch Smiths Bajonett, des alten Kainz heiseres Schimpfen, das Gekläff der beiden Hunde (Türk war aufgewacht und gab sich Mühe, den Rekord des lauten Bellens zu schlagen) gelang es schließlich, eine vielfach gebrochene Linie herzustellen. Endlose Diskussionen um den ersten Platz ... Zwei Juden, die der Leutnant während des Kaufes hatte ausweisen lassen, da sie sich zu gut auf Gewicht und Zahlen verstanden, hetzten keifend vom Tore aus; sie hockten auf ihren noch gefüllten Säcken, und ihre schwarzen Kegelmützen saßen auf dem Hinterkopf. Smith unternahm es, sie endgültig aus dem Posten zu vertreiben. Ihre Bemerkungen waren während der Auszahlung nicht erwünscht.

Silber klimperte in dem kleinen Säckchen, das Mauriot in der Hand hielt. Die Augen der vielen waren auf dieses Säckchen gerichtet, bekamen metallenen Glanz und traten vor in den angespannten Gesichtern mit den o-förmig geöffneten Mündern. Der erste wurde ausbezahlt und schnatterte; sobald der zweite sein Geld erhalten hatte, fiel er ein, ein dritter kam dazu, und als der Leutnant am Ende der Reihe stand, schrien sie alle, fuchtelten – Hände, mager und sehnig wie Krallen, packten Arme, klemmten sich in die geschlossene Faust des Nachbars, die Geld barg, eine Prügelei begann zwischen dreien, die sich zum Transport zusammengetan hatten. Der Leutnant trat zurück, arg bedrängt wurde er von sechs hohen Gestalten, eine Klaue streckte sich nach dem Säckchen aus, das noch zur Hälfte gefüllt war. Smith vermochte die Menschenmauer nicht zu durchbrechen, der alte Kainz sabberte vor Aufregung. Aber der Leutnant zog ruhig (Lös stand dicht hinter ihm und sah unbeteiligt den Vorgängen zu, die Hände in die Taschen vergraben) seinen kleinen Revolver aus der Tasche und feuerte zweimal in die Luft. Eine plötzliche Stille entstand, Türk rutschte furchtsam auf seinem Bauche rückwärts, während der Fox, in die Wade eines Arabers verbissen, nur leise knurrte.

Dann war nur noch das leise Getrappel nackter Füße zu hören und das Klatschen der Stöcke auf den Flanken der Esel. Eine Staubwolke rollte zum Tor hinaus, hinter der hustend, aber dennoch gravitätisch, mit dem Gewehr in den Fäusten, das im blitzenden Bajonett endigte, Korporal Smith marschierte. Sein dickes Babygesicht glänzte, schweißig und stolz.

Mauriot wandte sich an Lös, die glatte Oberlippe war in Falten gezogen und zeigte die regelmäßigen Zähne, gut gepflegt und nur vom Rauchen schwach gelb getönt: «Das hätte Ihnen wohl gepaßt, Korporal», sagte er mit seiner leisen, näselnden Stimme, «wenn mir etwas zugestoßen wäre. Sie haben nicht die Hand gerührt, wissen Sie, ich habe auch am Hinterkopf Augen. Hehe.» Ein schmächtiges Lachen, das ganz zu der kleinen Gestalt paßte. «Ein Unglücksfall wäre es gewesen, und niemand hätte Sie mehr belästigt. Nicht wahr?»

Lös zuckte die Achseln. Der ganze frühere Eifer hatte sich nicht gelohnt. Aber so einfach, wie der Herr Leutnant es sich vorstellte, war es nicht gewesen. Wenn wirklich die Gefahr groß gewesen wäre, hätte er eingegriffen, das wußte er.

«Ich rette viel eher einen Menschen, den ich hasse, als einen, dem ich zugetan bin», sagte er leise und wunderte sich, daß er so ohne jegliche Furcht sprechen konnte.

Aber der Leutnant war nicht für psychologische Feinheiten zu haben. «Haarspaltereien bringen Sie am besten bei Lartigue an», sagte er schroff. «Ich habe gesehen, daß Sie mit den Händen in den Taschen dagestanden sind, als ich in Gefahr war. Das genügt mir. Was Sie getan *hätten*, interessiert mich nicht.»

Er wandte sich ab. Lös mußte ihm recht geben. Er hatte dem Leutnant den Tod gewünscht, das war sicher, er konnte es nicht leugnen. Er hatte nicht eingegriffen, das war auch eine Tatsache. Mit Tatsachen hieß es sich auseinandersetzen und nicht mit Spekulationen.

Der Leutnant schien eine Antwort zu erwarten. Wenigstens stand er barhäuptig in der Sonnenhitze, untersuchte gesenkten Blickes den Kies, in dem sein Stock wühlte, seufzte auf, sah Lös kurz an. Er wollte wohl einlenken, aber dann schien ihn dieser Vorsatz zu ärgern. Er klopfte mit dem Stock gegen seine Hosen, nickte einen kurzen Gruß und pfiff seinem Fox. Dieser Pfiff zwang auch Major Bergeret, der eben über den Hof ging, zum Stillstehen. Die beiden erreichten sich, Mauriot lief in sein Zimmer und kam mit dem Tropenhelm auf dem Kopfe wieder zurück. Dann gingen sie in der Richtung des Bureau arabe davon. Capitaine Materne hatte sie wohl zum Mittagessen eingeladen.

Obwohl der alte Kainz ein paar gebratene Hühner gekocht hatte und diese kunstgerecht auf einer braunen irdenen Platte servierte, ließ Lös das einladende Essen stehen und ging gedankenlos zwischen den glühenden Baracken spazieren. Niemand zeigte sich, selbst die Wache am Tor hatte sich in der Hitze aufgelöst. Ein wenig später kam der Leutnant allein zurück, er wollte auf die Jagd gehen, holte seine Flinte, Mehmed begleitete ihn und trug eine gelbe Ledertasche und die Feldflasche. Der Fox sprang mit und bellte. Auch Türk wollte sich der Expedition anschließen, er fegte mit dem Bauch über den Boden, daß der Staub in einem schmalen Strich hinter ihm aufwirbelte, aber der Leutnant empfing ihn mit einem Fußtritt, der Türk wie eine Walze fortrollen ließ. Lös sprang vor, um seinem Hund zu helfen und den Quäler zu strafen: Zwei Sprünge nahm er, da sah er die goldenen Schnüre auf den Ärmeln des Leutnants aufleuchten. Kriegsgericht, dachte er, sah einen hohen Saal mit strengen Männern an einem Tisch, dann eine Ebene, auf der gebückte Gestalten in zerrissenen Kleidern Steine klopften, Hitze und Durst, ein Aufseher schlug mit einem Gummiknüttel einen Rücken wund, in der Ferne standen Schwarze, in Uniform, grinsten und legten Gewehre an. Lös' Füße wurden lahm, er stockte und streichelte Türk, der bekümmert antrabte, bedrückt vom höhnischen Anglotzen Mauriots. Dann zogen sich Herr und Hund in die Verpflegung zurück, in den schmalen Schatten des Weinschuppens. Schnell begoß Türk noch die Kartoffeln, mit heraushängender Zunge schnaufte er dabei, dann legte er sich neben seinen Herrn, und beide schliefen ein.

Und beide träumten. Türk knurrte, schnappte nach Waden, rächte sich für den empfangenen Fußtritt, schnaufte erlöst und ließ ein tiefes befriedigtes Grunzen hören. Aber die Unruhe seines Herrn weckte ihn, er besah diesen aufmerksam, hörte ihn laut stöhnen, sah ihn um sich schlagen, zusammenfahren und dann ununterbrochen zittern, als müsse er frieren oder an einem schrecklichen Orte ausharren, gepeinigt von Angst. Da bellte Türk laut vor dem Ohr des Schlafenden, wie um seine Hilfe anzubieten in großer Not, stieß mit seiner Schnauze gegen die

Wange, und als all dies nichts nützte, trommelte er mit den Vorderpfoten auf der unruhig wogenden Brust. Lös erwachte, blickte verstört um sich, aber es war nur Hitze um ihn und neben dem Dachvorsprung, dessen Balken braun und rissig waren, die blaue Glasplatte des Himmels. Dankend fuhr er dem Hund über den spitzen Kopf und versuchte die Angst loszuwerden, die als Rest des Traumes immer noch vorhanden war.

Er sprang auf und lief davon, um dem Alpdruck zu entgehen, vorbei an der Wache am Tor, die ihm etwas nachrief, das er nicht verstand. Er hatte den Mann gar nicht erkannt. «Fieber hab ich», tröstete er sich laut, «das ist der Grund für die schweren Träume.» Er versuchte, sie zusammenzusetzen, aber sie waren schon verweht. Sie handelten von Nägeln und von Bohlen, die auf einem Flusse trieben; an diesen schwimmenden Bohlen waren die Füße eines Mannes angenagelt, der am Ufer saß ...

Er hatte den Eingang des Ksars erreicht. Im Schatten des Tores saß Zeno, und es sah aus, als habe sie tagelang an dieser Stelle gewartet. «Labbès, caporal!» rief sie, zaghaft erschien ihr rauhes Händchen. – Sie habe gestern und heute den ganzen Tag hier gesessen, erklärte sie, und es war kein Vorwurf in ihrer Stimme, nur ein Bedauern über die vielen verlorenen Stunden. Es schien Lös, als sehe er zum ersten Male deutlich: Sie war ein Mensch und nicht nur eine Gestalt seiner Vorstellung. Und dieses plötzliche, ein wenig erschreckende Sichtbarwerden steigerte die Unruhe, die der Traum hinterlassen hatte. Er zwang sich zu Lustigkeit, um ihr zu antworten: «Schuja, schuja», was die korrekte Erwiderung ihres Grußes war. (Wie geht's? – So ziemlich.) Er folgte ihr durch die dunklen Gänge, die mit Hitze gefüllt waren, mit summenden Fliegenschwärmen und einer dicken, schier flüssigen Luft, die in die Lungen sickerte als klebriger Schaum; nachher war die Weite der Terrasse wie Höhenluft. Ein mageres Mädchen in kurzem, hemdartigem Gewand stand in der Mitte der Plattform, die Hände im Nacken verschränkt, und starrte in den Himmel.

Zeno erklärte, dies sei Leutnant Lartigues Frau. Sie langweile sich so, seit die Kompagnie fortgezogen sei ... Ein längliches

Gesicht wandte sich Lös zu, eine Hand streckte sich ihm eifrig entgegen, ein hohes Lachen ließ die Lippen zurückschnellen von den Zähnen, die wie winzige Dominosteine aussahen. Das Mädchen setzte sich auf den Boden, schlug ein Bein übers andere und zeigte, ohne falsche Scham, ihre wohlgeformten Schenkel.

So ein guter Mann sei der Leutnant, ihr Freund, aber er sei fort und habe sie ganz allein gelassen. Sie sprach ein fast fehlerloses Französisch, und Zeno sah die Freundin bewundernd an. Auch Lös tat die offene Kameradschaftlichkeit wohl, mit der er empfangen wurde. Zeno lehnte sich an ihn, er hielt ihre weiche Schulter in seiner Hand – Türk aber schloß sogleich Freundschaft mit der Fremden, die keinen Abscheu vor ihm empfand, wie ihn sonst die Einwohner zeigten vor Hunden.

Lös begann zu erzählen: von den Unannehmlichkeiten der letzten Tage, vom Leutnant, der ihn quäle, vom Chef, der ihn ausnutze. Zeno brachte Tee, sie erzählte, ihr Vater arbeite im Garten, ja, im Garten, den der Korporal gekauft habe. Lös wußte nicht, wie er die Fremde anreden sollte. Ein paarmal nannte er sie ‹Mademoiselle›, was beide Mädchen zum Lachen brachte. Sie habe ihren Namen vergessen, erklärte Lartigues Freundin. Der Leutnant nenne sie Alice, und sie habe diesen Namen gern, der Korporal solle sie nur auch so nennen. Nach dieser Vorstellung schüttelten sie sich lachend die Hände, Zeno stimmte ein.

Aber, sagte Alice, sie wolle einen guten Rat geben. Lös solle achtgeben. Zeno dürfe kein Kind bekommen, das sei gefährlich. Sie machte ein ernstes Gesicht. Man könne ja nicht wissen, wie lange der Korporal in Gourrama bleibe, wenn er dann fortgehe und das Mädchen da (sie streichelte Zenos Schulter und berührte dabei, wie unabsichtlich, auch Lös' Hand) ein Kind erwarte, so sei das bös. Oh, auch bei ihr sei es einmal beinahe soweit gewesen, aber sie sei zu einer alten Frau hier in der Nähe gegangen, und die habe die Sache in Ordnung gebracht. Und Alice erzählte weiter, daß sie das Kleine gesehen habe, wie es hervorgekommen sei, winzig sei es gewesen, wie eine jener Puppen, die sie als Kind aus Lehm geformt habe.

So selbstverständlich war Alicens Bericht, das Mädchen lachte darauf so herzlich, daß auch Lös in das Lachen einstimmte. Er wolle schon für Zeno sorgen, versicherte er, so gut er könne; aber vielleicht brächten schon die nächsten Tage neue Verhältnisse (er sagte es lachend, das Kriegsgericht hatte auf einmal jeden Schrecken verloren, es war eine Abwechslung, aber keine einschneidende, sicher nicht!), doch dann wolle er Zeno unter des alten Chaberts Schutz stellen. – Nein, nein! Davon wollte Alice nichts wissen. Wenn da jemand helfen müsse, so käme einzig Leutnant Lartigue in Frage. Das sei ein anständiger Mensch, während der Capitaine ein alter Satyr sei, man kenne ihn wohl. Zeno stimmte bei. Traurigkeit zerknitterte ihre Gesichtshaut. Sie umklammerte mit dem Arm Lös' Schenkel, als könne sie den Mann schützen und festhalten. Für Lös war diese Bewegung tröstlich, und die Sorge um das kleine Mädchen löste wohltuend die Angst ab, die er vor seinem eigenen Schicksal empfand.

Aber eine sonderbare Zweideutigkeit schien sich über die Geschehnisse zu breiten: so, als erlebe er sie nicht zum ersten Mal, sondern als seien sie nur eine Wiederholung von früher Erlebtem. Wo hatte er nur diese magere Mädchengestalt schon gesehen, die so eifrig und lachend über Dinge sprach, die sonst verschwiegen wurden? Auch Zeno sah altbekannt aus, und die Dirne gestern hatte auch ihr Ebenbild in einer nicht allzu fernen Vergangenheit. Alicens gelles Lachen weckte ihn. Sie trug ein Paar rote Pantoffeln, und Türk hatte einen von diesen geraubt. Den schleppte er triumphierend, immer wieder zurückschielend, an den Dachrand, warf ihn in die Höhe, fing ihn mit dem Maul auf, verbiß sich knurrend in das Leder, wich, wenn man ihm zu nahe kam, mit jugendlicher Behendigkeit aus und ließ sich endlos um die Terrasse jagen. Alle drei nahmen an der Jagd teil, Türk war behend, aber auch Lachen trübte die Geschicklichkeit der Jäger. Zeno mußte sich setzen, ihre Augen standen voll Tränen, ihr Lachen drang mit keuchenden «Hi»-Lauten zwischen ihren Lippen hervor. Da kam Türk gravitätisch, mit zitterndem Schwanz herbei und legte den Pantoffel in Zenos Schoß. Dann ließ er sich ermüdet hinfallen, seine Zunge hing ihm aus dem triefenden Maul, aber hoch trug er den Kopf, denn stolz war er, zur Erheiterung der Gesellschaft beigetragen zu haben.

Die Sonne stand schon tief, als Lös aufbrach. Er könne nicht versprechen, diese Nacht zu kommen, aber er wolle es versuchen, setzte er hinzu, als er Zenos Traurigkeit sah. Die Mädchen begleiteten ihn bis an den Oued, dann kehrten sie zurück. Oft wandten sie sich um, winkten ... Dann verschwanden sie im dunklen Tore des Ksars.

Einsam war der Abend. Lös versuchte zweimal, den Posten zu verlassen – es gelang ihm nicht. Etwas Unsichtbares hielt ihn zurück. Das zweite Mal hatte er schon die Mauer erstiegen, hinten beim Maulcselpark. Rittlings saß er oben und hob schon das Bein, um sich abzustoßen. Dann ließ er es wieder sinken und kletterte mühsam in den Posten zurück. Es kam zu keinem dritten Versuch. Lös hatte sich hingelegt und war eingeschlafen, tief und fest, ehe er sich's versah.

Zwei Tage blieb Lös im Posten, ohne den Versuch zu machen, Zeno zu sehen; daran war die schlechte Laune des Leutnants schuld. Mauriot besuchte ein paarmal die Verpflegung und hatte viel über die herrschende Unordnung zu schimpfen. Als er jedoch an einem Abend den oberen Zapfen eines Weinfasses offen fand, war sein Zorn übermäßig. Seine Lungen waren gesund, und der Atem wollte ihm auch nach fünf Minuten Fluchen nicht ausgehen. Er diktierte Lös acht Tage Zimmerarrest und versprach ihm Gefängnis, wenn es ihm einfallen sollte, den Posten zu verlassen. Glücklicherweise war er am nächsten Tag auf die Jagd gegangen, als der Jude endlich mit der Schafherde erschien. Wortreiche Entschuldigungen brachte er vor: Sein kleiner Knabe sei gestorben. Er erzählte diese Neuigkeit ohne Rührung, lachte auch gleich darauf und stieß Lös mit dem Ellbogen in die Seite, denn er wollte ihn an das heutige Geschäft erinnern. Lös nickte, sein Interesse war gering, er konnte auch dem heimlichen Grinsen des alten Kainz keinen Geschmack abgewinnen. Die Freude darüber, nun mühelos wieder zu Geld zu kommen, wollte sich nicht einstellen. Warum mußte er die Verwaltung betrügen? Und noch den schwarzbärtigen Juden mit dem geometrischen Kegelschnitt auf dem Schädel? War er nicht sehr zu verachten, er, der Korporal der Verpflegung, da er zugleich zwei Parteien hinterging? ‹Die Strafe, die Strafe ereilt dich in nächster Zukunft!› dachte er.

Doch keine Gewissensbisse störten den alten Kainz. Er verdiente nichts bei diesem Manöver. Es war der Genuß am Handel und am Betrug, der ihn die ganze Zeit die schmalen Lippen verziehen ließ, während er die Spitze seines grobgenagelten Schuhes unter der Plattform der Waage spielen ließ. Der Jude war kurzsichtig und beugte sich tief über die metallene Skala, verlangte langsame Arbeit und rieb seine Nase auch an den Zahlen, die Lös auf ein weißes Blatt schrieb. Sehr verwundert war der Viehhändler über das geringe Gewicht seiner Schafe. Den Tieren wurden mit Riemen die Beine zusammengeschnallt, mit einem Schwung warf sie dann Kainz auf die Waage, Lös schob das Gewicht hin und her, bis der Balken waagrecht stand: Zehn, höchstens elf Kilo wogen sie. Zum Schluß kamen noch fünf zwerghafte Kühe dran, von einer derart unglaublichen Magerkeit, daß sie aus Pharaos Traum zu stammen schienen.

Bei zwei Wassergläsern voll Schnaps wurde in Lös' Büro der Kauf besiegelt. Lös schrieb die Liste ins reine und schenkte jedem Schaf drei Kilo Lebendgewicht mehr (den Kühen fünf) ... Dies machte bei den 180 Tieren eine beträchtliche Summe aus: 250 f. s. erhielt Lös ausbezahlt; günstig war vor allem, daß der Leutnant die Liste nicht zu unterschreiben brauchte, der Stempel der Verpflegung zusammen mit Lös' Namenszug genügte. Dann verbeugte sich der Jehudi, die flache Hand auf der Magengrube, und wehte zur Türe hinaus. Die Flasche mit Dattelschnaps, die er mitgebracht hatte, ließ er auf dem Tische stehen, und Lös leerte sie mit dem alten Kainz.

Beide waren sehr selbstsicher, als sie die Hütte verließen und in den sanften Abend traten. Ihre Beine zwar waren steif, doch stützten sie den Rumpf so gut, daß er nicht schwankte. Und eine Wirkung hatte dieses Getränk noch auf Lös: Es vertrieb die Angst, obwohl er wußte, daß sie unterirdisch weiterfloß, gleich einer vergiftenden Flüssigkeit, die alle Gewebe durchtränkte.

Vorläufig war die Angst erstarrt. Dieses Erstarren konnte man mit jenem Prozesse vergleichen, der aus einer gesättigten Lösung zuerst die Kristalle ausscheidet, bis die ganze Flüssigkeit schließlich zu einem Block gefriert, der nicht einheitlich ist, sondern in seinem Innern feine Nadeln zeigt. Durch jenes Erstarrtsein erhielt der Körper eine gefrorene Festigkeit, die gläsern, spröde und zerbrechlich war ...

Lös stand auf dem Hügel hinter seiner Hütte, innerhalb der Umfassungsmauer, und starrte auf die Ebene, auf der, nähergerückt durch die mit Staub gesättigte Luft, kantig der Ksar sich erhob. Zwei Frauengestalten, in weißen Gewändern, warfen lange Schatten auf die Erde. Sie winkten, als sie Lös erkannten, liefen näher, winkten wieder. Zeno war es und Alice. Ganz in der Ferne aber, fast schon am Bergabhang, sah Lös zwei dunkle Punkte: ein helles Blitzen, nach langer Zeit ein dumpfer Knall. Leutnant Mauriot hatte wohl einen Hasen geschossen, denn die eine Gestalt lief, während die andere, Bergeret ohne Zweifel, reglos stehenblieb. Lös rief den Mädchen zu, sie sollten warten, er komme gleich. Er lief den Hügel hinab, betastete seine Wange und sein Kinn: Bartstoppeln stachen ihn.

In der Hütte mußte er die Stallaterne anzünden, um sein Gesicht im Spiegel sehen zu können. Es war ihm, als erblicke er sich seit langem zum ersten Mal. Ein aufgedunsenes rotes Gesicht mit matten, farblosen Augen – Fischaugen! Rot angelaufen die Nase, und ein Netz bläulicher Äderchen überzog die Wangen. Ein wenig erträglicher wurde das Bild, als die schäumende Seife einen Teil der Haut bedeckte. Lös schabte sie ab, ohne es zu wagen, in den Spiegel zu blicken. Und dann lief er los, keuchend wie ein alter Mann, durch die enge Schlucht der Barakken, hörte nicht die Stimme am Tor, die «Halt!» rief, lief den beiden Frauen entgegen, die schon die Hände ausstreckten, um ihn zu fassen, um ihn mit sich fortzuziehen. Da packte ihn jemand an der Schulter. Lös wollte die Hand abschütteln, sie ließ nicht los. Baskakoff stand hinter ihm, den Gewehrriemen quer über der Brust. «Schluß jetzt», sagte er keuchend, «mitkommen.» Lös fror plötzlich, er zitterte, fast hätte er begonnen zu weinen. Ihm war zumute wie damals in der Kindheit, wenn der Vater in seiner Schulmappe ein Nick-Carter-Heft entdeckt hatte. Er sah sich nicht nach den kreischenden Frauen um, sondern folgte Baskakoff: willenlos, mit gesenktem Kopf ...

In der Verpflegung angekommen, warf er sich auf den Boden und wartete. Aber gleich sprang er wieder auf, um ziellos durch den Posten zu laufen. Er traf niemanden: Narcisse, der Chef, war ausgegangen, Smith, der Schneiderkorporal, ebenfalls; nur Pullmann schlich an den Mauern entlang, zweimal begegnete ihm Lös. Beim dritten Mal sah Lös die Ordonnanz im Zimmer des Leutnants verschwinden.

Immer noch war der Leutnant nicht zurückgekommen. Da, plötzlich, knatterte ein Auto durch die Stille – ein leichter Camion. Und nun erschienen die Zurückgebliebenen plötzlich: voraus der Chef, dann Smith und Veitl; sie scharten sich um das sommersprossige Männlein, das dem Auto entstieg – ein blasses, spitzgedrehtes Schnurrbärtchen wuchs ihm aus den Nasenlöchern. In der Mitte des Hofes stellte sich der Kleine auf und erzählte mit schriller Stimme: Die Kompagnie sei von einem Dschisch überfallen worden, ein Gum habe die Meldung nach Rich gebracht, mit dem Befehl, einer der Krankenwärter des Lazaretts müsse sofort nach Gourrama fahren. Zum Glück sei gerade ein Camion von Midelt durchgekommen, der habe ihn mitgenommen. Ja, der Kampf sei blutig gewesen, habe der Gum berichtet. Kein Toter zwar, aber fünf bis sechs Verwundete. Der Zahlmeister sei erschossen worden, sein Auto erbrochen, aber die Camions seien unversehrt, sie seien zum Teil in einem Zwischenposten abgeladen worden, um die Verwundeten aufzunehmen und sie auf dem kürzesten Weg nach Rich zu bringen.

Die Aufregung unter den Zuhörern war groß, eine freudige Aufregung, sie setzte sich zusammen aus vielen Bestandteilen: Genugtuung, nicht dabei gewesen zu sein, Befriedigung über die Abwechslung, Schadenfreude (Zahlungsoffiziere waren sehr unbeliebt). Der Chef versuchte einen kleinen Tanzschritt und pfiff dazu einen Marsch. Lös trat zu Baskakoff: «Du», sagte er, und es war das erste Mal, daß er diesen Mann duzte, seit jener

Auseinandersetzung in der Verpflegung. «Wollen wir nicht Frieden schließen? Gib mich nicht an, und du kannst haben, was du willst.» Seine Stimme zitterte dabei, aber er empfand keine Scham vor der Erniedrigung, denn er war von ihrer Nutzlosigkeit überzeugt. Baskakoff sah den Sprechenden lauernd an, schwieg eine ganze Weile und leckte an seinen trockenen Lippen. «Alles, was ich will!» Er bediente sich auch des Deutschen, es war eine verquollene Sprache, so als habe die Zunge nicht genügend Raum im Munde. «Wollen Sie niederknien vor mir, Korporal, und bitten um Verzeihung mich?» Er lächelte nicht einmal, als er diesen Vorschlag machte, sondern ließ den Unterkiefer hängen und blickte Lös von unten ins Gesicht.

‹Knie nieder vor mir, und ich will dir ... und ich will dir ... Nein, so heißt es nicht. Wie heißt es doch in der Versuchung, als der Teufel den Herrn versuchte?› dachte Lös, so stark, daß er die letzten Worte murmelte.

«Wie bitte?» Baskakoff war ganz Frage. Lös schüttelte den Kopf: «Nein, das geht natürlich nicht», sagte er trocken. «Dann mach du nur deinen Rapport.» Er ging mit festen Schritten in seine Hütte zurück, legte sich aufs Bett und wartete. Nach kurzer Zeit schlich der Chef herein. Lös hatte ihn nicht kommen hören. Er sah Narcisse erst, als die schwere Gestalt die Dämmerung verdunkelte, die durch die Türe drang. Der Chef betrat das Zimmer nicht, eindringlich flüsterte er: «Baskakoff hat Rapport gemacht, ich muß ihn weiterleiten, an den Leutnant. Der ist noch nicht zurück von der Jagd. Einen guten Rat: Reg dich nicht auf, laß dich einsperren. Diskutier nicht mit dem Leutnant. Sobald der Alte zurück ist, werd ich versuchen, dich herauszubeißen. Aber vor allem: Motus, Schweigen! Sprich nicht von mir! Verstanden? Ja? Dann ist alles in Ordnung. Ich werd sehen, daß ich mitkommen kann, wenn man dich holt.» Der Schatten verschwand aus der Tür, Lös blieb reglos liegen.

Die Dämmerung wurde schwärzer; sie war schwül wie der Morgen. Große Schweißtropfen liefen über Lös' Stirn. Er stand auf, packte eine Decke und legte sich draußen auf den Boden, dicht neben den Weinschuppen an einen Platz, von dem aus er den Eingang der Verpflegung im Auge behalten konnte. Die Hände unter dem Kopf verschränkt, blickte er in den gläsernen Himmel. Türk kam schnaufend und ließ sich niederplumpsen. Die Stille war so feierlich, daß Lös die Augen schloß. Als er sie wieder aufschlug, lag die Nacht über der Erde.

Plötzlich richtete er sich auf. Das Kläffen des kleinen Fox kam näher, näher ... Schritte knirschten auf dem Kies. «Jetzt kommen sie mich holen», dachte Lös. Trotz der Hitze waren seine Füße kalt, und seine Fingernägel schmerzten, wie bei hartem Frost. Er hörte des Leutnants Stimme, sie rief seinen Namen; da stand er auf und ging mit schweren Schritten seinem hellen Häscher entgegen.

XI. Kapitel   Die Verzweiflung

Der Nachthimmel hat alles Licht aufgesogen. So dunkel ist es zwischen den Schuppen, daß Lös nur Mauriot an der weißen Uniform erkennt. Doch zwei andere begleiten den Leutnant. Die eine Gestalt gleicht einem Bauernweib, mit ihren weitausladenden Hüften, mit ihrem schwingenden Gang: der Chef. Aber die andere? Lös strengt seine Augen an, die Gestalt ist breiter als Mehmed, schmäler als Smith; noch will Lös sie nicht erkennen ... Und doch, zweifellos:
Baskakoff. Lös fühlt, daß er rot wird, er schämt sich und preist die Dunkelheit, die seine Scham verbirgt. Er seufzt schwer auf und ruft: «Türk!», leise und zaghaft, als sei auch dieser Hilferuf schon Verbotenes. Der Hund ist neben ihm und stößt ihn mit der Schnauze.
«Lassen Sie Ihren Hund in Ruhe. Sie werden wohl wissen, wohin Sie jetzt geführt werden. Geben Sie mir den Schlüssel zu Ihrem Koffer ... und dann führen Sie den *Korporal*», das Wort klingt höhnisch, der Leutnant rahmt es in unsichtbare Anführungszeichen ein, wiederholt es, «den Korporal in seine Zelle, Chef.»
Der Chef nickt, er winkt Baskakoff, die beiden nehmen Lös in die Mitte. Dieser kehrt sich noch einmal um, ruft sehr laut:
«Schlüssel besitze ich keine. Es ist alles offen. Und wenn etwas nicht klar sein sollte, in den Büchern oder sonst, so lassen Sie mich nur rufen, mein Leutnant.» Lös ist selbst verwundert, daß seine Stimme so fest klingt, und er freut sich, daß er doch Überlegenheit zeigen kann. «Pschsch», macht der Chef, «kein Grund zum Übermut.» Aber Leutnant Mauriot hat wohl die Worte nicht gehört, denn er ist schon in der kleinen Hütte verschwunden; das Licht darin flackert, unruhig zuerst, dann dringt es als ein stilles Leuchten aus dem Fenster ...
Zwischen seinen beiden Wächtern geht Lös und schweigt. Er

denkt an nichts, dann fällt ihm ein, daß es heiß sein wird in der Zelle, denn den ganzen Tag hat die Sonne auf das Wellblechdach geschienen. Nun ist endlich die Angst verschwunden, und eine stille Befriedigung hat ihr den Platz geräumt, eine Freude auch, daß man nun bald allein sein wird; keine Verantwortung mehr hat man zu tragen, man braucht sich nur noch schieben zu lassen. Lös erinnert sich an den Frieden – damals, in Bel-Abbès, nachdem er engagiert hatte. Da war auch diese tiefe Ruhe in ihm, wie ein Aufatmen war sie, nach all den Verwirrungen vorher. Und auch jetzt atmet Lös die laue Luft gierig ein, leicht ist sie, nicht schwer mehr und schwül, wie vor kurzer Zeit noch. Vor kurzer Zeit? Ein breiter Spalt trennt ihn von dem Augenblick, da Baskakoff ihn festgenommen hat.

Vor der niederen Zellentür bleiben die drei stehen. Der Chef schiebt den verrosteten Riegel zurück – er quietscht. Baskakoff schnauft, er lacht wohl im stillen, Lös kann es nicht feststellen, denn der Küchenkorporal hält den Kopf gesenkt. Aus der Zelle dringt ein muffiger Geruch, der Chef läßt seine Taschenlampe aufflammen und beleuchtet das Innere: ein rechteckiger Raum, drei Meter auf zwei, schätzt Lös, in der einen Ecke ein Betonsockel; Lös stellt sich vor diesen Block, der ihm gerade bis an die Hüften reicht, und fragt: «Darauf soll ich schlafen?» Der Chef bejaht höflich, aber er bekomme natürlich eine Matratze und mehrere Kissen, er sei Untersuchungsgefangener, und als solcher habe er das Recht, sein Bettzeug zu benutzen. Nur die Taschen müsse er leeren. Während dieser Zeit werde Baskakoff so freundlich sein, in die Administration zu laufen, um das Nötige für den Korporal zu besorgen. Also Matratze, zwei Decken, zwei Kissen, Leintücher und ... ein Handtuch.

Baskakoff ist mißtrauisch, er zögert einen Augenblick, denn er merkt, daß der Chef mit dem Verhafteten allein sein will. Aber dann zuckt er die Achseln: Was geht es schließlich ihn an? Und er schlürft davon, ohne sich ein einziges Mal umzublicken.

«Schnell», sagt der Chef. Lös zögert; natürlich, das Geld darf nicht bei ihm gefunden werden. Dumm, daß er nicht daran gedacht hat, es irgendwo zu verstecken. Nun steckt es der Chef ein und wird es wohl behalten. «Schnell», drängt der Chef noch einmal, «das Geld! ... Ich heb dir's auf! ... Du wirst es brauchen können, wenn sie dich vors Kriegsgericht schicken. Weißt du, wieviel von einem guten Verteidiger abhängt? Der kann dich herausreißen, ohne weiteres, wenn er zu reden versteht.» Lös zieht die Brieftasche, der Chef reißt sie ihm aus der Hand, untersucht die Fächer, murmelt: «Zweihundert, und fünfzig und zwanzig. Ja, das wird gerade langen. Ich heb dir das Geld auf. Du hast doch Vertrauen zu mir?» Lös bringt ein zögerndes «Ja» hervor, aber der Chef lacht nur. «Weißt du», fährt er eifrig fort, «zwanzig geben wir ab, das macht sich gut, siehst du, ich tu sie wieder in das eine Fach. Den Rest behalte ich und steck ihn dir wieder zu, wenn du nach Fez transportiert wirst. Ehrenwort!» sagt er und bemüht sich, eine biedere Miene zu zeigen.

«Ja, glaubst du wirklich, daß sie mich aufs Kriegsgericht schicken?» fragt Lös schüchtern. Da lacht der Chef, ein leises, kollerndes Lachen, das in seiner feisten Brust hüpft. «Ja glaubst du, daß du eingesperrt wirst, in *diese* Zelle eingesperrt wirst, weil du heute abend versucht hast, den Posten zu verlassen? Mein Lieber, du bist allzu naiv. Seit Tagen paßt man dir auf; ‹man› – das heißt Mauriot; er hat nämlich erfahren, daß du viel Geld ausgibst. Der Kleinen im Ksar hast du zweihundert Franken gegeben, im Kloster hast du Geld verputzt, du hast dir Bücher kommen lassen, Baguelin hat dir eine Uhr verkauft. Der Leutnant, weißt du, hat die Summen zusammengestellt, auch mit mir über die Sache gesprochen. Ich habe versucht, dich zu verteidigen, und behauptet, das Geld sei dir von deinem Vater geschickt worden ... Aber das kannst du nicht beweisen, und der Leutnant glaubt dir's doch nicht. Die Mandate wären durch Baguelins Hände gegangen – und der weiß von nichts. Er hat dich zwar auch in Schutz genommen und erzählt, du habest einmal einen rekommandierten Brief erhalten. Ja, so steht die Sache; nicht gerade günstig. Aber du hast immerhin Waffen ... Die Kartoffeln! Verstehst du? Damit hältst du den Leutnant. Still jetzt ... Also! Vertrauen! Ich lasse niemanden fallen, der mir einmal geholfen hat.» Baskakoff taucht an der Ecke auf, mit einer hohen

Last auf dem Rücken. «Ich halte dich auf dem laufenden. Und wenn es schiefgehen sollte, so rate ich dir: Mach Schluß! Verstehst du? Travaux publics oder Cayenne hältst du nicht aus.»

Keuchend legt Baskakoff die Matratze auf den Betonblock und schnuppert, als könne er die Worte riechen, die er durch seine Abwesenheit verpaßt hat. Aber der Chef bleibt undurchdringlich, er hat seine Taschenlampe gelöscht – und bösartig kauern die Baracken nebeneinander.

Narcisse zieht seinen Ledergurt um zwei Löcher enger; diese Geste gibt ihm den nötigen Halt, und er fährt fort – Abstand haltend, dienstlich:

«Ich muß Sie jetzt einschließen, Korporal! Gehen Sie in die Zelle. Vielleicht läßt Sie der Leutnant diese Nacht noch rufen. Seien Sie bereit, ihm Auskunft zu geben. Er will vollständig orientiert sein, um dem Capitaine bei seiner Rückkehr einen genauen Rapport abstatten zu können. Sie können gehen, Baskakoff, ich brauche Sie nicht mehr.» Baskakoff wird von der Nacht verschluckt. «Da», sagt der Chef und drückt Lös eine Schachtel in die Hand, «aber laß dich nicht erwischen.» Es sind Zigaretten, englische Zigaretten, ohne Zweifel, sie sind rund und hart, ein wenig feucht, nicht zu verwechseln mit den algerischen *Job*, die in der Kooperative verkauft werden. Lös hat nicht Zeit zu danken. Die Tür fällt zu, der Riegel knirscht, und weiche Tritte entfernen sich.

Da kommt es Lös in den Sinn, daß er Durst hat. Er will zur Türe gehen und sie öffnen; in seiner Kammer hat er noch schwarzen Kaffee, oder nein, der Brunnen im Hof ist näher. Er prallt mit dem Kopf gegen das dicke Holz und tastet nach der Klinke. Die Bretter sind rauh, ein Splitter bleibt unter dem Nagel seines Zeigefingers stecken. Aber keine Klinke ist zu finden, kein tröstlicher Vorsprung, nicht einmal ein Loch, ein Schlüsselloch!

‹Eingesperrt›, denkt Lös; die Dunkelheit ist zu greifen, und der Durst wird unerträglich. Lös will auf- und abgehen, aber er stößt das Knie schmerzhaft gegen den Zementblock und fällt vornüber. Er überlegt, ob er liegen bleiben soll, dann setzt er sich auf, erhebt sich noch einmal, um die schiefe Matratze zurechtzuschieben, setzt sich, zieht die Beine an und lehnt den Kopf gegen die kühle Mauer.

Kein Laut dringt von außen in die Zelle. Die Mauern sind dick, durch eine Ritze der Tür schimmert ein wenig helle Dunkelheit. Helle Dunkelheit: Der Ausdruck gefällt ihm. Jetzt knirschen draußen Schritte. Werden sie halten? Holt man ihn zum Leutnant? ... Die Schritte gehn vorüber.

Das Starren in die Finsternis mit weit offenen Augen begünstigt das Austreten der Tränen. Lös klappt mit den Lidern. Nun muß er gähnen, das Gähnen zerreißt ihm schier die Mundwinkel, er dehnt die Arme, die Gelenke knacken – ein Geräusch, das die Stille erschreckt, das Gähnen wird zum Krampf, und die Tränen rinnen über seine Backen. In der Dunkelheit ist es, als senke sich die Decke langsam herab, wie eine schwere Grabplatte, die ihn erdrücken will. Aber all die Bewegungen, die er ausführt, wie unter einem Zwang, werden von einem Fremden ohne Erregung festgestellt, einem Fremden, der all dies wahrnimmt, ohne daß er davon bedrückt ist, weil sie für ihn nur die Begleiterscheinungen eines Experimentes sind, dessen Ausgang noch ungewiß ist.

Schritte kommen aus der Ferne, sie hallen wider zwischen den leeren Baracken und füllen die Zelle mit ihrem Dröhnen. Unten an der Tür ein leises Scharren. «Türk», ruft Lös. Aber nun stehen auch die Schritte still, der helle Streif, der die Türe teilt, verschwindet, und eine flüsternde Stimme spricht: «Korporal, schlafst schon, Korporal?»

«Nein!» Es scheint Lös, als sei seine Antwort ein lauter Schrei. Aber gedämpft fragt der alte Kainz weiter: «Ich hab dich nur fragen wollen, ob du noch Zigaretten hast.» Türk heult laut, ein Klaps beruhigt ihn.

Ärgerlich antwortet Lös, er brauche nichts.

«So, so», sagt der alte Kainz draußen. «Das macht nix. Ich hab noch eins, das ich nicht brauch. Wart, i schieb dir's unter der Tür durch.» Lös bückt sich, er hält das Paket, da greifen harte Finger nach den seinen, umspannen sie mit festem Druck. Der alte Kainz will sein Mitgefühl zeigen. «Korporal, wenn ich dir helfen kann, dann sag's nur. I schwör alles, was du willst! Daß es dich hat nehmen müssen!» Pause. Kainz räuspert sich. «Was ich hab fragen wollen. Wo hast du das Geld, das dir der Jud heut nachmittag gegeben hat? Ist das in Sicherheit? Sonst sag mir, wo du's versteckt hast, ich hol's dann und heb dir's auf. Gern heb i dir's auf.»

‹Wie schade, daß ich das Gesicht des Alten nicht sehen kann!› denkt Lös. ‹Meint er's ehrlich?› «Nein», sagt er laut, «das Geld ist in Sicherheit.»

«Is mir eh lieber so», nach der Stimme zu urteilen, ist der alte Kainz wirklich zufrieden. Er kauert noch immer am Boden und läßt die Hand nicht los, die er gepackt hält. – Es sei verboten, kreischt eine Stimme auf (Baskakoff hat sich nähergeschlichen), mit einem Untersuchungsgefangenen zu reden, er werde es dem Leutnant melden. Lös' Hand ist frei. Aber die Ritze in der Tür ist noch immer dunkel. Der alte Kainz beeilt sich nicht. «Halt die Pappen», sagt er mit Nachdruck; pfeifend geht er davon.

Wieder Stille.

«Nun will ich schlafen», sagt Lös laut, legt sich nieder, zieht die Decke bis unters Kinn und schließt die Augen. Drückend ist die Hitze, und er wirft die Decke wieder von sich. Doch nach einiger Zeit friert er dermaßen, daß er mit den Zähnen klappert. Er muß die Decke vom Boden aufheben – und sie ist voll Staub. Er wickelt sich ein, friert immer noch, sucht die zweite. Ein Zementblock liegt auf seinen Füßen, er vermag ihn nicht fortzuwälzen. ‹Fieber›, denkt er; hart, schnell klopft es in seinem Kopf, und ein Dornenreif liegt auf seiner Stirne ...

Pullmann weckt ihn. Die Tür der Zelle steht weit offen, aber draußen ist noch Dunkelheit. Lös solle zum Leutnant kommen.

Mauriot sitzt vor dem Tisch, auf dem Hefte und die breiten losen Blätter der Buchhaltung verstreut herumliegen ... «Ein paar Fragen ...» sagt der Leutnant, ohne aufzublicken. – Wo die eingekauften Schafe vermerkt seien? Der Zettel liegt in einer Schublade. Lös muß sie aufreißen und stößt mit der Ecke in Mauriots Seite. «Hier!» – «Gut. Dann fehlen verschiedene Posten für Nahrungsmittellieferung an durchziehende Truppen.

Wo sind diese eingetragen?» Lös ist so verschlafen, daß er keine Mühe hat, den Dummen zu spielen. Welche durchziehenden Truppen? Er erinnert sich nicht. Der Leutnant sieht überwach aus; aber Lös gähnt. Über dem tannenen Tisch, der wohl aus Frankreich stammt, hängt ein Karabiner. Das Magazin ist voll, und Lös muß trotz seiner Müdigkeit gegen den Wunsch ankämpfen, die Waffe von der Wand zu reißen und den Leutnant niederzuschießen. Die Aufregung läßt ihn zittern, er klappert mit den Zähnen, der Leutnant sieht ihn verwundert an: «Haben Sie Fieber?» «Ich weiß nicht», antwortet Lös. Es klingt mürrisch. Die Frage hat den Wunsch zersplittert. «Sie können gehen!»

Pullmann ist schweigsam. Ein paarmal räuspert er sich, blickt Lös prüfend von der Seite an und will offenbar einen Vorschlag machen. Aber dann verriegelt er die Tür der Zelle, ohne den Mund aufgetan zu haben.

Während Lös unruhig weiterschläft, faßt Pullmann einen Entschluß. Einfach ist ein solcher Entschluß für Leute, die alle vierzehn Tage zehn Franken erhalten, mit denen sie ihren Bedarf an Wein, Liebe und Zigaretten decken müssen. Nicht zu vergessen, daß diese Leute manchmal auch hungrig sind und der amerikanische Speck in der Militärkooperative zwei Franken das Viertelpfund kostet.

Pullmann hatte noch eine Stunde Wache; vorsichtig schlich er über den Hof. Im Büro der Verpflegung brannte noch immer das stille Licht. Pullmann stellte sein Gewehr vor der Türe ab und betrat ruhig Leutnant Mauriots Zimmer. Leise gehen? Wozu? Alles schlief. Pullmann tappte zur Wand, nahm die Kassette unter den Arm, ging hinaus, durchquerte die Höfe auf den Fußspitzen und kam endlich zitternd im Park der Maultiere an. Seine Hände bebten dermaßen, daß er Mühe hatte, den Sattel zu heben. Doch seine Muskeln waren kräftig, sie warfen den Sattel mit Schwung über den Rücken des Tieres, das erst bei dieser Berührung erwachte. Die Stahlkassette war nicht groß, sie ließ sich gut in eine der Satteltaschen schieben. Und so, mit wenig Lebensmitteln, mit einem alten Zelttuch, ritt der dicke Pullmann davon – in der Ferne sah er die Lampe des Leutnants leuchten, hielt noch vor Lös' verschlossener Zelle an: «Soll ich ihn mitnehmen?» murmelte er. «Er kann Französisch ... Ach, der macht noch lange Geschichten. Waschlappen!» Er spuckte aus. «Eine Stunde werde ich wohl Vorsprung haben.»

Die Verzweiflung hat viele Masken.

Der Posten schläft wieder. Ein leiser Sandalenschritt läßt den Kies kaum hörbar knirschen. Sonst ist nur der Morgenwind wach, der noch nicht kräftig genug ist, den Sand vom Boden aufzuwirbeln; niemand hört ihn, wenn er zögernd über die Wellblechdächer streicht. Der Leutnant geht müde in sein Zimmer. Die schwache Dämmerung des Morgens ist hell genug, er braucht kein Licht, um Toilette zu machen. An die Kassette denkt er gar nicht. Er zieht ein helles Pyjama an, zerreibt ein paar Tropfen Eau de Cologne auf seiner Stirn und legt sich dann ins Bett. Zahlen wirbeln um ihn und füllen das Zimmer aus; um sie nicht mehr zu sehen, schließt er die Augen. Noch einmal läßt ihn eine schwere Wut gegen diesen Lös auffahren. Dann sinkt er zurück und schläft ein.

Aber er schläft nicht lange, da weckt ihn ein lautes Schreien, draußen vor seinen Fenstern. Eine heisere Stimme brüllt seinen Namen. Zuerst erkennt Mauriot diese Stimme nicht. Dann murmelt er: «Der Capitaine», und denkt beruhigt: ‹Der kann ein wenig warten.› Gemütlich fährt er in die Hosen, zieht seinen Scheitel, glättet mit ein wenig Brillantine die widerspenstigen Haare auf dem Wirbel und bindet eine frische Reitkrawatte um; er bindet sie sorgfältig, so daß sie nur zwei Millimeter über den Kragen des Waffenrockes ragt, knöpft frische Manschetten an seine Hemdärmel und nickt manchmal, wenn die Stimme draußen sich überschlägt. Es klopft. Mehmed schiebt sich durch die Türe, sein Chinesengesicht drückt keine Erregung aus, er spielt mit der Zunge im Mundwinkel und schielt in die Ecke, wo die Geldkassette stehen sollte, lächelt und zeigt mit dem Finger auf die leere Stelle. Der Leutnant will zuerst auffahren, eine fremde Ordonnanz, noch dazu die Ordonnanz eines Unteroffiziers! ... Dann aber folgt er der Richtung des Fingers, wird ein wenig bleich, seine Angst zeigt sich an der Ungeschicklichkeit der Finger, die sich in den Knopflöchern verheddern.

Mehmed hebt beruhigend die Hand. «Schon wieder da, Kassette», tröstet er. Mauriot versteht nicht. Er will auch keine Erklärung von einem Untergebenen. Er reißt die Türe auf, tritt über die Schwelle und ...

Das erste, was er sieht, ist ein Gesicht, rot wie Bordeauxwein, und ein blonder Schnurrbart leuchtet auf ihm. Die letzte Silbe seines Namens klatscht dem Leutnant wie eine Ohrfeige auf die Wange. Dann schließt sich der Mund, der diesen Laut ausgestoßen hat, Mauriot sieht fuchtelnde Arme, die sich plötzlich verschränken, er sieht eine schmutzige Khakiuniform, an der Knöpfe fehlen – und Blutflecke mustern die Hose. Aber hinter dem Capitaine, ihn um Haupteslänge überragend, steht der dicke Pullmann (unter seinem Korkhelm blühen wie immer gelbe Pusteln zwischen seinen Bartstoppeln) und trägt die Kassette auf den Händen, vorsichtig und verlegen, als sei sie ein zarter Säugling.

Nach dem Augenblick der Stille, der notwendig war, um das Verschränken der Arme majestätisch zu gestalten, überschwemmt Chabert den erstaunten Leutnant mit einer Sturzflut von Flüchen, Beleidigungen, höhnischen Anzüglichkeiten, Fragen. Vor der versammelten Mannschaft tut er dies, die, abgerissen und blutig gemustert wie ihr Capitaine, grinsend zuhört; auch die Maulesel sind anwesend, noch schwer bepackt, und auch sie lachen mitleidig und verachtungsvoll, wenn sie die Oberlippe mutwillig nach vorne strecken und ihre Zähne entblößen.

Die Sturzflut ist vorbei; ihr folgt eine sanft plätschernde Rede: Ob während der ganzen Zeit seiner Abwesenheit keine Wache aufgestellt worden sei? Daß der Wachposten sogar in das Zimmer des Herrn Leutnants eingebrochen sei und dort eine Kassette geholt habe, davon spreche man lieber gar nicht. Es sei nur gut, daß die Kompagnie auf ihrem Rückwege eine Abkürzung genommen habe: Darum sei der Ausreißer ihr geradewegs in die Hände gelaufen. Ob man so etwas schon erlebt habe! Der

Mann habe fast keine Lebensmittel bei sich gehabt, nur sein Gewehr, und statt der Patronen Zigaretten. Dafür müsse er eigentlich gestraft werden, denn dies sei unerhört: Jeder Mann müsse doch, das sei genügsam bekannt, seine Patronentaschen stets gefüllt haben, mit 120 Patronen, das sei die Vorschrift, und wegen Nichtbefolgung dieser Vorschrift diktiere er, der Capitaine, diesem jungen Mann da zwei Tage Prison zu. (Sobald von Pullmann die Rede ist, verliert die Stimme des Capitaines jegliche Schärfe, väterlich und milde klingt sie, und ein wenig Triumph schwingt in ihr.) Denn diese andere Kinderei wolle man doch nicht ernst nehmen! ‹Un coup de cafard›, sagt der Capitaine und zuckt mit den Achseln. An der ganzen Sache sei er, Chabert, eigentlich selbst schuld. Warum habe er diesen starken Mann, der nichts lieber täte als kämpfen, «hä, mein Kleiner, hab ich nicht recht?», hier im Posten zurückgelassen, und noch dazu als Ordonnanz? Als *Ordonnanz*!! Zweimal wiederholt Chabert das Wort und betont es verachtungsvoll. Diesen armen Teufel aufs Kriegsgericht schicken? Niemals! Aber ... Kriegsgericht! Da sei ja noch so eine schöne Geschichte? Mit dem Korporal der Verpflegung, nicht wahr? Unterschlagung? Betrügerei? Weibergeschichten? Immer höher klettert des Capitaines gereizte Stimme. Schwindeleien, um einer arabischen Hure Kleider zu kaufen? Und er habe gerade diesem Korporal so viel Vertrauen geschenkt! Immer seien die Weiber an diesen Sachen schuld. Aber doch müsse hier energisch eingeschritten werden. Lausbübereien, wie diese da (und er deutet mit dem Daumen auf die Kassette), sei er immer bereit zu entschuldigen. Denn es liege doch noch Mut in solch einer Tat. Aber Betrügerei? Fi donc! Das sei feige und gemein. Vertrauen mißbrauchen! Des Capitaines Vertrauen mißbrauchen! Chabert ist so ehrlich entrüstet, daß ihn wieder rote Wut überfällt. Er verlange einen strengen Rapport von Leutnant Mauriot über diesen Fall Lös. Niemand könne ihm vorwerfen, daß er Leute grundlos aufs Kriegsgericht schicke. Aber was zuviel sei, sei zuviel. Und mit breiten Schritten geht er auf die Zellentür los, drohend schwingt er die dicke Reitpeitsche; plötzlich schreit er nach dem Chef, weil er den rostigen Riegel nicht aufbringen kann, er meint, die Türe sei versperrt. Doch ehe noch Narcisse herbeieilen kann, fährt der Riegel aus seiner Öse, schnellt zur Seite, die Tür kracht auf, weiter tobt der Capitaine in der Zelle. Die Matratze fliegt ins Freie, die Kopfkissen, die Decken, das Eßgeschirr. Fuchtelnd und weiter schreiend, aber schon so heiser, daß man die Worte nicht deutlich versteht, kommt Chabert wieder zum Vorschein; im Kompagniebureau geht ein neuer Wolkenbruch über dem Chef nieder ... Dann fliegt die Bureautüre auf, zur Küche geht der Weg; dort wütet der Sturm weiter, Veitl entflieht in Sprüngen, sein Gesicht ist wieder von grünlicher Blässe. Durch die Schluchten der Baracken schreitet der Capitaine, sein rotes Gesicht trieft, alle, die ihm begegnen, drücken sich gegen die Mauern oder verschwinden durch offene Türen. Chabert sieht nichts mehr, er hat die Lider gesenkt, damit seine Augen nicht vom beißenden Schweiß überschwemmt werden. Er stapft die Stufen zum Turm empor; einige Zeit noch schallt seine wütende Stimme durch das offene Fenster, dann wird sie sanfter, weinerlich schier, tränenfeucht, er scheint Samotadji sein großes Leid zu klagen.

Leutnant Mauriot schleicht bleich durch die Höfe: Er sucht Bergeret, zweimal schon hat er mit sanfter Stimme einen Vorübergehenden angehalten, um ihn nach dem Arzt zu fragen. Endlich sieht er ihn. Er kommt, ausgeruht und freundlich, aus der Messe der Offiziere und hebt erstaunt die Arme, sobald er Mauriot sieht; dieser schleppt ihn in sein Zimmer.

«Es ist unmöglich, direkt unmöglich, daß es so weitergeht!» Mauriots Stimme ist nicht mehr näselnd, sie ist hoch und schrillend, fast wie die eines Mädchens, das einen hysterischen Wutanfall hat. «Mich vor der ganzen Mannschaft zu beschimpfen und abzukanzeln. Er, ein Mann, der nicht fähig ist, seine Kompagnie anständig zu führen! Diese Schmach! Nein, neinnein. Ich lasse mir das nicht gefallen!» Bergeret hat es sich in einer Ecke bequem gemacht, der Ellbogen ruht auf dem Knie des übergeschlagenen Beins, und die Hand hält die kurze hölzerne Pfeife. Er nickt, während er den Aufgeregten durch den Rauch wissenschaftlich interessiert beobachtet. Mauriot hat sich in die andere Ecke gestellt und spricht dort weiter, er gleicht einem Volksredner, der eine Wahlrede herunterrasselt, unterstützt von Verrenkungen und eckig geschwungenen Händen. – Im Grunde, sagt er, sei dieser Lös ganz unschuldig, einzig schuldig sei nur der Capitaine, und zwar wegen des schlechten Beispiels, das er seiner Mannschaft gebe: Laxheit, sogenannte Milde, Bequemlichkeit und jenes Achselzucken über Disziplin, Ordnung, Hierarchie, das Anarchisten heranzüchte. Dieser Lös, angeregt durch das Beispiel seines Capitaines, betrachte seine Vorgesetzten als Menschen, sehe ihre Fehler und Lächerlichkeiten, empöre sich nicht einmal gegen deren Befehle, nein, befolge sie manchmal sogar, wenn sie ihm paßten, und ignoriere sie einfach, wenn sie ihn störten ... Und wer habe ihm dies Beispiel gegeben? Der Capitaine. Oh, er, Mauriot, wisse Bescheid. Wie oft seien Befehle vom Kommandanten des Sektors gekommen: Chabert habe sie einfach in den Papierkorb geworfen. Dieser Geist der Disziplinlosigkeit! Dieser perniziöse Einfluß! – Kein Wunder, daß er die ganze Truppe vergifte. Aber nun wisse er, Mauriot, was zu tun sei. Er werde sich erkundigen, wie dieser Kampf verlaufen sei, er werde den Spion spielen, denn es sei eine gute Sache, die er zu verfechten habe. Und dann werde er seinem Vater, dem General (es klang, als halte sich Mauriot mindestens für einen Kronprinzen), berichten. Sein Vater sei einflußreich, ein guter Freund des Kardinal-Erzbischofs von Paris und gehöre zur Action Française. Er selbst, Mauriot, sei bei seinem letzten Besuch in Frankreich mit seinem Vater nach Belgien gefahren und dort dem Monseigneur, dem Duc d'Orléans, vorgestellt worden. «Glauben Sie mir, Bergeret, die Zeit ist nahe, wo all dies Parlamentariervolk mit eisernem Besen ausgekehrt wird, wo wieder das angestammte Königshaus regiert; dann wird man Leute brauchen wie mich, Leute, die noch Disziplin im Leibe haben und Sinn für Hierarchie.»

Leutnant Mauriot schweigt, und sein Kindermund entspannt sich in einem Lächeln. So gleicht er einem Knaben, der den schönen Traum träumt, endlich erwachsen zu sein und Macht auszuüben zu dürfen. Er sieht sich in schwarzseidenen Culottes, Escarpins mit roten Stöckeln an den zierlichen Füßen, in einem schweren Brokatrock, der mit Ordenssternen besetzt ist, vor seiner Majestät, dem König, stolz das Knie beugen und für die Eroberung zweier Provinzen außer dem Titel eines Marschalls noch ein Herzogtum empfangen.

Bergeret in seiner Ecke hat sich nicht bewegt; jetzt geht er zum Fenster und klopft auf dem Sims seine Pfeife aus. «Sehr interessant», sagt er, nickt dem Leutnant zu und geht aus der Tür. Er ist ein Mensch, der stets weiß, was er zu tun hat. Gewissenskämpfe kennt er nicht.

Leise, auf den weichen Sohlen seiner Reitstiefel, steigt er über die Treppe des Turms, tritt, ohne anzuklopfen, bei Chabert ein und sagt mit seiner ruhigen Stimme: «Mauriot will Dummheiten machen, mein Alter, an deiner Stelle würde ich mich offiziell bei ihm entschuldigen.» Der Capitaine sieht ihn mit müden Augen an: «Will er seinem Vater schreiben?» Bergeret nickt. Er hat Mitleid mit dem alten Mann, der vor ihm sitzt und dessen Haut nun, da die Erregung abgeklungen ist, sonderbar scheckig ist. Der Arzt sagt noch: «Er will die Sergeanten über den Kampf ausholen; das wird dir wohl nicht recht sein.»

Ein resigniertes Achselzucken:

«Soll er doch. Mir ist alles gleich. Ich danke dir. Übrigens solltest du nach Rich zurück. Ich hab die Verwundeten hinschaffen lassen. Morgen werden sie dort sein. Vorläufig liegen sie noch in Midelt, um verbunden zu werden. Aber das Lazarett dort ist überfüllt, so daß sie weitertransportiert werden müssen.»

«Gut», sagt Bergeret, «ich bleibe heut noch hier, wir werden eine allgemeine Visite auf heut nachmittag festsetzen. Ich will sehen, wie der Gesundheitszustand der Truppe ist, denn ich muß in den nächsten Tagen meinen Rapport abgeben. Morgen früh reite ich dann ab. Soll ich nach Lös sehen?» Da springt der Capitaine auf und ist wieder wütend, er stapft im Zimmer umher. Ein Hemdzipfel ist ihm aus der Hose gerutscht und weht beim Schreiten hin und her.

«Sprich nicht von dem Lumpen, aufs Kriegsgericht muß er mir. Keine Schonung!» Er keucht. Bergeret zuckt die Achseln und geht wieder, nach kurzem Gruß.

Lös ist durch den Besuch des Capitaines unsanft geweckt worden. Der schwere Schlaf der Nacht hat ihm einen dumpfen Kopf zurückgelassen, den auch das wütende Eindringen Chaberts nicht ganz hat klären können. Er versucht, auf dem nackten Betonblock zu liegen; aber kleine Kiesel sind in ihn eingebacken, die sowohl das Liegen als auch das Sitzen schier unmöglich machen. Der Morgen schleicht langsam vorbei und läßt den Hunger wachsen. Es wird zum Mittagessen geblasen, Lös wartet, die Tür bleibt verriegelt. Er klopft. Korporal Dunoyer ist mit vier Mann auf Wache gezogen, bis zum Abend nur. Lös sieht ihn durch den Spalt der Tür. ‹Ah, die Kalkbrenner von Atchana sind auch zurück›, denkt er. Dunoyer kommt auf den ersten Anruf. Es tue ihm leid, aber er habe strengen Befehl vom Capitaine, Lös hungern zu lassen. Er hat die Türe geöffnet und spricht ganz kameradschaftlich. – Aber, meint Lös, Dunoyer erinnere sich doch an die verschiedenen Bidons Wein, die er in der Verpflegung geholt habe. Dunoyer lacht, natürlich erinnere er sich, aber jetzt hätten sich die Zeiten eben geändert. Ein Stück Brot werde er dem Gefangenen gerne geben. Aber sonst nichts. Er geht es holen, es ist hart und staubig. Dunoyer spricht tröstende Worte; er scheint sich an eigene Erlebnisse zu erinnern, denn er sagt: Das werde alles vorübergehen, Gott, wenn er nachrechne, wieviel Tage Prison *er* habe machen müssen. Stolz schwingt in seiner Stimme. Zweimal vor Kriegsgericht – und die Zeit in Tunis! Von der wolle er gar nicht sprechen ... Offenbar freut es ihn, einen anderen am Beginn einer Laufbahn zu sehen, die er schon längst und endgültig hinter sich hat.

«Du mußt dir nicht einbilden, daß mit deiner Verurteilung alles erledigt ist. Nehmen wir an, du bekommst, wenn alles gut geht, fünf Jahre, dann mußt du den Rest der Dienstzeit, also drei Jahre, wenn ich rechnen kann, nachdienen, denn zwei hast du ja schon gemacht; das wird nicht leicht sein, mußt du wissen. Denn du bist durch die drei Jahre Travaux so verdorben, daß du dich nur schwer an Garnisonsdienst gewöhnen kannst. Du kriegst leichter den ‹cafard›, gehst gern auf Pump, zwei Tage, drei Tage, bleibst eine Nacht draußen und so. Du hast nicht mehr den nötigen Respekt vor den Sergeanten und verbringst die Hälfte der Zeit in Prison, desertierst vielleicht wieder einmal ... Drei Jahre. Ich kann dir sagen, du kannst von Glück reden, wenn du deine Tage nicht in Cayenne beschließt.»

Es macht Dunoyer großes Vergnügen, die schwarze Farbe möglichst dick aufzutragen.

Nun sitzt Lös wieder in seiner Zelle, auf der Kante des Zementblocks. Ein langer Nachmittag dehnt sich vor ihm aus, eine lange Nacht, endlose Tage, Monate ... Trotz will in ihm aufsteigen: Als Untersuchungsgefangenen darf man ihn eigentlich nicht so behandeln. Er hat Recht auf volle Verpflegung, auf Wein, auf einen täglichen Spaziergang. Er gilt noch nicht als Verurteilter, man hat ihn mit Schonung zu behandeln! Aber was nützt der Protest? Lös ist dem Willen des Capitaines ausgeliefert.

Alles ist quälend: die Geräusche, die in die Zelle dringen, die Worte Dunoyers, die nun in der Einsamkeit weiterklingen. Zäh ist die Hitze in dem kleinen Raum ... Und doch friert Lös. Wieviel Zeit ist seit gestern abend vergangen? Achtzehn Stunden – nur achtzehn Stunden! Es schmerzt, daß sich die einfachsten Wünsche nicht befriedigen lassen! Lös möchte oben auf der hellen Terrasse sitzen und Zeno neben sich fühlen! Er möchte Gewehrgriffe klopfen in stechender Sonne ... Ein Genuß wäre dies, verglichen mit dem Herumsitzen auf dem harten Block. Lös stöbert in der Zelle. Grauer Staub auf dem Boden, breite und schmale Ritzen zwischen den Lehmziegeln, in einer Ecke ein Blechgefäß, mit einem schmutzigen Papier beklebt, das den Ruhm des Pflanzenfettes verkündet, das es einmal enthalten hat. Ein Stück des Deckels läßt sich abreißen; eine Kante ist scharf. Und weil Lös nichts zu tun hat, beginnt er diese Kante zuerst geradezuklopfen mit einem Stein, der sich im Staub versteckt hat, und dann beginnt er, sie an der einen Seite des Betonblocks zu schleifen. Während dieser stumpfsinnigen Arbeit denkt Lös an nichts. Das eintönige Scharren des Blechs gegen den Stein wirkt beruhigend; dazu kommt das Summen vieler Fliegen, die ihre Schleifen um das übelriechende Blechgefäß in der Ecke ziehen. Es sind die Fliegen, die Lös' Blick von der Beschäftigung abziehen;

das ist nicht gut, denn die Kante ist inzwischen scharf geworden und zerschneidet die Haut des Daumens. Lös saugt das Blut auf. ‹Ein widerlicher Geschmack›, denkt er und spuckt aus.

Lös schärft weiter. Aber seine Versunkenheit ist nicht tief genug, er lauscht auf das Geräusch der Schritte, die draußen vorübergehen. Der schwere Tritt, der eben sich nähert, gilt ihm, er weiß es, bevor noch der Riegel zurückgeschlagen wird. Das Blechstück verschwindet in der Hosentasche, und geblendet schließt er die Augen.

In der Türe steht der Adjutant. Lös erkennt ihn zuerst an den hohen Schnürstiefeln, die bis ans Knie reichen. Aber während Lös noch zu Boden blickt, schiebt sich ein schwarzer, walzenförmiger Körper dicht an den Füßen des Adjutanten vorbei, drückt sich hinter den Kübel, preßt sich an die Mauer und bleibt regungslos liegen. Der Adjutant hat nichts gemerkt, er ist zu sehr damit beschäftigt, seine Augen furchterregend rollen zu lassen. Lös wirft einen kurzen Blick zur Seite, Türks ergebene braune Augen schauen zu ihm empor.

Der Adjutant tobt und läßt seine Faust vor Lös' Gesicht wippen. Er rächt sich für das Gläschen Schnaps, das ihm am Morgen verweigert worden ist. Er schreit und schreit. Endlich ist er von seiner Autorität genügend überzeugt, spuckt aus zum Zeichen seiner Verachtung, schmettert die Türe zu und muß sich noch eine Zeitlang mit dem widerspenstigen Riegel quälen.

Während der Anwesenheit des Adjutanten hat Türk die Ohren hängen lassen. Aber sobald die Schritte verhallt sind, stellen sich die Ohren auf, eins nach dem anderen, in kleinen Rukken. Und dann kriecht Türk aus seiner Ecke, setzt sich umständlich und blickt seinen Herrn an. Lös beugt sich nieder, das schwarze Fell ist rauh und ungepflegt, nur auf der Brust zwischen den Vorderpfoten fühlt es sich angenehm weich an. Türk rollt sich auf den Rücken, wälzt sich ein paarmal im dicken Staub, während er bedächtig und mit gesättigter Befriedigung die Pfoten schüttelt. Dann liegt er wieder auf dem Bauch – und grunzend sucht er nach einem Floh, der ihn am rechten Hinterbein sticht; hernach liegt er aufatmend still.

Es dämmert. Vor der Zellentür klatschen Kommandos: Die Wache wird abgelöst. Lös preßt das Auge an den Spalt: Wer kommandiert die Wache? – Und er erkennt Baskakoff, der gerade mit offenem Munde auf die Zelle starrt. ‹Von dem ist nichts zu erwarten›, denkt Lös und setzt sich wieder auf die steinerne Kante. Er zieht das geschärfte Blechstück aus der Tasche und versucht die Schneide, dicht unter dem Handgelenk. Es zerschneidet mühelos die Haut.

Während er das primitive Messer betrachtet, überkommt ihn die Lust nach Zigaretten. Seinen Vorrat hat der Capitaine mitgenommen. Auf dem Boden liegt ein dünnes Hölzchen, er nimmt es in den Mund, um daran zu saugen. Es ist porös, die Luft zieht hindurch mit einem leicht zischenden Geräusch. Als ob sie Rauch wäre, saugt Lös die Luft tief in die Lungen. Aber der Selbstbetrug will nicht gelingen. Er wirft das Hölzchen weg. Dann quält ihn die Sehnsucht nach einem Rausch: einen Liter Schnaps zu haben, ihn unverdünnt hinunterzuschlucken und dann das schnelle Gefrieren der Unruhe zu spüren. Aber gerade diese Vorstellung steigert noch seine Schwäche. ‹Feig bin ich›, denkt er, ‹wenn ich nicht feig wäre, würde ich Schluß machen.›

Aber auch der Wunsch nach Schnaps flaut ab, sobald er einen schier unerträglichen Höhepunkt erreicht hat. Der Durst bleibt zurück. Brunnen sieht Lös, zuerst den Brunnen im Hof mit der Kurbel, die man drehen muß, lange, bis endlich das Wasser kommt. Dann andere Brunnen, Dorfbrunnen drüben, die in mondhellen Nächten plätschern. Und Bäche sieht er, die über weiße Kiesel rinnen; Erlen stehen an den Ufern, und ihre Blätter rascheln, wie ferner Applaus. ‹Sommer›, denkt Lös. Doch kein bestimmter Sommer taucht vor ihm auf, er sieht nur ein gelbes Ährenfeld, Mohn- und Kornblumen blühen darin und violette Kornraden.

Wie eine große Helle ist es plötzlich, aber die Helle weckt ihn, und er fühlt wieder, daß er Durst hat. Die Haut seiner Hände ist heiß und trocken. Er geht zur Tür und trommelt mit den Fäusten gegen das stumme Holz. Schleichende Tritte kommen näher. Mit ärgerlicher Stimme fragt Baskakoff, was los sei.

Wasser wolle er, ruft Lös, er habe Durst. Aber Baskakoff lacht. «Verboten, streng verboten!» Er geht wieder und läßt Lös allein.

Und die Zeit vergeht. Durch die Ritze der Tür dringt die helle Dämmerung der Nacht, aber die Finsternis der Zelle, ein zäher Pechklumpen, nimmt sie nicht auf.

Draußen pfeift es zum Appell und später noch einmal: Lichterlöschen. Türk schläft.

Da kratzt es an der Türe; Lös hat keine Schritte gehört, auch Türk fährt auf, knurrt leise, besinnt sich aber, wo er ist, und schleicht zur Türe.

Es ist nur der alte Kainz, der Zigaretten und Zündhölzer bringt; er schiebt sie durch den Spalt unter der Tür und entschuldigt sich, daß er nicht hat früher kommen können. Aber alles gehe drunter und drüber in der Verpflegung, Pierrard habe die Stelle erhalten, der Belgier, der immer so ‹gebüldet› tue. Den Leutnant habe man nur kurze Zeit gesehen, er habe den ganzen Nachmittag mit den Sergeanten in seinem Zimmer gesoffen und sie über den Kampf ausgeholt. Jetzt sei Baskakoff schlafengegangen, und man habe Ruhe bis zur nächsten Ablösung – zwei Stunden. «Und wenn du willst, Korporal, kann ich dir die Tür aufmachen, du kannst dann dein Geld holen gehn, wenn du's versteckt hast. Ich heb dir's dann sicher auf.»

Aber Lös will nicht, er will dem alten Kainz auch nicht sagen, daß der Chef es schon lange hat. Damit würde er sein letztes Machtmittel aus der Hand geben. Er dankt und bittet um ein wenig Wasser. Kainz könne ja den Schnabel des Bidons in die Ritze der Türe stecken, das sei besser, als die Türe zu öffnen. Der rostige Riegel mache so viel Lärm. Der alte Kainz brummelt, und plötzlich ist er lautlos verschwunden. Nur für kurze Zeit ... Der Schnabel des Bidons ist gerade so lang, daß Lös das Ende mit den Lippen packen kann. Die Luft zischt leise am Korken vorbei, der die große Öffnung schließt. «Ah», sagt Lös laut. – «Und überleg dir's wegen dem Geld», sagt Kainz noch, aber in der Zelle bleibt es still.

In der Baracke der Mitrailleusensektion ist noch Licht. Frank hockt mit Pierrard zusammen, und die beiden unterhalten sich eifrig. Ein wenig abseits sitzt Korporal Koribout und bewundert seinen schön gescheitelten Bart in einem kleinen Taschenspiegel. Neben ihm spricht Sitnikoff eifrig auf Pausanker ein.

«Ist's erlaubt?» fragt der alte Kainz höflich. Pierrard nickt gnädig, im Hochgefühl seiner neuen Wichtigkeit. Sitnikoff läßt sich nicht stören. «Sie wissen», sagt er, «daß ich mich damals für Sie eingesetzt habe, um Ihnen diese Schmach zu ersparen. Sie haben es anders gewollt. Aber jetzt fühlen Sie selbst, wie Sie mir sagen, das Unmögliche Ihrer Stellung. Das zeigt, daß Sie nicht alles Gefühl für Sauberkeit verloren haben ... Wir alle von der Mitrailleusensektion werden Ihnen beistehen. Das wichtigste scheint mir jetzt, daß Sie so bald als möglich nach Rich kommen. Farny hat Sie angesteckt, das war vorauszusehen. Aber Sie müssen sich jetzt gesundpflegen lassen, verstehen Sie, und der giftigen Atmosphäre entfliehen, die diesen Farny umgibt ...» Pausanker hört verständnislos zu, und sein Mund steht offen ... Reden kann dieser Sergeant! «Ich will nicht», sagt er trotzig, «ich will bei meinem Sergeanten bleiben.» Sitnikoff stößt einen Seufzer aus. Da sagt der alte Kainz: «Ich war beim Lös.»

Schweigen. Korporal Koribout steckt den Spiegel in die Tasche, Pierrard räuspert sich verlegen. «Man sollte ihn besuchen gehen oder etwas für ihn tun», meint er ohne rechte Überzeugung.

«Die Hilfsaktion müßte vor allem richtig organisiert werden», stellt Sitnikoff energisch fest. «Wenn man so ins Blaue hinein etwas tut, getrieben von einer vagen Sentimentalität, hat das gar keine Wirkung.»

«Ich werde für ihn übersetzen eines von meinen Gedichten aus dem Russischen, das wird ein Trost sein für ihn», sagt Koribout mit seiner leisen preziösen Stimme.

«Morgen kann er einen Bidon Wein haben», verspricht Pierrard und massiert seine mageren Wangen. «War immer anständig zu mir, der Lös, und ich weiß schon, daß ich sein Nachfolger sein werde, auch in der Zelle.»

Einige Stimmen verlangen aus dem Dunkel heraus, die Kerze solle endlich gelöscht werden. Sitnikoff bläst das Licht aus. Der alte Kainz zieht Frank aus der Türe.

«Weißt jetzt, wo er sein Geld hat?» fragt Frank. Er ist noch ein wenig blaß, aber geht ganz sicher auf seinen langen Beinen.

Kainz zuckt mit den Achseln: «Er hat mir's nicht sagen wollen.» Sie gehen schweigend über den Hof. «Vielleicht hat er's irgendwem gegeben?» schlägt Frank als Lösung vor. «Red nit so dumm!» verweist ihn Kainz. «Es war doch niemand bei ihm, zu dem er hätt Vertrauen haben können ... Und i hab mich so schön bei ihm eing'schmeichelt, mir hätt er's sicher geben. Aber weißt, der Chef hat ihn sicher durchsucht, und der Lös is nit grad der G'scheitest und hat das Geld noch bei sich g'habt. Dann hat's also der Chef. Na, i geh morgen no einmal zum Prison und bring ihm Zigaretten, vielleicht sagt er mir's dann.»

Aber Frank schüttelt nur den Kopf. Während er in Lös' Kammer gelegen ist, hat er ein paar Ritzen in der Mauer bemerkt. Vielleicht liegt das Geld dort. Und er trennt sich vom alten Kainz, geht in die Bäckerei und wartet dort vor der Tür, die er aufgemacht und wieder geschlossen hat, für den Fall, daß Kainz mißtrauisch ist. Dann schleicht er sich in Lös' verlassene Hütte. Pierrard wird wohl nicht so bald heimkommen. Nach einer Stunde kommt Frank enttäuscht wieder heraus ...

Am anderen Morgen pfeift es wie sonst zum Réveil. Verschlafen gehen Abgesandte der Gruppen Kaffee holen und schleppen bei ihrer Rückkehr wie sonst lange Streifen Kaffeegeruch hinter sich her. Der alte Hirte treibt die Schafe durch den Posten, über dem Trommelwirbel ihres Laufens klingt laut ihr helles «Bäh». Und wie sonst trägt auch heute der ‹Schibany› ein neugeborenes Lamm auf dem Arm. Der dürre Sergeant Veyre schießt durch den Posten, steif, als stecke sein Rumpf in einem Gipsverband; zwischen die Lippen hat er ein rostiges Signalpfeifchen gesteckt, auf dem er andauernd trillert. Aus der Unteroffiziersmesse kollert das Lachen des Adjutanten: «Cazzo, Mona!» brüllt er, Sergeant Hassa hat einen Witz erzählt. Plötzlich wird es still dort drinnen. Die Treppe des Turmes, die über das Dach der Messe führt, dröhnt. Capitaine Chabert schreitet schwer in die Tiefe. Unten empfängt ihn der Chef. Eifrig schwatzend gehen die beiden ins Bureau. Noch einmal schrillt die Pfeife einen endlosen, bösartigen Triller. Die Maultiere schreien schon hoch und quietschend, weil sie Hunger haben. Angeführt von ihren Korporälen, gehen die Titulaires zum Füttern; im Takt der Schritte schlenkern sie die schwarzen ledernen Futtersäcke. Alle sehen müde aus und blinzeln mißmutig ...

Als die erste Gruppe der Mitrailleusensektion, angeführt von Korporal Koribout, am Wachtlokal vorbeikam, drang aus der Einzelzelle ein heiseres Gebrüll, und die dicke Tür zitterte von den Schlägen, die von innen gegen sie geführt wurden. Die Gruppe geriet in Unordnung. «Lös hat sich aufgehängt», hieß es. – «Der Schlüssel, der Schlüssel!» Man rief nach Baskakoff. Koribout allein blieb ruhig, ging zur Türe, schob den Riegel zurück. Aber die Tür ging nicht auf, etwas drückte von innen gegen sie. Inzwischen war das Geschrei in der Zelle verstummt; endlich ließ sich die Türe öffnen, zur Hälfte nur, und zwei Mann mußten helfen. Türk sprang durch die Spalte, seine Schnauze war mit Blut besudelt, er biß wütend um sich, durchbrach den Kreis, ein Fußtritt erreichte ihn noch. Bellend jetzt, in höchster Angst, floh er aus dem Tor des Postens, beschrieb auf dem Platz davor einen Kreis, noch einen; setzte sich dann und schnappte nach Luft, während seine Zunge, mit Schaum bedeckt, ihm aus dem Maule hing. Dann begann er von neuem um den Platz zu rasen, bog wieder in den Posten ein, kam vor die Zelle, die nun leer war, und schnupperte einer Blutspur nach, die quer über den Hof führte und vor dem Krankenzimmer endete.

Vor der geschlossenen Tür winselte der Hund, kratzte am Holz, bellte kurz und atemlos ein paarmal. Dann beruhigte er sich und begann, seine Schnauze vom Blut zu reinigen. Das Blut schien ihm zu schmecken. Er vergaß einen Augenblick seinen Kummer und schmatzte gesättigt. Major Bergeret, der eilig herankam, unordentlich noch, mit offenem Rock und wirrem Haar, schob ihn sanft beiseite und schloß die Türe, bevor ihm Türk folgen konnte.

XII. Kapitel Inventar

Das ‹Krankenzimmer› besteht aus zwei Räumen und liegt in der Baracke der Mitrailleusensektion. Im vorderen Raum steht ein Bett, an der Wand hängt ein kleiner Schrank, der die Medikamente enthält. Ein Stuhl, ein Tisch ergänzen die Einrichtung. Im anstoßenden Zimmer aber stehen vier richtige Betten, der Türe gerade gegenüber; meist sind sie leer. Schwerkranke werden ins Lazarett nach Rich transportiert, und die leicht Erkrankten ruhen sich in den Baracken aus.

Koribout hat Lös in den ersten Raum, auf das Bett des Krankenwärters, legen lassen. Der Ärmel des blutigen Hemdes ist bis zur Schulter zurückgeschlagen, im Ellbogengelenk klafft eine lange Schnittwunde, deren Ränder mit einer schmutzigen Kruste überdeckt sind. Der Krankenwärter, jenes blonde sommersprossige Männlein, dem der spitzgedrehte Schnurrbart aus den Nasenlöchern zu wachsen scheint, ist dabei, die Wunde auszuwaschen. Der Schmerz läßt Lös die Augen aufschlagen, dies merkt der Krankenwärter: «Mein armer Alter», sagt er, «was machst du für Geschichten!» Es ist die in solchen Fällen gebräuchliche Bemerkung, darum nickt Lös nur. «Und womit hast du das gemacht? Du mußt ja bös herumgesäbelt haben!» – «Mit einem Stück Blech», antwortet Lös leise und kehrt den Kopf der Wand zu.

Da wird die Türe aufgerissen, das Gesumm von draußen, das nur ganz leise hörbar war, fährt wie ein lauter Schrei ins stille Zimmer, verstummt aber, sobald die Türe geschlossen ist. Bergeret dehnt sich, gähnt laut. «Laßt uns einmal sehen», sagt er und beugt sich über die Wunde. «Aber, aber, wie dumm! Sie haben ja gar keine Arterie getroffen. Sie hätten ja niemals verbluten können!» Er lacht leise, und Lös schämt sich, aber der Major läßt ihm keine Zeit, irgend etwas zu erwidern, und fährt schnell fort: «Ja, so eine Nacht in der dunklen Zelle ist sicher nicht angenehm.

Da kann man schon auf dumme Gedanken kommen. Und eine Dummheit war es, das müssen Sie schon zugeben, Korporal. Hat er eigentlich viel Blut verloren?» fragt er den Krankenwärter. «Ja, der Boden war ganz voll, hat der andere Korporal erzählt, der ihn hergebracht hat. Und der Hund soll auch noch viel aufgeleckt haben.» Bergeret pinselt die Wunde mit Jod aus und heftet dann die Lippen mit drei glänzenden Klammern zusammen. «Eigentlich könnte ich Sie jetzt vors Kriegsgericht bringen», bemerkt er lächelnd. «Selbstverstümmelung kann man das nämlich nennen, wenn man bösartig sein will; aber ich bin nicht bösartig.» Er nickt und sieht zum Fenster hinaus; Lös stellt erstaunt fest, wie jung der Major eigentlich aussieht. Seine Haut ist ganz glatt, nicht einmal in den Augenwinkeln zeigen sich Falten.

Eine aufgeregte Stimme läßt das Summen vor der Tür wieder verstummen. Lös kann die Worte verstehen: «Und ich sage Ihnen, Chef, ich will ihn nicht sehen. Mir derartige Unannehmlichkeiten zu bereiten! Der Mann muß ganz einfach verrückt sein.» Die Tür fliegt auf, Chabert dreht sich noch einmal um und schreit hinaus: «Was gibt es da zu gaffen? Ich will euch schon Arbeit verschaffen, wenn ihr keine habt! – Stehen da und glotzen!» Die letzten Worte richtet er an den Chef, dann schlägt er die Türe zu, daß der Kalk von der Decke rieselt. Der Chef lehnt sich gegen die Tür, blinzelt Lös zu und räuspert sich, um die Kehle für eine Äußerung zu klären. Aber der Capitaine kommt ihm zuvor. Wütend fährt er auf Lös los, aber seine Wut wirkt unecht.

«Sie brauchen mich nicht anzuschauen! Mit Ihnen bin ich fertig! Solche Komödien aufzuführen! Ist es schwer, Bergeret? Du schüttelst den Kopf, bist du zu faul zum Antworten? Also, du garantierst mir, daß er nicht stirbt? Kann man sich auch so etwas vorstellen! Mit was hast du das gemacht?» fährt er wieder auf Lös zu. «Du willst nicht antworten? Antworte, sogleich, sonst ist es Insubordination. Jawohl.» Da Lös schweigt, tritt der Chef vor und hält dem Capitaine das geschärfte Blechstück unter die Nase. «Was? Mit dem? Na, na, mein Kleiner! Solche Dummheiten! Das hat doch weh getan?» Lös schüttelt den Kopf, weil er nicht sprechen kann, das Schluchzen sitzt ihm im Halse, und seine Augen sind voll Wasser. Der Capitaine kämpft entschlossen gegen seine und des andern Rührung. «Aber die Untersuchung geht weiter, verstanden, Chef? Ich will die Klage sehen, bevor sie nach Fez abgeht. Gesund muß er werden, damit er seine Strafe abverdienen kann. Soll ich ihn nach Rich schicken, damit die Heilung nicht zu lange dauert? Nicht nötig, meinst du? Übrigens, Bergeret, machst du einen Rapport über diese Sache? Nicht? Kannst du denn nicht antworten? Besser keinen, ich finde auch. Sonst schnappt man den armen Kerl da noch wegen irgendeinem blöden Paragraphen. Selbstmord ist nämlich in der Legion verboten, wird gleichgesetzt mit Diebstahl; denn du darfst über deinen Körper nicht frei disponieren, du hast ihn verkauft, weißt du das nicht? Und dann, Bergeret, mach, daß du nach Rich kommst. Meine Verwundeten sind schon längst dort und brauchen dich, sind auch viel interessanter als dieser da, in ehrlichem Kampfe verwundet! Wenn es hier eine Infektion geben sollte, schicke ich dir den Korporal mit den nächsten Camions. Denn gesund muß er werden. Komm, Chef, wir gehen.»

Draußen ist es still geworden. Nur das Heulen eines Hundes ist zu hören. Lös fährt auf: «Das ist Türk. Warum quälen sie meinen Hund?» Der Major wird plötzlich streng und drückt Lös aufs Bett nieder. «Sie haben gehört, was der Capitaine gesagt hat. Sie sind noch immer Untersuchungsgefangener. Und der Hund gehört nicht Ihnen. Sie besitzen überhaupt nichts mehr. Destange, Sie machen ihm dann noch eine Einspritzung gegen Starrkrampf. Sie wissen doch, wie? Und eine Pravazspritze ist auch vorhanden? Gut. Also, Sie sind verantwortlich für ihn. Wenn irgend etwas los ist, können Sie mir telephonieren. Nichts zu fragen?» Destange steht stramm, schüttelt den Kopf. Der Major führt zwei Finger zur Mütze: «Und geben Sie ihm gehörig zu trinken, Tee, Wasser. Nur keinen Wein. Ich glaube, er wird noch Fieber machen. Seine Augen gefallen mir nicht. Und dann hat er ein schlechtes Herz. Na, Lös, es wird schon wieder besser.» Der Major winkt mit der Hand.

«Jetzt wollen wir umziehen», sagt Destange. «Kannst du gehen?» Lös nickt. Aber sobald er die Füße auf den Boden gesetzt hat und sich vom Bett abstößt, knicken die Knie ein, die Mauern scheinen ihm plötzlich schief zu stehen, sie drängen die Decke zusammen, die spitz wird wie ein gotischer Bogen. «Na, na», sagt Destange, packt den Kranken unter den Armen und schiebt ihn sanft vorwärts.

Die Kleidungsstücke, die Lös noch trägt, Hemd und Khakihose, sind steif vom geronnenen Blut. Sie hindern seine Bewegungen, während er die sechs Schritte macht, die ihn vom Bett im Nebenraume trennen. Endlich liegt er, Destange hat ihn fast ins Bett heben müssen, sonst wäre er von der Kante abgerutscht.

«Ich will sehen, daß ich andere Wäsche für dich bekommen kann und auch andere Hosen. Ausziehen kannst du dich nicht: Leintücher sind rar im Posten, das weißt du, und die Decken sind schmutzig, das siehst du ja. Hast du Durst? Ich will sehen, daß ich in der Küche ein wenig Tee kochen kann. Während der Zeit mußt du schön ruhig liegenbleiben.»

Destange trägt einen neuen Leinenanzug und dazu blaue Wadenbinden; auch die Polizeimütze ist von dieser zarten Farbe, die an den Frühlingshimmel über Paris erinnert.

Lös' Bett steht neben einem Fenster; ein feinmaschiges Drahtgitter bedeckt es. Draußen liegt still und glühend der kleine Hof. Die Sonne, von den Dächern noch verborgen, erhitzt aus dem Hinterhalt die Mauer, die dem Fenster gegenüberliegt. Schmerzhaft ist für die Augen das harte Blau des Himmels.

Aber wie gut ist es, die zähe Dämmerung der Zelle nicht mehr ertragen zu müssen, die schmale Ritze nicht mehr zu sehen, zwischen den Brettern der verriegelten Tür. Lös legt die Fingerspitzen gegen das feinmaschige Drahtgitter; dort kühlt sie ein trockener Luftzug; dann betupft er vorsichtig die sauberen Stahlklammern der Wunde, weil sie so kalt scheinen: Aber sie sind heiß.

Destange hat die Türe, die ins Freie führt, offen gelassen, und Lös kann von seinem Bett aus die Vorübergehenden sehen. Sie bleiben stehen, gucken neugierig auf den Liegenden, nicken wohl auch einen lächelnden Gruß. Lös winkt zurück, mit der gesunden Hand. Jetzt geht Peschke vorbei, er wendet den Kopf nicht, der Korkhelm beschattet sein Gesicht, auf seiner Schläfe ist die Spitze seiner Apachenlocke ein kleines schwarzes Dreieck. Ihm auf den Fersen folgt Patschuli, der Damenimitator, bleibt stehen, wirft eine Kußhand und steigt mit zögernden Schritten die beiden Stufen hinauf: Er will ins Zimmer treten, da schlägt ein Zugwind die Türe zu. Aber Patschuli erscheint wieder am Fenster neben dem Bett, drückt seine Nase ans Drahtgitter, sein Gesicht ist so nahe, daß Lös zurückfährt, erschreckt von der Gier der weitaufgerissenen Augen. Patschuli möchte die Wunde sehen, er zappelt vor Neugierde, als verspreche der Anblick etwas ungeheuer Erregendes, steckt den Zeigefinger durch eine Masche und bettelt um die Erlaubnis, die Wunde betasten zu dürfen. Von Zeit zu Zeit ruckt er mit dem Kopf, lugt argwöhnisch nach rechts und nach links, als fürchte er eine unliebsame Überraschung. Dann läuft er davon, plötzlich, ohne Gruß.

Wieder ist Lös allein. Die Tür zum Vorderzimmer ist geschlossen. Durch das Gitter des Fensters sickert die heiße Luft, wie dickflüssige Gelatine durch ein Sieb. Der Posten ist so still; schlafen denn alle? Die Fliegen üben unermüdlich ihre komplizierten Reigen und gönnen sich nur selten eine kurze Rast; den Betten entströmt ein muffiger Geruch, der an schmutzige Wäsche erinnert, die lange in einem verschlossenen Schrank aufbewahrt worden ist. Lös schließt die Augen, weil das allzu neue Gesicht der Dinge ihn ermüdet.

Da bläst ein heftiger Atemzug über sein Gesicht. «He!» sagt eine Stimme. Draußen steht, angetan mit einem neuen Khakihemd, Pierrard, der Belgier; zwei Finger der linken Hand tragen einen Verband. Er lächelt. «Wie geht's? Ich muß mit dir sprechen. Sie erzählen im Posten, du hättest Tag für Tag 30 Bidons Wein verschenkt. Ich weiß nicht, ob das wahr ist, übertrieben ist es ja sicher. Aber eins steht fest, mein Lieber, daß nämlich wirklich unglaublich viel fehlt. Über vierhundert Liter Wein, ein halbes Faß; außerdem hast du vergessen, die Fässer jeweils wieder zu schließen, so daß in dreien der Wein sauer geworden ist. Du verstehst ... die Hitze. Das Schnapsfaß ist auch fast leer und sollte doch noch mindestens hundert Liter enthalten, dazu fehlt ein ganzer Sack Kaffee, eine Kiste Seife. Weißt du, wir machen die Sache so: Ich muß die Aufstellung machen, Mauriot hat Vertrauen zu mir, da schreib ich eben ein wenig mehr Fehlendes auf, damit ich nachher Spielraum habe. Dir ist's doch gleich, es geht ja alles im gleichen Aufwaschen. Da, sie haben dir doch sicher dein Geld abgenommen», Pierrard schiebt unter dem Drahtnetz eine Zwanzigfrankennote durch. «Ich hab gestern gut einkassiert, beim Spaniolen und beim Adjutanten vom Bureau arabe, und bring's schon wieder ein, wenn eine Truppe durchzieht.» «Nimm dich in acht», warnt Lös und versteckt das Geld unter dem schmierigen Kopfkissen, «das ist gefährlich mit dem einkassierten Geld. Wenn der Leutnant plötzlich Abrechnung verlangt, was machst du dann?» «Unbesorgt! Ich steh gut mit ihm. Aber mit dem Chef räume ich auf. Der soll nicht bei mir betteln und schön tun. Ich habe ihn heut morgen wieder fortgeschickt, als er Kaffee ohne Bon holen wollte.» Noch einmal warnt Lös: Mit dem Chef müsse man sich gut stellen, das sei besser, er sei schlau und rachsüchtig und gelte viel beim Capitaine. Pierrard lacht nur, das Machtbewußtsein hat seinem Körper eine majestätische Starrheit gegeben. Er will es gern mit dem Chef aufnehmen, mit dem Leutnant im Rücken und dem Capitaine als freundlich schirmender Gottheit. «Und wenn du Wein willst, sag's nur. Weißt du, ich lasse keinen fallen, der einmal mein Freund gewesen ist.» Mit diesem Ausspruch verabschiedet sich Pierrard.

Lös bleibt grübelnd zurück. Hätte er eindringlicher warnen sollen? Er erinnert sich der ersten Zeit in der Administration. Auch damals waren sie alle freundlich zu ihm gewesen.

Wie langsam dieser Morgen vergeht!

Destange kommt zurück. Er hat sich Mühe gegeben: Der Tee ist stark, er hat den Saft einer Zitrone darunter gemischt. Und dann bringt er das Mittagessen: Schafffleisch in dünner Sauce, sehr zäh (die Gabel will gar nicht eindringen), und Linsen.

Mit der Übelkeit, die in Lös aufsteigt, macht sich die Erinnerung an einen Augenblick der verflossenen Nacht breit: Das Blut hat aufgehört zu fließen, die Venen haben sich von selbst geschlossen, der Tod will nicht kommen, nicht einmal eine Ohnmacht stellt sich ein, er fühlt sich verpflichtet, das Begonnene zu Ende zu führen, noch einmal zu sägen, endlich die Arterien zu treffen, deren Pochen er deutlich spürt, wenn er den Finger in die Wunde legt. Nur eine dünne Schicht kann sie von der Oberfläche trennen, aber ihm fehlt die Kraft, diese dünne Schicht zu durchschneiden. Und diese mitleidlose Erkenntnis seiner eigenen Schwäche, die ihn überfallen hat (der Trotz, der ihn den Deckel im Staube suchen läßt, aber die Hand verweigert den Gehorsam!), läßt ihn auch jetzt noch so laut aufstöhnen, daß Destange mitleidig fragt, was ihm denn fehle und ob er Schmerzen habe? Destanges Augen glotzen gierig.

Lös hat die Augen geschlossen, um dem saugenden Glotzen des anderen zu entgehen. «Stell das Essen weg, mir wird ganz übel davon. Nur ein wenig Tee. Danke.»

Lös schläft ein. Wie er aufwacht, hat der Posten seine Stille abgeschüttelt. Die dünne Wand, die das Krankenzimmer vom Schlafsaal der Mitrailleusensektion trennt, läßt Gespräche nur als Lautbrei durch; in seiner Unverständlichkeit wirkt er aufreizend: Lös ist überzeugt, daß drüben sein Fall verhandelt wird; er legt das Ohr an die Wand, um besser lauschen zu können. Da nehmen einige Worte Form an: «Gewehr», «Feigheit», «Gums», «Schilasky», «der Alte» ... Sie sprechen nur vom Kampf.

Destange bringt das Nachtessen. Der Teekessel ist leer. Lös kann sich nicht besinnen, wann er ihn ausgetrunken hat. «Ich werde frischen machen», verspricht Destange und räumt auch das schmutzige Geschirr vom Mittag fort. «Nichts gegessen? Du mußt essen, sonst wirst du nie die Kraft einholen, die du verloren hast.»

«Willst du mir nicht ein paar Eier holen?» unterbricht ihn Lös, der vergebens versucht, die Wiederholung des Mittagessens zu essen: Suppe, in Wasser gekochtes Schaffleisch und klebrigen Reis. «Im Dorf kannst du welche finden. Und Geld habe ich auch.»

Destange zieht ein dummes Gesicht. «Geld?» Er spuckt in die Handflächen und reibt sie an seinen Hosen ab, ein symbolisches Händesäubern. «Übrigens, was geht's mich an? Ich bin verantwortlich für dich; aber der Major hat nichts davon gesagt, daß du kein Geld haben darfst. Wieviel Eier willst du?» «Soviel du auftreiben kannst. Sie langen dann für ein paar Tage.»

«Gut!» Destange nickt, er müsse dem Capitaine Materne noch Borwasser bringen, weil dieser über Augenschmerzen geklagt habe. Eine gute Ausrede! Ein Spirituskocher sei auch vorhanden. Sonst brauche Lös nichts? – Nein. – Übrigens sei Bergeret diesen Morgen fortgeritten; vorher habe er gesagt, Lös solle sich beruhigen. Der Capitaine sei ein guter Mann, aber seine Aufregung müsse sich zuerst legen. In ein paar Wochen werde die ganze Geschichte vergessen sein, und vom Kriegsgericht sei dann nicht mehr die Rede.

Oh, tröstlich ist die Dunkelheit im hohen Krankenzimmer, kein zähes Pech mit heller Dämmerungslinie. Nicht abgeschlossen ist man vom Leben, wieder aufgenommen ist man von einer Gemeinschaft; dies gibt Sicherheit und Ruhe. Drüben singen sie:

«Ja, das war die böse Schwiegerma-ma-ma,
Schwiegerma-ma-ma, Schwiegerma-ma-ma.
Eine Triko-Triko-Trikotaille hat se an
Das Luder,
Stiefel ohne Sohlen
Und kein Absatz dran ...»
«Und als der Müller nach Hause kam,
Vom Regen war er naß, ja war er naß ...»

Lös summt leise mit. Nur dürftig vermag der Gesang durch die Mauer zu dringen und flattert dann im weiten Zimmer umher, in dessen großer Leere. Aber das Lied gibt die Sicherheit menschlicher Nähe: Nur zu rufen braucht Lös, und sogleich wären sie da, die Kameraden von nebenan; langsam versinkt die Erinnerung an die beiden letzten Nächte.

Aber plötzlich erhebt sich drüben ein Brüllen, das anschwillt. Vergebens ruft Sitnikoffs Stimme: «Ruhe», das Geheul überschlägt sich, wird dumpf und drohend; ein einzelner Schrei steigt auf, wie eine Blase aus dunklem Wasser – zerplatzt. Dann Schweigen und aufgeregtes Geflüster. Schritte eilen am Fenster vorbei, die Tür wird aufgerissen: «He, Krankenwärter!» ruft eine Stimme, keuchend und bedrückt von der Finsternis. «Er ist nicht hier», sagt Lös laut. Die Schritte kommen näher, ein Zündholz flammt auf, ein Stuhl fällt um. «Sie haben einen Sergeanten niedergeschlagen», sagt der Schatten. Lös erkennt im letzten Aufflammen des Streichholzes Koribout.

Wieder Schritte vor dem Fenster, schwere Schritte von Leuten, die eine Last tragen. Ein Körper wird auf das Bett neben Lös geworfen; die Träger drängen eilends wieder hinaus, als seien sie verfolgt. Koribout ordnet bedächtig die Glieder des Leblosen. «Wer ist es?» fragt Lös. In der Stille hat er versucht, die Atemzüge des Ohnmächtigen zu erlauschen. Sie sind unhörbar.

«Denken Sie, es ist Sitnikoff.» Koribout ist erlöst, weil er sprechen kann. «Er ist mein Freund, und ich habe ihn gewarnt, er soll sich nicht mehr mischen in diese Angelegenheit. Eine böse Angelegenheit. Er hat retten wollen eine junge Seele, ein sehr schönes Unternehmen, ich leugne es nicht, und gibt bestes Zeugnis für seine Menschlichkeit. Nur ist diese Menschlichkeit einfach unbrauchbar in der Legion. Ich habe es Sitnikoff oft gesagt. Wir sind hier, habe ich gesagt, um zu registrieren, nichts sonst, alles andere ist gefährlich. Denn unsere Argumente werden hier nicht verstanden, nur die Gewalt herrscht, die reine Gewalt, die Faust.» Das letzte Wort spricht Koribout mit deutlich getrenntem Diphthong. Er hat sich neben Sitnikoff aufs Bett gesetzt und spricht, über Lös hinweg, gegen das Viereck des Fensters. Der Bewußtlose scheint ihm weiter keine Sorge zu machen, wichtig ist jetzt einzig die Formung des Vorfalls.

Nun, Pausanker, die Ordonnanz des Sergeanten Farny, sei von Bergeret nur oberflächlich untersucht worden, wie die anderen, und sei gesund befunden worden. Sitnikoff aber habe darauf gedrängt, daß Pausanker sich noch einmal zur Visite melde, denn er sei angesteckt, und eine Verzögerung der Kur könne die Krankheit unheilbar machen. Aber von Farnys unheilvollem Einfluß bestimmt, habe Pausanker sich plötzlich geweigert, noch einmal zum Major zu gehen. Inzwischen sei Bergeret fortgeritten. Da habe Sitnikoff gedrängt, Pausanker solle zum Capitaine gehen und diesem beichten. Pausanker sei einverstanden gewesen. Nun hätten wohl ein paar Alte aus der Sektion Farny die Überredungsversuche Sitnikoffs verraten. Farny habe wüste Drohungen ausgestoßen, sich aber nicht selbst an Sitnikoff gewagt. Farny habe darum Dunoyer, dem alten Guy und Stefan den ganzen Nachmittag zu trinken gezahlt und sie dann in die Mitrailleusensektion geschickt, um Pausanker dort zu holen. Die drei seien in die Baracke eingedrungen, Dunoyer habe Pausanker aufgefordert, sofort zu Farny zu kommen, denn dieser brauche seine Ordonnanz. «Ich fordere Sie auf zu bleiben, Pausanker», habe Sitnikoff sehr ruhig gesagt, ohne dem tätowierten Korporal zu antworten. Da habe Dunoyer ein Zeichen gegeben, seine beiden Genossen hätten Pausanker gepackt und ihn laufend fortgeschleppt, bevor die Sektion noch habe eingreifen können. Es habe nur eine Kerze gebrannt, die sei von Dunoyer gleich nach dem Raub ausgeblasen worden: Tumult. Gebrüll. Plötzlich habe Sitnikoff einen Schrei ausgestoßen. «Ich habe mich ruhig verhalten, nur beobachtend, denn mich interessieren die Ausbrüche der menschlichen Leidenschaft gar sehr», erklärt Koribout weiter; er spricht affektiert, weil er vom eigenen Wert überzeugt ist, «aber ich mußte doch *sehen*, wie die Massenszene sich entwickelte, denn dies kann später für mich von ungeheurem Nutzen sein, wenn ich etwa dazu berufen werde, einen Film zu schaffen. Sie verstehen mich? Auch ein rein literarisches Interesse war dabei. Darum zündete ich die Kerze wieder an. Sitnikoff lag am Boden, und seine Lippen waren blau. Da befahl ich den anderen, ihr Gebrüll einzustellen, und meine Landsleute sorgten für eine schnelle Ausführung meines Befehls. Wir trugen meinen Kameraden hierher – und nun, was meinen Sie, ist weiter zu tun?»

«Eine Kerze anzuzünden», sagt Lös, möglichst trocken.

«Natürlich, Sie haben recht. Seeehr.»

Koribout tappt ins andere Zimmer, tastet auf dem Tisch, kommt zurück. Die Kerze wird auf den metallenen Bettfuß geklebt und deutet dann mit ihrem Flammenfinger nach den verschiedenen Winkeln des Zimmers, bevor sie zur Ruhe kommt.

«Sie müssen mir dann noch Ihre Erlebnisse erzählen, Korporal, Ihre Erlebnisse, die seelischen, die vorangegangen sind Ihrem Entschluß zu sterben. Ich glaube, daß ich besitze Einfühlungsvermögen genug, um mich ganz zu denken hinein in Ihre Situation, und ein schönes Motiv wäre es, zu gestalten Ihre Verzweiflung, finden Sie nicht? Denn Sie müssen wissen, nicht nur ein lyrisches Talent habe ich, oh nein, ich habe schon geschrieben einen ... wie sagen Sie? ... psychologischen Entwicklungsroman, meine Entwicklung, ja, bis zu meinem Engagement in die Legion, in Konstantinopel. Sitnikoff habe ich vorgelesen ein paar Kapitel, und er hat gesagt, er findet es bedeutend. Bedeutend!» wiederholt Koribout mit Nachdruck. Dann wendet er sich dem Ohnmächtigen zu und spricht auf ihn ein mit derselben leisen, von sich überzeugten Stimme.

«Nun, Freund, wache auf, lang genug hast du geschlafen. Du hast nicht hören wollen auf die guten Ratschläge, die ich dir habe gegeben. Schlage die Augen wieder auf, die Gefahr ist vorbei, aber du wirst trauern, weil die Rettung, die du versuchtest, mißglückt ist. Wache auf, sage ich dir, Freund!»

Sitnikoff rührt sich nicht. Zum Glück kommt Destange zurück, fragt nicht lange, legt das Ohr auf die Brust des Ohnmächtigen, nickt: «Nichts Schlimmes ...», holt bedachtsam ein Fläschchen, dessen Hals er unter die Nase Sitnikoffs hält. Der scharfe Geruch von Ammoniak kühlt die Schwüle des Zimmers. Sitnikoff öffnet die Augen, stößt heftig Luft aus und blickt zwinkernd um sich. «Wo ist Pausanker?» ist seine erste Frage. – «Bei seinem Verderber!» antwortet pathetisch Koribout. Sitnikoff regt sich auf: Das hätte man verhindern sollen, mit Gewalt, warum die Leute seiner Sektion nicht eingeschritten seien? Koribout, mitleidig lächelnd, klärt ihn auf. Sie sprechen deutsch miteinander, damit Lös sie verstehen kann; Sitnikoff begrüßt ihn nachträglich mit einem Händedruck. Dann wird langatmig beraten, was zu tun sei. Sitnikoff will nicht, daß der Capitaine etwas von dem Vorfall erfahre. Man dürfe den alten Mann nicht unnötig aufregen. So wird beschlossen, nur von einem vorübergehenden Unwohlsein Sitnikoffs zu sprechen und die Sektion in diesem Sinne zu instruieren.

«Ihr hättet ruhig französisch sprechen können», meint Destange, der sich beleidigt und ausgeschlossen fühlt. «Ich bin kein Blauer. Ich verrate nichts.» Koribout, den Mund höflich gerundet und mit den Knöcheln der Fäuste seinen Bart bügelnd, unternimmt es, den Krankenwärter zu versöhnen. Er ist unwiderstehlich. Umständlich wird Destange der Beschluß bekanntgegeben, nachdem man auch ihn in die Tragödie einer Menschenrettung eingeweiht hat. Er müsse verstehen, die Legion habe im allgemeinen zu schlechte Erfahrungen mit den Regulären gemacht, da schwinde eben das Vertrauen, aber Destange sehe aus wie ein guter Kamerad, er werde sich gewiß nicht in interne Angelegenheiten der Legion mischen? Destange kann nur den Kopf schütteln, so überwältigt ist er von diesem unerhörten Redeschwall. «Das sind mir ‹Schädelstopfer›, die sollten mir ins Parlament», erklärt er, als die beiden das Zimmer verlassen haben. Dann sieht er lange in die Kerzenflamme, bläst sanft hinein, doch das behagt der Kerze nicht: Sie weint weiße Tränen. «Die Eier», erinnert sich Destange; er geht ins Nebenzimmer; bald summt das Wasser, Destange kommt mit einem Glas zurück, in dem die Dotter auf einer weißen Unterlage ruhen. Auch den Kessel hat er wieder mit Tee gefüllt, er läßt Lös daran riechen: Rum! «Und da hast du noch Chinin. Wenn du etwas brauchst, kannst du rufen.» Dann schließt er die Türe zum Nebenzimmer, beim Ausziehen pfeift er leise die Internationale, verstummt dann, das Bett kracht. Nach fünf Minuten tönt lautes Schnarchen durch die geschlossene Tür.

Lös versucht, sich auf verschiedene Weise die Zeit zu vertreiben. Das Chinin spart er auf, er leckt nur daran, um der Süßigkeit des Tees einen bitteren Hintergrund zu geben. Sorglos fühlt er sich, wie ein Kind, das spielt. Dann ordnet er sein Bett, klopft das Kissen zurecht, streicht die Decke glatt, entschließt sich sogar, die Hosen auszuziehen: Sie sind so starr vom geronnenen Blut. Ein kühler Wind streicht durch das Netz. ‹Nun ist der

Sommer bald zu Ende, der Regen wird kommen, Schnee und Kälte, wo werde ich im Winter sein?›

Die Kerze flackert; lange, lange starrt Lös in die Flamme. Sie ist wie ein Gefangener, der aufrecht steht, mit gefesselten Füßen, und den Oberkörper verzweifelt hin und her schleudert, um sich zu befreien. Aber die Befreiung naht: Die Kerze ist zu Ende; erlöst versinkt die Flamme in der Dunkelheit. Nun kann die lange schlaflose Nacht beginnen, kein Licht wird mehr den Fluß der Gedanken hemmen.

«Halt!» murmelt Lös. ‹Jetzt nehmen wir die beiden Tabletten, die wir verschmäht haben. Dann wird das Chinin den Schweiß durch die Poren treiben. Gesagt, getan!» sagt er wichtig. «In den Mund mit den Ptisanen, sie sind bitter, das schadet nichts. Einen Schluck Tee darauf, und er schmeckt nach Rum ... Hmhmhm ...» Dann bleibt er liegen, murmelt uralte komische Gedichte: «Das Perlhuhn zählt eins zwei drei vier, was zählt es denn, das kluge Tier, dort unter den dunklen Erlen? Es zählt von Wissensdrang gejückt (was es sowohl als uns entzückt) die Anzahl seiner Perlen ...» Mit offenen Augen folgt er den Sternen, die in der Dunkelheit tanzen. Endlich rührt vor seinen Augen der weiße Zauberer Chinin die Trommel, beruhigt schließt der Kranke die Augen, und der Wirbel ist sein Schlummerlied ...

3. Teil — Auflösung

Seigneur, Seigneur, nous sommes terriblement enfermés.

Gide, *Paludes*

XIII. Kapitel Der Kampf

Aus den dumpfen Baracken haben sie die Matratzen ins Freie geschleppt. Um Mitternacht kommt ein spielender Wind von den Bergen und trocknet den Schweiß von den klebrigen Körpern. Aber der Wind bringt nur wenig Kühlung, denn zwischen den Bergen und dem Posten liegt die Ebene, und auf ihr lagert die Hitze des Tages; der Wind nimmt die Hitze mit sich und trägt sie in die Höfe ...

Sie können nicht schlafen; den Tag über haben sie geruht, nun vermissen sie die Müdigkeit, die all die Wochen vorher ihre Augen entzündet hat. Und der heiße Wind macht geschwätzig. Sie liegen auf dem Rücken und sprechen Worte in den Wind – und der Wind nimmt die Worte, spielt mit ihnen wie mit dem Staub, den er aufwirbelt. Doch er, der Staub, wird wieder zurückfallen auf die Erde – sei es, daß ein Regen ihn niederschlägt, sei es, daß er an den Blättern der Feigenbäume haftenbleibt und mit ihnen, wenn sie welk sind, zu Boden fällt. Nie wird er ganz verlorengehen. Doch die Worte? – Der Wind pflückt sie von den Lippen (leicht sind die Worte, leichter als der Staub, leichter als die heiße Luft), und dann wird er sie verwehen. Wohin? Worte sind es nur, Worte, in die Nacht gesprochen ... Stimmen haben sie geformt, die heiser geworden sind vom Wein und vom Durst und vom Rauch.

Schilasky spricht: «Der Todd hat mir schon am Abend vor dem Kampf gesagt: ‹Hör! Morgen gibt's etwas! Ich hab im Café vier Araber getroffen, die wollten mich ausholen ... Weißt du, daß wir nicht nur Camions mit Lebensmitteln bewachen müssen, sondern daß auch das Auto vom Zahlungsoffizier den Konvoi begleiten wird?› – Natürlich wußt ich das nicht, aber am Morgen war das kleine Auto wirklich da. ‹Paß auf›, sagt da der Todd noch zu mir, ‹heut wird's stinken!› Und plötzlich steht der Lartigue neben uns und redet uns auf deutsch an: ‹Daß ihr der Sektion keine Schande macht! Nie verliert mir die Ruh'! Vers-standen?› Dann kehrt er sich um, und wir sehen, daß er einen ganz runden Rücken macht – wie ein alter Mann ... Ja, sein Rücken sah traurig drein; ich bin sicher, er hat gewußt, wie es gehen wird.»

Neben Schilasky liegt ein langer magerer Mensch, der ein Handtuch um die Hüften gebunden hat. Er liegt auf dem Bauch und stützt das Kinn in die hohlen Hände. Seine Bartstoppeln schimmern wie Messing, und die Locken auf seinem Kopfe sind blond.

«Wir in der vierten Sektion», sagt er mit heiserer Stimme, «haben es nicht so gut gehabt wie ihr. Bei uns hat der Farny kommandiert. Ich sag dir, Mensch, der Kerl ist ganz verrückt. Du kannst direkt vor ihm stehen, und er sieht dich nicht – guckt an dir vorbei. Er hält sich für den größten Mann der ganzen Kompagnie, weil er die berühmte Kolonne mitgemacht hat – wißt ihr, ins Tafilaleth, damals, neunzehnhundertachtzehn ... Von zweihundertzwanzig Mann ist er allein mit seiner Ordonnanz und einem Korporal zurückgekommen. Wie der sich diesmal benommen hat! Ich wette, daß er die Hosen genäßt hat, wie die Bicots angeritten sind.» Er lacht, dann hört man einen leisen Knall – er hat den Stöpsel aus seiner Feldflasche gezogen –, und nun trinkt er in langen glucksenden Zügen.

Der Mond ist noch nicht aufgegangen, aber der Sternenschein ist so hell, daß die vorspringenden Wellblechdächer der Baracken samtene Schatten auf den Boden werfen. Ein Lachen steigt auf, es gurgelt wie ein Dorfbrunnen in einer stillen Sommernacht. Schweigen. Dann lacht Pfister: «Hahaha! ... Hosen genäßt! Dem Petroff neben mir ist das wahr- und wahrhaftig passiert. Die Bicots fangen an zu schießen – nid? – und das ist ein gruusiges Klepfen ... Takoouu ... Grad an meinem Ohr vorbei pfeift's, und da hockt der Petroff ab vor Angscht, und wie er aufsteht, ist sein ganzer Hosenboden naß. Gestunken hat er, sag ich euch! ‹Gang zum Tüüfu!› sag ich zu ihm. ‹Gang di go putze!› Und er will wirklich zurückkriechen. Da sieht ihn der Hassa und jagt ihn wieder nach vorn. Aber der Russki in seiner Angst versteht ihn nicht und deutet nur immer auf seinen Hintern. Da hat auch der Hassa lachen müssen ...»

Und Pfister macht das Lachen des Sergeanten Hassa nach. Er ist klein und rundlich, der Schweizer Pfister; so oft ist er wegen seines heimatlichen Dialekts verspottet worden, daß er sich Mühe gibt, hochdeutsch zu sprechen; manchmal gelingt es ihm sogar, Kraschinskys Berlinern nachzuahmen.

Korporal Cleman, von der ersten Sektion, ein dürrer Streber mit einem Mund, rund und rot wie eine Kirsche, nach der seine krumme Schnabelnase stets zu picken scheint, sieht aus wie ein verhungerter Kellner und behauptet, der letzte Sproß des Grafengeschlechtes derer von Mümmelsee zu sein. Er spricht wie ein Schmierenschauspieler in der Rolle eines preußischen Leutnants. «Ihr habt gut lachen!» sagt er, «ihr von der windigen zweiten Sektion. Aber wir von der Ersten! Immer mit dem Hauptmann zusammen, immer Nachhut! Wo uns die Biester doch schon auf den Fersen saßen. Kamen da ran, zwei auf 'nem Ferd, bis auf hundert Meter, machten kehrt und in Carriere zurück. Sagt der Alte plötzlich zu mir: ‹Na, Kleener, haste gesehen, was die für weißen Dreck fallen lassen? Regarde! Là-bas ...› Richtig, nun sah ich's auch. Jeder, der gegen uns angeritten ist, hat einen zweiten hinten aufsitzen, und *der* läßt sich zu Boden fallen, bevor das Pferd kehrt macht. Und kreucht dann näher. Das Anschleichen vastehn se ja; man sieht se nich, bis sie janz nahe sind ... Hm», meint Cleman gedankenvoll, «es war wirklich merkwürdiger weißer Pferdedreck ...»

«Pferdedreck! Wyßi Roßbolle!» lacht Pfister verzückt – er lacht gern, auch über die dümmsten Witze. Vor einem halben Jahr hat ihn der Huf eines Maultiers mitten auf die Stirn getroffen und dort eine rote Narbe hinterlassen. Vielleicht hat auch sein Gehirn unter dem Schlag gelitten. «Jaja, Witze reißen kann der Alte. Bei uns hat der Hassa nichts gemerkt. Er ist kurzsichtig. ‹Sergeant!› sag ich zu ihm. ‹Sergeant! Dort kriecht einer!› – ‹Kümmern Sie sich um Angelegenheiten Ihrige!› seit de Löli. ‹Nein›, sag ich. ‹Dort kriechen zwei Dutzend. Laß schießen,

Sergeant, sonst ist fertig mit Pinard.› – ‹Was erlauben Sie sich zu duzen Ihr Vorgesetztes?› Aber er hat kaum ausgeredet, da stehen kaum zwanzig Meter vor uns ein Haufen Graumäntel auf, und sie brüllen. Da macht der Hassa ‹demi tour à droite› und rennt zurück. Da sage ich: ‹'s isch z'heiß zum Springe›, und kommandiere: ‹Bajonette on!› Die andern folgen mir ... Der Petroff hat gebrüllt: ‹Yoptoyoumatj!› und ist gesprungen wie ein junges Kalb. Die Araber haben Fäden gezogen ... Und dann ischt es still geworden, und wir haben eine Autohupe gehört. Der Zahlungsoffizier ist gemütlich vorbeigefahren. Ischt das nicht eine Schande? Bei der Hitze haben wir uns so anstrengen müssen, um dem sein dreckiges Geld zu retten! Aber du, Schilasky, erzähl, wie der Todd verwundet worden ist ...»

Wispern: «Der Todd ...» – «Tod ...» – «tot ...» Dann Stille. Regungslos liegen die Körper auf den dünnen Matratzen. Keiner lacht. Es ist, als hielten sie alle den Atem an. Dann raschelt Schilaskys Matratze, der Mann setzt sich auf, zieht die Beine an, seine Arme umschlingen die Knie, und er läßt seinen Blick wandern über die Kameraden, die ihn umgeben. Patschuli ist da und Peschke, eng aneinandergeschmiegt auf der gleichen Matratze, und dort, an die Mauer gelehnt, hockt der alte Kainz. Neben ihm, auf dem Bauch, liegt der Bäcker Frank. Und auf der Türschwelle der Baracke, ein offenes Notizbüchlein in der Linken, einen scharfgespitzten Bleistift in der Rechten, sitzt Koribout, der Dichter mit dem gescheitelten Bart. Er ist der einzige, der vollständig angekleidet ist: gelbe Khakiuniform, die graue Flanellbinde faltenlos um die Hüften geschlungen, elegante Schnürschuhe und vorschriftsmäßig gewickelte Wadenbinden. Sein Tropenhelm ist frisch geweißt, das Sturmband versteckt sich hinter seinem Bart. Weiter wandert Schilaskys Blick, ruht einen Augenblick auf Kraschinsky, flieht dann, um an Clemans Nase hängenzubleiben, senkt sich endlich. Schilasky seufzt. Er denkt an den Abend jenes Marschtages, er denkt an den Todd, und leise beginnt er zu sprechen:

«Ihr wißt, daß die Mitrailleusensektion Avantgarde war ... Wie wir aufbrachen, war's noch finster. Der Leutnant ritt voraus und sah böse drein. In der ersten Pause riß bei einem Basttier der Riemen, und die Hotchkiss fiel zu Boden. Der Weibel mußte allein wieder laden. Aber wie's dann hell wurde – bei der zweiten Pause – und der Weibel dem Leutnant Meldung machte, mußte Koribout nachschauen gehen ...»

«Es hat gefehlt ein Bolzen vom Dreifuß ...» klang es von der Türe her. Schilasky nickte; dann fuhr er fort:

«Lartigue schickte den Todd und mich zurück, um den Bolzen zu suchen. Wir liefen die ganze Zeit gebückt, und der Rücken tat uns weh. Schließlich haben wir den Bolzen gefunden und sind zurückgelaufen. Die Sektion war weit voraus – und wir zwei allein. Die Piste ging zwischen zwei hohen Felswänden durch, und immer wieder rollten Steine die Hänge herab. ‹Das gefällt mir nicht›, meinte der Todd. Ich hab geschwiegen. ‹Na›, sagte der Todd weiter, ‹auf uns haben sie's wohl nicht abgesehen, wir haben kein Geld – höchstens unsere Gewehre könnten die Bicots noch interessieren ...› Endlich haben wir die Sektion erreicht, und ich hab dem Leutnant gemeldet, daß wir den Bolzen wieder gefunden haben. ‹Habt ihr sonst nichts Verdächtiges bemerkt?› fragt der Lartigue. Da erzählt der Todd von den Steinen, die von den Hängen gerollt sind, und der Leutnant verzieht das Gesicht. Dann meint er, wir hätten noch Zeit zum Casse-croûte. So hat die ganze Sektion gehalten, und wir haben unsern Speck verzehrt. Dann zieht der Lartigue aus seiner Satteltasche sechs Paket Zigaretten und verteilt sie unter uns. Anständig, was?...»

Kraschinskys Kopf hob sich von der Matratze, seine Locken glänzten speckig, wie falsches Gold, er räusperte sich, blies den Schleim durch die gespitzten Lippen wie durch ein kurzes Blasrohr und meckerte dann:

«Ich weiß wahrhaftig nich, warum ihr alle vor diesem Leutnant auf dem Bauch liegt; natürlich, er verteilt Zigaretten, und ihr Schafsköpfe glaubt, er tue dies aus Liebe zu euch ... Nein! Angst hat er um seine Haut, weiter nichts, der hohe Herr, und er denkt: Wenn ich meine Leute nicht anständig behandle, so knallen sie mich hinterrücks nieder ... Unser Farny hat gewußt, warum er immer hinten geblieben ist, der Leuteschinder, wenn der mir vor die Mündung gekommen wäre, der würde heut nicht mehr mit dem Pausanker schlafen. Erzähl weiter, Schilasky, und mach keinen Schmuh mit 'm Edelmut von die Offiziere ...»

«Ach, Berliner!» Schilaskys Stimme war verächtlich. «Du hast immer ein großes Maul, wenn die Offiziere nicht da sind, und kriechst, wenn du einen von weitem siehst. Du hast doch den Hitzig beim Chef angegeben, wie er im Magazin eine Krawatte geklaut hat. Weißt du, mit dir will ich mich gar nicht herumstreiten, du bist mir viel zu dreckig ...»

«Und du?... Und du?... Wenn ick auskramen wollte ... Alte Tante! Mit wem haste noch nich jeschlafen in der Kompagnie, he?... Und zuletzt noch mit dem Todd, stimmt's oder stimmt's nicht?»

In der Tür der Baracke stand Korporal Koribout. Seine sonst sanfte Stimme tönte laut durch die Dunkelheit.

«Sie sollten sich schämen, Kraschinsky ... Einem Verwundeten muß man Achtung bezeugen, das sage ich Ihnen. Obwohl ich finde, daß eine Typus wie die Ihrige vom Standpunkt des Gestaltenden höchst interessant ist und einer gewissen Ähnlichkeit mit einer Gestalt meines Landsmannes Dostojewsky, den Sie wahrscheinlich nicht kennen, nicht ermangelt. Ich denke da zum Beispiel an Ferdyschtschenko aus dem Roman *Der Idiot* ... Eine meisterhafte Typus ...» Koribout setzte sich wieder und kritzelte in sein Büchlein.

Kraschinsky versuchte zu lachen. Aber das Schweigen, das ihn von allen Seiten einschloß, war so beklemmend, daß sein Gelächter in ein Husten überging – es war ihm, als sei sein Mund mit Staub gefüllt. Schilasky fuhr nach einer Pause fort, während der er erbittert an der Haut seines Daumennagels gekaut hatte:

«Der Leutnant schaute immer ins Tal hinunter. Wir standen auf einer Anhöhe. Im Tal war nichts zu sehen ... Die Luft ist ganz klar und die Sonne noch gar nicht hoch. Ganz hinten, dort, wo der Weg anfängt zu steigen, sahen wir die erste Sektion. Der Leutnant suchte mit seinem Feldstecher die Berge rund um uns ab. Da plötzlich rief der Todd laut: ‹Schilasky!› Ich schaute auf und sah gerade, wie er dem Leutnant einen Stoß gab mit der

Schulter vor die Brust, so daß der Lartigue auf die Seite fiel und sich mit der Hand auf den Boden stützte. Ich sprang herzu, denn ich verstand nicht, was dem Todd plötzlich eingefallen war, ob er den Verstand verloren hatte oder was sonst ... Und kam gerad zur rechten Zeit, um den Todd aufzufangen. Ich muß wohl sehr dumm dreingesehen haben ...»

«Sonst siehst du ja blendend intelligent aus ...» schob Kraschinsky ein, aber er wurde niedergezischt, und Cleman, der Mann mit dem Papageienschnabel, sagte laut, deutlich und so scharf, daß keine Widerrede aufkommen konnte:

«Halt deine ungewaschene Schnauze, Kraschinsky, sonst kannste was erleben!» – «Sehr richtig!» pflichtete Pfister bei, und Patschuli ließ in dieser Nacht zum ersten Mal seine Stimme hören: «Ogottogottogott! Müßt ihr denn immer streiten! Seht doch die Sternschnuppen. Die Nacht ist *so schöön*! Und ihr wißt nur schmutzige Sachen zu erzählen, während doch der Wind *so* liebevoll durch meine Haare streicht ...» «Kusch!» sagt Peschke. «Erzähl weiter, Schilasky!»

«Der Lartigue hat angefangen zu lachen – aber plötzlich stockt er, will aufstehen, da sagt der Todd mühsam und greift sich an die Schulter: ‹Liegen bleiben, mon lieutenant! Tous couchés!› ruft er noch, und da werfen sich alle hin. Ich laß den Todd auf den Boden gleiten und leg mich neben ihn. Mit vieler Mühe stellen wir die Mitrailleusen auf, der Leutnant gibt das Ziel an, die Distanz. Es geht alles wie geschmiert. ‹Feu à volonté!› ruft der Leutnant, und da beginnen unsere Hotchkiss, und es ist ein Lärm wie von einem Dutzend Nietmaschinen. – Der Todd ist ganz still dagelegen, und der Lartigue kriecht zu ihm. Er hat sein Taschenmesser in der Hand und schneidet die Knöpfe ab, vorn an Todds Waffenrock. Dann haben wir die Wunde gesehen: Vorn, eine Handbreite von der Brustwarze nach oben, war nur ein kleines Loch, aber am Rücken ein Trichter ... ein Trichter ...» Schilasky stockte, es klang, als habe er den Schluckauf. «Ein Tri-hi-hichter, eine Spanne Durchmesser. Fleisch und Knochen waren herausgerissen, und das kle-hebte» (der Schluckauf kam wieder) «an einem Stoffstück, das ein wenig weiter entfernt am

Boden lag. ‹Warum haben Sie das getan, Todd?› fragt der Leutnant. Ganz weiß ist mein Ka-ha-merad gewesen ... Da schreit mich der Leutnant an, ich soll mein Hemd hergeben. Ich war froh, daß ich's am Tag zuvor gewaschen hatte – und so-ho-ho – und so war das Hemd sauber. Wie ein Doktor hat der Leutnant gearbeitet. Das Hemd zerfetzt er und stopft es in das Loch; dann mußt ich seine Satteltaschen holen (die Tiere standen in einer Mulde). Der Lartigue legt einen Verband an – zwei Binden hat er gebraucht und ein ganzes Fläschchen Jodtinktur. ‹Nicht einmal Morphium hab ich›, sagt der Leutnant und weint fast. Aber plötzlich fällt ihm etwas ein, und er lächelt. Ganz unten in der Satteltasche hat er eine Büchse gehabt, in der war eine Art braune Konfitüre, die riecht stark nach Gewürzen. Mit der Messerspitze holt er ein wenig von dieser Konfitüre aus der Büchse, knetet eine Kugel aus der Masse – o, sie war nicht groß, die Kugel, wie der Nagel von meinem kleinen Finger. ‹Du mußt schlucken diss!› sagt der Leutnant zum Todd. Und der schluckt gehorsam. ‹Was ist das, mon lieutenant?› frage ich. ‹Psch!› macht der Lartigue und legt einen Finger auf die Lippen ...»

«Und du Trottel hast natürlich nicht gewußt», keifte Kraschinsky, «daß der Lartigue ein Opiumraucher ist. Na, ich sag's ja ...» Das heisere Lachen dauerte nicht lange. Es klatschte. Und dann sah Koribout ein sonderbares Schattenspiel: Über das Dach der Baracke, die vor ihm liegt, kriecht langsam der Mond. In seinem Scheinwerferlicht steht eine flache Scheibenfigur regungslos; krumm springt die Nase vor und berührt mit ihrer Spitze fast das Kinn. Ein ausgestreckter Arm geht über in den Hals einer zweiten Figur, die mit Armen und Beinen schlenkert, wie eine Marionette. Korporal Cleman hält Kraschinsky im Nacken fest. Er schüttelt den Widersacher nicht, er hält ihn nur mit einer Hand; dann wirft er ihn mit einem Schwung auf die Matratze zurück.

«So wollen wir nicht auseinandergehen», flötete Patschuli. «Nein – so nicht. Legt euch wieder alle hin. Ich will euch von Atchana erzählen, wo wir Kalk gebrannt haben, während ihr so tapfer gekämpft habt ... Ihr wißt ja, einer hat sich dort umgebracht, der kleine Schneider. Im Fieber wahrscheinlich. Der arme Kerl ... Hat in der Sommeschlacht gekämpft, hat das E. K. gehabt und ist verreckt – wie soll man's anders nennen? In einem alten Sack haben sie ihn verscharrt. Der Adjutant stand an seinem Grab, und eine Erdscholle blieb an seinem Stiefelabsatz kleben ... ‹Merde!› sagte er und schleuderte unwillig den Fuß nach vorne ... Das war Schneiders Sterbelied. Aber nicht von ihm wollt ich euch erzählen. Sondern ...»

Patschuli unterbrach sich, schlängelte sich zwischen den andern durch, bis er Schilaskys Matratze erreicht hatte. Dort war er im Mittelpunkt, allen sichtbar.

«Vor vierzehn Tagen sind in Atchana zwei Araber mit einem Mädchen vorbeigekommen. Die drei wollten weiter nach Midelt, um das Mädchen im dortigen Kloster abzuliefern. Der Adjutant war glücklich. Die beiden Männer hat er hinauf in den Posten zu den Gums geschickt, zum Übernachten, und auch den nächsten Tag sollten sie dort oben bleiben. Zu uns hat er gesagt: ‹Ihr wart schon lange ohne Weiber, ihr müßt auch wieder etwas haben, sonst werdet ihr mir noch wild. Aber›, hat er gesagt, ‹Ehre, wem Ehre gebührt, die erste Nacht mit dem Mädchen gehört mir.› Am nächsten Tag war dann große Aufregung im Lager: Die beiden Sergeanten, der Veyre und der Schützendorf, wollten nicht ausrücken, sie stritten sich und behaupteten, nun seien sie dran. Sie wollten auch wieder einmal bei einer Frau schlafen. Der Adjutant wurde wütend, hier hätte er zu befehlen, sagte er, die Arbeit müsse getan werden, über Mittag hätten sie noch Zeit genug, ihre Sache zu machen. Ihr versteht wohl, daß mich die ganze Geschichte gar nicht interessiert hat ... Eine schmutzige Araberschickse ... Puh! Na, der alte Hengst, der Veyre, beruhigt sich endlich, Schützendorf knöpft sich zu, und beide ziehen ab. An der Küche war nur der Stefan zurückgeblieben, der schielte immer zum Zelt des Adjutanten. Mittags kommen die Sergeanten zurück, essen schnell und gehen dann zu ihrem Zelt, der eine wartet draußen, bis der andere fertig ist. In der Mittagspause hat es auch für die Korporäle gelangt. Die beiden Sergeanten waren ganz anständig, sie haben ihr Zelt zur Verfügung gestellt, weil es gegen den Oued offen war und man vom Lager aus nicht hineinsehen konnte. Die anderen sind nicht wenig aufgeregt, den ganzen Nachmittag. Der Adjutant hat bekanntgegeben, daß um vier Uhr Schluß der Arbeit sei, alle sollten drankommen, am nächsten Tag müsse das Mädchen weiter ... Es koste einen Franken, und wer kein Geld habe, der solle kommen und sich Vorschuß holen. Cattaneo werde dann immer fünfen gemeinsam einen Fünffrankenschein geben, denn er habe kein Kleingeld.

Ihr kennt doch den Appey? Er ist erst vor zwei Monaten in die Kompagnie gekommen, mit dem vorletzten Transport. Als es schon dunkel war, ruft der Adjutant plötzlich: ‹Appey!› Der weiß nicht, was los ist, und schreit mit seiner hohen Stimme: ‹Présent!› Er ist ja Franzose, wißt ihr, und hat sich dort in Atchana nie rasieren lassen und sich auch nie gewaschen. Da er immer ein wenig krank war, hat sich der Adjutant über ihn lustig gemacht und ihn auf alle Arten gequält. Also, der Appey kriecht aus seinem Zelt, er hat eine Flanellbinde um seinen Hals gewickelt und eine andere um seinen Bauch, sonst war er in Hemdsärmeln. ‹Nun, Appey›, sagt der Adjutant, ‹wie steht's mit der Liebe? Ich wette, du warst noch nie bei den Mädchen.› Die andern kriechen natürlich auch aus ihren Zelten, wie sie den Adjutanten hören. Denn sie wissen, daß es nun etwas Lustiges geben wird. Viele halten Kerzen in den Händen, es ist windstill und darum hell im Lager. Der Appey steht ganz verschüchtert da. Die Leute aus dem Zelt des Appey brüllen natürlich: ‹Nein, der Appey war nicht, er getraut sich nicht!› Die Schickse steht in einer Ecke beim Zelt des Adjutanten. Cattaneo ruft sie, und sie kommt in die Mitte des Kreises. Da zieht der Adjutant Geld aus der Tasche und sagt zu Appey: ‹Hör jetzt, wenn du vor versammelter Mannschaft beweist, daß du ein Mann bist, bekommst du diese fünf Franken, und dann spendier ich dir noch eine Flasche Rum.› Dann erklärt er dem Mädchen die Sache auf arabisch und verspricht ihr auch Geld, denn er zeigt auch ihr eine Note. Die anderen im Kreise tanzen vor Freude und lachen, und die Kerzen flackern. Ich hab's ja, offen gestanden, auch ganz ulkig gefunden, und 's war doch eine kleine Abwechslung. Der Appey schämt sich und will aus dem Kreise laufen. Er ist nicht durchgekommen. Der Adjutant nimmt ihn beim Arm und führt ihn vor das Mädchen. Es war wirklich komisch, den Appey heulen zu sehen; wie eine alte Frau hat er ausgesehen, wischt sich mit den Fäusten die Augen und sagt: ‹Quelle honte!› Doch das Mädchen hat dem Adjutanten einen Strich durch die Rechnung gemacht; weigert sich einfach. Die anderen johlen, der Adjutant bietet mehr, es ist wie bei einer Versteigerung: ‹Susch Douro, thleta Douro, arba Douro!› Das hat alles nichts genützt, der Adjutant holt aus seinem Zelt eine Hundepeitsche und droht den beiden, er schlage sie grün und blau, wenn sie ihm nicht folgen. Umsonst ... Das Mädchen hat sich tapfer gehalten, nur immer den Kopf geschüttelt. Da hat der Adjutant doch nachgeben müssen. Aber das Schönste an der Geschichte: Plötzlich steht der Stefan, ihr kennt ihn doch, mitten im Kreis und schreit dem Adjutanten ‹Cochon!› ins Gesicht. Ganz wütend ist der Stefan, nimmt den Appey bei der Hand, führt ihn ins Zelt und gibt ihm Wein zu trinken. Dann kommt er zurück und schlägt dem Adjutanten vor, er wolle Appeys Stelle einnehmen. Das hat den Adjutanten gar nicht amüsiert, und er ist wütend in sein Zelt zurück.»

Triumphierend sah sich Patschuli im Kreise um und wartete auf das Lachen, das kommen mußte. Nur einer lachte: Kraschinsky. Nicht einmal Peschke fand die Geschichte lustig. Er stand auf, pfiff kurz, wie man einem Hunde pfeift, und ging davon. Patschuli blieb ...

Und er sah, wie einer nach dem andern seine Matratze nahm und durch die Tür der Baracke verschwand – Cleman zuerst, dann Pfister; und die andern folgten. Schließlich blieb nur Schilasky zurück, und keiner seiner Kameraden wußte, warum er blieb ... weil er Kraschinsky nicht das Feld räumen wollte? ... Weil Patschuli auf seiner Matratze hockte? ... Dies war wohl kaum der Grund. Schilasky saß noch immer in der gleichen Stellung da wie zu Beginn seiner Erzählung, die Knie ans Kinn gezogen, die Arme um die Schienbeine geschlungen ... Nun glitt das Kinn ab, schwer lag die Stirn auf den Knien. Schilasky hörte das Geflüster nicht mehr, das anhob. Er war weit fort ... Vielleicht im Lazarett zu Rich, wo sein Freund lag, sein Freund, der Todd ... Und das Flüstern wurde lauter:

«Türk! ... Komm her, Türk! ... Guter Hund, komm, komm ...» Schnalzen mit der Zunge. «So! Hab ich dich erwischt! ... Was, du willst nicht folgen? Ich werd dich lehren! Du Köter! Du Aas! Jetzt hilft kein Wimmern mehr! Und kein Winseln. Ruf doch deinen Herrn! ... Deinen sauberen Herrn! ... Patschuli, komm! Halt ihn fest. Hast du deinen Gurt? ... Die Flanellbinde wird's auch tun ... So, und mit dem Taschentuch das Maul verbinden ... Kannst nicht mehr atmen, Hund? ... Schadet nichts ... Wo hab ich mein Messer ... Ein wenig die Ohren stutzen! ... Ganz still! Ganz still! ... Und jetzt die Augen ... Ah, da kommt der Mond ... Die richtige Beleuchtung ... Was, beißen willst du? ... Kleinen Schnitt in die Zunge ... Hübsche Zunge, sieh mal, Patschuli ... Das gefällt dir auch? ... Nun ein Schnittchen in den Hals ... Misch dich nicht ein, Schilasky, ich warn dich! ... Hast mich genug getriezt heut abend! Deine Freunde sind fort ... Du willst nicht ruhig sein?...»

Schilasky wollte aufspringen, da traf eine Faust sein Kinn ... Er schlug hin, ihm war übel, aber dennoch hörte er die flüsternde Stimme und verstand die Worte, die sie sprach:

«Braver Hund, ganz braver Hund ... Noch ein kleiner Schnitt ... Guck mal, Patschuli, so sehen wir inwendig aus ... Nicht anders ... Komm, wir wollen ihn beim Stall verscharren. Schnell, es kommt jemand ... Ach, 's ist nur der Lartigue ...»

Nun hörte Schilasky eine andere Stimme, französische Worte, er verstand die Worte nicht, bis er seinen Namen hörte. Und nun sprach die Stimme deutsch:

«Schilasky! Was machen Sie hier? Sind Sie krank? Oder trauern Sie einsam über Ihre verwundete Freund?»

Schilasky konnte sich nicht rühren, er hätte gerne Antwort gegeben, aber seine Zunge war am Gaumen festgewachsen. Da, ein Knall neben seinem rechten Ohr, ein Knall, der in seinem Kopf widerhallte. Zwei Absätze klappten, dann sagte eine zweite Stimme: «Mon lieutenant, caporal Koribout ...» Und die erste Stimme:

«Was ist hier geschehen, Korporal? Blut am Boden?»

«Ich habe zugesehen, mon lieutenant. Kraschinsky hat einen Hund umgebracht.»

«Einen Hund?»

Endlich konnte Schilasky reden. Er richtete sich auf. «Er hat ...» stotterte er, «er hat Türk gemordet ...»

«Türk? ... Der Hund von Lös? ... Traurig, traurig. Wir werden dem Kranken nicht erzählen die Geschichte. Glauben Sie nicht auch? Es geht ihm nicht gut, dem Kameraden Lös. Und Sie, Schilasky, Sie nicht sich müssen aufregen, das ist sentimentalité! Denken Sie: ein Hund ...»

Schilasky hätte gern etwas gesagt, widersprochen ... Er fand die Worte nicht. Durfte man einen Hund quälen? Ein Wesen, das niemandem geschadet hat, nur so, aus purer Gemeinheit, darf man es hin ... hinmachen? Es hat seinen Herrn geliebt ... Und ein Kraschinsky ... Sanft plätscherte Leutnant Lartigues Stimme: «Wir haben eine französische Schriftsteller – manche be-haupten, viele be-haupten, er ist ein großer Artist – wie Sie sagen? Künstler? Ja, Künstler ... Ich kann ihn nicht lesen ... Brechreiz ... Für mich. Zola er heißt. Doch Zola hat geprägt ein Wort, eine Ausdruck: ‹La bête humaine.› Das heißt ...»

Schilasky unterbrach ganz ruhig: «Die menschliche Bestie ...»

«Parfaitement. Ganz richtig. Nun ja, Kraschinsky hat plötzlich entdeckt die volupté – die – wie sagen Sie? – die Wollust von der Grausamkeit. Blut! Blut ist schön für einfache Seelen und für komplizierte. Von Blut, von Wollust und von Sterben – du sang, de la volupté et de la mort ... Auch ein Buchtitel ... Nehmen Sie eine Zigarette, Schilasky, und auch Sie, Korporal. Was haben Sie da, Koribout? Das Notizbuch? Zeigen Sie! ... Russisch. Schade. Wollen Sie mir übersetzen?»

Und Koribout sagte: «Ich habe erst den Titel des Gedichtes: ‹Über den Tod eines Hundes› und den ersten Vers:

«Der du so treu gedienet hast
Nun weint dein Auge Blut ...»

«Ah», sagte Leutnant Lartigue und setzte sich auf Schilaskys Matratze. «Endlich finde ich in der Legion eine Poet! ...»

Das Kompagniebureau ist klein. Unter dem einzigen Fenster, das sich auf die Nacht öffnet, die fremde und feindselige, steht ein weißer Tisch, den Papiere bedecken. ‹Rapport ...› ‹Rapport ...› ‹Rapport ...› Capitaine Gaston Chabert trägt eine verbogene Stahlbrille auf der Nase, seufzt auf, von Zeit zu Zeit, wenn er einen neuen Bogen zur Hand nimmt. Sein Mund murmelt Zahlen, Zahlen, und seine Stirne ist gefurcht. Hinter ihm geht, mit pendelndem Hinterteil, Narcisse Arsène de Pellevoisin, Sergeant-Major oder, wie er sich lieber nennen hört: ‹der Chef›, auf und ab ...

«Ich verstehe nicht, mein Kleiner», sagt der Capitaine, «ich verstehe ganz und gar nicht. Nach dieser Aufstellung hier sieht es ganz so aus, als habe dieser Lös nicht das geringste unterschlagen. Die Zahlen stimmen – sie stimmen auffallend. Was hat Mauriot da zu reklamieren gehabt?»

«Mauriot!» sagt der Chef und hebt seine gepolsterten Achseln.

«Also, bist du einverstanden mit mir, daß dieser Mann ...»

«Mann!» unterbricht der Chef verachtungsvoll und hebt wieder die Achseln.

«Nun, eine Frau ist er nicht. Ich will ja zugeben, daß er sich nicht gerade anständig benommen hat – den ganzen Nachmittag hat er mit den Sergeanten gesof... getrunken und gegen mich gehetzt. Sein Vater ist General – aber glaubst du, daß einer, dessen Vater General ist, intelligenter ist als der Sohn einer Waschfrau? He? Und Royalist ist der Mauriot auch. Reaktionär! – Geht das an in einer republikanischen Armee? Haben unsere Ahnen deshalb die Bastille erstürmt, die Aristokraten an die Laternen gehängt, damit die Nachkommen dieser Aristokraten uns das Leben sauer machen? Wie?»

«Gegenrapport!» sagt Narcisse lakonisch.

«Du meinst, mein Kleiner, ich solle dem Marschall in Fez einen Rapport schicken? Aber der Marschall selbst – das weißt du wie ich, der Marschall stammt selbst aus einem alten Geschlecht, er ist ...» der Capitaine sucht seine Worte «... er ist der Kirche treu. Oder täusche ich mich?»

«Nein!»

«Siehst du! Siehst du! Und wie – sag mir dies einmal – soll ich meinen Rapport formulieren? Ich muß dir erzählen, wie der Kampf vor sich gegangen ist. Hast du nichts zu trinken? Nein? Die Kooperative ist geschlossen ... Wenn jetzt der Lös in der Verwaltung wäre, würde ich zu dem Mann gehen und mit ihm trinken – dann kämen mir Gedanken, dann könnte ich meinen Rapport aufsetzen ... Er ist voll Finessen ...» (kleine, kaum merkliche Pause) «... gewesen, der kleine Lös. Eigentlich war er immer anständig zu mir ...»

«Zu mir auch», brummt der Chef.

«Und schließlich habe ich wenig Lust, ihn an Intendanzoffiziere auszuliefern ... Also, hör zu, mein Kleiner – ah! Du hast etwas zu trinken!» (Der Chef hat ein Wandschränkchen geöffnet und eine Flasche Anisette erscheinen lassen. Zwei rötliche Becher füllt er mit der würzig riechenden und süßlichen Flüssigkeit.) Der Capitaine trinkt, saugt an seinen Schnurrbarthaaren und blickt in das Licht der Petroleumlampe, das gelb und gezackt wie eine winzige Märchenkrone hinter dem Glas des Zylinders leuchtet ...

«Im Grunde», sagt Chabert leise, «halten Sie mich für einen Kretin. Ist's nicht so, Chef?» Er schweigt, wartet auf einen Protest. Da dieser nicht kommt, seufzt er, nimmt die Stahlbrille von der Nase und versorgt sie in einem Etui. «Für einen Kretin ... Ja ...» Und seufzt noch einmal. «Der nicht mehr weiß, was er spricht. Ich weiß, ich weiß. Und wahrscheinlich denkt auch der Marschall so. Vielleicht habt ihr beide recht ... Aber, mein Kleiner, dieser Kampf ist mir wahrhaftig an die Nieren gefahren, ich habe seither ständig Rückenschmerzen, und das Wasserlassen verursacht mir Pein. Die Verantwortung, Chef, die Verantwortung! Alle werden sie jetzt auf mir herumhacken – ich möchte nicht hören, was sie in der Sergeantenmesse über mich sagen. Aber hören Sie, Chef – ich will gewiß nie mehr ‹mein Kleiner› zu Ihnen sagen, und auch mit dem Duzen werd ich aufhören, denn ich fühle, daß beides Sie reizt.»

Chabert wendet sich nicht um. Er sitzt klein und zusammengesunken auf seinem harten Stuhl, und wieder wartet er auf eine Antwort, die nicht kommt.

«Sie wollen mich strafen, weil ich Ihren Schützling, den Lös, schlecht behandelt habe ... Das wird es wohl sein ... Nur müssen Sie bedenken, daß dieser Kampf ... dieser Kampf ... Stellen Sie sich vor, hier ist die Ebene ...» Der Capitaine nimmt ein Blatt Papier und legt es mitten auf den Tisch. «Da ist der Bergsattel, hier, zwischen den beiden Tintengefäßen ... Auf dem Fäßlein, das mit roter Tinte gefüllt ist, hat Lartigue seine Mitrailleusen aufgestellt ... Gut placiert, meiner Treu, der Lartigue versteht seine Sache. Nun beginne ich den Aufstieg zum Sattel mit meiner Sektion, so ...» Chabert legt einen Federhalter vom Papierbogen bis zum hölzernen Gestell, in dem die beiden Tintenfässer stecken ...» Aber kaum habe ich die Steigung begonnen, so beginnt es von allen Seiten zu knallen, und die Bicots reiten an. Ich kommandiere ‹Absitzen› und schicke den Kraschinsky als Verbindungsmann zu den andern Sektionen, um den Befehl zu übermitteln. Die dritte stand hier», der Capitaine stellt den rötlichen Becher, der mit Anisette gefüllt war, auf den Bogen, «und da hör ich schon Farny brüllen: ‹Absitzen! Niederlegen!› Nun ist Sergeant Farny sicher ein fähiger Mann, obwohl er wegen seiner Ordonnanzen immer Händel hat. Warum wartet er nicht, bis ich meinen Befehl wiederholt habe? Ich weiß, er führt seine Sektion – ist gewissermaßen für sie verantwortlich –, aber ich bin doch für die ganze Kompagnie verantwortlich! ... Nun gut, die Geschichte geht weiter. Die Bicots stürmen an, und ich sehe, daß sie zu zweit auf einem Pferde sitzen, ganz nahe heranreiten und ihre Last abwerfen, bevor sie zurückgaloppieren. Und schon kommandiert der Farny wieder: ‹Feuer!› Wieder hat er nicht warten können. Ich habe im Taktikkurs gelernt ... im Taktikkurs gelernt ... ja, dort hab ich's gelernt, denn woher sollt ich's sonst wissen? Ich bin ein bescheidener Mann, war früher ein einfacher Bankangestellter, also ich habe gelernt ...»

«Im Taktikkurs ...» unterbricht der Chef. Er lehnt an der Mauer neben der geschlossenen Tür, sein Gesicht ist im Schatten, und seine Khakiuniform sticht dunkel ab von der hellgeweißten Fläche.

Chabert seufzt. «Du mußt dich nicht lustig machen über deinen Capitaine, mein Kleiner. Das bringt kein Glück.» Seine Stimme ist weich, und es schwingt auch keine Spur von Ärger in ihr ... «Ich habe gelernt, daß man stets warten soll, bis sich der Feind entwickelt hat, um dann genaue Dispositionen zum Angriff geben zu können. Ich war mit der Sektion, bei der ich mich befand, der rechte Flügel, Farny das Zentrum und Hassa der linke Flügel ... Bin ich klar genug?»

Die Bretter des Fußbodens ächzen, als der Chef mit drei Schritten zum Tisch tritt. Er schenkt die rötlichen Becher voll, ohne sich darum zu kümmern, daß einer von ihnen symbolische Bedeutung hat. Und der Capitaine sagt: «Gesundheit!» und kippt den Inhalt der dritten Sektion.

«Er greift mir vor, der Farny da», sagt Chabert und stellt den Becher an seinen Platz – an den Rand der Papierbogenebene. «Nun kommt noch Hassa» (die Flasche Anisette), «und bevor *ich* etwas sagen kann, weist ihm Farny seinen Platz an. Wir sind also im Halbkreis aufgestellt – die zweite Sektion hat Verspätung, sie erscheint erst später auf dem Kampfplatz, und Cattaneo mit seiner Vierten ist in Atchana beim Kalkbrennen. Während ich nun noch nachdenke über die zu treffenden Dispositionen – und du weißt, mein Kleiner, ich bin kein Napoleon, ich brauche Zeit –, sehe ich, wie Farny mit seinem Karabiner in der Luft herumfuchtelt ... Ich drehe mich um und sehe Hassa zurücklaufen. Und ich habe keinen Verbindungsmann mehr – mein Pferd ist auch fortgeführt worden. Was bleibt mir übrig? Ich beginne zu laufen ... Aber was wollen Sie, Chef, ich bin ein wenig beleibt – vier Jahre Schützengraben, drei Jahre Marokko –, und jung bin ich auch nicht mehr ... Da höre ich eine Stimme brüllen: ‹Bajonette on!› Aha, denke ich, ein Korporal übernimmt das Kommando. Da ist es aber dieser Schweizer, wie heißt er, einen schwierigen Namen hat der Mann, einen Namen – Fistère, jaja, Fistère –, und du mußt mich erinnern, mein Kleiner, man muß etwas für den Mann tun ... Was meinst du, zwei Bidon Wein und ein Paket Zigaretten? Ja? Einverstanden! ... Die andern folgen dem Fistère, und schließlich kommt Hassa auch zurück. Dieser Feigling! Degradieren! Unbedingt! Ich habe also bei dieser Sektion nichts mehr zu suchen und laufe zurück – aber die erste Sektion ist nicht mehr dort, wo ich sie gelassen habe. Farny hat sie genommen und macht einen Gegenangriff. Da steh ich also und weiß nicht, was ich mit mir anfangen soll. Ich kann doch nicht meinen Säbel ziehen und ... und ... Denn erstens hab ich ihn gar nicht, den Säbel, sondern nur meine Ordonnanzpistole, und zweitens ... Doch es gibt gar kein zweitens. Ich, der Führer der Kompagnie, muß meinen Leuten nachlaufen, um den Gegenangriff nicht zu verpassen ... Stell dir das vor, mein Kleiner – pardon, Chef! Es war kein sehenswerter Anblick – oder vielleicht doch ... Komisch ist es sicher gewesen ...» sagt der Capitaine langsam und verträumt, so als erblicke er sich selbst, wie er in jenem Augenblick ausgesehen haben muß. Der Chef räuspert sich.

«Wollten Sie etwas sagen? ... He, Chef! ... Nein? Nun, ich bin natürlich gleich außer Atem, bleibe stehen und warte, bis alles zu Ende ist. Resultat: ein Schwerverletzter. Zehn Leichtverletzte. Ich danke Gott, daß wir keinen Toten zu beklagen haben ...»

Die Petrollampe flackert, ein Windstoß fährt durchs Fenster, und das Märchenkrönlein über dem Docht verschwindet. Doch statt des gelben Lichtes erfüllt ein bleicher Schein das Zimmer. Über dem Dach der Baracke, die dem Bureaufenster gegenüberliegt, wird der Himmel grau.

«Schau, mein Kleiner ...» flüstert der Capitaine. «Diese Farbe! ... Weißt du, woran sie mich erinnert? ... Nein? ... An Pappeln, an die Blätter von Pappeln ... Die Bäume stehen am Ufer des Kanals, der Mittagswind dreht ihre Blätter um, eine sanfte Sonne bescheint sie ... Ach!» seufzt Chabert. «Morgen schreibst du mir in deiner schönsten Schrift ein Gesuch:
‹Capitaine Chabert (Gaston), kommandierend die
2. berittene Kompagnie des III. Fremdenregimentes,
an
Seine Exzellenz, den Herrn Kriegsminister ...›»
Er hat die Feder gepackt, der rundliche Mann in der verknitterten Khakiuniform, und aus all den Papieren, die seinen Schreibtisch bedecken, einen Bogen herausgefischt, der ebenso verknit-

tert ist wie seine Uniform; nun schreibt er in seiner sauberen Bürokratenschrift, während er sich den Wortlaut des Gesuches laut und bisweilen stockend in die Feder diktiert ...

«Das ist nutzlos, mon capitaine», sagt Narcisse von der Türe her. «Erstens kann ich das Gesuch besser aufsetzen als Sie (strengen Sie Ihre Augen nicht an), und zweitens werden Sie nicht so schnell fortkommen. Die Suppe, die man sich eingebrockt hat, muß man auch auslöffeln ...»

Er öffnet die Türe. Draußen schreitet eine hohe weiße Gestalt vorbei. In diesem Augenblick wendet sich der Capitaine um – der Luftzug, der durch das Öffnen der Tür entstanden ist, reißt spielend die Papiere vom Tisch und läßt sie durchs Zimmer flattern –, Chabert wendet sich um, sieht die weiße Gestalt, springt auf, beugt sich zur Tür hinaus ... Schweigend vergeht eine Minute.

«Chef», sagt Chabert heiser.

«Oui, mon capitaine?»

«Wo geht Lartigue hin?»

Narcisse hebt seine mächtigen Achseln. Er hat die Hände in den Hosentaschen vergraben, und sein geringelter Bart ist in der unsicheren Dämmerung blau wie Stahl. Verächtlich läßt er die Worte seiner Antwort auf den runden Schädel seines Vorgesetzten tropfen:

«Ins Krankenzimmer. Zu Lös.»

Capitaine Chabert seufzt. Dann rafft er sich auf. Seine Stimme ist scharf, wie noch nie:

«Das Gesuch an den Kriegsminister will ich um elf Uhr unterzeichnen. Verstanden?»

«Zu Befehl, Capitaine», sagt Narcisse. Seine Brust wölbt sich vor, wie bei einer Frau. Gaston Chabert geht schlafen ...

XIV. Kapitel   Aufruhr

Samotadji, Capitaine Chaberts ungarische Ordonnanz, glich mit seinem blonden spitzzulaufenden Bart einem noch jugendlichen Magier. Er saß auf der Schwelle der Küchentür, die Blechtasse zwischen die Knie geklemmt, tauchte längliche Brotschnitten in den Kaffee und lauschte den Erzählungen der Abgesandten, die gekommen waren, um für die Sektionen das Frühstück zu holen. Sein Gehör war gut, trotz der Büschel, die ihm aus den Ohren wuchsen, und er verstand alles, was erzählt wurde. Denn er sprach Ungarisch, Deutsch, Französisch, Russisch, Rumänisch – ja sogar ein paar Brocken Türkisch hatte er aufgeschnappt, damals, als er von einem Getreidejuden als Leibwache angestellt worden war ...

So konnte er seinem Capitaine später, beim Rasieren, viel Interessantes und zugleich Unangenehmes mitteilen: Er erzählte von der Prügelei in der Mitrailleusensektion, bei welcher Sergeant Sitnikoff niedergeschlagen worden war, von der Ermordung Türks durch Kraschinsky. Sogar vom Besuche Leutnant Lartigues im Krankenzimmer hatte er gehört – aber diese letzte Neuigkeit spann er nicht aus, denn Chabert grimassierte derart unter dem Messer, daß Samotadji lieber einen andern Gesprächsstoff anschnitt – die letzte große Neuigkeit: Korporal Seignac, der Neger, hatte einen Rapport wegen Gehorsamsverweigerung eingegeben.

«Glauben Sie mir, mon capitaine», sagte Samotadji in seinem harten Französisch, «das sind alles schlechte Zeichen. Wissen Sie, Sie sind zu gut mit den Leuten» (‹mit den Leuten›! sagte der Soldat erster Klasse, der Gefreite Samotadji!), «und aus Übermut werden sie irgend etwas Dummes anstellen – nur weil sie sich langweilen. Und das wird dann nicht etwas Unschuldiges sein, wie das Abschlachten eines Hundes ...»

Die Müdigkeit – eine Folge der fast schlaflos verbrachten

Nacht – machte des Capitaines Schritte schwer. Am Fuße der Treppe angelangt, blieb Chabert lange Zeit ratlos stehen. Den Besuch Lartigues im Krankenzimmer empfand er als Verrat, Türks Tod kümmerte ihn wenig, er fand, Sitnikoff habe seine Prügel verdient – warum mischte sich der Mann in Farnys Privatangelegenheiten? Farny hatte den Kampf gewonnen – kein Zweifel, wollte man ehrlich gegen sich selbst sein, so mußte man das zugeben – und Sitnikoff war ein ‹Intellektueller› ... Wie Lös, wie Lartigue. Sie paßten zusammen, die beiden: der bücherlesende Leutnant und der Verwaltungskorporal Lös, der sich kleine Mädchen leistete mit dem Geld, das er dem Staate gestohlen hatte ...

Der Besuch Lartigues wäre so schlimm nicht, aber in Verbindung mit dem Rapport Seignacs (und obwohl diese beiden Angelegenheiten nichts miteinander zu tun hatten, waren sie dennoch gewissermaßen als Barometerstand der Stimmung im Posten zu werten) erhielt auch er seine Bedeutung. Es ging nicht an, einfach zu diesem Korporal Seignac hinzugehen und ihm zu sagen: «Du hast Fäuste, mein Kleiner, verschaff dir Respekt!» Nein, das war unmöglich. Denn Seignac war schwarz, und wenn er den Versuch wagte, mit dem Renitenten zu boxen, würde die ganze Sektion über den einzelnen Mann herfallen. Die Folgen? Sie waren nicht schwer zu erraten. Denn allmählich wurde es klar: Den Posten beherrschte ein unsichtbarer Geist, der Geist des ‹cafard›.

Cafard – ein Wort, das sich nicht übersetzen läßt. Es ist nicht Heimweh – obwohl Cafard ohne einen Schuß Heimweh undenkbar ist. Melancholie? Melancholie heißt schwarze Galle – und ein ‹cafard› ist ein schwarzer Käfer – genauer: eine Küchenschabe. Beide – Melancholie und Cafard – haben etwas mit schwarzer Farbe zu tun.

Cafard! – Viel kann aus dem Cafard entstehen: Desertion, Gehorsamsverweigerung, sinnloses Saufen, Messerstecherei, Selbstmord. Wenn ein einzelner den Cafard hat ...

Aber Cafard ist ansteckend ... Ansteckender als beispielsweise Typhus – gegen den es immerhin einen Impfstoff gibt. Wie also, wenn der Cafard eine ganze Kompagnie ergreift? Was gibt es dann?

Revolte! Aufruhr!

Capitaine Chabert schüttelte den Kopf (die Sonne stand schon hoch, und dennoch war es sehr still im Posten), und kopfschüttelnd machte er sich auf den Weg. Er blickte hier in eine Baracke: «Guten Morgen!», dort in eine: «Guten Morgen!» – Keine Antwort. Die Leute hockten auf ihren Matratzen, unbeschäftigt, schweigsam. Keiner erwiderte den Gruß. Und auch denen, die ihm begegneten, sah man von weitem den Cafard an. Die Augen waren glanzlos, die Lippen fest geschlossen. Das Heben der Hand zum Rande des Korkhelms sah aus wie das Stemmen einer hundertpfündigen Hantel ...

Der Chef stand beim Eintritt seines Vorgesetzten auf; da er barhaupt war, neigte er nur gönnerhaft den Kopf – wie er es gewöhnt war. Dieses Nicken ärgerte den Capitaine – wohl besonders, weil er an das Gespräch der letzten Nacht denken mußte, in dem er eine klägliche Rolle gespielt hatte. Dumpf dachte er, daß er wohl auch den Cafard haben müsse – – –. War es ihm früher nicht gleichgültig gewesen, was die Menschen über ihn gedacht hatten? Er durfte es sich gestatten, stets offen zu reden, trug er nicht die Médaille militaire – eine Auszeichnung, die nur selten Offizieren verliehen wurde? Er hatte sie sich an der Marneschlacht als Korporal verdient, weil er für einen gefallenen Leutnant das Kommando des Zuges übernommen hatte ... Das war schon lange her. Aber schließlich, er hatte damals sein Leben eingesetzt, während dieser schwammige Bürohengst, der ihn immer wie ein Kind behandelte, sicher nie das Einschlagen einer Granate gehört hatte ...

Chabert setzte sich und blickte durchs Fenster. Verschwunden war überm Dach der Baracke das seidige Grau, das an Pappelblätter erinnerte – blau, ewig blau blendete der Himmel, und sein Blau verwundete die Augen grausamer als das spiegelnde Wellblechdach, das, vom Sande glattgeschmirgelt, die Sonnenstrahlen zurückwarf ...

Die Stahlbrille auf der Nase, begann Chabert den Rapport

Korporal Seignacs zu lesen, der sich in englischer Courantschrift – wie ein zartes Ornament sah sie aus – über die Widersetzlichkeit des Soldaten II. Klasse Guy und des Gefreiten Malek beschwerte. «Ich gab ihnen den Befehl, die Baracke zu kehren, da sie, nach der von mir aufgestellten Liste, an der Reihe waren, diese Arbeit verrichten zu müssen, jedoch kamen sie, trotz wiederholten Mahnungen, diesem Befehle nicht nach, sondern bewarfen mich mit groben Schimpfnamen, die aufzuzählen ich für unter meiner Würde halte. Auch waren ihre Effekten nicht ordnungsgemäß zusammengelegt, sondern lagen durcheinander auf ihren Matratzen herum.»

Chabert knurrte, murmelte.

«Wie bitte?» fragte der Chef.

«Kann man jemanden mit Schimpfnamen bewerfen?»

«Es ist bildhaft gemeint», sagte Narcisse.

«Bildhaft! Hm ... Bildhaft! ... Um zwölf Uhr möchte ich die Kompagniekasse kontrollieren und Ihre Abrechnung sehen, Chef!» Chabert blickte auf, die Stahlbrille war ihm auf die Nase gerutscht, seine Augen sahen sich an des Chefs bärtigem Gesichte fest. Schien es ihm nur so, oder lachte ihn der Mann wirklich aus? Nein! Er war bleich geworden. Und das erfüllte Gaston Chabert mit Stolz ...

«Ein Ungar und ein Franzose», fuhr er fort und bedeckte die Augen mit der Hand – zu unerträglich blendete der ewig blaue Himmel. «Von Guy ist ja nichts anderes zu erwarten, denn er ist alt und wunderlich. Warum läßt ihn der Schwarze nicht in Ruhe? Wenn ich nur den Trottel bei der Hand hätte, der diesem Neger die Schnüre gegeben hat! Wenn man schon – leider Gottes – mit einer schwarzen Hautfarbe auf dieser Welt herumläuft, so geziemt es sich, Bescheidenheit und Rücksicht walten zu lassen. Nicht wahr, Chef? Und dem Ungarn Malek hätte ich auch ein wenig mehr Intelligenz zugetraut ... Wo ist das Gesuch an den Kriegsminister? ... Noch nicht geschrieben? ... Was haben Sie den ganzen Morgen getrieben? He, Chef? Anisette gesoffen? Mit Ihrer Mulattin poussiert?» Chaberts Stimme stieg, stieg an, überschlug sich. – ‹Was ist mit mir los›, dachte er dunkel. ‹Packt mich auch der Cafard? Ich habe doch sonst nie so geschrien?... Aber es kommt auch alles zusammen!›

«Es kommt auch alles zusammen!» sagte er laut, mit seiner alltäglichen Stimme. «Zuerst der Kampf. Dann komm ich in den Posten zurück und hoffe, hier Ruhe zu finden. Aber nein! Gleich muß ich den Polizisten spielen und einen Korporal einsperren lassen – den einzigen Gradierten, zu dem ich Sympathie empfinde ... Du bist der andere, mein Kleiner. Nimm mir nichts übel, Chef. Ich muß fort. Cafard!»

Nun war es ausgesprochen, das große Wort. Narcisse nickte. Er stand neben dem Tisch, hatte seine weiße Hand auf die Platte gelegt. «Fast hab ich ein Menschenleben auf dem Gewissen», fuhr der Capitaine fort, «denn wäre ich nicht so hart gewesen, so hätte der Lös nicht daran gedacht, sich umzubringen. Und nur, weil ich auf den Mauriot gehört habe, auf den Generalssohn ...» Chabert schwieg und sah die Zweizimmerwohnung in einem stinkenden Haus der Altstadt von Rouen vor sich. Fünf Geschwister, der Vater immer besoffen. Die Mutter verängstigt ... Und er? Jetzt war er Capitaine, Vorgesetzter von zwei Leutnants, die nicht wußten, was Armut war, die ihn verachteten, weil er sparen mußte ...« Der Seignac, der arme Kerl!» sagte er leise. «Was soll man machen? Ich hab Kopfweh, wahrscheinlich ein Fieberanfall ... Weißt du was, Chef, mein Kleiner? Wir schicken den Seignac auf Wache mit ein paar Leuten, die ihn gern haben, dann ist er von heut abend bis morgen abend von der Sektion fort, und ich kann mir die Angelegenheit in Ruhe überlegen. Mit Lartigue?... Lassen wir den Herrn Leutnant ... Lassen wir die beiden Herren Leutnants ...» Er stand auf, lehnte sich an die Tischkante, ergriff einen Knopf an Narcisses Uniformrock und begann ihn zwischen Daumen und Zeigefinger hin und her zu drehen. «Hab ich nicht stets Milde walten lassen?» fragte er leise und senkte den Blick. «Menschlichkeit? In meiner Kompagnie? Sag selbst! Du kannst es nicht leugnen. Und welchen Dank empfange ich? Meine Sergeanten verachten mich, meine Leutnants wollen mich aus meiner Stelle drängen – Mauriot zum Beispiel –, und Lartigue? Lartigue verrät mich dreimal, ehe der Hahn kräht.»

Fast beschämt, einen derartigen Vergleich gewagt zu haben, ließ Chabert seinen Kopf noch tiefer sinken. Gedankenlos riß er den Knopf vollends ab, den er von seinen Fäden gedreht hatte, ließ ihn zu Boden fallen und setzte sich wieder vor seinen Tisch. Er legte das Gesicht in die geöffneten Hände, ihre Flächen glitten an seinen Wangen hinauf, bis die Augengruben sie aufhielten. Und so, die geschlossenen Lider gegen die Handballen gedrückt, blieb der Capitaine lange sitzen. Er versuchte zu denken – aber dies war unmöglich. Der Raum war erfüllt von Fliegengesumm, und dieses dröhnte in seinem Kopf, zuerst leise, wie die Bässe einer Orgel, dann lauter, immer lauter, schmetternd endlich, wie die Posaunen des Jüngsten Gerichtes. Es kostete ihn Mühe, seine Augen zu befreien – und als er die Lider öffnete, sah er zuerst nur bunte Kreise, die sich rasend schnell drehten. Dann blendeten ihn wieder das Blau des Himmels und das spiegelnde Dach. Er wandte sich um. Narcisse Arsène de Pellevoisin, der vielleicht wirklich nur Dupont hieß, hatte lautlos das Büro verlassen ...

Friedlich verging der Tag – das heißt, an der Oberfläche blieb alles ruhig. Um zwölf Uhr hielt der Chef den Rapport ab – ganz allein, die Offiziere blieben unsichtbar, und der ehemalige Piemonteser Fuhrmann Cattaneo schlief in seinem Zimmer den Rausch aus, den er sich am Morgen unter Korporal Pierrards sachkundiger Leitung an einem Fäßlein Kartoffelschnaps angetrunken hatte. Narcisse teilte der versammelten Mannschaft mit, der Capitaine habe noch zwei Ruhetage zum Instandsetzen der Ausrüstung bewilligt. Von zwei Uhr an sei Waschen am Oued. Um sechs Uhr werde die Löhnung verteilt. Kampflöhnung. Abtreten.

Nach dem Mittagessen ging der Chef in die Baracke der vierten Sektion, um mit Seignac zu sprechen. Der schwarze Korporal saß hinten in einer Ecke (der Raum war sonst leer), die Zeigefinger in den Ohren und über ein Buch gebeugt, so vertieft, daß ihn Narcisse an der Schulter rütteln mußte. Seignac stand auf, ohne übertriebene Eile, sammelte die Hacken und ließ die Arme zwanglos zu beiden Seiten der sehr schmalen Hüften baumeln. Mit leicht vorgebeugtem Kopf hörte er sich die Mitteilung an: Er habe heute abend das Kommando der Wache zu übernehmen; auch der Aufforderung, künftighin ein wenig Nachsicht walten zu lassen und seine Untergebenen nicht unnütz zu reizen, lauschte er mit wohlwollender Aufmerksamkeit. Ob er seinen Rapport nicht lieber zurückziehen wolle, wurde er gefragt. Der Capitaine wünsche es sehr – die Mannschaft sei aufgeregt. «Gern», sagte Seignac und blieb ernst, «wenn es der Capitaine wünscht ...» – «Was studieren Sie so eifrig?» erkundigte sich Narcisse. Schweigend schlug Seignac die Titelseite des Buches auf. Eine englische Grammatik ... «Korporal Smith ist so freundlich, mir Stunden zu geben und mich zu korrigieren.»

Der Chef bewunderte den Schwarzen. «Gute Rasse!» sagte er laut. – «Pardon?» fragte Seignac höflich und wandte dem Chef das linke Ohr zu, das klein war und schön geformt: das Läppchen deutlich und der Saum wohlgebildet. «Nichts, nichts», sagte Narcisse und klopfte Korporal Seignac auf die Schulter, was diesen veranlaßte, leicht erstaunt die Brauen zu heben. Dann ging der Chef. Ohne einen Blick auf das Zimmer zu werfen, setzte sich Seignac wieder, steckte die Zeigefinger in die Ohren und lernte weiter.

Es war nicht gut für die vielen, die noch die Aufregung des Kampfes in sich fühlten, einen zweiten Tag ohne Arbeit zu verbringen. Aber wie Sitnikoff Lös im Krankenzimmer erklärte, als er ihn um die Mittagsstunde besuchen ging: «Der Capitaine war zu gut.» Ganz laut habe er soeben noch, mitten im Hofe stehend und von einer Schar Zuhörer umgeben, dem Adjutanten Cattaneo auseinandergesetzt, seine Leute seien zwar Söldner, aber dieser Beruf sei ebenso ehrlich und gelte ihm ebenso viel wie der Beruf eines Pfarrers zum Beispiel, der einmal in der Woche nur arbeite, und dann bloß mit dem Maule. Einen Legionär schätze er hundertmal mehr. Vielleicht habe Chabert gerade an seine Frau, die Hugenottin, gedacht, meinte Sitnikoff und verzog das Gesicht. Und dann habe der Capitaine noch gesagt: Zum Berufe des Söldners gehöre Kampf und Tapferkeit, aber auch der Lohn für die überstandenen Strapazen: trinken, lieben, schlafen, essen, ruhen nach dem Kampf, Karten spielen und was sonst noch der Erholung dienlich sei.

«Dieser Mangel an Psychologie», sprach Sitnikoff, «ist kaum zu fassen. Sie als Intellektueller werden dies ohne Zweifel sogleich begreifen. Obwohl ich hinzufügen muß, daß Ihnen eigentlich jede praktische Erfahrung auf diesem Gebiete abgeht. Ich aber habe nicht nur in einer regulären Armee gedient, sondern auch später die Truppen der Gegenrevolution geführt. Als Oberst, jawohl. Und ich kann Ihnen sagen: Idealismus ist schädlich. Wenn Sie den Leuten nur einen einzigen Tag der Zuchtlosigkeit schenken, so haben Sie sich damit jeglicher Autorität begeben. Wie soll der Capitaine dies wissen? Im Kriege hat er scheint's nichts gelernt. Ich gebe ihm kaum zwei Tage, um seine Nachsicht zu bereuen.»

Dann empfahl sich Sitnikoff und hinterließ auf Lös' Bett *La Garçonne* unter dem Hinweis, dies sei das bedeutendste Buch, das er seit langem gelesen habe ...

Lös dachte: Oberst? Oberst bei Koltschak oder Denikin oder Wrangel? Wo bleibt da der Advokat aus Odessa, der im Schlafrock über die Straße gegangen ist, um sich rasieren zu lassen? Doch war er zu müde, zu gleichgültig auch, um sich weiter über so nebensächliche Lügen den Kopf zu zerbrechen, und schlief ein.

Die Löhnung wurde nach dem Abendessen ausgeteilt. Der Gruppenführer erhielt das Geld für seine Leute gewöhnlich in großen Scheinen und war gezwungen, die Verteilung selbst vorzunehmen. Wechselgeld war keines aufzutreiben. So mußten sich drei, manchmal vier zusammentun und aufeinander aufpassen, denn zwanzig Franken konnte ein einzelner gar schnell vertrinken, und wer gab den andern dann ihr Geld? So wurden Männer, die sich nicht leiden konnten, gezwungen, den Abend miteinander zu verbringen. Streit flackerte auf, Sergeant Hühnerwald von der Kooperative wurde beschimpft, weil er nicht wechseln konnte ... Einige rannten zum Chef; Narcisse schickte die Unzufriedenen zu Mauriot, der immer noch in seinem Zimmer saß und über seiner Rache brütete. Der Leutnant warf die Leute kurzerhand hinaus. Auch Pierrard hatte kein Kleingeld. Die Stimmung wurde gereizt.

In der Sergeantenmesse ging es laut zu. Cattaneo und Farny, die beide mehr als zehn Jahre Dienstzeit hatten, hielten die übrigen frei. Um neun Uhr hatte Hassa schon zweimal erbrochen, Farnys Augen waren glasig, der Adjutant wieherte unausgesetzt. Baguelin, durch den Wein und durch die Schnäpse angelockt, trug Chansons vor, während Hassa, den das Erbrechen ein wenig ernüchtert hatte, mit lallender Stimme behauptete: Insubordination werde immer bestraft. Beispiel: die Verwundung Todds. Das sei die Strafe für den gemeinen Griff, damals auf dem Marsch. Und Baguelin sang.

Die Komik dieses Gesanges erschütterte den Adjutanten. Er stand mühsam auf, umarmte Baguelin, fiel mit ihm zu Boden, meinte dann wohl, eine Frau unter sich zu haben, denn er begann die Wangen Baguelins mit lauten schmatzenden Küssen zu bedecken. Das Geräusch dieser Küsse übte auf Farny eine unerwartete Wirkung aus.

Er stemmte sich am Tischrand hoch und sah in den dicken Rauch. Wirre Bilder schienen seine Augen zu belagern. Mit kreischender Stimme versuchte er, diese Bilder in einen Sang zu rahmen:

«Ach nur 'n bißchen Liebe
Ach nur 'n bißchen Liebe ...»
Eine große Verzweiflung leuchtete in diesen gekrächzten Liedfetzen, und es ward plötzlich still. Alle standen auf (auch der Adjutant), Baguelin glotzte. Diese plötzliche Stummheit war sehr grauenhaft. Hassa schüttelte sich, lachte lautlos mit offenem Mund, das Lachen ging in ein Schluchzen über. Er sank mit dem Oberkörper über den Tisch, und seine Schultern zitterten heftig.

«Und nur 'n bißchen Liebe ...»
sang Farny, storchte zur Tür, stieß sie auf, mit steifem Bein, und schmetterte sie von draußen zu.

Die Luft schien ihm unwahrscheinlich dick. Sie drang ihm in die Nase, in den Mund wie heißer Staub und hinderte ihn am Atmen. Er glaubte, noch die schmatzenden Küsse Cattaneos zu hören, und ihn packte der Wunsch, eine kühle Haut zu streicheln. «Ja, der Junge hat eine kühle Haut, wir wollen den Jungen holen gehen.» Er torkelte gegen das Gebäude der dritten Sektion und stieß die Tür mit einem Fußtritt auf.

Auf den Brettern über den Matratzen brannten Kerzen. Die kahle Baracke sah festlich aus. Gruppen von vieren und fünfen saßen auf dem Boden, schmierige Kartenblätter in den Fäusten. Zigarettenrauch und Schnapsdampf zitterte über den Köpfen. Ein Flüstern blies zuweilen durch den Raum: «Noch eine Karte ... Zwanzig ... Nichts wert, zwei As ... Die Bank gewinnt.»

«Wo ... ist ... meine ... Ordonnanz?» Keine Antwort. «Könnt ihr nicht antworten? Schweinehunde!» Einige blickten auf, die Kerzenflammen warfen Glanzlichter auf die Augäpfel, die feuchten Stirnen und die Wangen.

Steif ging Farny zum Angriff vor. Die dumpfe Luft schien seine Betrunkenheit zu verstärken. Er stieß mit der Fußspitze nach einem der Sitzenden, ergriff dann eine Flasche, leerte sie. Gehässige Worte zerknallten in der Stille, wie platzende Schweinsblasen. «Reklamieren», schrie Farny, «reklamieren wollt ihr? Pack! Wißt ihr, wen ihr vor euch habt?» Irgend etwas Drohendes fühlte Farny in sich hochsteigen, er versuchte es zu bannen mit den Worten, die sonst zur Meldung vor einem hohen Vorgesetzten dienen: «Sergeant Farny von der zweiten Compagnie montée des dritten Fremdenregimentes.» Aber eine Stimme in ihm übertönte diese Worte. Sie wurden zu einem Lallen in seinem Munde, während ein Fremder in ihm laut und deutlich sprach, so daß ihm nichts anderes übrigblieb, als diese unbekannten Worte nachzusprechen: «Kaiser! Ich bin euer Kaiser! Befehle! Befehle!» Er hörte das Lachen nicht mehr, seine Ohren waren taub geworden; er stand nur und murmelte, Speichel lief aus seinem Munde. «Feinde überall, viele Feinde. Katzen, Tiere, Tiger, Katzen. Katzen sollen vergiftet werden. Wenn ich befehle. Nicht mich vergiften. Wo ist meine Ordonnanz, der König? Nicht König heißt er, er ist König!» Plötzlich drehte er sich zweimal um sich selbst, Schwindel schien ihn zu packen. «Zu den Waffen!» brüllte er. «Aux armes! Aux armes!» Mit diesem Schrei stürzte er zur Tür hinaus.

Pausanker sang gerade in der Mitrailleusensektion mit einigen anderen Deutschen das schöne Lied: «An der Saale grünem Strande». Sie waren bei der letzten Strophe angelangt und sangen in einer Art Verzauberung. Sie hielten sich nicht an den Händen gefaßt, und dennoch hatten sie sehr stark das Gefühl einer inneren Zusammengehörigkeit; dies tat ihnen wohl, vielleicht, weil es sie zu einem Zorn aufpeitschte, der süß war.

«Aux armes!» schrie es draußen.

Alle kannten sie diesen Ruf. In Algerien in den kleinen Garnisonen hatten sie ihn gehört, in Bel-Abbès vor allem, wenn am Morgen der dicke Boulet-Ducarreau in die Kaserne rollte, der Colonel. Aber hier? Die Stimme draußen war schrill ... Hatten Araber den Posten angegriffen? Nur Pausanker erkannte die Stimme, und Sorge erfüllte ihn. Nun drängten sie sich alle an die Rechen, wo die Gewehre standen. Mechanisch schoben sie Patronen ins Magazin; und dann stürzten sie in den Hof und trafen dort auf eine schon schreiende kreischende Masse ...

Auch Seignac, der um fünf Uhr auf Wache gezogen ist, hat den Ruf gehört. Wie ein Schlag auf den Nacken trifft er ihn. Einen Augenblick bleibt er erstarrt stehen, weil er nicht versteht, woher der Ruf kommen kann. Keine der ausgestellten Wachen hat ihn ausgestoßen: Mitten im Posten ist er geplatzt, und es ist Farnys Stimme gewesen, unbedingt. «Er ist besoffen», sagt Seignac leise zu Veitl, der neben ihm steht, «wir müssen Ordnung schaffen gehen.» Er fühlt, daß er der einzige Verteidiger der Disziplin ist in diesem Posten, in dem es drunter und drüber geht. Eine große Verachtung hat er für den Capitaine, der es nicht gewagt hat, die zwei zu bestrafen, die sich gegen das Gesetz des Gehorsams vergangen haben.

Seignac läßt seine Leute antreten, Waffe an der Hand, wie der Ausdruck heißt; keiner hat gegen den Schwarzen etwas einzuwenden. Alle sind sie geladen mit Spannung. Eingreifen dürfen! Nie noch haben im kleinen Posten die Gewehrgriffe so gut geklappt. Und «Vorwärts, marsch!» kommandiert Korporal Seignac.

Nur ein paar Schritte sind es, dann sehen sie vor sich einen verknäuelten Menschenhaufen. In der Mitte des Haufens steht Sergeant Farny. Beleuchtet wird er von dem Licht einiger Kerzen, die auf hochgereckten Armen wie auf sonderbaren Leuchtern stecken. Farnys zerfressener Schnurrbart ist deutlich gesträubt, und Schaumflocken hängen darin, wie feine Wattebüschel. Eben hält er eine Rede an die Umstehenden in seiner deutschen Muttersprache. Aber es sind nur wenige Worte zu verstehen, der Rest ist so zerkaut, daß er unverständlich bleibt.

Im Turm des Capitaines flammt Licht auf. Chabert ist heute früh schlafen gegangen. Die Aufregungen der letzten Tage haben ihn erschöpft. Er schläft fest und tief, und Samotadji braucht einige Minuten, bis sein Herr nur die Augen aufschlägt. «Sergeant Farny verrückt geworden», murmelt er immer wieder. «Capitaine müssen hinuntergehen.» «Mein Kopf ist eine hohle Kugel», sagt der Capitaine tief traurig. «Mach Kaffee, Samotadji, und gib mir einen Schnaps. Dann wach ich vielleicht auf.» Samotadji stellt Wasser auf einen kleinen Spirituskocher, dessen blaues Flämmchen vor dem Bilde der Hugenottin wie ein Opferlämpchen brennt. Der Capitaine ist mit dem Oberkörper aufs Bett zurückgesunken und döst mit schlaff herunterhängendem Unterkiefer, schnarcht dazu leise. Das Wasser summt in der Pfanne ...

«Sektion halt!» kommandiert Korporal Seignac. Die Gewehrkolben fallen in drei Schlägen zur Erde. Seignac als einziger läßt das Gewehr geschultert. Zuerst versucht er sanft, den Knäuel der Menschen zu durchbrechen, um bis zu dem Schreienden zu gelangen. Da ihm dies nicht gelingt, kehrt er das Gewehr um und teilt Kolbenstöße aus. Die Getroffenen beklagen sich laut, wütend. Endlich ist Seignac bis zu Farny vorgedrungen, legt ihm die Hand auf die Schulter und sagt ruhig und fest: «Kommen Sie mit, Sergeant. Sie sind aufgeregt, Sergeant. Legen Sie sich nieder, Sergeant.» Dies alles in einem Ton gesprochen, der Überlegenheit zeigt, und mit einer Aussprache, die einem Mitglied der Comédie Française Ehre machen würde.

«Seht ihr», keift Farny, «ein dreckiger Neger, der sich an mir vergreifen will. Schlagt ihn tot, schlagt ihn tot!» Er hat sich von Seignacs Hand befreit und wiederholte den Schicksalsruf: «Aux armes!»

Pausanker ist mit den Sängern aus der Tür getreten, das Gewehr hält er im Arm wie ein Sonntagsjäger, den Lauf gegen die Sterne gerichtet. Er sieht seinen Sergeanten, über den ihm Sitnikoff so viel Schlechtes gesagt hat, und glaubt, einen neuen, unbekannten Menschen zu erblicken. Stolz steht Farny da, Begeisterung funkelt ihm aus den Augen; trotz seiner geringen Körpergröße scheint er die Menge zu überragen. Pausanker hat heute abend viel getrunken. Aber nicht nur der Alkohol treibt ihn, jetzt, da Farny wieder sein stotterndes Singen beginnt («Ach, nur 'n bißchen Liebe») und Seignac den Arm um die Schultern des Sergeanten legt. Der Neger sagt zu Veitl: «Es ist ganz leicht, unter diesen Betrunkenen Ruhe zu schaffen. Sehen Sie, Sie haben nicht einmal eingreifen müssen, alles habe ich allein getan.»

Da platzt ein Laut in das Stimmengewirr. In dem Geschrei ist er nicht auffallend, aber doch so deutlich, daß er eine plötzliche Stille hervorruft. Seignac schwankt ein wenig, hält sich an einem neben ihm Stehenden; dessen Kerze fällt zu Boden. Dann lockert Seignac seinen Griff und sinkt um. Die Kerze, die neben ihm auf dem Boden liegt, flackert zuerst ein wenig und brennt dann weiter mit stiller Flamme. In ihrem Licht sieht Veitl das schwarze Gesicht langsam grau werden, ein Ausdruck des Erstaunens klebt darauf. Dann schimmern die Augäpfel weiß zwischen den halbgeschlossenen Lidern.

Im Turmzimmer verbreitet sich Kaffeegeruch. Chabert fährt ein wenig auf – der Knall des Schusses – dann fällt er wieder zurück und murmelt: «Was war das?» Aber Samotadji ist energisch geworden, er führt die Tasse mit dem heißen Getränk (auf dessen Oberfläche noch zerbröckelte Körner schwimmen) heftig an die Lippen des Liegenden. Der Schmerz läßt den Capitaine auffahren. Er trinkt, immerfort blasend, die Tasse leer, sinkt noch einmal zurück, aber Samotadji feuert ihn an: «Sie haben geschossen, mon capitaine.» «Ja, ja», murmelt Chabert. Aber in diesem Augenblick knallen vier weitere Schüsse, im Hof der Verpflegung dröhnt Fußgetrappel, ein Feuerschein flammt durch die Scheiben des Fensters. Chabert murmelt: «Es ist doch nichts, eine Volksbelustigung.»

Pausanker stand mit erstauntem Bubengesicht mitten in der schreienden Menge. Noch immer hielt er das Gewehr wie ein Jäger, der aus Versehen einen Hasen geschossen hat. Lachen war um ihn und Brüllen. Langsam schob er sich auf seinen Sergeanten zu, nahm ihn am Arm, gab der liegenden Gestalt des Schwarzen einen Fußtritt. «König wirst du», lallte Farny, «König von Kamerun. Denn weißt du, Kamerun gehört uns, daß du's nur weißt. Sag's den anderen, sonst vergessen sie's, und sag ihnen auch, sie sollen die Biester vertreiben, die mich plagen wollen, siehst du dort hinten? Da warten schon Katzen auf mich und Mäuse. Wo warst du heut abend?» fuhr er plötzlich Pausanker mit erschreckender Deutlichkeit an. «Warst mit einem anderen zusammen. Ich weiß es. Nicht leugnen! Wart nur, wir rechnen noch ab. Ich hab dir verboten, mit einem andern zu gehen. *Du gehörst mir.* Du trägst das Siegel. Das kaiserliche Siegel. Vergiß es nicht.»

Farny wollte an die Umstehenden Befehle austeilen; da sah er mit Unmut, daß ein anderer die Führung ergriffen hatte. «Ruhig dort!» versuchte er zu schreien. Aber seine Stimme war zu heiser, um sich Gehör verschaffen zu können. Kraschinsky, der Berliner, hatte sich auf die Schultern des geduldigen alten Guy geschwungen. Stefan, dessen Augen gefährlich glänzten, stützte ihn von hinten: Und so gesichert, hielt Kraschinsky seine große Rede.

Da man nun so fröhlich beisammen sei, sagte er (und schwang die Arme, als wolle er die Menge umfangen), und die Geistesgegenwart eines allseitig beliebten Kameraden den verehrten Sergeanten Farny aus den Klauen eines Negers gerettet habe, so sei der Weg, der begangen werden müsse, ohne weiteres vorgezeichnet. Er sei überzeugt, im Namen aller zu sprechen, wenn er nun vorschlage, die günstige Gelegenheit beim Schopf zu packen und ein für allemal mit der Tyrannei abzufahren, unter der sie alle jahrelang gestöhnt hätten. Frei sein wollten sie! Marokko sei groß, die Eingeborenen hätten genug von der fremden Herrschaft, einige Teile des Landes seien auch noch nicht unterworfen, dorthin müsse man ziehen! Dort sei die Freiheit! Er wisse, wenn man zu den Leuten komme, ein paar Maschinengewehre anbiete und Munition, werde man hochwillkommen sein. «Glaubt ihr nicht?»

Ein langgezogenes Hurra antwortete dem Redner. Eifrig liefen die Russen umher und ließen sich die Worte übersetzen. Weit von der Menge entfernt, an den Wänden der Baracken, lehnten Gestalten im Schatten, murmelten sich Worte zu: Korporal Ackermann, Koribout, Sergeant Sitnikoff. Zu den dreien gesellte sich eine tiefgebückte Gestalt, die auf allen Vieren zu gehen schien, sich an der Mauer hochtastete und dann schweratmend stillstand: Lös, der aus dem Krankenzimmer gekrochen war. «Was habe ich Ihnen gesagt, Lös? Heute nachmittag? Habe ich nicht recht gehabt? Und der Capitaine kommt nicht. Es ist Licht in seinem Zimmer. Wenn er kommt, müssen wir ihn schützen, haben Sie verstanden, Ackermann?» Ackermann nickte nur; er nahm die Mütze ab, und seine blonden Haare schimmerten hell in der Nacht. Aus der Sergeantenmesse drang wüster Lärm und das Klirren zersplitternder Gläser.

«Was wir brauchen», tönte Kraschinskys aufdringliche Stimme weiter, «sind Lebensmittel, damit wir uns durchschlagen können. Was wir aber vor allem brauchen, ist ein Führerrat, der die Organisation der Sache in die Hand nimmt. Den Sergeanten kann man nicht trauen, es müssen Leute von uns sein. Der einzige, der zu uns halten wird, ist Sergeant Farny, unser Befreier, denn sein Ruf hat uns die Waffen in die Hände gedrückt. Er soll zuerst die Führung übernehmen. Die anderen Sergeanten ... Hört ihr sie lärmen?» Kraschinsky breitete die Hand aus, eine plötzliche Stille entstand, in der das Brüllen Cattaneos und die Fistelstimme Baguelins deutlich aus der Messe drang. Dann kam hinter dem Rücken Kraschinskys eine Stimme hoch: «Qu'est-ce qu'il bave, l'mec?» Stefan erkundigte sich nach dem Sinn der Rede.

«Sergeant Farny meint», Kraschinsky richtete sich auf, es sah aus, als habe er soeben mit dem Verrückten Zwiesprache gehalten, «das wichtigste sei, sich Lebensmittel zu verschaffen. Darum Sturm auf die Verpflegung! Waffen habt ihr alle. Los!» Als sei Guy ein Roß, trommelte Kraschinsky mit den Hacken auf die Brust des Franzosen, und schwerfällig setzte sich der Alte in Bewegung. Hinter ihm kam der Trupp, er wuchs und wuchs; Nachzügler, die aus dem Dorfe heimkehrten, stießen zu ihm ...

Mitten im Hof der Verwaltung stand Pierrard, die Hände in den Taschen. Als die Schlüssel von ihm verlangt wurden, zuckte er die Achseln. Sie seien beim Leutnant in Verwahrung, teilte er mit. Kraschinsky befahl, die Schlösser zu sprengen. Es war nicht schwer, ein paar Schüsse genügten.

Im Hofe lag ein großer Strohhaufen. «Licht müssen wir haben!» rief Kraschinsky und warf seine Kerze in den Haufen. Händeklatschen und Hurrarufe.

In diesem Augenblick kam Capitaine Chabert die Turmtreppe herab. Er sah mitleiderregend aus. Mit geschwollenen Lidern und zitternden Händen stand er vor den Heulenden und blinzelte in das helle Strohfeuer. Strudel bildeten sich in der Masse. Plötzlich standen drei Gestalten, Gewehr bei Fuß, mit aufgepflanztem Bajonett vor Chabert. «Zwei Korporäle, ein Sergeant», meldete Ackermann. Ein kleines Lächeln ging über des Capitaines Gesicht. «Brav, mein Kleiner, sehr brav. Aber ich werde euch wohl nicht brauchen», sagte Chabert mit schwerer Zunge.

In einiger Entfernung katzbuckelte Kraschinsky. Ob der Herr Capitaine nicht so gütig sein wolle, wieder seinen Turm zu ersteigen. Sonst würde man leider gezwungen sein, den Capitaine gefangenzusetzen.

«Schweig ... du ... du ...» rief Sitnikoff, und das sonst nie gebrauchte ‹Du› des Sergeanten schüchterte Kraschinsky einen Augenblick ein. Er schwieg. Sitnikoff sprach russisch. Seine leicht singende Rede schien Eindruck zu machen. Neue Wirbel entstanden in der Masse: von Fortdrängenden, die in der Dunkelheit verschwanden. Da brach die Wache durch die lockere Reihe, fünf Mann hoch, Veitl hatte das Kommando übernommen, und auch sie stellte sich vor dem Capitaine auf.

Und noch einer kam herbeigeschlichen, waffenlos, sehr blaß im Gesicht, er tastete sich an den fuchtelnden Gestalten langsam vorwärts, endlich erreichte er Sitnikoff, stützte die Hand auf die Schulter des Sergeanten und wartete: Lös. «Bist du auch da, mein Kleiner?» begrüßte ihn der Capitaine, «das ist recht.» Er blickte in die Gesichter seiner Garde.

«Meine Kleinen», begann der Capitaine. Roh unterbrach ihn Kraschinsky, immer noch auf seiner menschlichen Mähre hockend: «Raufgehen! Maul halten!» Ein eifriges Gemurmel unterstützte seine Worte, Kolben sanken und wurden zwischen Ellbogen und Hüfte festgeklemmt, die Läufe waren auf die kleine Gruppe gerichtet. Die senkte ihrerseits die Bajonette, so daß der Capitaine von einem stachligen Kreis umgeben war.

«Meine Kleinen», begann der Capitaine wieder; als ein Gemurmel aufstieg, beschwichtigte es Kraschinsky mit einer Handbewegung. «Laßt den Alten sprechen», befahl er. «Nein!» erhob sich wieder Farnys Stimme. «Ich bin der Kaiser. Ich will sprechen.» Aber Pausanker legte seinem Sergeanten die Hand auf den Mund. «Später», flüsterte er, und sogar dies Flüstern war in der großen Stille deutlich zu hören.

«Meine Kleinen», begann der Capitaine wieder. «Wenn ihr nicht zufrieden seid, so müßt ihr eure Reklamationen nicht in dieser Form anbringen. Ich bin für jeden von euch zu sprechen, das wißt ihr, und ich habe immer jeden angehört, der sich zu beklagen hatte. Aber geht auseinander jetzt, legt euch hin. Ihr seid aufgeregt, warum, weiß ich noch nicht. Ihr seid sicher irregeführt worden. Ich bitte euch, macht mir nicht noch unnütz Sorgen, ich habe doch schon genug Aufregung. Ich will tun, was ich kann, um diese ganze Kinderei (‹enfantillage› nannte es der Capitaine) aus der Welt zu schaffen. Aber wenn ihr länger zögert, so geht es schief, das kann ich euch sagen. Auch meine Geduld hat Grenzen. Ihr habt euch gut gehalten, im Kampf, darum bin ich bereit, euch viel nachzusehen. Aber alles mit Maß. So, und nun übersetzt du, mein Kleiner», er wandte sich an Sitnikoff, «meine Rede ins Russische, und du, mein Kleiner», er wandte sich an Lös, «meine Rede ins Deutsche.» In der wieder eingetretenen Stille hörte man den Lärm aus der Sergeantenmesse. Sie schienen dort mit metallenen Instrumenten auf Gläsern die Begleitung des Liedes zu spielen, das Cattaneo sang:

«Ferme tes jolis yeux
Car les heures sont brè-è-è-ves
Au pays merveilleux
Au beau pays de rè-è-ève ...»

Capitaine Chaberts Gesicht verzog sich. Seine Ohren brannten. Wut schien in ihm hochzusteigen. Er ballte die Fäuste vor der Brust, wie ein Schnelläufer. «He! Pullmann!» rief Kraschinsky aus der Höhe, «bring mal die Leute zum Schweigen, man versteht ja sei eigenes Wort nicht bei diesem Lärm.»

Pullmann winkte, und fünf Mann folgten ihm. Sie schlichen um den Fuß der Treppe. «Und los, ihr anderen! Los! Auf den Capitaine!» rief Kraschinsky.

Aber während die Masse sich in Bewegung setzte, wurde Chabert von Sitnikoff und Koribout in die Mitte genommen und sanft die Treppe hinaufgeschoben. Ackermann deckte den Rückzug, die Wache blieb unten und hielt die Bajonette gefällt. Ein paar Schüsse knallten, aber die Kugeln sangen harmlos ihr Lied zu den Sternen.

Als Pullmann mit seinen Begleitern in die Messe drang, herrschte dort Ruhe. Die meisten Unteroffiziere lagen mit den Köpfen auf dem Tisch, nur Baguelin stand in einer Ecke neben dem Adjutanten und sah aufmerksam auf Cattaneos geöffneten Mund, dem rauhe Töne entströmten.

«Ferme tes jolis yeux ...»

schluchzte Cattaneo, und Tränen rannen über seine Backen. «Ja, ja, die alten Lieder. Es geht nichts über die alten Lieder», stellte Baguelin fest. Er sah erstaunt auf die bewaffneten Männer an der Tür, aber er mußte den Adjutanten ziemlich kräftig in die Seite puffen, bis dieser die verdrehten Augen in ihre gewöhnliche Lage brachte. Lange starrte Cattaneo auf Pullmann. Dann zog er mit behutsamen Bewegungen eine verdrückte Zigarre aus der Tasche, zündete sie an, langte mit der gleichen behutsamen Bewegung in die hintere Hosentasche und legte eine kleine Repetierpistole aufs Knie. «Waffe fort!» brüllte Pullmann, in der Aufregung gebrauchte er deutsche Worte. Der Adjutant sah ihn verständnislos an. Hintereinander, fast ohne Pause, es klang wie das Zerreißen eines schweren Stoffes, knatterten Schüsse. Wütendes Geheul. Die Pistole, die der Adjutant noch immer auf seinem Knie hielt, ließ einen dünnen Rauchfaden aus ihrer Mündung, der sich seltsam mit dem Rauch der Zigarre vermischte, die zwischen den Fingern der linken Hand steckte. Die Kugeln hatten niemanden getroffen. Die von ihnen erzeugten Löcher bildeten ein unregelmäßiges Muster im Balken über der Tür. Die Köpfe auf den Tischen hatten sich nicht bewegt. Mit starren Augen, während der Schluckauf seinen schweren Körper durchschüttelte, wartete der Adjutant auf seine Angreifer. Pullmann ging vor. Er hielt sein Gewehr vorne am Lauf und schlenkerte es wie einen Stock. Und wie ein Spaziergänger manchmal den Stock braucht, um eine Blume zu köpfen, hob Pullmann das Gewehr und ließ es seitlich gegen den Kopf des Adjutanten fallen ...

Im Turmzimmer saß der Capitaine und ließ sich von Samotadji pflegen. Chaberts Gesicht war bläulich angelaufen, er schnaufte schwer. Samotadji legte seinem Herrn feuchte Handtücher auf die Stirn. Stumm saßen die anderen herum. Koribout hockte in einer Ecke, unberührt von allem Geschehen, und schrieb Beobachtungen in sein Notizbuch. Verlegen kaute Ackermann an seinen Fingernägeln. Sitnikoff und Lös saßen am Tisch; beide waren sehr blaß. Die Gewehre lehnten neben der Tür. Ein Klopfen ließ alle auffahren. Es tönte hart durch das dumpfe Schreien, das von unten heraufdrang. Sitnikoff ging langsam zur Tür, schob den Holzriegel zurück, nachdem er gefragt hatte, wer draußen sei. Die leise Antwort blieb den andern unverständlich.

Herein traten der Chef und Leutnant Lartigue.

«Hallo, hallo!» der Chef schien ausgezeichneter Laune zu sein. «Wer rettet nun die Situation? Natürlich: Narcisse Arsène de Pellevoisin! Denn wer hat den einzig richtigen Gedanken gehabt? Immer der Vorgenannte. In fünf Minuten kommen die Gums, die werden Ruhe schaffen, eins – zwei! Aber», ein zweifelnder Blick auf die liegende Gestalt des Capitaines, der nichts zu hören schien, «die Auseinandersetzung mit Materne wird sich schwieriger gestalten. Ich bedaure unseren Capitaine. Materne war nämlich nicht allein, als ich kam. Leutnant Mauriot war schon bei ihm. Unserem Capitaine wird es nicht gut gehen, das sehe ich kommen.» Er schwieg, zog einen leeren Stuhl heran und setzte sich. Alle schwiegen. Da brach der Lärm unten ab. Getrappel von Pferden. «Jetzt sind sie da», sagte der Chef leise. Chabert stöhnte: «Welche Schande, welche Schande.» Die anderen drängten sich zur Tür. Nur Lös blieb sitzen, verlor den Halt und klammerte sich an der Stuhllehne fest. Samotadji saß auf dem Bett des Capitaines, drehte den feuchten Umschlag um und legte die kühle Seite auf Chaberts Stirn.

Im Hofe der Verpflegung war das Strohfeuer herabgebrannt. Die Sterne legten einen sanften Schein auf die kämpfende Masse. Die grauen Mäntel der Gums flatterten. Alles ging jetzt lautlos vor sich, die Fliehenden schrien nicht, warfen ihre Waffen fort, die Türen der Baracken schluckten die Laufenden. Durch das Tor des Postens schritt eine hohe Gestalt, waffenlos. Hinter ihr hüpfte ein dünner weißer Zwerg, der zischende Laute ausstieß. Die hohe Gestalt wandte sich nicht um. Sie war barhäuptig, und ihr schwarzes Haar glänzte ölig im schwachen Licht. Nun verschwand der weiße Zwerg, und einsam schritt die Gestalt weiter, gelangte an den Fuß der Treppe, erstieg sie langsam. Die Zuschauer drängten ins Zimmer zurück. Capitaine Materne trat ein. Seine trägen Augen musterten die Anwesenden. Schließlich blieben sie an der Gestalt auf dem Bette haften. Schweigen.

«Sie können disponieren, Lartigue», sagte Materne schleppend, ohne die Blicke vom Bett zu lassen.

Schweigend verließen alle den Raum. Lös wurde von Sitnikoff gestützt. Unten angelangt, wollten sich die beiden verabschieden. Aber Lartigue hielt sie zurück. «Kommen Sie doch mit. Ich bin zu aufgeregt, um schlafen zu können.»

In Lartigues Zimmer waren nicht genug Stühle vorhanden. Lös durfte sich aufs Bett legen. Der Leutnant schenkte Schnaps ein, bot Zigaretten an. Dann setzte er sich auf die Bettkante und sprach leise.

«Sehen Sie die Entwicklung, Lös? Im Grunde sind Sie an allem schuld. Nun ja, das Ganze war amüsant, amüsanter als tragisch. Ein guter Redner, dieser Kraschinsky. Haben Sie schon erfahren, daß Farny tot ist? Ja, er ist plötzlich umgefallen. Aber wissen Sie, Lös, daß Sie wirklich eine schwere Schuld zu tragen haben? An dem Tod Ihres Hundes, an der Ermordung Seignacs, an dem ganzen Aufruhr? Lächeln Sie nicht, oder gut, lächeln Sie, das zeigt mir, daß Sie über dem Berg sind. Wieso? fragen Sie.» Lös hatte nichts gefragt, auch gelächelt hatte er nicht. Aber der Leutnant brauchte rhetorische Zwischenfragen. Die anderen lauschten aufmerksam. Koribouts saugende Augen leuchteten aus einer Ecke. «Sie, Sie allein haben Blut in den Posten gebracht, Blut und Zerstörung. Sich selbst haben Sie zerstören wollen, Ihr Blut haben Sie vergossen. Wissen Sie, welche Wellen unsere Taten werfen?» Das zweideutige Pathos Lartigues wirkte auf alle erregend. Sitnikoff erhob sich und begann im Zimmer auf und ab zu schreiten. Ackermanns glänzende Augen waren auf Lartigues Mund gerichtet, mit dem Ausdruck eines Kindes, dem man schöne Märchen erzählt.

«Sie wissen es nicht, zu Ihrem Glücke! Geradesowenig wie Ihr verwundeter Freund die Magie der Worte gekannt hat. Warum nannte er sich Todd? Tod?» Der Leutnant sprach französisch, er dehnte das fremde Wort, übersetzte es für sich, murmelnd. «Sehen Sie, im Spielen mit dem Tode und dem Blute liegt eine böse Zauberei. Zuerst ist Ihr Hund geopfert worden. Dann hat das Opfer nicht genügt. Das Feuer ist aufgeflammt, wie ein Strohhaufen. Oh, das Symbol. Grobe Symbole ... feine Symbole. Überall sehe ich Symbole. Natürlich, in juristischem Sinne sind Sie unschuldig. Ob in einem anderen auch? Ich weiß es nicht. Wie jener möchte ich Ihnen sagen: Gehe hin und sündige nicht mehr. Es war ein Meisterstück von Ihnen, heut abend aufzustehen. Der Alte wird Ihnen das nicht vergessen. Und solange er noch die Kompagnie führt, kann er viel für Sie tun. Wir können also annehmen, daß unser Freund hier außer Gefahr ist», wandte er sich an die anderen. «Auch ich bleibe nicht länger. Wahrscheinlich werde ich Chabert nach Frankreich begleiten müssen. Denn ich habe keine Sehnsucht, die Zeit der Reaktion, die nun hier folgen wird, mitzumachen. Vielleicht treffe ich Freund Lös in Paris. Denn daß er auf Reform geht, halte ich für sicher. Der Alte wird alles dafür tun, vor seiner Abreise. Sprechen wir leise, der Arme schläft. Mit Ihnen, Sitnikoff, habe ich noch eine Zwiebel zu häuten, wie man bei uns sagt: Warum lesen Sie die *Garçonne*? Ich verstehe Sie nicht!» Und zweideutig wie sein Pathos war auch die literarische Moralpredigt, die Leutnant Lartigue nun hielt.

XV. Kapitel   Der Frühling

Die Eisentische auf dem Trottoir trugen weiße Tischtücher. Aber die Marquise, die gegen die Sonne ausgespannt war, warf ein gelbes Licht darauf, das angenehm hell und beruhigend wirkte. Der Kellner hatte in den Kolonien Dienst getan und bediente Lös mit kameradschaftlicher Freundlichkeit; der Anzug, den Lös trug, schien ihn nicht zu stören. Es war ein sogenannter ‹Habit Clemenceau› und in ganz Frankreich als die Uniform der aus dem Dienste Entlassenen bekannt: Der Rock war eine Art Litewka, aus grauem Stoff, und wie Röhren umgaben die Hosen die Beine. Lös betrachtete seine Schuhe; es waren dieselben, die er noch in Gourrama getragen hatte; an den Spitzen hielt das Leder nicht mehr fest an der Sohle, und bei Regenwetter bekam man nasse Füße. Das war alles, was man ihm für drei Jahre Dienstzeit gegeben hatte, mit einem Paar zerrissenen Unterhosen und einem ebenfalls zerrissenen Hemd. Langweilig war nur, daß die Füße nicht heilen wollten: Er hatte sie sich auf den letzten Märschen wundgelaufen.

Wie hellblau der Himmel war zwischen den Fransen der Marquise! Ganz nahe dehnte sich die Seine in ihrem Bett (‹sie hat es gut, wenigstens hat sie ein Bett›). Aber der Kaffee, den der Kellner soeben brachte, verscheuchte die aufsteigende Traurigkeit und die Angst vor der Zukunft. Braungebackene warme Brötchen standen auf dem Tisch.

Es war noch früh am Tage ... Das Gras in den Anlagen am Fluß hatte wahrhaftig Tautropfen. Lös dehnte sich, der Kellner meinte, der frühe Gast habe ihm gewinkt und kam gemütlich näher; ob der Kamerad etwas brauche? – «Nein.» – Das sei wohl nicht ganz leicht, sich jetzt wieder hineinzufinden in das neue Leben, nach den vielen Jahren Bled, meinte er. Wo denn Lös gewesen sei, zuletzt? In Gourrama? Kenne er nicht. Er sei mehr in Tunis gewesen. Auch dort sei es nicht gerade angenehm. Diese

Hitze! Und wie das eigentlich sei in der Legion? Wirklich so schlecht, wie man überall höre?

Lös mußte nachdenken ... Schlecht? Nein, schlecht eigentlich nicht, bloß ungeheuer langweilig. Und eigentlich auch nicht langweilig. Überhaupt sei das schwer zu formulieren; die Legion sei eben die Legion. Eine bedrückende Atmosphäre, ein seelisches Fieberklima, wenn der Kamerad den Ausdruck verstehe. Und das mache das Leben dort so schwer, weil man immer wieder in Versuchung komme, aus reiner Langeweile Dummheiten zu machen.

Ja, das kenne er gut, meinte der Kellner und kratzte sich die glatte Wange. Auch in Tunis seien immer alle unzufrieden gewesen, wegen des Essens, wegen der Korporäle, die frech gewesen seien.

«Denk dir», sagte Lös (das Duzen verstand sich von selbst), «da haben wir letzten Herbst eine Revolte gehabt. Ich lag gerade im Krankenzimmer; weißt du: ein Messerstich; die Wunde hat sehr geblutet. Die Kompagnie, es war eine Compagnie montée, du weißt doch, was das ist?» Der Kellner nickte. «Ja, und da wurde die Kompagnie von einem Dschisch angefallen, kam ein wenig überreizt in den Posten zurück, der Capitaine (übrigens war er ein lieber Kerl, dieser Capitaine) gab den Leuten ein paar Ruhetage, und aus lauter Langerweile fingen einige an zu revoltieren. Nicht böswillig, nein, nur ein schwarzer Korporal mußte dran glauben. Dann kamen die Gums über den Posten und räumten auf ... Der Capitaine wurde abgesetzt, ein Neuer kam, aus Frankreich, und der brachte den Leuten Anstand bei. In zwei Monaten zwölf Klagen fürs Kriegsgericht! Gehorsamsverweigerung allesamt. Aber dann ging es plötzlich wieder. Geschlaucht hatte er uns, der Neue, ich war froh, daß ich für die Reform vorgemerkt war. So konnte er mir nicht mehr viel tun. Ich meldete mich einfach immer krank, und da der Major mich gern hatte, war ich immer dienstfrei. Aber zum Schluß mußte ich doch noch ausrücken zum Straßenbau, das war ... wart einmal ... vor zwei Monaten. Und plötzlich, an einem Sonntag, ich weiß das noch genau, ruft mich der Chef. Ich lag im Zelt und schlief halb.

Darum antwortete ich nur ‹Merde›, wie es sich gebührt. Da lachte der Chef, übrigens war er lustig, was der für Sachen aufgeführt hat, du machst dir keinen Begriff. Wie der neue Capitaine gekommen ist, sollte der Chef natürlich auch ausrücken ... Weißt du, was er gemacht hat? Am Tag des Abmarsches läßt er sich von seinem Zimmer auf einem Schiebkarren in die Messe fahren, mit dick verbundenem Bein: Er habe Gicht, könne unmöglich reiten. Was sollte der Capitaine tun? Damals war's Winter ... und kalt, sag ich dir! Wir haben manchmal das Eis aufbrechen müssen, um die Maulesel zu tränken. Ja, also der Chef ruft mich. Ruft mich noch einmal, ich soll doch kommen. Eine gute Nachricht. Ich krieche aus meinem Zelt heraus, und weißt du, was der Chef mir sagt?» Die ganze Freude dieses Augenblicks zitterte in Lös' Stimme, auch der Kellner hatte sich vorgebeugt und lauschte interessiert. «Ja, der Chef sagte also, ich käme am nächsten Tag nach Oran. Mit den Camions bis Colomb-Béchar und von da mit dem Zug. ‹Und schau, daß du nicht mehr zurückkommst›, sagt der Chef. In Oran ging's dann gut. Der Experte war ein Zivilist, kein Militärarzt, untersuchte mein Herz, fand es bedenklich. Dann mußte ich noch vor einer Kommission dicker Leute erscheinen, Colonels, was weiß ich. Die haben mich nur angeschaut. Und dann hieß es: Réforme No. 1 ohne Pension. Und jetzt steh ich da.»

Der Kaffee war kalt geworden, aber das schadete nichts, er war auch so noch viel besser als der in der Legion. War die Tasse daran schuld? Lös griff an seine Brust. Ja, die alte Brieftasche war immer noch da. Sie enthielt noch die aus der Verpflegung geretteten zweihundert Franken; fünfzig waren mit der Zeit draufgegangen, und zwanzig hatte der Chef behalten. ‹Das bist du mir schon schuldig›, hatte er damals gemeint, ‹denn ohne mich hätte dich der Alte sicher nach Fez geschickt.› Das stimmte nicht ganz. Denn der Capitaine war die letzten Tage, vor seiner Abreise, rührend gewesen. Er hatte Lös nach Rich geschickt, ins Lazarett, er solle sich dort ausruhen, und dann sei es besser, Lös sei nicht da, wenn der Neue komme. Diesen Neuen haßte Capitaine Chabert, das merkte man, und später wurden die sonderbarsten

Geschichten erzählt von der Übergabe der Kompagnie. Der Neue mußte alles alleine ansehen, Chabert blieb in seinem Turmgemach, erschien nicht einmal zum Essen, Samotadji mußte es ihm bringen.

Lös stand auf. Der freundliche Kellner wollte sich nicht bezahlen lassen. «Wir sind doch Kameraden, nom de dieu, ich kann dir schon einen Kaffee zahlen», meinte er. «Du hast sicher nicht viel. Und wenn du einmal nicht weißt, was anfangen, so komm nur wieder hierher, am besten am Morgen, ich werd dir schon helfen. Frag nach Jean.»

Ein Menschenstrom begann die Straßen zu überschwemmen. Mädchen in hellen Kleidern liefen vorbei, Lös sah sie an, es war so sonderbar, wieder saubere Frauen zu sehen. Ein bißchen blaß waren sie, aber sie lachten doch, ein ganz anderes Lachen als Zeno. Wie schnell die Vergangenheit die Dinge unwahr machte. Zeno! Er hörte plötzlich ihr Lachen und drehte sich um. Ein Mädchen war es, das wohl Lös' Schuhe sehr komisch fand. ‹Mag sie doch!› dachte Lös und lächelte zurück. Das schien dem Mädchen zu gefallen, sie strich an ihm vorbei. «Auf dem Hund?» fragte sie mit rauher Stimme, die an die Stimme Zenos erinnerte. Lös nickte ernsthaft. «Armer Kerl», sagte die Kleine und lief weiter.

Ja, Zeno! Er hatte Zeno verkauft, für eine Flasche Anisette, und wem? Pierrard. Er hatte ihr die Sache erklärt. «Ich kann nichts mehr für dich tun. Jetzt geh ich ins Lazarett nach Rich, und wenn ich wiederkomme, muß ich Dienst machen in der Kompagnie. Aber mein Nachfolger ist auch ein guter Kerl, er wird für dich sorgen.» Zeno war traurig gewesen, zuerst, aber dann hatte sie gelacht (wie das Mädchen vorhin): Dies Lachen war Pierrard teuer zu stehen gekommen. Denn Zeno hatte ihn gequält, ihn gezwungen, ihr Kleider zu kaufen und Schuhe und Strümpfe, auch der Spaniol hatte bei diesem Geschäft gut verdient. Er war es, der die Kleider (europäische Kleider!) von Fez hatte kommen lassen. Lös hatte Zeno gesehen in ihrer neuen Tracht, als er von Rich zurückgekommen war. Ein langer Rock, der ihr bis über die Knöchel fiel, ein Bluse mit Spitzen und

Rüschen. Zeno sah wirklich sehr komisch aus. Aber mit Pierrard war es nicht lange gegangen. Der Chef paßte auf. Eines Abends wurde Pierrard in die Zelle geführt. Das war für ihn das Ende. Pierrard war tapferer als Lös, er führte kein Theater auf; auch waren die Zeiten anders, der neue Capitaine machte nicht viel Federlesens. Nach kaum vierzehn Tagen ging Pierrard mit einem Transport von vier Mann nach Fez aufs Kriegsgericht – fünf Jahre Travaux publics.

Lös zog tief die Luft ein; trotz des Staubes, der sie durchsetzte, schmeckte sie kühl, wie im Kerne erfrischt vom Frühling; er steckte die Fäuste tiefer in die Hosentaschen und ließ sich gerne von der eiligen Menge weiterschieben, die sich um ihn drängte und an ihm vorbeihastete.

Er setzte sich auf eine Bank und starrte auf das Wasser des Flusses, das wie ein Spiegel blendete – und schloß die Augen.

Das Wohlgefühl, in der warmen (nicht heißen) Sonne zu sitzen, verschwand allmählich. Zuerst tauchte das Lazarett in Rich auf, wie er es zuerst gesehen hatte, von einem Weinfaß, auf dem er saß. Ein Camion hatte ihn mit seinem geschwollenen Arm nach Rich mitgenommen. Es war schwierig gewesen, sich auf diesem wackligen Faß zu halten, denn er hatte ja nur einen Arm frei. Lange Morgen hatte er dann auf der Terrasse des Lazaretts gesessen, in der Sonne, und hatte seinen Arm bescheinen lassen, der nach und nach heilte. Aber etwas anderes war noch in Rich geschehen, und seine Gedanken wichen immer aus, sobald sie an die Grenze dieses Erlebnisses gelangten. Auch jetzt riß er wieder angstvoll die Augen auf. Immer noch warf der flüssige Spiegel des Flusses ein scharfes Blinken in seine Augen; als Lös die Lider wieder senkte, sah er einen andern, einen kleinen Spiegel. Todd hielt ihn, betrachtete darin seine kümmerlichen Barthärchen und flüsterte aufgeregt: «Ich muß mich rasieren. Schilasky hat gesagt, ich soll mich rasieren!» Das war zwei Tage vor seinem Tod gewesen.

Lös seufzte auf, wie unter einem Alpdruck. Ja, damals hatte er viel zu tragen gehabt. Erst Türk, den die anderen gequält hatten; und dann war auch Todd gestorben. Wundbrand, Gangräne, hatte Bergeret gesagt und die Achseln gezuckt. Todd hatte arge Schmerzen, und Lös hatte die Nächte bei ihm gewacht. Es war nicht viel gesprochen worden. Nur: «Liegst du gut?» – «Ja, danke.» – «Brauchst du nichts?» – «Nein, danke.» Sie waren beide ein wenig hergenommen. Nur einmal hatte Todd gesagt: «Siehst du jetzt, mein Name hat mir doch Unglück gebracht.» – «Ach was!» hatte Lös geantwortet, «du wirst doch wieder gesund und gehst auf Reform mit voller Pension. Mit dem Geld kannst du in Wien herrlich und in Freuden leben.» Damals hatte sich Lös sehr über sich selbst geärgert. Es kam ihm vor, als habe er nur Gemeinplätze zu Verfügung, sein Verstand wollte einfach keine anderen Sätze hergeben als solche, die Generationen schon in gleichen Augenblicken gebraucht hatten. Tröstende Worte, die doch gar keinen Trost enthielten; Todd war übrigens nie sentimental geworden. Ein einziges Mal hatte er Tränen in den Augen gehabt, damals, als er seine Wangen geschabt hatte ... «Ich denke, jetzt werde ich Schilasky doch gefallen», murmelte er.

Lös sprang auf. Seine Hände auf dem Grunde der Taschen waren unangenehm feucht, und auch auf seiner Stirne glänzten kleine Schweißtropfen. Nein, er wollte nicht mehr an all diese Dinge denken, die waren vorbei, jetzt galt es, sich durchzuschlagen, und daran wollte er denken, aber nicht an sterbende Freunde. Doch eine unsichtbare und sanfte Hand schien ihn auf die Bank zurückzudrängen, eine leichte Hand: Wie oft war Todds Hand auf seinem Ärmel gelegen, und so war er auch plötzlich gestorben ... «Hier», sagte Lös laut und strich über den groben Stoff.

‹Wir haben uns doch kaum gekannt›, dachte er. ‹Einmal nur wirklich zusammen gesprochen. Warum hab ich ihn so gern gehabt? Weil er aus Wien war? Nein! – Wir haben uns einfach gern gehabt; aber Schilasky hatte ihn auch gern, und doch war ich Todd näher als der andere. Nicht einmal eifersüchtig war ich auf diesen Schilasky ...›

«So, so, wird hier gepennt», sagte eine rauhe Stimme über Lös' Kopf. Vor der Bank stand ein breitschultriger Polizist, lächelte unter einem schöngeschwungenen Schnurrbart und nickte aufmunternd. «So. Kommt man aus den Kolonien; man sieht das an der Hautfarbe und an den Kleidern. Na, bleib nur sitzen. Ich will dich nicht stören. Wenn ich nicht Dienst hätte, gingen wir zusammen ein Glas trinken. Aber so ... Du verstehst?»

Lös verstand vollkommen. Der Polizist grüßte, wahrhaftig mit der gleichen Bewegung, die auch der Chef bevorzugte. Ein Greifen nach dem Mützenschild mit gebogenen Fingern, dabei eine leichte Neigung des Oberkörpers, die überaus herzlich wirkte.

«Die sind freundlich hier», murmelte Lös, froh über die Ablenkung. Er stand auf und ging weiter. Die Straßen waren leerer geworden. Lös blieb vor Auslagen stehen. – ‹Ich muß mir zuallererst einen Anzug kaufen und Schuhe›, dachte er. Dann erinnerte er sich an Stefan, an den Abschied von ihm. «Wenn du nach Paris kommst», hatte Stefan gesagt, «so mußt du zu den ‹Dames de France› gehen. Die schenken dir einen neuen Anzug und Wäsche und alles, was du brauchst ...» – ‹Das hat Zeit bis am Nachmittag›, dachte Lös, als er vor einer Buchhandlung stand. Was gab es für neue Bücher? Ein Titel, in roten Buchstaben auf schneeweißem Grunde, leuchtete ihm entgegen. *Le temps retrouvé – Die wiedergefundene Zeit*. Es war – ja, es war die Fortsetzung der *Suche nach der verlorenen Zeit*.

Und Lös sah eine Baracke – auf den Weinfässern, den leeren, ist die Bühne aufgeschlagen worden ... Ein halbes Dutzend Bretter auf fünf Weinfässern ...

«Et puis si par hasard
Tu voyais ma tante ...»

Schallendes Gelächter. In einem Klubsessel lehnt eine Gestalt, der schwere Körper steckt in einer schneeweißen Uniform. Der Weißgekleidete sagt: «Übrigens, große bittere Neuigkeit: Proust ist gestorben ...»

Lartigue! Leutnant Lartigue! Er war vor Lös abgereist – ganz plötzlich, und der neue Capitaine hatte sich schwer geärgert. Und was hatte er zum Abschied gesagt? «Hoffentlich treffen wir uns in Paris, Lös. Hier haben Sie meine Adresse ...»

Lös riß seine Brieftasche heraus, zog einige schmierige Blätter aus einem Fach, suchte, suchte ... Da: «Lartigue, 10 Rue Wilhem Auteuil ...»

Auteuil! Das war das elegante Viertel. Beim Bois de Boulogne. Aber zuerst mußte er sich einen Anzug kaufen, Schuhe ... Zweihundert Franken würden nie für einen Anzug langen, aber vielleicht würde ihm Lartigue helfen?

‹Eigentlich war es doch schön gewesen in der Legion›, dachte er. Gespräche fielen ihm ein: mit Sitnikoff, mit Pierrard, mit Smith, mit Koribout, dem Dichter – aber vor allem mit Lartigue. Lartigue, der nie den Offizier hervorkehrte, Lartigue, der Kamerad, ja, man durfte ruhig das Wort wagen: der Freund! Es war doch ganz gleichgültig, in was für einem Anzug man Lartigue besuchen ging ...

Auteuil! ... Lös war in die Buchhandlung getreten und hatte den Proust gekauft. Dann stand er vor einem Plan von Paris und studierte die Linien der Untergrundbahn. Die Rue Wilhem war nicht schwer zu finden ...

Geruch nach Staub, nach Lysol, nach erhitzten Schienen. Lös saß in einer Ecke des dröhnenden Wagens und las: «Der Wunsch, der Hunger, uns wiederzusehen, werden endlich wiedergeboren im Herzen, das augenblicklich uns mißversteht. Nur braucht es Zeit. Und unser Verlangen – was die Zeit betrifft – ist nicht weniger ungeheuerlich als unser Verlangen, das Herz sich ändern zu sehen ...»

Ein ungeheuerliches Verlangen ...

Treppen, die Luft wird dünner, leichter. Wie still die Straßen sind in Auteuil! ... Rue Wilhem 4 – 6 – 10 ...

Die ‹concierge›, die das verschlossene Haustor öffnete, sah aus wie eine gepflegte alte Dame.

«Monsieur Lartigue?» Die gepflegte alte Dame rümpfte die Nase. Leise meinte sie dann, sie wisse nicht, ob Herr Lartigue zu sprechen sei. «Ein alter Freund will ihn besuchen ...» Die alte Dame ließ sich erweichen. «Vierter Stock», lispelte sie.

Das Haus war neu, der Lift stieg – nein, er blieb nicht stecken.

Auch das Dienstmädchen, das öffnete, musterte mißtrauisch Lös' Anzug. ‹Ich hätte doch zuerst ...› dachte er, ‹wenigstens neue Schuhe kaufen sollen!›

Ein Salon, vollgestopft mit Möbeln, Plüschvorhänge, schlechte, sehr schlechte Ölgemälde. Zahnpasta-Frauenköpfe, Landschaften, Landschaften, Landschaften. Auf dem Klavier Noten: Massenet ...

Dann trat ein Herr in den Raum. Wer war das? Steifer Kragen, grasgrüne Krawatte, violetter Anzug. Aus dem Ärmel zog der Herr ein seidenes Taschentuch – (Lös schnupperte, was war das für ein Parfüm? *Chypre*? Richtig! *Chypre*!) –, wedelte mit dem Tuch, tupfte sich die Stirn, reichte zwei Finger. Dann in einem Zug:

«Es tut mir schrecklich leid, lieber Freund, aber ich habe keine Minute Zeit. Wichtige Unterredung, man erwartet mich im Nebenzimmer ... Habe mich nur einen Augenblick freimachen können ... Aber vielleicht ein andermal? Warten Sie ... Heut abend verreise ich für zwei Monate, aber bei meiner Rückkehr, wenn Sie mir anläuten wollen, lieber Freund ... Vielleicht erlauben Sie mir, es geht Ihnen wahrscheinlich nicht gut ... Haben doch schöne Stunden ... wenn ich mir gestatten darf ... miteinander verlebt ... Einstweilen nehmen Sie wohl dies ... Und selbstverständlich, wenn Sie eine Empfehlung brauchen, stehe ich zu Diensten.»

Die Salontüre war offen geblieben, sanft, aber bestimmt wurde Lös zu dieser Öffnung hingedrängt, er stand im Korridor. «Vor allem, lieber Freund, sollten Sie sich auskurieren, nicht wahr? Ich würde Ihnen anraten, sich in ein Spital zu begeben, ausgezeichnete Spitäler in Paris ... Und nicht wahr, Sie vergessen mich nicht ... Hier, Sie werden mir erlauben ... Sie lesen Proust, wie schön! ... Immer in den Wolken, lieber Freund, müssen auf die Erde steigen ... Jaja, nein, nicht adieu, auf *Wiedersehen*, lieber Freund, auf Wiedersehen ...»

Die Gangtüre fiel zu. Langsam stieg Lös die Stufen hinab. Er öffnete die Hand. Eine Banknote. Fünfzig Franken ...

Vor ihm breitete sich eine Straße aus, in ihrer Mitte wuchsen hohe Bäume, die zartgrüne Blätter trugen und leere Bänke beschützten. Lös setzte sich. Erst jetzt merkte er, daß er den linken Zeigefinger immer noch zwischen die Seiten seines Buches geklemmt hatte. Er schlug es auf:

«Und unser Verlangen, die Zeit sich ändern zu sehen, ist wohl nicht weniger ungeheuerlich als unser Verlangen, das Herz sich ändern zu sehen ...» Dies war der Sinn. Und vorher hatte er es falsch verstanden.

Also: Die Zeit ändert sich nicht, die Herzen ändern sich nicht. Was ändert sich? Die Umgebung. Gourrama, ein kleiner Posten, nur schwer auf einer Landkarte zu finden, Menschen darin – *ein* Mensch vor allem, ein Freund, ein Kamerad ...

Lös schlief ein. Kein Polizist störte ihn. Es war später Nachmittag, als er erwachte.

Anhang

Nachwort
Editorischer Bericht
Fragmente
Kürzungen und Lektoratskorrekturen
Korrekturen und Streichungen von Glauser – Editorische Eingriffe
Anmerkungen
Danksagung

Nachwort

Unter allen Territorien Nordafrikas war es das rohstoffreichste und dennoch letzte, das kolonisiert wurde – Marokko nimmt in der Geschichte des Maghreb zweifellos eine besondere Stellung ein. Von den rivalisierenden Großmächten Mitteleuropas lange Zeit als Objekt imperialistischer Begierde umkreist, wurde das Land nach zwei internationalen Krisen (1904/1911) in eine Zone um Tanger, ein kleineres spanisches Protektorat im Norden und eine französische Zone in den zentralen und südlichen Gebieten aufgeteilt. Der Machtzerfall des Sultans von Fes führte zu zahlreichen innermarokkanischen Stammesfehden, die der französische Generalgouverneur Lyautey durch eine geschickte Politik des ‹divide et impera› zu nutzen verstand. Mit seiner Doppelstrategie von dosierter Gewaltanwendung und lockenden Kooperationsverträgen gelang es ihm, wachsende Teile des Landes zu ‹befrieden›. Dennoch war Marokko auch am Ende des Ersten Weltkrieges noch nicht wirklich unter französischer Kontrolle. Die Gebirgsregionen des Rif und des Atlas, das Gebiet um Taza oder das Tafilaleth, wo ein Expeditionskorps der Fremdenlegion 1918 vernichtend geschlagen worden war, widersetzten sich der Kolonisierung nach wie vor.

Die Niederlage der weißrussischen Armee, das Scheitern der Revolution in Deutschland und die allgemeine Not der Nachkriegszeit führten der Fremdenlegion Anfang der 20er Jahre jedoch eine so große Zahl von Söldnern zu, so daß sich Lyautey zu einer Erweiterung seiner strategischen Ziele in der Lage sah. Zum Jahreswechsel 1920/21 konnte das dritte Fremdenregiment reaktiviert und ein neues viertes aufgestellt werden; beide Truppenverbände wurden in Marokko stationiert. Zur gleichen Zeit setzten spanische Kolonialtruppen zur Eroberung des nördlichen Rif an. Die Operation stieß jedoch auf unerwartet harten

Widerstand: Abd el Krim, der Führer der Rif-Kabylen, proklamierte den ‹jihad› und vermochte binnen kurzem fast 100000 Mann zu mobilisieren. Auch die französischen Truppen sahen sich bald mit einem Partisanenkrieg konfrontiert, der von marokkanischer Seite mit fanatischem Mut und äußerster Grausamkeit geführt wurde. Die Auseinandersetzungen weiteten sich schließlich zum längsten und verlustreichsten Feldzug aus, den die Fremdenlegion bis dahin geführt hatte. Bis zum Ende der Kämpfe im Jahr 1935 ließen mehrere tausend Söldner ihr Leben.

Die erzählte Zeit von Glausers Legionsroman erstreckt sich – orientiert man sich am anfangs erwähnten Datum von Marcel Prousts Tod (18. November 1922) – vom 14. Juli 1923 bis zum Mai 1924; sie fällt damit genau in jene Monate, die den ersten Höhepunkt des marokkanischen Krieges markieren. In *Gourrama* findet sich jedoch von all dem nichts. Liest man den Roman vor dem Hintergrund der Zeitereignisse, so verblüfft er also zunächst dadurch, was er nicht ist: In einem geradezu irritierenden Maß ist er weder politisch, noch wartet er mit der Schilderung dramatischer Kriegshandlungen auf. Beinahe idyllisch klingt gar der Titel, den der Text ursprünglich tragen sollte: *Aus einem kleinen Posten. Ein Roman aus der Fremdenlegion*. Daß zur selben Zeit, im selben Land ein Krieg im Gang war, dessen Brutalität über Jahre hinweg die Schlagzeilen der Weltpresse beherrschte, kommt in dem Buch nicht vor. Nur in Kraschinskys aufwieglerischer Rede gegen Ende des Romans erfährt man, daß «einige Teile des Landes (...) noch nicht unterworfen» seien, doch bleibt dieser Satz so unbestimmt, daß man geneigt ist, eine Phrase revolutionärer Rhetorik darin zu erblicken. Und wenn an zwei weiteren Stellen die verlustreiche Expedition ins Tafilaleth von 1918 erwähnt wird, so geschieht dies ohne jede Kontextinformation, sondern dient lediglich zur Erklärung von Farnys heldenhaftem Ruf in der Kompagnie.

Gourrama überrascht indes nicht nur durch die fast vollständige Ausblendung politischer Zusammenhänge, sondern dürfte auch in anderer Hinsicht ein gewisses Erstaunen geweckt haben.

Als Glauser den Text schrieb, bildeten Berichte und Erzählungen aus der Legion fast ein eigenes literarisches Genre. Gemeinsam ist all diesen Büchern, daß sie die Erlebnisse des Protagonisten in der Art einer Odyssee schildern – beginnend mit dem Eintritt des Helden ins unbekannte Reich der Legion, weiterfahrend mit der Darstellung seiner Abenteuer samt aller bestandenen Gefahren und endend schließlich mit der glücklichen Rettung und Heimkehr nach Europa, meist verbunden mit einigen Worten ernster Warnung. Ganz anders dagegen Glausers Roman: Nichts wird von der soldatischen Initiation der Hauptfigur erzählt, überhaupt gilt das Interesse mehr einer Gruppe, ihrer Art des Zusammenlebens, ihrem Alltag, ihren Sympathien und Anitpathien, ihren Strategien gegen die Langeweile etc. In den Momenten, in denen etwas Außergewöhnliches passiert, ist der ‹Held› bezeichnenderweise nicht mit dabei, so daß das Geschehen des Kampfes nur indirekt, d.h. über die Erinnerungen der beteiligten Legionäre erzählt wird. Am Ende kehrt der Protagonist zwar mit einigem Glück nach Europa zurück, stellt hier aber (in Paris notabene!) fest, daß sich für ihn zwar Ort und Zeit, im Grunde aber nichts Eigentliches geändert habe. In der formellen Anlage des Textes und in seinem Fazit ist eine stärkere Antithese zur sonstigen Legionsliteratur kaum denkbar, und so war es nur logisch, daß Glauser die Rezeptionserwartungen seiner Zeit total verfehlte. Selbst Verleger, die ihm, wie Adolf Guggenbühl, gewogen waren, reagierten mit merklicher Irritation und bekundeten am Ende, die Lektüre lasse sie unbefriedigt (vgl. S. 309).

Wenn nun, wie es scheint, *Gourrama* weder ein politischer Roman noch ein typisches Legionsbuch ist, so mag man sich fragen, was der Text statt dessen sei. Eine erste Antwort, die hier erwogen sein soll, lautet: Das Buch sei damals, als es entstand, ein typischer Erstling gewesen, mit all dem besonderen, stellenweise übergroßen Einsatz und dem schönen Mangel an Routine, der die glücklichen Beispiele solcher Büchern auszeichnet.

Gourrama – ein Erstling? Biographisch und werkgeschichtlich betrachtet, mögen sich dagegen Einwände erheben; schließlich publizierte Glauser bereits seit 1915, d.h. seit einem guten Dutzend Jahren, und war 1921 mit einem Text hervorgetreten, den er in seinen Briefen gern als Roman bezeichnete: die Genfer Geschichte *Der Heide* (*Erzählungen 1*, 30–91). Über diese Arbeit hatte er sich allerdings schon während ihrer Entstehung erhaben gefühlt; als ein «bedeutender Kitsch» war sie ihm erschienen (*Briefe 1*, 52), so daß er sie nur fertig schrieb, um auf dem literarischen Markt präsent zu bleiben und im übrigen etwas Geld zu verdienen. Tatsächlich handelte es sich bei dem Text um eine durchaus brav erzählte historische Novelle, die in merkwürdiger Weise mit dem ‹Rimbaud-Schimmer› kontrastierte, den Glauser in den avancierten Literatenzirkeln von Ascona und Zürich gern zur Schau trug (vgl. *Erzählungen 2*, 357).

Der ‹Rimbaud-Schimmer› – nicht zufällig tauchte dieses Stichwort auch im ursprünglichen Manuskript des Legionsromans an zentraler Stelle auf: an jenem Punkte nämlich, wo der Held des Buches und sein Autor sich verdächtig nahe kommen, indem deutlich wird, daß Lös eigentlich Schriftsteller ist, der nicht zuletzt auf der Suche nach Stoff in die Legion eingetreten war (vgl. S. 379). Josef Halperin hat die Passage später gestrichen, denn sie offenbarte einen charakteristischen Mangel, der Roman-Erstlingen häufig anhaftet: Noch dominiert das Persönliche über das Literarische, das als Ausdrucksmöglichkeit zwar schon genutzt, in seiner Autonomie als Metier, als Kunst aber noch nicht gänzlich anerkannt ist. Bei aller literarischen Ambition besteht gleichermaßen das dringende Bedürfnis anzudeuten, daß es die eigenen Erfahrungen sind, die mitgeteilt werden sollen. Anderseits erscheinen diese Erfahrungen als so gewichtig und bedeutsam, daß sie nur in literarischer Form – und nicht als bloß persönliches Bekenntnis – ihre angemesssene Ausdrucksform gewinnen können.

Dieser Ambivalenz, die das Unterfangen ständig zu unterlaufen und zu überfordern drohte, begegnete Glauser auf zweifache Weise: Zum einen, indem er in der später gestrichenen Stelle durchblicken ließ, daß die Geschichte vom Söldner Lös auch als Initiation des *Autors* Glauser gelesen werden kann, der durch die

Erfahrung der Legion den überheblichen ‹Rimbaud-Schimmer› abzulegen und zu begreifen lernt, daß literarisches Schreiben eine Bemühung ist, die der Subjektivität des Autors in mancher Hinsicht überlegen ist. In einer solch unsicheren Situation liegt es nahe, sich an einem Vorbild zu orientieren; Glauser tat dies, indem er sich – dies zum anderen – auf einen Autor berief, der für die angestrebte Form literarisierten Sich-Erinnerns Pate stehen sollte: Marcel Proust. Ausgerechnet ihn, den subtilsten Chronisten distinguiertester Pariser Kreise, als Schirmherr für die Schilderung eines Milieus in Anspruch zu nehmen, das allgemein als Abschaum der Gesellschaft angesehen wurde, gehört sicher zu den überraschendsten Pointen, mit denen Glausers Roman aufwartet. Dabei ist es unerheblich, ob Glauser mit einem seiner Legionärskollegen tatsächlich Gespräche über Proust geführt hat oder nicht. Glauser selber deutet an, daß die faktische Ebene hier zweitrangig ist, läßt er doch auch zwei signifikante Unstimmigkeiten mit einfließen: Der letzte Band der *Recherche*, den Lös bei seiner Rückkehr nach Paris, d.h. im Mai 1924 erwirbt, erschien in Wahrheit keineswegs so rasch nach Prousts Tod, sondern erst im Jahr 1927, d.h. kurz bevor Glauser mit der Niederschrift seines Romans begann. Auch entstammt das Proust-Zitat, mit dem der Text schließlich endet, in Wahrheit nicht dem siebten, sondern dem zweiten Buch der *Recherche*. Daß beide Male, auch um den Preis sachlicher Richtigkeit, der letzte Band des Werks ins Spiel gebracht wird, dürfte an dessen Titel liegen: *Die wiedergefundene Zeit*. Denn genau darum scheint es auch Glauser gegangen zu sein: die Zeit, die ihn am tiefsten prägte und erst wirklich zum Autor werden ließ, wiederzufinden und literarisch lebendig werden zu lassen. «Ich will gestehen», schrieb Glauser aus der Distanz von zehn Jahren, «daß ich damals sehr von Proust beeinflußt war und daß man dies wohl merken wird – aber schließlich, dürfen wir Schriftsteller nicht auch einen Lehrer haben?» (*Briefe 2*, 916)

Die Frage ist natürlich rhetorischer Natur. Interessanter dürfte die Art und Weise sein, wie und wo sich Glauser an Proust orientierte. Bekanntlich findet sich die zentrale Erfahrung der

Recherche an jener Stelle des letzten Bandes formuliert, da der Ich-Erzähler auf dem Weg zu einer Einladung der Guermantes unversehens auf eine Unebenheit des Trottoirs gerät. Dieser ‹Fehltritt› ruft in ihm schlagartig ein ganzes Ensemble beseligender Empfindungen hervor, wie er sie einst auf zwei ungleichen Bodenplatten im Baptisterium von San Marco in Venedig verspürt hat. Aus der zufälligen Identität zweier minimaler und an sich bellangloser Erlebnisse ersteht plötzlich ein Augenblick der Vergangenheit wieder, und zwar in der Gesamtheit all seiner Empfindungen; dieses plötzliche, neuerlich gegenwärtige Daseinsgefühl ist ganz mit dem früheren identisch, ja, ist es erst wirklich – als habe es außerhalb der vergänglichen Zeit gestanden, deren Essenz es nun bildet.

Auch in Glausers Roman findet sich solch ein unerwarteter Moment wiedergefundener Zeit; bezeichnenderweise ist er genau in der Mitte des Romans situiert. Als Lös mit dem ‹Chef› und den anderen die Kneipe des Spaniolen verlassen will, stoßen seine Kniekehlen beim Aufstehen an die Kante des Stuhles. Im gleichen Augenblick verspürt er «eine schmerzende Wachheit: so, als sei plötzlich in ihm ein Wesen erwacht, das lange Jahre geschlafen hatte. Die Umgebung, die seinen Blicken Grenzen setzte, war klar und hell, viel klarer und heller, als es mit der schlechten Beleuchtung vereinbar war. Zugleich sah Lös wie durch einen umgekehrten Feldstecher die Dinge verkleinert und in die Ferne gerückt. (...) ‹Die Gegenwart›, dachte Lös, ‹das ist die Gegenwart.› Die schöne, schmerzhafte Gegenwart, in der man ewig leben möchte. Nicht ‹man›, *ich* möchte darin leben.» (S. 153; vgl. auch S. 379) Dieses plötzliche Ich-Erlebnis, auf Proust'sche Weise evoziert, fördert indes eine ganz andere Erfahrung als bei Proust zutage. Das Ich, das Lös sonst gern hinter einem ‹man› versteckt (vgl. S. 179), empfindet sich und den ganzen Körper zwar plötzlich mit voller, schmerzlicher Intensität, sieht sich gleichzeitig aber auch den Dingen der Umgebung seltsam entrückt: Puppenhaft erstarrt und klein wirken sie, wie durch ein umgedrehtes Fernrohr betrachtet. Das Erlebnis der Wahrheit und unmittelbaren Gegenwart gleicht also paradoxerweise eher einem Zustand der Depersonalisation als einem der Identität. Der Ansturm der Empfindungen scheint übermächtig, so daß das Ich sich durch einen Distanzsprung zu retten versucht und eben darin sich selbst erkennt. Neben der Gegenwart stehend, fühlt es sich wahrhaft präsent, aus der Ferne zusehend, findet es sich selbst.

Dies als die Urszene eines literarischen Bedürfnisses nach Beobachtung und schriftlicher Fixierung anzusehen, liegt geradezu verdächtig nahe. Tatsächlich ist es kein Zufall, daß sich bei der Interpretation der Passage psychoanalytische Begriffe aufdrängen, hatte Glauser doch unmittelbar vor der Niederschrift des Romans eine intensive, ein Jahr dauernde Psychoanalyse mit fünf Sitzungen pro Woche durchgemacht. Unter ihrem Einfluß und in Auseinandersetzung mit ihr sind dementsprechend große Teile des Romans entstanden. So tauchen auch manche von Lös' Kindheitserinnerungen eher in der Art freier Assoziationen im Text auf denn als Proust'sche Synästhesien. Im besonderen Maß gilt dies für die verschiedenen Träume, die der Roman in seinen frühen Fassungen enthielt. Das Muster, das sie offenbaren, muß in seiner ödipalen Struktur kaum näher erläutert werden: Auf der einen Seite finden sich die symbiotisch-inzestuösen Mutterphantasien des «Kloster»-Kapitels (vgl. S. 373 ff.), auf der anderen der mit dem Phallus strafende Vater des «Inventar»-Traumes (vgl. S. 398 ff.). Die Symbolik ist wahrhaft überdeutlich, und dennoch zögerte Glauser lange, die Passagen zur Streichung freizugeben. Dabei mag nicht nur seine Vorliebe für die scheinbare Irrationalität und intensive Bildlichkeit von Träumen mitgespielt haben, sondern auch eine gewisse sentimentale Neigung für jene konfessionellen Einschläge, die Erstlingswerke kennzeichnen und von denen vielfach schwer zu sagen ist, ob sie eine besondere Würze oder eine peinliche Überfrachtung darstellen. Glauser war schließlich wohl der Ansicht, daß letzteres der Fall sei, und hat deswegen auch noch zwei weitere charakteristische Traumgesichte eliminiert: Gemeint ist zum einen die Stelle, wo sich Lös als ‹gelben Gott› imaginiert und seinen Namen vom Wunsch, Erlöser zu sein, ableitet (vgl. S. 375 f.), zum anderen der noch explizitere Traum, in welchem er sich selbst als Gekreuzigten sieht (vgl. S. 399 f.).

Ohne den Kontext, den die psychoanalytische Selbsterforschung mit ihrem von moralischem Druck entlasteten, freien Assoziieren konstituiert, wäre man womöglich geneigt, Glauser hier eines degoutanten Größenwahns zu bezichtigen. Indes übersähe man damit eine weitere intellektuelle Traditionslinie, die der Roman in seiner ursprünglichen Gestalt aufnahm. Das Bild vom Künstler als leidendem Christus bezeichnete um die Zeit der Jahrhundertwende keine Verstiegenheit, sondern einen vielfach wiederkehrenden Topos. Ausgehend von Léon Bloy und anderen Autoren des Renouveau catholique (z. B. Charles Péguy) fand das Identifikationsmuster bald auch im deutschen Kulturraum Resonanz. Avantgardistische Maler wie Oskar Kokoschka oder Max Oppenheimer (der Glauser in die Zürcher Künstler- und Literaturwelt eingeführt hatte) malten sich 1910 als Schmerzensmann mit klaffender Brustwunde, während der schon als Klassiker geltende Gerhart Hauptmann im selben Jahr seinen Emanuel Quint als «Narr in Christo» vorstellte. Jesus erschien in dieser Sichtweise als der leidende, geringste aller Menschen und als solcher als der Mensch schlechthin. Wie man aus Hugo Balls Aufzeichnungen *Die Flucht aus der Zeit* weiß, muß Glauser von Léon Bloy schon früh in dieser Richtung beeinflußt worden sein. Der Bloy-Essay, den er 1916 Ball übergab, ist bis auf dessen Exzerpte zwar verloren, doch scheint die «Mystik der Armut», die darin beschworen wurde, Glauser damals schon ebenso beschäftigt zu haben wie die Vorstellung von der Hure als einer Heiligen (vgl. Hugo Ball, *Die Flucht aus der Zeit*. Zürich: Limmat 1992, S. 142). Beide Motive kehrten in der frühen Version des Legionsromans unverändert wieder. Gesicht und Gestalt der Prostituierten erscheinen Lös bisweilen wie das Bild einer Madonna, und so mag das Wort vom Bordell als ‹Kloster› zuletzt nicht nur eine Soldaten-Blasphemie bezeichnen.

Offenbar sind all diese radikal-religiösen Motive Teil eines Erwägungs- und Gedankenzusammenhangs gewesen, der für den ursprünglichen Schluß des Romans bedeutsam hätte werden sollen. Leider sind davon nur einige fragmentarische Seiten erhalten (vgl. S. 350 ff.). Aus ihnen geht jedoch hervor, daß Bergeret zuletzt einen unaufdringlichen Bekehrungsversuch bei Lös unternimmt. Anscheinend hat hier Glauser der Figur des Arztes – dies zwar nicht äusserlich, jedoch von der Art seines Charakters her – gewisse Züge von Hugo Ball beigegeben. Ball war einer der wenigen Personen, die Glauser ohne Einschränkung bewunderte und verehrte. «Lange Jahre hat er irgendwie als mein schlechtes Gewissen funktioniert», schrieb er noch 1935 an Martha Ringier (*Briefe 2*, 105). Ball war im September 1927, d. h. kurz bevor Glauser mit der Niederschrift des Legionsromans begann, gestorben. Über die *Flucht aus der Zeit*, die Glauser anscheinend sofort nach Erscheinen gelesen hatte, wusste er nicht nur von Balls religiöser Wendung, sondern fühlte sich durch die Konsequenz, die in diesem Schritt lag, fast beschämt (vgl. *Briefe 1*, 313 f.). Womöglich sollte der Schluss des Romans eine Art von Antwort auf Balls Weg enthalten. Leider bricht der Text jedoch an genau jener Stelle ab, da der muttersuchende Lös die Pariser *Notre Dame* betritt. So erfährt man zuletzt nicht, welchen Einfluss das mystische Kirchendunkel auf Lös auszuüben vermochte, der sich – wie andere Helden früher Glauser-Texte (vgl. *Erzählungen 1*, 159–165) – zu Anfang des Buches noch unter freiem Himmel pantheistischen Träumereien hingegeben hatte (vgl. S. 72 u. 358).

Versucht man, all diese gestrichenen Motive und Passagen in ihrer Gesamtheit zu überblicken, so wird deutlich, dass das Werk ursprünglich ein stark persönlich gefärbter Entwicklungsroman war; in seinem Mittelpunkt stand ein junger Autor, der – wie es sich für ein richtiges Alter ego gehört – stellvertretend für seinen Verfasser dessen lebensgeschichtliche, literarische, psychologische und metaphysische Erfahrungen zum Ausdruck zu bringen hatte. In der charakteristischen Art eines Erstlingsromans zielte das Buch dabei über die erzählten Inhalte hinaus und peilte ohne falsche Bescheidenheit das Ganze philosophisch-weltanschaulicher Erkenntnis an.

Liest man den Roman dagegen in der gestrichenen und veränderten Form, die er im Jahr 1937 erhielt, so ist von all dem nichts oder fast nichts mehr zu verspüren. In einem Brief an Josef Halperin vom 19. Februar 1936 deutet Glauser an, wie es zu diesen tiefgreifenden Veränderungen kam. «Wenn ich so über den Legionsroman nachdenke», schrieb er, «dann kommt er mir in der Erinnerung vor, als sei doch viel Attitüde drin, viel Anspruch ...» (*Briefe 2*, 166). Es scheint indes, als habe dieses intellektuell Ambitiöse eigentlich weniger mit Glausers Schreiben als vielmehr mit der Form des Romans zusammengehangen. Von dieser Gattung ging eine Art von Imponiertradition aus, der auch Glauser glaubte genügen zu müssen, wenn er als Autor bestehen wollte. Erst der Kriminalroman hat ihn dann gelehrt, daß aus gewollter Bedeutsamkeit eher das Gegenteil von Literatur erwuchs. ‹Niederer hängen›, war von da an Glausers Devise. Dementsprechend schrieb er im Rückblick auf den *Schlumpf*: «Man wollte ja eigentlich garnicht so viel. Man wollte die Leute ein wenig unterhalten, nicht ‹wirken›, nicht ‹bedeutsam› sein.» (*Briefe 2*, 166) Als Glauser aus dieser Optik auf seinen Legionsroman zurückblickte, war er einerseits «gelinde entsetzt» und befand: «Man müßte die ganze Sache anders machen» (*Briefe 2*, 175) Andererseits entdeckte er darin doch auch Partien, die seinen Vorstellungen entsprachen. «Wenn ich Ihnen schrieb, daß ich zu ihm stehe», bekannte er gegenüber Halperin, «so vielleicht nur wegen ein paar kleinen Sachen: Der Marsch, der kleine Schneider, die Scene zu Anfang im Puff, die Leute, die sich gegenseitig anlügen im Hofe der Verwaltung, der Schneiderkorporal, der im Suff seine Bude ausräumt, die winzige Geschichte mit Zeno und mit ihrem Vater auf dem Dach des Hauses. Wissen Sie, solche kleinen Sachen, die gehen in die Richtung, von der Conrad einmal in der Vorrede zum *Neger vom Narcissus* spricht: Geruch, Gestalt, Farbe, Luft und darin die Menschen, nicht von einer Seite, sondern ganz kurz von verschiedenen Seiten gesehen.» (*Briefe 2*, 166)

Es war also das Konkrete, sinnlich Wahrnehmbare, das atmosphärisch Dichte, der Wechsel der Perspektiven, was für Glauser nun die Qualität eines Textes ausmachte. Dazu mußte man präzis sein und knapp bleiben; man mußte weglassen, nicht breit beschreiben. Gewiß, damals, als Glauser den Legionsroman verfaßte, hatte er «aufgepaßt wie ein Häftlimacher», um Dinge und Menschen exakt zu charakterisieren. Doch schon die Häufung von Adjektiva, die aus dieser Bemühung resultierte, erschien ihm jetzt als Fehler (vgl. unveröff. Brief an Halperin, 25. August 1937). Und er zweifelte, ob er diesen und andere Mängel je selbst würde beheben können. «Wenn ich's allein mache», schrieb er an Halperin, «werd ich so erbarmungslos streichen, daß dann vielleicht ‹le bouquet› zum Teufel geht.» (*Briefe 2*, 164)

Zunächst waren dies jedoch alles nur Erwägungen. Ein Jahr später aber, im Frühjahr 1937, wurde es damit unversehens ernst. Halperin war in die Redaktion der Wochenzeitung *ABC* eingetreten und wollte den Legionsroman tatsächlich drucken. Glauser und Halperin setzten sich nun, zunächst gemeinsam, dann getrennt an die Überarbeitung (näheres siehe *Editorischer Bericht*) und machten dabei eine eigenartige Erfahrung: Daß man all das, was Glauser unter die Stichwörter Attitüde und Anspruch subsummierte, all das, worauf er früher wohl besonders stolz gewesen war, aus dem Roman herausstreichen konnte, ohne dessen Qualität irgendwie zu schmälern. Der Text bewies vielmehr eine geradezu unverwüstliche literarische Substanz, so daß er sogar eine Art Paradigmenwechsel schadlos überstand. Denn jetzt wurde aus dem einstigen Entwicklungsroman eines europamüden Jungautors ein Stück eindringlich erzählten sozialen Realismus'.

Möglich war dies, weil der Roman eigentlich aus einer Reihe von Erzählungen zusammengesetzt ist. Zwei Kapitel waren unter den Titeln *Der kleine Schneider* und *Marschtag in der Legion* von Glauser ja auch separat veröffentlicht worden; von *Zeno* hatte er eine entsprechende eigenständige Version vorbereitet. In der Erzählung, der Novelle, jenen weniger bedeutungsgeladenen und ambitionsbefrachteten Gattungen, hatte Glauser schon früher die Form gefunden, die ihm entsprach und in der er eben jene Eigenschaften zur Geltung bringen konnte, die er an Joseph Conrads Romanen bewunderte: genaue Beobachtung, überblickbare Handlungszusammenhänge, sprechende Gesten, Gesichter, atmosphärische Details. All diese Qualitäten waren, wie Glauser im oben zitierten Brief selbst bemerkt hatte, bereits im Text seines Legionsromans vorhanden und mußten eigentlich nur durch einige entschlossene Striche freigelegt werden.

Sichtbar wurde dadurch eine Erzählhaltung, die sich nirgends über die Figuren erhebt, sondern sie mit all ihren scheinbaren Widersprüchen gelten läßt. Auch wenn die Legionäre ihre Lebensläufe aufschneiderisch und hochstapelnd zurechtlügen, läßt Glauser ihnen darin eine Art Ehre, da sie, die Gescheiterten und Ausgesonderten der europäischen Kultur, deren klischeehafte Sehnsüchte und verblasene Kitschvorstellungen als Maske der Verzweiflung tragen. Sie alle haben irgendwann vor einem Lebensdesaster kapituliert oder mußten vor ihm fliehen. Ihr Wunsch war, einen Schlußstrich zu ziehen und zu vergessen. Außer der Pflicht zum Gehorsam besitzen sie keinerlei Verantwortung mehr. Und dennoch möchten und müssen sie, nachdem sie vielfach auch ihren Namen gegen eine neue, unbestimmte Identität eingetauscht haben, doch wieder irgend jemand sein.

Diese prekäre Lage mag erklären, warum in Glausers Buch der politische Kontext, wie eingangs hervorgehoben, so eigenartig ausgeblendet bleibt. Politik – ohnehin seit je ein Geschäft der Mächtigen – steht, solange nicht gekämpft werden muß, für diese Deklassierten einfach nicht auf der Tagesordnung. Was statt dessen zählt, ist die Not, dem Gewesenen durch Phantasie-Identitäten oder den Alkohol zu entkommen, der immer neue Versuch, die Langeweile zu vertreiben, welche unversehens die Gespenster der Vergangenheit wieder wecken kann. Und was witerhin zählt, ist ein bißchen Liebe, das die Gereiztheit und Nervosität vielleicht kurzfristig lindert und die rohe Umgebung erträglicher werden läßt.

In all diesen Regungen und Empfindungen ist Glauser ganz nahe bei seinen Figuren und vermeidet das Beurteilen oder Psychologisieren auf bewunderungswürdige Weise. Kaum etwas dürfte beispielsweise schwieriger sein, als aus einer Figur wie Patschuli *keine* Chargennummer zu machen. Es bleibt zwar im Text keineswegs verschwiegen, daß Patschuli tuntige, ja manchmal schmierige Züge trägt; doch gleichzeitig steht er auch für eine elementare Wahrheit, die Lös durch ihn erfährt: die Unschuld der Zärtlichkeit, gleich welcher Art. Durch Patschulis zahlreiche Affektiertheiten hindurch erscheint Homosexualität in einem neuem, vorurteilsfreien Licht: als natürlicher Ausdruck eines unteilbaren, überall vorhandenen und ständig akuten Liebesbedürfnisses. So wird auch das Verhältnis von Todd und Schilkasky – der einzige Fall von glücklicher Sexualität im ganzen Roman – mit einem Respekt und einer Feinfühligkeit geschildert, wie sie sonst, nicht nur in der Legionsliteratur, kaum anzutreffen ist.

Offenheit und Zurückhaltung im Urteil kennzeichnet Glausers Haltung aber auch gegenüber den zahlreichen Momenten schockierender Brutalität. Gewalttätige Charaktere wie Cattaneo und Fahrny werden beschrieben, wie sie sind, mit welchen Strategien sie sich durchsetzen, wodurch sie Angst verbreiten oder wie sie Abhängigkeiten erzeugen. Selbst die sadistische Hinschlachtung des Hundes Türk, der, gleich anderen Glauser'schen Hunden, als eine Allegorie von Mitleid und Treue durch die Geschehnisse läuft, erfährt keinen wertenden Kommentar.

Indes, ein Urteil darüber läge ebenso auf der Hand, wie es billig, kurzsichtig oder gar nichtssagend wäre. So interessierte Glauser letztlich anderes: Konkret zu beschreiben, wie sich das Leben einer Gruppe organisiert und was unter der Maske des ‹Kulturmenschen› hervorkommt, wenn er mit anderen an einem entlegenen Ort am Rande der Wüste isoliert wird. Eine solche Konstellation stellt gewissermaßen Laborbedingungen für anthropologische Beobachtungen und Fragen dar, eine Anordnung, die Glauser noch dadurch betont, daß er die Legionäre in einem quasi vorbabylonischen Zustand zusammenleben läßt: Trotz einer enormen nationalen Sprachenvielfalt können sich doch alle irgendwie miteinander verständigen.

Dabei stellt sich jedoch heraus, daß Worte und Sprechen eher von zweitrangigem Einfluß sind. Auf welche Seite der Würfel von Sympathie und Antipathie fällt, wird eher von anderen, rätselhafteren Kräften bestimmt. Bedeutsamer scheint auch die Wirkung physiognomischen Ausdrucks zu sein, den zu beschreiben Glauser nicht müde wird. Jenseits aller Psychologie vollzieht sich schließlich auch die Entwicklung der Gruppenatmosphäre. Wie ein Wettergeschehen bauen sich Spannungen auf, genährt aus zahllosen Zufällen und kleinen Einzelheiten, die sich wie zu einem Gewitter zusammenziehen und sich schließlich entladen. Dabei bildet auch Sitnikoffs kulturpessimistische Gewißheit, wonach der Mensch keine Freiheit vertrage, ohne aggressiv zu werden, nur einen Teil des Prozesses und nicht etwa seine Erklärung. Im übrigen wird an Lartigue, dem Kronzeugen Prousts, zuletzt deutlich, daß ein Mensch von Kultur außerhalb derselben mitunter mehr von ihr beweisen kann als innerhalb.

Oder wie lauten die letzten Worte des Romans? «Die Zeit ändert sich nicht, die Herzen ändern sich nicht. Was ändert sich? *Die Umgebung*, Gourrama, ein kleiner Posten, nur schwer auf einer Landkarte zu finden.»

Editorischer Bericht

Die Entstehungs- und Publikationsgeschichte von Glausers erstem Roman ist ebenso lang wie verwickelt und stellt eine Edition, die sich um Transparenz bei der Herstellung eines möglichst autorisierten Textes bemüht, vor zahlreiche Schwierigkeiten. Es sei dabei gleich vorweggenommen, daß es im Falle von *Gourrama* den definitiven autorisierten Text nicht gibt; vielmehr hat Glauser, als er die ersten Korrekturfahnen für den Abdruck in der Wochenzeitung *ABC* erhielt, ein solches Maß an Veränderungen vorgenommen, daß Josef Halperin den Autor entsetzt beschwor, von seinem Verbesserungsfuror abzustehen; die Eingriffe würden achtzig Prozent Neusatz erfordern, was finanziell einfach außerhalb des Möglichen läge (vgl. *Briefe 2*, 702). Glauser sah dies notgedrungen ein und verlegte seine Hoffnung auf eine spätere Buchausgabe, in welcher der Roman seine endgültige Form gewinnen sollte. Diese Buchausgabe hat Glauser jedoch nicht mehr erlebt; sie erschien erst gut zwei Jahre nach seinem Tod, ohne daß er die geplante Überarbeitung noch hätte beginnen können. Und was die fraglichen Korrekturfahnen der ersten *ABC*-Lieferungen angeht, so haben sie sich weder in Glausers noch in Halperins Nachlaß erhalten.

Im übrigen blieb auch die Erstveröffentlichung im *ABC* Fragment, da das Blatt mit der 6. Nummer des 2. Jahrgangs (Ausgabe vom 25. März 1938) sein Erscheinen einstellen mußte. Zu diesem Zeitpunkt war der Text bis zur Mitte des 14. Kapitels gelangt (S. 259, Z. 12 der vorliegenden Ausgabe). Vom Umfang her gesehen fehlte im Grunde also nur noch wenig. Schwerer wiegt dagegen, daß die emphatische Freundschaft zwischen Glauser und Halperin im Herbst 1937 plötzlich abgekühlt und die Korrespondenz, in der sie bisher die Behandlung des problematischen Manuskripts besprochen hatten, gänzlich zum Erliegen gekommen war. Aus diesem Grunde wurden Halperins Kürzungsvorschläge zuletzt nicht mehr zwischen beiden diskutiert, was im Falle des Kapitels «Inventar» schwerwiegende Konsequenzen hat. Dieses Kapitel wurde von Halperin auf weniger als die Hälfte seines ursprünglichen Umfangs zusammengestrichen, wobei unter anderem auch jener Abschnitt wegfiel, der die Überschrift erst erklärt. Würde man die entsprechende Passage jedoch wieder einsetzen, müßten aus Verständnisgründen auch verschiedene Teile des «Kloster»-Kapitels berücksichtigt werden, die Glauser jedoch ausdrücklich eliminiert sehen wollte. Ohne hier bereits auf die entsprechende Problematik näher eingehen zu können (siehe dazu weiter unten), muß festgehalten werden, daß man diesen Widersprüchen selbst durch ein ausgeklügeltes kasuistisches Verfahren nicht entkäme. Wohl ließen sich dadurch gewisse inhaltliche Unstimmigkeiten beheben – als Ergebnis eines solches Entscheidens von Fall zu Fall entstünde jedoch ein Text, den es in dieser Form nie gegeben hat, das heißt der von Glauser weder so beabsichtigt noch autorisiert war. Dies aber liefe dem Prinzip der vorliegenden Edition zuwider: Einen Text zu bieten, der so weit wie möglich frei ist von unautorisierten Eingriffen Dritter, die es im Falle Glausers oft allzu gut meinten.

Maßgebend war deswegen das einzige erhaltene von ursprünglich drei Typoskript-Exemplaren, das heute im Schweizerischen Literaturarchiv, Bern, liegt. Die Korrekturen von Halperin wurden dabei insoweit berücksichtigt, als Glauser ihnen im einzelnen zugestimmt oder seinen Freund und Lektor grundsätzlich dazu ermächtigt hat. Ausnahmen bilden dabei jene Passagen, auf die Glauser entweder wegen befürchteter negativer Leserreaktionen oder aus Umfangsgründen im Erstdruck verzichtete, die er aber in einer späteren Buchausgabe wieder berücksichtigt sehen wollte. Alle Kürzungen und Lektoratskorrekturen sind im entsprechenden Kapitel des Anhangs detailliert dargestellt.

Daß in dem vielfach korrigierten und dann sehr rasch redigierten Manuskript Unstimmigkeiten auftreten, gilt der vorliegenden Augabe im übrigen weniger als Makel denn als sprechender Ausdruck der prekären Umstände, unter denen das Werk entstand, ohne ihnen zu unterliegen.

Die Entstehungsgeschichte des Romans

«Es ist ziemlich wichtig, daß wirklich einmal ein Buch von mir herauskommt», schrieb Glauser am 6. November 1928 an Max Müller, seinen Münsinger Arzt und Therapeuten. Das Manuskript, mit welchem Glauser dies erreichen wollte, hatte er wenige Wochen zuvor begonnen, als er zusammen mit seiner Freundin Beatrix Gutekunst einige Ferientage am Bodensee verbrachte (vgl. *Briefe 1*, 232). Im zitierten Brief spricht er erst zum zweiten Mal von diesem Projekt, doch schon zu diesem Zeitpunkt – mithin von Anfang an – war klar, daß er damit seinen Durchbruch als Autor schaffen wollte. Das Gesetz des literarischen Marktes, wonach ein Schriftsteller sich nur mit einem Buch, wenn möglich mit einem Roman, etablieren und «durchsetzen» könne, hatte Glauser schließlich schon früh verinnerlicht. Bereits in Ascona hatte er ein erstes Mal versucht, einen Erzählungsband bei einem Verlag unterzubringen. Zahlreiche weitere Bemühungen dieser Art waren gefolgt, ohne zu einem Ergebnis zu führen.

Nun aber galt es. Glauser war 32 Jahre alt und wollte sich auch gegenüber seinem Vater und dem Vormund, die seinen schriftstellerischen Ambitionen je länger, je skeptischer gegenüberstanden, endlich einmal beweisen. Und so organisierte er sich ein Darlehen der Werkbeleihungskasse des Schweizerischen Schriftstellervereins, kündigte die Gärtnerstelle, die er in Basel innehatte, und nahm sich seinen inhaltsreichsten und existentiell bedeutsamsten Stoff vor: die Legion, genauer: einen kleinen, isolierten Posten im Süden von Marokko. Zu Beginn, im August 1928, hatte er gedacht, er werde für den Text «noch einen Monat Zeit» brauchen (*Briefe 1*, 232); im November sprach er davon, «diese Sache so bald als möglich zu beenden», um «dann auch den Zeitungen gegenüber einen besseren Rückhalt» zu haben (*Briefe 1*, 242). Alles in allem dauerte es dann gute neun Jahre, bis der Roman im Druck erschien – gewissermaßen ein Paradigma für Glausers publizistisches Schicksal, bevor er den Wachtmeister Studer erfand.

Zunächst aber herrschte Optimismus vor. Durch den Vorschuß der Werkbeleihungskasse war Glauser zu einem Geldbetrag gekommen, wie er ihn schon lange nicht mehr in Händen gehalten hatte. Damit ließ sich sogar eine Investition tätigen: «Ich habe für das Geld eine Schreibmaschine gekauft», schrieb Glauser an Max Müller und fügte bei, er habe nach dieser Anschaffung «noch genug, um einen Monat leben zu können». (*Briefe 1*, 245) Ein Monat – offenbar erschien dies Glauser als eine großzügig bemessene Zeitspanne für die Niederschrift eines Romans.

Nach dem besagten Monat war das Manuskript indes nicht fertig – im Gegenteil. Glauser hatte einen Übersetzungsauftrag des «Sunlight»-Instituts angenommen und war überhaupt nicht zum Weiterschreiben gekommen. Außerdem bemühte er sich mit Hilfe seines Glarisegger Schulfreundes Wladimir Rosenbaum um die Aufhebung der Vormundschaft, unter der er nun schon zehn Jahre stand. Über den Roman ließ er am 19. Januar 1929 gegenüber Max Müller lediglich verlauten: «Es war eine lange tote Zeit zu überwinden. Aber jetzt scheint es besser gehen zu wollen.» (*Briefe 1*, 252) Wie immer, wenn Glauser so vorsichtig formuliert, ist ihm zunächst darum zu tun, seine Briefpartner zu beruhigen. Max Müller wird indes geahnt haben, daß Glauser in Wahrheit Zweckoptimismus verbreitete, um von etwas anderem abzulenken. Und tatsächlich wurde einen Monat später offenbar, daß er einen erneuten Rückfall in die Sucht erlitten hatte.

Dieses Muster sollte sich später noch vielfach wiederholen: Aus zu kurz bemessenen Fertigstellungsfristen und wachsender materieller Bedrängnis entstanden ein Tempodiktat und psychischer Druck, dem Glauser nur mit Hilfe künstlicher Stimulanzen eine Zeitlang standhalten konnte. Wie teuer eine solche ‹Lösung› erkauft war, zeigen die zahlreichen Katastrophen, die jeweils folgten. Wie später in solchen Fällen meistens auch, hielt Glauser allerdings bis zum Abschluß des Manuskripts so eben noch durch. Unter wachsenden Opiumdosen setzte er zu einer Parforce-Leistung an, die ihn den Roman in rund sechs Wochen abschließen ließ. Danach fuhr er – es muß dies um den 10. April 1929 gewesen sein – zu Max Müller nach Münsingen, um ihm den Text vorzulesen und Rat für den Umgang mit der Sucht zu suchen.

Doch Müller konnte die drohende Katastrophe nicht abwenden: Ende April wurde Glauser bei der Einlösung eines falschen Rezepts ertappt und kurzzeitig verhaftet. Auch seine Freundin Beatrix Gutekunst, die ihm ein opiathaltiges Medikament besorgt hatte, wurde angeklagt und in der Folge zu einer Geldbuße verurteilt. Glauser dagegen ging durch ein Gutachten Müllers, das ihm Unzurechnungsfähigkeit bescheinigte, zuletzt straffrei aus. Die Aufhebung der Vormundschaft konnte er unter diesen Umständen allerdings auf absehbare Zeit vergessen.

Das gleiche Schicksal teilte die Hoffnung, mit dem Legionsroman einen Durchbruch zu erzielen. Die Werkbeleihungskasse setzte Glauser vielmehr einen Dämpfer auf; sie lehnte die Annahme des ihr eingereichten Manuskriptes ab und sistierte ausgerechnet jetzt, wo Glauser dringend Geld brauchte, die Auszahlung der letzten Darlehensrate von 500 Franken. In einem Brief an Max Müller vom 16. April 1929 klagt Glauser zunächst den Sekretär des Schriftstellervereins, Karl Naef, an, «sich überaus gemein benommen» zu haben, korrigiert sich dann aber und beschuldigt stattdessen den Referenten, der das Manuskript geprüft hat: «Er äußert sich in einer wirklich unsachlichen Art abschätzig über den Schluß des Romans, er habe ihn bedeutend abgekühlt, zum Teil sei er sehr flüchtig gearbeitet, auch sei der Text zu sehr durch Korrekturen verunstaltet, ein ‹Geschreibsel›, wie er sich ausdrückt.» (*Briefe 1*, 256)

Auch wenn das Original dieses Gutachtens verschollen ist, so enthält Glausers Zusammenfassung doch eine Information, die eine wesentliche Feststellung erlaubt. Die Rede ist von einem Manuskript, das durch zahlreiche handschriftliche Korrekturen verunstaltet gewesen sei. Das erhalten gebliebene Typoskript, auf das sich die vorliegende Ausgabe stützt, war in seinen älteren Teilen jedoch bemerkenswert sauber getippt und nur mit wenigen unauffälligen Korrekturen versehen. Es kann demnach nicht jenes erste Manuskript vom Frühjahr 1929 gewesen sein, sondern muß eine später entstandene Version darstellen. Tatsächlich spricht auch Max Müller bereits am 17. April 1929 von einer kommenden «Reinschrift» und rät Glauser, gegenüber Dritten darauf hinzuweisen, «daß es sich um eine vorläufige Fassung handelt, die noch umgearbeitet wird». (*Briefe 1*, 259)

Zu dieser Umarbeitung kam es jedoch vorerst nicht. Glauser trat aus finanziellen Gründen erneut eine Gärtnerstelle an und hatte im übrigen genug damit zu tun, dem Strafantrag zu entgehen, den der Winterthurer Bezirksanwalt gegen ihn eingereicht hatte. Hinzu kam, daß Glauser seinen Text plötzlich sehr skeptisch betrachtete: «Meinen Roman habe ich wieder durchgelesen und bin trotz Ihrer Versicherung, er sei gut, enttäuscht und halte ihn wirklich für eine mäßige Dilettantenarbeit», schreibt er am 24. Juli 1929 an Max Müller, um fortzufahren: «Ich müßte ihn sehr, sehr durcharbeiten, damit er nicht auseinanderfasert, aber dazu interessiert er mich zu wenig, ich möchte neue Sachen schreiben.» (*Briefe 1*, 269). Max Müller hingegen insistierte: «Ich bleibe dabei, daß Ihr Roman in der Hauptsache wirklich gut ist und daß Sie ihn unter keinen Umständen fallen lassen sollten.» (*Briefe 1*, 271)

Tatsächlich nahm sich Glauser das Manuskript einige Zeit später wieder vor und machte dabei eine weitere, für ihn typische Erfahrung: Er konnte den Text nicht korrigieren, sondern mußte ihn gewissermaßen neu schreiben: «Sie werden sich wundern», kündigte er Max Müller am 13. Dezember 1929 an, «wie verändert er ist, der ganze Anfang ist verändert, die Lös-Geschichte wird sehr zusammengestrichen, und ich gebe mir Mühe, das Gesamtbild mit vielen kleinen Charakterskizzen zu erweitern.» (*Briefe 1*, 283) Gegenüber seinem Vormund Walter Schiller berichtet Glauser am gleichen Tag: «Ich habe den ganzen Anfang umwerfen und verlängern müssen, was viel Zeit gebraucht hat.» Obwohl ersichtlich erst am Anfang, gibt er dennoch der Hoffnung Ausdruck, in vierzehn Tagen mit der Umarbeitung fertig zu sein (*Briefe 1*, 281). Dies war natürlich einmal mehr illusionär. Wie die Dinge wirklich standen, erhellt die Tatsache, daß er Max Müller um 50 Franken anzupumpen versuchte. Wieder war da also der Druck, unbedingt fertig werden zu müssen; erneut fehlte an allen Ecken und Enden das Geld, und einmal mehr griff Glauser zum Opium, um die nötige Intensität des Schreibens zu gewinnen – bzw. die aussichtslose Lage zu vergessen. Doch die

Sache ließ sich nicht zwingen; am Jahreswechsel trat Glauser in die Psychiatrische Klinik Münsingen zum Entzug ein, ohne daß er das Manuskript abgeschlossen hatte.

Es dauerte einige Wochen, bis er wieder in der Lage war, sich mit dem Roman zu befassen. Die verbleibende Zeit bis zum Beginn seiner Ausbildung in der Gartenbauschule Oeschberg konnte er dann jedoch nutzen, das Manuskript tatsächlich zu vollenden, obwohl es, wie er Walter Schiller schrieb, «eine grausige Arbeit» war, «da so vieles ganz umgeschrieben werden» mußte (*Briefe 1*, 291). Sechs Jahre später erinnerte sich Glauser in einem Brief an Josef Halperin, wie sehr er zuletzt noch in Eile geriet: «Den Schluß habe ich gerade ins reine geschrieben, in Münsingen, nach einer Entziehungskur, ich mußte pressieren, denn dann hab ich ein Jahr lang in Oeschberg die Gartenbauschule gemacht.» (*Briefe 2*, 165) Anfang März aber war das Manuskript abgeschlossen, genauer: Glauser hatte nach eigener Aussage «drei Abschriften davon fertiggestellt» (*Briefe 1*, 292). Nur eines fehlte noch: der letzte Feinschliff.

Glauser spürte indes, daß er dazu nicht in der Lage sein würde, und bat deswegen seinen Vormund um Erlaubnis, nach Winterthur reisen zu dürfen, wo er mit Beatrix Gutekunst einen definitiven Korrekturdurchgang vornehmen wollte. «Sie wissen wohl selbst genug», erklärte er, «daß bei diesen Arbeiten, in die man sich verbohrt hat, schließlich jegliche Distanz völlig fehlt und man ganz große Schnitzer einfach nicht mehr sieht, weil man zu sehr ‹drin› ist. Nun ist Fräulein Gutekunst der einzige Mensch, der von Anfang an an diesem Roman mitgearbeitet hat und daher auch meine Intentionen kennt. Darum erlaube ich mir, Sie anzufragen, ob Sie vielleicht doch einverstanden wären, wenn ich die letzten Tage vor Oeschberg (...) in Winterthur verbringen würde.» (*Briefe 1*, 293) Walter Schiller hatte ein Einsehen und gestattete die Reise.

Glauser und Beatrix Gutekunst scheinen sich dann zusammengesetzt, die drei Exemplare des Manuskripts vor sich auf den Tisch gelegt und mit der Korrektur begonnen zu haben. Der einzige Durchschlag, der sich erhalten hat, weist jedenfalls in den ersten zwei Kapiteln zahlreiche Korrekturen von Beatrix Gutekunsts Hand auf (vgl. die Annotierung zu S. 21 Z. 30 u. S. 22 Z. 4 auf S. 407 in diesem Band). Auch in den übrigen Teilen sind noch vereinzelte Spuren ihrer Mitarbeit zu erkennen, so zum Beispiel auf den Seiten 132, 230 und 263 des Manuskripts. Man darf annehmen, daß Glauser dieselben Korrekturen parallel in die anderen Exemplare eintrug, die Eingriffe im erhalten gebliebenen Durchschlag also nur zufällig nicht von seiner Hand stammen und damit autorisiert sind. Kurz vor seinem Eintritt in die Gartenbauschule Oeschberg war das Werk schließlich vollbracht und Glauser konnte auf Verlagssuche gehen.

Die Odyssee der drei Manuskripte

Ein Exemplar ging noch im April 1930 an Frank Thiess, den Schriftsteller und Lektor des Stuttgarter Engelhorn Verlags, ab. Offenbar wurde dieser Kontakt durch Max Müllers Schwager Walter Adrian vermittelt, so daß sich Glauser gewisse Chancen ausrechnen durfte. Ein Viertel Jahr später meldete er seinem Vormund jedoch lakonisch: «Engelhorn hat meinen Roman auch zurückgeschickt.» (*Briefe 1*, 316) Es handelte sich dabei, wie das ‹auch› verdeutlicht, bereits um die zweite Absage; Ende Mai hatte Glauser das Manuskript dem Zürcher Orell Füssli Verlag angeboten, doch von dort relativ rasch negativen Bescheid erhalten.

Den dritten Versuch unternahm Glauser beim Grethlein Verlag, obwohl dort gerade das Legionsbuch von Ernst Friedrich Löhndorff erschienen war (*Afrika weint. Tagebuch eines Legionärs*, 1930). Wie zu erwarten, sah der Verlag denn auch vorläufig keine Möglichkeit, Glausers Manuskript zu publizieren, fand im Absagebrief aber anerkennende Worte für den Roman und wollte mit dem Autor deswegen weiter «in Fühlung bleiben» (*Briefe 1*, 322). «Endlich ein positives Urteil von Fachleuten», schrieb Glauser daraufhin erleichtert an Walter Schiller und begann sich für das kommende Frühjahr leise Hoffnungen zu machen (*Briefe 1*, 322). Doch zu diesem Zeitpunkt war der Grethlein Verlag bereits an Conzett & Huber verkauft.

Glauser blieb unverdrossen und versuchte sein Glück nun bei Adolf Guggenbühl, dem Herausgeber der Zeitschrift *Schweizer Spiegel*, der damals in seinem Verlag auch Bücher zu publizieren begann. Guggenbühl erkannte Glausers Talent offenbar sofort und schlug ihm vor, eine Reihe von autobiographischen Texten für die Zeitschrift zu verfassen; den Roman aber wollte er «nicht einmal in Auszügen» drucken, wie Glauser mit einem Anflug von Resignation Max Müller schrieb: «Ich habe lang mit Guggenbühl über diesen Roman gesprochen, und er machte mir auch den Vorwurf, er sei so unbefriedigend. Seine Lektüre sei so, meinte er, wie wenn man mit einem Mädchen lange Zeit zusammen sei und es komme dabei nur zu Küssen und Liebkosungen ohne sexuelle Befriedigung. Dann gerate man auch in einen Zustand der Gereiztheit und des Unbefriedigtseins, eben weil in dem Roman keine Steigerung und kein rechter Schluß vorhanden sei. Mit anderen Worten gesagt: der Roman macht den Eindruck der Impotenz.» (*Briefe 1*, 341) Dieses Urteil wog um so schwerer, als Guggenbühl Glauser ansonsten sehr zu schätzen schien und ihm sogar mit dem Kompliment schmeichelte, er halte ihn für einen «der wenigen Schweizer Schriftsteller, die ein reines, schönes Deutsch schreiben.» (*Briefe 1*, 349) Für derartige Bemerkungen war Glauser speziell empfänglich, zumal der beleibt-joviale *Schweizer Spiegel*-Mann ihm auch sonst ausnehmend gut gefiel (vgl. *Briefe 1*, 500). Und so begann er sich nach dieser Ablehnung erstmals Gedanken darüber zu machen, ob er den Roman nicht ein weiteres Mal überarbeiten und etwas mit Spannung anreichern solle (vgl. *Briefe 1*, 341). Sicher ist jedenfalls, daß Glauser zu dieser Zeit, d.h. Anfang April 1931, in einem Exemplar des Manuskripts, das er an den Ullstein Verlag senden wollte, neue Korrekturen vornahm. Zum gleichen Zeitpunkt lag ein zweiter Durchschlag auf Vermittlung von Bruno Goetz beim Rowohlt Verlag in Berlin (vgl. *Briefe 1*, 341).

All diese Initiativen blieben jedoch erfolglos. Auch das Jahr 1931 verging, ohne daß sich ein Verleger für das Buch fand. Die Konsequenz, die Glauser aus dieser Lage zog, war eine zweifache: Er revidierte sowohl seine literarischen Ambitionen wie seine publizistischen Ziele. Konkret: Er begann mit dem *Tee der drei alten Damen*, seiner eigenen Terminologie zufolge, einen «Schundroman» zu schreiben und wäre nun schon zufrieden gewesen, wenn er das Legions-Manuskript bei einer Zeitschrift hätte unterbringen können. Dabei war ihm von vornherein klar, daß sich der Roman für ein solches Medium schwerlich eignen würde, da er in seiner ganzen Anlage als Buch gedacht war. «Ich weiß», räumte er deswegen gegenüber Friedrich Witz ein, «daß vieles darin gestrichen werden müßte, um ihn für eine Zeitschrift brauchbar zu machen, die auf großes Publikum eingestellt ist.» (*Briefe 1*, 395) Es ist hier das erste Mal, daß der Gedanke an Kürzungen und Streichungen auftaucht. Festzuhalten bleibt jedoch, daß Glauser eine solche Maßnahme damals noch nicht mit den Mängeln des Textes begründete, sondern daß sie ihm durch die Rahmenbedingungen des Mediums nötig erschien, auf das er sich nach den Fehlschlägen bei den Buchverlagen verwiesen sah. Vorderhand blieb ihm die schmerzhafte Operation jedoch erspart, denn auch Witz hatte für das Manuskript keine Verwendung.

Die Palette der Absagen war indes noch nicht komplett. Im Dezember 1932 sandte Glauser das Manuskript noch an den Montana Verlag in Horw, der den von ihm sehr geschätzten Anti-Kriegs-Roman *Croix de bois* von Roland Dorgelès in deutscher Übersetzung herausgebracht hatte. Die Anwort fiel einmal mehr negativ aus. Und selbst als sich Hugo Marti, der Feuilleton-Redakteur des Berner *Bund,* intensiv des Manuskriptes annahm, änderte sich an der Lage nichts – Orell Füssli lehnte 1933 trotz Martis Drängen erneut ab.

Es scheint, als habe Glauser daraufhin resigniert. Drei Jahre vielfältigster Bemühungen waren ergebnislos geblieben; das Verdikt war eindeutig. Ob Glauser zu diesem Zeitpunkt noch alle drei Exemplare des Manuskripts besaß, ist unklar. Sicher aber ist, daß er zumindest einen Durchschlag jetzt verschenkte. Auch Anfang 1936, als er nicht mehr daran glaubte, den ersten Studer-Krimi *Schlumpf Erwin Mord* unterzubringen, bot er Friedrich Witz das Manuskript als Souvenir an (vgl. *Briefe 2*, 131). 1933 verfuhr er offenbar ähnlich; die Beschenkte war in diesem Falle

Miggi Senn, seine Winterthurer Freundin. Wo die anderen beiden Durchschläge geblieben sind, weiß man nicht; womöglich sind sie sogar bei den ablehnenden Verlagen liegengeblieben, ohne daß sich Glauser weiter darum kümmerte. Somit blieb das von Miggi Senn gehütete Exemplar das einzige, das sich erhalten hat. Noch im Jahr 1985 lag es in einem Aktendeckel, auf dem Glauser ihren Namen und ihre Winterthurer Adresse (Ruhtalstraße 18) eingetragen, später aber wieder ausradiert hatte. Denn es sollte ein Moment kommen, wo er das Manuskript neuerlich brauchte. Und so forderte er das einstige Geschenk einfach zurück.

Auslöser scheint Glausers Flucht aus der Kolonie «Anna Müller» gewesen zu sein, eine Einrichtung, die die Psychiatrische Klinik Waldau damals in der Nähe von Münchenbuchsee unterhielt. Nachdem aufgeflogen war, daß Glauser bei Apothekern der Umgebung auf gefälschte Rezepte Opiate bezog, suchte er am 8. Oktober 1935 das Weite. Unterkunft fand er bei Katja Wulff in Basel, die damals mit C. F. Vaucher zusammenlebte, einem ‹Hans Dampf› in allen Gassen des Kulturbetriebs. Vaucher war unter anderem Schriftsteller, Journalist, Kabarettist, Schauspieler und spontan empfindender Menschenfreund, so daß er sofort auf Mittel und Wege sann, für den gestrandeten Kollegen Verdienstmöglichkeiten aufzutun. Das Basler Radiostudio würde womöglich eine Lesung ausgewählter Passagen aus dem Roman bringen, meinte er, was Glauser am 29. Oktober als abgemachte Sache seinem Vormund mitteilte. Auch bestehe «Aussicht, diesen Roman bei einem Verlag anbringen zu können», schrieb Glauser weiter (*Briefe 2*, 58). Man darf bei diesen Erfolgsmeldungen eine gehörige Portion Zweckoptimismus in Rechnung stellen; wenn Glauser Chancen haben wollte, in Freiheit zu bleiben, mußte er den Eindruck erwecken, als könne er sich mit dem Schreiben finanziell durchaus über Wasser halten.

Eine realistischere Grundlage erhielt all dies jedoch erst am 6. November 1935, als Glauser – noch immer psychiatrieflüchtig – bei Rudolf Jakob Humm aus dem Manuskript von *Schlumpf Erwin Mord* vorlas. Bekanntlich bezeichnet dieser Abend die eigentliche Entdeckung Glausers als Schriftsteller. Plötzlich eröffneten sich ihm Kontakte zu verschiedenen Autorenkollegen und Verlagsleuten, unter denen sich einer als besonders hilfsbereit erwies: Josef Halperin. Als Glauser ihm von der Existenz des Fremdenlegionsromans erzählte, wollte er sich sofort für das Manuskript einsetzen.

Doch Halperin mußte rasch die gleichen schmerzlichen Erfahrung machen wie Glauser; alles Engagement, alle Kontakte und alle Überredungskunst nützten nichts: Weder die Büchergilde Gutenberg, als deren literarischer Berater Halperin damals fungierte, noch Emil Oprecht ließen sich dazu bewegen, das Manuskript anzunehmen. Glauser scheint dies bereits geahnt zu haben, denn er wies Halperin von Anfang an darauf hin, daß der Roman einschneidend überarbeitet werden müsse. «Am liebsten», bekannte er am 19. Februar 1936, «möchte ich einmal den ganzen Roman mit Ihnen durchnehmen, denn wenn ich's allein mache, werd ich so erbarmungslos streichen, daß damit vielleicht ‹le bouquet› zum Teufel geht. Wenn Sie sehen würden, wie ich mit dem *Schlumpf* umgegangen bin! Die ersten dreißig Seiten sind auf zehn zusammengeschrumpft, zwischenhinein wimmelt es von roten und blauen Strichen. (...) Mit dem Legionsroman wird man ähnlich verfahren müssen. Das ganze Gespräch über den Kampf ist in der Theorie vielleicht nicht schlecht, aber in der Ausführung, in der technischen meine ich, ziemlich sabotiert. Dann sind da noch allerhand private Hysterien, Mutterkomplexe und sonstige psychoanalytische Requisiten, besonders im Klosterkapitel, da müßte man auch kürzen. Glauben Sie, man kann die Träume sein lassen?» (*Briefe 2*, 164f.)

Nun waren es also literarische Gründe, die Glauser eine einschneidende Überarbeitung unumgänglich erscheinen ließen. Die zitierten Überlegungen enthalten bereits alle wesentlichen Aspekte, unter denen er das Manuskript ein gutes Jahr später mit Halperin redigieren sollte. In einer Hinsicht aber führt die zitierte Passage in die Irre. Glauser spricht davon, im Manuskript des *Schlumpf* mit roten und blauen Farbstiften operiert zu haben. Würde dies stimmen, so müßte man schlußfolgern, daß die entsprechenden Eingriffe, an denen das Manuskript des Legionsromans so reich ist, ebenfalls von ihm stammen. Tatsächlich aber hat Glauser weder beim *Schlumpf* noch in anderen Manuskripten seine Streichungen und Korrekturen mit roten und blauen Farbstiften kenntlich gemacht. Wenn er dies hier gegenüber Halperin trotzdem behauptete, wollte er wohl demonstrieren, daß ihm die Art, wie professionelle Redakteure ein Manuskript auszeichneten, geläufig war. Praktiziert hat Glauser diese Methode jedoch nie, so daß die mit rotem und blauem Farbstift ausgeführten Striche im *Gourrama*-Manuskripts mit Sicherheit von Halperin stammen.

Bevor es jedoch zu dieser tiefgreifenden Überarbeitung kam, nahm sich Glauser das Manuskript noch in einem anderen Zusammenhang vor. Die Idee der Radiolesung hatte – wenn auch nicht durch Vermittlung Vauchers, sondern auf Initiative Martha Ringiers – im Herbst 1936 konkrete Formen angenommen. Am 4. September schickte Glauser den Roman an seine mütterliche Freundin nach Basel und beschwor sie: «Bitte, hab Sorg zum Ms., es ist das einzige, das ich besitze, ich habe es über alle die Jahre hinweg gerettet.» Im übrigen bat er um Nachsicht für das Werk: «Der Schluß ist schlecht, man wird viel streichen müssen, er ist noch in meiner früheren Art – sehr anfängerisch –, du wirst es an der unnötigen Häufung der Adjektiva merken.» (*Briefe 2*, 353) Glauser war je länger, je mehr bewußt geworden, daß ihn seine literarische Entwicklung über die ursprüngliche Anlage und stilistische Realisierung des Romans hinausgeführt hatte, so daß er um so mehr fürchtete, den Roman gänzlich neu schreiben zu müssen, sobald er ihn an irgendeiner Stelle zu korrigieren begann. Wie er diesen Konflikt im Falle der Radiolesung löste, ist unbekannt; das entsprechende Manuskript, das Glauser am 3. April 1937 an Martha Ringier abschickte, hat sich ebensowenig erhalten wie das Tonband der am 6. Juni 1937 ausgestrahlten Sendung.

Noch im Mai aber wurde die Frage der Überarbeitung des Manuskripts unausweichlich: Am 27. des Monats teilte Halperin Glauser mit, daß er in die Redaktion der Wochenzeitschrift *ABC* eingetreten sei und nun realisieren könne, worum er andere zuvor vergeblich gebeten hatte: den Legionsroman zu drucken. Was von Halperin zweifellos als freudige Nachricht gemeint war, rief bei Glauser jedoch eine eigentümlich zögernde und melancholische Reaktion hervor, so als komme all dies für ihn zu spät. Tatsächlich hatte sich Glauser von dem Werk ursprünglich etwas anderes versprochen; er hatte gehofft, mit seinem Erstling in der Welt des literarischen Buches Fuß zu fassen. Vier weitere Romane hatte er mittlerweile geschrieben – und sein einstiges Ziel dabei aufgegeben; wenn einer dieser Texte nun vielleicht bald als Buch erschien, dann handelte es sich um einen broschierten Krimi, der an Kiosken und in Bahnhofsbuchhandlungen den amerikanischen Serienschreibern Konkurrenz machen sollte. Und im übrigen würde der Legionsroman ja noch immer nicht als Buch, sondern in einer Form publiziert werden, für die er eigentlich nicht gedacht war: als serialisierter Zeitungsabdruck. Da konnte sich Glauser selbst bereits ausrechnen, um was ihn Halperin bald bitten würde: daß der Roman einschneidend gekürzt werden müsse. Der entsprechende Brief Halperins ließ denn auch nicht lange auf sich warten; am 13. Juni 1936 schrieb er, der Roman müsse um mindestens 70 Seiten zusammengestrichen werden, damit er nicht länger als ein halbes Jahr in der Zeitung laufe (vgl. *Briefe 2*, 625). Glauser sah diese Notwendigkeit ohne weiteres ein, wenn für ihn auch andere, nämlich literarisch-stilistische Gründe für eine Straffung und Überarbeitung des Textes sprachen. «Ich bin mit allem einverstanden, mit Honorar, mit Kürzungen», antwortete Glauser am 15. Juni 1937 lakonisch, um Halperin gleichzeitig zu bitten, alles daran zu setzen, daß der Roman möglichst bald auch als Buch erscheinen könne (vgl. *Briefe 2*, 611).

Die Überarbeitung des Romans im Sommer 1937

Obwohl Josef Halperin bei allem sogleich auf Eile drang, war Glauser zunächst nicht in der Lage, sich überhaupt mit dem Manuskript zu befassen, da er der Zeitschrift *Schweizerischer Beobachter* die Ablieferung eines neuen Studer-Romans auf Ende Juni versprochen hatte. Daß er diesen Termin würde einhalten können, war unwahrscheinlich genug, denn der Text begann sich soeben erst ein wenig zu entwickeln. Doch diesmal ging es um viel; der *Beobachter* war ein Gratisblatt, das in alle Deutschschweizer Haushalte verteilt wurde; der Auflagenhöhe entsprechend konnte sich auch das Honorar sehen lassen. Glauser durfte sich von diesem ‹Kurzroman›, den er *Die Speiche* nannte, in publizistisch-finanzieller Hinsicht genau das versprechen, was einst das Legions-Manuskript in literarischer nicht gehalten hatte: den Durchbruch. Der Druck war demnach einmal mehr so groß, daß Glauser seine Opiatdosen massiv steigerte. Als die *Speiche* Ende Juni fertig war, war es Glauser auch. Zu allem Überfluß hatte die Sache sogar noch ein Nachspiel: das Manuskript der *Speiche* war – Duplizität der Ereignisse – zu lang und mußte umgehend gekürzt werden. So reiste Glauser Anfang Juni zunächst nach Basel, um den ‹Kurzroman› nochmals um rund ein Viertel zu kürzen. Anschließend fuhr er nach Unterengstringen bei Zürich weiter, wo er mit Halperin die Überarbeitung des Legionsromans in Angriff nehmen wollte. Mit Ausnahme der Neufassung der ersten neun Manuskriptseiten und einiger kleiner stilistischer Korrekturen, die er Ende Mai bei Absendung des Manuskripts vorgenommen hatte, war bis dato noch nichts geschehen.

Indes traf Glauser in einem völlig erschöpften Zustand bei Halperin ein, so daß an effizientes Arbeiten kaum zu denken war. Das Ausmaß der Sucht hatte sich außerdem so bedrohlich gesteigert, daß Glauser kurzfristig beschloß, eine Entziehungskur zu machen. Vier Tage nach seiner Ankunft bei Halperin verabschiedete er sich bereits wieder und reiste nach Prangins am Genfer See, wo er am 16. Juli in Oscar Forels Privatklinik eintrat. Dort hielt er allerdings die bourgeoise Atmosphäre nicht aus, so daß er nach knapp zwei Wochen die Übung abbrach und auf direktem Weg nach La Bernerie zurückfuhr. Von hier schrieb er entschuldigend an Halperin: «Es tut mir leid, daß ich in Zürich, bei dir, so wenig hab tun können – aber ich war ganz auf dem Hund – que veux-tu ça arrive. Und es ist mir gar nicht recht, daß du nun alle Arbeit haben sollst.» (*Briefe 2*, 669)

‹*Alle* Arbeit› war allerdings etwas übertrieben. Das Manuskript und die im weiteren geführte Korrespondenz lassen vielmehr erkennen, daß Glauser und Halperin die ersten sechs Kapitel, d. h. den ersten Teil des Romans bis Manuskriptseite 120 (S. 109 in vorliegender Ausgabe), miteinander durchgesehen haben. Die Streichungen, die sie dabei vornahmen, unterscheiden sich von denen der beiden folgenden Teile jedoch grundlegend. Während Halperin in den späteren Kapiteln eine detaillierte Redaktion mit vielen kleinen Eingriffen vornahm, sind im ersten Teil nur einige längere zusammenhängende Passagen gestrichen. Den größten Anteil machte dabei das Kapitel *Der kleine Schneider* aus, das als ganzes wegfiel, da es, wie Glauser schon früher bemerkt hatte, «eine Novelle à part» bildete. In der Buchausgabe sollte die Geschichte allerdings wieder aufgenommen werden, hatte Glauser sogleich hinzugefügt (vgl. *Briefe 2*, 622). Diesem Wunsch wurde in der vorliegenden Edition natürlich entsprochen.

Über diese längere Passage hinaus einigten sich Glauser und Halperin nur noch auf vier weitere Streichungen im Umfang von je einer halben bis dreiviertel Manuskriptseite (Näheres siehe unter *Kürzungen und Lektoratskorrekturen*, S. 353–405). Der übrige Text blieb mit Ausnahme einiger Inversionen und kleinerer Eingriffe fast unverändert bestehen.

Ein ganz anderes Bild bieten dagegen die weiteren Kapitel bis einschließlich S. 274 des Manuskripts (S. 226, Z. 26 der vorliegenden Ausgabe). Es handelt sich dabei um jenen Teil, den Halperin bei Glausers Abreise nach Prangins behielt, um ihn zunächst allein zu redigieren. Den Rest nahm Glauser mit, weil er den Schluß, wie früher schon mehrfach angekündigt, neu schreiben wollte. Halperins Überarbeitung gelangte dann um den 25. August 1937 nach La Bernerie; Überbringerin war Cornelia Forster, die den Roman für das *ABC* illustrierte und von Glauser kurzerhand zu einer Ferienwoche ans Meer eingeladen worden war. «Ich weiß nicht, ob ich noch viel korrigieren will», schrieb Glauser, nachdem er Halperins Vorschläge durchgesehen hatte; «ich glaub, es ist fast sinnlos» (unveröff. Brief von Glauser an Halperin, 25. August 1937). Glauser blieb seinen guten Vorsätzen indes einmal mehr nicht treu, sondern fügte Halperins Korrekturen noch eine beträchtliche Zahl hinzu, so daß man sich heute wundern muß, daß der Setzer des *ABC* das Manuskript nicht als Zumutung zurückwies. Denn schon Halperin hatte ganze Arbeit geleistet und den Text bis in die Feinstruktur hinein überarbeitet, wovon eine Vielzahl von kleineren Streichungen mit den besagten blauen und roten Farbstiften zeugt (die im ersten Teil des Manuskripts übrigens nocht nicht zum Einsatz gekommen waren). Durch die zahlreichen Veränderungen ergab sich an verschiedenen Stellen zudem die Notwendigkeit, neue syntaktische Anschlüsse herzustellen, was Glauser gewissenhaft besorgte. Sicher ist danach, daß alle Korrekturen Halperins bis einschließlich Seite 274 des Manuskripts von Glauser akzeptiert und autorisiert worden sind.

Zu differenzieren gilt es lediglich bei einer längeren Passage: dem Gespräch zwischen Todd und Schilasky über Homosexualität. Glauser hatte diesen Abschnitt schon am 15. Juni 1937 zur Streichung angeboten, doch beruhte dieser Vorschlag auf der Angst vor negativen Leserreaktionen, die das junge *ABC*-Unternehmen gefährden könnten. «Vergessen Sie nicht, daß wir in der Schweiz sind», warnte er Halperin. «Wie Schweizer auf Homosexualität reagieren, das brauch ich Ihnen ja nicht zu erzählen.» (*Briefe 2*, 611) Und gegenüber Martha Ringier schrieb er: «Die Schweizer sind in erotischen Dingen so ‹grenzenlos borniert›, daß es wohl Reklamationen hageln wird.» (*Briefe 2*, 613) Wie immer es mit dieser Borniertheit heute bestellt sein mag, für die vorliegende Ausgabe konnten dergleichen Kriterien und Rücksichten natürlich nicht mehr maßgebend sein – dies um so mehr, als Glauser selbst ohne Abstriche zu der fraglichen Passage stand. Sie wurde deswegen in der vorliegenden Ausgabe wieder eingefügt (S. 121, Z. 7 bis S. 124, Z. 17).

Ein weiteres Problem stellen die Seiten 210 und 240 des Manuskripts dar; eigenartigerweise fehlt der darauf notierte Text im Erstdruck (und allen späteren Ausgaben), obwohl er im Manuskript nur partiell (S. 210) oder gar nicht (S. 240) gestrichen ist. Offenbar hat Halperin die beiden Blätter jedoch nicht in Satz gegeben. Bei genauerer Betrachtung stellt sich im ersten Fall heraus, daß Glauser die verschiedenen Streichungsvorschläge mit neuen Übergangsformulierungen versehen hat, so daß die stehengebliebenen Teile als autorisiert gelten müssen. Sie wurden deshalb in dieser Edition berücksichtigt (S. 179, Z. 27–36). Im zweiten Fall handelt es sich um den Mittelteil eines Abschnittes, der auf Manuskriptseite 239 beginnt und bis zu den ersten Zeilen von Seite 241 reicht. Anfang und Ende sind mit Bleisitft und rotem Farbstift gestrichen, der Text auf Seite 240 jedoch nicht. Inhaltlich gesehen mag dies kein Zufall sein, denn genau auf dieser Seite offenbart sich, daß Lös eigentlich Schriftsteller ist, der in der Legion sein Stoff-Repertoire anreichern will. Halperin mag also Hemmungen gehabt haben, diese vielsagende Passage ohne Einwilligung von Glauser einfach zu opfern. Allerdings bildet die Seite keine abgeschlossene Textpartie, so daß sie sich – im Gegensatz zu den ungestrichenen Teilen auf Blatt 210 – nicht einfach wieder einsetzen läßt. Aus diesem Grund wurde sie im vorliegenden Band nur im Anhang wiedergegeben (vgl. S. 379–380).

Das Problem des «Inventar»-Kapitels

Daß der Schluß des Romans, den er einst in Münsingen direkt ins reine getippt hatte (siehe oben), schlecht war und einer Überarbeitung bedurfte, hat Glauser mehrfach zum Ausdruck gebracht, seit er im Herbst 1935 das Manuskript wieder zur Hand genommen hatte. Als besonderer Stein des Anstoßes galt ihm dabei das sogenannte «Gesprächskapitel», in dem er die Erzählungen der Legionäre über das stattgefundene Gefecht auf szenische Weise zu gestalten versucht hatte (vgl. *Briefe 2*, 164 u. 622 sowie S. 328–343 im vorliegenden Band). Auch das letzte Kapitel «Der Frühling» entsprach nicht mehr seinen Vorstellungen, so daß er sogar erwog, es ganz wegzulassen (vgl. *Briefe 2*, 622). Um die entsprechenden Passagen in die gewünschte Form zu bringen, nahm er den letzten Teil des Manuskripts (ab S. 275) vom Aufenthalt bei Halperin mit nach Prangins und von dort nach La Bernerie. Dies läßt sich zumindest aus der Tatsache schließen, daß ab der genannten Seite alle neu formulierten Übergänge von Halperin und nicht, wie bisher, von Glauser stammen. Es scheinen diese etwa 75 letzten Seiten gewesen zu sein, deren Fertigstellung Glauser am 22. September 1937 erleichtert ankündigte. Wann Halperin diesen Manuskriptteil von Glauser zugesandt oder überreicht bekam, ist allerdings unklar, denn jener Brief vom 22.9. ist der letzte, der sich aus der Korrespondenz erhalten hat. Glauser scheint sich in der Auseinandersetzung um Gide's Rußland-Bücher und die stalinistischen Schauprozesse von Halperin publizistisch mißbraucht gefühlt zu haben und brach den Briefkontakt danach offenbar ab. Als Glauser Anfang/Mitte November 1937 in die Schweiz fuhr, hat er Halperin, einem Brief an Friedrich Witz zufolge, zwar nochmals gesehen (vgl. *Briefe 2*, 795), doch fand das Zusammentreffen, an dem auch Heinrich Gretler teilnahm, in einem Café statt, so daß Detailprobleme des *Gourrama*-Manuskripts kaum zur Sprache gekommen sein dürften. Nach den vorhandenen Quellen muß man demnach annehmen, daß der Text ab Seite 275 des Manuskripts zwischen Glauser und Halperin nicht mehr eingehend besprochen worden ist.

Daraus wäre zu folgern, daß die Streichungen und Korrekturen ab Seite 226, Zeile 26 der vorliegenden Ausgabe von Glauser nur noch pauschal, nicht aber im Detail autorisiert sind. Da er Halperin zu den Veränderungen ungeachtet der zwischen beiden eingetretenen Verstimmung ermächtigt hat, wurden sie im Text der vorliegenden Ausgabe jedoch beibehalten; auf die entsprechenden Anmerkungen im Abschnitt *Kürzungen und Lektoratskorrekturen* sei dennoch eigens hingewiesen.

In einem Fall schien es allerdings angezeigt, zu Glausers ursprünglicher Version zurückzukehren, da Halperin an dieser Stelle eine bewußt gewählte ästhetische Struktur unkenntlich machte; es handelt sich um die Szene, in der Seignac zu Tode kommt und die Glauser – als den dramatischen Höhepunkt des Geschehens – plausiblerweise im Präsens erzählt.

Ein weiteres Problem ließ sich dagegen nicht auf diese verhältnismäßig einfache Weise lösen. Es betrifft den Traum, den Lös am Ende des Kapitels «Inventar» träumt. Mit dem ‹gelben Gott› und ‹May, der Tänzerin› kehren darin Motive wieder, die bereits in den Imaginations-Sequenzen des «Kloster»-Kapitels entwikkelt worden waren. Als Teil dessen, was für Glauser unter die Stichworte ‹private Hysterien›, ‹psychoanalytische Requisiten› und ‹Mutterkomplexe› fiel, wollte er sie dort allerdings gestrichen sehen, wie nicht nur aus dem Manuskript selbst, sondern auch aus den Briefen an Halperin vom 19. Februar 1936 und 6. August 1937 hervorgeht (siehe *Briefe 2*, 164 u. 669). Bei der «Inventar»-Passage hatte sich Glauser, der eine ausgesprochene Schwäche für Traumschilderungen besaß, anscheinend aber noch nicht entschließen können. Jedenfalls hat er die Schlußszene des Traums bei der Überarbeitung des Manuskripts im August/September 1937 nochmals abgetippt (S. 285 des Manuskripts). Anderseits schrieb er kategorisch an Halperin: «Kürze, kürze! (...) Die Träume hinausschmeißen.» (*Briefe 2*, 669) Der einzige Traum, der dafür noch in Frage kam, war der des «Inventar»-Kapitels, was auch inhaltlich in der Konsequenz der früheren Kürzungen lag. Logischerweise hielt sich Halperin an die von Glauser ausgegebene Devise – ohne dabei zu bemerken, daß sie in anderer Hinsicht Unstimmigkeiten produzierte.

Da jener Bilanz-Traum für die Charakteristik des ‹Helden› Lös und die ursprüngliche Anlage des Romans höchst aufschlußreich ist, hat Hugo Leber in seiner Ausgabe des Textes (Zürich: Arche 1973) den entsprechenden Abschnitt wieder eingesetzt. Mario Haldemann hat im Anschluß an Erhard Ruoss diese Entscheidung begrüßt, da auf diese Weise die «Schlüsselstelle» des Romans wieder zugänglich werde. Ungeklärt bleibt dabei jedoch die Frage, wie die neuen, mit dieser Maßnahme auftretenden Unstimmigkeiten behoben werden können, begegnet man doch nun plötzlich einem ‹gelben Gott› und einer Tänzerin namens May, von denen weder vorher noch nachher weiter die Rede ist. Die Lösung, deswegen auch noch die gestrichenen Stellen im «Kloster»-Kapitel wieder aufzunehmen, würde bedeuten, sich über den erklärten Willen des Autors hinwegzusetzen, wie damit überhaupt die Neugier des Lesers oder Interpreten zum Kriterium dafür erhoben werden würde, was als das Werk zu gelten habe. Es dürfte auf der Hand liegen, daß diese Konsequenz unhaltbar ist; eine solche Suspendierung des Prinzips der Autorisation müßte zuletzt eine willkürliche Textgestalt erzeugen. In der vorliegenden Ausgabe wurde die fragliche Streichung im «Inventar»-Kapitel deshalb beibehalten und der Text nur im Anhang wiedergegeben (siehe S. 398–402).

Materielle Beschaffenheit des Manuskripts

Nachdem in den vorangegangenen Abschnitten die Probleme und Grundsätze der Textherstellung umrissen worden sind, sollen im weiteren noch die Kennzeichen des Manuskripts beschrieben werden, sofern ihnen eine Aussagekraft zukommt, die über sie selbst hinausreicht. Von Interesse sind dabei zunächst der genaue Umfang des Manuskripts, die verschiedenen Schreibmaschinentypen und die Papiersorten.

Das Manuskript ist von Seite 1 bis 340 durchnumeriert, wobei die Seiten 152 und 153 fehlen, während die Ziffern 154, 255, 257 und 258 je doppelt belegt sind. Die Seite 312 wird ergänzt von den Blättern 312 a, 312 b und 312 c. Darüberhinaus existieren Fragmente mit den Paginierungen 286–293, 296–301 (die Seiten bilden zusammen das sogenannte «Gesprächkapitel»), 305–312 sowie 337–338.

Bei den Schreibpapieren sind fünf verschiedene Sorten zu unterscheiden:

als Typ 1 ein bläuliches Durchschlagpapier im Format 26,7 x 20,4 cm;

als Typ 2 ein gelbliches Durchschlagpapier im Format 26,7 x 20,4 cm;

als Typ 3 ein dünnes hellweißes Papier, ebenfalls im Format 26,7 x 20,4 cm;

als Typ 4 ein helles, chamois-farbenes Papier mit Wasserzeichen «Sihlmills Typewriter», Format 27,5 x 21,2 cm;

als Typ 5 ein relativ grobes, grau-bräunliches Durchschlagpapier im Format 26,7 x 20,4 cm.

Im Verlauf der Niederschrift hat Glauser drei Schreibmaschinen verwendet, deren Typen jeweils markante Kennzeichen aufweisen:

Die erste Maschine, die Glauser im November 1928 kaufte und bis Februar 1933 benutzte (wahrscheinlich eine *Hermes Baby*), hat eine relativ kleine Type. Besonders charakteristisch sind die Zahlen, so zum Beispiel die 1 mit einem schrägen Anstrich und einer kräftig ausgeführten Serife. Bei der 2 ist die Basis geschwungen, ebenso wie bei der 7 der Anstrich. Die 4 ist in der Oberzone geschlossen.

Die zweite Maschinentype taucht nur auf relativ wenigen Seiten des Manuskripts auf; sie hat größere Zeichen als die erste Type; erkennbar ist sie an der offenen 4 sowie am Fehlen der großen Umlaute. Es dürfte sich dabei um jene Maschine handeln, derer sich Glauser im Frühjahr 1931 bei der Vollendung des Romans in der Psychiatrischen Klinik Münsingen bediente.

Type Nummer drei gehört zu der Maschine, die Glauser vom Februar 1933 bis ins Jahr 1938 hinein benutzte. Die Zeichen sind ebenfalls relativ groß; wiederum fehlen ‹Ä›, ‹Ö›, ‹Ü›, dafür ist die 4 in der Oberzone geschlossen, während die 1 mit waagrechtem Anstrich beginnt und die Ziffern 2 und 7 mit geraden statt geschwungenen Linien gezeichnet sind.

Korreliert man die Schrifttypen mit den Papiersorten so ergibt sich folgende Struktur des Manuskripts (in Klammer jeweils die Seiten- und Zeilenzahlen der vorliegenden Ausgabe):

Titelblatt, erster Zwischentitel sowie Seiten 1–9 (bis S. 16, Z. 15): Papiertyp 5, Maschinentyp 3; Niederschrift: Ende Mai 1937.

Seiten 10–120 (S. 16, Z. 15 bis S. 109, Z. 4): Papiertyp 1, Maschinentyp 1, Niederschrift: Herbst/Winter 1929.

Zweiter Zwischentitel (S. 111): Papiertyp 2, Maschinentyp 1, Niederschrift: Herbst/Winter 1929.

Seiten 121–223 (S. 112, Z. 1 bis S. 190, Z, 32): Papiertyp 1, Maschinentyp 1, Niederschrift: Herbst/Winter 1929/30.

Seiten 224–284 (S. 190, Z. 33 bis S. 232, Z. 9 bzw. S. 380, Z. 33 bis S. 401, Z. 28): Papiertyp 2, Maschinentyp 1, Niederschrift: Herbst/Winter 1929/30.

Seite 285 (S. 232, Z. 9 bis S. 232, Z. 239: Papiertyp 5, Maschinentyp 3, Niederschrift: August/September 1937.

Dritter Zwischentitel (S. 233): Papiertyp 2, Maschinentyp 1, Niederschrift: Herbst/Winter 1929/30.

Seiten 286–295 (S. 234, Z. 1 bis S. 242, Z. 21): Papiertyp 5, Maschinentyp 3, Niederschrift: August/September 1937.

Seiten 296–297 (S. 242, Z. 21 bis S. 244, Z. 9): Papiertyp 3, Maschinentyp 2, Niederschrift: Frühjahr 1930.

Seite 298 (S. 244, Z. 9 bis S. 244, Z. 20): Papiertyp 2, Maschinentyp 1, Niederschrift: Winter/Frühjahr 1929/30.

Seiten 299–312c (S. 244, Z. 21 bis S. 259, Z. 14): Papiertyp 5, Maschinentyp 3, Niederschrift: August/September 1937.

Seiten 313–319 (S. 259, Z. 15 bis S. 266, Z. 11): Papiertyp 3, Maschinentyp 2, Niederschrift: Frühjahr 1930.

Seiten 320–329 (S. 266, Z. 11 bis S. 274, Z. 15): Papiertyp 3, Maschinentyp 1, Niederschrift: Winter/Frühjahr 1929/30.

Seite 330 (S. 275, Z. 1 bis S. 275, Z. 34): Papiertyp 4, Maschinentyp 2, Niederschrift: Frühjahr 1930.

Seiten 331–336 (S. 275, Z. 24 bis S. 281, Z. 12): Papiertyp 3, Maschinentyp 2, Niederschrift: Frühjahr 1930.

Seiten 337–340 (S. 281, Z, 12 bis S. 284, Z. 14): Papiertyp 5, Maschinentyp 3, Niederschrift: September 1937.

Bei den Fragmenten ergibt sich folgendes Bild:

Seiten 286–293 (S. 328, Z. 20 bis S. 335, Z. 28): Papiertyp 2, Maschinentyp 1, Niederschrift: Winter/Frühjahr 1929/30.

Seiten 296–298 (S. 335, Z. 34 bis S. 338, Z. 25): Papiertyp 2, Maschinentyp 1, Niederschrift: Winter/Frühjahr 1929/30.

Seiten 299–301 (S. 338, Z. 26 bis S. 341, Z. 33): Papiertyp 3, Maschinentyp 2, Niederschrift: Frühjahr 1930.

Seiten 305–306 (S. 342, Z. 29 bis S. 343, Z. 34): Papiertyp 2, Maschinentyp 1, Niederschrift: Winter/Frühjahr 1929/30.

Seiten 307–308 (S. 344, Z. 9 bis S. 345, Z. 35): Papiertyp 2, Maschinentyp 1, Niederschrift: Winter/Frühjahr 1929/30.

Seiten 309–312 (S. 345, Z. 36 bis S. 350, Z. 3): Papiertyp 3, Maschinentyp 2, Niederschrift. Frühjahr 1930.

Seiten 337–338 (S. 351, Z. 3 bis S. 352, Z. 30): Papiertyp 4, Maschinentyp 2, Niederschrift: Frühjahr 1930.

Die handschriftlichen Korrekturen und Schreibweisen

Während der sieben Jahre, die zwischen der ersten Fertigstellung des Manuskripts und dem ersten Druck vergingen, hat Glauser, wie oben dargelegt, immer wieder neue Korrekturen vorgenommen. Er benutzte dabei eine Reihe verschiedener Schreibmittel, über die die Eingriffe teilweise datiert werden können. Allerdings kommt es nicht selten vor, daß sich gleich mehrere Korrekturschichten überlagern, so daß es im Rahmen der vorliegenden Ausgabe nicht möglich war, den Befund im Detail zu dokumentieren. Die folgende Aufstellung mag Forschern, die sich eingehender mit dem komplexen Manuskript beschäftigen wollen, immerhin eine erste Orientierung geben. Folgende Schreibgeräte lassen sich identifizieren:

Typ 1: Füller mit abgekanteter Feder (Ato-Feder) und breitem Strich, Sepia-Tinte; nicht nachzuweisen auf Papiertyp 5. Korrekturen dieser Art wurden bereits im Text der Erzählung *Marschtag in der Legion* (*Kleiner Bund*, 3. Dezember 1933) berücksichtigt, wodurch ein terminus ante quem gegeben ist.

Typ 2: Füller mit dünnem Strich, Sepia-Tinte; auf allen Papiersorten nachweisbar; auch durch den Vergleich mit anderen Manuskripten oder Briefen nicht näher zu datieren, da auch dort dieser Füller während der gesamten dreißiger Jahre auftritt. Deutlich ist jedoch, daß Glauser dieses Schreibgerät bei der gemeinsamen Überarbeitung mit Halperin benutzte (der seinerseits mit Bleistift arbeitete). In Kapitel 5 «Der Ausmarsch» scheinen beide jedoch getauscht zu haben: Halperin übernahm Glausers Füller, während dieser mit Halperins Bleistift weiterarbeitete.

Typ 3: Füller mit mittelstarkem Strich und schwarz-brauner Tinte; nicht auf Papiersorte 5 nachweisbar, demnach vor 1937.

Typ 4: Füller mit mittelstarkem Strich und hellblauer Tinte; offenbar ab Herbst 1936 benutzt, wie der Vergleich mit den Tinten in Glausers Briefen nahelegt. Auf Papiersorte 5 (Mai bis Sept. 1937) kommt diese hellblaue Tinte jedoch nicht mehr vor.

Typ 5: Füller mit breitem Strich, schwarze Tinte; alle Korrekturen, die Glauser auf Papiersorte 5 mit Feder vornahm, sind mit diesem Füller ausgeführt; terminus post quem demnach Mai 1937. Des weiteren ist zu erkennen, daß die von Glauser stammenden Streichungen ab S. 120 des Manuskripts im wesentlichen mit diesem Füller realisiert wurden, wobei er die Federspitze zu diesem Zweck exakt horizontal führte, so daß sich ein relativ dünner Strich ergab.

Typ 6: Bleistift, relativ weiche Gradation; zunächst im wesentlichen von Halperin benutzt, korrigiert auch Glauser ab Kapitel 5 vielfach damit. Datierung: wahrscheinlich Juli 1937 und später.

Typ 7: Roter und blauer Farbstift, von Halperin zur Auszeichnung des Manuskripts verwendet (siehe oben).

Typ 8: Blauer Kopierstift, von Halperin im letzten Kapitel zu geringfügigen Streichungen eingesetzt.

Typ 9: Füller mit dünnem Strich und schwarzer Tinte, von Halperin im Kapitel «Aufruhr» bei jenem Abschnitt benutzt, den er aus dem Präsens ins Imperfekt setzte (vgl. *Editorischer Bericht* S. 319)

Anteilmäßiger Umfang der Streichungen

Um abzuschätzen, wie sich die Proportionen und Gewichtungen des Romans durch die Umarbeitung durch Halperin und Glauser verändert haben, mag es erhellend sein, den Anteil der Streichungen in den einzelnen Kapiteln zu betrachten. Es ergibt sich dabei folgendes Bild (es handelt sich um Näherungswerte, da angefangene Manuskriptseiten als ganze gezählt wurden):

Kapitel 1: 2 von 25 Manuskriptseiten (= 8%)

Kapitel 2: unter 0,5 von 16 Manuskriptseiten (= 3%)
Kapitel 3: unter 0,5 von 18 Manuskriptseiten (= 2,8%)
Kapitel 4: 1 von 17 Manuskriptseiten (= 6%)
Kapitel 5: unter 0,5 von 24 Manuskriptseiten (= 2%)
Kapitel 6: 15 von 15 Manuskriptseiten («Der kleine Schneider») (= 100%)
Kapitel 7: 6 von 30 Manuskriptseiten (= 20%)
Kapitel 8: 6,5 von 26 Manuskriptseiten (= 25%)
Kapitel 9: 5 von 18 Manuskriptseiten (= 28%)
Kapitel 10: 3,5 von 35 Manuskriptseiten (= 10%)
Kapitel 11: 6,5 von 26 Manuskriptseiten (= 25%)
Kapitel 12: 12,5 von 25 Manuskriptseiten (= 50%)
Kapitel 13: 2 von 22 Manuskriptseiten (= 9%)
Kapitel 14: 0,5 von 22 Manuskriptseiten (= 2,7%)
Kapitel 15: 1,5 von 10 Manuskriptseiten (15%)

Klammert man die Eliminierung des Kapitels «Der kleine Schneider» einmal aus, so ist zu erkennen, daß der Anteil der Streichungen in dem Moment signifikant anstieg, als sich Halperin das Manuskript allein vornahm. Weiterhin wird deutlich, daß in den Kapiteln 9 («Das Kloster») und 12 («Inventar»), die ursprünglich die langen Imaginations- und Traumpartien enthielten, anteilmäßig am meisten wegfiel.

Zu beachten ist im übrigen, daß die Zahl für das letzte Kapitel nicht überprüfbar ist, da der ursprüngliche Schluß des Romans sich nicht erhalten hat.

Schreibweisen

Auf Grund seiner langwierigen und teilweise chaotischen Entstehungsgeschichte weist der Roman öfter unterschiedliche Schreibweisen für dieselben Wörter auf; dies gilt insbesondere für Lehnwörter, die eine französische Wurzel haben (Bureau – Büro etc.). Da es sich bei der vorliegenden Edition nicht um eine kritische, sondern um eine Leseausgabe handelt, wurden die Schreibweisen vereinheitlicht, und zwar im wesentlichen nach den Gepflogenheiten, die auch in den übrigen Bänden dieser Ausgabe gelten.

Veraltete Schreibweisen wurden in moderater Weise modernisiert, insbesondere in Fällen, wo Glauser das ‹C› statt des heute üblichen ‹Z› bzw. ‹K› verwendet (Cigaretten – Zigaretten, Cavallerie – Kavallerie etc.), oder. ‹th› statt ‹t› (Thor – Tor etc.) und ‹zz› statt ‹tz› bzw. ‹z› schreibt (frozzeln – frotzeln, Kapuzzen – Kapuzen). Ehemals groß geschriebene Pronomen wie ‹Alle›, ‹Beide›, ‹Andere› wurden der heute gängigen Norm angeglichen. Gleiches gilt für ehemals getrennt geschriebene Wörter wie ‹zu Mute› etc. und zusammengesetzte Verbformen (jmdm. nahe kommen – nahekommen usw.). Bei den Dialektpassagen wurde zur besseren Lesbarkeit Apostrophe für elidierte Vokale eingesetzt. Außerdem erhielt das wienerische Nein (‹Naa›) durchgängig zwei ‹a›, um es von dem kurzgesprochenen Ausruf (‹Na!›) abzugrenzen.

Eine wichtige Vereinheitlichung wurde schließlich beim Name Todd vorgenommen, den Glauser ursprünglich mit einem ‹d› schrieb (vgl. Anmerkung zu S. 457). Die überwiegende Mehrzahl dieser Stellen wurden von Glauser und Beatrix Gutekunst schon 1930 bei der Durchsicht des fertigen Manuskripts korrigiert. Ab S. 251 des Typoskripts hat Glauser den Namen ohnehin zumeist schon mit zwei ‹d› geschrieben. An einer Stelle, wo Glauser durch Mehrfachnennung mit der Klangähnlichkeit von Tod und Todd spielt (vgl. S. 237), war indes nicht mehr zu ergründen, wie die Passage genau gemeint war.

Durch die eingehende Überprüfung des Textes am Manuskripts konnten im übrigen eine Reihe von Fehllesungen oder Fehlinterpretationen früherer Ausgaben korrigiert werden. So heißt zum Beispiel die Anisette der Legionäre nun korrekt *Marie Brizard* (statt Marke Brizard); Todd muß nicht mehr vorgeben, in Wiesbaden beim Bac 30000 DM verspielt zu haben, eine Währung, die bekanntlich erst 1948 eingeführt wurde. Man erfährt zudem, daß Lös den Vornamen Hans trägt, und die Chinintabletten, die er zuletzt im Krankenzimmer einwirft, gelten ihm nicht länger als Partisanen, sondern dürfen wie im Manuskript Ptisanen heißen (vgl. zu die Anmerkung zu S. 232).

──────── *Fragmente*

Die folgenden Passagen wurden von Glauser bei der Überarbeitung des Romans im Sommer 1937 ausgeschieden und durch neuformulierte Textteile ersetzt (siehe S. 234–242). Im Gegensatz zum übrigen Manuskript weisen diese Fragmente keine später hinzugekommenen Korrekturen auf und vermitteln so einen Eindruck von der Eigenart der 1931 vollendeten Fassung, die nicht nur stilistisch, sondern auch inhaltlich von der späteren abweicht. Der Vergleich mit der Version von 1937 gibt außerdem Aufschluß über Glausers redaktionelle Praxis bei der Überarbeitung des Romans. Die in Winkelklammern 〈 〉 gesetzten Partien sind im Manuskript gestrichen; Zusätze des Herausgebers stehen in eckigen Klammern [ ].

XII. Kapitel   Der Kampf

Unter dem vorspringenden Wellblechdach der Baracke ist es heiß. Um Mitternacht ist ein spielender Wind von den Bergen gekommen, der die Hitze des Tages von der Ebene genommen hat. Aus dem dumpfen Innern haben sie die Matratzen geschleppt, liegen halb nackt darauf und überlassen es dem Wind, den Schweiß zu trocknen, der ihre Haut klebrig macht. Sie können nicht schlafen. Den Tag über haben sie geruht, nun hat sie der Luftzug der Nacht gesprächig gemacht. Sie liegen auf dem Rücken und sagen Worte in den Wind, und der Wind nimmt die Worte, spielt mit ihnen, wie mit den kleinen Staubkörnchen, die er von der Erde aufwirbelt. Aber einmal wird der Staub wieder zur Erde zurückkehren, ob nun ein Regen ihn niederschlägt oder ein Olivenblatt ihm Schutz gewährt. Nie wird er ganz verloren sein. Doch die Worte? Von den Mündern fortgeweht, bleiben sie nirgends haften, der Wind fühlt sie nicht, so leicht sind sie. Sie müssen weiterfliegen, hinein in einen dunklen Horizont; vielleicht fallen sie in die Sonne, wo sie ausgeglüht werden, um dann zu versinken in ⟨einer unbekannten⟩ die Unendlichkeit. Nur Worte sind es, in die Nacht gesprochen, geformt von Stimmen, die heiser wurden vom Wein, Durst und Rauch. Doch die rauhen Stimmen fügen die Worte zusammen zu einem Bild, das, auf Erden entstanden, irgendwo in einem dunklen Himmel einmal aufleuchten wird, vielleicht für die Ewigkeit?

Schilasky: Der Tod[d] hat mir schon am Abend vorher gesagt, morgen gibt's etwas; er hat im Café ein paar Araber getroffen, die haben ihn über alles mögliche ausholen wollen. ‹Du›, sagt er, ‹das hat was zu bedeuten. Weißt du, daß das Auto vom Zahlungsoffizier mit den Camions zusammen kommt?› Das habe ich natürlich nicht gewußt. Aber am Morgen war das kleine Auto wirklich da. ‹Paß auf›, sagt der Tod[d], ‹heute wird's stinken›, wie er ⟨die Lisa⟩ sein Tier gesattelt hat. Und der Lartigue kommt auch zu uns, sieht uns zu und fängt plötzlich an, deutsch zu reden. ‹Daß ihr mir in der Sektion keine Schande macht›, sagt er. ‹Nie die Ruhe verlieren und immer aufpassen, was ich für Befehle gebe. C'est compris?› Dann zeigt er noch die verschiedenen stummen Befehle für: ‹in Stellung gehen› und so weiter. Dann geht er wieder fort. Er hat richtig traurig ausgesehen, ich bin sicher, er hat schon gewußt, wie es gehen wird.

Kraschinsky (blond und mager, ist in die vierte Sektion versetzt worden): Ja, wenn wir nur auch so 'nen anständigen Kerl gehabt hätten wie den Lartigue. Aber was haben wir ausstehn müssen mit dem Farny. Halb verrückt ist er, sag ich dir, Mensch. Sieht dich gar nicht, wenn du nicht direkt vor ihm stehst. Und dann guckt er an dir vorbei. Hat ein wenig den G. W., weißt du, was das ist? So sagen wir, wenn wir meinen, daß einer Vögel im Kopf hat. Macht sich dick damit, daß er den großen Kampf der Kompagnie mitgemacht hat, und näßt doch die Hosen, wenn er schießen hört.

Pfister (klein, beweglich, gibt sich Mühe, seinen Schweizer Dialekt zu verbergen, aus der zweiten Sektion, die von Sergeant Hassa geführt wird. Spricht überaus gemütlich): Hahaha ...

Hosen gemacht. Sehr gut. Aber neben mir ist das einem wirklich passiert. Einem Russen nämlich, dem Petroff. Wißt ihr, da kommt da so ganz aus der Ferne eine Araberkugel und macht ein ganz unangenehmes Geräusch: Takoouu, klingt fast wie der Name vom Schnaps, haha. Grad an meinem Ohr vorüber. Petroff steht neben mir, sitzt ab vor Angst, und wie er aufsteht, ist sein ganzer Hosenboden naß. Und [hat] gestunken, sag ich euch. ‹Mensch›, sag ich zu ihm, ‹mach, daß du zum Teufel kommst, du vertreibst die ganze Sektion.› Und wirklich, er will zurückkriechen. Da sieht ihn der Hassa, wißt ihr, der ist auch nicht besser als euer Farny. Der jagt ihn wieder nach vorne, flucht grusig, und der Rußky in seiner Angst versteht ihn nicht und deutet nur immer auf seinen Hintern. Was hab ich da gelacht.

Cleman (Korporal in der ersten Sektion, ein magerer Streber, mit einer Nase wie ein Papageienschnabel, sieht aus wie ein verhungerter Kellner und behauptet, der letzte Sproß des Grafengeschlechtes derer von Mümmelsee zu sein. Karikierte Leutnantsstimme): Ihr habt gut lachen, ihr von der windigen zweiten Sektion. Aber wir in der ersten! Immer mit dem Capitaine zusammen, Rückendeckung machen, wo uns die Biester schon auf den Fersen waren. Kamen da ran, immer zwei auf einem Pferd, in ihren weißen Mänteln. Reiten ganz nah, reißen dann das Pferd herum und schieben wieder ab. Das ist so eine Zeit gegangen. Auf einmal sagt der Capitaine zu mir, Courage hat der Alte ja, das muß ihm der Neid lassen. ‹Mein Kleiner›, sagt der Alte. ‹Lassen komischen weißen Dreck fallen, ihre Pferde. Schau, dort kriecht einer, und da noch einer.› Und da hab ich's auch gesehen. Jeder, der gegen uns angeritten ist, hat hinten einen aufsitzen. Wenn er mit dem Pferd nah genug ran ist, läßt der hintere sich auf den Boden fallen und kriecht näher. Das Anschleichen verstehen sie; man sieht sie nicht, bis sie ganz nahe sind. Die Leutchen hatten nämlich nicht genug Gewehre, da mußten sie eben mit dem Messer ran.

Pfister (lacht verzückt, er ist ziemlich anspruchslos, was Witze betrifft): Pferdedreck! Weißen Pferdedreck! Hast du schon so was gehört. Ja, ja, der Alte, Witze reißen kann der. Wir haben's spät genug gemerkt. Dazu ist der Hassa noch kurzsichtig. ‹Ser-

geant›, sag ich zu ihm, ‹dort kriecht einer.› ‹Kümmern Sie sich um Angelegenheiten Ihrige›, sagt der Tropf. ‹Die sind schon lange mit die Rösser über die Berge.› ‹Nein›, sag ich, ‹da krabbeln ja zwei, siehst du nicht? Laß schießen, Sergeant, sonst ist es aus mit dem Pinard.› Und weißt du, was mir das Kalb antwortet? ‹Was erlauben Sie sich, zu duzen mich. Ich bin Vorgesetzter von Ihnen.› Aber er hat kaum ausgeredet, da stehen kaum zwanzig Meter vor uns zwei Dutzend weiße Mäntel auf, die Gesichter hab ich nicht sehen können, und die brüllen, wenn ihr die g'hört hättet. Richtig, der Hassa kehrt um und rennt, was er rennen kann. Rückzug, hätt er brüelet. Dann kann er nicht mehr schnaufen und quietscht wie eine Sau, die man absticht. Ich aber sag: ‹Wir wollen nicht laufen, es macht zu heiß.› Und kommandiere selber, auf Französisch, denk mal an: ‹Bajonette on›. Und richtig, die anderen machen mir's nach. Zuerst noch geschossen, was im Magazin war, und dann los. Mir händ no ärger g'schrauen als die Bicots. Wie di üs g'säh händ, sind sie umgekehrt, de Berge ufe. Da ist der Hassa auch plötzlich dagewesen, und der Petroff neben mir mit seinen nassen Hosen brüllt, wie nüt g'schid: ‹Yoptoyoumait› und springt, wie ein junges Kalb. I ha lache müesse. Wie's dann wieder still gewesen ist, hör ich hinter mir eine Autohupe. Der Zahlungsoffizier fährt ganz gemütlich vorbei. Ein Hohn, sag ich euch. Um dem sein dreckiges Geld zu retten, hab ich mich so angestrengt, bei der Hitze. Und Durst hab ich gehabt.
Kainz: Ich hab g'meint, den hams derschossen. Das haben die Leut hier erzählt.
Kraschinsky: Ach, quatsch nich. Nischt is dem Aas passiert. Ausgelacht hat er uns, wie er vorbeigefahren ist. Du, Schilasky, erzähl mal, wie der Tod[d] verwundet worden ist.
⟨*Schilasky:* Ihr laßt mich ja gar nicht zu Worte kommen. Gerade habe ich anfangen wollen zu erzählen, da habt ihr mich mit eurem verdammten Geschwätz unterbrochen.
Kraschinsky: Na, tu man nich so. Dir is wohl genug. Glaubste, ich bin blind? Das gefällt der alten Tante, den Patschuli zu karessieren. Glaubt, es sehe niemand. Nee, mein Lieber, ich hab auch Augen im Kopf.

Pfister: So, jetzt heb du dis Läschtermul, Kraschinsky. Schilasky soll erzählen. Was er sonst tut, sind Privatangelegenheiten.
Kraschinsky: Wart nur, wenn ich aufstehe. Aber ich bin zu faul. So, los, mach Schilasky, ich will dann schlafen. Euch Maschinengewehrler hat man ja die ganze Zeit nich gesehen. Wo waret ihr denn?〉
Schilasky: 〈Eins nach dem anderen.〉 Wir waren doch Avantgarde. Und die Camions haben wir gar nicht zu sehen bekommen. Ganz dunkel war's noch, wie wir aufgebrochen sind. Ungemütlich war's, sehr ungemütlich. Lartigue hat ein böses Gesicht gemacht. Und schon vor der ersten Pause ist bei einem Lasttier der Riemen gerissen, ein Maschinengewehr ist runtergefallen, der Führer hat's allein wieder aufgeladen. Und wie er's dann bei der ersten Pause meldet, hat ein Bolzen vom Dreifuß gefehlt. Der Leutnant hat den Tod[d] und mich zurückgeschickt, wir sollen ihn suchen. Wir sind die ganze Zeit gebückt gelaufen, und der Rücken hat uns weh getan. Die Tiere waren wie verrückt, haben am Halfter gezerrt, wollten nicht mitkommen und bockten. Schließlich haben wir den Bolzen gefunden. Da sind wir dann aufgestiegen. Aber es ging so steil aufwärts, daß wir nur langsam nachgekommen sind. Die anderen waren schon weit voraus. Und wir zwei allein, es wurde immer ungemütlicher. Wißt ihr, der Weg ist zwischen zwei hohen Wänden durchgegangen, und immer wieder sind Steine heruntergerollt. Einer hat dann den Seppl an der Fessel getroffen, so daß der angefangen hat zu hinken. 〈Du, das gefällt mir nicht〉, hat der Tod[d] gesagt. Ich hab geschwiegen. Was soll man auch groß antworten? 〈Na, auf uns werden sie es, denk ich, nicht abgesehen haben〉, sagt der Tod[d] wieder. 〈Wir haben kein Geld, das wissen die wohl, höchstens unsere Gewehre könnten sie interessieren. Weißt du was? Wir legen die Fusils vor uns auf den Sattel. Dann haben wir sie schön bei der Hand.〉 Gedacht, getan ...
Kraschinsky: Du sprichst ja wie 'n frommes Buch, Schilasky, kannst du nich reden, wie dir 's Maul gewachsen ist. 〈Immer den Fürnehmen spielen.〉 Wir wissen ja schon, daß du mal bei die Grünen warst und arme Leute reingeleimt hast ...

Schilasky: Gut, dann kann ich ja schweigen.
Kraschinsky: Nee, das würde dir so passen, und weiter mit Patschuli poussieren ...
Patschuli: Ich bitte, laß mich nur aus dem Spiel. Eine Verhöhnung kann ich mir nicht gefallen lassen. Ich wäre sonst gezwungen, meinen Freund zu rufen, um dir Anstand beibringen zu lassen.
Pfister: La doch den Mann verzällen. Was habt ihr davon, immer zu gusslen? Komm, Schilasky, erzähl witer und los nid uf die dumme Lüt. Überhaupt, vertribt das die Zeit, und ich bin sowieso trurig hüt.
Kraschinsky: Was Schweizer, haste Sehnsucht nach deinen Käsen? Komm, riech mal an meinen Socken, das schmeckt nach Heimat, was?
Pfister: Du chaibe Löl, wart numme, wenn i uffstand.
Kainz: Also Kinder, seid's a wengerl stad. Laßt den Schilasky erzählen, ich möcht auch gern hören, was gangen is.
Kraschinsky: Na, weiter denn, los mit die Liebesgeschichte. Patschuli, knutsch ihn mal 'n wenig, daß er die Courage nich verliert.
Patschuli: Ach seht doch nur, wie schön die Nacht ist, und lauter Sterne, warum wollt ihr eigentlich immer von Kampf und Blutvergießen sprechen. (In hohem Singsang:) Nein, die Nacht ist doch zu wunderbar.
Pfister: Du kannst später dein Liedli singen. Also auf dem Sattel hat der Leutnant dann auf euch gewartet?
Schilasky: Ja, und wir machen Meldung, daß wir glauben, uns seien Leute nachgeschlichen, oben auf den Felsen. Nämlich wegen der Steine, die wir haben kollern hören, und der Seppl, der verwundet ist. ‹Na›, meint der Leutnant, ‹wir haben wenigstens noch Zeit, etwas zu essen, die greifen nicht an, bis die Camions kommen. Habt ihr was?› Ja, wir hatten Speck touchiert. Dann zieht der Leutnant aus seiner Satteltasche vier Pakete Zigaretten und verteilt sie unter uns. Anständig, was?
Kraschinsky: Ich weiß gar nicht, was ihr alle für eine Verehrung für diesen Leutnant habt. Natürlich, er verteilt Zigaretten, weil er Angst um seine Haut hat, weil er denkt, wenn ich nicht anstän-

dig bin mit meinen Leuten, so knallen sie mir eins von hinten auf. Kannst mir glauben, der Farny hat gewußt, warum er immer hinten geblieben ist, der Leuteschinder, wenn der mir in den Schuß gekommen wäre, der würde heut nicht mehr mit dem Pausanker schlafen. Na, weiter, und mach keinen Schmuh mit dem Edelmut von die Offiziere.
Schilasky: Nein, ich find, das war ganz anständig. Schließlich hat er das von seinem Geld gezahlt. Aber ich will mich doch nicht mit dir streiten. ‹Macht nur Feuer›, sagt der Lartigue, ‹und kocht Kaffee, wir haben ja noch ein Fäßchen mit Wasser.› Dann haben die anderen Feuer gemacht. Der Lartigue ist ganz allein auf den Berg gestiegen, aber das hat uns nicht gepaßt, wir sind ihm nachgestiegen, der Tod[d] und ich. Das hat ihn gefreut.
Kraschinsky: Solche Speichellecker, pfui Teufel, wenn's nach mir ginge, könnten all diese Galonierten glatt verrecken.
Schilasky: Immer hast du ein großes Maul, Berliner, wenn die Galonierten nicht in Sicht sind, und kriechst doch, wenn du vor ihnen stehst. ⟨Dann hast du Angst.⟩ Du hast doch den Hitzig angegeben beim Chef, wie er im Magazin eine Krawatte geklaut hat. Aber mit dir will ich nicht streiten, du bist mir zu dreckig.
Kraschinsky: Und du? Wenn ich auskramen wollte. Mit wem allem in der Kompagnie hast du nicht schon geschlafen? Ha? Antworte mal. Du kannst sie gar nich zählen. Und zuletzt noch mit deinem sauberen Freund, dem Tod[d], meinst du nicht, ich hätt euch nicht gesehen, unter den Palmen? Nee, Junge, Kraschinsky hat gute Augen, glaub's mir, und auf's Maul gefallen is er auch nicht.
Patschuli: O Gottogott, immer müßt ihr streiten. Und die Nacht ist doch so schön. Seht doch nur die Sternschnuppen. Das ist doch wirklich gottvoll. Und ihr wißt nur schmutzige Sachen zu erzählen, während doch der Wind *so* liebevoll durch meine Haare streicht.
Kraschinsky: Huch nein! Huch nein! Bist du bald fertig mit deinem Flöten? Man kriegt ja Bauchweh von all der Süßigkeit. Wie eine läufige Hündin heult er. Erzähl lieber weiter, Schilasky, und nichts für ungut, vorläufig.

Schilasky (nach einer langen Pause, in der er erbittert an der Haut seiner Finger gekaut hat): Wir gehen also mit dem Leutnant. Der schaut immer ins Tal hinunter, aus dem wir gekommen sind, und paßt gar nicht auf, was rund um ihn vorgeht. Im Tal ist nichts zu sehen, die Luft ist ganz klar. Ganz hinten, dort wo der Weg anfängt zu steigen, haben wir die erste Sektion gesehen. Der Leutnant hat seinen Feldstecher genommen und die Berge rund herum abgesucht. Es war nichts zu sehen. Da plötzlich ruft der Tod[d] ganz laut meinen Namen. Ich bin nämlich ein wenig zurückgeblieben und schau mir einen Stein an, der grün geädert ist, und will den Tod[d] fragen, ob er nicht meint, daß das Kupfer ist. Und gerade in diesem Augenblick ruft mich der Tod[d]. Ich schau auf und sehe gerade, wie er dem Leutnant einen Stoß gibt, so mit der Schulter in die Brust, und der Leutnant fällt auf die Seite und stützt sich auf die Hand. ⟨Da hör ich auch schon das Takoouu ganz in der Nähe.⟩ Der Tod[d] greift an seine eigene Schulter und fällt um. Ich hab ganz blöd dreingeschaut, und der Leutnant fängt an zu lachen, aber dann sieht er den Tod[d] und wird ernst, ganz traurig sieht er aus. Ich schau mich um, woher der Schuß gekommen ist, und sehe etwas Weißes auf den Bergen auf der anderen Seite. Der Leutnant hat's auch gesehen, er reißt die Pistole heraus und pfeffert die acht Schüsse hinüber. Aber der Revolver hat natürlich nicht so weit getragen. ⟨Schießen Sie, Schilasky!⟩ schreit er. Ich nehme den Mousqueton herunter, in der Eile lege ich nicht richtig an, und ihr wißt ja, was für einen Rückschlag das Schandgewehr hat! Der Kolben haut mir gegen die Schulter, daß ich glaube, sie ist ausgerenkt. Dann war's natürlich fertig. [...]

Nach der Numerierung der Manuskriptblätter fehlen hier die Seiten 294 und 295; ob jedoch tatsächlich eine Textlücke vorliegt, ist ungewiß, da sich die Fortsetzung auf Blatt 296 inhaltlich direkt anschließen läßt. Sie lautet:

Patschuli: Und dann? Das ist ja 'ne furchtbar blutige Geschichte. Bin ich froh, daß ich diesen Kampf nicht mitgemacht habe! Ja, bei uns in Atchena war's ruhiger.

Kraschinsky: So, Patschuli, Maul zu, 's zieht. Schilasky soll endlich mal fertig ⟨erzählen⟩ machen.
Schilasky: Viel gibt's nicht mehr. Dem Tod[d] seine Schulter war ganz zerschmettert. Die Bicots haben so gemeine Kugeln. Vorn, auf der Brust, war nur ein kleines rundes Loch, aber hinten! Ein großer Trichter, im Durchmesser wie eine Spanne. Fleisch und Knochen waren herausgerissen, und das klebte alles an einem Stoffstück, das ein wenig weiter auf dem Boden lag. ⟨Warum haben Sie das getan, Todd?⟩ fragt der Leutnant. Der Tod[d] ist ganz weiß geworden. Da schreit mich der Leutnant an, ich soll mein Hemd hergeben, ⟨das saubere⟩ damit man die Wunde verbinden kann. Ich war froh, daß ich am Tag vorher gewaschen habe und daß das Hemd sauber war. Der Leutnant hat dem Tod[d] die Jacke ausgezogen, es ging schwer, dann hat er die Wunde ein wenig ausgewischt und sie dann mit dem Hemdfetzen verstopft. Sogar eine Binde hat er bei sich gehabt, in seiner Satteltasche, die hat gerade gelangt. Und sorgfältig hat der Leutnant den Verband gemacht, wie ein Sanitätler. ⟨Ja⟩, hat er gesagt und dabei immer deutsch gesprochen. ⟨Du bist ein tapferer Bursche, Todd. Wie hast du's nur gemacht, daß du den Burschen gesehen hast?⟩ Der Tod[d] hat geschwiegen und den Leutnant immer nur angeschaut. Die anderen, die unten auf dem Sattel geblieben waren, haben immer nur dumm heraufgeglotzt. Da hat der Leutnant den Tod[d] auf die Arme genommen, obwohl der Tod[d] immer wieder gesagt hat, daß er gut laufen kann, der Leutnant soll sich doch nicht soviel Mühe machen. ⟨Du hast mir doch das Leben gerettet⟩, sagt der Leutnant und sieht ganz verlegen dabei aus, weil er nicht recht weiß, ob er sich bedanken soll. Das hab ich gut gemerkt. Wie wir dann bei den anderen waren, ist der Leutnant plötzlich ganz aufgeregt geworden. ⟨Wir müssen die Kompagnie warnen⟩, hat er gesagt, ⟨sie kommt ganz ahnungslos in diese Schweinerei hineingetappt. Einer muß zum Capitaine reiten und ihm die Geschichte erzählen, wer will gehen?⟩ Natürlich hat sich keiner gemeldet, alle haben geglotzt, sind zusammengestanden und haben nach dem Tod[d] geschielt, der schwer geatmet hat. Er ist am Rand der Straße gesessen, aufrecht gegen

eine Felswand gelehnt, bleich war er ja immer, aber jetzt war er weiß, wie ein Leintuch. ‹Will keiner gehen?› hat der Leutnant wieder gefragt und ist auch bleich geworden, aber vor Wut. ‹Ich schäme mich wirklich für meine Sektion›, hat er gesagt. Da bin ich vorgetreten und habe gesagt, ich gehe gerne, wenn der Leutnant will. ‹Ja, ja›, hat er gemeint, ‹ich weiß schon, Sie haben sich nicht gleich gemeldet, weil Sie sich um Ihren Freund sorgen. Aber gehen Sie nur, ich werde schon auf ihn aufpassen. Sagen Sie selbst, Schilasky, hab ich dem Capitaine nicht oft und oft gesagt, er soll einen Signalisationskurs einrichten? Damit man sich verständigen kann, wenn man einmal getrennt ist? Immer hat er ja gesagt, aber getan hat er es nie. Wenn Sie wüßten, wie mich das anekelt, immer zu predigen und doch nie gehört zu werden. Na, gehen Sie ruhig. Ihnen werden die Bicots nichts tun. Aufs Geld haben sie's abgesehen.› Dann ist er wieder auf den Felsen gestiegen, und da hat sich der Sitnikoff wahrscheinlich geschämt, denn er ist ihm nachgegangen. Und oben hat sich der Lartigue dann hinter einen Stein gelegt, damit er beobachten kann. Dann hat er die anderen hinaufgewinkt und hat die Mitrailleusen aufstellen lassen, so, daß sie das Tal auf der anderen Seite ganz beherrscht haben. Ich habe dem Tod[d] noch adieu gesagt und bin fortgeritten; der Peter hat sich gut gehalten, der ist ja ein braves Tier, wenn er nur nicht die schlechte Gewohnheit hätte, einem auf die Schulter zu springen, wenn man ihn am Halfter führt.

Der Alte hat mich schlecht empfangen. Geflucht hat er, daß der Leutnant nicht ein paar Mann vorausgeschickt hat, um zu rekognoszieren, bevor die Sektion nachgekommen ist. Und, er braucht die Ratschläge von Herrn Lartigue nicht. Lartigue soll nur auf sich und seine Leute aufpassen. Er hat dann ein paar Mann detachiert, die haben links und rechts von der Kolonne marschieren müssen, bis die Kompagnie oben war. Ich bin vorausgeritten und hab dem Leutnant erzählt, was der Capitaine gesagt hat. Der Lartigue hat nur so halb gelächelt, hat mir seine Feldflasche gegeben, ich soll einen Schluck trinken, es war guter Kognac drin. Ich soll auch den Tod[d] trinken lassen, hat er gemeint, das wird ihm gut tun. Er hat wohl gemerkt, daß ich aufgeregt bin. Und eigentlich war das ja auch viel aufregender als damals in der Champagne: Erstens war man eingebuddelt, damals, und hat gewußt, wenn man gefangen wird, so wird man wenigstens nicht gequält. Aber hier war das etwas anderes. Man kann doch nicht wissen, was die Bicots mit einem vorhaben, ob sie einen quälen und langsam foltern, man liest ja soviel darüber. Damals wußte man doch auch, wo der Feind war, gerade im Graben gegenüber, das war irgendwie tröstlich. Dort oben konnte er überall sein, überall versteckt, und dann schoß er mit den alten Flinten, die so furchtbare Wunden machen.

Ich bin dann zu meinem Maschinengewehr gegangen, und die Kompagnie ist langsam auf dem Sattel vorbeigezogen. Aber nur die erste und die vierte Sektion. Und dann kamen die Camions, und ganz zum Schluß die zweite Sektion. Bei mir war der Koribout Chef de pièce, und der versteht ohnehin nichts. Der Tod[d] hat sehr gefehlt, er war doch ‹Tireur› und ich eigentlich nur als ‹Chargeur› eingedrillt. Natürlich habe ich in Sebdou oft schießen müssen, einmal hab ich sogar beim Vierhundert-Meter-Schießen ein Paket *Job* gewonnen. Aber ich war immerhin ein wenig aus der Übung. Wie die Camions vorbei sind, hat der Capitaine den Tod[d] aufladen lassen und hat noch einen Witz dazu geschrien: ‹Er soll warten›, hat er dem Chauffeur gesagt, ‹die Ladung wird dann später noch ergänzt.› Und wie die zweite Sektion vorbei war, haben wir die Mitrailleusen wieder aufgeladen und sind den Berg hinunter.

Cleman: Ich kann nur gar nicht begreifen, warum die Bicots so lange mit dem Angriff gewartet haben. Beim Aufstieg wäre es doch für sie viel günstiger gewesen. Aber da haben sie gewartet, bis wir in der Ebene waren.

Kraschinsky: Na, das ist doch klar wie Tinte; die haben eben gedacht, daß wir dann nicht mehr aufpassen würden, und dann hatten sie ja Pferde.

Pfister: Ich habe in der Schweiz auch Dienst gemacht, aber so eine chaibe Unordnung haben wir dort nicht, das kannst du mir glauben; ganz alleinig habe ich auf vierzehn Muli aufpassen müssen, und die sind ganz verruckt g'si. Und der Hupma hät

g'schraue, ich han kein einziges Wort verstanden vo dem, wo 'ner g'sait hätt.
Kraschinsky: Ja, Schwyzer, du schläfst ja auch immer, da hat er dich eben aufwecken müssen, verstehste?
Pfister: Na, dann haben sie mich ja abgelöst, und ich hab zur Sektion zurückmüssen, sonst hätt ich ja gar nicht meinen schönen Bajonettangriff befehlen können.
Cleman: Man würde meinen, was Teufels du für ein Held wärst, Pfister, und dabei war es doch nur deine Faulheit, die dich zu deiner Heldentat getrieben hat.
Pfister: Ach was, Faulheit! Nei, ich hab die Unordnung nicht mehr sehen können, darum hab ich so gebrüllt mit ‹Bajonette on› und bin selber vor. Ich kann halt Unordnung für mis Läbe nüt verputze. In einem Kuhstall bei uns ist mehr Ordnung als in den dreckigen Saubaracken hier; jawohl.
Kraschinsky: Ja, da hat der Pfister eigentlich recht. Kaum waren wir unten, ist's ja losgegangen. Und den Capitaine hat plötzlich niemand mehr gesehen, war einfach verschwunden. Und die Schießerei geht gerade los: ‹Couché!› brüllt der Farny, dann auf deutsch: ‹Absitzen! Niederlegen!› Und die Esel waren ganz verrückt, wie's der Schweizer sagt. Wenn ein wenig mehr Angreifer gewesen wären, so hätt's uns alle genommen, wie damals in achtzehn, hat's euch der Farny nie erzählt? Er war dabei beim Angriff im Tafilaleth; von zweihundert Leuten sind fünfzehn zurückgekommen. Ja, uns wär's ähnlich gegangen, und dabei waren es nicht Aufständische diesmal, sondern nur so eine lausige Räuberbande. Wenn der Farny nicht kommandiert hätte, der Alte hätte nicht 's Maul aufgebracht.
Kainz: A guter Kerl is ja der Alte schon, aber kommandieren kann er nit.
Schilasky: Eigentlich haben mir die Bicots leid getan. Ganz ruhig bin ich da hinter meiner Mitrailleuse gesessen und habe geschossen. Wie sie zuerst angeritten gekommen sind, habe ich mitten hinein gehalten, und die Rösser sind nur so umgepurzelt. Aber wie sie dann geflohen sind, haben sie mir leid getan. Ich hab dann nicht mehr richtig gezielt, sondern einfach in die Luft geschos-

sen; obwohl mir der Sitnikoff immer in die Ohren gebrüllt hat: ‹Plus bas, niederer!› Ich hab einfach nicht können. Schließlich sind die Leute hier in ihrer Heimat, und wir sollen sie draus vertreiben.

Kraschinsky: Ich hab dir schon mal gesagt, Schilasky, du bist nichts wie eine alte Tante. Deinen Freund haben sie nun fast totgeschossen, und du läßt sie einfach laufen. Wenn der Sitnikoff will, kann er dich hochgehen lassen.

Schilasky: Ich weiß schon, Berliner, du möchtest mich am liebsten angeben. Aber sag selbst, hab ich nicht recht? Während die Franzosen bei uns das Rheinland besetzen, helfen wir ihnen hier Land erobern.

Kraschinsky (sehr überlegen): Ach, Schilasky, det vastehste nich. Mich würden se drüben einsperren, meine verehrten Landsleute; ich kann mir ja denken, was du ausgefressen hast, wo du doch bei die Schupo warst: Wird wohl sowas mit dem männlichen Jeschlecht zu tun gehabt haben. Na, das geht mich weiter nischt an. Aber von mir weiß ich sicher, daß deine Grünen sich lebhaft für mich interessiert haben. Weißt du, mir is es piepe, bei wem ich dien': Wenn ich nur genug zu fressen habe, zu rauchen und hin und wieder 'nen Liter Wein und 'n Hürlein von Zeit zu Zeit. Was will man mehr? Nee, ich habe feste druffjeschossen, hab mehr getroffen als die andern, der Capitaine hat's gesehen und hat mich jelobt. Manchmal hängt mir ja auch hier alles zum Hals raus, und ich ginge lieber heut wie morgen auf Pump. Aber dann denk ich mir: Was machste, wenn du wieder in die traute Heimat kommst? Ja, und dann denk ich: Immer noch besser zweimal im Tag Fleisch, auch wenn's mal stinkt, und in der frischen Luft leben, als drüben hinter dicken Mauern Wassersuppe saugen. Vielleicht schlägt mich der Alte noch für die Schnüre vor, wer weiß. Korporal Kraschinsky, das klingt doch ganz gut, nich? Hab ich da wirklich zu die Franzosen kommen müssen, um Unteroffizier zu werden; und schließlich, gehen wird dat auf alle Fälle. Den Rußky sagt man ‹Yoptoyoumait›, den Franzosen und Belgiern ‹merde›, und mit den lieben Landsleuten werd ich schon auskommen. Die vastehn mich gleich.

Patschuli (ist immer unruhiger geworden, er fühlt sich vernachlässigt, da die anderen ihn ignorieren; plötzlich platzt er los): Aber jetzt muß ich euch noch eine schöne Geschichte erzählen, die in Atchana passiert ist, also eine goldige Geschichte, das bringt ein wenig Abwechslung in eure blutrünstigen Erzählungen.
Kraschinsky: Na, jetzt mach Schluß, Patschuli; wenn deine Geschichte lustig ist, so erzähl, aber mach nicht soviel Fisimatenten. Ich will dann doch 'n wenig pennen. Psst, seid mal ruhig, da kommt wer … … Och, 's is nur der Lartigue, nanu, wo geht denn der hin? Ins Krankenzimmer? Aha, geht seinen Freund besuchen, den Lös, und am Tage traut er sich nicht, von wegen dem Alten; der Alte hat auch recht: Was braucht der Lös unseren Wein zu klauen, während wir unsere Knochen riskieren?
Pfister: Ach, schwyg, Kraschinsky, der Lös hätt dir au oft Wy gä. Er ist kein schlechter Kerli g'si, und du brauchst nit 's Maul z'verriesse. Du häst sicher meh g'stohle wie er, süst hätt'st du nüt so Angst vor de Tschuckere.
Kraschinsky: Wie hast du das gesagt, Schwyzer? Tschucker, das is 'n schönes Wort, det will ich mir merken; 's geht doch nischt über die Legion; Sprachstudien kann man sogar treiben.
Patschuli: So, Kinder, jetzt schweigt mal und laßt mich meine Geschichte erzählen. Vor vierzehn Tagen sind in Atchana zwei Araber mit einem Mädchen vorbeigekommen. Sie wollten nach Midelt weiter und das Mädchen dorthinbringen, für das Kloster dort. Der Adjutant war glücklich. Er hat die beiden Männer in den Posten zu den Gums geschickt, damit sie dort übernachten, und auch den nächsten Tag sollten sie bleiben. Zu uns hat er gesagt: ‹Ihr habt schon lange genug keine Weiber gehabt, ihr müßt auch mal wieder was haben, sonst werdet ihr mir noch wild. Aber›, hat er gesagt, ‹Ehre, wem Ehre gebührt, die erste Nacht gehört mir.› Was hätten wir sagen sollen? Am nächsten Tag war […]

Die Fortsetzung des Textes übernahm Glauser in die Neufassung des Kapitels (vgl. S. 242 Zeile 20 ff.), indem er auf dem Manu-

skriptblatt die alte Seitenzahl 302 in 296 korrigierte. Das Gespräch, das ursprünglich auf die Erzählung Patschulis folgte – S. 244, Zeile 18 im Haupttext –, wurde von Glauser wiederum ausgesondert; es hat folgenden Wortlaut.

... Dann ist er zurückgekommen mit grinsendem Gesicht und hat dem Adjutanten vorgeschlagen, er wolle Appeys Stelle einnehmen, aber im Zelt. Das hat den Adjutanten gar nicht amüsiert, und er ist wütend in sein Zelt zurück.]
Schilasky: Pfui Teufel!
Kraschinsky: Hör, Schilasky, du brauchst dich wirklich nicht dicke zu tun, du mit deinem Ruf in der Kompagnie. Nein, ich finde auch, es wäre ein glänzender Spaß gewesen, wenn die Geschichte geklappt hätte ... ... Was läuft denn da? Türk? ... Komm her, guter Hund ... So, schön, komm her. Was, du Köter willst nicht folgen? Drauf Kinder, fangt ihn! Na wart, du Aas, du sollst für deinen Herrn büßen, der uns den Wein verpanscht hat. Hättest du gefolgt! Ja, jetzt hilft dir kein Winseln mehr. Verrekken mußt du.
Schilasky: Laß den Hund in Ruh, sag ich dir. Was hat das arme Vieh dir getan? Du sollst den Hund sein lassen, sag ich dir!
Kraschinsky: Schnauze halten, Schilasky. Was, du willst wohl Haue? Hopp, ihr anderen, helft da, du halt den Hund, und ihr helft mir den Schilasky beruhigen. Gib mein Ceinturon ... So, mein Freundchen, jetzt wirst du still liegen. Wart nur, du darfst zuschauen, wie wir das Biest quälen. Ich denk, meine Flanellbinde wird halten. So, jetzt kannst du dich nicht mehr rühren, und wenn du brüllst, stopf ich dir meine Unterhose ins Maul. Du willst nicht schweigen? So ... ... Jetzt wird's gehen; das Atmen ist ein wenig schwierig? ... Gebt mal das Vieh her. Wo hab ich mein Messer? ... So. Erst die Ohren ein wenig stutzen ... Und jetzt die Augen ... Schad, man sieht so wenig. Was, beißen willst du? Werd ich dir auch abgewöhnen ... Nur 'n leichtes Schnittchen in den Hals, gleich bessert's ... ... Kommt, wir wollen ihn beim Stall verscharren, bellen wird er sicher nicht mehr. Schnelle, es kommt jemand. Ach, 's ist nur der Lartigue ...

Lartigue: Wer hat da gerufen? (Deutsch, mit starkem französischem Akzent:) Deutsch hat er gerufen. Ist jemand krank? Ah, Schilasky! Was ist? Gefesselt? Warum weinen Sie? ... Kraschinsky hat Türk getötet ... den Türk von Caporal Lös? Nun, wir werden dem Kranken nichts erzählen von dieser Geschichte. Wird besser sein ... Nein, es geht ihm nicht besonders. Und Sie müssen sich nicht aufregen. Ein Hund! Das ist sentimentalité, jawohl, zu trauern um einen Hund. Was wollen Sie. La bête humaine. Zola hat geprägt das Wort, und ich kann Zola nicht lesen, er ist ein Brechreiz für mich ... Aber ‹la bête humaine›, das ist eine gute définition. Nun ja, Kraschinsky hat plötzlich entdeckt die volupté ... wie sagen Sie? ... die Wollust von der Grausamkeit. Blut! Blut ist schön ... Ja. Für einfache Seelen und für Komplizierte. Denken Sie an Stierkampf! Krieg! Alles das gleiche! ... Noch eine Zigarette? ... Nichts zu danken. Gute Nacht.

Worte, gepackt vom Wind, vertrieben, gesammelt, zerstreut, geballt. Worte, viele nutzlose, die verschwommene Bilder umreißen und scharfe leuchtende Linien einritzen, irgendwo, in einen unbekannten Himmel. ‹Auch das schmerzliche Jaulen eines Hundes zeichnet sich ein.› Wer kann sagen, daß all die Worte nutzlos verhallt sind und daß auf immer verstummt ist das Winseln eines sterbenden Hundes?

Und wieder fällt zur Erde der Staub, aufgewirbelt vom Wind, oder er schleift über trockene Gräser, trommelt auf den breiten Blättern der Feigenbäume, schmirgelt die Wellblechdächer glatt, daß sie spiegeln in der Sonne des ‹schweren› großen Mittags ‹, des großen und stillen›. Aber niemand weiß die Bestimmung der Worte, welche der Wind von den Mündern fortgetragen hat; vielleicht führt er sie doch zur Sonne, wo sie durchglüht werden, und ihre Asche brennt sich ein in den unbekanntesten Himmel, dort, wo die großen Worte, die heiligen und tiefsinnigen, spurlos ‹untergehen› verlöschen.

Auch zum vorletzten Kapitel existiert ein Fragment der früheren Manuskriptfassung. Der Text ist – verglichen mit der Überarbeitung von 1937 – szenisch und psychologisch deutlich weniger nuanciert. Der Vergleich beider Versionen mag veranschaulichen, in welch inspiriertem Sinn Glauser seine eigenen Texte bisweilen zu redigieren wußte.

XIV. Kapitel   Aufruhr

Samotadji, der mit seinem spitzzulaufenden, noch blonden Bart einem jugendlichen Magier glich, ging zur Küche. Es war noch früh. Auf einem Stein hockend, die heiße Blechtasse zwischen die Knie geklemmt, tauchte er längliche Brotschnitten in den Kaffee und lauschte dabei den Erzählungen der Abgesandten, die das Frühstück für die Sektionen holen kamen. Sein Gehör war gut, trotz der Büschel, die ihm aus den Ohren wuchsen, und er lauschte auf alles, was gesagt wurde. Er verstand Ungarisch, Deutsch, Französisch, Russisch, ja sogar vom Türkischen hatte er einige Brocken aufgeschnappt, damals, als er einen rumänischen Getreidejuden als Leibwache begleitet hatte.

So konnte er dem Capitaine, später, beim Rasieren, viel Interessantes und zugleich Unangenehmes mitteilen: die Prügelei in der Mitrailleusensektion, bei der Sergeant Sitnikoff niedergeschlagen worden war, die Ermordung Türks durch Kraschinsky, den Besuch Leutnant Lartigues bei Lös. Und als letzte, große Neuigkeit, die am stärksten wirken mußte: Caporal Seignac, der Schwarze, hatte einen Rapport wegen Gehorsamsverweigerung eingegeben. «Glauben sie mir, mon capitaine», sagte Samotadji in seinem harten Französisch, «das alles sind schlechte Zeichen. Sie sind viel zu gut mit den Leuten, die werden aus lauter Übermut irgend etwas Dummes machen, nur weil sie sich langweilen, und das wird dann nicht etwas so Unschuldiges sein wie das Abschlachten eines Hundes.»

Unten an der Treppe blieb der Capitaine ratlos stehen. Den

Besuch Lartigues im Krankenzimmer empfand er als Verrat, Türks Tod kümmerte ihn wenig, Sitnikoff hatte seine Prügel verdient, warum mischte er sich in Farnys Privatangelegenheiten? Farny hatte gute Ratschläge gegeben während des Kampfes, und Sitnikoff war doch nur ein ‹intellectuel›, wie der Chef ihn nannte. Am meisten aber beschäftigte den Capitaine der Rapport Seignacs. Er konnte Seignac nicht einfach sagen: «Mein Kleiner, du hast Fäuste, verschaff dir Respekt.» Das ging nicht, denn dann würde die ganze Sektion über den Neger herfallen, es könnte eine Revolte daraus entstehen. Ein unangenehmes Gefühl quälte Chabert, so als sei ein Gewitter im Anzuge. Die Leute grüßten so mürrisch, wenn sie ihm begegneten, und wenn er sie anhielt, um sie nach ihren Wünschen zu fragen, so antworteten sie kaum und versuchten, sich so schnell als möglich aus dem Staub zu machen. Besorgt kam Chabert ins Büro.

Der Chef stand beim Eintritt seines Vorgesetzten auf und grüßte gönnerhaft, wie er es gewohnt war. Diese Attitüde ärgerte den Capitaine ganz besonders, er fühlte sich plötzlich als nutzlose Repräsentationsfigur (‹Der Kampf wird von einem Sergeanten geleitet, die inneren Angelegenheiten hat auch ein Untergebener in der Hand›, dachte er). «Ich möchte eigentlich wissen, wer die Kompagnie kommandiert», sagte er laut, setzte sich vor den hellen Tisch, der durch einen darauf liegenden Sonnenkringel blendete, und nahm die wenigen Papiere in die Hand, die auf seinem Platze lagen. Aus der Brusttasche zog er die Stahlbrille und begann den Rapport des Caporal Seignac zu lesen, der in zierlicher Bürokratenhandschrift von der Widersetzlichkeit des Soldaten II. Klasse Guy und des Soldaten I. Klasse Malek Mitteilung machte. Die beiden waren dem Befehl, den Schlafsaal zu reinigen, nicht nachgekommen, sie hatten auch, trotz wiederholten Befehles, ihre Effekten nicht reglementarisch zusammengelegt, sondern sie unordentlich auf ihrer Matratze liegenlassen.

«Ein Ungar und ein Franzose», begann Chabert sein Selbstgespräch. «Von Guy ist ja nichts anderes zu erwarten, denn er ist schon alt und ein wenig wunderlich. Warum läßt ihn also dieser Neger nicht in Ruhe? Ein wenig Takt! Ein wenig Takt! Wenn man schon einmal, leider Gottes, mit einer schwarzen Hautfarbe in der Welt herumläuft, geziemt es sich, Bescheidenheit und Rücksicht walten zu lassen und sich eines korrekten Benehmens zu befleißigen. Finden Sie nicht auch, Chef? Sie sagen ‹ja, ja›, aber im Grunde halten Sie mich für einen alten Kretin, der nicht mehr weiß, was er spricht. Ich weiß schon, Chef, Sie haben ganz recht; aber glauben Sie mir, dieser Kampf ist mir an die Nieren gefahren, ich hab seither ständig Rückenschmerzen, und das Wasserlassen verursacht mir Pein. Die Verantwortung, Chef, die Verantwortung! Alle werden sie ja jetzt auf mir herumhacken, ich möchte nicht hören, was sie im Sergeantenmess über mich sagen. Aber schaun Sie, Chef (ich will gewiß nie mehr ‹mein Kleiner› zu Ihnen sagen, denn ich fühle, daß Sie diese Benennung reizt), mit dem Kampf war das so eine Sache. Stellen Sie sich vor, wenn hier die Ebene ist, so kommt da der Weg vom Bergsattel herab. Die Mitrailleusen waren hier aufgestellt, gut plaziert, meiner Treu, der Lartigue versteht seine Sache. Nun komme ich als erster mit meiner Sektion, und kaum bin ich da, so beginnt es von allen Seiten zu knallen, und die Bicots reiten an; ich laß absitzen und die Tiere zurückgehen, gut. Gleich hinter mir kommt Farny, auch ein fähiger Mann, unstreitig, obwohl er wegen seiner Ordonnanzen immer Händel hat. Der schreit nun: ‹Absitzen! Niederlegen!› Warum wartet er nicht, bis ich meinen Befehl wiederhole? Ich weiß, *er* führt seine Sektion und ist für sie verantwortlich. Also muß er auch befehlen. Und ich habe auch schon meinen Befehl gegeben. Nun gut, die Geschichte geht weiter. Die Bicots stürmen an, und ich sehe, daß sie zu zweit auf einem Pferd sitzen, ganz nahe heranreiten und ihre Last abwerfen, bevor sie zurückgehen. Und schon kommandiert Farny: ‹Feuer!› Wieder hat er nicht warten können. Ich habe im Taktikkurs gelernt, daß man stets warten soll, bis der Feind sich entwickelt hat, um dann seine genauen Angriffsdispositionen treffen zu können. Nein, der Farny greift mir vor. Aber dann, höre mal gut zu, mein Kleiner, dann kommt der Hassa aus der Bergstraße heraus, und wieder, bevor ich etwas sagen kann, weist ihm der Farny seinen Platz an. Wir waren also im Halbkreis aufgestellt, und nun wollte ich die

Führung übernehmen; während ich nun über die zu treffenden Dispositionen nachdenke, und du weißt, ich bin doch kein Napoleon und ich brauche Zeit. Während ich nachdenke, sehe ich Farny fuchteln. Ich drehe mich um: Da geht Hassa zurück. Er flieht ganz einfach! Ich laufe natürlich hin. Aber was willst du, mein Kleiner, ich bin nicht mehr ganz jung, ein wenig beleibt ... ich weiß, ich weiß. Und das Laufen war außerdem noch ein Fehler. Ich hätte einen Mann hinschicken müssen, einen ‹agent de liaison›. Daran habe ich gar nicht gedacht. Ich sehe nur, wie die Bicots hinter der vierten Sektion dreinlaufen, die in die Ebene abbiegt. Da höre ich eine Stimme brüllen: ‹Bajonette on!› Aha, denke ich, ein Korporal übernimmt das Kommando. Da war es dieser Schweizer, Fistère glaub ich; du mußt mich dran erinnern, daß ich ihn zum Korporal vorschlage. Und richtig, die anderen folgen. Und auch der Hassa kommt zurück. Dieser Feigling. Degradation, unbedingt! Am Abend zuvor hat er noch mit einem von den Neuen, der sich dann so gut gehalten hat, ‹mit Todd,› einen Krach gehabt. Ich hatte dort also nichts mehr zu tun und laufe zurück, denn weißt du, mein Pferd hatte ich nach hinten geschickt, wenn das arme Tier erschossen worden wäre, ich hätte mich wirklich gegrämt. Da sehe ich, daß die Mitrailleusen gar nicht schießen, dort auf dem Hügel. Ich will also Lartigue ein Zeichen geben, damit er endlich anfängt. Aber er sieht nicht her. Da rufe ich also und denke gar nicht, daß man mich in dem Lärm nicht verstehen wird. Gerade wie ich mich zu ihm in Bewegung setzen will, fängt's dort oben an zu knattern. Gut, denke ich, also hab ich da nichts zu suchen. Und wie ich zur ersten Sektion zurückkomme, ist sie nicht mehr da. Farny hat die beiden Sektionen unter seinen Befehl genommen und macht einen Gegenangriff. Da steh ich also da und weiß nicht, was ich mit mir anfangen soll. Ich kann doch nicht den Säbel ziehn und mitmachen. Das geht doch nicht. Und dann habe ich meinen Säbel gar nicht da, den hab ich hier im Posten gelassen. Ich hab nur meine Repetierpistole, die zieh ich also heraus und laufe den Angreifenden nach. Wirklich kein sehenswerter Anblick, das kannst du mir glauben. Ich bin auch gleich außer Atem, bleibe stehen und warte, bis alles zu Ende ist. Nicht rühmlich ist das, was ich Ihnen erzähle, Chef, ich weiß es wohl. Aber einmal muß ich doch offen über mich selber sprechen.

Und nun schau, mein Kleiner, da komme ich nun in den Posten zurück. Hoffe, ich werde hier endlich Ruhe finden. Aber nein: Ein Korporal hat betrogen, ich lasse ihn einsperren, das ist doch mein Recht, und was entsteht daraus? Ich habe fast ein Menschenleben auf dem Gewissen: denn, wäre ich nicht so hart gewesen, hätte der Mann nicht versucht, sich umzubringen. Das hat mir ja meine Frau immer gepredigt: ‹Paß auf, Gaston›, hat sie gesagt, ‹was du tust. Sei nicht zu hart, denn plötzlich merkst du, daß du durch deine Härte dein eigenes Unglück herbeigeführt hast.› Ja, und alles, was heute passiert ist. Kleinigkeiten, wirst du sagen, aber sie tun doch weh. Lartigues Besuch bei Lös zum Beispiel. Merkt denn der Mann nicht, daß er mich dadurch desavouiert? Seignac begreife ich. Dem armen Kerl muß ja endlich die Galle überlaufen. Weißt du, wir machen das so. Ich bin heute wirklich zu müde, um einen Entschluß zu fassen, und dann hab ich auch noch Kopfweh. Vielleicht bekomme ich Fieber. Ich weiß nicht. Wir werden Seignac auf Wache schicken, du kannst ein paar Leute aussuchen, die gut mit ihm stehen, so daß es dort keine Reibereien gibt. Dann ist er morgen den ganzen Tag von der Sektion fort. Das ist gut, und ich habe einen ganzen Tag, um mir die Sache zu überlegen. Mit Lartigue mag ich gar nicht sprechen. Was aber die Schlägerei in der Mitrailleusensektion betrifft und diese dunkle Geschichte mit dem Hund ... wir machen so, als wüßten wir von nichts. Ja, jetzt bist du erstaunt, daß ich das alles schon weiß ... Ach Gott, man hat's schwer ... Sag selbst, hab ich nicht immer alles getan, um in meiner Kompagnie die Menschlichkeit walten zu lassen? Ich kann das sagen ohne Selbstüberhebung. Und was ist der Dank dafür? Ich meine jetzt nicht den Dank der Menschen, sondern den Dank eines Höheren, von dem meine Frau immer spricht. Meine besten Leute werden mir verwundet, meine Sergeanten verachten mich, meine Leutnants kämpfen im verborgenen, um mich von meiner Stelle zu vertreiben (Mauriot zum Beispiel), oder geben mir unrecht:

Lartigue verrät mich dreimal, ehe der Hahn kräht.» Fast beschämt, einen derartigen Vergleich gewagt zu haben, legte Chabert das Gesicht in die geöffneten Hände, ließ die Flächen die Wangen hinaufgleiten, bis die Augengruben sie aufhielten. Und so, die geschlossenen Lider gegen die Handballen gedrückt, blieb Chabert lange sitzen, während Narcisse am Fenster stand und ⟨mit verlegenem Lächeln und⟩ mit gekniffenen Nasenflügeln einen Knopf seines Uniformrockes von den Fäden drehte.

Als der Knopf abgerissen war und der Chef die Fäden fein säuberlich aus dem Stoff gezupft hatte, sagte er: «Ich geh jetzt.» Der Capitaine nickte schweigend, und sein Gesicht blieb von den Händen verborgen.

Friedlich verging der Tag. Am Morgenrapport war verkündet worden (der Chef hielt ihn, die Offiziere blieben unsichtbar), daß der Capitaine der Kompagnie noch zwei Ruhetage zur Instandsetzung der Ausrüstung bewilligt habe. Am Nachmittag sei freiwilliges Waschen, der Korporal der Wache habe den Befehl erhalten, alle, die an den Oued wollten, passieren zu lassen. Der Capitaine hoffe, daß niemand die Gelegenheit benutzen werde, um ins Dorf oder zum Spaniolen zu gehen. Gegen Abend werde die Löhnung verteilt. Und zwar Kampflöhnung. Ausgenommen sei von dieser Maßnahme die dritte Sektion, die nur Friedensdienst geleistet habe. Abtreten.

Dann ging der Chef in die Baracke der vierten Sektion, um mit Seignac zu sprechen. Der große Schlafsaal schien leer. Aber hinten in der Ecke saß der schwarze Korporal, tief über ein Buch gebeugt, und war so vertieft, daß er das Näherkommen des Chefs gar nicht bemerkte. Der Chef fragte, was denn der Korporal so eifrig studiere? Es sei ein englischer Diktionär, erwiderte Seignac, stand auf, ohne übermäßige Eile, sammelte ohne Steifheit die Hacken und ließ die Arme zwanglos zu beiden Seiten seiner sehr schmalen Hüften baumeln. Mit leicht vorgebeugtem Kopf hörte er den Befehl an, heut abend auf Wache zu ziehen; auch der Aufforderung, künftighin ein wenig Nachsicht walten zu lassen und seine Untergebenen nicht unnütz zu reizen, lauschte er mit respektvoller, leicht wohlwollender Aufmerksamkeit. Kein ironisches Lächeln verzog dabei seine Lippen. Der Chef mußte ihn bewundern. «Gute Rasse», sagte er laut. «Pardon?» frug ⟨Mamadou⟩ Seignac höflich und kehrte dem Chef [...]

Die Fortsetzung auf Blatt 313 übernahm Glauser in die Neufassung des Kapitels, siehe S. 259, Zeile 14.

Ein weiteres Fragment hat sich vom Ende des Romans erhalten; es erzählt einige Geschehnisse, die sich beim Tode Todds ereignet haben und die Glauser in der Neufassung wegließ. Der Text schließt an die Passage auf S. 281, Zeile 11 an.

... Die sind freundlich hier», murmelte Lös, froh über die Ablenkung.] Aber der Tote ließ ihn noch nicht los. Er mußte weiter an ihn denken, Bild um Bild abrollen lassen und verhallten Worten nachlauschen. ⟨Nun⟩, dachte er, ⟨einmal muß die Sache erledigt werden.⟩ Der letzte Tag, ja. Bergeret war katholisch, er fragte Todd, ob er nicht auch katholisch sei. Sehr ernst nickte dieser. Es käme nämlich heute, gerade heute, ein Père blanc in den Posten, ob Todd nicht beichten wolle und die letzte Ölung empfangen? Todd nickte eifrig. Da zeigte es sich, daß der Pater schon da war, er kam zur Türe herein, ein weißer Mantel fiel in langen Falten um ihn, ein graugesprenkelter wilder Bart stand um das rote Gesicht, und eine rote Scheschia saß auf seinem Kopf. Diese beiden Rot, das des Gesichtes und das der konischen Kopfbedeckung, stachen sonderbar voneinander ab. Lös ließ die drei allein. Aber Bergeret kam ihm gleich nach. ⟨Er beichtet⟩, sagte er geheimnisvoll. ⟨Es ist besser so.⟩ Und dann hatte sich Bergeret nach Lös' Glauben erkundigt. Da war nicht viel zu sagen gewesen. Ja, seine Mutter sei katholisch gewesen, und er hätte immer diese Religion sehr hoch geschätzt. ⟨Nun⟩, sagte Bergeret, ⟨wenn ich dir einen Rat geben kann (die beiden duzten sich schon lange gegenseitig, Lös wußte selbst nicht, wie es gekommen war), so läßt du dich taufen, wenn du wieder hinüberkommst.⟩ Lös hatte gelacht: ⟨Aber das bin ich doch schon lange.⟩ Bergeret war nicht auf den Scherz eingegangen. «Nicht so, die protestantische Taufe hat gar keinen Wert. Glaub mir. Fühlst du, daß du in einer

Gemeinschaft stehst? Nein? Siehst du. Aber die Kirche (er sprach das Wort ‹Kirche› ‹sonderbar› pathetisch aus) ist eine Mutter, unsere große Mutter. Du hast mir immer erzählt, daß du dich nach deiner Mutter sehnst. Siehst du, das ist der Beweis. Und es ist dir doch immer schlecht gegangen, nicht wahr? Das ist nur, weil du die Sünde deiner Mutter büßen mußt, die es zugegeben hat, daß du nicht in ihrer Religion erzogen worden bist.» Lös hatte eigentlich gar nicht gelacht, aber er war erstaunt, sehr erstaunt, daß der nüchterne Bergeret anfing, Bekehrungsversuche zu machen. «Versteh mich recht, ich will dich nicht zwingen, ich könnte es auch gar nicht. Aber denk daran. Die erste Zeit wird es dir drüben gut gehen, das weiß ich. Arbeit gibt es jetzt genug, und wenn du in Frankreich bleibst, wirst du dich schon durchschlagen können. Aber glaub mir, bald wirst du den Ekel bekommen, nur so von der Hand in den Mund zu leben, einsam, denn du wirst einsam sein, das ist nicht etwa ein großes Wort, sondern eine Tatsache. Dann wirst du wieder dastehen, du wirst das Bedürfnis haben, gestraft zu werden, und wirst nicht wissen wofür, und doch wird dich alles in diese Richtung drängen. Dann wirst du wieder eine Unterschlagung begehen, oder einen Diebstahl, und natürlich wirst du es so dumm anstellen, daß man dich gleich erwischen wird. Und dann? Wieder Selbstmordversuch? Oder die Strafe absitzen? Willst du dieser Möglichkeit nicht vorbeugen? Frieden suchen?»

Lös auf seiner Bank hörte deutlich Bergerets Stimme. Vielleicht hatte der Mann doch recht. Jetzt wußte er plötzlich, warum er der Erinnerung an des Freundes Tod immer aus dem Weg gegangen war. Nicht der Tod war es, der traurig und verzweifelt stimmte. Bergerets Worte vielmehr waren es, die, so verdreht sie ihm schienen, doch etwas Wahrheit enthalten mußten. Nun ja, das Strafbedürfnis ließ sich auf verschiedene Arten erklären: aus seiner Kindheit, aus der erdrückenden Gestalt des Vaters. «Ja aber», war Bergerets Erklärung, «[ist] für eine Sünde der Mutter büßen nicht viel bequemer?» Da konnte man abladen auf eine Tote, die sich nicht mehr wehren konnte. Und war das vielleicht doch eine Lösung: Mönch zu werden?

Nun stand er auf und lief am Ufer entlang. Tief atmete er die feuchte Luft ein, die vom Wasser kam. Nur wenige Menschen waren auf den Straßen, keiner beachtete ihn. Sie waren alle beschäftigt, gingen ihren Berufen nach, dachten an daheim, an ihre Frauen, Freundinnen, hatten vielleicht Kinder, waren müde od[er ...]lich. Ein paar einsame Gestalten lagen auf den Uferböschungen [und] schliefen in der Sonne. Männer auf den flachen Lastschiffen [belu]den ihre Rücken mit schweren Säcken, schritten sicher über die sc[hma]len Stege ans Ufer.

Lös sehnte sich nach dem kleinen Posten. In der Entfernung schien er ihm schön. Immer hatte er dort Menschen getroffen, die ihn kannten, nie hatte er dort ins Leere gegriffen. Gewiß, schön ist diese Stadt, Menschen gibt es auch hier. Aber sie laufen an mir vorbei, manchmal ruft mir einer etwas zu, und doch finde ich keinen Widerhall.

Er dachte an die Nacht der Überfahrt, auf dem Meere: Diese Nacht war seines Lebens glücklichste gewesen. Er verglich sie mit vielen andern – es war keine, die sich mit ihr messen konnte, nicht einmal eine Liebesnacht. Die Ruhe und Wunschlosigkeit war so groß gewesen, und Delphine hatten im Mondlicht gespielt. Wieviel Mütter es doch gab, die Beruhigung schenken konnten: die Kirche, das Meer. Vielleicht auch die große Stadt.

Zwei Türme stiegen über den Dächern auf, als Lös auf einer Brücke stand. Winkten sie? Er ging auf sie zu. Manchmal verschwanden sie hinter den Häusern, dann tauchten sie wieder auf, näher. Er mußte noch eine Brücke überschreiten, nun kam ein großer Platz, und ein dunkles Tor lockte. Er trat in die Kirche. Am Portal stand eine Nonne und bettelte mit weinerlicher Stimme. In den Ecken, auf den Seiten waren Stühle aufgetürmt. Ein abgestandener [...]

Schluß fehlt

_____ *Kürzungen und Lektoratskorrekturen*

Vorbemerkung
Mitte Juli 1937 trafen sich Glauser und Josef Halperin in Zürich, um gemeinsam die für den Abdruck in der Wochenzeitung ABC *notwendige Kürzung des Textes vorzunehmen. Sie kamen mit dieser Arbeit jedoch nicht über den ersten Teil des Romans (bis S. 109) hinaus, da Glauser sich in einem gesundheitlich prekären Zustand befand. Kurz zuvor hatte er unter höchstem Zeitdruck den Roman* Die Speiche *fertiggestellt und dabei seine tägliche Opiatdosis bis an die Grenze des akut Gefährlichen gesteigert. Er entschloß sich deswegen, die Arbeit mit Halperin abzubrechen und zur Entziehungskur nach Prangins am Genfer See zu reisen. Halperin behielt den zweiten Teil des Romans und das erste Kapitel des dritten (bis S. 252) zur weiteren Bearbeitung, während Glauser die letzten beiden Kapitel, die er teilweise neu schreiben wollte, mitnahm. Nach seiner Rückkehr nach La Bernerie erhielt er den Text bis inklusive Kapitel 13 von Halperin zugesandt und versah verschiedene Streichungen mit neuen Übergangsformulierungen. Halperins Änderungsvorschläge können also zumindest für den Abdruck im* ABC *als autorisiert gelten. Den dritten Teil sandte Glauser Ende September 1937 an Halperin, doch scheint er dessen Kürzungen und Korrekturen nicht mehr eingesehen zu haben; die Korrespondenz zwischen beiden brach im Herbst 1937 jedenfalls ab (zu den Gründen siehe* Briefe 2, *992 f.).*
Die folgende Darstellung der Kürzungen und Lektoratskorrekturen bedient sich folgender Notierungsweise: Zunächst wird der gültige Text in kursiver Type angeführt; der eliminierte Text folgt in Winkelklammern ⟨ ⟩; Korrekturen und Kürzungen, die Glauser innerhalb dieser Passagen schon vor der Überarbeitung mit Halperin vorgenommen hatte, werden ~~durchstrichen~~ wiedergegeben, wobei die Ausgabe keinen kritischen Anspruch verfolgt

und nur die interessant erscheinenden Veränderungen berücksichtigt. Textteile, die im Manuskript nicht gestrichen sind, im Erstdruck jedoch fehlen, erscheinen zwischen / Schrägstrichen /. Zusätze des Herausgebers wurden durch eckige Klammern [ ] kenntlich gemacht.

27, 5   *Wieder schwieg Todd und rieb seine langen Hände gegeneinander.* ⟨«Also schau, ich kann mich eigentlich an keine lustige Minute erinnern in meinem Leben. Im Gymnasium, ich bitt dich, ~~drei~~ Jahre schon vor dem Krieg bis zu zehn Selbstmorde in einem Jahr. Weil man die Luft nicht mehr hat aushalten können. Und die Zeugnisse, und die Eltern, und die Lehrer. Ein wengerl hat man ja aufgeatmet, wie's geheißen hat, es gibt Krieg. Ich war damals in der siebten Klasse, noch ein Jahr, dann wär ich Student gewesen. Aber es hat uns so alles gar nicht mehr interessiert. Und dann im Krieg, immer zurückgehen. Und der Deutschmeistermarsch, der einen nervös gemacht hat. Dann das Durcheinander. Es war kein großer Unterschied mit vorher. Schau, ich könnt dir ja erzählen, daß ich's zum Hauptmann gebracht hab. Es gibt so Leut, auch hier in der Legion, denen ich das erzähl. Aber du bist doch anders, dir imponiert doch sowas nicht. Das hab ich gleich gemerkt. Und der alte Kainz hat mir von dir erzählt. Weißt, ich hab dann mit meinem Bruder eine Wäscherei aufgemacht, gut ist die gegangen. Wir haben für die Amerikaner und Engländer gewaschen. Aber schau, ich hab einfach nicht mehr verstehen können, warum ich da noch weiter arbeiten soll. Es war da», die Worte wollten nicht recht kommen, der Tod[d] zog an seinen Fingern, «ja, es klingt übertrieben, aber weißt, es war da wirklich so eine dicke Mauer, durch die man einfach nicht durchkommen konnte. Und nirgends irgend etwas, das einen ein wengerl Courage gegeben hätt. Ja, und dann hab ich eine Freundin gehabt. Die hat immer Geld wollen. Sie hat ja recht gehabt, und wir haben immer Pfunde und Dollar eingenommen. Und dann hab ich halt einmal den Namen von meinem Bruder auf einen Check geschrieben. Und der hat mich angezeigt. Recht hat er gehabt. Vielleicht hätten sie mir gar nix getan, wenn's eine Verhandlung gegeben hätt. Aber mir war's gleichgültig. Dann bin ich halt ab.»⟩ *Vom Weinschuppen her kam scharfer Essiggeruch ...* (Kürzung mit Bleistift, d.h. wahrscheinlich von Halperin)

28, 13 *durch die Ritzen des Daches weiße Stäbe und tastete mit ihnen den feuchten Boden ab* ⟨, ~~warf die Erinnerung ein altes, doch scharfes Bild ins Dunkel.~~ Lös war wieder zehn Jahre alt und half dem Vater Wein abziehen. Die großen Fässer verschwanden, nur ein kleines Faß blieb stehen. Der Vater konnte sich nicht bücken, er war zu dick und stöhnte laut bei jeder Bewegung. Aber mit einem scharfen Schlag des Handballens korkte er die Flaschen zu, während der kleine Junge eine neue frischgespülte Flasche, die nach Spiritus roch, unter den Hahnen hielt. Das steigende Singen des Weines in der sich füllenden Flasche, das leise Prasseln des Siegellacks im Tiegel, das Streichen von des Vaters langem Barte über seinen kahlgeschorenen Bubenkopf, und der Geruch dieses Bartes, all dies war so deutlich, und so erschreckend nah, daß Lös zur Türe des Schuppens lief, die zugefallene Türe weit aufstieß und tief die schwüle Luft einatmete. Schweißtropfen liefen auf seinen Backen und sammelten sich am Kinn. Da sah er fünf Gestalten durch den Hof kommen und ging ihnen entgegen.⟩ *Als er sich umwandte, sah er fünf Gestalten über den Hof kommen ...* (Kürzung mit Bleistift, d.h. wahrscheinlich von Halperin; Überleitung von Glauser neu formuliert)

34, 29 *Er brachte mir immer* ⟨große⟩ *gelbe Orchideen mit ...* (Streichung mit Bleistift, womöglich von Halperin)

36, 38 *Immer ist es so ...* Im Ms. «sou», womit Glauser offenbar die englische Aussprache des Wortes wiedergeben wollte. Das ⟨u⟩ wurde dann jedoch mit Bleistift gestrichen, d.h. womöglich von Halperin eliminiert, als er das Ms. satzfertig machte.

44, 11   *Der Schächter wischte das Messer ab am Saume seines Mantels; ein zartes rötliches Ornament blieb zurück* ... Im Ms. ursprünglich: «zurückblieb ein zartes rötliches Ornament». (Korrektur mit Bleistift, d.h. wahrscheinlich von Halperin)

44, 26   *sechs Schritte zurück, in aufreizender Eintönigkeit.* ⟨Er nahm sein Käppi ab und strich über seine schwarzen Haare, die in der Sonne schimmerten wie Erdöl auf einer Wasserpfütze.⟩ *Der Schwarm folgte ihm* ... (Kürzung mit Bleistift, d.h. wahrscheinlich von Halperin)

49, 5   *Denn «Vive la France!» rief er plötzlich und* ... Im Ms. ursprünglich: «Denn plötzlich ‹Vive la France!› rief er und ... (Korrektur mit Bleistift, d.h. wahrscheinlich von Halperin)

52, 7   *auf allen Seiten geschlossener Häuserblock, der sich* ⟨unwahrscheinlich hoch⟩ *wie eine böse Märchenburg gegen den Himmel abhob.* (Streichung mit Bleistift, d.h. wahrscheinlich von Halperin)

52, 23   *Lös verspürte eine unangenehme Leere in seinem Körper* ... Im Ms. ursprünglich: «Eine unangenehme Leere verspürte Lös in seinem Körper ...» (Korrektur mit Bleistift, d.h. wahrscheinlich von Halperin)

52, 25   *Er hielt ihre Hand gefaßt, blickte sie* ⟨an⟩ *von Zeit zu Zeit an und versuchte ein Lächeln* ⟨*, das sehr hilflos ausfiel*⟩. *Doch Zeno schien ihn vergessen zu haben* ... (Streichung mit Bleistift, d.h. wahrscheinlich von Halperin)

52, 31   *denn der Wind traf nur die Spitzen der Bäume* ... Im Ms. ursprünglich: «denn nur die Spitzen der Bäume traf der Wind.» (Korrektur von Halperin)

53, 1   *und die Haut schmeckte salzig ...* Im Ms. ursprünglich: «und salzig schmeckte die Haut.» (Korrektur von Halperin)

54, 13   *Und Zeno stieß nun eine hohe Tür auf ...* Im Ms. ursprünglich: «Und eine hohe Tür stieß Zeno nun auf ...» (Korrektur von Halperin)

56, 5   *sank die Stimme unerwartet fast um eine ganze Oktave, um gleich wieder zu ihrer früheren Höhe aufzuschnellen ...* Im Ms. ursprünglich: «sank die Stimme unerwartet fast um eine ganze Oktav, um gleich wieder aufzuschnellen zu ihrer früheren Höhe.» (Korrekturen mit Bleistift, d.h. wahrscheinlich von Halperin)

56, 20   *in der Hühnerknochen und gekochte Pfefferfrüchte schwammen ...* Im Ms. ursprünglich: «in der Hühnerknochen schwammen und gekochte Pfefferfrüchte ...» (Korrektur mit Bleistift, d.h. wahrscheinlich von Halperin)

66, 30   *Aber der kleine Mann begann immer wieder von vorne ...* Im Ms. ursprünglich: «Aber den kleinen Mann störte dies nicht weiter. Immer begann er wieder von vorne die Melodie zu spielen ...» (Korrektur von Halperin)

67, 24   *Aber Ackermann ging mit langen Schritten zu dem Bläser, setzte sich neben ihn* ⟨*und wühlte mit leicht zitternden Händen in seinen Haaren*⟩. *Endlich war er beruhigt ...* (Kürzung mit Bleistift, d.h. wahrscheinlich von Halperin)

69, 35   *Glücksgefühl, das ihn vorher nur bescheiden erfüllt hatte ...* Im Ms. ursprünglich: « ... Glücksgefühl, das vorher nur bescheiden ihn erfüllt hatte.» (Korrektur mit Bleistift, d.h. wahrscheinlich von Halperin)

71, 15 *Schlafende Tiere sind fremdartig, viel fremdartiger als schlafende Menschen.* ⟨Schließlich, die Träume eines solchen schlafenden Menschen kann man sich vorstellen, sie werden ähnlich sein, in der Atmosphäre, in der sie sich bewegen, ähnlich denen der anderen Menschen. Regeln kann man für diese menschlichen Träume aufstellen, Gesetze finden für ihren Ablauf oder wenigstens für ihre Ursache in der Vergangenheit oder ihre Wirkung in der Zukunft: Traumdeuter, Psychoanalytiker oder Anthroposophen versuchen dies.

Doch ein Maultier ... Hat es Komplexe, Wunschträume? Geht sein Astralleib des Nachts Arm in Arm spazieren mit seinem Ätherleib? Oder sieht ein Maultier seinen Tod voraus, und seine Auferstehung im Leibe eines anderen Tieres?⟩

Das Maultier steht still mit gesenktem Kopf; es scheint aus Holz zu sein, sein Kopf bewegt sich nicht, seine Ohren sind reglos. Aber es träumt ganz sicher ... (Kürzung mit Bleistift, d.h. wahrscheinlich von Halperin)

72, 8 *und ihn überleitete zum Funkeln der* ⟨weißen⟩ *Sterne* ... (Streichung mit Bleistift, d.h. wahrscheinlich von Halperin)

72, 11 *Und auch Lös träumte in den leeren Himmel hinein, füllte ihn mit den Göttern, die er langsam auferstehen ließ aus ihrem tausendjährigen Schlaf.*
⟨Hirte zu sein und auf lichten Ebenen die Tiere zu weiden, die Milch spenden und Kleidung. Am Abend sie zusammentreiben und teilhaben auch an ihrem Schlaf und an ihrem Leben. Vergessen die großen Städte, die lauten, ihr Geschrei und ihre knarrenden Menschen. Ein Tag rinnt vorbei nach dem anderen, schnell vergehen die leuchtenden Stunden und dehnen sich doch aus, zu der Ewigkeit des Augenblicks. Gütig ist die Erde, auch wenn sie nur karg ist. Sie schenkt dann ihre Weite, und das Pferd, das ihre Weite erst richtig fühlen läßt. Und sie schenkt ihren Duft, am Tage, wenn ihr Gras in der Hitze verdorrt, in der Nacht, wenn sie sich ausbreitet, der Kühle des Morgens entgegen.⟩

Vergessen ist das dumpfe Zimmer im Posten, die Zahlen auf den Registern, das ⟨drohende⟩ *Kriegsgericht und der kleine Leutnant Mauriot ...* (Kürzungen mit Bleistift, d.h. wahrscheinlich von Halperin)

73, 3 *die Maultiere sind alle wach. Sie wiehern leise, stoßen kleine Schreie aus, wie Frauen, die gekitzelt werden, scheinen zu lachen und sich komische Geschichten zuzuflüstern.*
⟨Lös beneidet sie.⟩
Wie Sterbende liegen die Schläfer im Posten verstreut, sie röcheln aus weitgeöffneten Mündern. Dazwischen tönt das laute Traumlallen einzelner. Ein dicker Gestank füllt die Schluchten zwischen den Baracken aus: Schweiß und faulendes Fleisch und die Ausdünstungen der offenen Latrinen.
⟨Verschwunden die Hirtenträume und die hellen Götter, die vor kurzem versucht haben, noch einmal den Himmel zu bevölkern.
‹Vergessen›, denkt Lös.⟩ *In einer Ecke der Kammer steht die Flasche mit dem Kartoffelschnaps. Lös handelt automatisch ...* (Kürzungen und Korrektur mit Bleistift, d.h. wahrscheinlich von Halperin)

76, 17 *Es waren vor allem die Augen, die Furcht* ⟨auslösten⟩ *einflößten ...* (Korrektur von Halperin mit Glausers Füller)

77, 3 *Ein kleines unabhängiges Gebäude war diese Messe ...* Halperin veränderte wiederum die Wortstellung: «Diese Messe war ein kleines unabhängiges Gebäude.»

77, 19 *daß seine Unfähigkeit, Gedrucktes zu lesen ...* Im Ms. ursprünglich «Unwissenheit». (Plausible Korrektur von der Hand Halperins)

99, 18 *dazwischenfahren, doch erinnerte er sich, daß er dem Türken noch fünf Franken schuldete ...* Im Ms. ursprünglich: «... dazwischenfahren, doch ihm fiel ein, daß er dem Türken noch fünf Franken schuldete. Er ließ die Sache auf sich beruhen.» (Korrektur von Halperins Hand, Streichung wohl ebenfalls)

99, 30 *«Reiten, reiten», sprach er vor sich hin, und bunte Bilder waren in seinen Augen ...* Im Ms. ist der zweite Teil des Satzes mit Bleistift, d.h. wahrscheinlich von Halperin gestrichen worden. Auf der folgenden Seite (Zeile 14) wird das Motiv jedoch mit der Formulierung: «Wieder flimmerten Farben ...» erneut aufgenommen, so daß es angezeigt schien, die Streichung aufzuheben.

112, 6 *Todd hatte die letzte Wache, die von Mitternacht bis zwei Uhr. Der Wind war frisch, kam in Stößen, beruhigte sich wieder, zerfetzte die Wolkendecke vor dem Mond.* ⟨Die Lichtbündel, die dann durch die Nacht schnitten, waren unverständliche optische Signale: Punkte, Striche, kurz, lang. Todd versuchte, die Morsezeichen zu entziffern. Doch kamen nur unverständliche Buchstabenverbindungen zusammen. ‹Es ist wohl die Mondsprache›, dachte Todd.⟩ *Dann zog er die Uhr aus der Hosentasche ...* (Kürzung von Halperin mit rotem Farbstift; Glauser formuliert als neuen Anschluß: «Todd zog ...»)

112, 15 *Todd zog die Capotte an.*
⟨Immer noch signalisierte der Mond. ‹Was will er nur?› dachte Todd. ‹Es kann doch leicht möglich sein, daß der Mond mir etwas mitteilen will, oder die Wolken, die immer abblenden. Die Wolken sind uns viel näher. Nein, es wird doch wohl der Mond sein. Vielleicht ist es etwas Wichtiges, und ich kann ihn nur nicht verstehen.› Er stolperte weiter mit müden Beinen. Schon ~~eine Woche~~ vier Tage waren sie auf dem Marsch, ohne einen Ruhetag dazwischen. Und heute ging es weiter: eine Stunde laufen, eine Stunde reiten. Wie langweilig.⟩

Durch die dünnen Zelttücher hörte er den Atem ... (Kürzung von Halperin mit rotem Farbstift; Korrektur von Glauser mit Bleistift)

112, 30 *dann gab es heißen Kaffee und einen Achtelliter Schnaps.* ⟨‹Tako› wurde er genannt und aus Kartoffeln gebrannt. Der⟩ *Todd ging an das Zelt ...* (Kürzung von Halperin mit rotem Farbstift)

113, 1 *Gestalten schlichen heraus, die den Schatten Verstorbener glichen;* ⟨mit unsicherem Schritt torkelten sie in die Ebene und sanken in tiefe Kniebeuge. Gestank vermischte sich mit dem scharfen Rauch der Feuer. Dann roch es nach Kaffee, und bald herrschte der Geruch ~~frischen~~ heißen Schnapses vor. D⟩ *der Himmel wurde langsam weiß, als sei die Milchstraße über ihre Ufer getreten. Die Ordonnanzen rissen die Pflöcke der Offizierszelte aus. Korporal Pierrard kam heran und verlangte seine Uhr zurück. Todd ging zu den Feuern, um zu frühstücken.* ⟨Hinter seinem Rücken hörte er es schrillen.⟩ *Sergeant Hassa pfiff zum Reveil ...* (Kürzungen von Halperin mit rotem Farbstift; Korrektur von Glauser mit Tinte)

113, 9 *fand den Witz ausgezeichnet, den Samotadji sich da erlaubt hatte,* ⟨belobte ihn,⟩ *fluchte dann plötzlich, weil er seine Pfeife nicht fand* ⟨, rief nach Kaffee⟩. *Er brauchte fünf Streichhölzer, um den Tabak in Brand zu setzen ...* (Kürzungen von Halperin mit rotem Farbstift)

113, 17 *beschattet vom Mützenschild. Samotadji rief nach dem Koch ...* Im Ms. ursprünglich «brüllte»; Änderung von Halperin zur Vermeidung einer Wiederholung.

113, 20 *Einen Teil des Kaffees goß er auf den Boden und leerte Schnaps aus der Feldflasche nach.* ⟨Dann hockte er sich hin, sein Bauch war den Beinen im Weg, er schleuderte sie zur Seite und stützte sich auf die linke Hand. Mit der Rechten griff er nach dem Leutnant, zog ihn neben sich, bot ihm die Kanne an. Diese ging nun hin und her.

Dazwischen klatschte er⟩ *Er klatschte in die Hände, rief «Vorwärts, vorwärts» in das Chaos, das um ihn kreiste. Nur ein Feuer brannte noch.* ⟨Die Köche hatten einen großen Haufen Brennstoff darauf gehäuft.⟩ *Hoch schlug die Flamme auf, knatterte im Sturm, das Lager war taghell ...* (Kürzungen von Halperin mit rotem Farbstift; das überleitende «Er» wurde ebenfalls von ihm eingefügt)

121, 7– *«Denk dir», sagte er ... ... um einen Vorsprung zu*
122, 20 *gewinnen ...* Im Ms. von Halperin mit rotem Farbstift gestrichen, in den vorliegenden Text jedoch wieder eingesetzt (siehe Editorischer Bericht S. 317); Glauser formulierte als Überleitung: «Zeit verging ...»

122, 24– *Aber zu gleicher Zeit ... ... sie mußten zu ihren*
124, 17 *Tieren laufen ...* Im Ms. von Halperin mit rotem Farbstift gestrichen, in den vorliegenden Text jedoch wieder eingesetzt (siehe Editorischer Bericht, S. 317); Glauser formulierte als Überleitung: «Ein Pfiff ...»

124, 18 *Ein Pfiff ...*
Der Marsch ging weiter ⟨. Aber die Landschaft brachte keine neuen Formen. Eine Ebene war erreicht worden (die der Ebene glich, die man auf der anderen Seite der Berge verlassen hatte). I̶m̶m̶e̶r̶⟩ *durch Alfagras und wilden Thymian ...* (Kürzung von Halperin mit rotem Farbstift; Übergang von Glauser hergestellt)

124, 22 *Die Maultiere schlürften einen Zug, wurden zurückgerissen, schüttelten mißbilligend die Köpfe* ⟨u̶n̶d̶ ̶l̶i̶e̶-̶ ̶ß̶e̶n̶ ̶f̶a̶r̶b̶i̶g̶e̶ ̶T̶r̶o̶p̶f̶e̶n̶ ̶f̶l̶i̶e̶g̶e̶n̶.̶ Dann zerschnitt der Weg die eintönige Ebene, war wieder grau und voll Furchen unter der gleißenden Sonne⟩. *Dies südliche Marokko ...* (Kürzung von Halperin mit rotem Farbstift)

128, 18   Der Satz: «Schilasky ging ihm aus dem Weg» wurde im Manuskript von Halperin gestrichen, da er nur aus der Kenntnis des vorherigen (und ebenfalls eliminierten) Gesprächs zwischen Todd und Schilasky verständlich ist. Da diese Passage im Gegensatz zum Erstdruck im vorliegenden Text berücksichtigt wurde, schien es geboten, auch den darauf bezüglichen Satz wieder einzufügen.

128, 25   *Aus einem ⟨niederen⟩ weißgekalkten Lehmwürfel drang ein starker Geruch, Mischung aus Minze und Kaffee ...* (Streichung von Halperin mit blauem Farbstift)

130, 28   *Ich weiß schon, sie ⟨reißen Witze⟩ lachen darüber ...* (Korrektur Halperins zur Vermeidung einer Wiederholung)

131, 20   *korrigierte Todd und ⟨lachte⟩ feixte. «Danke, danke», sagte Lartigue und lachte stumm ...* (Korrektur von Halperin)

133, 21   *Um die beiden hatte sich ein Kreis gebildet. ⟨Mit unterdrückter Stimme befahl Hassa die Auflösung.⟩ Ein leises böses «Uhhh»...* (Kürzung von Halperin mit blauem Farbstift)

136, 28   *Aber er schlief nicht. Die Atemzüge Schilaskys waren heftig. ⟨Todd wunderte sich. Dann dachte er an die kleine Diseuse und an die einzige Nacht mit ihr. E̶r̶⟩ Todd war nicht verwundert, plötzlich magere harte Finger zu spüren, die seine Hand umschlossen ...* (Kürzung von Halperin mit blauem Farbstift; Anschluß von Glauser hergestellt)

140, 1   *die Geschäfte seien ganz gut gegangen hier ... Ein Hundertfrankenschein ⟨taucht auf, der von Sitnikoff entrüstet zurückgewiesen wird, zuerst; dann aber hatte er ihn doch genommen, um ihn schließlich an Lös weiterzugeben⟩*

wechselt den Besitzer ... (Kürzung von Halperin mit blauem Farbstift; Glauser stellte mit neuer Formulierung den Anschluß her)

142, 18 *Und doch schien es Lös wieder, als genüge diese begründete Furcht nicht ...* Im Ms. ursprünglich: «als sei diese begründete Furcht nicht genügend.»

142, 27 *warum das Lös nicht gleich gesagt habe ...* Das ‹gleich› wurde, ungeachtet der dadurch entstehenden Wiederholung, von Halperin eingefügt.

144, 29 *als er in der Dunkelheit in den Posten zurückkehrte, und ein Gefühl des Befreitseins blieb zurück.* ⟨Dort hatte Veitl jetzt die Wache. Er saß auf einem runden Stein, und sein Gesicht war ebenso grün wie die Polizeimütze auf seinem Kopf. Lös bot einen Schluck Schnaps an. ~~Darauf~~ Auf diesen mußte Veitl husten, und ~~sein Gesicht~~ seine Wangen röteten sich langsam. Er war immer müde, seit er vor drei Monaten das Sumpffieber ~~erwischt hatte und~~ mit genauer Not ~~hatte er es~~ überstanden hatte. Eine Herzschwäche war dazugekommen: Veitl fiel leicht in Ohnmacht. Niemand wußte, ob diese Ohnmachten echt waren. Der Major Bergeret hatte ihn für die Reform vorgeschlagen, trotzdem wollte Veitl noch die Korporalsschnüre ergattern. Warum? Wenn das eine nicht geht, geht vielleicht das andere, sagte Veitl. Aber er wollte irgendeine Änderung, das überstandene Fieber hatte ihn gereizt gemacht. Und dann war es so schwer, länger als ein Jahr am gleichen Orte auszuharren. Er konnte die Menschen, mit denen er verkehrte, nicht mehr sehen, die paar Freunde, Wiener meistens, waren ihm verhaßt, und nur mit Mühe konnte er sich beherrschen, wenn er mit ihnen sprach.

Lös wollte das Gefühl der Freiheit nicht sogleich einbüßen. Veitl solle ihn später noch einmal hinauslassen, verlangte er.⟩ *Und dieses Gefühl wollte er nicht sogleich einbüßen. Er verlangte von der Wache am Tor (Veitl war es diesmals), ihn später noch einmal hinauszulassen ...* (Kürzung von Halperin mit blauem

Farbstift; Übergang durch neue Formulierung von Glauser hergestellt)

145, 33   *Aber i bin no nit amol vier Monat in Bel-Abbès g'wesen* ⟨, da hab i mir schon denkt, lieber daham hungern, als do no mitmachen⟩, *da hab i ‹Merde!›* ⟨hab i⟩ *g'sagt, weils das erste Wort is, das ma lernt.* ⟨‹Lieber daham hungern, als hier gut leben.›⟩ *Weißt, a Abwechslung muß doch sein ...* (Kürzung von Halperin mit blauem Farbstift)

146, 27   *«Aber Fieber hat er doch», sagte Lös und ließ das Handgelenk los; der Arm fiel herab, als seien die Sehnen abgeschnitten.* ⟨Frank schien nur diese Bestätigung erwartet zu haben, denn er schlug die Augen auf.⟩ *«Was ist los, Frank?» fragte Lös ...* (Streichung von Halperin mit blauem Farbstift)

147, 27   *er besaß das einzige Fieberthermometer des Postens, das er stets, neben der Füllfeder, in der oberen Tasche seines Khakirockes in einer glänzenden Metallhülse trug.*
⟨«Wollen Sie nicht den Puls fühlen, Sergeant?» schlug Lös vor, als das glänzende Ende des Thermometers endlich in Franks Achselhöhle untergebracht worden war. Baguelin brauchte lange, bis er die Stelle des Handgelenks gefunden hatte, an der die Ader schlug. Dann aber zählte er mit angespanntem Gesicht, den strengen Blick auf die Uhr in seiner Hand gesenkt. Er zählte eine ganze Minute lang, zuerst unhörbar, nur mit leisen Bewegungen der Lippen, am Ende jedoch laut, und gab den Zahlen einen tragischen Ton. «Hundertzwanzig, einundzwanzig, zweiundzwanzig ...», schwieg, riß aus seinen rötlichen Augenbrauen ein paar Härchen, steckte sie in den Mund und zerbiß sie mit leise knackendem Geräusch. «Bedenklich», meinte er und spuckte die Härchen wieder aus.
~~Dann nahm er mit großer Sorgfalt~~⟩*Baguelin steckte das Thermometer in die Achselhöhle ...* (Kürzung von Halperin mit blauem Farbstift; neuer Anschluß von Glauser formuliert)

148, 14 *Typhus! Welch ein Glücksfall!*
Begeistert übernahm der Sergeant die Fortsetzung der Hymne, Typhus!
⟨Erfrischende Hoffnung!⟩ *Es könne doch auch ihn packen, nicht allzu stark, aber genug, um eine Rekonvaleszenz in Frankreich nötig zu machen.* ⟨Und eine baldige Entlassung. Denn Sergeant Baguelin (er betonte dies noch einmal und machte ein stolzes Gesicht dazu) gehörte zur regulären Truppe, zur Kolonialtruppe, bitte sehr, und habe sich nur gemeldet (als Freiwilliger zur Legion, meinte er), um dem langweiligen Kasernenleben in Frankreich zu entgehen. N̶u̶n̶,̶ ̶m̶i̶⟩ *Mit einem kleinen netten Typhus, das Wort tönte in seinem Munde wie ein bacchantisches Evohé, würde er sicher zwei Monate früher entlassen* a̶l̶s̶ ̶v̶o̶r̶a̶u̶s̶g̶e̶s̶e̶h̶e̶n̶,̶ ̶z̶w̶e̶i̶h̶u̶n̶d̶e̶r̶t̶v̶i̶e̶r̶z̶i̶g̶ ̶T̶a̶g̶e̶ ̶n̶o̶c̶h̶,̶ ̶s̶t̶a̶t̶t̶ ̶d̶r̶e̶i̶h̶u̶n̶d̶e̶r̶t̶*!*
Das ließ auch der alte Kainz sein gesprungenes Lachen scheppern ⟨, deutete mit Fingerschnappen und Schenkelklopfen einen Schuhplattler an, stellte sich mit gesammelten Fersen vor Lös, führte die Hand zu unmilitärischem Gruße an die graue Haarbürste⟩ *und platzte zitternd los: «Korporal, dann brauch i ja kan ... kan ... den ... dentier.»* (Kürzung von Halperin mit blauem Farbstift; Überleitung von Glauser hergestellt; Korrekturen von Glauser in Tinte)

148, 27 *Er nahm die Schnapsflasche, sog* ⟨lange⟩ *daran, gab sie weiter ...* (Kürzung von Halperin mit blauem Farbstift)

148, 31 *«Ich werde jetzt den Major in Rich anläuten», beschloß Lös. Die anderen waren viel zu begeistert, um abzuraten.* ⟨Es mußte etwas geschehen.⟩ *Und so verließen sie die Kammer,* e̶i̶n̶g̶e̶h̶e̶n̶k̶t̶ *untergefaßt* ⟨, Baguelin pfeifend, Lös summend und der alte Kainz mit schmetternder Stimme krähend:
«Jetzt geh ma no amol nach Grinzing 'nein
Zum Wein, zum Wein, zum Wein.»
Aber die anderen geboten ihm Schweigen.⟩
Das Telephon lag links vom Tor, gerade dem Wachtlokal

gegenüber. Baguelin drehte die schmierige Kurbel und wartete, drehte ~~wiederholt~~ noch einmal ... ~~Niemand wollte sich melden~~. Endlich fragte eine verschlafene Stimme, was denn los sei. Baguelin gab den Hörer weiter. Lös ergriff ihn und redete in den schmierigen Trichter ⟨auf dem die verspritzten [Textlücke] vieler Ungeduldiger eine dünne Schicht hinterlassen hatten⟩.
Major Bergeret sollte ans Telephon kommen, verlangte er ...
(Kürzungen von Halperin mit rotem und blauem Farbstift; Streichungen von Glauser mit Tinte)

149, 16 *versprach dann aber, gleich am nächsten Morgen um vier Uhr loszureiten. Er werde dann etwa um acht Uhr in Gourrama sein.* ⟨Ob der Kranke gegen Typhus geimpft worden sei? Der alte Kainz wußte es; ja, vor zwei Jahren, in Bel-Abbès. Zwei Jahre? Bergeret schwieg und schien nachzudenken. Ja, dann ~~könne es schon sein, daß~~ sei die Wirkung des Serums möglicherweise erschöpft ~~sei~~. Ob irgend etwas zu machen sei, fragte Lös noch. Ja, ein Leintuch nehmen, es in kaltes Wasser tauchen, den Kranken ganz darein hüllen, ihn dann gut zudecken. Wenn er schwitzen könne, werde es ihm sicher Erleichterung verschaffen. Aber warum eigentlich ein Korporal telephoniere, sei denn kein höherer Gradierter im Posten? Der Chef sei ausgegangen, und der Leutnant schlafe schon. Gut, gut, beruhigte der Major, weil Lös' Stimme ein wenig ängstlich geklungen ~~haben mochte~~ hatte, der Korporal habe ganz recht gehabt, und es sei schön, daß er sich seiner Leute so annehme.⟩ *Und dem Korporal ginge es gut? wollte Bergeret noch wissen ...* (Kürzung von Halperin mit rotem und blauem Farbstift)

150, 12 *wenn er jetzt schwitzt, is er vielleicht morgen g'sund, und dann bist du der Blamierte.»*
Es herrschte Schweigen nach dieser Bemerkung. ⟨Baguelin blickte abwechselnd seinen Kameraden ins Gesicht, sein Mund arbeitete, so als wolle er eine Frage stellen (vielleicht nur, um die Bedeutung des zuletzt Gesprochenen zu erfahren), aber sie gelang ihm nicht.⟩

Was ~~die~~ der Stille ~~so niederdrückend machte~~ soviel Bedrükkendes gab, war Franks lautloses Atmen. Unter den vielen Decken war das Heben und Senken des Brustkorbes nicht zu sehen ⟨*und die konkaven Nasenflügel waren reglos.*⟩ ~~Durch die offene Tür war die Nacht am Eindringen, sie~~ *Die Nacht drang durch die geöffnete Tür und bedrängte das Licht der Stallaterne, deren Flackern war wie das Kämpfen eines Erstickenden um Luft.*

⟨Lös und Kainz hatten sich auf die Erde gleiten lassen und saßen nun, mit dem Rücken gegen die Wand, stumpfsinnig vor sich hintierend. Baguelin blickte in den dunklen Hof, nickte in kurzen Zwischenräumen, wie ein Automat. Der Scheitel, der sein kupferrotes Haar in der Mitte teilte, war bleich wie die Haut auf einer frischen Narbe. Er unterbrach sein Nicken, um seine Uhr ~~zu ziehen und~~⟩. *Da schlug Baguelin vor, gemeinsam zum Spaniolen zu gehen. Man könne dort etwas trinken und hernach noch dem Kloster einen Besuch abstatten. Dieser Vorschlag wirkte belebend. Lös wollte* ~~schnell~~ *noch* ~~nach~~ *Smith* ~~sehen~~ *einladen, sicher war der Schneiderkorporal bereit, mitzukommen.* ⟨Doch als er zwischen den verlassenen Baracken ging, mußte er wieder an Zeno denken. Warum ließ er sie diese Nacht allein? Vielleicht wartete sie auf ihn am Eingang des Ksars? Er hatte doch versprochen zu kommen. Aber er konnte nicht. Noch eine Verwirrung? Und stärker noch als vorher der Gedanke, er bringe ihr doch nur Unglück. Ihr Bild aber setzte sich in ihm fest; er sah sie: ein kleines weißes Stoffbündel in einer dunklen Mauerecke.⟩

In der Schneiderwerkstatt war noch Licht… (Kürzungen von Halperin mit blauem und rotem Farbstift; neue Übergangsformulierungen und Korrekturen von Glauser mit Tinte)

151, 29   *Der Chef ließ eine zweite Flasche bringen («auf meine Rechnung», sagte er) und dämmte jeden Widerspruch ab mit der* ~~geschlossenen~~ *flachen Hand.* ⟨Die Gläser ließ er auffüllen, trank jedem gnädig zu und untersuchte dann mit wissenschaftlicher Genauigkeit den Blusenausschnitt der kleinen Freundin.⟩

Smith ⟨hatte starre Augen, obwohl er von allen am wenigsten getrunken hatte, und⟩ *entwickelte ein klebriges Erzählertalent. Er sprach in dunklen Worten von einem Smoking* ⟨, einem perfekten Smoking, den er einmal habe verfertigen müssen, doch der Name des Kunden, der ihn hätte tragen sollen, blieb trotz aller Anstrengungen verhüllt. Dann⟩, *bezeichnete* ⟨er⟩ *sich als englischen Untertanen und forderte die französische Regierung heraus: Ob diese sich einbilde, ihn hier in der Legion halten zu können?* ⟨Nein, durchaus nicht. Sobald es ihm, Smith, passen würde, fortzugehen, brauche er nur eine offene ‹Postcard› an den englischen Konsul in Alger zu richten, und dieser würde sofort die nötigen Schritte zu seiner Entlassung tun.⟩ *Dann* wandte er sich an *bat er Lös*, überschüttete diesen mit einem Schwall von Schmeicheleien *(Lös könne doch so gut schreiben!), eine Charakteristik (mit Betonung auf der drittletzten Silbe) zu schreiben über den ‹taylor› Smith, ein ausgezeichnetes Thema, ein interessantes dazu!* ⟨Lös sei der einzige Mensch, der ihn wirklich kenne, es müsse aber⟩ *Aber es müsse eine psychologische Studie sein (Smith stolperte ein paar Mal über das Wort ‹psychologisch› und sprach es endlich englisch aus).* ⟨Er wolle Lös die verborgenen Hintergründe seiner Seele aufdecken.⟩ *Da unterbrach ihn aber der alte Kainz* … (Kürzungen von Halperin mit rotem und blauem Farbstift; Überleitungsformulierungen und Korrekturen von Glauser mit Tinte)

152, 10 *er sei auch dort immer als Fleischer beschäftigt gewesen.* ⟨Aber jetzt habe er kein Heim mehr, nur wegen dem «Mönsch».⟩ *Er begann zu singen: «Verlassen, verlassen bin i», wußte nicht weiter,* ⟨wiederholte ein paar Mal die gleichen Worte,⟩ *schluchzte und ließ den grauen Kopf auf die gefalteten Hände fallen* … (Kürzung von Halperin mit rotem Farbstift)

152, 18 *unterbrach er sich, ballte die Hände* ⟨, so gut seine rohen Knochenfinger dies erlaubten⟩. *Er wollte aufspringen, da sah er* … (Kürzung von Halperin mit rotem Farbstift)

152, 24   *Der Chef wackelte mit dem Kopf, packte die Mulattin*
⟨an den Schultern und⟩ *schob sie weit von sich ...*
(Streichung von Halperin mit rotem Farbstift)

152, 27   *und rief ihr nach: «Ich komm dann zu dir, jetzt muß
ich reden.»* ⟨Er reckte die Hand zwischen seine gespreizten Schenkel, hob sich ein wenig, um den Stuhl näher an den Tisch zu ziehen, verschränkte die Arme auf der Tischplatte und sah⟩ *Dann sah er Lös böse an.* D̶a̶s̶ ̶s̶e̶i̶
Eine verfluchte Dummheit, dem Major selbst anzuläuten! Jetzt würde e̶r̶ ̶d̶e̶n̶ *der Leutnant erst recht* a̶u̶f̶ ̶d̶e̶m̶ ̶H̶a̶l̶s̶ ̶h̶a̶b̶e̶n̶ *wütend sein, der Major* w̶e̶r̶d̶e̶ ̶w̶ü̶t̶e̶n̶d̶ ̶s̶e̶i̶n̶ *auch, denn Frank sei doch als Simulant bekannt!* ⟨Ach was, Fieber lasse sich simulieren und rascher Puls.⟩ *«Warum hast du mich nicht um Rat gefragt?»* D̶i̶e̶s̶ *war der* s̶t̶e̶t̶s̶ ̶w̶i̶e̶d̶e̶r̶k̶e̶h̶r̶e̶n̶d̶e̶ *Refrain seiner Rede ...* (Kürzung von Halperin mit rotem und blauem Farbstift; Überleitungsformulierungen und Korrekturen von Glauser mit Tinte)

152, 35   *Glaubst du, ich habe umsonst zwölf Jahre Dienst*z̶e̶i̶t̶ g̶e̶m̶a̶c̶h̶t̶*?* ⟨Glaubst du, ich kenne nicht alles und jedes und wie man sich hier zu verhalten hat und wie dort?⟩ *Gegen mich seid ihr doch alle nur Wickelkinder* ⟨und⟩, *du besonders!* ⟨Wetten, daß du jetzt noch aus Angst in die Hosen machen willst.»⟩ *Und jetzt hast du Angst!»...* (Kürzung von Halperin mit rotem und blauem Farbstift; neue Anschlußformulierung von Glauser)

153, 13   *durchdrang ihn im Augenblicke, da er die Kante des Stuhles an seinen Kniekehlen spürte, eine schmerzende Wachheit: so, als sei plötzlich in ihm ein Wesen erwacht, das lange Jahre geschlafen hatte.* ⟨Als Knabe hatte er dieses Gefühl gehabt, manchmal, wenn er das Wörtchen ‹ich› öfters vor sich hingesprochen hatte. Die verschiedenen ‹Ich› bedeuteten ebensoviele Stufen, auf denen er aufwärtsstieg, bis die letzte erreicht war. Da stand m̶a̶n̶ er dann vor einem dunklen Abgrund, der Furcht und

Lockung zugleich war. Aber die Dinge um ihn ~~hatten sich~~ waren seltsam verändert.

So auch jetzt.⟩ *Die Umgebung, die seinem Blick Grenzen setzte, war klar und hell, viel klarer und heller, als es mit der schlechten Beleuchtung vereinbar war ...* (Kürzung von Halperin mit blauem Farbstift; Korrekturen von Glauser mit Tinte)

153, 27 *Die schöne, schmerzhafte Gegenwart, in der man ewig leben möchte. Nicht ‹man›, ich möchte darin leben. «Ich», flüsterte er vor sich hin.* ⟨Doch verschüttet waren die Stufen.⟩ *Als müsse er sie suchen, ging er vorwärts mit tastenden Füßen ...* (Kürzung von Halperin mit rotem Farbstift)

154, 1 *Er hatte die Tür ins Freie geöffnet ... «Der Nachtwind!»* ~~stellte er~~ *murmelte er erleichtert* ~~fest~~. ⟨«Kein Riese, der mich umwerfen will!»⟩ *Still und leer lag der große Platz ...* (Kürzung von Halperin mit rotem Farbstift)

155, 19 *Die Zurückgebliebenen hörten eine Türe ins Schloß fallen.* ⟨Der Duft von billigem Eau de Cologne blieb einen Augenblick zurück, doch ein Windstoß trieb ihn der kleinen verschwundenen Gestalt nach.⟩ *«Amen», sagte der Chef ...* (Kürzung von Halperin mit rotem Farbstift)

158, 1 *geschieden durch einen breiten gepflasterten Hof, öffnen sich zwei große Räume ...* Im Ms. ursprünglich «liegen zwei große Räume» (Änderung von Halperin).

158, 8 *zusammenhängend mit der Mauer und aus dem gleichen Stoff ...* Im Ms. ursprünglich «aus gleichem Stoff» (Änderung von Halperin).

159, 17 *Seine Augen schossen unruhig hin und her,* ~~wie Quecksilberkugeln in einer hohlen Hande~~ *und seine Zunge* ~~hatte~~ *klemmte sich zwischen die Zahnreihen* ~~geklemmt~~ ⟨, die Atemluft mußte an ihr vorbeistreichen und erzeugte ein zischendes Geräusch, das deutlich zu hören war in der Stille⟩, ~~die von Zeit zu Zeit durch das Aufhalten entstand~~.

Kainz marschierte als letzter ⟨, *der einzig Überlegene, denn sogar Sergeant Baguelin ließ ein bedrücktes Schnaufen hören. Der Fleischer hielt die Hände in die Seiten gestemmt*⟩ *und prüfte* ~~mit~~ *mißtrauisch*~~en Nasenfalten~~ *den heftigen Tiergeruch, der den Hof füllte* ⟨*und ließ seine wäßrigen blauen Augen stillstehen*⟩ ~~und wendete lieber den ganzen Kopf, wenn etwas seine Aufmerksamkeit erregte~~.

Der Chef prallte gegen die Öffnung des Raumes... (Kürzungen von Halperin mit rotem und blauem Farbstift; Streichungen von Glauser mit Tinte)

160, 31 *Er solle sich doch aufraffen, die Frauen kämen gleich, die dumme Geschichte von vorhin sei* ~~nun~~ *doch* ~~schon lange vorbei~~ *vergessen,* ⟨*es nütze doch nichts, sich zu grämen, alles werde noch gut,*⟩ *und die Angst vor dem Kriegsgericht sei doch einfach lächerlich*... (Kürzung von Halperin mit rotem und blauem Farbstift; Korrekturen von Glauser mit Tinte)

162, 28 *wagte sich keine an den alten Kainz.* ~~Die~~ *Mit ver-knöcherter Mißachtung*~~, mit der er~~ *sog er an seiner Pfeife* ~~sog, welche noch~~ *und* ⟨unterstrichen ~~wurde~~ *dies noch durch ein regelmäßig wiederkehrendes Ausspucken*⟩ *spuckte regelmäßig aus*... (Kürzung und Neuformulierung von Halperin mit Tinte)

163, 13 *ob der ⟨Schibany⟩ (der Alte) ihr nicht einen Brief ⟨machen⟩ wolle*... ⟨⟨⟨schibany⟩ *heißt alt, und Kainz nannte den Hirten so, der jeden Morgen die Schafherde ins Bled trieb. Diese Bezeichnung schien den alten Kainz zu freuen, denn er nickte gnädig, wobei er die Lippen fester um das Pfeifenmundstück schloß.*⟩⟩

«*Ja, alte Schachtel*», *sagte Kainz wienerisch,* «*das geht scho*...» (Kürzung von Halperin mit rotem und blauem Farbstift; durch den Einschub «(der Alte)» von Glauser bestätigt)

163, 27 *Nach dem Verschwinden des Chefs blieb Lös allein* ~~zurück.~~ ⟨Ihm war es, als habe er noch nicht genug geweint. Aber selbst das bewußte Erinnern rührender Erlebnisse aus seiner Vergangenheit hatte keinen Einfluß auf seine Tränendrüsen. Nur d...⟩ *Das Stechen im Kopfe hatte sich wieder eingestellt,* ~~es hatte sich ausgebreitet,~~ *beherrschte jetzt die ganze Stirn* ... (Kürzung und Anschlußkorrektur von Halperin mit rotem Farbstift; Streichung mit Bleistift wohl von Glauser)

164, 20 *Dann ließ sie sich unerwartet zu Boden gleiten und blickte Lös an, ausdruckslos.* ⟨Ihre Pupillen waren stark erweitert, und zwischen ihnen und der bläulichen Hornhaut war die Iris ein sehr schmaler, gelber Reif.⟩
Aufreizend wirkte dieses schier leblose Gesicht. ⟨Dunkle, vergessene Kinderwünsche wollten in Lös aufsteigen, doch konnten sie nicht an die Oberfläche gelangen, so sehr er sie auch rief, um sie heraufzulocken aus den Tiefen. Die Frau nickte, so als verstünde sie diese Anstrengungen. Aber es war wohl ein Fehler, dies zu denken, denn⟩ *Nun öffnete ein unerwartetes Lächeln den Mund der Frau* ⟨, der den Ehrfurcht heischenden Ausdruck veränderte: ~~Es war e..~~⟩ *Ein schmutziges Grinsen*~~, das~~ *erschien, das* ~~mit~~ *gelbe* ~~zerfressenen~~ *angefressene Zähne*~~n~~ *zeigte; auch die Augen machten die Veränderung mit* ... (Kürzungen von Halperin mit rotem und blauem Farbstift; überleitende Korrektur von Glauser mit Tinte)

165, 5 *ein Zwang, den er zu leugnen versuchte und der ihn dennoch trieb, das Lächeln der Frau zu erwidern.* ⟨Daß sein Mund sich gegen seinen Willen verzerrte, trieb ihm das Blut in den Kopf. Auch die Worte, die sein Mund murmelte: «Und sie sahen, daß sie nackt waren, und schämten sich», wurden nicht von ihm gesprochen. Ein unbekanntes Etwas hatte sie geformt, er wies die Verantwortung dafür zurück, aber zu unterdrücken waren sie nicht, ebensowenig wie ein Niesen oder ein Aufstoßen.
Er hatte sich wieder gegen die Wand gelehnt und wartete auf

die Aufforderung der⟩ *Die Frau* ⟨. Sie⟩ *trank in kleinen Schlükken ihr Glas leer und blickte ihn spöttisch an* mit schiefgeneigtem Kopf, aus den Augenwinkeln. *Ihre Erfahrung sagte ihr wohl, daß es gut sei, den Mann warten zu lassen.* ⟨Die durchsichtige Glocke, die Lös seit der Begegnung mit dem Leutnant umgeben hatte, war zergangen.⟩ *Lös sah den Raum, die Kameraden, er verstand die Satzfetzen ...* (Kürzungen von Halperin mit rotem und blauem Farbstift; Streichung von Glauser mit Tinte)

167, 4 *daß es dem Antlitz eines jener schwarzen Madonnenbilder glich, die an Wallfahrtsorten jahrhundertelang von Gebeten umspült worden sind.*
⟨« ... sein Herze
und mach es wieder gesund ...»
Lös suchte den Anfang des Gedichtes, statt diesem drängte sich der Schluß auf, klagte vor seinen Ohren in kindischem Singsang:
«Andächtig betet sie leise
Gelobt seist du Marie.»
‹Heine und die Folgen›, dachte er, ‹es ist kein gutes Zeichen, wenn man beginnt, in Zitaten zu denken.›⟩
Wie ein großes Sausen war die Stille im Raum. Immer noch stand die Frau regungslos ... (Kürzung von Halperin mit rotem und blauem Farbstift)

168, 12 *Sie nicht böse Frau, gute Frau, Korporal müde, sich hinlegen. Sie übertrieb ihr spärliches Französisch ins Kindliche.* ⟨Ganz zaghaft legte sie ihre rissige Hand auf Lös' Arm und strich daran, bis sie sein Handgelenk fand. Dann ließ sie ihre Finger ergreifen.⟩ *Ungeschickt umfaßte Lös ...* (Kürzung von Halperin mit rotem und blauem Farbstift)

168, 21 *stieß er gegen die Kerze, die mit einem Zischen verlöschte. Lös schloß die Augen.*
Ihm *Er träumte wirr* ⟨, *er schlafe nicht ganz, sei halbwach,*⟩ *und die Zeit verging* ⟨und in diesem Zustand war es ihm möglich, die Meldungen und Befehle eines gelben goldenen Wesens, das von

einem nahen Stern die Herrschaft über die Erde ausübte, zu erhalten. Niemand kannte dieses Wesen, es war gestaltlos, aber sein Dasein war über jeden Zweifel erhaben. Dieses Wesen nun gab den Befehl, nicht in Worten, sondern durch einen einfachen Zwang, den es auszuüben imstande war, das Reich des goldenen Geistes zu verkünden. Lös wehrte sich gegen den Zwang, erhob Einwände, nicht in Worten, er wußte, der Sternenbeherrscher verstand sie mühelos. Auslachen drohe ihm, und Irrenhaus, aber der Zwang von oben steigerte sich, er mußte gehorchen. Dabei lag er noch stets, denn nur liegend konnte er mit dem gelben Geist in Verbindung bleiben. Er wußte auch, daß er frei sein würde, sobald er nicht mehr lag. Aber der Ungestaltete ließ ihn nicht frei, er mußte auf der Seite liegen bleiben, in einem langen Nachthemd, wie er es als Kind getragen. Die Zeit sei da, hieß es weiter, für einen neuen Heiland, der den Anbruch der gelben Zeit verkünden müsse. Dieses ‹Gelb› hatte eine ganz bestimmte Bedeutung, die er wohl wußte. Er sah die Zukunft, dunkle Straßen mit vielen Schatten darauf, die durch nasse Felder liefen. Dann fiel ein Licht in dieses Dunkel. Ährenfelder warfen Wellen in regungsloser Luft. «Dann wirst du ‹s i e› sehen», sagte der Geist des goldenen Reiches oder dachte es, und der Liegende verstand ihn. Diese ‹Sie› hatte nicht eine bestimmte Gestalt, sie war zusammengesetzt aus mehreren Personen. Das gelbe Leuchten wurde immer stärker, aber statt den Widerstand zu brechen, gab es dem Schlafenden Kraft.⟩ *Plötzlich sagte er laut: «Nun bin ich wach»*, ~~sagte er laut~~ ⟨und lag in seinem Kinderbett; er streckte die Hände aus den langen Ärmeln seines Nachthemds,⟩ *stieß sich von der Wand ab. «Nicht gut Angst haben», sagte eine rauhe Stimme neben ihm. An seiner Schulter lag eine warme Kugel. Er griff* ~~danach~~ *nach ihr, sie war ein Kopf.* ⟨Da wußte er wieder, wo er war.⟩ ~~Er~~ *Langsam ließ er das Haar los, das er gepackt hielt* ~~langsam los~~. *Es fühlte sich grob und trocken an, wie die Mähne eines Pferdes. Er schloß wieder die Augen, schlief aber nicht ein,* ~~aber der Traum peinigte ihn weiter~~. ⟨Er war in die Wirklichkeit hinübergetreten. ‹Natürlich›, dachte er, ‹das war nur ein Bild. Aber irgend etwas in mir drängt dazu, den Heiland zu spielen,

375

nein, nicht zu spielen, der Erlöser zu sein. Und eine Zeit wird kommen, in der ich mich nicht mehr dagegen auflehnen kann. Dann muß ich zum Gespött werden, denn ich werde andere Lehren verkünden als der Zimmermannssohn. Ganz andere Lehren. Die Lehren vom gelben Gott.› Dies Bild blieb ihm fremd, und doch mußte er an dieser unsichtbaren Gestalt deuten, von der er nur wußte, daß sie ewig zerfloß und Licht über dunkle Felder breitete, auf denen die Ähren wogten. ‹Sie› würde er sehen. Und er sah seine Mutter: Sommer war es, er stand klein und mit bloßen Füßen auf einer Bank, die Mutter vor ihm. «Ich kann fliegen!» rief er und sprang in die ausgebreiteten Arme vor ihm. Dann ging er am Ufer eines Sees, der Mond schien; eine Frau schritt ~~neben ihm~~ an seiner Seite ... Lös sprang auf, so heftig, daß die zusammengekauerte Gestalt neben ihm heftig zusammenzuckte. Auch hier, in diese Zelle, schien der Mond. Und das Bild jener anderen Frau, dort am See, war nicht zu vertreiben. Er wußte, wenn er ~~begann~~ anfing, ihm nachzuträumen, begann eine Zeit quälendster Besessenheit, die Tage dauern konnte. Und er hatte genug zu tragen, gerade jetzt. Aber ohne seinen Willen formten sich wieder Worte: «May», murmelte er leise, «May, die Tänzerin.»〉

Heftige Schläge polterten an der Tür. Der Chef rief unterdrückt: «Komm schnell, Materne will eine Runde machen ...» (Kürzungen von Halperin mit rotem und blauem Farbstift; Überleitungsformulierungen und Korrekturen von Glauser in Tinte)

169, 35 *Sammlung in zehn Minuten in der Verpflegung, wo Korporal Lös noch einen Trunk spenden werde. Und über die Achsel sagte er noch leise zu Lös,* ~~aber so,~~ *daß die anderen seine Worte* ~~doch noch hören~~ *nicht verstehen konnten:*

«Ich habe für alle bezahlt, im Kloster, wir teilen dann die Kosten, mein Alter.» 〈Er beschwichtigte den Sturm der Danksagungen mit flacher Hand und wippte fort.〉

«He, Chef, ich komme mit Ihnen», rief Baguelin hinter ihm drein.

«Verzeihen Sie, bitte verzeihen Sie. Ich habe gar nicht an Sie gedacht. Natürlich, Sie sind ja auch ein Freier. Ihnen hat niemand etwas zu sagen.» Und eifrig auf den Begleiter einredend, verschwand der Chef ~~nun~~ *endgültig.*

⟨*«Ein feiner Kerl, der Chef», ließ sich Pullmann hören, während er sich mit dem Rücken gegen die Mauer lehnte, die Hände gefaltet und waagrecht vor seinen Bauch gelegt, um für den alten Kainz eine bequeme Stufe zum Übersteigen der Mauer zu bilden.*

Der alte Kainz saß rittlings auf der Mauer ~~sitzend, murmelte zurück~~; *dann stieß er sich ab. «Auf fremde Kosten; mei Korporal würd zahlt hab'n, ohne ein Wort z' sag'n. Ja.» Und verschwand auf der anderen Seite.*

Lös fing ihn auf.⟩ (Kürzungen von Halperin mit rotem Farbstift; Korrekturen und veränderte Situationsschilderung von Glauser mit Tinte; vgl. auch den weiter unten neu eingefügten Satz: «Denn Kainz hatte gelauscht», S. 172, Zeile 3)

171, 15   *Als Lös* ⟨*nun*⟩ *aufblickte, sah er neben sich den alten Kainz liegen, der mit offenem Munde* ⟨*und großer Überzeugung*⟩ *schnarchte.* ~~*Lös*~~ *Er versuchte ihn zu wecken ...* (Kürzung von Halperin mit rotem Farbstift; Überleitungskorrektur von Glauser mit Tinte)

171, 19   *Als sie endlich aufgingen, taten sie es nur widerwillig, klappten auf und zu, selbst das gedämpfte Licht mußte* ~~sie~~ *die Augen schmerzen. Endlich* ⟨*nach einem langen Gähnen, das* ~~sie~~ *die Lider noch einmal fest schloß und wohl alle Müdigkeit aus ihnen preßte,*⟩ *war der alte Kainz hellwach und begann sofort die Geschehnisse der verflossenen Nacht zu erörtern ...* (Kürzung von Halperin mit rotem Farbstift; Korrekturen von Glauser mt Tinte)

171, 27   *die hätt zu mir paßt; so grad das richtige Alter, und i hätt nimmer Angst haben brauchen, daß sie mir mit am anderen durchgangen wär.* ~~Weißt, in meim Alter is ma froh, wenn~~ ⟨*ma nur a Frau findt, die eim pflegt und mit der ma a* vernünftig's Wort reden kann. Der Sergeant, der vorher hier g'wesen is, hat gar kan schlechten G'schmack g'habt, der hat g'wußt, was er braucht. Und wenn er die Alte amol nachkommen laßt, so wird's ihm sicher nit schlecht gehn. Und tanzen kann die Alte noch! Wie du fort g'wesn bist, warn ma ganz allein. Da hat sie für mich tanzt. Also, schön sag i dir. Mit dem Bauch kann sie wackeln, ganz so, als wenn die Därm anfangen würden zu hupfen. Prima, sag i dir. Und du, hast du's schön g'habt? I hab ja gar nit mehr mit dir reden können, heut nacht, mit all den B'soffenen; erzähl, wie war's? Is sie auch rasiert g'wesn wie die in Bel-Abbès? Und wieviel hast ihr zahln müssen? Bist doch lang bei ihr g'wesn.)» *Dann erkundigte er sich nach Lös' Abenteuer. Als er erfuhr, daß ⟨Lös⟩ sein Korporal nur geschlafen habe, dort in der kahlen Zelle, neben der Frau, war Kainz nicht sonderlich erstaunt ...* (Kürzung von Halperin mit rotem und blauem Farbstift; Streichung und eingefügter Überleitungssatz von Glauser mit Tinte)

172, 28 *Als Lös vors Tor des Postens trat, stand dort Pullmann und sah arg verkatert aus* ⟨, die schweren schwarzbläulichen Säcke, die über den Backenknochen lagen, bedrängten die Augen von unten, und die dicken Falten der Stirn lasteten über den Brauen⟩. *Auf Lös' freundlichen Gruß erwiderte Pullmann nur einen zerstreuten Fluch ...* (Kürzung von Halperin mit rotem und blauem Farbstift)

179, 10 *den Blick des Leutnants fühlte er wie ein unangenehmes Kitzeln zwischen den Schulterblättern.*
⟨Er war enttäuscht, r ... Recht eigentlich enttäuscht war er, daß die Unterredung so milde verlaufen war. Immer noch drohte ihm in der Zukunft eine Katastrophe (war nicht für so vieles eine Strafe zu erwarten, mußte die Entladung nicht endlich kommen?), aber immer verzog sich das Gewitter.⟩ *Müde setzte sich Lös in den schmalen Schatten, den seine Hütte auf den Boden des Hofes warf, zog die Beine an, stützte das Kinn auf die Knie und starrte die blendende Mauer an* ⟨, bis ihm die Augen übergingen⟩.

Er konnte nicht denken ... (Kürzung zunächst mit Bleistift, anschließend mit rotem Farbstift bekräftigt)

179, 25 *Das war tröstlich, und Lös versuchte, dem Hund zu erklären, was so schwer zu verstehen war.*
⟨«Es ist doch gut, daß du gekommen bist, dicker Hund. Zu dir kann ich doch offen sprechen und brauche keine Rolle zu spielen wie vor den anderen, vor dem alten Kainz oder dem Leutnant Lartigue. ~~Dem~~ Diesem besonders muß ich ~~ja~~ immer etwas vormachen, mit ihm über Literatur reden und den Ästheten spielen ... unbeschwert von jeder Moral. Wenn du nur wüßtest, wie moralisch ich bin, Türk. Ich kann nichts tun, ohne mich immer zu fragen: War das nun recht oder unrecht? Und wenn ich weiß, daß ich unrecht getan habe, dann warte ich auf die Strafe, und wenn die sich nicht einstellen will, so tue ich alles, ~~um sie in irgendeiner Form herbeizuführen~~ damit sie mich trifft. Wenn es mir dann ganz schlecht geht, bin ich zufrieden und finde, daß ich meine Schuld gezahlt habe.⟩ /*Schau, da hat mich nun mein Vater in die Legion geschickt, und ich war's zufrieden, denn ich fand, daß ich schwere Sünden wieder gutzumachen hatte: Ich hatte doch viele Leute, die es gut mit mir meinten, schwer gekränkt.* /
⟨Und dann war ich stolz und habe an May, das ist eine große Tänzerin, geschrieben, ich zöge nun aus wie Rimbaud ... und wollte mich mit Rimbaud vergleichen, weil ich früher einmal ein paar schlechte Gedichte geschrieben hatte. Siehst du, immer muß ich nach einem Vorbild leben,⟩ / *Aber nichts ~~kommt~~ ist echt ~~heraus~~ bei mir, und weißt du, darum sage ich gewöhnlich, wenn ich von mir spreche, nicht: ‹ich› – sondern: ‹man›.* / ⟨Ja, man hat seinen kleinen Abenteurer spielen wollen, und wohin hat man es gebracht? Büroangestellter zu werden. Das hätte man auch drüben haben können. Dann hat man noch gedacht: Hier wird man ‹Schicksale› treffen, wie Lartigue sagt. Schicksale! Ein paar Aufschneider, jawohl, die aber besser daran sind als ich. Habe ich das Recht, sie über die Achsel anzusehen? Ich halte sie für dumm und schwerfällig, weil ich sie nicht für fähig halte, irgend etwas zu erleben. Aber dennoch, sie leben so vor sich hin, saufen, mar-

schieren, zanken sich, schlafen bei einer Dirne, werden krank ... aber zufrieden sind sie, ganz und gar zufrieden. Die einzige Sehnsucht, die sie kennen, ist die nach einem besseren Essen oder nach einer helleren Frau. Nur beim Todd, bei meinem Freunde, dem Tod[d], da ist so etwas wie ein Schicksal, viel mehr als bei mir, auf alle Fälle. Denn du wirst doch nicht von mir verlangen, Türk, dicker Hund, daß ich hingehe und vom gelben Gott predige. Siehst du, heut kann ich darüber lachen und sogar von May, der Tänzerin, sprechen. Es macht mir nichts. Gestern war es anders. Ich war erschüttert; das ist zwar ein Wort, das ich ungern gebrauche, weil es die Menschen auch dann gebrauchen, wenn ein leichter Seelenschnupfen ihnen die Tränen in die Augen treibt. ~~Aber~~⟩ /*Weißt du, dieser Besuch in der Zelle, die schlafende Frau neben mir,* ~~die so sehr einer Mutter glich,~~ *diese Dinge haben mich aufgelockert, ich gestehe es, Türk. Und daneben spielt es keine Rolle, daß ich mich dumm benommen* ~~habe~~ *und mich vom Chef hab übertölpeln lassen.* ⟨Aber ich bin zu höflich, weißt du, und zu wenig aufs Geld versessen, und dumm bin ich, Türk.»⟩

Türk stieß ein leises Jaulen aus, weil Lös ihn ins Ohr gekniffen hatte, schüttelte den ~~abgestumpften~~ *Kopf, bellte heiser, und begeistert trommelte er mit den Pfoten auf der Schulter seines Herrn* ... (Kürzungen von Halperin mit rotem Farbstift, erster Abschnitt außerdem zunächst mit Bleistift gestrichen; überleitende Korrekturen von Glauser mit Tinte)

180, 9 *doch der Gehorsam siegte, ein blinder Gehorsam* ⟨, denn der letzte Sprung, der ~~ihn~~ Türk neben seinen Herrn bringen sollte, geriet zu lang; seine Schnauze stieß gegen die Mauer, und ~~dies~~ der Schmerz ließ seinen mühsam bezähmten Ärger erneut aufflammen⟩. *Zuerst verstand es Lös* ... (Kürzung von Halperin mit Bleistift und rotem Farbstift)

195, 21 *In der Hütte mußte er die Stallaterne anzünden, um sein Gesicht im Spiegel sehen zu können.* ⟨War es der Rausch, der am Abflauen war und einen stechenden Kronreifen um seinen Kopf legte, war es die Erwartung, die Freundinnen bald wieder zu sehen, trotz des strengen Verbots?⟩ *Es war ihm, als erblicke er sich seit langem zum ersten Mal. Ein aufgedunsenes rotes Gesicht mit matten, farblosen Augen – Fischaugen! ...* (Kürzung von Halperin mit rotem Farbstift)

196, 34 *Der Chef versuchte einen kleinen Tanzschritt* ⟨(zwei Schritte vor, einen zur Seite, zwei zurück, Kreuzen, wiegendes Vorwärtsschreiten)⟩ *und pfiff dazu einen Marsch ...* (Kürzung von Halperin mit rotem Farbstift)

200, 15 *Baskakoff* bläst die Luft geräuschvoll durch die Nase *schnauft, er lacht wohl im stillen, Lös kann es nicht feststellen, denn* Baskakoff *der Küchenkorporal hält den Kopf gesenkt* ⟨und die Dunkelheit legt eine Maske auf sein Gesicht⟩. *Aus der Zelle dringt ein muffiger Geruch ...* (Kürzung von Halperin mit rotem Farbstift; angepaßte Zeichensetzung von Glauser mit Tinte)

203, 3 *setzt sich, zieht die Beine an und lehnt den Kopf gegen die kühle Mauer.*
⟨Zuerst ist die Ruhe angenehm und trostreich. Solange die Tür verschlossen bleibt, ist er in Sicherheit, außerhalb der Welt, wie im Mutterleib vor der Geburt ... Mutter! denkt er; das Wort hat er vergessen, denn seine Mutter ist gestorben, als damals war er vier Jahre alt ... Sie erzählte ihm Märchen und trug einen violetten Schlafrock, wie ... er stockt ... wagt sich nicht weiter ... Wie ... wie die Dirne im Kloster.⟩
Kein Laut dringt von außen in die Zelle. Die Mauern sind dick ... (Streichung mit Bleistift, danach von Halperin mit rotem Farbstift bekräftigt)

203, 18 *Begleiterscheinungen eines Experimentes sind, dessen Ausgang noch ungewiß ist.*
⟨Er will seine Gedanken zwingen, sich mit der augenblicklichen Lage zu beschäftigen. Wo und wann hat sie begonnen, diese Kette der Geschehnisse begonnen, die ihn in diese Zelle gezerrt

hat? ~~Aber~~ Doch andere Bilder ~~kommen~~ schieben sich dazwischen: Er sieht die Dirne im Kloster und ~~bereut plötzlich~~ schämt sich, daß er sich vor ~~Ansteckung~~ ihrer Krankheit gefürchtet hat. Denn diese Furcht ~~schiebt~~ hat er als Vorwand vorgeschoben. Aber schnell biegt er ab. Der Weg will zur Mutter zurückführen, die Angst steigt wieder auf, sie ergreift ihn. «Ergreifen», sagt er laut. Der kurze Weg von der Verwaltung zum Gefängnis liegt dunkel vor ihm. ‹Auch ich bin ergriffen worden.›

Wie wenig doch bei diesem tatenlosen Grübeln zustandekommt. Früher nicht, auch jetzt nicht. Immer habe ich irgendeine Betäubung gesucht: durch Lesen, durch Trinken, durch Schwatzen, Diskutieren, Zuhören. ~~Aber~~ Was ist das: Nachdenken? So viele Leute sprechen von Nachdenken. Eine schlaflose Nacht, in der man ~~immer wieder~~ die gleichen Gedanken, ~~immer wieder~~ die gleiche Scham über ~~irgendwelche~~) / vergangene Taten wiederkäut. Bringt das weiter? Überhaupt, was heißt das: ~~Sich~~ Es weiterbringen, sich entwickeln? Das Leben geht doch weiter, bis man selbst Schluß macht, oder der Schluß wird durch den Eingriff einer ‹gütigen Vorsehung› herbeigeführt. War in all diesen Erlebnissen überhaupt ein Sinn zu finden? Nein … Denn: Das Leben geht weiter. Eine alte Weisheit!

Alles kam darauf an, daß das Leben einen hinreichend interessanten Gesprächsstoff bildete, wenn man einmal inmitten von Freunden saß. Natürlich, man mußte den Erlebnissen Form geben, ~~ihrer Sinnlosigkeit nachhelfen,~~ sie abrunden, ihnen mit Sinn und Pointe ~~geben~~ nachhelfen, damit es die Zuhörer zum Lachen brachte oder ihnen zu einem mitfühlenden Nicken verhalf: «Was hat dieser Mensch nicht alles mitmachen müssen!»

Lös sieht sich im Kreis ~~der~~ seiner Freunde, ~~er gibt sich müde~~ den Müden spielend, leicht herablassend, wie es sich ziemt für ihn, ~~den Weitgereisten,~~ der viel erlebt ~~und viel~~, der Schweres erlitten hat. Er läßt den Abstand fühlen, der zwischen ihm und jenen besteht, die mühsam ihre vertrocknete Phantasie abschaben müssen, um Stoff für neue Werke zu finden. Er kann aus dem vollen schöpfen: Märsche, Hunger, Durst, Kämpfe, Messerstechereien, auch in dieser sachlichen Zeit ~~war mit~~ ist die Romantik noch ~~viel zu machen~~ nicht ausgestorben. Viele ~~hatten~~ sind wohl ~~den~~ im Krieg ~~mitgemacht~~ gewesen, aber ~~das war doch etwas ganz anderes~~ ist das, trotz allem, nicht eine fast alltägliche ~~Angelegenheit~~ Geschichte? ~~Während~~ Hingegen: Fremdenlegion! / ⟨Auf alle Fälle ~~war~~ ist es besser, man verschweigt, daß der Vater bis nach Straßburg, aufs Rekrutierungsbüro, mitgefahren ~~war~~ ist und daß es damals nur zwei Möglichkeiten gab: Korrektionshaus oder Flucht.⟩ / Der Rimbaud-Schimmer ~~war~~ ist entschieden nicht zu verachten. Lös fühlt, daß seine Wangen heiß sind. Auch die gegenwärtige Lage verarbeitet er zu einer Erzählung: Um einen Kameraden zu retten, hat er die Strafe auf sich genommen. Ein gutes Motiv! Man muß nur ~~das Publikum~~ die Zuhörer sorgfältig auswählen und den Ton treffen, in dem das Ganze vorzutragen ist: ein wenig unsicher, so als schäme man sich seines Edelmutes, aber man könne / ⟨doch nicht umhin, die Wahrheit zu sagen und sie so sachlich als möglich darzustellen ~~(leicht entschuldigend vorzubringen). Das müßten die Zuhörer doch einsehen.~~⟩

Schritte kommen aus der Ferne, sie hallen wider zwischen den leeren Baracken ~~draußen~~ und füllen die Zelle ~~wie ein~~ mit ihrem Dröhnen. ⟨Der Bilderfluß stockt.⟩ *Unten an der Tür ein leises Scharren. «Türk», ruft Lös ...*

(Die Passage von «vergangenen Taten wiederkäut ...» bis «... Edelmutes, aber man könne», die der Seite 240 des Ms. entspricht und hier mit Schrägstrichen / markiert ist, ist mit Ausnahme der gekennzeichneten Zeilen nicht gestrichen, fehlt aber im Erstdruck. Halperin gab das ganze Blatt offenbar nicht in Satz; die restlichen Partien zunächst mit Bleistift, dann mit rotem Farbstift gestrichen.)

203, 29   *Türk heult laut, ein Klaps beruhigt ihn.*
    Ärgerlich ⟨, *weil seine Träumereien gestört worden sind,*⟩ *antwortet Lös,* ~~der Chef habe ihm ein Paket gegeben,~~ *er brauche nichts.*
    «So, so», sagt der alte Kainz draußen ... (Kürzung von Halperin mit rotem Farbstift, Streichung von Glauser mit Tinte)

204, 16   «*Halt die Pappen*», *sagt er mit Nachdruck; pfeifend geht er davon.*
~~Nun ist w~~ *Wieder Stille.* ⟨Lös hockt auf dem Rand der Matratze und fragt sich, warum Türk so anhänglich ist. «Anhänglich!» Ein Wort, das nachhallt. ‹Ich war nie anhänglich. Vielleicht wär ich's gerne gewesen. So wird mich niemand vermissen~~, wenn ich nicht wiederkomme~~ ... Manchmal wird mein Name in den Gesprächen der Bekannten auftauchen und ~~wieder~~ untergehen. Vor allem – der Vater wird in Ruhe alt werden können!›

~~Dieser~~ Der Gedanke, gar keine Leere zu hinterlassen, erzeugt ~~eine~~ schluchzende Rührung. ~~Er~~ Lös steht auf, geht ~~auf und ab~~ hin und her, stößt mit der Stirn gegen ~~eine~~ die Wand: Erstaunt stellt er fest, daß er diese Haft als das selbstverständliche Ende seines Lebens empfindet. Deutlich hört er die Stimme des Chefs: «Travaux publics oder Cayenne hältst du nicht aus.»⟩

«*Nun will ich schlafen*», *sagt* ⟨*er*⟩ *Lös laut, legt sich nieder, zieht die Decke bis unters Kinn und schließt die Augen* ... (Kürzung und angepaßte Überleitung von Halperin mit rotem Farbstift)

205, 16   *Während Lös unruhig weiterschläft, faßt Pullmann einen Entschluß* ⟨, ~~oder besser~~ *vielmehr: Der Entschluß überwältigt ihn. Sonderbar wird dieser Entschluß nur denjenigen scheinen, die in bequemen Schreibtischsesseln sitzen und* ‹*disponieren*›, *oder jenen, die auf Kathedern mit aufgerecktem* ~~Gebärde~~ *Zeigefinger* ~~Geschichte, Syntax oder das Evangelium predigen~~ *Ethik oder Theologie dozieren.* ~~Einfache Entschlüsse.~~⟩ *Einfach* ⟨*aber*⟩ *ist* ⟨*der*⟩ *ein solcher Entschluß für Leute, die alle vierzehn Tage zehn Franken erhalten, mit denen sie ihren Bedarf an Wein, Liebe und Zigaretten* ~~zu~~ *decken* ~~haben~~ *müssen. Nicht zu vergessen, daß diese Leute manchmal auch hungrig sind und der amerikanische Speck in der Militärkooperative* ~~immerhin~~ *zwei Franken das Viertelpfund kostet.*

⟨~~Wie es b~~ Bei diesen Entschlüssen ist es immer so: Sie haben, wie gewisse Krankheiten, eine bestimmte Inkubationszeit; ~~wenn~~

~~sobald~~ ist diese ~~vorüber ist~~ vorbei, so bricht der Entschluß aus. Er wird nun tagelang von allen Seiten betrachtet, sein Für und Wider erwogen, ~~es ist wirklich ein~~ wiedergekäut – ja, es ist ein Kauen, wie an einem harten Stück Leder. Schließlich ist es soweit, daß die paar Bewegungen, die nötig sind, ~~um die Tat zu «begehen»~~ den Entschluß in die Tat umzusetzen, so oft in der Vorstellung ~~vor sich gegangen~~ getan worden sind, daß sie wie Vergangenes~~, schon längst Getanes~~ erscheinen. In diesem Stadium wird der Mensch ~~zu einem~~ ein Automat ... Ist die Tat ~~aber~~ dann begangen, werde sie nun Raub, Mord, Unterschlagung oder Betrug genannt, diskutieren Richter und Ärzte drüben, in Europa, über die freie Willensbestimmung. Das Kriegsgericht aber denkt einfacher. Ihm genügt die Tatsache. Die Strafe findet sich schon.

Die Inkubationszeit war beendet, als Pullmann den Riegel der Zelle zustieß. Er⟩ *Pullmann hatte noch eine Stunde Wache; vorsichtig schlich er über den Hof ...* (Kürzung und überleitende Korrekturen von Halperin mit rotem Farbstift)

205, 29 *Park der Maultiere.* ~~Atemlos war er s~~*Seine Hände bebten dermaßen, daß er Mühe hatte, den Sattel* ⟨*, diese Zusammensetzung aus Leder, Filz, Leinwand und nur wenigen Metallteilen,*⟩ *zu heben. Doch seine Muskeln waren kräftig ...* (Kürzung von Halperin mit rotem Farbstift)

212, 9 *Er klopft. Korporal Dunoyer* ⟨*, dessen Gesicht einem rötlichen Heftumschlag gleicht, den ein Kind mit* ~~blauen Kritzeleien~~ *Tintenkritzeleien bedeckt hat,*⟩ *ist mit vier Mann auf Wache gezogen, bis zum Abend nur. Lös sieht ihn durch den Spalt der Tür ...* (Kürzung von Halperin mit rotem Farbstift; Korrektur von Glauser mit Tinte)

212, 36 *Du hast nicht mehr den nötigen Respekt vor den Sergeanten* ⟨*, schickst sie scheißen, wenn es dir nicht paßt zu folgen. Du*⟩ *und verbringst die Hälfte der Zeit in Prison, desertierst vielleicht wieder einmal ...* (Kürzung von Halperin mit rotem Farbstift; überleitende Korrektur von Glauser mit Tinte)

213, 5   *Es macht Dunoyer großes Vergnügen, die schwarze Farbe möglichst dick aufzutragen.* ⟨Während er ~~sprach~~ spricht, ~~sandte~~ sendet er den Vorübergehenden, die scheu und doch mit offener Genugtuung auf Lös ~~schielten~~, lächelnde Grüße zu. Ob auch Todd wieder im Posten sei, ~~wollte~~ will Lös wissen. Haha, Trompe-la-Mort, wie Dunoyer Todd ~~nannte~~ nennt, sei verwundet, schwer verwundet und jetzt wahrscheinlich in Rich.

Als dann Lös noch verlangt auszutreten, wird er von Dunoyer zu den Latrinen geführt; er hofft, unterwegs irgendeinem Freunde zu begegnen, Pierrard, vielleicht dem Schneider; aber nur Chabert läuft ihm über den Weg, der ein neues Zorngeschrei erhebt, ausdrücklich verbietet, den in Untersuchung stehenden Korporal aus der Zelle zu lassen, man könne ja einen Kübel in die Zelle stellen, besser wäre gar nichts, dieses versoffene Schwein solle nur auf den Boden machen, es verdiene nichts anderes. «Seht ihn an», wendet er sich an die Umstehenden, «eine Schnapsnase hat er und wagt nicht, einem ehrlichen Menschen ins Gesicht zu sehen.» Die Bemerkung stimmt leider. Als Lös an einem Fenster vorbeikommt, spiegelt sich sein Gesicht darin. Es erschreckt ihn, wie es ihn gestern, beim Rasie~~ren, erschreckt hat.~~⟩

Nun sitzt ~~er~~ *Lös wieder in seiner Zelle, auf der Kante des Zementblocks. Ein langer Nachmittag dehnt sich vor ihm aus ...* (Kürzung von Halperin mit rotem Farbstift; überleitende Korrektur von Glauser mit Tinte)

213, 14   *Lös ist dem Willen des Capitaines ausgeliefert.* ⟨und später in Fez sich zu beschweren ... was trägt das ab?⟩ ~~All die Geräusche, die von draußen durch die Ritze zwischen den Brettern~~ *Alles ist quälend: die Geräusche, die in die Zelle dringen, die Worte ...* (Kürzung von Halperin mit rotem Farbstift; Korrekturen von Glauser mit Tinte)

213, 17 *Wieviel Zeit ist seit gestern abend vergangen? Achtzehn Stunden,* ~~jawohl!~~ *– nur achtzehn Stunden!* ‹«Die Stunden dehnten sich ihm wie Jahre», diese Phrase, die in so vielen Romanen vorkommt und sich dann stets auf liebeswunde Helden bezieht: Sie enthält doch Wahrheit.› *Es schmerzt, daß sich die einfachsten Wünsche nicht befriedigen lassen!* ‹und dieser Schmerz läßt die Zeit so endlos lang erscheinen. ~~Nur eine Tasse Kaffee, eine Pfeife Kif~~› *Lös möchte oben auf der hellen Terrasse sitzen und Zeno neben sich fühlen!* ~~Sogar~~ *Er möchte Gewehrgriffe klopfen* ~~möchte Lös auf einem Platz~~ *in stechender Sonne ...* ‹‹Arme sur l'épaule droite› üben, bis die Wäsche am Körper klebt und die Zunge rauh ist, wie Glaspapier.› *Ein Genuß wäre dies, verglichen mit dem Herumsitzen auf dem harten Block* ‹, ständig verwundet von den Schrotkörnern* ~~des Lärms draußen~~*, die der Lärm durch den Spalt feuert*›*! Lös stöbert in der Zelle. Grauer Staub auf dem Boden, breite und schmale Ritzen zwischen den Lehmziegeln, in einer Ecke ein Blechgefäß ...* (Kürzung von Halperin mit rotem Farbstift; angepaßte Zeichensetzung und Korrekturen von Glauser mit Tinte)

214, 1 *die Kante ist inzwischen scharf geworden und zerschneidet die Haut des Daumens. Lös saugt das Blut auf.* ‹Der Geschmack läßt ihn an die Kindheit denken und an das Nasenbluten, das er damals oft gehabt hat.› *‹Ein widerlicher Geschmack›, denkt er und spuckt aus.*

‹Aber die Wunde, so klein sie ist, erinnert ihn an Korporal Ackermann, an dessen klaffendes Ellbogengelenk; er hat es nicht gesehen, aber es ist ihm von anderen genau beschrieben worden~~, und wie das Blut als kleiner Springbrunnen daraus hervorgequollen ist~~.

~~Dann~~› *Lös schärft* ~~er~~ *weiter. Aber seine Versunkenheit ist nicht tief genug,* ~~um nicht~~ *er lauscht auf das Geräusch der Schritte,* ~~das manchmal von außen eindringt~~ *die draußen vorübergehen* (Kürzung von Halperin mit rotem Farbstift; angepaßte Überleitung und Korrekturen von Glauser mit Tinte)

214, 17 *Türks ergebene braune Augen schauen zu ihm empor.*

⟨Cattaneo ist unter der Tür stehengeblieben, hat die Arme über der Brust verschränkt und lacht stumm, mit festgeschlossenen Lippen, über denen die borstigen, grauen Schnurrbarthaare leise zittern. Ha, nun habe also der Federfuchser und schlechte Soldat die verdiente Strafe erhalten. Wo sei jetzt der Stolz des Herrn Korporal? Werde er jetzt noch einen Adjutanten aus der Administration werfen, weil dieser Adjutant ein unschuldiges Gläschen Schnaps habe trinken wollen, wie es sich gebühre, am Morgen auf nüchternen Magen? Da sei in Atchana noch so ein Lump verreckt, auch ein schlechter Soldat, der Korporal habe ihn doch auch protegiert, den Schneider? Verreckt und eingescharrt, jawohl. Selbstmörder. Auch einer, der nicht in den Himmel kommen werde, wenigstens habe er dies in seiner Kindheit im Katechismus gelernt. Und er wolle sich auch bedanken, später, nach seinem Tode, einen solchen Waschlappen im Himmel zu treffen. Denn dorthin hoffe er, Cattaneo, zu gelangen, denn er habe stets ein ehrliches Leben geführt, nie betrogen und unterschlagen, wie gewisse Leute. Sünder seien wir ja insgesamt, aber es gebe doch, Gott und die heilige Jungfrau seien gepriesen (Cattaneo schlägt ungeschickt das Kreuzeszeichen), Unterschiede. Aber er verschwende ja nur seinen Speichel an diesen Kujon, der da zitternd vor ihm stehe.

Der Adjutant tritt nun endlich in die Zelle, fegt Lös mit einem Schlag seiner breiten Hand gegen die Mauer, schnüffelt herum, findet nichts und zieht sich, rückwärtsschreitend, als habe er Angst vor einem hinterhältigen Angriff, zur Tür zurück. Dort beginnt er wieder zu fauchen und zeigt gehässig die Zähne.

Wolle der Korporal erklären, was es mit den verkauften Betten für eine Bewandtnis habe? Zwei Leute aus seiner Sektion behaupteten nämlich, sie hätten vom Korporal der Administration Bettgestelle zum Preis von fünf Franken das Stück gekauft. Ob der Korporal das Recht dazu gehabt hätte? Das sei doch Staatsgut gewesen? Oder?

Lös erklärt, er habe damals in seiner Hütte drei alte Bettgestelle gefunden und sein Vorgänger habe ihm ~~erklärt~~ gesagt, er könne frei über sie verfügen. Das habe er getan, von einer Bezahlung sei keine Rede gewesen.⟩

~~Da beginnt~~ *Der Adjutant* ~~erst recht zu toben~~ *tobt und läßt seine Faust vor Lös' Gesicht wippen*, ~~er werde ihm das Lügen schon austreiben. Wie Lös denn dazukomme, ehrliche Soldaten zu Lügnern zu stempeln. Und schreit weiter.~~ *Er rächt sich für das Gläschen Schnaps, das ihm am Morgen verweigert worden ist …* (Kürzung von Halperin mit rotem und blauem Farbstift; angepaßter Übergang von Glauser mit Tinte)

215, 28   *Doch kein bestimmter Sommer taucht vor ihm auf, er sieht nur* ~~eine vage flache Landschaft, ohne Dimension, die wie eine schlechte Ansichtskarte aussieht. Aber dann ist~~ *ein gelbes Ährenfeld* ~~ganz deutlich~~, *Mohn- und Kornblumen* ~~am Rande~~ *blühen darin und violette* ~~dunkle~~ *Kornraden.* ⟨Die kühle Ähre, die durch seine Finger gleitet, erinnert ihn an ~~die Finger~~ den Zeigefinger der Frau ~~dort~~ im Kloster.

Er sehnt sich nach der Mutter; nie noch hat er so deutlich gefühlt, daß er sie nie mehr sehen wird, daß er sich nie mehr zu ihr flüchten kann. ‹Doch›, denkt er, ‹ich kann dorthin fliehen, wo sie hingegangen ist. Und dort nach ihr suchen.›⟩

Wie eine große Helle ist es plötzlich, aber die Helle weckt ihn, und er fühlt wieder, daß er Durst hat … (Kürzung von Halperin mit rotem Farbstift; Korrekturen von Glauser mit Tinte)

224, 15   *lugt argwöhnisch nach rechts und nach links, als fürchte er eine unliebsame Überraschung. Dann läuft er davon, plötzlich, ohne Gruß.*

⟨Destange kommt wieder. Er trägt eine gefüllte Injektionsspritze, die in eine grobe, ein wenig verrostete Nadel ausläuft. «Die Nadel ist ausgebrannt», versichert er, «ein wenig stumpf ist sie zwar, aber du bist ja an stumpfe Instrumente gewöhnt.» Er lacht dazu, und Lös lacht mit. Warum soll ~~schließlich~~ ein Selbstmord nicht etwas ~~sehr~~ Humoristisches sein? Destange zieht die Haut mit zwei Fingern hoch und stößt mit vieler Mühe die Spitze der Nadel in die Falte. Es tut nicht einmal weh, stellt Lös fest und sieht gespannt dem Wachsen der Beule zu, die auf seinem Bauche entsteht.

«Voilà», sagt Destange und schüttelt die leere Spritze aus, als handle es sich um ein Fieberthermometer. Dann geht er wieder und brummt: «Jetzt will ich versuchen, dir etwas zum Trinken zu verschaffen.»〉

Wieder ist Lös allein. Die Tür zum Vorderzimmer ist geschlossen ... (Kürzung von Halperin mit rotem und blauem Farbstift; Korrektur von Glauser mit Tinte)

225, 27 *Lös bleibt grübelnd zurück. Hätte er eindringlicher warnen sollen? Er erinnert sich der ersten Zeit in der Administration. Auch damals waren sie alle freundlich zu ihm gewesen.* 〈Der Capitaine war ~~am~~ alle Morgen in die kleine Kammer eine Tasse Tee trinken gekommen, und als Lös einmal den Leutnant einer durchziehenden Kompagnie Tirailleurs, einen Algerier, kurzerhand aus der Verpflegung ~~gewiesen getrieben hatte~~ trieb mit wüsten Schimpfworten, wie einen einfachen Soldaten, ~~hatte~~ mußte der Capitaine Tränen lachen, und der abgefertigte Offizier hatte sich nicht mehr in den Posten getraut. Aber mit dem einkassierten Geld, für das Belege und Quittungen vorhanden waren, war ~~er~~ Lös immer vorsichtig gewesen. Nur die Summen, die ohne Quittungen eingegangen waren, hatte er verbraucht. Wenn Pierrard aber so unvorsichtig sein wollte, was ging es ihn schließlich an? Mehr als warnen konnte man nicht.

Schon ist Pierrard wieder zurück. Die gefüllte Feldflasche riecht nach Essig, ein Geruch, der Lös einen krampfartigen Schmerz in die Kinnbacken jagt. Der Speichel läuft auf ~~der~~ seiner Zunge zusammen. Und wieder ist große Stille um ihn. Manchmal setzt sich eine Fliege auf seinen nackten Arm, vom Blutgeruch angezogen, und läuft darauf herum. Lös genießt das Kitzeln und verjagt die Krabbelnde erst, wenn es nicht mehr auszuhalten ist. Dies Überreizen der Hautnerven läßt ein quälendes Lustgefühl entstehen, das die Gedanken von seinem ~~schmerzlichen Sinnen~~ Grübeln auf ~~etwas~~ wirklich Vorhandenes ablenkt.〉

Wie langsam dieser Morgen vergeht! 〈Lös versucht ein paarmal einzuschlafen. Er schließt die Lider ganz fest, verkrampft sie und rollt die Augäpfel nach oben, um sie in die Stellung zu bringen, die sie beim Schlafen einnehmen. Es nützt nichts. Sobald er die Augen geschlossen hat, sieht er wieder die kleine Zelle vor sich, in deren Dunkelheit ~~die gespaltene Tür~~ der Türspalt eine helle Dämmerung wirft. Die Gegenwart ist so unwirklich in ihrer aufdringlich nahen Neu~~igkeit~~heit. ~~Er~~ Lös nimmt einen Schluck aus der Feldflasche, der Wein brennt wie erhitzte Säure in seinem Magen, sickert durch die Magenwände, brennt im Blut und treibt einen dumpfen, stumpfen Schmerz in den Kopf. «Ich denke viel zu sehr an die Zustände meines Körpers», stellt er fest, «nehme alles zu wichtig, mein Kopfweh, meine Verzweiflung. Aber geschieht das nicht immer, wenn man allein ist? Beobachtet man da nicht mit Vorliebe die Wirkungen äußerer Geschehnisse und auch die Wirkung des Rauschs, ob Wein ihn nun erzeugt oder Blutverlust? Wenn ich nur einen Freund hätte!» Er denkt an Todd, an seinen Freund, den Tod, und muß über die primitive Symbolik dieses Namens lächeln. Der Tod ist verwundet, vielleicht stirbt der Tod? Oder ist der Tod unsterblich? Wie Fliegen kriechen diese Fragen in seinem Kopf herum, summen mit den Flügeln. ~~Auf seiner Stirne treiben zwei wirkliche Fliegen ihr Liebesspiel, und innen im Kopfe wiederholt sich derselbe Vorgang. Er Dies~~ Es ist nicht eigentlich quälend, ~~dieser Vorgang,~~ eher von ~~jenem~~ dem gleichen Lustgefühl begleitet, das die kitzelnden Fliegen auf der Haut verursachen: man weiß, daß man die Macht hat, es zu unterbrechen.)

⟨Da kommt⟩ *Destange kommt zurück. Er hat sich Mühe gegeben: Der Tee ist stark, er hat den Saft einer Zitrone darunter gemischt ...* (Kürzung, Übergangsformulierung und entsprechende Zeichensetzung von Halperin; interne Korrekturen von Glauser mit Tinte)

226, 9 *Und diese mitleidlose Erkenntnis seiner eigenen Schwäche, die ihn überfallen hat (der Trotz, der ihn den Deckel im Staube suchen läßt, aber die Hand verweigert den Gehorsam!), läßt ihn auch jetzt noch so laut aufstöhnen, daß*

Destange mitleidig fragt, was ihm denn fehle, und ob er Schmerzen habe? ⟨«Nein, nein», Lös läßt den Kopf hin und her rollen. «Aber ich muß an heute nacht denken.»⟩ *Destanges Augen glotzen gierig, ~~wie die Patschulis, als er die Wunde betasten wollte~~.* ⟨Lös solle erzählen. Das sei doch unglaublich interessant. Ob es wirklich so angenehm sei zu verbluten, wie man es immer höre? Wenn das Bewußtsein so langsam schwinde, ~~und ob man~~ gebe es wohl schöne Träume ~~habe~~?⟩

Lös hat die Augen geschlossen, um dem saugenden Glotzen des anderen zu entgehen. «Stell das Essen weg, mir wird ganz übel davon. Nur ein wenig Tee. Danke.» ⟨Er läßt sich von Destange stützen, der es gerne tut. Aber Lös müsse ganz genau erzählen.

«Es war wirklich sehr grauenhaft und schmutzig.» Lös schüttelt sich, als friere ~~er~~ ihn. «Im Anfang ist es ganz leicht gewesen. Der alte Kainz (kennst du ihn?) hat mir noch Kaffee und Schnaps gebracht, ~~ich war so~~ das hat mich aufgeregt ~~nachher~~. Und dann war es doch der einzige Weg, um aus der Zelle herauszukommen, ich meine, damit i c h nicht mehr in der Zelle war. Verstehst du?» «Weiter», sagt Destange, «weiter!» «Das Schneiden hat gar nicht weh getan, das Blut hat bald gespritzt, und es war schön, das zu sehen. Es ist mir wohl dabei geworden. Ich bin noch auf den Zementblock geklettert, um mir eine Zigarette zu holen, das Paket lag auf einem Mauervorsprung. Aber ich habe nur ein paar Züge rauchen können, weil das Blut über meine Hand gelaufen ist und die Zigarette naß gemacht hat. Dann habe ich mich zurückgelehnt: Jetzt, habe ich gedacht, wirst du einfach einschlafen und nicht mehr ~~einschlafen~~ aufwachen. Aber da merke ich plötzlich, daß das Blut nicht mehr fließt und ich noch ganz wach bin. Ich will tiefer schneiden, aber wie die Schneide die Wunde berührt, wird mir übel. Hast du schon einmal mit leerem Magen erbrechen müssen? Scheußlich ist das. Du würgst und würgst, die Speiseröhre will sich umstülpen ~~wie eine leere Wursthaut~~ ... Ich lege mich wieder hin und denke, ich muß mich zuerst beruhigen. Aber kaum liege ich, da bekomme ich Kolik und Durchfall. Die Zelle ist voll Gestank, und ich bin so schwach, daß ich der Länge nach in den Kot falle. Mein Hund stößt ~~mich mit~~ seiner kalten

Schnauze ~~ins~~ mein Gesicht. Davon erwach ich wieder. Dann zieh ich mich an meinem Bett hoch und leg mich ~~drauf~~ hin. Suche nach dem Deckel und finde ihn nicht mehr. Da war mir alles gleich. Ich hab die Augen zugemacht. Aber bald bin ich wieder aufgewacht. Gefroren habe ich! Und keine Decke! Da habe ich meinen Hund neben mich gelegt, das hat ein wenig gewärmt. Aber Türk war aufgeregt, wahrscheinlich hat ihn der Blutgeruch verrückt gemacht. Mich hat das nicht lange gestört, denn plötzlich war ich eingeschlafen. Und habe geträumt. Eine lange Geschichte. Es war da ein Bach ...» «Weiter! Weiter!» drängt Destange. «Ja, vor dem Einschlafen hab ich noch nach der Wunde gegriffen, um zu fühlen, ob das Blut noch fließt. Aber nein ... Kannst du dir das Aufwachen heut morgen vorstellen? Wie die Augen von selbst aufgehen, weil es hell ist – und der Hund rast in der Zelle herum? ... ~~Mir tun a~~Alle Glieder tun weh, der Arm liegt neben mir, wie ein fremdes Stück Fleisch. Ach, die Leute wissen gar nicht, was Entsetzen ist. Ich hab es wirklich gespürt, zweimal in der vorigen Nacht. Einmal wie ich nicht mehr weiterschneiden konnte, und dann heut morgen. Eigentlich kein rechter Grund, um entsetzt zu sein, wirst du sagen. Aber denk dir, alles war wieder da: Kriegsgericht, Anklage, Travaux publics, Cayenne. Und etwas anderes noch: Jetzt läßt mich der Capitaine lebendig begraben, denke ich; er sagt: ‹Der Mann will sterben, gut, soll er tot sein.› Ich höre den Capitaine deutlich, wie er das sagt. ‹~~Er liegt da~~ Und›, sagt er noch, ‹der Kerl liegt da in seinem Blut, scharrt ihn ein, ich will mir nicht die Hand beschmutzen, um festzustellen, daß er wirklich tot ist.› ‹Nein›, schreie ich da ganz laut, ‹nein! Sie sollen mich nicht finden!› Und schreie weiter, schreie, während ich noch liege, schreie beim Aufspringen und will zur Türe laufen, aber ich falle der Länge nach hin, mein Mund ist voll Staub, aber ich schreie weiter. Im Liegen noch kann ich mit den Fäusten die Türe erreichen, ich schlage gegen das Holz, ziehe mich näher heran, bis ich quer vor der Türe liege, und schreie weiter und hämmere ... Und dann sind sie gekommen.»

Destange hat die Tasse in den Kübel getaucht, und der Tee gluckst leise, während die Tasse sich füllt. «Da, trink jetzt.»

Destange sagt es grob, Enttäuschung klingt in seiner Stimme. Dann, während er das Zimmer verläßt, wirft er einen schiefen Blick über die gehobene Achsel. Lös schämt sich, es ist, als habe er wieder einmal einer an ihn gestellten Anforderung nicht genügen können. Natürlich, Destange verachtet ihn, weil er so roh erzählt hat. Er hätte gerne eine rührende Erzählung gehört, mit Reue, Erinnerung an das Elternhaus und die Kindheit, Trauer um ein verlorenes Leben, wie gutgezogene Selbstmörder dies in den schönen Volksromanen stets tun. Dann hätte er auch Mitleid mit dem Kranken gehabt, denn Mitleid mit sich selbst zieht auch fremdes Mitleid an. Aber Lös will kein Mitleid, er behauptet es wenigstens, sich selbst gegenüber; er hat sich in der Nacht nicht bedauert, er und will es auch jetzt nicht tun. Und kKaum hat er dies zu Ende gedacht, so ist alles wieder ins Gegenteil verkehrt. Er hat Sehnsucht nach Zeno: Sie ist zwar nur ein kleines Arabermädchen, wohl wahr, aber es wäre gut, den Kopf in ihren Schoß zu legen und das Streicheln ihrer Hände zu fühlen, das Streicheln ihrer rauhen kleinen Hände. So schwach fühlt er sich, daß er keinen Hohn mehr aufzubringen vermag und sich forttragen läßt von dem großen vom Strom der Sehnsucht, der Sehnsucht nach Zärtlichkeit.

Destange schlägt laut die Türe zu, die in den Hof führt. Die leeren Betten sind ein Symbol Bild der Einsamkeit. Verzweifelt wehrt sich Lös gegen die große Rührung, ein schwacher Spott gelingt ihm: «All die großen Worte, Entsetzen, Verzweiflung, Einsamkeit, soll ich wohl heute kennenlernen. Genug, genug. Zuviel auf einmal. Werft nicht noch mehr davon, der Hof ist voll, wie sie hier sagen.»

«Psst», hört er plötzlich. Eine Gurkennase preßt sich gegen das Gitter, und eine Stimme, die heiser kreischt, beginnt überstürzt zu erzählen. Sie kommt aus einem Munde, der wie ein die Lippen sind breites rote Kautschukbandbänder ist, das, die sich ausdehnen und dann wieder zusammenschnellen.

«Alors, man kennt Was? Kennt man seine alten Freunde nicht wieder? Hast du den Stefan ganz vergessen, dem du zweimal einen Bidon Wein geschenkt hast? Weil du hinausgewollt hast und der Stefan Wache gestanden ist? Ah, mon vieux Caporal.

Schön haben sie dich hergerichtet, diese Äser. Du warst nie stolz, mein ~~a~~Alter ~~Bruder~~! Hast dem Stefan oft Zigaretten gegeben, und der Stefan vergißt ~~das~~ so etwas nicht. Aber weißt du», die Augäpfel rollen bedenklich, so als wollten sie plötzlich aus ihren Löchern springen, «denk an das, was ich dir jetzt sage. Bald wird's etwas geben, eine große Abrechnung. Der Stefan hat feine Ohren, er weiß, was gespielt wird. Eine große Veränderung steht bevor! Ich sage nicht mehr. Denn so geht's nicht weiter. Du bist der zweite, den sie in den Tod treiben. Dem ersten ist es gelungen, ganz zu desertieren, hahaha, das ist gut gesagt, ganz zu desertieren. Ja, in Atchana unten. Der kleine Schneider. Du hast ihn ja gekannt. Hat oft zu Stefan von dir gesprochen, Caporal. ‹Ja›, hat er gesagt, ‹wenn Caporal Lös hier wäre, dann wär's besser.› Hat sich erschossen, der kleine Schneider, danebengeschossen, aber doch getroffen, du verstehst? Durch den Schenkel, hier», Stefan hebt das Knie, stützt es auf die Kante des Fensters und balanciert in dieser Stellung. «Verblutet, fertig. Der alte Stefan hat sein Grab geschaufelt. Der Adjutant, die Eier sollen ihm abfaulen, hat ihm einen Tritt gegeben, wie er schon tot war. Ein ‹Boche›, der kleine Schneider, aber war ein guter Kamerad. Hat dem Stefan Zigaretten gegeben, wenn er gehabt hat, und sonst das Mégot. Nein, Stefan vergißt das nicht. Einem Toten einen Tritt geben! Jawohl, hahaha.»

Stefan schweigt. Die Augäpfel kommen zur Ruhe. ‹Natürlich›, denkt Lös, ‹der Selbstmord ist eine ganz banale Angelegenheit; selbst der kleine, unbedeutende Mann, der immer krank war, hat den großen Schritt ohne weiteres, ~~ohne viel Grübeln, einfach~~ getan. Ihm ist er besser gelungen – aus purem Zufall, wie Stefan erzählt.› Und wann das geschehen sei, fragt er. In der Nacht, auf Wache? Das sei doch so eine Sache mit der Nacht, die guten Rat brächte, meine Stefan nicht auch? Zuerst starrt ihn dieser verständnislos an, endlich hat er begriffen und speit Gelächter aus, wie ein Triton Wasser. «Sacré caporal, verdammt gut, halb tot und macht noch Witze!» Dann fährt er leiser fort (zur Vorsicht reißt er noch die Polizeimütze vom Kopf, legt sie trichterförmig um den Mund, damit die Worte ja nicht rechts und links entfliehen können, um sich in verdächtige Ohren zu schleichen) und wiederholt geheimnisvoll die Anspielungen von vorhin. Zum Schluß möchte er gerne eine Zigarette haben. Lös bedauert, aber Stefan könne ja holen gehen, übergibt ihm die Note, die er von Pierrard erhalten hat. Stefan krümmt sich, um seine Vertrauenswürdigkeit durch Verrenkungen deutlich zu machen. Er enteilt, wendet sich um, den Finger auf den Lippen, und wedelt beschwichtigend mit der Hand.

«Der kommt nicht wieder», sagt Lös laut vor sich hin. Und doch, drei Gedankenreihen sind noch nicht ganz abgeschnurrt, steht Stefan wieder da, ganz leise hat er sich herangeschlichen, bringt ein rosa Päckchen, drei violette Fünffrankenscheine und drei harte Nickelfranken. Er klimpert noch mit Kupfermünzen in der Tasche, aber: «Behalt nur», sagt Lös gnädig und schenkt noch eine Zigarette dazu. «Soll ich Stefan noch etwas für dich tun? » fragt Stefan. Alles, was du willst, aus alter Freundschaft.» ‹Derselbe Stefan›, denkt Lös, ‹hat dem Adjutanten zweimal den Gehorsam verweigert und den Sergeanten Wieland Veyre zu Boden geschlagen, als der ihm einmal befahl, außer der Reihe Stallwache zu stehen. Und mich mag er gerne, sieht mich wirklich liebevoll an, so als wolle er sagen: Wir zwei verstehen uns doch ... Es muß wohl zwischen uns eine Verbindung geben, eine Ähnlichkeit, die sich nicht abstreiten läßt.› Stefan verabschiedet sich mit einem Komikerknicks, der ihn zusammensinken läßt wie ein Stück Teig.

‹Aber was haben wir gemeinsam? Daß wir beide alles ablehnen, was nach Einfügen aussieht? Ich mit Weichheit, die keine Form anzunehmen vermag, er mit Härte, die sich nicht behauen läßt, ohne zu zersplittern? Wäre er an meiner Stelle gewesen, er hätte anders gehandelt: Der Chef, der Leutnant, Baskakoff hätten daran glauben müssen. Und nie hätte er sich fangen lassen: Sie hätten ihn niederschießen müssen, wie ein wildes Tier. Aber sich selbst hätte er nie etwas antun können. Ich habe all die Morde g e d a c h t und habe dann versucht mich selbst zu zerstören wollen, mich selbst, also auch die Welt. Unterschied zwischen Aktivität und Passivität im Zerstören.› Die Klarheit, die kurz aufgeleuchtet hat, wird wieder von der aufsteigenden Dumpfheit verdunkelt.

Diesmal verwandelt sich die Dumpfheit in Schlaf. Träume schichten sich übereinander; wenn ein Ungeschickter mehrere Bilder vor der Linse eines Projektionsapparates übereinander-~~schichtet~~legt, entsteht auf der Leinwand ein verschwommenes Bild: so Lös' Träume. Er erwacht endlich, während eine schmierige Dämmerung, durchsetzt mit weinenden Mücken, durch das Drahtnetz quillt.

Der Posten hat die⟩ *Wie er aufwacht, hat der Posten seine Stille abgeschüttelt. Die dünne Wand, die das Krankenzimmer vom Schlafsaal der Mitrailleusensektion trennt, läßt Gespräche nur als Lautbrei durch ...* (Kürzung von Halperin mit rotem und blauem Farbstift; Anschlußformulierung von Glauser mit Tinte)

226, 29 *Du mußt essen, sonst wirst du nie die Kraft einholen, die du verloren hast.»* ⟨Destange ist wieder freundlich, doch hält er Abstand. Er hat sich auf die Kante des Bettes gesetzt und erzählt von sich: Daß er in einer Fabrik in Lille gearbeitet und sich zur Sanität gemeldet hat, weil er kein Gewehr tragen will. Es gefällt ihm nicht in Marokko. Es sei zu heiß, und dann müsse man soviel Geschlechtskranke pflegen. Das sei eine schmutzige Arbeit, und er habe immer Angst, syphilitisch zu werden. Er redet sich ordentlich in Eifer, und dazwischen klingt, wie ein süßlicher Refrain, die Klage seines Heimwehs. Er habe so Sehnsucht nach den kalten Regentagen, nach einem Himmel, der voll Wolken sei. ~~Nach~~, und auch nach seiner Arbeit; denn er werde ~~da in den~~ im nächsten Jahr Vorarbeiter. ~~Und s~~Seine Eltern seien alt. ~~Es klingt alles~~ All die Klagen, die er vorbringt, klingen stolz, so, als ~~sei er stolz auf sein~~ dürfe er sich etwas auf sein Heimweh einbilden. «Ihr seid zu beneiden», sagt Lös, «um eure Sehnsucht. Wir wissen nicht, was Heimweh ist. Weiß ich überhaupt, was Heimat heißt? Ich bin von einem Land ins andere geworfen worden, ich weiß nicht, welches meine Muttersprache ist. Du hast doch einen ganz bestimmten Ort im Sinn, wenn du an Heimat denkst. Aber ich?» Destange rückt ungeduldig hin und

her. Er scheint nicht gern unterbrochen zu werden, wenn er von sich spricht. Nun steht er sogar auf und wendet sich ab. Geht ans Fenster, blickt in den Hof, indem er sich weit über das Bett beugt.⟩
«*Willst du mir nicht ein paar Eier holen?*» ⟨fragt⟩ *unterbricht ihn Lös* ... (Kürzung von Halperin mit rotem und blauem Farbstift; Anschlußkorrektur von Glauser mit Tinte)

228, 5   *Die Schritte kommen näher, ein Zündholz flammt auf, ein Stuhl fällt um. «Sie haben einen Sergeanten niedergeschlagen», sagt der Schatten.* ⟨Lös will aufstehen, er hat schon die Füße auf den Boden gesetzt und stößt sich vom Bett ab. Da wird der Boden weich, Lös fühlt sich versinken, das Zimmer wirft ihm ein Tuch über den Kopf, das mit Sternen bestickt ist, und er fällt. Aber sobald er liegt, wird der Boden wieder fest, Lös kann sich hochziehen, ins Bett rollen und bleibt dann schweratmend liegen. Im letzten⟩ *Lös erkennt im letzten Aufflammen des Streichholzes* ⟨hat er⟩ *Koribout* ⟨erkannt⟩.
Wieder Schritte vor dem Fenster, schwere Schritte von Leuten, die eine Last tragen. ⟨Mühsam geht's über die beiden Stufen vor dem Eingang, der Tisch im Vorderzimmer muß ausweichen, und tut dies mit unmutigem Knarren.⟩ ~~Mit einem scharfen Ruck wird e~~*Ein Körper wird auf das Bett neben Lös geworfen; die Träger drängen eilends wieder hinaus, als seien sie verfolgt* ... (Kürzung von Halperin mit rotem und blauem Farbstift; erste Überleitung ebenfalls von ihm formuliert, zweiter Anschluß von Glauser hergestellt)

231, 28   *Nach fünf Minuten tönt lautes Schnarchen durch die geschlossene Tür* ... Der Satz fehlt im Erstdruck, obwohl er im Ms. nicht gestrichen ist.

232, 7   *Nun kann die lange schlaflose Nacht beginnen, kein Licht wird mehr den Fluß der Gedanken hemmen.*
⟨Zuerst ist es nur ein ~~Spiel kindliches~~ Spiel mit Möglichkeiten, deren Fremdheit ihm gar nicht auffällt. Er denkt: ‹Jetzt kann ich dem Rufe des gelben Gottes folgen. Durch den Tod mußte ich

gehen, und dies hat mich unverwundbar gemacht. Nicht am Kreuze werde ich mein Leben beschließen wie der Zimmermannssohn: Nein, ich habe die Kreuzigung hinter mir, und jetzt werde ich meinen Zug durch die Welt beginnen. Im Traume bin ich gekreuzigt worden: Am Ufer eines Baches saß ein Mann, dessen Füße an schwimmende Bohlen genagelt waren, und die Strömung trieb die Balken mit sich und riß an den Wunden der Füße. Ich sah zu und war zugleich der Mann am Ufer. Dann stand ich in einer riesigen Halle, die nach dem Meere zu sich öffnete; ein Schiff: ich hing an der Bordwand, und über mir schlug ein Unsichtbarer Nägel durch meine Hände, nicht um mich zu quälen, nein, um meinen Sturz zu hindern. Oh, schmerzlos ist das Kreuzigen, das wußte er nur zu gut, der Erlöser, der durch seinen ~~grausamen~~ Tod die Menschen erretten wollte. Darum ließ er es auch geschehen und wehrte sich nicht, es war ein Mittel, die Ungläubigen zu zwingen, an ihn zu glauben. Nicht schmerzhafter als ein Mückenstich war für ihn das Einschlagen der Nägel. Weiß ich es doch, der Traum hat mich's fühlen lassen. Dann hab ich mich anschmieden lassen an einen heißen Felsen, ~~der eiserne~~ mit einem eisernen Bolzen ~~ging durch~~, den sie durch mein Ellbogengelenk getrieben hatten, ich aber riß mich los, und davon habe ich nun die Wunde; sie ist das Andenken an meine Befreiung. Dies war der letzte Traum, der den Kreis vollendet hat. Nun erst bin ich wahrhaft frei, nun weiß ich, wo der Weg zum Lichte ~~ist~~ führt. Nicht mehr wie früher ist es, als ich Nacht für Nacht träumte, ich sei auf der Suche nach einem Stern. Stunden und Stunden lang mußte ich durch zähen Sumpf waten, müder und müder wurde ich, immer suchten meine Augen nach dem fernen Glanz. Bis ich erschöpft mich umwandte. Da glänzte er hinter mir, ganz nahe, ich aber war zu ~~müde~~ erschöpft, um ihm entgegenzugehen, und der Sumpf saugte mich ein. Nun aber ~~bin ich wahrhaft frei~~ ist es anders. Die stärksten Männer werde ich auslesen aus der Schar derer, so um mich sind; meine gelbe Leibgarde will ich sie nennen, dem goldenen Gott zu Ehren, der mir die Mutter, die Tote, zu zeigen versprach. Mit diesen Wächtern kehre ich zurück, ziehe durch die Städte und Länder und predige das neue Reich: das

Reich der Mütter. Damit schließen wir den Kreis: Denn dunkle Kunde haben wir empfangen, daß vor dem Vater die Mutter über uns herrschte. Und wieder wird sie herrschen, die tote Mutter, ~~lebendig geworden~~ auferstanden in May, der Tänzerin.›

Das Herz klopft in derart schnellen Schlägen, daß es Lös zwingt, das Phantasieren zu unterbrechen. Und alsbald drängt sich auch die Kritik auf; sonderbarerweise entlehnt sie Bergerets Stimme: Das sei doch alles gestohlenes Zeug, meint die Kritik, Reminiszenzen aus gelesenen Büchern, unverdaute Mythologie. Es sei doch unnötig, die tote Mutter zu bemühen, den Erlöser sogar, nur weil es notwendig sei, die Feigheit des Selbstmordversuches mit einem notdürftigen, literarischen Mäntelchen zu verhüllen. Kitsch, sagt Bergeret, und läßt den Schluß des Wortes zischen, verachtungsvoll. Jetzt aber sei es nötig, vor allem das Inventar aufzunehmen und die Bilanz zu ziehen. Die Bilanz, jawohl, bestehe aus ‹Soll und Haben›. Nein, jetzt werde nicht in die Literatur abgeschwenkt mit Gustav Freytags Roman. Jetzt heiße es rechnen.

Bergeret, jetzt ist er's selber, nicht nur seine Stimme, ~~auch sein~~ er kämmt seinen Bart, der ein wenig an den Bart des Vaters mahnt. (Der des Vaters ist länger und ‹fournierter›, denkt Lös.) Bergeret entfaltet einen riesigen Doppelbogen, der außer den feinen Linien, die ihn überziehen, ganz leer ist. Da steht oben, in der Mitte, in fetter Rundschrift: «Inventar», dann erscheint rechts in der gleichen Schrift: «Credit» und links «Debet». Die ‹Credit›-Seite füllt sich mit Worten, von denen Lös weiß, daß sie eigentlich Zahlen bedeuten. Er hat viel Schulden, stellt er seufzend fest. Alle Liebe, die er mit Gleichgültigkeit erwidert hat, ist in sauberen Posten aufgeführt; zehn-, zwanzigmal ist das Wort ‹Gleichgültigkeit› aufgezeichnet, jedesmal in verschiedener Schrift, und er erkennt jede einzelne: Schriften von Freunden, von Frauen, von Lehrern. ‹Das gibt Gleichgültigkeitsmilliarden›, denkt er. Vorsätze, gute und schlechte, nie erfüllte, sind in ‹Traumionen› ausgedrückt. Jetzt erscheinen auf der ‹Debet›-Seite ebenfalls Worte, aber so blaß sind sie, verblassen noch mehr, verschwinden, und neue Schulden tauchen auf der anderen Seite auf.

Es sind die gleichen Worte, eigentlich, nur tragen sie jetzt ein riesiges, rotes Minuszeichen vor sich her. Sie marschieren und ordnen sich ein auf wie Ameisen. ‹Güte› liest er links, ‹Güte› erscheint rechts und ordnet sich als Faulheit ein. «Das ist das Komplizierte und doch so Einfache bei dieser Rechnung», erklärt Bergeret, «daß das Vorzeichen auch die Struktur des Wortes verändert, aber die allgemeine algebraische Regel gilt auch hier: Entgegengesetzte Vorzeichen heben sich auf. Siehst du, Freigebigkeit gibt Bequemlichkeit, die Wurzel daraus Verschwendung. Es ist alles wie in den guten Moralbüchern, über die du gespottet hast. Dein Mut? Feigheit vor dem Leben. Hehe. Und die Addition muß stimmen wie in der Buchhaltung der Verpflegung, Stück zu Liter, Liter zu Kilo und die Brotlaibe dazugezählt. Denn alles kann man auf einen gemeinschaftlichen gemeinsamen Nenner bringen, der ist das ‹Traumion›. Jetzt ist die ‹Soll›-Seite leer, tu piges?» sagt Herr Bergeret in schönstem Argot. Aber er verschwindet nach dieser hämischen Bemerkung. ‹Wie soll ich weiterleben, mit dieser Schuldenlast?› denkt Lös und versucht sich zu trösten, das sei nur das Fieber. «Nein, Ehrlichkeit ist es», ruft der unsichtbare Bergeret. Nun steht das Wort ‹ehrlich› in riesigen Buchstaben auf unter ‹Debet›, verblaßt wieder, taucht unter den Schulden auf, aber er kann es nicht lesen. Er weiß nur, daß es etwas Häßliches bedeutet. «Es sind nur leere Worte, nur leere Worte», jammert Lös, und es dünkt ihn, er höre seine eigene Stimme ganz laut. Niemand antwortet ihm. «Ich denke in Bildern und nicht in Worten», sagt er trotzig und weint wie ein kleines Kind. «Das ist die Strafe», sagt der Vater, «weil du mich wegen dieser Worte ausgelacht hast. Aber diese Worte sind klar und wahr, sind Stock und Krücke und Prüfstein. Die Steine mußt du tragen, sie werden dein Brot sein, weil du mir nicht geglaubt hast, damals, als ich dir sagte, du müßtest Brot in deine Suppe brocken. Jetzt, nicht wahr? ... jetzt wärest du froh, hättest du Brot und Suppe!» Lös friert vor Grauen, sein Rücken ist kalt, denn er muß auf einem rechteckigen Schneeblock liegen – ganz nackt –, und der Vater schlägt auf ihn ein mit einem Rohrstock, der bei jedem Schlage größer wird.

«Das gehört in die Traumdeutung!» schreit er. Da fragt eine ruhige Stimme aus dem Nebenzimmer: «Brauchst du etwas?»

‹Das ist ja Destange!› denkt Lös und hört sich antworten, ganz ruhig: «Nein, danke!»

Sein ganzer Körper steckt in einer dünnen heißen Hülle, so daß er sich vorkommt wie ein zusammengerollter Regenschirm, den man in sein seidenes Fourreau gesteckt hat.〉

«Halt!» murmelt ~~er~~ Lös. «*Jetzt nehmen wir die beiden Tabletten, die wir verschmäht haben. Dann wird das Chinin den Schweiß durch die Poren treiben* 〈, und hoppla! die heiße Hülle löst sich auf.〉 *Gesagt, getan!*» sagt er wichtig. «*In den Mund mit den Ptisanen, sie sind bitter, das schadet nichts...*» (Kürzung und Anschlußkorrekturen von Halperin mit rotem Farb- und Bleistift)

234, 24 *und dann wird er sie verwehen. Wohin? Worte sind es nur, Worte, in die Nacht gesprochen... Stimmen haben sie geformt, die heiser geworden sind vom Wein und vom Durst und vom Rauch.* 〈Und doch ~~ergeben~~ fügen die rauhen Worte ~~zusammengefügt~~ sich zusammen zu Bildern~~, welche~~; auf Erden sind sie entstanden ~~sind~~ – vielleicht trägt der Wind ~~diese Bilder~~ sie hinein in ~~den~~ einen dunklen Himmel, wo sie aufleuchten werden, einmal, als Sterne einer kommenden Ewigkeit...〉

Schilasky spricht: «*Der Todd hat mir schon am Abend vor dem Kampf gesagt* ... (Kürzung von Halperin mit rotem Farbstift)

239, 25 *Kraschinsky versuchte zu lachen* 〈, und man hörte es seinem Lachen an, daß er bange darauf wartete, die anderen in dies Lachen einstimmen zu hören〉. *Aber das Schweigen, das ihm* ... (Kürzung von Halperin mit Bleistift)

246, 35 «*Ah*», *sagte Leutnant Lartigue und setzte sich auf Schilaskys Matratze.* «*Endlich finde ich in der Legion eine Poet!* ...»

〈Worte, gepackt vom Wind, vertrieben, gesammelt und wieder zerstreut. Worte ~~und Wörter~~, viele, nutzlose.~~ Und andere~~, die verschwommene Bilder umreißen und leuchtende Linien einritzen, irgendwo, in einen unbekannten Himmel. Wer kann sagen, daß all die Worte verhallt sind, und wer versichern, daß auf immer verstummt ist das Winseln eines sterbenden Hundes?

Und wieder fällt zur Erde der Staub, aufgewirbelt vom Wind. Oder er schleift über trockene Gräser, trommelt auf den breiten Blättern der Feigenbäume, schmirgelt die Wellblechdächer glatt, daß sie spiegeln in der Sonne des großen Mittags. Aber niemand weiß, wohin die Worte entführt werden; von den Lippen, die sie geformt haben, ~~hat sie~~ pflückt sie der Wind ~~gepflückt~~, und vielleicht weht er sie nun hinein in die Sonne, wo sie durchglüht werden ... Und dann, befreit von Schlacken, brennen sie ihre Bilder ein in die fernsten Himmel, wo die großen Worte, die heiligen und tiefsinnigen, leuchten bis zum Tage des Gerichts ...⟩

Das Kompagniebüro ist klein. Unter dem einzigen Fenster, das sich auf die Nacht öffnet, die fremde und feindselige, steht ein weißer Tisch ... (Kürzung von Halperin mit rotem Farbstift)

252, 29 «*Zu Befehl, Capitaine*», *sagt Narcisse. Seine Brust wölbt sich vor, wie bei einer Frau. Gaston Chabert geht schlafen ...*

⟨Worte, vom Winde verweht ...⟩ (Kürzung von Halperin mit rotem Farbstift)

262, 12 «Wo ... ist ... meine ... Ordonnanz?» ⟨Farnys Stimme konnte sich nicht entfalten, die leise Stimmung des Raumes drückte sie zu Boden.⟩ *Keine Antwort.* ⟨In zwei Gruppen nur ein leises Achselzucken.⟩ «Könnt ihr nicht antworten ... (Kürzung von Halperin mit Bleistift)

263, 21– Die gesamte Passage wurde von Halperin aus dem
266, 5 Präsens in die Vergangenheitsform gesetzt; die Eingriffe sind im Gegensatz zu den übrigen Korrekturen Halperins auf diesen Seiten mit Tinte ausgeführt und haben Glauser wahrscheinlich nicht mehr vorgelegen. Die vorliegende Ausgabe kehrt deswegen zur Präsensform zurück.

264, 29 *Da ihm dies nicht gelingt ...* Halperins Änderung in: «Da er nicht durchkam» war eine Folge der Umformung in die Vergangenheitsform: Halperin wollte damit wohl die Assonanz ‹gelangen› – ‹gelang› vermeiden. Da sich dieses stilistische Problem im Präsens nicht stellt, wurde Glausers ursprüngliche Formulierung beibehalten.

265, 2 *Er hat sich von Seignacs Hand befreit und wiederholte den Schicksalsruf: «Aux armes!»*
⟨Dieser Ruf ist es vor allem, der wirkt. ~~Alle sind mehr oder weniger betrunken, unter ihnen ist wohl keiner, der einen ruhigen Gedanken zu fassen imstande wäre, außer Seignac vielleicht.~~ Da ~~vor allem~~ sind ~~es~~ ein paar Deutsche (~~die in der Heimat einige Putsche mitgemacht haben~~ haben sie geputscht), die von der Aufregung Farnys ergriffen werden. Es leuchtet ihnen ein, was der Verrückte schreit; die Waffen sind da, um gebraucht zu werden~~, rufen sie dazwischen. Sie sind nicht.~~ Diese Männer stehen nicht mehr sicher auf ihren Beinen, sie schwanken hin und her, und ihre Kerzen, die sie in den Händen tragen, lassen heiße Tropfen über ihre Finger fließen, ~~ohne daß~~; aber sie spüren es nicht. Und während sie auf eine Gelegenheit warten, um eingreifen zu können, ~~begibt sich diese auslösende Gelegenheit~~ geschieht etwas ...⟩
Pausanker ist mit den Sängern aus der Tür getreten, das Gewehr hält er im Arm wie ein Sonntagsjäger, den Lauf gegen die Sterne gerichtet ...

271, 28 *kaute Ackermann auf seinen Fingernägeln.* ⟨Dicht an⟩ *Sitnikoff* ⟨gelehnt saß⟩ *und Lös saßen am Tisch ...* (Korrektur von Halperin mit Bleistift)

275, 8 *das angenehm hell und beruhigend wirkt.* ⟨Auch d⟩ *Der Kellner* ⟨war freundlich, er⟩ *hatte in den Kolonien Dienst getan und bediente Lös mit kameradschaftlicher Freundlichkeit; der Anzug, den Lös trug, schien* ⟨den Kellner⟩ *ihn nicht zu stören ...* (Korrekturen von Halperin mit Bleistift)

278, 23 　*Ja Zeno! Er hatte Zeno verkauft ...* Im Ms. ursprünglich: «Ja, Zeno! Zeno hatte er verkauft.» (Korrektur von Halperin mit Bleistift)

283, 34 　*Die Gangtüre fiel zu.* ⟨Lös lauschte. Er hörte deutlich: «Falls der Mann wiederkommt, bin ich nicht zu Hause.»⟩ *Langsam stieg Lös die Stufen hinab ...* (Kürzung von Halperin mit blauem Farbstift)

Korrekturen und Streichungen von Glauser
────────── *Editorische Eingriffe*

Das Manuskript des Romans weist eine große Anzahl von Korrekturen und Streichungen auf, die Glauser im Verlauf der Jahre vorgenommen hat. Sie vollständig zu verzeichnen oder gar zu datieren, würde den Rahmen der vorliegenden Ausgabe sprengen. Im folgenden werden nur solche Stellen aufgeführt, deren Sinn sich durch die Korrektur verändert hat, die Glausers stilistische Entwicklung veranschaulichen oder die interessante Einblicke in den Schreib- und Redigierungsprozeß ermöglichen. Außerdem wurden jene Passagen verzeichnet, die durch Glausers Korrekturen und Streichungen inkonsistent geworden sind, so daß editorische Eingriffe nötig wurden. Wie im vorangehenden Kapitel werden die betreffenden Textstellen zunächst in kursiver Schrift angeführt; die gestrichenen Passagen folgen sodann recte und in Winkelklammern ⟨ ⟩ gesetzt. Korrekturen, die Glauser innerhalb dieser Passagen vorgenommen hat, sind wie im Ms. ~~durchstrichen~~ *wiedergegeben.*

1. Kapitel

8, 9   *denn er war alt.* ⟨«Soll ich absteigen?»⟩ *«Wüllst nit du jetzt reiten?»*

9, 22   *Nuance der Untertänigkeit* ⟨, nicht zu servil, auch nicht zu wenig.⟩ ...

10, 1   *den Morgenschnaps verweigert.* ⟨Hassa konnte seinen Unwillen nicht deutlich genug zeigen ... Ja, also, den Morgenschnaps verweigert!⟩ ...

11, 29 *Dann spuckte Cattaneo kunstgerecht durch eine Zahnlücke* ⟨ – das Projektil sauste in der Mitte zwischen den aufgestellten Ohren des Pferdes hindurch⟩ *und traf das Pferd auf die Nüstern.*

12, 36	*Untersteht der französischen Administration,* ⟨*in Ruhe wird das Lokal,*⟩ *auf Marsch werden ihm Zelte und Saumtiere zur Verfügung gestellt.*
13, 8	*Prächtig, nicht wahr?»* ⟨*Das Wiehern des Adjutanten ging in ein keuchendes Husten über.*⟩ …
13, 11	*Feigenbäume wuchsen hinter seinen Mauern* ⟨*, und später schien sich der Boden zu senken.*⟩ …
13, 18	*aber die schwarz-blauen Haare wirkten wie* ⟨*eine enganliegende Kappe*⟩ *ein stählerner Kettenhelm* …
13, 22	*der Materne … Weißt …* Im Manuskript ursprünglich «Waaßt»
13, 34	*zwölf Kilo Lebendgewicht …* Im Manuskript ursprünglich: «acht Kilo abzogn – also ohne Haut.»
14, 23	*war tief über den Kopf gezogen* ⟨*, daß die ohnehin großen Ohren wie Henkel abstanden*⟩ …
17, 3	*im Luftzug über der gelben Rundung seiner* ⟨*hohen*⟩ *Stirne;* ⟨*eine große*⟩ *Müdigkeit hatte rund um die Augen und um die trockenen, weißlichen Lippen* ⟨*regelmäßige*⟩ *Falten eingegraben* …
17, 12	*zwei Karbidlampen …* Im Ms. ursprünglich «Acetylenlampen»
17, 25	*das sich nicht entladen konnte, durchschüttelte seinen Körper* ⟨*und harrte eines Umstandes, um sich entladen zu können*⟩ …
17, 36	*dazu zwinkerte er* ⟨*mit den Augen und schien hinter seinem Rücken mit hohler Hand Luft zu schöpfen*⟩ …
18, 21	*Und* ⟨*, ohne sich zu bewegen, begann sie*⟩ *sie begann* …
20, 10	*er hüpfte auf seinem Stuhl* ⟨*wie ein riesiger Rugbyball*⟩ …
21, 30	*Übrigens, große* ⟨*traurige*⟩ *bittere Neuigkeit: «Proust ist tot.»* (Korrektur von Beatrix Gutekunst)
22, 4	*seine Stimme klang traurig, denn ein* ⟨*Fetzen*⟩ *Stück Vergangenheit flog an seinen Augen vorbei.* (Korrektur von Beatrix Gutekunst)

24, 12 *auf dessen Dach eine Fahne wehte.* ⟨Das einzige Fenster ging auf den Hof. Dahinter⟩ *Dort wohnte ...*
25, 12 *Lös ging über den Hof. Die weißen* ⟨kaltleuchtenden⟩ *Mauern beschien der Mond.*
28, 7 *Er stand auf* ⟨, zog den Rock straff und bemerkte, daß sein Bauch ziemlich* weit *spitz vorsprang. Dann⟩ und holte aus seiner Kammer ...*

⟨

2. Kapitel

29, 15 *dazu Breeches und schwarze Wadenbinden.* ⟨Ihnen⟩ *Den beiden folgten die Korporäle Smith und Pierrard,* ⟨zwei derart verschiedene Typen,⟩ *die derart verschieden waren ...*
30, 7 *das Blut drängte sich in die Haut seines Gesichtes,* ⟨das Kinn sank herab,⟩ *die Augen quollen vor*
31, 13 *drückte sich gegen seinen Freund* ⟨, haschte mit der freien Hand nach Lös' Fingern⟩ *und versank wieder in Schweigen.*
32, 33 *fand seinen Witz so ausgezeichnet, daß er* ⟨seine prallen⟩ *sich auf die Schenkel* ⟨mit den Händen bearbeitete⟩ *klatschte ...*
38, 8 *Sitnikoff war* ⟨geballte⟩ *nur noch Aufmerksamkeit ...*
41, 5 *Geschichten, die wahr sind* ⟨und schön wären⟩, *statt uns anzulügen ...*
42, 29 *die zurückblieb, weiß verschmiert* ⟨vom Lichte des Morgens⟩ *...*

3. Kapitel

43, 19 *Zwei in der Nacht geborene Lämmer, die noch feucht waren* ⟨und laut heulten⟩, *nahm der Alte unter die Arme.*
43, 22 *und trieb sie über den* ⟨kahlen⟩ *Platz ...*
43, 27 *das von einem Rumi geschlachtet worden war ...* Im Ms. irrtümlich ‹wäre›.

408

45, 23	*Lös erkannte sie und winkte ihr* ⟨lachend⟩ *zu …*
45, 32	*Ihr Gang war sanft und* ⟨aufrecht,⟩ *knabenhaft, ohne nutzloses Wiegen …*
47, 2	*Hinterteil, das er in* ⟨starren⟩ *Pendelschlägen hin und her warf.*
48, 8	*Lös habe doch mehr Bildung und mehr* ⟨Fingersatz⟩ *Fingerspitzengefühl.*
50, 11	*Ein Fünfzigfrankenschein verschwand in Narcisses* ⟨dunkelbehaarter⟩ *Hand.*
51, 18	*verlegen, weil er nicht wußte, was er* ⟨weiter sagen, was er⟩ *tun sollte.*
52, 19	*Die* ⟨harten⟩ *Blätter der Feigenbäume klapperten leise, und die Lancetten der Olivenbäume waren aus mattem* ⟨biegsamem⟩ *Stahl …*
55, 8	*so wie Tabak manchmal schmeckt an einem qualmenden Feuer.* ⟨Auf der Zunge blieb ein Geschmack nach Ruhe zurück.⟩ *…*
56, 10	*Dann neigte er sich* ⟨gegen das dunkle Rot der untergehenden Sonne⟩*, richtete sich auf …*
57, 4	*den Mond, den eine unsichtbare riesige Hand über den Berg hob* ⟨*, um ihn dann in weitem Bogen durch den Himmel zu schieben*⟩ *…*
58, 21	*er wolle nur schnell zum Posten zurück, sehen, was dort los sei.* ⟨Dann aber verzichtete er auf diesen nutzlosen Gang.⟩ *Er blieb noch eine Weile …*

4. Kapitel

59, 16	*um sich müde zu machen* ⟨und um ihrer Überreizung irgendein Ventil zu öffnen⟩ *…*
59, 26	*was sie sich nicht ohne weiteres rauben ließen.* ⟨Lieber die Hitze ertragen und die erstickende Schwüle, als auf diesen Luxus verzichten, der ihnen zustand.⟩ *…*
62, 22	*Aber dann merkte* ⟨ich⟩ *sie, daß sie mich liebgewann, und da wurde sie zurückhaltender.*

63, 21 *auf dessen Gesicht ein höhnisches Grinsen einge⟨fro-ren⟩trocknet war ...*
64, 15 *Fieberthermometer und ⟨Codein⟩ Salvarsan ...*
65, 31 *Gewöhnlich hatte er sechs Tributpflichtige ...* Im Ms. irrtümlich «Tributpflichtete».
65, 35 *beim Spielen. Er war ⟨auch⟩ vorsichtig und ⟨paßte immer⟩ kaufte nur ganz selten, wenn er siebzehn hatte ⟨und in den seltensten Fällen kaufte er bei achtzehn⟩ ...*
67, 23 *Bärtschi duckte sich feige ...* Im Ms. ursprünglich «feige duckte sich Bärtschi.»
70, 23 *Und seine Klagen sickerten zähe ⟨in die heiße Nacht⟩ zum alten Kainz, der neben ihm saß.*
72, 11 *Lös träumte in den leeren Himmel hinein und füllte ihn ⟨mit seinen Träumen und⟩ mit den Göttern, die er langsam auferstehen ließ.*

5. Kapitel
75, 1 *Leutnant nickte dazu, die Leute plapperten ⟨alle,⟩ wie gutdressierte Papageien. Aber sie ⟨alle⟩ kannten ⟨doch⟩ den «piston moteur» und den «ressort de détente», denn sie hatten ja ⟨alle⟩ schon zwei Jahre Dienst ⟨und hätten auch in der Dunkelheit das Gewehr auseinandernehmen können⟩ ...*
75, 11 *Langsam füllte sich der Posten wieder um die Mittagszeit. Ein erneutes Pfeifen:* ⟨Alles strömte zur Küche, Kartoffeln schälen⟩ *Langsam trabten die Männer zur Küche, um dort Kartoffeln zu schälen ...*
75, 27 *Sergeant Farny suchte nach seiner Ordonnanz (sie wechselte oft, war aber stets jung und ⟨mit einer weichen glatten Haut überzogen⟩ hatte eine weiche, glatte Haut ...* (Korrektur von Beatrix Gutekunst)
76, 28 *Augäpfel, deren Beschaffenheit am ehesten an trübe Gelatine ⟨oder Wasserglas⟩ erinnerte ...*

77, 15	*eine Nummer des Fantasio* ⟨, die Hassa aus Algerien mitgebracht hatte⟩ ...
77, 20	*Neben Hassa saß Sitnikoff* ⟨, ein russisches Buch offen neben seinem Teller, in welchem er las⟩ *und las in einem russischen Buch* ...
79, 4	*wieder den Weg zu* ⟨Gesundheit⟩ *Leben und Glück finden* ...
85, 9	*und der* ⟨Krankenwärter⟩ *Sanitäter hat nicht einmal ein Fieberthermometer* ...
86, 30	*Lös rauchte schweigend. Er* ⟨schien auf⟩ *erwartete die fällige Anspielung auf sein Liebesverhältnis* ⟨zu warten⟩ ...
86, 34	*strich sich durch die Haare, daß sie* ⟨blond und⟩ *unordentlich aufstanden* ...
89, 26	*hinter der* ⟨zischenden⟩ *Flamme war ein Scheinwerfer* ...
91, 34	*hungrig nach Zärtlichkeit, daß ein* ⟨Wort schon fast genügt, ein freundliches⟩ *freundliches Wort, gesagt oder empfangen* ...
93, 14	*Oder soll ich vielleicht mit Patschuli schlafen und mich dann mit seinem Zuhälter herumprügeln? Das geht doch nicht. Das ist alles zu schmutzig.* ⟨Wir sind nicht darauf eingestellt. Ich glaube nicht, daß es Moral ist.⟩ *Ja, wir sind beide in die Legion gekommen, um Schluß zu machen* ...
93, 25	*weil ich ihr ein Kleid* ⟨gekauft⟩ *geschenkt habe und ihrem Vater zweihundert Franken* ⟨gegeben habe⟩ ...
95, 3	*Mit einem hörbaren Aufatmen steckte Lös seine* ⟨flachen⟩ *Hände in den Gürtel* ...

6. Kapitel

96, 15	*Er lachte, als er das unterdrückte* ⟨Fluchen⟩ *Murren hörte* ...
96, 26	*Die Maulesel zerrten an den Ketten* ⟨, so daß sie klirrten⟩. *Ein langes Drahttau verband sie* ...

96, 29   *Vor dem ⟨weißen⟩ Posten auf dem Hügel putzten graue Gestalten, in langen Kapuzenmänteln, ihre ⟨wiehernden⟩ Pferde.* ⟨Gums⟩ ...

98, 14   *«Antreten!» bellte er ⟨, so, daß nur eine Silbe hörbar ward.⟩* ...

98, 35   *Patschuli zeigte sein ⟨ver⟩welk⟨t⟩es Mädchengesicht* ...

99, 11   *Die Sonne beleuchtete das schwere Grün der Oleanderbüsche ⟨, welche den Oued einsäumten⟩ an den Ufern des Oued* ...

99, 22   *ritt auf einen Bergsattel zu, den ein ⟨schwacher⟩ Nebel zart verschleierte* ...

99, 35   *wie es ist, krank zu sein. Wenn's ihm schlecht ⟨ist⟩ geht, sauft er Schnaps* ...

101, 14   *Rudel Gazellen verschwand, lautlos hastend, fern in der Ebene ⟨In der Stille dröhnten die Hufe der Maultiere auf dem Boden.⟩* ...

101, 18   *nahe an den Bach in den glitzernden ⟨gelben⟩ Sand gelegt und blinzelte in den ⟨stählernen⟩ Himmel. Der kleine Schneider berührte ihn ⟨zaghaft⟩ an der Schulter* ...

102, 10   *Der Wind schliff die Spitzen der Gräser mit ⟨feinem⟩ Sand. ⟨Spärliche⟩ Fliegen zogen klingende Kurven durch die Luft und über den ⟨ganz⟩ fernen Schneebergen sonnten sich weiße Wolken* ...

103, 24   *Doch schüttelte er unzufrieden den Kopf, als der kleine Schneider aufstieg. ⟨Seine großen Ohren schwangen wie Fächer.⟩* ...

103, 31   *Der kleine Schneider dachte an Lös: ‹Ein anständiger Kerl›, murmelte er laut und nickte mit dem Kopf. ⟨Es war ihm, als könne er mit diesem Nicken die vergangene Zärtlichkeit zurückzahlen.⟩* ...

105, 5   *Er hatte sich verkauft – für fünfhundert Franken und jetzt 75 Centimes täglichen Lohn* ... Das «jetzt» offenbar irrtümlich gestrichen.

105, 10   *Und war doch als Soldat eingetreten, ⟨jetzt aber Arbeiter mit schlechtem Lohn⟩* ...

105, 31	*Um sechs Uhr wurde zu Nacht gegessen.* ⟨Boucher⟩ *Der alte Guy schleppte ...*
106, 5	*Dann waren auf dem grünen Himmel zwei Sterne* ⟨, kleine Leuchtkugeln⟩. *Ein kalter Wind ließ ...*
107, 12	*dessen Latten sich unter dem Gewicht seines Körpers bogen.* ⟨Die behaarten Arme und Knöchel schimmerten rötlich im Licht.⟩ *Die offenen Breeches wehten um die Waden ...*
108, 20	*Das Gewehr fiel zu Boden.* ⟨Zitternd rissen⟩ *Die beiden Hände rissen die Wickelgamasche*⟨n⟩ *vom* ⟨Bein⟩ *rechten Bein,* ⟨zerrissen⟩ *lösten zitternd den Schuhriemen, um den Fuß zu befreien.* ⟨«Mit der großen Zehe», flüsterte der ausgetrocknete Mund.⟩ *Bei einer heftigen Bewegung des rechten Armes entlud sich das Gewehr ...*
109, 3	*Er beaufsichtigte* ⟨selbst⟩ *das Zuschaufeln ...*

7. Kapitel

112, 18	*die vielen Atem hatten* ⟨sich scheinbar beruhigt, oder sie hatten⟩ *wohl das Zeitmaß gefunden ...*
112, 23	*Sie schienen gar nicht in das Lager zu passen mit seiner streng quadratischen Form ...* Im Ms. ursprünglich: «dessen streng quadratische Form von unerbittlicher Ordnung zeugte.»
112, 26	*bisweilen stieß das eine kurze pfeifende Laute aus und* ⟨schlug und⟩ *warf die Hinterbeine in die Luft ...*
112, 35	*Der Wind breitete den* ⟨dünnen⟩ *Rauch wie ein scharfduftendes Tuch über das Lager ...*
113, 1	*In den Zelten wurde es* ⟨unruhig⟩ ⟨lebendig⟩ *...* Glauser strich beide Möglichkeiten, ohne sich für eine definitive Formulierung zu entscheiden; ‹unruhig› mißfiel ihm wohl, weil er das Wort schon im vorhergehenden Satz verwendet hatte, ‹lebendig› dagegen ergab einen Widerspruch zum folgenden Nebensatz, wonach die Gestalten den «Schatten Verstorbener» glichen. Der

vorliegende Text hält sich an Halperins Entscheidung für ‹unruhig›.

113, 27 *Nur des Capitaines Händeklatschen* ⟨und anfeuernde spärliche Rufe⟩ *drang*⟨en⟩ *durch das Scharren des Aufbruchs* ...

113, 33 *Er hob den Arm,* ⟨es⟩ *und die Bewegung sah aus* ⟨, als verrichte er⟩ *wie eine sakrale Geste* ...

114, 21 *Todd dachte nach. Gab es hier überhaupt Tau? Er hätte es nicht sagen können.* ⟨Bis jetzt hatte er nicht darauf geachtet. Überhaupt, auf was achtete man auf einem Marsch.⟩ *Immer blieben die Bilder stumpf* ...

114, 26 *Nur Wut empfand man gegen diese Puppen, wenn die beim Satteln störten* ⟨sinnlose Wut, auch gegen das Tier, wenn es nicht gehorchen wollte.⟩ ...

114, 31 *Veraguin, der kein Wort Französisch sprach.* ⟨Todd verständigte sich mit ihm durch Zeichen, wie mit einem Taubstummen.⟩ *Todd hielt den rechten Steigbügel* ...

115, 7 *Nun senkte sich der Arm, ein Ruck ging durch die lange farblose Schlange, sie kroch weiter* ⟨, einem halben Sonnenball entgegen⟩ ...

116, 26 *Todd schiebt den Unterkiefer vor und schweigt* ... Diese Passage und der folgende Absatz standen ursprünglich in der Vergangenheitsform; die Versetzung ins Präsens stammt von Glauser.

119, 13 *als die Kolonne zum vierten Mal hielt. Sie war auf der Höhe angelangt* ⟨, nachher ging der Weg wieder bergab⟩. *Diesmal hob der Capitaine beide Arme zum Himmel und machte eine Zeitlang* ⟨mit ihnen⟩ *Freiübungen* ...

119, 28 *Manchmal packte er* ⟨ohne die Richtung des Blickes zu wenden, nur die Wangenhaut zuckte (es sah aus wie das Zucken von Pferden, die Stechfliegen verscheuchen wollen)⟩ *das Handgelenk seiner Ordonnanz, preßte es* ⟨zusammen⟩, *ließ es wieder los* ...

119, 36 *die Wadenbinden saßen ohne Falten,* ⟨und⟩ *auch die*

120, 6	⟨grünlichen⟩ *gelben Krawatten waren dreifach zusammen*⟨gelegt⟩*gefaltet, wie es das Reglement vorschreibt, und so eng* ⟨an⟩ *um den Hals gelegt* ...
120, 6	*Backenknochen so weit zurückgelagert, daß die* ⟨weich gebogene⟩ *edel geformte Nase deutlich sichtbar blieb* ...
120, 10	*protegierte ihn Ackermann* ⟨, verteidigte ihn gegen Farny, der nur von einem schwarzen Vieh [sprach] und stets zu eigenem Ergötzen ein Wortspiel mit ‹bête noire› machte, welcher Witz ihm stets ein widerliches Meckern entlockte⟩ ...
120, 25	*Doch Farnys kompakter Blick* ⟨schien⟩ *war ein* ⟨physisches⟩ *Hindernis* ⟨zu sein, an dem Ackermann sich stieß⟩, *das den Deutschen aufhielt* ...
120, 27	*Ekel zog Falten in sein Gesicht* ⟨. Der Mund öffnete sich, so als müsse er sich erbrechen und⟩, *denn Pausankers* ⟨angefaulte⟩ *Haltung gab Grund zu ehrlichem Widerwillen* ⟨für einen sauberen Menschen.⟩ ...
120, 31	*Der Schwarze nickte. Und* ⟨nur⟩ *aus Freundschaft für Ackermann legte auch er sein* ⟨klargeschnittenes⟩ *Gesicht in angewiderte Falten* ...
121, 16	*ob Deutscher oder Russe,* ⟨im Krieg sind sie alle gewesen⟩ *sie sind im Krieg gewesen* ...
122, 16	*«Sehr interessante Probleme werden behandelt», sagte er* ⟨und er ließ die ‹r› schnarren⟩ ...
122, 26	*stieg ein alter Herr ein mit* ⟨grauem⟩ *weißem Franz Josefs-Bart* ...
124, 30	*Es klang ganz wie* ⟨eine schöne Sage⟩ ...
124, 34	*spielte stellvertretende Autorität (der Capitaine war* ⟨irgendwo hinter dem Horizont verschwunden⟩ *nirgends zu sehen)* ...
125, 22	*Sitnikoff schwieg* ... Im Ms. ursprünglich «schlief» (Korrektur von Glauser, obwohl Sitnikoff weiter oben tatsächlich schlief, vgl. S. 116, Z. 10)
125, 23	*wie ein monotones arabisches Lied.* ⟨Erst als der Leutnant schwieg, zwinkerten Sitnikoffs Augen, ein Seuf-

zer stieg aus den Lungen. Der Leutnant ritt beleidigt nach vorn.⟩ ...

125, 30 *ärger gewesen als der ganze Krieg. Schilasky* ⟨*, der Verstummte,*⟩ *lächelte nur höhnisch* ...

126, 21 *jedes für sich, ohne Zusammenhang mit* ⟨*dem Nächsten*⟩ *den andern* ...

127, 23 *auf schlechtkolorierten Postkarten sieht:* ⟨*Ein Oued von*⟩ *Dattelpalmen* ⟨*eingesäumt*⟩*, die einen Oued einsäumten* ⟨*. Das Gras stach schmerzhaft*⟩*. Und giftig stach dieses Grün ab* ...

127, 28 *Im nahen Dorf hatte er acht Schafe gekauft, auch Kartoffeln* ⟨*hatte er gefunden*⟩*. Lartigue* ⟨*, der ihn begleitet hatte,*⟩ *fand einige Tauben und Hühner* ...

127, 32 *daß dieser Einkauf doch für sie beide,* ⟨*das sei selbstverständlich*⟩ *Chabert und Lartigue, bestimmt sei* ...

128, 7 *Beides hatte der Posten geliefert* ... *da ihn die kleinen Fässer liefern mußten* ... Die Wortwiederholung erklärt sich daraus, daß Glauser offenbar die Übersicht über die zahlreichen Korrekturen verlor, die er in diesem Abschnitt vornahm. Ursprünglich hatte der Text gelautet: «Der wichtigste Augenblick des Tages war da: Brot und Wein wurden verteilt. Das Brot war frisch, der Posten, in dem eine Kompagnie Tirailleurs und eine Schwadron Spahis lag, hatte es geliefert. Und auch der Wein kam von dort; er war weniger sauer als die letzten Tage, da war er noch aus den kleinen Fässern geschenkt worden, die an den Bastsätteln in der Sonne geschüttelt worden waren.»

128, 23 *Gegen vier Uhr* ⟨*spazierte er an den wenigen Häusern vorbei, die neben dem Posten lagen*⟩ *stand er auf und ging ins Dorf* ...

128, 26 *Zwei zusammengenähte Säcke bedeckten den Eingang* ⟨*von innen*⟩ ...

129, 21 *die am Kinn zitterten und die* ⟨*blasse Oberlippe*⟩ *Haut unter der Nase schwarz schraffierte* ...

130, 23 *den anderen lieber verprügelt hätte. Die Gereiztheit*

	⟨suchte nach einem Grund, loszubrechen⟩ *wollte losbrechen* ...
131, 35	*Das gehobene Gefühl* ⟨ließ sich nicht vertreiben⟩ *blieb* ... ⟨Er fühlte sich anschwellen vor Bedeutung⟩ ...
132, 10	*stieß er einige Schritte weiter mit einer dunklen Gestalt zusammen.* ⟨«Bist du's, Schilasky?» Aber e⟩ *Es war Sergeant Hassa* ...
132, 33	*Unter den Bäumen* ⟨hervor kam ein Rascheln näher⟩ *raschelte es* ...
133, 14	*«Ich will nichts hören», sagte er noch, als Hassa* ⟨mit seiner Meldung beginnen⟩ *sprechen wollte* ...
133, 21	*Ein böses «Uhhh»* ⟨war die Antwort⟩ *stieg aus ihm auf* ...
133, 26	*Seignac aus, der in der ersten Reihe stand. Sein Gesicht* ⟨hatte ein fahle dunkelgraue Farbe, in der einzig⟩ *war verkrampft. Die Zähne leuchteten weiß* ...
133, 32	*sie hatten sich untergefaßt* ⟨, um die Umschließung fester zu machen.⟩ ...

8. Kapitel

137, 8	*Sein unten weit*⟨aus⟩*geschweifter Tropenhelm,* ⟨der⟩ *dessen Rand gerade so breit war wie die schmalen Schultern* ⟨unter ihm⟩*, rundete den* ⟨nach unten⟩ *spitzzulaufenden Körper* ⟨in der weißen Uniform⟩ *nach oben ab* ⟨. Und⟩ ; *die goldenen Knöpfe* ...
137, 15	*der an einer Schlaufe am* ⟨bleichen⟩ *Handgelenk hing* ...
137, 18	*viel mit deutschen Offizieren verkehrt. Von diesen mochte* ⟨wohl der⟩ *sein näselnder Kommandoton stammen,* ⟨dessen er sich bediente und⟩ *den er offenbar für vornehm hielt. Nur wenig* ⟨Mann⟩ *Leute waren im Posten* ...
138, 31	*«Nun ja!»* ⟨Wieder das kurze Aufsehen, mühsam hielt Lös dem Blick stand⟩ *Ein Aufsehen, das Lös mühsam aushielt* ...

139, 4   *Er trank viel Kaffee* ⟨und⟩ *mit Schnaps vermischt, um nicht einzuschlafen.* ⟨Und dann stimmte⟩ *Aber die Rechnung* ⟨doch nicht⟩ *wollte nicht stimmen.* ⟨Er mußte einfach wieder fälschen.⟩ …

139, 16   *Kilos, in Litern* ⟨, nach ihrem Rauminhalt oder nach ihrer Anzahl⟩. *Dann wird waagrecht addiert: Kilo zu Liter, und die Stücke dazugerechnet* … (Die Streichung dürfte angesichts der zweiten Hälfte des Satzes irrtümlich sein und wurde deswegen rückgängig gemacht.)

140, 23   *einen Menschen* ⟨hatte, der wohlwollend gesinnt war,⟩ *besaß, dem man vertrauen konnte,* ⟨der helfen konnte, wenn es gar nicht mehr ging,⟩ *der vor allem das Land kannte* ⟨und durch den man vielleicht Beziehungen erwerben konnte, die⟩ *dessen Beziehungen eine Flucht erleichtern würden* …

140, 32   *wedelte mit seinem Ferkelschwänzchen,* ⟨und⟩ *denn er meinte wohl,* ⟨man habe ihn⟩ *er sei gerufen worden.* ⟨Nun, er sei da, wenn man ihn brauche; dabei zeigte er⟩ *Er zeigte seine Zähne und schien* …

141, 17   *Am Tor stand* ⟨einsam⟩ *Korporal Baskakoff* ⟨auf⟩ *Wache* …

141, 26   *er war ob seiner Dicke so oft* ⟨verspottet und⟩ *ein altes Weib genannt worden* …

141, 29   *er zahlte dort mit* ⟨Naturalien⟩ *Lebensmitteln* …

142, 7   *und blickte Lös aus glasigen Augen an.* ⟨In seinem Vollbart hingen kleine Schweißtropfen.⟩ …

142, 36   *Er, der Chef,* ⟨wolle selbst⟩ *werde mitkommen* ⟨und in familiärem Gespräch mit⟩ *und mit Lös durch die Pforte des Postens schreiten* …

143, 10   *während das Knie den Fuß schon wieder* ⟨elastisch⟩ *nach vorne zog. Und* ⟨so gesehen wirkte auch⟩ *selbst das Pendeln der Hüften wirkte beschwingt. Auch das* ⟨pathetische⟩ *wichtige Vorbringen von Gemeinplätzen* ⟨wirkte⟩ *sollte kameradschaftlich herablassend klingen* …

143, 16	*bekam Lös Kopfweh: einen stechenden Schmerz über dem linken Auge.* ⟨Es wirkte auf ihn wie eine Ernüchterung⟩ *Und der Schmerz verstärkte sich noch, als der Chef den versteinerten Baskakoff* ⟨, dem der Speichel von der Unterlippe troff, aufs Gröbste⟩ *grob anfuhr. Dieses Anschreien, das im leeren Posten widerhallte, wirkte gemein – Lös zog den Chef weiter.* ⟨Dessen gepolsterte Brust beruhigte sich nach und nach. Er verabschiedete sich kurz und ließ Lös allein weitergehen.⟩ *Dann blieb Lös allein …*
144, 8	*Er tat sehr untertänig* ⟨. Der Schächter war aufrechter. Er⟩ *und ging, die Flasche Anisette aufzufüllen …*
144, 34	*Veitl besann sich lange* ⟨und Lös glaubte das Zögern zu verstehen: Alkohol verschlimmerte am nächsten Tag den Zustand des Herzens, das war günstig, auf der einen Seite. Wenn aber Veitl den Korporal hinausließ, so konnte das der Beförderung schaden. Schließlich siegte das Bedürfnis nach einem Rausch über die in weiter Ferne stehende Aussicht auf die Schnüre⟩ *und nickte schließlich …*
145, 8	*und das Stechen über dem linken Auge setzte wieder ein …* Im Ms. irrtümlich «rechten Auge» (vgl. S. 143, Z. 17)
145, 11	*setz di* ⟨a wengerl⟩ *zu mir, wannst Zeit hast …*
145, 14	*Der Mond war noch nicht aufgegangen.* ⟨Die Baracken dehnten sich behaglich im warmen stillen Abend.⟩ *…*
145, 15	*Unwillkürlich sprach der alte Kainz leise* ⟨, vielleicht bedrückte ihn die schwere Dunkelheit⟩ *…*
145, 27	*bis es g'heißen hat:* ⟨er ist⟩ *Ich bin tauglich.* ⟨Nur, daß man endlich hat fortkönnen.⟩ *Ich sag dir, g'hungert hab i! …*
146, 12	*Die ewigen Schaf!* ⟨I kann sie gar nimmer riechen.⟩ *Du, wie sagt ma …*
146, 35	*Dann holte Lös Schnaps, das* ⟨vielbewährte Heilmittel und⟩ *Universalheilmittel, auch eine Stallaterne* ⟨, die

er⟩ – *die stellte er neben den Kranken* ⟨stellte. Im Schein des gelben⟩ *In der Petroleum*⟨lichtes⟩*flamme sah Frank wirklich sehr bleich aus ...*

147, 8 *dies Zittern schien ihn mit* ⟨tiefer⟩ *Befriedigung zu erfüllen ...*

147, 12 *Pullmann stehe vor der Türe Wache* ⟨und lasse niemand hinein.⟩
Die beiden waren ein Stück in den Hof ⟨hinein⟩*gegangen.* ⟨Als sie zurückkamen, war Frank nicht mehr da. Der alte Kainz ging ihn suchen, Frank⟩ *Als die beiden Frank suchten, lag er am Ufer des kleinen Kanals und erbrach sich.* ⟨Als er sich beruhigt hatte⟩ *Dann hoben sie ihn auf ...*

148, 2 *lächelte dazu, mit milder Befriedigung.* ⟨Er brauchte einige Zeit, bis ihm der Vorteil dieser Krankheit richtig zu Bewußtsein kam. Aber dann strahlte er die anderen an und wiederholte: «Denkt doch, Typhus im Posten!» Er legte die Arme um Sergeant Baguelins und Kainzens Schultern, zog sich in die Höhe und ließ sich schaukeln. Seine Schuhe stießen dabei an den Rahmen des Bettes.⟩ *Lös' Gesicht leuchtete, und die gleiche leuchtende Befriedigung verklärte auch die Gesichter der* ⟨beiden⟩ *anderen ...*
Lös ⟨stand wieder, und, die Finger einzeln aufklappend,⟩ *zählte* ⟨er⟩ *die Vorteile eines derartigen Falles nachdrücklich auf ...*

148, 30 *alle fanden* ⟨dies⟩ *den Typhus* ⟨unerhört⟩ *komisch,* ⟨auch⟩ *selbst Frank grinste* ⟨, dann verlangte auch er zu trinken, doch reichte seine Kraft nicht aus, um die Flasche zu halten. Lös stützte den Kranken, während Kainz sachte die Flüssigkeit zwischen die bebenden Lippen goß. Dennoch floß ein gut Teil derselben auf die Decke.⟩ *...*

149, 5 *Aber der Telephonist in Rich* ⟨schien anderer Ansicht zu sein⟩ *wollte wissen, wer denn telephoniere ...*

149, 7 *In der Nacht ⟨den Major sprechen zu wollen⟩ sei der Major nicht zu sprechen ...*

149, 11 *tönte des Arztes sanfte Stimme, kaum gedämpft durch die Entfernung. ⟨Was es denn gegeben habe? Lös versprach sich wiederholt⟩ Hallo? Lös stotterte, meldete sich zuerst nicht korrekt ...*

149, 26 *weil er das Tempo der Kompagnie auf den Märschen nicht ⟨recht⟩ aushalten konnte. Und der Major hatte ⟨eine leichte Arhythmie des Herzschlages festgestellt und⟩ dem Capitaine geraten ...*

149, 36 *schienen die drei ⟨alle von einem beginnenden⟩ Katzenjammer ⟨bedrückt zu werden⟩ zu haben ...*
Frank hatte alle Decken von sich geworfen und lag ⟨nur bekleidet mit einem kurzen zerrissenen Hemd⟩ fast nackt auf der Matratze. Der ⟨magere⟩ Körper war von einer gelben Haut überzogen, unter der die Knochen der Rippen und des Beckens spitz hervorstachen. ⟨Die Glieder konnten keine Ruhe finden⟩ Der Kranke war unruhig: ⟨Immer wieder mußten die Nägel⟩ Die Nägel mußten juckende Stellen kratzen ...

150, 7 *tauchte ein rauhes Leintuch ins ⟨Wasser ⟨lau war es, und die Sternbilder wogten verzerrt auf der Oberfläche⟩⟩ laue Wasser, auf dessen Oberfläche die Sternbilder wogten. Dann hoben Baguelin und Kainz den Kranken auf. ⟨Lös breitete das feuchte Linnen aus,⟩ Frank wurde in das feuchte Linnen gewickelt und lag hernach ruhig ⟨, nur die Kiefer schlugen gegeneinander. Auch verdrehte er die Augen. Plötzlich aber beruhigte sich das zitternde Gesicht, die hochgezogenen Brauen wurden zu einer schmalen dunklen Geraden, auch der breite Mund zog sich bis tief in die Wangen hinein, und diese beiden Linien teilten das Gesicht in drei bleiche Flächen, und eine zarte Feuchtigkeit* ~~schimmerte~~ *lag auf seiner Stirne.*
Als alles beendet war, erlaubte⟩ Der alte Kainz erlaubte sich ⟨noch⟩ eine geflüsterte Bemerkung ...

150, 27 *saß Korporal Smith auf dem großen ⟨schweren⟩ Tisch und nähte einen ⟨hohen⟩ Kragen an einen Sergeantenrock. Die Petroleumlampe neben ihm trieb ⟨feine⟩ schwarze Blätter aus ihrem Glaszylinder ...*

151, 3 *Die Kneipe des Spaniolen ⟨sah dürftig aus mit ihren weißgekalkten Wänden⟩ bestand aus einem weißgekalkten Raum ...*

151, 7 *Als die fünf eintraten (Kainz, Lös, Pullmann ...* Im Ms. irrtümlich «Baguelin» statt Pullmann.

151, 7 *Veitl und Smith) ⟨(der alte Kainz hatte sich auf dem Wege dazugesellt, nur Baguelin fehlte, man hatte lange auf ihn gewartet), hielt der Spaniol ein Weinglas vor sein dickes gelbes Gesicht. Die⟩ betrachtete der Spaniol ⟨die Eintretenden⟩ sie durch ein Weinglas, das er mit einem schmierigen Lumpen putzte. Seine schlechtrasierten Wangen wirkten wie abgekratzte Speckschwarten. ⟨Wie durch ein Fernrohr betrachtete er die Ankommenden, gab dem Glase mit einem schmierigen Lumpen noch einen letzten Glanz.⟩ Er näherte sich mit gesenktem Kopf, ⟨der Bauch hinderte ihn an einer tieferen Verbeugung⟩ und wies mit dem Finger in eine Ecke. Dort thronte ⟨einsam⟩ der Chef ...*

151, 16 *Zuerst schien Narcisse ⟨nicht erfreut⟩ böse ...*

153, 2 *Anzeichen einer nahen Kolik zu verspüren. ⟨Der Chef schien die Wirkung seiner Worte genau wahrgenommen zu haben, denn er blähte sich auf, gar gewaltig.⟩ Dann blähte sich Narcisse, und sein Schweigen war noch bedrückender als seine ⟨Predigt⟩ Rede ...*

153, 21 *der Spaniol, der Weingläser polierte, ⟨seine Frau, die aus einer Flasche trank,⟩ die Mulattin mit dem bunten Kopftuch, die ⟨in einer Ecke hockte und mit ihren Händen die⟩ ihre dünnen Fußgelenke umspannt hielt ...*

153, 35 *Eine riesige feuchte Hand legte sich auf sein Gesicht und drängte ihn zurück. ⟨Jetzt erst erwachte er und* sah, daß er die Türe ins Freie geöffnet hatte.⟩ *Er hatte die Tür ins Freie geöffnet ...*

154, 5 *während die Sterne dumpfes Licht ausstrahlten* ⟨wie die Sonne während einer Finsternis⟩. *Die Baracken des Postens hockten wie unbekannte riesige Tiere hinter der Mauer ...* ⟨Zum Sprung setzten sie an, sollte sie etwa die lächerliche Mauer davor zurückhalten? Sergeant Baguelin tauchte aus der Finsternis auf, gerade als Lös eine Gruppe bemerkt hatte.⟩ *Lös sah eine Gruppe ...*

154, 12 *um Geld zu holen* ⟨. Dann habe ich dort ein wenig getrödelt⟩, *und als ich wiederkam, waren Sie ...*

154, 14 *Baguelin sprach drohend geheimnisvoll.* ⟨«Es ist gut, daß ich Sie noch treffe.⟩ *Der Leutnant* ⟨stand am Tor⟩! *Er ...*

154, 22 *Die* ⟨helle, schmerzhafte⟩ *helle Wachheit erlosch* ⟨so plötzlich, wie eine Glühlampe erlischt, wenn eine Sicherung durchgeschmolzen ist.⟩, *die schmerzhafte Gegenwart war ...*

154, 28 *«Für die beiden Flaschen», sagte er kurz* ⟨und ging eilig wieder zur Tür hinaus⟩. *Dann näherte er sich der Gruppe am Tor.*
⟨Nun stand er bei der Gruppe am Tor.⟩ ...

155, 30 *muß ich, der Chef,* ⟨vollständig unanfechtbar bleiben⟩ *vollkommen makellos dastehen ...*

156, 1 *eine Tasse Tee* ⟨in der Gesellschaft dieser⟩ *im Kreise jener schönen Damen und nachher einen kleinen stummen Tanz zu zweien,* ⟨in einem Zimmer,⟩ *ha, das wird wieder einen Mann aus dir machen ...*

9. Kapitel

157, 7 *steht ein sonderbarer Bau* ⟨. Die drei Meter hohe Mauer ist im Viereck aufgeführt und mit jener braungelben Erde überpinselt, die der Adjutant entdeckt hat. Unübersteigbar sind diese Mauern⟩, *den eine drei*

	Meter hohe Mauer beschützt. Viele haben vergeblich versucht ...
157, 14	*Flaschenscherben, die* ⟨*im Sonnen- oder Mondlicht*⟩ *zackigglitzernde Ornamente bilden ...*
159, 6	*und durch die offene Tür drang ein* ⟨*matter*⟩ *Lichtschein.* ⟨Stumm und finster lag d⟩ *Die Zellenreihe aber lag da, stumm und finster ...*
159, 24	*mit der Breite seiner Schultern zu entschuldigen,* ⟨*die unmöglich in Front durch die enge Türe* ~~gingen~~ *gehen könnten*⟩ *für welche die Türe zu schmal sei ...*
160, 7	*denn sie lallte entzückt, mit* ⟨*zum Himmel gekehrten Blicken*⟩ *nach oben gedrehten Augen ...*
161, 1	*Als er den Blick hob, um* ⟨*die*⟩ *endlich* ⟨*bewußt gewordene*⟩ *die Belästigung festzustellen ...*
161, 9	*die Sache nur* ⟨*noch schlimmer mache*⟩ *verschlimmern könne, stellte er im* ⟨*dozierenden*⟩ *belehrenden Tonfall* ⟨*seiner Ausführungen über das B.M.C.*⟩ *die Tatsache einer großen Überreizung fest, bot eine englische Zigarette an und einen Schluck aus seiner Whiskyflasche, zog in drastischen Redewendungen die Behaarung des kleinen Leutnant Mauriot* ⟨⟨*an den Stellen, wo es darauf ankäme*⟩⟩ *in Frage und beantwortete sich selbst diese Frage in* ⟨*negativem*⟩ *verneinendem Sinn ...*
161, 25	*und seine Hand sich zu einer* ⟨*ungeschickt*⟩ *segnenden Gebärde erhob ...*
162, 7	*sah sie aus wie eine saubere, lebenslustige Köchin* ⟨*, auch ihre Art, mit gespitzten Lippen den Tee zu kosten, war sehr dezent.*⟩ *...*
162, 10	*Er ging auf und ab* ⟨*. Meistens hielt er die Hände auf dem Gesäß flach aufeinandergelegt*⟩*, fuhr* ⟨*aber dazwischen*⟩ *gern mit dem Zeigefinger an die Nase ...*
162, 16	*an das magere Geschöpf* ⟨*mit den fettigen schwarzen Haaren*⟩*, das geduldig neben ihm herlief ...*
163, 25	*Er tätschelte ihre Schulter,* ⟨*die sich so nahe bei seiner Hand wölbte,*⟩ *und Fatma gluckste leise ...*

163, 27	*Das Stechen im Kopfe hatte sich wieder eingestellt, es* ⟨*hatte sich ausgebreitet,*⟩ *beherrschte jetzt die ganze Stirn* ...
164, 13	*die Falten ihres violetten Gewandes* ⟨, *das ihren Körper verbarg*⟩. *Doch die Schultern, deren Rundung sich deutlich unter dem Stoff abzeichnete, ließen weiche* ⟨*wohlgeformte*⟩ *Glieder vermuten* ...
164, 17	*Ihr Schreiten war so schwer wie das eines* ⟨*übermäßig*⟩ *beladenen Tragtieres* ...
164, 33	*Liebe und Ehrfurcht verlangte, hatte sich in eine* ⟨*geile*⟩ *Dirne verwandelt* ⟨, *die verdienen wollte.*⟩ ...
165, 7	*blickte ihn spöttisch an* ⟨, *mit schiefgeneigtem Kopf, aus den Augenwinkeln.*⟩ ...
165, 14	*verschluckte auch diese beiden.* ⟨*Mit den Augen suchte*⟩ *Lös suchte den Chef; aber* ⟨*sie trafen*⟩ *er sah nur Pullmann,* ⟨*dessen aufgesperrter Rachen*⟩ *der seiner Gefährtin zubrüllte* ...
165, 20	*Kainz bemühte sich verzweifelt,* ⟨*die Aufmerksamkeit auf sich zu ziehen*⟩ *Lös' Blick zu fangen, stand auf, verdrehte den Kopf und fuchtelte mit den* ⟨*Greisenh*⟩*Händen* ...
166, 17	*Der Raum über dem Schacht der Mauer war leer* ⟨*und kalt*⟩ ...
166, 22	*wie ein Pianist sein Instrument* ⟨*bei Fortissimo-Akkorden.*⟩ ...
166, 33	*aus braunen undurchsichtigen Steinen* ⟨, *die in Facetten geschliffen waren. Nur das Bild des himmlischen Geliebten fehlte.*⟩ ...
167, 15	*Türk schnaufte laut* ⟨*um seinen Beschützer abzulenken*⟩ ...
167, 19	*Schützend legte das Mädchen die hohle Hand um die Flamme,* ⟨*beugte sich wieder, kurze Zeit nur. Doch*⟩ *als sie wieder das Gesicht erhob, hatte sie ihr Lächeln vorgebunden* ⟨*und die starren Linien wie mit zerfließender Schminke überdeckt.*⟩ ...
167, 22	*das erste Wort, das sie mit heiserer Stimme formte* ⟨, *die*

auf angegriffene, vielleicht zerstörte Stimmbänder schließen ließ.⟩ ...

167, 26 *Lös* ⟨fühlte weder Ekel noch Mitleid⟩ *kam langsam näher* ...

167, 28 *Die Zehen bewegten sich* ⟨leise⟩ *wie* ⟨ängstliche⟩ *braune Käfer* ...

168, 1 *Lös leerte seine Taschen:* ⟨Kleingeld war⟩ *Münzen waren es nur,* ⟨ein paar Franken⟩ *dann kam eine Fünffrankennote* ...

168, 10 *Als sie sich umwandte,* ⟨hatte ihr Lächeln jegliche Geilheit verloren. Es war ein⟩ *war ihr Lächeln greisenhaft* ...

169, 11 *wo der Stacheldraht eine Öffnung hatte.* ⟨Das Gehen hatte des Chefs keuchenden Atem beruhigt.⟩ ...

169, 27 *sah Lös prüfend an* ⟨, so wie ein Roßhändler ein Pferd kritisch mustert, um seinen genauen Wert festzustellen.⟩ ...

10. Kapitel

171, 8 *am vorigen Abend* ⟨im ganzen⟩ *in seinem Körper gezittert hatte,* ⟨hatte sich⟩ *war jetzt im Unterleib ge*⟨sammelt⟩*ballt* ⟨und erzeugte dort ein Gefühl unangenehmer Leere⟩. *Sein Mund war ausgetrocknet* ...

171, 33 *Und* ⟨man sei bei diesen Frauen nie vor⟩ *die Ansteckung* ⟨sicher⟩*! Darum war es besser so.* ⟨So eine Krankheit tauge ja nichts.⟩ *Der Major in Rich* ...

173, 7 *fragte er statt einer Antwort* ⟨über die Schulter zurück⟩ ...

173, 26 *ob er Hilfe verlangen soll, und sieht* ⟨mit Glotzaugen⟩ *die Zuschauer der Reihe nach an,* ⟨aber diese scheinen ihm nicht würdig zu sein, bei dieser heiligen Handlung zu helfen⟩ *ob sie würdig sind, ihm beizustehen* ...

173, 34 *die das Modell einer von ihm erbauten Kirche* ⟨wohl zur Strafe⟩ *bis in alle Ewigkeit tragen müssen* ...

174, 15 *lag Smith noch auf dem gleichen Fleck* ⟨, auf dem ihn

	sein eigener Faustschlag hingestreckt hatte⟩. *Sein Gesicht war friedlich* ...
175, 6	*seine Gesichtshaut war grau* ⟨und so schimmerte sie durch den Bart, den schöngelockten.⟩ ...
177, 2	*und Baskakoff* ⟨genoß seinen Triumph⟩ *zeigte Befriedigung* ...
178, 1	*fürchte nun, daß der Herr Major* ⟨das Derangement⟩ *die Belästigung übelnehmen werde* ...
178, 7	*Er fühlte sich feige* ⟨, ohne Verteidigung gegen das kommende Unglück. War er nicht ausgeliefert jedem bösen Willen?⟩ *und dem kommenden Unglück ausgeliefert. Was* ⟨drohte⟩ *mochte wohl drohen?* ...
178, 13	*als er die Blicke* ⟨von der Brust des Leutnants auf dessen Gesicht hob⟩ *auf das Gesicht des Leutnants hob* ...
179, 2	*Dennoch zitterte in ihr Eifersucht und Trotz.* ⟨Lös wagte nicht den Blick zu heben.⟩ *Lös fühlte dunkel, der Leutnant werde ihn nach dieser Rede noch mehr hassen: Weil er sich vor einem Untergebenen hatte gehenlassen.* ⟨Aber der Umschlag ließ auf sich warten.⟩ *Nun, fuhr der Leutnant fort* ...
179, 8	*aber er hielt noch rechtzeitig inne,* ⟨erhielt die Erlaubnis abzutreten in gnädigem Tone erteilt⟩ *durfte abtreten* ...
179, 14	*starrte die blendende Mauer an* ⟨, bis ihm die Augen übergingen.⟩ ...
179, 18	*schien ihm das Aufstehen* ⟨und Trinkengehen⟩ *eine viel zu große Anstrengung* ...
180, 32	*er hatte Angst, seinen Druckposten zu verlieren.* ⟨Und er fühle sich wohl als Bäcker, und in die Kompagnie ginge er um keinen Preis zurück, lieber mache er sich hin.⟩ ...
181, 19	*Lös riß* ⟨sein bonnet de police⟩ *seine Polizeimütze vom Kopf* ...
182, 28	*der wie das* ⟨zornig⟩ *erstickte Plärren eines Babys klang* ...

183, 7 *aus der oberen Tasche seines ⟨blauen⟩ Uniformrocks ...*
183, 15 *Ich werde den jungen Mann da einfach mit nach Rich nehmen, ⟨bei der nächsten Gelegenheit wird er dorthin fahren. Auf einem Camion, in einem Automobil, das ist ganz gleich,⟩ und dort ...*
185, 8 *Kleine Esel trugen Tragsäcke rechts und links ⟨, die mit Stricken verbunden waren⟩ und schrien mit ...*
185, 35 *sein braunes Haar wellte sich ⟨zierlich⟩ auf dem langen schmalen Schädel ...*
186, 21 *Nach einer Stunde lag ein ⟨Haufen brauner, ~~kleiner~~ länglicher Kartoffeln⟩ viereckiger Kartoffelhaufen mitten ⟨auf dem⟩ im Hof ...*
189, 21 *er stockte ⟨. Feig wird man, sagte er. Rief Türk⟩ und streichelte Türk, der bekümmert antrabte, bedrückt vom höhnischen Anglotzen Mauriots ⟨, der stehen geblieben war⟩. Dann zogen sich Herr und Hund ...*
189, 30 *Aber die Unruhe seines Herrn ⟨ließ ihn völlig aufwachen⟩ weckte ihn ...*
189, 33 *oder an einem schrecklichen Orte ausharren, gepeinigt von ⟨unerträglicher⟩ Angst ...*
190, 6 *die als Rest des Traumes immer noch ⟨als saugende Leere in seinem Körper⟩ vorhanden war ...*
190, 12 *aber sie waren schon verweht. ⟨Dunkel erinnerte er sich, daß sie von Nägeln gehandelt hatten, die ihm durch die Hände getrieben wurden.⟩ Sie handelten von Nägeln und von Bohlen ...*
190, 14 *an diese schwimmenden Bohlen waren die Füße eines Mannes angenagelt, der am Ufer saß ⟨und wie Christus aussah ...⟩ ...*
190, 18 *«Labbès, Caporal!» ⟨klang es aus dem Tücherbündel, die kleine rauhe Hand erschien zaghaft, und der marokkanische Gruß klang traurig, mit weinerlicher Kleinmädchenstimme geformt.⟩ rief sie, zaghaft erschien ...*
190, 20 *es war kein Vorwurf in ihrer Stimme nur ein ⟨klägli-*

	ches⟩ *Bedauern über die* ⟨viele verlorene Zeit⟩ *vielen verlorenen Stunden* ...
190, 31	*nachher war die Weite der Terrasse wie Höhenluft* ⟨wie ein reinigendes Bad⟩. *Ein mageres Mädchen in kurzem,* ⟨chitonartigem⟩ *hemdartigem Gewand stand* ...
190, 35	*Sie langweile sich so, seit die Kompagnie fortgezogen sei* ⟨und darum habe sie das Mädchen eingeladen⟩. *Ein längliches Gesicht wandte sich Lös zu, eine* ⟨eifrige⟩ *Hand streckte sich ihm eifrig entgegen, ein* ⟨helles⟩ *hohes Lachen ließ die Lippen zurückschnellen von den Zähnen* ⟨und entblößte die fest aufeinandergepreßten Zahnreihen⟩, *die wie winzige Dominosteine aussahen* ...
191, 4	*schlug ein Bein übers andere und zeigte* ⟨unschuldig⟩, *ohne falsche Scham* ...
192, 1	*das Mädchen lachte darauf so herzlich, daß auch Lös* ⟨lachen mußte und einen bohrenden Schmerz, der sich melden wollte, mit diesem Lachen vertrieb⟩ *in das Lachen einstimmte* ...
193, 6	*Oft wandten sie sich um, winkten* ... ⟨und Lös erwiderte das Grüßen.⟩ *Dann verschwanden sie* ...
193, 17	*ohne den Versuch zu machen, Zeno zu sehen* ⟨. Der Leutnant war an diesem Verzicht schuld⟩; *daran war die schlechte Laune des Leutnants schuld.* ⟨Seine Freundlichkeit war verschwunden. Er kam⟩ *Mauriot besuchte ein paar Mal die Verpflegung* ⟨kontrollieren⟩ ...
193, 21	*oberen Zapfen eines Weinfasses offen fand,* ⟨Lös hatte vergessen, den Pfropfen in das Spundloch zu treiben,⟩ *war sein Zorn übermäßig* ...
193, 28	*Wortreiche Entschuldigungen brachte er vor* ⟨, daß er nicht am gestrigen Tag gekommen sei, aber⟩: *Sein kleiner Knabe sei gestorben* ...
194, 26	*Lös' Namenszug genügte.* ⟨Sehr untertänig verabschiedete sich der Jude.⟩ *Dann verbeugte sich der Jehudi* ...

194, 30   *Lös leerte sie mit dem alten Kainz ⟨restlos⟩ ...*

194, 33   *Und eine Wirkung hatte dieses Getränk noch auf Lös: Sie vertrieb die Angst ⟨,die* ~~oft~~ *zeitweise verschwand, auf kurze Augenblicke nur, aber die er vorhanden wußte, auch wenn sie nur⟩ obwohl er wußte, daß sie unterirdisch weiterfloß, ⟨wie⟩ gleich einer vergiftenden Flüssigkeit ...*

195, 5   *in seinem Innern feine Nadeln zeigt. ⟨Die Ursachen der Angst waren soweit deutlich erkennbar, als ein feines Gewebe. Ihre Form hatten sie geändert, die hatte nichts Furchterregendes mehr.⟩ Durch jenes Erstarrtsein erhielt der Körper eine gefrorene Festigkeit, die gläsern, spröde und zerbrechlich war ⟨, aber doch dem* ~~Fluten~~ *Stechen der Angst einen undurchdringlichen Damm entgegensetzte.⟩ ...*

195, 10   *durch die mit Staub gesättigte ⟨trübe⟩ Luft kantig der Ksar sich ⟨einzeichnete⟩ erhob ⟨mit seinen scharfen Kanten in den flimmernden gelben Himmel. Auf dem Wege gingen z⟩Zwei Frauengestalten, ⟨beide⟩ in weißen Gewändern, ⟨die⟩ warfen lange Schatten auf die ⟨flache⟩ Erde ⟨warfen⟩. Sie winkten ...*

195, 14   *sah Lös zwei Punkte: ein helles Blitzen ⟨flammte auf⟩, nach langer Zeit ⟨folgte⟩ ein dumpfer Knall ...*

195, 23   *Ein aufgedunsenes rotes Gesicht ⟨*~~sah~~ *blickte ihm entgegen⟩ mit matten farblosen Augen ⟨.⟩ – Fischaugen ⟨stellte er fest⟩! Rot angelaufen ⟨war auch seine⟩ die Nase, und ein ⟨bläuliches⟩ Netz ⟨zersprungener⟩ bläulicher Äderchen überzog ⟨seine⟩ die Wangen ...*

195, 35   *Lös ⟨vermochte sich nicht zu wehren. Ihn⟩ fror plötzlich, er zitterte, fast hätte er begonnen zu weinen. Ihm war zumute wie damals in der Kindheit, wenn ⟨der Vater ihn auf verbotenen Wegen ertappt hatte: auf der Straße, wenn er im Gehen las⟩ der Vater in seiner Schulmappe ein Nick Carter-Heft entdeckt hatte ...*

196, 3   *sondern folgte Baskakoff willenlos mit gesenktem Kopf ⟨dem stolzvorausschreitenden Baskakoff.*

Er stolperte in die⟩ *In der Verpflegung* ⟨zurück⟩ *angekommen ...*

196, 9 *zweimal begegnete* ⟨er⟩ *ihm Lös* ⟨, und er schien wütend zu sein über diese Begegnungen⟩. *Beim dritten Mal sah Lös* ⟨ihn von Ferne⟩ *die Ordonnanz im Zimmer des Leutnants verschwinden.*

⟨Die Nacht breitete sich aus. Noch im⟩*Immer noch ...*

197, 8 *die Zunge nicht genügend* ⟨Spielr⟩*Raum im Mund ...*

197, 12 *und blickte Lös von unten ins Gesicht* ⟨, den Kopf hielt er schief, während der Rücken einen Buckel bildete.⟩ *...*

197, 17 *Baskakoff war ganz Frage*⟨zeichen⟩ *...*

197, 29 *Sprich nicht von mir* ⟨, red dich nicht auf mich aus⟩*! Verstanden? Ja? Dann ist alles in Ordnung ...*

197, 30 *legte sich draußen auf den* ⟨harten⟩ *Boden, dicht neben den Weinschuppen ...*

198, 2 *blickte er in den gläsernen Himmel* ⟨, der so durchsichtig aussah, daß er die Lichter der Erde verschwommen zu spiegeln schien⟩. *Türk kam ...*

198, 4 *Die Stille war so* ⟨groß und⟩ *feierlich, daß Lös die Augen schloß. Als er sie wieder aufschlug,* ⟨war die Nacht dunkel geworden, so dunkel, daß die Sterne wieder als selbständige Leuchten wirkten und nicht mehr als verzerrte Spiegelungen⟩ *lag die Nacht über der Erde ...*

198, 7 «*Jetzt kommen sie mich holen*», *dachte* ⟨er⟩ *Lös.* ⟨Sein Mund war trocken⟩ *Trotz der Hitze waren seine Füße kalt ...*

11. Kapitel

199, 6 *So dunkel ist es zwischen den Schuppen, daß Lös* ⟨die drei Gestalten zuerst nicht recht zu erkennen vermag. Den Leutnant hat er an der Stimme erkannt, und nun nimmt er auch die zierliche Gestalt wahr, die ein heller Schattenriß zwischen zwei verschwommenen

	Formen ist.⟩ *nur Mauriot an der weißen Uniform erkennt ...*
199, 17	*Der Hund ist neben ihm und stößt ihn mit der Schnauze.* ⟨Nur seine Augen schimmern, wie schwachglimmende Kohlen.⟩ ...
199, 25	*Der Chef nickt, er winkt* ⟨Skataloff⟩ *Baskakoff ...*
200, 4	*eine Freude auch,* ⟨nun bald allein zu sein; er hat keine Verantwortung mehr zu tragen, braucht sich nur noch schieben zu lassen⟩ *daß man nun bald allein sein wird; keine Verantwortung mehr hat man zu tragen, man braucht sich nur noch schieben zu lassen.* ⟨Seine Stimmung erinnert ihn an die erste Zeit in der Legion⟩ ...
200, 11	*Vor kurzer Zeit? Ein* ⟨riesiger Raum⟩ *breiter Spalt trennt ihn von dem Augenblick, da Baskakoff* ⟨ihm die Hand auf die Schulter gelegt hat⟩ *ihn festgenommen hat ...*
200, 15	*er quietscht. Baskakoff* ⟨bläst die Luft geräuschvoll durch die Nase⟩ *schnauft ...*
200, 25	*Nur die Taschen müsse er* ⟨ihn auffordern zu⟩ *leeren ...*
200, 31	*er merkt, daß der Chef* ⟨ihn forthaben will⟩ *mit dem Verhafteten allein sein will ...*
201, 26	*Ich habe versucht, dich zu verteidigen, und behauptet,* ⟨du habest von daheim Geld bekommen⟩ *das Geld sei dir von deinem Vater geschickt worden ...*
201, 35	*der mir einmal geholfen hat.»* ⟨Skataloff⟩ *Baskakoff taucht an der Ecke auf ...*
202, 4	*Keuchend legt Baskakoff die Matratze auf den Betonblock und schnuppert* ⟨dann in der Luft herum⟩, *als könne er* ⟨mit der Nase die Vorgänge feststellen⟩ *die Worte riechen ...*
202, 8	*Baracken nebeneinander.* ⟨Der Chef⟩ *Narcisse zieht seinen Ledergurt um zwei Löcher enger;* ⟨dadurch wird sein Bauch in zwei Teile zerschnitten, die oben und unten vorquellen. Als habe⟩ *diese Geste gibt ihm den nötigen Halt ...*

202, 31   *nicht einmal ein Loch,* ⟨in das man einen Schlüssel stecken könnte, einen Schlüssel, der an einem Ring hängen würde, einem Schlüsselring, der abgewetzt wäre, glatt und kühl⟩ *ein Schlüsselloch ...*

203, 1   *und lehnt den Kopf gegen die* ⟨kahle⟩ *kühle Mauer ...*

203, 30   *Ärgerlich antwortet Lös,* ⟨der Chef habe ihm ein Paket gegeben,⟩ *er brauche nichts ...*

203, 33   *Lös bückt sich, er hält das Paket,* ⟨will es an sich nehmen,⟩ *da greifen harte Finger nach den seinen ...*

204, 3   *sag mir,* ⟨wo's des hintan⟩ *wo du's versteckt hast ...*

204, 26   ⟨Fieber⟩, *denkt er;* ⟨ein hartes, schnelles Klopfen ist in seinem Kopf, das die Haut gegen den ~~stachligen Stirnreif preßt~~ Dornreif preßt, der auf seiner Stirn liegt⟩ *schnell klopft es in seinem Kopf ...*

205, 5   *Das Magazin ist voll ...* Dieser Satz wurde erst später anstelle folgender Formulierung eingefügt: « ... Lös muß trotz seiner Müdigkeit gegen den Wunsch ankämpfen, die Waffe von der Wand zu reißen ⟨, eine Patrone, die auf dem Tisch liegt (zum Beschweren loser Zettel), zu laden und⟩ den Leutnant zu erschießen.»

205, 27   *nahm die Kassette unter den Arm,* ⟨lief durch die verschiedenen Höfe⟩ *ging hinaus, durchquerte die Höfe, auf den Fußspitzen* ⟨, sobald er im Freien war, unhörbar für einen so großen Mann⟩ *und kam endlich im Park der Maultiere an.* ⟨Atemlos war er, die⟩ *Seine Hände zitterten ...*

205, 29   *Und so,* ⟨ohne⟩ *mit wenig Lebensmitteln, mit einem alten Zelttuch,* ⟨das er beim Satteln gefunden hatte,⟩ *ritt der dicke Pullmann davon ...*

206, 24   *fährt er in die Hosen, zieht* ⟨dann durch seine schwarzen Haare sorgfältig⟩ *seinen Scheitel ...*

206, 27   *über den Kragen des Waffenrockes ragt, knöpft frische Manschetten an seine Hemdärmel ...* Glauser unterlief beim Korrigieren wohl versehentlich eine Wiederholung, indem er schrieb: « ... über den Kragen des Waf-

	fenrockes ragt, knöpft frische Manschettenknöpfe an die Ärmel seines Waffenrockes ...»
206, 29	*nickt manchmal, wenn die Stimme draußen* ⟨besonders erbost seinen Namen brüllt⟩ *sich überschlägt* ...
207, 2	*die sich in den* ⟨Hosenknöpfen⟩ *Knopflöchern verheddern* ...
210, 1	*gleicht einem Volksredner, der eine Wahlrede* ⟨vom Stapel läßt⟩ *herunterrasselt* ...
210, 19	*wie dieser Kampf verlaufen sei, er* ⟨scheue sich nicht, den Spion zu spielen⟩ *werde den Spion spielen* ...
210, 22	*mindestens für* ⟨den Dauphin⟩ *einen Kronprinzen* ...
212, 4	*auf dem nackten Betonblock zu liegen; aber kleine Kiesel* ⟨starren daraus hervor⟩ *sind in ihn eingebakken*...
213, 16	*Zäh ist die Hitze in dem kleinen Raum* ⟨, wie lange wird er sie noch ertragen?⟩ ...
214, 4	*Aber seine Versunkenheit ist nicht tief genug,* ⟨um nicht auf das Geräusch der Schritte zu lauschen, das manchmal von außen eindringt. Sein Gehör weiß gut zu unterscheiden: solche, die nur vorübergehen, von solchen, die gerade auf seine Tür zukommen.⟩ *er lauscht auf das Geräusch der Schritte, die draußen vorübergehen* ...
214, 11	*Schnürstiefeln, die bis ans Knie reichen* ⟨, steht auf und nimmt Achtungstellung an⟩. *Aber während* ⟨er⟩ *Lös noch zu Boden blickt* ...
214, 25	*hat Türk* ⟨, der verschüchterte Hund,⟩ *die Ohren hängen lassen.* ⟨Während sich⟩ *Aber sobald die Schritte* ⟨entfernen⟩ *verhallt sind, stellen sich die Ohren auf, eins nach dem andern, in kleinen Rucken.* ⟨Und als es endlich draußen still geworden ist, nur noch das eintönige Summen des wiedererwachten Postens klingt, kriecht Türk langsam⟩ *Und dann kriecht Türk aus seiner Ecke, setzt sich umständlich* ⟨auf seine Hinterbeine⟩ *und blickt* ⟨Lös⟩ *seinen Herrn an* ...

214, 35 *grunzend sucht er nach einem Floh, der* ⟨sich in der Leistengegend bemerkbar macht⟩ *ihn am rechten Hinterbein sticht ...*

215, 26 *die über weiße Kiesel rinnen,* ⟨eingesäumt von Erlen, die in einem schwachen Luftzug rascheln⟩ *Erlen stehen an den Ufern ...*

217, 1 *Ein wenig abseits sitzt Korporal Koribout* ⟨, schön gescheitelt den weichen Bart und bewundert sich⟩ *und bewundert seinen schön gescheitelten Bart in einem Taschenspiegel. Neben ihm* ⟨Sitnikoff, der⟩ *spricht Sitnikoff eifrig auf Pausanker ein*⟨spricht, die weiche Ordonnanz des Sergeanten Farny⟩ *...*

217, 6 *«Sie wissen», sagt er* ⟨mit seinem gefrorenen baltischen Akzent⟩, *«daß ich mich ...*

217, 9 *daß Sie nicht alles Gefühl für Sauberkeit verloren haben* ⟨und ich kann Sie beglückwünschen.⟩ *...*

217, 14 *und der* ⟨venosen⟩ *giftigen Atmosphäre entfliehen ...*

217, 18 *Sitnikoff stößt einen Seufzer aus* ⟨und will von vorne beginnen⟩. *Da sagt der alte Kainz ...*

219, 9 *Die Gruppe geriet in Unordnung* ⟨, alles schrie durcheinander: «Er⟩ *«Lös hat sich aufgehängt ...*

12. Kapitel

221, 11 *Er nickt* ⟨, und sein brauner Bart knistert, während er ihn mit einem Taschenkamm sorgsam kämmt. Dabei sieht er⟩ *und sieht zum Fenster hinaus ...*

221, 22 *Der Chef lehnt sich gegen die Tür,* ⟨säubert seine Achseln von Kalkstaub⟩ *blinzelt Lös zu ...*

222, 2 *Der Capitaine kämpft entschlossen gegen* ⟨die beiderseitige⟩ *seine und des andern Rührung ...*

224, 29 *Pierrard, der Belgier; zwei Finger der linken Hand tragen einen Verband* ⟨, und die kurzgeschorenen Haare bedecken seinen Schädel wie eine Kappe aus Maulwurfsfell⟩. *Er lächelt.* ⟨und zeigt dabei seine kräftigen, gelben Zähne. «Na,⟩ *Wie geht's ...*

225, 8 *Pierrard schiebt unter dem Drahtnetz* ⟨*, dort, wo es ein wenig abgerissen ist,*⟩ *eine Zwanzigfrankennote durch* ...

225, 17 *Ich habe ihn heut morgen wieder* ⟨rausgewiesen⟩ *fortgeschickt, als er Kaffee ohne Bon* ...

225, 21 *Machtbewußtsein hat seinem* ⟨klobigen⟩ *Körper eine majestätische Starrheit gegeben* ...

225, 25 *Weißt du,* ⟨*Kamerad ist Kamerad,*⟩ *ich lasse keinen fallen* ...

225, 33 *er hat den Saft einer Zitrone darunter gemischt* ⟨*, auch abgekühlt hat er ihn, darum habe es so lange gedauert*⟩*. Und dann bringt er das Mittagessen: Schaffleisch in dünner Sauce, sehr zäh (die Gabel will gar nicht eindringen), und Linsen.* ⟨Die Suppe riecht nach Fäulnis.⟩ ...

225, 36 *macht sich die Erinnerung an* ⟨die quälende Viertelstunde⟩ *einen Augenblick der verflossenen Nacht breit* ...

227, 9 *Eine gute Ausrede* ⟨*, um den Posten zu verlassen*⟩*! Ein Spirituskocher sei auch vorhanden. Sonst brauche Lös nichts? – Nein. –* ⟨Dann wolle er gehen⟩ ...

227, 29 *flattert dann im weiten Zimmer umher,* ⟨*dessen Leere er vergebens zu beleben sucht*⟩ *in dessen großer Leere* ...

227, 35 *vergebens* ⟨schrillt⟩ *ruft Sitnikoffs Stimme* ...

229, 33 *«Eine Kerze anzuzünden», sagt Lös, möglichst* ⟨abweisend⟩ *trocken* ...

230, 11 *Entwicklungsroman, meine Entwicklung, ja, bis zu meinem Engagement in die Legion* ... Im Ms. vermutlich irrtümlich «bis zu meine Engagement ...»

230, 22 *Zum Glück kommt Destange zurück,* ⟨*fühlt sich sogleich sehr wichtig,*⟩ *fragt nicht lange, legt das Ohr auf die Brust des Ohnmächtigen* ...

232, 19 *folgt er den Sternen, die in der Dunkelheit tanzen* ⟨und all dies tut er nur, damit niemand ihn zwingt, noch einmal Bilanz zu spielen ...⟩ ...

13. Kapitel

234, 6 *haben sie die Matratzen* ⟨, die nur mit Alfagras gefüllt sind,⟩ *ins Freie geschleppt* ...

235, 1 *Daß ihr* ⟨mir in⟩ *der Sektion keine Schande macht* ...

236, 7 *manchmal gelingt es ihm sogar, Kraschinskys Berlinern nachzuahmen* ⟨, aber seine Mühe ist umsonst. Er ist und bleibt für seine Kameraden der Kuhschweizer und muß sich viel gefallen lassen.⟩ ...

237, 6 *Die andern folgen mir.* ⟨Mr händ no g'schosse u händ g'schraue, luter as d'Araber.⟩ *Der Petroff hat gebrüllt* ...

237, 8 *Die Araber* ⟨händ Fäde zoge⟩ *haben Fäden gezogen* ...

237, 14 *Wispern: «Der Todd ...» – «Tod ...» «tot»*... Im Ms. wohl irrtümlich: «Der Tod ... » – «Tod ...» – «tot ... »

239, 20 *Ähnlichkeit mit einer Gestalt meines* ⟨großen⟩ *Landsmannes Dostojewsky* ...

239, 25 *Kraschinsky versuchte zu lachen* ⟨, und man hörte es seinem Lachen an, daß er bange darauf wartete, die anderen in das Lachen einstimmen zu hören⟩. *Aber das Schweigen* ...

240, 5 *Ich muß wohl sehr dumm dreingesehen haben* ... Im Ms. irrtümlich korrigiert in: «Ich mußte wohl sehr dumm dreingesehen haben.»

240, 26 *da beginnen unsere Hotchkiss,* ⟨zu nähen wie die Nähmaschinen,⟩ *und es ist ein Lärm wie von einem Dutzend Nietmaschinen* ...

241, 28 *Beinen schlenkert, wie eine* ⟨aus Karton zusammengesetzte⟩ *Marionette* ...

242, 22 *Veyre und der Schützendorf, wollten nicht ausrücken, sie stritten sich* ⟨mit dem Adjutanten⟩ *und behaupteten,* ⟨daß nun sie dran seien, sie wollten nicht warten, der Adjutant schnappe ihnen immer die besten Bissen vor der Nase weg, beim Essen und auch sonst. Und⟩ *nun seien sie dran* ...

242, 30 *An der Küche war nur der alte* ⟨Boucher⟩ *Stefan* *zurückgeblieben* ... ⟨Da Boucher mit dem ‹alten Guy› identisch ist – vgl. Korrektur zu S. 105, Zeile 31 – und Stefan anderseits keineswegs alt ist, muß das irrtümlich stehengebliebene Adjektiv ebenfalls gestrichen werden; siehe auch die folgende Streichung.⟩

242, 31 *der schielte immer zum Zelt des Adjutanten.* ⟨Dann war noch Stefan da, der das Feuer im Kalkofen unterhalten mußte. Ich war auch zurückgeblieben als Zeltwache, putzte ein wenig, mein Gewehr zuerst und dann dem Adjutanten seine Stiefel. Der Adjutant schien gut aufgelegt zu sein, er pfiff und machte dann Witze. Ob mich denn die Frauen gar nicht interessieren würden? «Non, mon lieutenant», sage ich, und «ich lasse mich auf solche Schweinereien nicht ein.»⟩ *Mittags kommen die Sergeanten zurück* ...

243, 5 *Endlich* ⟨*kann*⟩ *konnte Schilasky reden. Er* ⟨*richtet*⟩ *richtete sich auf.* ⟨Seine Augen waren voller Tränen.⟩ *Er hat* ...

243, 8 *denn er habe kein Kleingeld.* ⟨Vor dem Abendessen war über dreiviertel durch.⟩
Ihr kennt doch den ⟨*kleinen*⟩ *Appey* ...

243, 10 *Als es schon dunkel war* ⟨*und alle in den Zelten gelegen sind*⟩, *ruft der Adjutant plötzlich* ...

243, 13 *hat sich dort in Atchana nie rasieren lassen und sich auch nie gewaschen.* ⟨Er sah wirklich häßlich aus.⟩ *Da er immer* ...

243, 20 *du warst noch* ⟨*nicht*⟩ *nie bei den Mädchen* ... Im Ms. «dem Mädchen»; offenbar unvollständig korrigierte Passage.

244, 5 ‹*Quelle honte!*› ⟨‹Welche Schande!› Auch deutsch, damit wir's auch verstehen⟩ *Doch das Mädchen hat* ...

246, 13 *Durfte man einen Hund quälen?* ⟨das möchte er fragen.⟩ *Ein Wesen, das* ...

246, 36 *finde ich in der Legion* ⟨*einen Dichter*⟩ *eine Poet!* ...

247, 9 *oder, wie er sich lieber nennen hört:* ⟨maréchal-des-logis-chef, kurz⟩ ‹*der Chef*› ...

247, 22   *daß einer, dessen Vater General ist,* ⟨deshalb⟩ *intelligenter ist als der Sohn einer Waschfrau* ...

248, 13   *und eine Flasche Anisette erscheinen lassen. Zwei* ⟨rote Becher, aus einer Masse geformt, die wie Celluloid aussieht⟩ *rötliche Becher füllt er* ...

251, 16   *bis alles zu Ende ist.* ⟨Total:⟩ *Resultat:* ...

252, 1   *nun schreibt er in seiner* ⟨kleinen unbeholfenen Schrift⟩ *sauberen Bürokratenschrift* ...

14. Kapitel

253, 13   *er verstand alles, was* ⟨gesprochen⟩ *erzählt wurde* ⟨, denn in seinem langen Leben hatte er viele Sprachen gelernt, Ungarisch war seine Muttersprache, aber er sprach auch⟩. *Denn er sprach Ungarisch, Deutsch* ...

254, 23   *allmählich wurde es klar:* ⟨Die Luft des Postens⟩ *Den Posten beherrschte ein unsichtbarer Geist* ...

255, 15   *neigte er nur gönnerhaft den Kopf – wie er es gewöhnt war.* ⟨Diese Attitüde⟩ *Dieses Nicken ärgerte den Capitaine* ...

255, 27   *dieser schwammige Bürohengst, der ihn immer wie ein Kind behandelte,* ⟨überhaupt nie gekämpft hatte⟩ *sicher* ⟨ein Feigling war⟩ *nie das Einschlagen einer Granate gehört hatte* ...

256, 19   *seine Augen sahen sich an* ⟨dem bleichen⟩ *des Chefs bärtigem Gesicht* ⟨des Chefs⟩ *fest* ...

257, 7   *den einzigen Gradierten, zu dem ich Sympathie* ⟨hatte⟩ *empfinde* ...

257, 10   *Narcisse nickte* ⟨weise⟩. *Er stand neben dem Tisch* ...

259, 27   *dem Adjutanten Cattaneo auseinandergesetzt, seine Leute* ⟨sollten es gut haben. Sie⟩ *seien zwar Söldner, aber dieser Beruf sei ebenso ehrlich* ...

259, 31   *bloß mit dem Maule.* ⟨So ein Legionär sei ihm dann noch hundertmal lieber⟩ *Einen Legionär schätze er hundertmal mehr* ...

260, 9 *Und ich kann Ihnen sagen: Idealismus* ⟨ist unbekannt, wenigstens mir⟩ *ist schädlich ...*

260, 27 *So mußten sich drei, manchmal vier* ⟨um einen großen Schein⟩ *zusammentun und* ⟨versuchen, ihn unter sich zu teilen. Das bereitete Schwierigkeiten⟩ *aufeinander aufpassen ...*

260, 31 *den Abend miteinander zu verbringen.* ⟨Streitigkeiten entstanden, die Kooperative wurde bestürmt⟩ *Streit flackerte auf, Sergeant Hühnerwald von der Kooperative wurde beschimpft, weil er* ⟨kein Kleingeld hatte und nicht herausgeben konnte⟩ *nicht wechseln konnte ... Einige rannten zum Chef* ⟨, der lebhaft bedauerte und die Reklamierenden zu Leutnant Mauriot schickte⟩. *Narcisse schickte die Unzufriedenen zu Mauriot ...*

261, 27 *Diese plötzliche Stummheit* ⟨schien allen⟩ *war sehr grauenhaft ...*

261, 30 *seine Schultern zitterten heftig.* ⟨Der dicke Wieland, der Bayer mit dem Biersäufergesicht, schüttelte sich hysterisch, riß den Mund auf, um die gespenstische Stille mit einem Schrei zu spalten. Doch blieb er stumm.⟩ *...*

261, 36 *Er glaubte, noch die schmatzenden Küsse Cattaneos zu hören, und* ⟨plötzlich packte ihn das Bedürfnis nach einer kühlen Haut⟩ *ihn packte der Wunsch, eine kühle Haut zu streicheln ...*

262, 5 *Auf den Brettern* ⟨, die in Mannshöhe⟩ *über den Matratzen* ⟨liefen,⟩ *brannten Kerzen. Die kahle Baracke sah festlich aus. Gruppen von vieren und fünfen saßen auf dem Boden, schmierige Kartenblätter in den Fäusten.* ⟨Schweigen.⟩ *Zigarettenrauch und Schnapsdampf* ⟨lag⟩ *zitterte über den Köpfen ...*

262, 25 *Aber eine* ⟨fremde⟩ *Stimme in ihm übertönte diese Worte. Sie wurden zu einem Lallen in seinem Munde, während* ⟨der Unbekannte⟩ *ein Fremder in ihm laut und deutlich sprach ...*

263,	17	*Mechanisch schoben* ⟨die Finger⟩ *sie Patronen ins Magazin …*
263,	35	*Alle sind sie geladen mit Spannung* ⟨und Erwartung⟩. *Eingreifen dürfen!* ⟨Dem Farny wollen sie's zeigen.⟩ *Nie noch haben …*
264,	21	*vor dem Bilde der* ⟨Frau Chabert⟩ *Hugenottin wie ein Opferlämpchen brennt …*
264,	30	*Die Getroffenen beklagen sich laut,* ⟨Wut schwillt an⟩ *wütend. Endlich ist* ⟨Mam[a]dou⟩ *Seignac bis zu Farny vorgedrungen …*
265,	11	*scheint er die Menge zu überragen.* ⟨Und neben seinem Sergeanten (innerlich nennt ihn Pausanker so) steht ein Neger.⟩ *Pausanker hat heute abend viel getrunken …*
265,	14	*Seignac den Arm um die Schultern des Sergeanten legt* ⟨und Farny fortführen will. Und Seignac⟩. *Der Neger sagt zu Veitl …*
265,	22	*Kerze fällt zu Boden. Dann* ⟨läßt Seignacs Griff nach⟩ *lockert Seignac seinen Griff und sinkt um …*
265,	29	*Chabert fährt ein wenig auf* ⟨,wie er das Geräusch des Schusses hört,⟩ – *der Knall des Schusses …*
267,	10	*Eifrig liefen die Russen* ⟨zwischen den Reihen herum⟩ *umher und ließen sich die Worte übersetzen …*
267,	31	*denn sein Ruf hat* ⟨uns zu den Waffen gerufen⟩ *uns die Waffen in die Hände gedrückt …*
268,	9	*Hinter ihm* ⟨setzte sich⟩ *kam der Trupp* ⟨in Bewegung, vermehrt von Minute zu Minute von⟩, *er wuchs und wuchs; Nachzügler, die aus dem Dorfe* ⟨zurück~~kamen~~ kehrten⟩ *heimkehrten, stießen zu ihm …*
268,	18	*Händeklatschen und Hurrarufe* ⟨ertönten⟩ …
268,	22	*Strudel bildeten sich in der* ⟨ihn umgebenden⟩ *Masse. Plötzlich standen drei Gestalten, Gewehr bei Fuß, mit aufgepflanztem Bajonett vor Chabert. «Zwei Korporäle, ein Sergeant* ⟨zum Ordnung schaffen⟩», *meldete Ackermann …*
269,	5	*noch einer kam herbeigeschlichen, waffenlos, sehr blaß* ⟨war er⟩ *im Gesicht, er tastete sich an den* ⟨ihm im

	Wege Stehenden) *fuchtelnden Gestalten langsam vorwärts ...*
269, 30	*Ihr seid sicher ⟨verführt⟩ irregeführt worden ...*
270, 24	*aber die Kugeln sangen ⟨unschuldig⟩ harmlos ihr Lied zu den Sternen ...*
270, 26	*Als Pullmann mit ⟨fünf Mann⟩ seinen Begleitern in die Messe drang ...*
271, 19	*den Stock braucht, um eine ⟨Blüte zu mähen⟩ Blume zu köpfen ...*
272, 12	*Da brach der Lärm unten ⟨wie abgeschnitten⟩ ab ...*
273, 15	*Aber der Leutnant brauchte ⟨gerne⟩ rhetorische Zwischenfragen ...*
273, 30	*im Spielen mit dem Tode und dem Blute liegt eine böse ⟨Magie, in den Worten, in den Taten⟩ Zauberei. Zuerst ist Ihr Hund geopfert worden ...*
274, 5	*Wahrscheinlich werde ich ⟨meinen ‹Freund›⟩ Chabert nach Frankreich begleiten müssen ...*

15. Kapitel

276, 19–28	«*Ja, und da wurde die Kompagnie von einem Dschisch angefallen ... zum Schluß mußte ich doch noch ausrücken ...* Die gesamte Passage stand im Ms. ursprünglich im Präsens und wurde von Glauser in die Vergangenheitsform gesetzt.
277, 10	*um ⟨für⟩ die Maulesel ⟨Wasser zu finden⟩ zu tränken ...*
278, 16	*Zeno! Er hörte plötzlich ihr Lachen und drehte sich um. ⟨Aber es war eine andere, die scheinbar seine⟩ Ein Mädchen war es, das wohl Lös' Schuhe ...*
279, 4	*Pierrard war tapferer als Lös, er führte kein ⟨großes⟩ Theater auf ...*
279, 13	*an ihm vorbeihastete.*
	⟨*Oh, die bunten Blumen auf dem Platz! Büschel, in Körben ausgelegt, alle Farben, rot, blau, gelb, und ein tiefes Orange. Wie anders als das ewig graue Gras und*

	der graue Staub auf den Wegen und die rötlichen Berge, die am Abend schwarz wurden.⟩ *Er setzte sich auf eine Bank ...*
279, 27	*immer noch warf der flüssige Spiegel* ⟨einen hellen Glanz⟩ *des Flusses ein scharfes Blinken in seine Augen ...*
279, 34	*Ja, damals hatte er* ⟨viel auf einmal zu schleppen⟩ *viel zu tragen gehabt ...*
280, 1	*Todd hatte arge Schmerzen,* ⟨sonderbar, auch in Gedanken nannte Lös ihn jetzt nur Todd⟩ *und Lös hatte die Nächte bei ihm gewacht ...*
280, 21	*jetzt galt es, sich durchzuschlagen,* ⟨irgendwie,⟩ *und daran wollte er denken ...*
280, 24	*Wie oft war Todds Hand auf seinem Ärmel gelegen, und so war er auch plötzlich gestorben* ⟨, mit der Hand auf seinem Arm⟩ *...*
280, 30	*Weil er aus Wien war* ⟨und meine Mutter auch eine Wienerin war? Der alte Kainz war auch Wiener⟩. *Nein! – Wir haben uns einfach gern gehabt ...*
281, 24	*auf den Weinfässern, den leeren,* ⟨die er geliefert hatte,⟩ *ist die Bühne aufgeschlagen worden ...*
283, 16	*Habe mich nur* ⟨zwei Minuten⟩ *einen Augenblick freimachen können ...* ⟨Tut mir schrecklich leid⟩ *Aber vielleicht ein andermal?* ⟨Zwar, heut⟩ *Warten Sie ... Heut abend verreise ich für zwei Monate ...*
283, 23	*wenn Sie eine Empfehlung brauchen, stehe ich zu Diensten.* ⟨Nur, wie gesagt, in den nächsten zwei Monaten – absolut unmöglich ...⟩ *Die Salontüre ...*
283, 30	*Hier, Sie werden mir erlauben ...* ⟨Wunderbare Stunden gehabt ...⟩ *Sie lesen Proust, wie schön! ...*
284, 12	*ein Freund, ein Kamerad ...*

⟨Drei Jahre verträumt? Nein, es stimmte nicht ganz. Auch der Traum gehörte zum Leben. Zum Leben? «Wenn der Mann wiederkommt, bin ich nicht daheim.» Fünfzig Franken! Es hatte einen gegeben, der gestorben war für den Herrn, der ein seidenes

Taschentuch in der Manschette trug. Und Lös fühlte noch einmal Todds leichte Hand auf seinem Ärmel. Todd hatte gebeichtet, bevor er gestorben war. Bergeret, der Arzt Bergeret hatte es so gewollt ...⟩ ...

284, 13 *Es war später Nachmittag, als er erwachte.* ⟨Am Abend hatte er eine Stelle als Casserolier gefunden. Die Arbeit in den nächsten Tagen dünkte ihn schwerer als die Märsche in der Legion.
Aber er verdiente zweihundertfünfzig Franken im Monat und brauchte weder das Essen noch das Zimmer zu zahlen.⟩

Anmerkungen

Die Abkürzungen bei den Zitatnachweisen beziehen sich auf folgende Ausgaben:
Briefe 1, 2 = Friedrich Glauser, Briefe 1, Briefe 2. Hg. v. Bernhard Echte u. Manfred Papst. Zürich: Arche 1988/91
Erzählungen 1, 2, 3, 4 = Friedrich Glauser, Das Erzählerische Werk (Bd. 1 Mattos Puppentheater; Bd. 2 Der alte Zauberer; Bd. 3 König Zucker; Bd. 4 Gesprungenes Glas). Hg. v. Bernhard Echte u. Manfred Papst. Zürich: Limmat 1992/93
Fieberkurve = Friedrich Glauser, Die Fieberkurve. Hg. v. Julian Schütt. Zürich: Limmat 1995
Matto = Friedrich Glauser, Matto regiert. Hg. v. Bernhard Echte. Zürich: Limmat 1995
Saner 1, 2 = Gerhard Saner, Friedrich Glauser. Eine Biographie. 2 Bde. Zürich/Frankfurt a. M.: Suhrkamp 1981

3   *Gourrama. Ein Roman aus der Fremdenlegion ...*: Welchen Titel das Manuskript in seinen Anfängen trug, ist – trotz mehrerer Dutzend Erwähnungen in Glausers Briefen – nicht eindeutig festzustellen. Immer ist nur vom ‹Legionsroman› oder, ohne weitere Bestimmung, von ‹dem Roman› die Rede. Erst als Glauser im September 1936, d.h. acht Jahre nach Beginn der Niederschrift, eine Radiosendung aus verschiedenen Passagen des Manuskripts zusammenstellt, nennt er gegenüber Martha Ringier als Titel «Aus einem kleinen Posten, sechs Bilder aus der Fremdenlegion» (*Briefe 2*, 364). Es besitzt eine gewisse Wahrscheinlichkeit, daß der erste Teil dieser Überschrift dem ursprünglichen Namen des Romans entspricht. Jedenfalls heißt das Werk in einem Brief Glausers an Oscar L. Forel vom 31. Mai 1937 tatsächlich so (*Briefe 2*, 617), und auch das Deckblatt des Manuskripts, das in jener Zeit von Glauser neu getippt wurde, trug diesen Titel. Mitte Juli 1937 traf sich Glauser dann mit Halperin zu einer detaillierten Durcharbeitung des Romans, und im Zuge der entsprechenden Diskussionen scheint es zur Umbenennung gekommen zu sein: Glausers Einverständnis mit dieser Veränderung fand durch seine eigenhändige Korrektur auf dem Titelblatt ihre Bestätigung. Nichtsdestoweniger spricht er in einem seiner allerletzten Briefe – dem Schreiben an Alfred Graber vom

TANGER
Cap Spartel
Restinga
Mdiq
Khemis Anjra
Martil
Cap Mazari
Chaoui
TETOUAN
Asilah
Larbat Ayacha
Oued Laou
Khemis Beni Arous
Bou Ahmed
AL HOCEIMA
Cap Ouitalès
Pointe Noire
Ile Badis
Ile Nekkor
Nador
Cap des T
Sidi Ammar ou Moussa
LARACHE
Tleta Rissana
CHAOUEN
Jebha
Torres de Alcala
Tamassint
Anoual
Oulad Hammou
Souk Tolba
R
I
F
El Had
Bab Taza
Medina
Targuist
El Arbaa Taourirt
Driouch
Ksar el Kebir
Tiziz Boubeker
Mokrisset
Beni Ammart
Hassi Berka
Arbaoua
Bouselham
Tafrant
Zerkat
Bou Zineb
Lalla Mimouna
Zoumi
Mechra Ho
Sidi Marouf
Souk Larbat Gharb
OUEZZANE
Beni Berber
Tahar Souk
Aknoul
Saka
Jerouai
Rhafsai
Had Kourt
Taounate
Mezguitem
Nekhila
Allal Tazi
Mechra bel Ksiri
Oulad Ali
Bab el Mrouj
Karia ba Mohd
L'Oulja
Tissa
Beni Lennt
Msoun
Si Yahya Gharb
Guercif
TAZA
Sidi Slimane
SIDI KACEM
Sidi Abdallah
D. Salem
Moulay Yacoub
FES
Tahala
Mahirija
El Kansara
Aguere
Sidi Allal Bgo Al Kansara
Bahraoui
Bir Tamtam
Merhraoua
MEKNES
Taoujdate
Bou Rached
Tiflet
SEFROU
Ribat Al Khayr
KHEMISSET
Imouzzer du Kandar
Boufekrane
Al Hajeb
Tazouta
Al Assdaug
Maaziz
Oulmes es Soltane
Agourai
Tedders
IFRANE
Tirnest
Bouloutane
Rommani
El Mers
Immouzar Marmoucha
AZROU
Oulmes
BOULMANE
Outat Oulad el Haj
Almis Marmoucha
Ez-Zhiliga
A. Leuh
Ait Kermous
Enjil
Moulay Bouâzza
El Hammam
Aguelmous
Missour
Smaala
Tidarine
Ksar Kaddou
KHENIFRA
Agdal
Itzer
Ksabi
OUED ZEM
Taoura
Boujad
Bou Assila
Mibladen
El Ksab
MIDELT
Taguennchta
Ait Alou
Ksar el Bour
KASBA TADLA
Taissint
Salah
El Ksiba
Tattiouine
Arhbala
Tounfite
Sidi Hamza
Ait Fertoumach
Sidi yahya ou Youssef
Ait el Abbas
Ait Yakoub
Gourrama
BENI MELLAL
Sidi Amour ou Hlili
Bi Tajjite
Ait Attab
Rich
Atchana
Tabanast
Mzizel Tilicht
Ouaouizarht
Outerbate
Assel
Ait b. Akki
Tazzouguert
Bouâne
Anergui
Hassi Ad- Dekhil
Bou Denib
Boudenib
Azilal
Zaouia Temga
Ifdeisen
ER-RACHIDIA
Assoul
Aguelmay
Ait Mahammed
Ahansal
Tilmi
Ait Hani
Tarda
Ksar Jdid
Aoufouss
Zaouia Sidi Moha ou Ayachi
Goulmima
Tizi n'Taggourt
Zaouia Sidi Abdelâli
El Gfifate
Amejdad
El Bouia
Erfoud
Ait Ouleho
Amesker
Arg Sidi Ali Ouboururgu
Ait Toumert
Boumalne
Tarhzoute
Oulad Saidane
Rissani
Kelâa des Mgouna
Msissi
Megta Sfa
Imi n'Ouzrou
Achbarou
Mrheimine
Skoura
Tizi n'Rsas
Mines du Mfis
Fezzou
Taouz
M O Y E N   A T L A S
H A U T   A T L A S
L A H M A D A

30. November 1938 – davon, daß er den Roman eigentlich «*Aus einem kleinen Posten* genannt hatte», daß er danach aber «in *Gourrama* umgetauft wurde» (*Briefe 2*, 915f.). Die passiv-erduldende Rolle, die sich Glauser hier zuschreibt, ist indes nicht wirklich glaubhaft, da er im gleichen Brief auch seine Beziehung zu Halperin und der Zeitschrift *ABC* in einer durch Ressentiments verzerrten Weise darstellt. Für die vorliegende Ausgabe war deshalb der handschriftliche Befund auf dem Titelblatt maßgebend: Dort sind die Worte *Aus einem kleinen Posten* von Glausers Hand durchgestrichen und durch den Titel *Gourrama* ersetzt worden.

5   *Max Müller, dem Arzt, und seiner Frau Gertrud ...:* In einer Postkarte vom 31. Juli 1937 an Josef Halperin bat Glauser, dem Roman diese Widmung voranzustellen (vgl. *Briefe 2*, 656). Sein Wunsch kam jedoch zu spät, so daß der Abdruck in der Zeitschrift *ABC* (vgl. Nr. 25 vom 5.8.1937), ebenso wie alle bis heute folgenden Ausgaben des Romans ohne die Zueignung erschien. Glausers Dedikation ist jedoch in mehrerer Hinsicht bedeutungsvoll; sie stellt nicht nur einen Dank an seinen langjährigen Münsinger Therapeuten und dessen Frau dar, die beide die Entstehung des Romans intensiv verfolgt und gefördert haben. Die Widmung kann gleichzeitig auch als eine Art Wiederanknüpfungsversuch verstanden werden, da Glauser seit dem Bruch der Beziehung im Spätherbst 1933 keinen Kontakt mehr zu Müller hatte.

7   *La solitude bleue ...:* Mallarmé gehörte seit frühester Zeit zu den von Glauser besonders verehrten Dichtern. In einem Brief an Robert Binswanger vom 6. Januar 1919 verdeutlicht er die spezielle Zuneigung, die er für die junge Frau eines Psychiaters empfand, mit den Worten: «Ich (...) habe ihr Mallarmé rezitiert, was die Höhe meiner Begeisterung am besten zeigt.» (*Briefe 1*, 39) Später dann, nach seiner Rückkehr aus der Legion, zieht es Glauser sofort in die Pariser Bibliothèque Nationale, wo er gierig die Gedichte der Symbolisten wiederliest. Und als er 1937 von Zürich zu einer Entziehungskur nach Prangins am Genfer See aufbricht, läßt er sich von seiner Freundin Berthe Bendel u.a. die gesammelten Dichtungen Mallarmés und Baudelaires (des Autors des zweiten Mottos) nachsenden (vgl. *Briefe 2*, 649).
Don du poëme, das Gedicht, dem der zitierte Vers entnommen ist, entstand im Oktober 1865, erschien jedoch erst 1883 in Paul Verlaines Sammlung *Poëtes maudits*. Der Vers wird auch auf S. 87 Gourrama von Lartigue als ein besonders gelungener hervorgehoben.

8   *sagte Kainz ...:* Zahlreiche Figuren des Romans treten auch in anderen Legionstexten Glausers auf, so daß für sie reale Vorbilder angenommen werden dürfen. Diese zu ermitteln war allerdings nicht möglich, da die Legion ihren Soldaten Anonymität garantiert und die entsprechenden Akten für Außenstehende nicht zugänglich sind. Daß Glauser zumindest teilweise authentische Namen verwendet, läßt sich im Falle von Capitaine Chabert (vgl. Anmerkung zu S. 9) oder von Capitaine Pouette, dem Hauptmann von Géryville, belegen, der im *Hellseherkorporal* auftritt (*Erzählungen 2*, 29 ff.). Was den alten Kainz betrifft, so schreibt Glauser in seinem autobiographischen Bericht *Im afrikanischen Felsental*, daß er ihn kennengelernt habe, als sein Détachement, mit dem er aus Géryville kam, in Atchana in Empfang genommen wurde. Kainz sei ihm dabei als ‹Doubleur› zugeteilt worden, d.h. er habe – wie Todd in der vorliegenden Passage – im Wechsel mit ihm das Maultier geritten und geführt (vgl. *Erzählungen 2*, 61). Von Kainz ist weiterhin auch in den Texten *Legion* und *Seppl* die Rede (vgl. *Erzählungen 3*, 159, 175 u. 179).

8   *Du kannst scho ...:* Wenn die aus Wien stammenden Figuren des Romans (Kainz, Todd etc.) stellenweise Mundart, dann aber wieder Hochdeutsch reden, so hängt dies mit den verschiedenen Schichten des Manuskripts zusammen. Das Anfangs- und die beiden Schlußkapitel hat Glauser im Sommer 1937 neu geschrieben, wobei er – der Praxis seiner Studer-Romane folgend – gewisse Dialektelemente einfließen ließ. Vielfach, wie z.B. im vorliegenden Fall, hat er bei der handschriftlichen Korrektur des Typoskripts diese Färbung noch verstärkt. Da die übrigen, bereits 1931 entstandenen Teile des Manuskripts zur gleichen Zeit bei Josef Halperin lagen, fiel Glauser die Differenz offenbar gar nicht auf. Als er das Manuskript im Laufe des Sommers zurückerhielt, scheint er sich ganz auf die Formulierung von Überleitungssätzen konzentriert zu haben, die durch Halperins Kürzungen notwendig geworden waren. Aus diesem Grund finden sich in den alten Manuskriptteilen nahezu keine dialektalen Wendungen, während sie in den neuen relativ zahlreich sind.

8   *Die ... 2. Compagnie montée vom 3. Fremdenregiment ...:* Glauser gehörte selbst dieser berittenen Einheit an; sie war, wie im Roman, in Gourrama stationiert.

Kaserne des 1. Regiments der Fremdenlegion in Sidi Bel-Abbès, Algerien. – Straße in Bou-Denib, Marokko, um 1920. – Lager einer Compagnie montée auf Ausmarsch im südlichen Marokko, um 1915 (von oben nach unten).

8 *von Atchana abgeholt ...:* Es scheint, als habe sich Glausers eigene Verlegung nach Gourrama exakt so abgespielt, wie sie im Roman beschrieben wird. Wie er im autobiographischen Text *Im afrikanischen Felsental* erzählt, hatte er sich als Freiwilliger aus Géryville nach Marokko gemeldet. Zusammen mit vier einfachen Soldaten und drei Sergeanten wurde er zunächst im Zug nach Colomb-Béchar und von dort per Lastwagen nach Bou-Denib transportiert. Von hier ging es zu Fuß weiter bis Atchana, was einer Strecke von ca. 50 km entspricht (siehe Karte). Dort wurde der Trupp von einer Abordnung aus Gourrama empfangen und die letzten rund 35 km zum neuen Stationierungsort begleitet (vgl. *Erzählungen 2*, 59ff.).

8 *nach Gourrama (...), einem kleinen Posten im südlichen Marokko ...:* Glausers Aufenthalt in diesem Posten begann Mitte Mai 1922 und dauerte bis zum 13. März 1923, als er zum Centre spécial de Réforme nach Oran geschickt wurde. Seine Legionsakten verzeichnen außerdem einen Aufenthalt im Lazarett von Rich zwischen dem 29. August und 9. November 1922. Insgesamt hat sich Glauser also rund acht Monate in Gourrama aufgehalten.

8 *im Osten, hinter ihnen, bauten sich die Schneegipfel des Hohen Atlas auf ...:* Es scheint, als zeige sich Glauser hier topographisch etwas desorientiert, da der Hohe Atlas nicht im Osten, sondern im Westen von Gourrama liegt. Er muß sich demnach vor und nicht hinter dem aus Südosten kommenden Détachement befunden haben. Möglicherweise will Glauser durch die geographische Unstimmigkeit auch andeuten, daß es ihm weniger um einen bestimmten Posten ging, sondern gewissermaßen um den entlegenen, isolierten Ort schlechthin.

8 *An der Spitze der Kolonne ritt Sergeant Hassa, ein Böhme ...:* Ähnlich schildert Glauser die Szene auch in seinem autobiographischen Legionsbericht: «Der Führer des Détachements, ein Tschechoslowake (früher nannte man sie Böhmen) namens Hassa, wollte zwar Marschdisziplin aufrechterhalten. Er wurde aber ausgepfiffen, die beiden anderen Sergeanten, der lange Veyre und der dicke Schützendorf, schlugen sich zu uns. So sah unser Trupp mehr einer primitiven Horde als einer disziplinierten Armee ähnlich.» (*Erzählungen 2*, 59) Hassa wird außerdem in der Erzählung *Kuik* erwähnt, die allerdings in Bel-Abbès spielt (vgl. *Erzählungen 4*, 26).

Bou Idi Kissane
Tadaouine
Aourir
Minoud
Tagueroualt
Tarouni
Tiouzaguine
Lamoud Amrid
Tousma
Ticht Mimouna
Tamezzine Bail
Azerb
Aït Ato
Tit n'Ali
Bou Chabane
Tizi Iguer Ali
Mougueur
Kehala
Talharit
KHENEG GUIR
Tagrirt
Tamelkannt
OURRAMA
Aït Ali
Aït Saïd Ouamar
Ksar el Kebir
Gourrama
Oued
Arhenbou n'Tamda
Hˢ bou Taaricht
Tizi n'Bent Hazim
1406
1469
1409
1415
1368
1381
1374
1337
1310
1795
1784
1566
1386
1458
1658
1938
2126
2208
1934
1855
1419
1424
1442
1355
1859
1557
1586
1804
2050
1492

8   *Adjutant Cattaneo, Befehlshaber der dritten Sektion, ein Piemonteser ...:* Über diesen Adjutanten heißt es wiederum im Legionsbericht: «Er kommandierte die Sektion, die uns abgeholt hatte. Ein breitschultriger, dicker Mann, ohne Hals, mit einem Pfeffer- und Salzschnurrbart unter einer blühenden Nase. Er war Italiener, früher Fuhrknecht gewesen und konnte weder lesen noch schreiben. Sein Aufstieg war ihm durch große Tapferkeit gelungen. 1918, bei der großen Kolonne ins Tafilaleth, hatte er sich mit einem Sergeanten und sechs Mann allein durchgeschlagen. (...) Der Adjutant schrie viel, war aber sonst harmlos. Wenn er genug getrunken hatte, konnte er ganz menschlich werden. Unerträglich war er nur, wenn es ihm nicht gelungen war, die notwendige Tagesration Alkohol aufzutreiben.» (*Erzählungen 2*, 62) Ähnlich wird Cattaneo auch im kleinen Text *Zeno* charakterisiert (*Erzählungen 3*, 136). Etwas brutaler wirkt er in *Der kleine Schneider*, jener frühen Legionsgeschichte, die Glauser mit geringen Veränderungen auch in den vorliegenden Roman übernahm (*Erzählungen 1*, 169–181). Ein Legionär namens Cattaneo tritt schließlich auch in *Kuik* (*Erzählungen 4*, 17 ff.) auf; sein Vorbild scheint jedoch jener sadistische Korse gewesen zu sein, der in Bel-Abbès die Gefängniszellen unter sich hatte und unter dem Namen Castani nicht nur in verschiedenen Glauser-Texten (vgl. z.B. *Erzählungen 2*, 54) anzutreffen ist, sondern den man auch in Legionsberichten anderer Autoren zu erkennen meint (siehe z.B. Ernst F. Löhndorff, *Afrika weint. Tagebuch eines Legionärs*. Zürich/Leipzig: Grethlein Verlag 1930, S. 115 ff., 150 u. 206).

9   *Capitaine Chabert führte sie ...:* Aus einem Brief, den Glauser am 4. August 1936 an den Kommandeur des Straßburger Rekrutierungsbüros der Fremdenlegion schrieb, geht hervor, daß der Hauptmann des Postens Gourrama tatsächlich Chabert geheißen hat: «Volontaire en février 1922 pour le Maroc. Versé à la 2ème Cie montée du 3ème Régiment étranger (Commandant Capitaine Chabert)», faßt Glauser seine Zeit in Marokko zusammen (unpublizierter Brief im Archiv der Fremdenlegion, Aubagne). Doch nicht nur der Name, sondern auch die gütige Charakterart, die im Roman an Chabert hervorgehoben wird, scheint authentisch zu sein: «Diesmal ist der Hauptmann wie ein Vater zu mir, tröstend, aufmunternd», schrieb Glauser am 16. Oktober 1922 an seine Eltern und fuhr fort: «Er hat ein wenig begriffen, was in mir vorging.» (*Briefe 1*, 76) So hat Glauser diesem Mann ein dankbares Andenken bewahrt und in zahlreichen weiteren Texten ein liebevoll-ironisches Porträt von ihm gezeichnet. Dies gilt ebenso für den autobiographischen Bericht

Im afrikanischen Felsental wie für die Jugendgeschichte *Legion* oder die Erzählung *Zeno*. Selbst in den Kindheitserinnerungen *Damals in Wien* wird seiner gedacht. In allen genannten Texten wird Chabert als Mann geschildert, der keinerlei Wert auf die äußeren Zeichen seines Ranges legte und der eher auf der Seite des einfachen Soldaten als der Gradierten stand (vgl. *Erzählungen 2*, 62 f., *Erzählungen 3*, 136, 157, 161 und *Erzählungen 4*, 169).

9   *nun wurde Leutnant Lartigue durchgehechelt ...:* «Ganz unglaublich gefreut hat es mich», bekennt Glauser in einem Brief an Josef Halperin vom 19. Februar 1936, «daß Sie die Gestalt von Lartigue und seinen Namen behalten haben. Wenn Sie nämlich näher zusehen, kommt er im Roman so selten vor und ist, soweit ich mich erinnere, so sparsam geschildert gegenüber anderen Personen, daß er mir gelungen sein muß.» (*Briefe 2*, 165) Tatsächlich scheint diese Figur auf Glauser selbst einen speziellen Reiz ausgeübt zu haben, denn sie wird nicht nur im Roman mit einem gewissen Aura umgeben, sondern tritt auch in anderen Legionstexten auf, so in Der *Tod des Negers* («Lartigue ... der unsere Sektion kommandierte; er sprach gern mit uns über alles mögliche, Musik und Kunst»; *Erzählungen 2*, 234 u. 241) oder in *Ein altes Jahr* (*Erzählungen 3*, 278). Besonders markant wird Lartigue schließlich in den Schlußkapiteln der *Fieberkurve* gezeichnet, wobei hier allerdings auch gewisse Züge einfließen, die man von der Figur des Capitaine Materne im vorliegenden Roman kennt.

9   *die Administration (die Verpflegung) vom Sergeanten Sitnikoff übernommen ...:* In gleicher Weise heißt es im Legionsbericht: «Als ich die Administration vom Sergeanten Sitnikoff übernahm, einem Russen, der die Spannung nicht mehr aushielt (denn das Kriegsgericht drohte für den kleinsten Fehler), mußte dieser gerade ausrücken. So konnte die Übernahme nicht nach allen Regeln geschehen. Ich brauchte vorläufig nichts zu unterschreiben und wirtschaftete im alten Schlendrian weiter ...» (*Erzählungen 2*, 64) Sitnikoff ist im übrigen auch in den Texten *Der vierzehnte Juli* und *Zeno* präsent (*Erzählungen 3*, 99 u. 136 ff.), wobei sich seine Rolle in letzterem mit derjenigen von Lös im vorliegenden Roman deckt.

9   *dem Intendanzbureau in Bou-Denib ...:* Bou-Denib liegt ungefähr 85 km südöstlich von Gourrama (siehe Karte und Photo).

11 *es is' eh vierzehnter Juli ...:* Mit Glausers eigener Verlegung nach Gourrama stimmt dieses Datum nicht überein. Glauser verließ Géryville vielmehr bereits am 28. April 1922 und wurde am 11. Mai 1922 in Bou-Denib registriert. Etwa drei Tage später wird er dann in Gourrama eingetroffen sein. Von den Zeitbezügen her dürfte deshalb das Feuilleton *Der vierzehnte Juli* der autobiographischen Realität näher sein. In diesem Text läßt Glauser die – im übrigen weitgehend identische – Szene in Sebdou spielen, wohin er im Sommer 1921 von Bel-Abbès aus verlegt worden war (vgl. *Erzählungen 3*, 97 ff.).

13 *nannte die Alte ‹mutatschou guelbi› ...:* «‹Mutatschu› heißt ‹klein›, und ‹gelbi› heißt ‹Herz›», erläutert Glauser in seiner Jugenderzählung *Ali* (*Erzählungen 4*, 59), wobei er sich der deutschen und nicht, wie in *Gourrama*, der französischen Umschrift des arabischen Wortlauts bedient.

14 *flüsterte aufgeregt auf den buckligen Sergeanten Schützendorf ein ...:* Einer Figur dieses Namens begegnet man noch in zahlreichen anderen Legionstexten von Glauser; sie steht dort zum Teil aber in anderen örtlichen Zusammenhängen oder wird anders charakterisiert (vgl. *Erzählungen 1*, 170; *2*, 59; *4*, 26 und *Fieberkurve*, 198).

14 *Er kam aus Saïda ...:* «Saïda ist ein hübsches Städtchen», schrieb Glauser am 16. Oktober 1922 an seinen Vater (*Briefe 1*, 75). Er hatte den Ort im Nordwesten Algeriens beim Transport von Sebdou nach Géryville kennengelernt.

16 *und Korporal Dunoyer ...:* Vorbild dieses altgedienten tätowierten Legionärs mit reichlich Erfahrung aus Strafbataillonen war womöglich ein Mann, den Glauser bei seiner Verlegung nach Marokko kennenlernte und den er ohne Namensnennung im Legionsbericht vorstellt (vgl. *Erzählungen 2*, 60). Im übrigen tritt in der Erstfassung von *Der kleine Schneider* sowie in *Kuik* ebenfalls eine Figur namens Dunoyer auf (siehe *Erzählungen 1*, 170 u. *4*, 26).

16 *der ungarische Kommunist Samotadji, dessen blonder Bart am Gürtel spitz auslief ...:* Namenlos geistert diese Ordonnanz des Capitaine auch durch die Schlußkapitel der *Fieberkurve* («ein Ungar mit einem Rübezahlbart ...» *Fieberkurve*, 184 u. 197).

16   *Peschke, Leutnant Lartigues Ordonnanz ...:* In der ursprünglichen Fassung von *Der kleine Schneider* hieß die Figur noch Karl Obrowsky und wurde als ein aus Berlin stammender Gelegenheitsspartakist charakterisiert (vgl. *Erzählungen 1*, 172).

17   *zwei Gramm Chinin geschluckt ...:* Im Roman *Die Fieberkurve* spielt Chinin, das der Malaria vorbeugen sollte, eine spezielle Rolle, denn es hilft Studer die Angaben auf der rätselhaften Fieberkurve zu entschlüsseln: «Der Capitaine schritt die Reihen entlang, und Studer begriff zuerst nicht, was er tat. Sobald er vor einem Mann stand, öffnete dieser den Mund, der Capitaine steckte ihm eine kleine weiße Pille in den Mund – ging zum nächsten (...) ‹Was haben Sie den Leuten in den Mund gesteckt, Capitaine?› fragte Studer (...) ‹Chinin ... Ich füttere meine Leute mit Chinin, täglich zwei Gramm ... Sie haben alle Ohrensausen, es nützt aber nichts ...› ‹Chinin›, wiederholte Studer. Und plötzlich schlug er sich klatschend gegen die Stirn (...) Und er sah die Fieberkurve. Was stand vermerkt am Datum des 20. Juli? ‹Sulfate de quinine 2 km.› Seit wann gab man Chinin kilometerweise?» (*Fieberkurve*, 173 f.)

17   *Leutnant Mauriot, dessen glattes Bubengesicht vergebens versuchte, sich in verächtliche Falten zu legen ...:* Ein Leutnant dieses Namens wird ebenfalls in der *Fieberkurve* kurz genannt, ohne daß er allerdings für die Handlung bedeutsam wäre (vgl. *Fieberkurve*, 196 ff. u. 204). Zur Rolle, die Mauriots Vorbild bei Glausers Verhaftung in Gourrama spielte, vgl. die Anmerkung zu S. 195.

21   *grosse, bittere Neuigkeit: Proust ist gestorben ...:* Marcel Proust war am 18. November 1922 im Alter von 51 Jahren in Paris verstorben. Daß Glauser die entsprechende Todesnachricht erst mit acht Monaten Verspätung in Gourrama eintreffen läßt, hängt mit der Komposition und Erzähltechnik des Romans zusammen und hat keinerlei autobiographische Hintergründe (am 14. Juli 1923 war Glauser zudem nicht mehr in Gourrama, sondern bereits in Paris; vgl. auch die Anmerkung zu S. 281).

22   *Ja, in Bel-Abbès hat er noch Angst gehabt, die fünf Jahre könnten zu schnell vergehen ...:* Sidi Bel-Abbès in Algerien war der Sitz des 1. Regiments der Fremdenlegion und für die meisten Söldner das Tor zu Nordafrika. Dies galt auch für Glauser selbst, der am

20. Mai 1921 in Bel-Abbès eintraf; 10 Tage nach seiner Ankunft hielt er in einem Brief an Emilie Raschle seine Eindrücke fest: «Sidi Bel-Abbès, unsere Garnison, ist eine kleine Provinzstadt, groß wie ein Berner Bauerndorf. Das europäische Viertel ist dumm und protzig, wie die Leute, die es bewohnen. Abwechslung bringen einzig die Araber und die kleinen Schuhputzerjungen, die treue Hundeaugen haben und aufdringlich sind wie die Fliegen, die meine größte Plage sind. Im Araberviertel trinke ich in kleinen Kaffeestuben stark gezuckerten und aromatisierten Tee, der in kleinen Tassen präpariert wird und nur fünf Sous kostet (...). Ich diene lieber in der Fremdenlegion fünf Jahre, als daß ich drei Monate in einer schweizerischen Kleinstadt verbringe ...» (*Briefe 1*, 72)

22 *die Sehnsucht nach Städten ... nach einem Caféhaus, dem Klinglerquartett ...:* Das 1905 von Karl Klingler (1879–1971) gegründete Quartett gehörte bereits vor dem 1. Weltkrieg zu den bekanntesten europäischen Kammermusik-Ensembles. Glauser hat es womöglich in Zürich einmal gehört, wobei der Maler Max Oppenheimer (Mopp), den Glauser im Herbst 1916 kennenlernte, der Vermittler gewesen sein könnte. Zumindest malte der musikbegeisterte Mopp in jenem Jahr ein Porträt von Klingler (vgl. B. Echte, *Max Oppenheimer*. Baden: Stiftung Langmatt 1995, S. 115). Später trat Glauser dann einmal gewissermaßen in Konkurrenz zum Klingler-Quartett auf. Über die 3. Dada-Soirée vom 28. April 1917, bei der auch Glauser mitwirkte, schreibt Hugo Ball in *Die Flucht aus der Zeit*: «Im Publikum: Sacharoff, Mary Wigman, Clotilde v. Derp, Werefkin, Jawlensky, Graf Kessler, Elisabeth Bergner. Die Soiréen haben sich durchgesetzt trotz Niekisch und Klingler-Quartett.» (Hugo Ball, *Die Flucht aus der Zeit*. Zürich: Limmat 1992, S. 158)

22 *Patschuli hiess eigentlich Erich Laumer ...:* Spricht man den Namen Laumer französisch aus, so deckt er sich mit demjenigen einer Figur in *Der Tod des Negers* (vgl. *Erzählungen 2*, 233). Dieser Lohmer hat indes auch Ähnlichkeiten mit dem jungen Pausanker im vorliegenden Roman. Ein ehemaliger Damenimitator, dessen Gesangsauftritt Sehnsuchtsgefühle bei den Legionären weckt, findet sich auch im Feuilleton *Der vierzehnte Juli*. Hier ist die Szene allerdings nach Géryville verlegt, und die Figur trägt den Namen Linder (vgl. *Erzählungen 3*, 99). In der Novelle *Der kleine Schneider*, dem ersten Text, den Glauser nach seiner Rückkehr aus der Legion publizierte, heißt jener Damenimitator nochmals anders, und zwar Fritz Brun (*Erzählungen 1*, 172).

24   *Capitaine Gaston Chabert, der mit seinem Homonym aus Balzac weder das tragische Schicksal noch die grausame Frau gemeinsam hatte ...:* Glauser spielt auf Balzacs Roman *Le Colonel Chabert* an, der 1832 zunächst unter dem Titel *La transaction* erschien und 1844 von Balzac als eine der ‹Scènes de la vie parisienne› in die *Comédie humaine* aufgenommen wurde. Chaberts tragisches Schicksal besteht darin, daß er, nach der Schlacht bei Eylau totgesagt, schwer verwundet aus den Napoleonischen Kriegen nach Paris zurückkehrt und dort seine Frau, eine ehemalige Prostituierte, zur Gräfin Ferrand avanciert antrifft. Sie, die Chabert nur zur Ausnützung seiner Gefügigkeit geheiratet hatte, blockt nun alle seine Versuche, die eigene Identität zu beweisen und dadurch Frau und Vermögen wiederzugewinnen, rigoros ab. Auch die Unterstützung des Anwalts Derville verhilft Chabert nicht zu seinem Recht, so daß er schließlich als verwahrloster und geistesgestörter Vagabund endet.

25   *sprang ihm Türk entgegen ...:* «Der Türk im Legionsroman hat existiert», schreibt Glauser am 20. März 1936 an Josef Halperin und fährt fort: «Der Airedale im *Tee* war genau, wie ich ihn geschildert habe, und ich habe beide sehr lieb gehabt. Besonders den Türk.» (*Briefe 2,* 206) Er habe ausgesehen «wie ein Dackel, nur größer», beschreibt ihn Glauser in seiner Jugendgeschichte *Legion* (*Erzählungen 3,* 159). Auch im autobiographischen Bericht *Im afrikanischen Felsental* wird Türk erwähnt, und zwar im Zusammenhang mit einem Selbstmordversuch, der demjenigen von Lös weitgehend gleicht (vgl. *Erzählungen 2,* 65 und S. 214–219 im vorliegenden Band).

26   *Zuerst hab ich mich Fritz Todd genannt, mit zwei ‹d›. Aber das ist dann im Verkehr verloren gegangen ...:* Diese Erklärung stellt eine offensichtliche Unstimmigkeit dar und erklärt sich nur aus der Entstehung des Romans. Wie die aus dem Jahr 1929/30 stammenden Teile des Manuskripts zeigen, hatte Glauser die Figur zunächst Fritz Tod (mit einem ‹d›) genannt. Schon früh aber – vielleicht nach Diskussionen mit seiner damaligen Freundin Beatrix Gutekunst – scheint Glauser die Symbolik des Namens zu aufdringlich vorgekommen zu sein. Jedenfalls wurde bereits in den alten Schichten des Manuskripts der Name an den meisten Stellen in Todd geändert, wobei zahlreiche dieser Korrekturen von Beatrix Gutekunst stammen. In den erhalten gebliebenen Teilen des ursprünglichen Schlußkapitels ist der Name dann auch schon mit zwei ‹d› getippt. Diese Veränderung fand sogar Eingang in die Reflexionen von Lös, der sich in einer gestrichenen Passage zum Tod seines Freundes verwundert: «Sonderbar, auch in Gedanken nannte Lös ihn jetzt nur Todd.» (vgl. S. 443) Somit ging also kein ‹d› verloren, sondern es geschah das Gegenteil: Glauser fügte eines hinzu, vergaß aber, die vorliegende Passage entsprechend zu korrigieren.

27 *Mich hat der Vater in die Legion geschickt ...:* Bei einer autobiographischen Deutung dieser Passage ist Vorsicht geboten. Die Möglichkeit, in die Legion einzutreten, hat Glauser selbst schon 1917 in Zürich erwogen; so findet sich in einem Brief seines damaligen Förderers Charlot Strasser an die Schweizerische Schillerstiftung vom 12. Juli 1917 der Satz: «Er droht unter anderem, sich in der Fremdenlegion anwerben zu lassen.» (Akten der Schweiz. Schillerstiftung, Stadtarchiv Zürich; zitiert in *Briefe 2*, 953) In einem Brief des Vaters an den Vormund Walter Schiller vom 19. April 1921 heißt es dann auch: «Friedrich äußerte den Wunsch, sich in die französische Fremdenlegion anwerben zu lassen. Ich willigte ein.» (Akten der Amtsvormundschaft Zürich, Stadtarchiv Zürich) Als Glauser 1925 in die Schweiz zurückkehrte und bei seinem Eintritt in die Klinik Münsingen einen Lebenslauf verfaßte, schrieb er: «Ich (...) verließ Baden und überschritt die deutsche Grenze bei Singen. Am nächsten Tag war ich bei meinem Vater in Mannheim. Ich erklärte ihm den letzten Grund meiner Abreise von Baden und bat ihn, mir zu helfen. Seine Stellung erlaubte ihm diese Hilfe nicht, und er riet mir, in die Fremdenlegion zu gehen.» (*Erzählungen 1*, 368) Als Glauser drei Jahre später seinem Vater brieflich den Vorwurf machte, ihn in die Legion geschickt zu haben, verwahrte sich dieser heftig und schrieb: «Jetzt behauptest Du, ich sei es gewesen, der Dich leichtfertig in die Legion geschickt habe. Du vergißt, daß ich auf Dein Flehen und Drängen hin den Kelch bis zur Neige leeren und unerfreuliche Schritte unternehmen mußte.» (*Briefe 1*, 229) Vgl. in diesem Zusammenhang auch die gestrichene Passage auf S. 383 sowie die Anmerkung auf S. 487.

27 *Liederlicher Lebenswandel. Und da bin ich zu meinem Vater nach Deutschland gefahren ...:* Bekanntlich war Glauser 1918 tatsächlich wegen «liederlichen und lasterhaften Lebenswandels» entmündigt worden und blieb es sein Leben lang. Die hier eher harmlos dargestellte Reise zu seinem Vater nach Deutschland war dagegen eine Flucht über die grüne Grenze, mit der Glauser seiner Internierung, wenn nicht gar Verhaftung entging (vgl. *Briefe 1*, 68 f. sowie die vorangehende Anmerkung).

27   *In Mainz haben sie mich nicht nehmen wollen ...:* «Nach zwei Versuchen in Ludwigshafen und Mainz, wo ich abgewiesen wurde», schreibt Glauser im Lebenslauf vom 4.5.1925, «begleitete mich mein Vater nach Straßburg, wo ich im April 1921 mein Engagement für die Fremdenlegion unterschrieb.» (*Erzählungen 1*, 368) Die Rückweisungen erfolgten auf Grund mangelnder gesundheitlicher Tauglichkeit, und nur ein vom Vater organisiertes militärärztliches Gutachten zerstreute dann die Bedenken der Straßburger Musterungskommission.

30   *Odi et amor ...:* Die von Pierrard zitierten Verse stammen aus dem dritten Zyklus von Catulls *Carmina*.

31   *mein Großvater war Balzacs intimer Freund ...:* Charles de Lovenjoul war der Autor eines frühen biographisch-werkgeschichtlichen Buches über Balzac (*Histoire des œuvres de Honoré de Balzac*, Paris 1988)

31   *während du in die Unteroffiziersschule eingetreten bist ...:* Auch hier besteht ein autobiographischer Hintergrund. Glauser traf am 20. Mai 1921 in Bel-Abbès ein und wurde am 1. Juni in die Unteroffiziersschule der Maschinengewehrkompagnie eingeteilt. Im Legionsbericht heißt es dazu: «Der Dienst war lächerlich leicht. Von $^{1}/_{2}$ 6 Uhr morgens bis 9 Uhr vor den Stadtmauern exerzieren, Theorie, Auseinandernehmen und Zusammensetzen der Mitrailleuse Hotchkiss.» (*Erzählungen 2*, 54)

35   *«Meinem kleinen Phaeton.» «Phaidon, Phaidon», lachte Lös dazwischen ...:* Für einmal zeichnet sich Lös durch Halbbildung aus, denn Phaeton ist eine Gestalt der griechischen Mythologie, während es sich bei Phaidon um eine reale Person handelt, und zwar den Sokrates-Schüler Phaidon von Elis aus dem 4. Jahrhundert vor Christus, seines Zeichens titelgebend für einen der bekanntesten Platon-Texte. Phaeton dagegen ist der Sohn des Sonnengottes Helios; dieser hat ihm die Erfüllung eines Wunsches versprochen, und Phaeton bittet sich daraufhin aus, einmal das Gespann des Vaters zu lenken. Helios willigt ein, doch Phaeton kann die Pferde nicht zügeln, so daß der Wagen auf die Erde zu stürzen droht. Da erschlägt ein Blick des Zeus den Vermessenen, der in den Fluß Eridanos fällt. Seine Schwestern, die Heliaden, beweinen ihn nun und werden dafür in Pappeln verwandelt, während ihre Tränen zu Bernstein erstarren.

35   *Da war der Graf Moltke, der hat mich fünf Monate ausgehalten ...:* Glauser läßt Patschuli hier einen Namen erwähnen, der mit einem der aufsehenerregendsten Prozesse des deutschen Kaiserreiches verknüpft war. Im November 1906 hatte Maximilian Harden in seiner Zeitschrift *Die Zukunft* Andeutungen darüber gemacht, daß der Kaiser von Personen umgeben werde, die einen ungünstigen Einfluß auf ihn ausübten, da sie in psychosexueller Beziehung von der Norm abwichen. Diesem Personenkreis, der die Liebenberger Tafelrunde genannt wurde, gehörte unter anderem der Generalleutnant Graf Kuno von Moltke an, seines Zeichens Flügeladjutant des Kaisers und Stadtkommandant von Berlin. Gastgeber der Gesellschaft war Fürst Philipp zu Eulenburg, ein enger Vertrauter des Kaisers. Zu den Mitgliedern des Kreises zählte außerdem der französische Botschaftsrat Lecomte, so daß Harden die Gefahr der Erpreßbarkeit und des Verrats außenpolitischer Geheimnisse befürchtete. Harden reicherte seine Andeutungen in weiteren Artikeln um zahlreiche Informationen an, wonach sich Fürst Eulenburg wegen Verfehlungen im Sinne von § 175 des Strafgesetzbuches selbst anzeigte und Harden als Zeugen vorschlug. Graf Kuno von Moltke ließ sich zur Disposition stellen und sandte Harden eine Herausforderung zum Duell. Nachdem dieser ablehnte, erhob auch von Moltke Klage. Harden verlor beide Prozesse, erreichte aber sein Ziel, den informellen Einfluß jener «Kamarilla» öffentlich zu machen und dadurch auszuschalten.

35   *Zuerst war ich mit Hasenclever im Rheinland ...:* Historisch nicht nachzuweisen.

37   *daß ein Pfund, er sagte «a pound», etwa zweihundert Franken seien ...:* gemeint sind alte französische Francs.

39   *Als ich bei Lettow-Vorbeck als Oberleutnant diente ...:* Paul von Lettow-Vorbeck (1870–1964) gehörte als Kolonialoffizier seit 1894 dem deutschen Generalstab an. Im 1. Weltkrieg konnte er sich als Kommandeur von Kamerun und Deutsch-Ostafrika trotz völliger Isolierung und gegnerischer Übermacht bis 1918 halten. Nach Deutschland zurückgekehrt, schlug sein «Korps Lettow» 1919 im Auftrag der Reichsregierung die Revolution in Hamburg nieder. Nach der Beteiligung am Kapp-Lüttwitz-Putsch mußte von Lettow im Sommer 1920 seinen Abschied aus der Reichswehr nehmen. 1928–1930 saß er für die Deutschnationale Volkspartei im Reichstag und profilierte sich als Exponent des deutschen Kolonialrevisionismus. Seiner politischen Vergangenheit ungeachtet, genoß von Lettow-Vorbeck auch nach dem 2. Weltkrieg noch hohes Ansehen, und es war kein geringerer als der deutsche Verteidigungsminister Kai Uwe von Hassel persönlich, der die Trauerrede bei von Lettows Beisetzung hielt.

Im übrigen entspricht die Geschichte, die Todd hier zum besten gibt, den Erlebnissen eines gewissen Cleman, den Glauser – seinem Legionsbericht zufolge – in der ersten Zeit seines Engagements kennengelernt hatte (vgl. *Erzählungen 2*, 53 und die Anmerkung zu S. 236.)

40   *Er sah das Knabeninternat, in dem er als Fünfzehnjähriger gewesen war ...:* Diese plötzlich aus der Vergangenheit auftauchende Erinnerung hat sichtlich einen autobiographischen Hintergrund. In Glausers Krankengeschichte der Psychiatrischen Klinik Burghölzli wird eine «romantische Freundschaft» zu einem Mitschüler in Glarisegg erwähnt, der Glausers Zuneigung jedoch nicht erwiderte, so daß er einen Selbstmordversuch mit Chloroform unternommen habe (Krankengeschichte Psychiatrische Universitätsklinik Burghölzli, Zürich, S. 8). Auch in den Akten der Klinik Waldau wird ein «homosexuelles Erlebnis mit 16 Jahren in Glarisegg» vermerkt (Krankengeschichte Psychiatrische Universitätsklinik Waldau, Bern, S. 6). Wer jener «intime Freund» war, von dem Glausers Vater bereits Ende 1911 in einem Brief an den Glarisegger Direktor spricht, ist allerdings nicht bekannt (vgl. *Saner 1*, 52f.).

42   *Ich war doch Rechtsanwalt, in Odessa ...:* Die Geschichte jenes Anwalts, der bei der morgendlichen Rückkehr vom Barbier sein Haus von Revolutionären besetzt fand und sich deshalb – noch im Pyjama – auf ein im Hafen liegendes französisches Schiff rettete, taucht in zahlreichen anderen Legionstexten von Glauser auf. Ein erstes Mal findet sie sich in der Erzählung *Mord*, wo die Figur den Namen Vanagass trägt und in Bel-Abbès stationiert ist (vgl. *Erzählungen 1*, S. 182ff.). Diese Kennzeichen kehren *Im afrikanischen Felsental* identisch wieder (*Erzählungen 2*, 56), wobei Glauser von interessanten Gesprächen berichtet, die er mit Vanagass über Dostojewsky und andere Autoren geführt habe. Von einem intensiven und anregenden Kontakt mit diesem Mann berichtet auch der autobiographische Text *Legion*; Glauser schreibt hier: «Er hieß Vanagass, wenigstens nannte er sich so, und er ist der einzige gewesen, dem ich wirklich geglaubt habe, daß er etwas anderes gewesen ist.» (*Erzählungen 3*, 161) In welche Richtung Glausers diesbezügliche Vermutungen gingen, wird in *Kuik* deutlich; hier entfährt dem Mann mit den charakteristischen O-Beinen eines alten Kavalleristen die abgebrochene Bemerkung: «Ich war He ...», und der Erzähler kommentiert ergänzend: «Hetmann hat er sagen wollen, denke ich.» Im übrigen unterscheidet sich die Figur in *Kuik* nur dadurch von den vorigen, daß sie nun Baskakoff heißt (vgl. *Erzählungen 4*, 16 ff.). In der kleinen Geschichte *Zeno* erhält jener Rechtsanwalt aus Odessa schließlich den Namen Sitnikoff und wird nach Gourrama verpflanzt, wo er – wie die Figur im vorliegenden Roman – eine Zeitlang die Verpflegung des Postens leitete (*Erzählungen 3*, 136 f.).

42   *dort stand eine französische Besatzungstruppe ...:* ‹Zur Wahrung ihrer Interessen› waren die Alliierten 1918 nicht nur in Wladiwostok, Murmansk und Archangelsk, sondern auch in den russischen Schwarzmeerhäfen gelandet. Dadurch konnten die letzten Truppen von General Wrangels Weißer Armee 1920 durch englische und französische Schiffe von der Krim evakuiert werden; nach ihrer Internierung in Pera bei Konstantinopel wählten zahllose der heimatlos gewordenen Soldaten den Weg in die Fremdenlegion.

43   *Der Schächter war klein und alt ...:* Von diesem Mann und der Art, wie er sich beim Schächten verhielt, berichtet Glauser auch in seinem autobiographischen Text *Legion* (*Erzählungen 3*, 159). Außerdem haben sich in Glausers Nachlaß zwei fragmentarische Typoskriptblätter erhalten, auf denen die gleiche Szene beschrieben wird (Schweizerisches Literaturarchiv, Bern).

44   *Capitaine Materne ... ließ einen Weidenzweig mit leicht pfeifendem Geräusch regelmäßig gegen seine Gamaschen klatschen ...:* «Dieser Capitaine Materne», schreibt Glauser in *Legion*, «war ein großer, schlanker Mensch, Marokkaner, der seine militärische Ausbildung in Frankreich gemacht hatte; sehr tapfer war er. Er trug nie eine Waffe, aber eine zahme Gazelle folgte ihm überall nach, wie ein treuer Hund.» (*Erzählungen 3*, 157) Daß Materne von einer Gazelle begleitet worden sei, wird auch im Legionsbericht hervorgehoben (vgl. *Erzählungen 2*, 62) und taucht als Motiv in der *Fieberkurve* wieder auf; hier hat sich das Tier allerdings einem Leutnant Lartigue angeschlossen (vgl. *Fieberkurve*, 168).

45 *Es war Zeno, die im nahen Ksar wohnte und täglich zum Posten kam, um die schmutzige Wäsche einiger Unteroffiziere zu holen ...:* Zeno ist auch die Titelfigur zweier kürzerer Erzählungen, deren eine sich sehr weitgehend an den Text des Romans anlehnt (vgl. *Erzählungen 3*, 383–388), während die andere gewisse Veränderungen der personellen Konstellation aufweist (vgl. *Erzählungen 3*, 135–139).

46 *Narcisse Arsène de Pellevoisin, so behauptete Dupont, sei sein Name ...:* In der Erzählung *Der Tod des Negers* erwähnt Glauser diesen Sergeant-Major ebenfalls und sagt von ihm: «Mit Vornamen hieß er Narziß und war wie sein Namensvetter aus der griechischen Sage sehr in sein Gesicht verliebt.» (*Erzählungen 2*, 234) Deckungsgleich ist weiterhin, daß die Kellnerin in der nahen Spaniolenkneipe seine Freundin ist. Das virtuose Talent des ‹Chefs›, sich vor Märschen zu drücken, wird schließlich auch im Legionsbericht vermerkt; wie im vorliegenden Text, so bleibt der Sergeant-Major auch dort beim Ausrücken der Kompagnie im Posten zurück (vgl. *Erzählungen 2*, 65).

46 *Die Mitrailleuse Hotchkiss ist eine automatische Waffe, die mittels entweichender Pulvergase getrieben wird ...:* «Dieser Satz», schreibt Glauser im *Afrikanischen Felsental*, «wird mir sicher noch auf dem Totenbett einfallen, wenn ich verzweifelt nach einem Gebet suchen werde.» (*Erzählungen 2*, 54, vgl. auch S. 129 im vorliegenden Band).

48 *Einzig der alte Guy ...:* An zwei Stellen des Manuskripts hieß die Figur zunächst ‹Boucher›, bevor der Namen von Glauser entsprechend der übrigen Nennungen korrigiert wurde (vgl. S. 413 u. 438). Ein ‹alter Guy› tritt im übrigen auch im Text *Weihnachten in der Legion* auf, der allerdings in Géryville situiert ist (*Erzählungen 3*, 141 ff.).

49 *«Gestatten Sie, Korporal Koribout»...:* Eine Figur dieses Namens kommt auch in der Jugenderzählung *Ali* vor, wird dort jedoch als fast zwei Meter großer Mann geschildert, so daß anzunehmen ist, Glauser habe bei der Niederschrift ein anderes Vorbild vor Augen gehabt (vgl. *Erzählungen 4*, 70).

50 *weißen algerischen Wein: Kebir, den Großen ... und Amer Picon ...:* «Wir tranken weißen Wein», erinnert sich Glauser in *Der 1. August in der Legion*; «er war stark, darum hieß er auch *Kébir*: der Große.» (*Erzählungen 3*, 103) Amer Picon dagegen ist ein dunkler, bitter schmeckender Wermut, der – meist mit Grenadine oder Orangensaft verdünnt – als Aperitif getrunken wird.

55 *Lös hatte schon früher Kif geraucht, in Bel-Abbès bei seinem Freund, dem großen Mulatten ...:* Dieses zweifellos autobiographische Erlebnis aus seiner ersten Legionsstation schildert Glauser im Prosastück *Kif* (*Erzählungen 4*, 90–93), das er im Frühjahr 1938 für das Radio schrieb und dessen Aufnahme das einzig erhaltene Tondokument von Glausers Stimme darstellt. Der große Mulatte Mahmoud, bei dem Kif geraucht werden kann, spielt im übrigen auch schon in der Novelle *Mord* eine Rolle, dem zweiten Text, den Glauser nach seiner Rückkehr in die Schweiz Mitte der 20er Jahre publizierte (vgl. *Erzählungen 1*, 191–196; in der gekürzten Version aus dem Jahr 1927 heißt Mahmoud dann Milhoud; vgl. *Erzählungen 1*, 396–397).

59 *Ihm folgte Schilasky, ein Deutscher ...:* Glauser verwendet diesen Namen auch in der Erzählung *Ein altes Jahr*, wobei die betreffende Figur jedoch Russe ist (vgl. *Erzählungen 3*, 275).

64 *Der Ackermann ... habe dann ein Mädchen aus einem öffentlichen Hause kennengelernt ...:* Zu dieser Figur gibt es ebenfalls ein Pendant in anderen Glauser-Texten, insbesondere im Legionsbericht. Ackermann ist hier zwar Korporal in Bel-Abbès, hat aber genau dieselbe Vergangenheit wie die Figur des Romans (siehe *Erzählungen 2*, 54f.). Gleiches gilt für *Kuik*, nur ist es hier eine Verkäuferin, in die sich Ackermann, zum Mißfallen seines standesbewußt-großbürgerlichen Vaters, verliebt, so daß die Legion als einziger Ausweg bleibt (vgl. *Erzählungen 4*, 13ff.). In *Kuik* ist die Szenerie wiederum in Bel-Abbès angesiedelt, eine Lokalisierung, die auch für Ackermanns Auftreten in *Mord* gilt (vgl. *Erzählungen 1*, 184ff.). Einzig in *Weihnachten in der Legion* trifft man Ackermann in Géryville (*Erzählungen 3*, 141).

64 *Salvarsan und sonst verschiedene Dinge ...:* Salvarsan war ein Medikament zur Behandlung von Lungengangräne, Malaria und Lues.

67   *«Immer Fieber», sagte der kleine Schneider ...:* «Ich erinnere mich an einen kleinen Deutschen», schreibt Glauser im autobiographischen Text *Legion*. «Er hieß Schneider. Der war klein und mager und hatte das Sumpffieber erwischt. Eine Zeitlang lag er im Krankenzimmer, aber dann mußte er wieder ausrücken.» (*Erzählungen 3*, 160; siehe im übrigen die Anmerkung zu S. 96)

69   *ließ er das Messer mit voller Kraft nach unten stoßen. Er traf Ackermanns Beuge ...:* «Ich habe nur einmal einen Stich bekommen, weil ich zwei Leute trennen wollte, die aufeinander mit den Messern losgingen», heißt es in *Legion*, einem Text, den Glauser als autobiographischen Bericht für Jugendliche schrieb. «Es war Streit ausgebrochen bei einem Kartenspiel, und die beiden, es waren ein Russe und ein Italiener, waren nicht ganz einig. Ich habe es nicht aus Tapferkeit getan, sondern weil ich Zimmerchef war und für Ordnung sorgen mußte. Dem Russen hat es dann leid getan, daß er mich getroffen hat. Er sagte immer: ‹Nicht dich ich hab wollen, Caporal!›» (*Erzählungen 3*, 161) Diesen Zwischenfall macht Glauser übrigens in seinem Lebenslauf vom 4. Mai 1925 dafür verantwortlich, daß er ins Lazarett nach Rich gekommen sei (vgl. *Erzählungen 1*, 369). Die Angabe, er sei nach der Genesung dort als Sanitätskorporal geblieben, stimmt mit Glausers Legionsakte jedoch nicht überein; vielmehr kehrte er nach Ablauf von sechs Wochen wieder nach Gourrama zurück. Offenbar wollte Glauser in jenem Lebenslauf also den wahren Grund des Lazarettaufenthalts verschweigen: seinen Selbstmordversuch.

74   *so kam man nach Rich ins Lazarett ...:* Rich befindet sich rund 50 km westlich von Gourrama; wie es auf S. 149 des Romans heißt, konnte man zu Glausers Zeit die Strecke in vier Stunden zu Pferd bewältigen.

75   *Farny, eine zähe, eher kleine Gestalt ...:* Ein Legionär gleichen Namens und Charakters steht auch im Mittelpunkt der Novelle *Der Tod des Negers* (*Erzählungen 2*, 232 ff.). Erwähnt wird Farny des weiteren in der Kurzgeschichte *Weihnachten in der Legion* (*Erzählungen 3*, 140). Ohne Namensnennung erkennt man Farny schließlich im Legionsbericht, wobei an ihm hervorgehoben wird, er sei mit sieben Kameraden der einzige Sergeant der Kompagnie gewesen, der 1918 mit heiler Haut aus dem verheerenden Feldzug ins Tafilaleth zurückgekommen sei (*Erzählungen 2*, 62).

81   *Eine Sektion solle nur bis Atchana marschieren und dort zum Kalkbrennen bleiben ...:* Am 4. Dezember 1922 schrieb Glauser an seinen Vater: «Gegenwärtig sind wir auf einem winzigen Posten in Atchana (...) Wir sind herbefohlen, um Kalk zu brennen. Am Morgen und am Nachmittag holen wir Holz für den Ofen. Ich als Korporal stehe ganz allein Wache auf einer Erhebung und denke nach. Das Land ist hier seltsam herb. Nach Sonnenaufgang geht das brennende Rot der Berge in ein graues Rosa über, und diese Farbe behalten sie den ganzen Tag lang. Wenn Wolken kommen, sind die Berge grau und sehen aus wie große gestrandete Schiffe, die Flanken nach oben gewendet. Sie sind völlig kahl, und die mächtigen Ebenen dazwischen sind ebenfalls kahl mit einigen Büscheln Alfa und Thymian da und dort. Kleine Flüsse, Oueds genannt, furchen die Ebenen, dort holen wir Holz.» (*Briefe 1*, 77f.)

82   *Da kam auch schon Baskakoff, der Küchenkorporal ...:* vgl. auch die Erzählung *Der kleine Schneider*, in der Baskakoff als ein «rundlicher Russe» beschrieben wird, dessen «kahler Kalmückenschädel glänzte». (*Erzählungen 1*, 171) An zwei Stellen des Manuskripts hieß die Figur im übrigen zunächst Skataloff (vgl. S. 432)

86   *Da ist die Nummer, von der ich Ihnen sprach ...:* Glauser spielt auf die Proust-Gedenknummer der *Nouvelle Revue Française* an, die am 1. Januar 1923 erschien (10. Jg., Nr. 112). Sie enthielt neben zahlreichen Nachrufen und Würdigungen auch den Essay *En relisant Les Plaisirs et les Jours* von André Gide (S. 123–126). Da Gide es gewesen war, der einst als Lektor den ersten Teil von Prousts *Recherche* abgelehnt hatte, eignete seiner Mitarbeit an dem Heft eine etwas delikate Note. Dies um so mehr, als Gide seinen Text mit dem Bekenntnis einleitete, er bewundere lediglich zwei Autoren seiner Generation: Valéry und Proust.

87   *«Kennen Sie einen deutschen Dichter namens Rilke? ... Der Mann beginnt französische Gedichte zu schreiben»...:* Die ersten französischen Gedichte von Rilke erschienen im Herbst 1924 in der Zeitschrift *Commerce* (1. Jg., 2. Heft). Auch die *Nouvelle Revue Française* und die *Revue Nouvelle* publizierten 1925 in ihren Juli-Heften mehrere solcher Gedichte (12. Jg. Nr. 142 bzw. 1. Jg. Nr. 8/9). Die Texte wurden von Rilke schließlich zu einem Buch zusammengefaßt, das im Sommer 1926 unter dem Titel *Vergers – suivi des Quatrains Valaisans* in den *Editions de la NRF* herauskam.

87 «*Götter schreiten vielleicht, immer im gleichen Gewähren*»…: Lös gibt hier den Anfangsvers eines Gedichts wieder, das Rilke im März 1924 in Muzot geschrieben hat; es trägt keinen Titel und ist in den *Verstreuten und Nachgelassenen Gedichten 1906–1926* enthalten, die 1930 im 2. Band der *Gesammelten Werke* erschienen. Glausers besondere Wertschätzung für dieses Gedicht zeigt sich auch darin, daß er es als eines seiner liebsten im Brief an Martha Ringier vom 27. März 1936 zitiert (*Briefe 2*, 226f.).

96 *Der kleine Schneider …*: «Die Kürzungen werden nicht allzu schwer sein», schreibt Glauser am 15. März 1932 an Josef Halperin. «Sie können das ganze Kapitel vom *Kleinen Schneider* streichen. Es ist eine Novelle à part, kann dann vielleicht ins Buch aufgenommen werden, ist aber sonst schon als einzelne Geschichte im *Bund* und gekürzt in der *NZZ* erschienen.» (*Briefe 2*, 622) Tatsächlich war dieses Kapitel eine der wenigen Streichungen, auf die sich Glauser und Halperin bei ihrer gemeinsamen Redaktion der ersten Romanhälfte einigen konnten. Da Glauser die Passage in der von ihm erhofften Buchausgabe nicht gestrichen sehen wollte, wurde sie hier wieder eingesetzt.

Über den realen Hintergrund der geschilderten Vorfälle gibt der autobiographische Text *Legion* Auskunft. Glauser berichtet dort, daß Schneider, ein kleiner, magerer Deutscher, der an Malaria erkrankt war, ungeachtet seines Fiebers einen Ausmarsch mitmachen mußte: «Schneider mußte mitmarschieren, als wir das nächste Mal ausrückten. Er konnte nicht mehr recht. Kameraden haben mir dann erzählt, wie es gegangen ist. Die Kompagnie kampierte für die Nacht. Der kleine Schneider war müde, und trotzdem bestimmte ihn der Wachtmeister, der ihn nicht leiden konnte, für die Wache. Da hat der kleine Schneider sein Gewehr genommen, hat die Mündung gegen seine Brust gerichtet und mit der Zehe den Hahn gezogen. Der Schuß ist ihm in die Brust. Am Morgen haben sie ihn tot gefunden.» (*Erzählungen 3*, 160; siehe auch die Anmerkung zu S. 67)

96 «*Òstia*», *fluchte er laut …*: Der Ausruf leitet sich vom italienischen Wort für Hostie ab und ließe sich beispielsweise mit ‹Sakrament!› übersetzen.

100 *Wieder flimmerten Farben …*: Bei genauerem Hinsehen erhält das Wort ‹wieder› erst seinen Sinn, wenn man auch einen Halbsatz berücksichtigt, der – wahrscheinlich von Halperin – im Manuskript gestrichen wurde. Er lautet: «und bunte Bilder waren in seinen Augen» und wurde in der vorliegenden Fassung auf S. 99, Zeile 31 wieder eingesetzt.

111 *Les amants des prostituées ...:* Wie Mallarmé, der Autor des ersten Mottos (vgl. Anmerkung zu S. 7), so gehörten auch Baudelaires Werke zu Glausers frühen prägenden Leseerfahrungen – dies nicht zuletzt wegen der Anziehungskraft künstlicher Paradiese, die darin beschworen werden (vgl. dazu *Briefe 2*, 957). Schon im ersten Heft seiner eigenen Zeitschrift *Le Gong* (Juni 1916) hatte Glauser versucht, Baudelaire gegen seine Genfer Epigonen zu verteidigen (vgl. *Erzählungen 1*, 427).

Das Gedicht *Les Plaintes d'un Icare*, dem die Verse des Mottos entnommen sind, entstand im Jahr 1862 und wurde von Baudelaire in die *Nouvelles Fleurs du Mal* (1866) aufgenommen.

112 *Der Marsch ...:* Eine gekürzte Version dieses Kapitels erschien als eigenständiger Text am 3. Dezember 1933 im *Kleinen Bund* (siehe *Erzählungen 2*, 288–301). Eliminiert sind im wesentlichen die Gespräche zwischen Todd und Schilasky zum Thema Homosexualität. Eine noch knappere Version hatte Glauser zuvor für die Basler *National-Zeitung* geschrieben (erschienen am 23.1.1935); sie konzentriert sich im wesentlichen auf den Kampf zwischen Todd und Hassa (vgl. *Erzählungen 2*, 423–425). In beiden Zeitungsversionen tritt im übrigen Ackermann an die Stelle von Schilasky.

115 *«Verträumte Polizisten watscheln bei Laternen ...»:* Todd kommen hier einige Verse des Gedichts *Die Nacht* von Alfred Lichtenstein in den Sinn. Es entstand im Mai 1911 und wurde erstmals am 11. September 1912 in der Zeitschrift *Die Aktion* publiziert (Nr. 37, Sp. 1165). Der Text, dessen Wortlaut Glauser – offenbar aus dem Gedächtnis zitierend – leicht verändert, war auch in Lichtensteins Gedichtsammlung *Die Dämmerung* (A.R. Meyer Verlag 1913, S. 6) sowie in der von Kurt Lubasch herausgegebenen Werkausgabe enthalten (Georg Müller Verlag 1919, Band *Gedichte*, S. 52).

116 ‹*Es fiel ein Reif in der Frühlingsnacht*› ...: Das Gedicht gehört zu Heinrich Heines populärsten Liedern, obwohl es gar nicht von ihm stammt. Er nahm es mit dem Untertitel: «Dieses ist wahrlich ein Volkslied, welches ich am Rheine gehört» in seine Sammlung *Neue Gedichte* auf, die 1844 erschien. Der Text war 1825 bereits in der *Rheini-*

schen Flora publiziert worden, hier mit dem Vermerk «Im Bergischen aus dem Munde des Volkes. Aufgeschrieben von Wilh. v. Waldbrühl».

117 *erzählte von einer Bootsfahrt auf dem Vierwaldstättersee ...:* Es scheint, als lasse Glauser hier eine Erinnerung an Emmy Hennings einfließen; zusammen mit Hugo Ball hatte sie im Juli 1916 eine Lesereise an den Vierwaldstättersee unternommen und war dort in verschiedenen Orten mit einem Cabaret-Programm aufgetreten. Glauser lernte Emmy Henings im Januar 1917 in Zürich kennen und war eine Zeitlang eng mit ihr und Hugo Ball befreundet. Nach einem gemeinsamen Aufenthalt auf der Alp Brusada im Maggiatal trennten sich ihre Wege im August 1917 allerdings wieder (vgl. H. Spiess u. P.E. Erismann (Hrsg.), *Friedrich Glauser – Erinnerungen von Emmy Ball-Hennings, J.R. v. Salis, Berthe Bendel u.a.*, Zürich: Limmat 1996, S. 11–18).

120 *Seignac hatte es nicht leicht als Schwarzer ...:* Seignac und die Anfeindungen gegen ihn stehen auch im Mittelpunkt der Novelle *Der Tod des Negers* (Erzählungen 2, 232–244). Zwar ist der unmittelbare Anlaß eine Eifersuchtsaffäre mit dem Sergeant-Major, doch steht Seignacs Tod hier ebenfalls mit einem Sergeanten Farny indirekt in Zusammenhang (siehe auch die folgende Anmerkung).

120 *weil Seignac einmal zwei Monate auf der* Bremen *als dritter Steward gedient hatte ...:* «Ich habe in der Legion nur einen Amerikaner getroffen, und der war schwarz», schreibt Glauser im autobiographischen Text *Legion*; «er war früher Steward auf einem Schiff, sprach gut französisch und englisch. Er war ein anständiger Bursche, wurde Korporal, und dann ist er gestorben.» (*Erzählungen 3*, 155, vgl. auch die vorige Anmerkung)

125 *in guter Gesellschaft, muß ich sagen, mit Herrn Paul Bourget und Herrn René Bazin ...:* Paul Bourget (1852–1935) war vor dem 1. Weltkrieg einer der tonangebenden konservativen Romanciers in Frankreich. Seit 1894 Mitglied der Académie Française, sympathisierte er nach der Jahrhundertwende mit den Ideen der Action Française (vgl. dazu die Anmerkung zu S. 210). In diesem Sinne verband Bourget sein Talent für psychologische Charakterzeichnung und geschickten Handlungsaufbau mit kritischen Ausfällen gegen Demokratie und Atheismus einerseits und mit Plädoyers für Katholizismus und Monarchismus andererseits.

René Bazin (1853–1932) war seit 1903 ebenfalls Mitglied der Académie Française; auch er propagierte in seinen Romanen konservative Werte wie Bindung an die Kirche, Liebe zum Land, Verklärung des Bauernstandes und des häuslichen Lebens.

125 *er habe bei den Honved gedient und alle Karpathenschlachten mitgemacht ...:* In der Karpathenschlacht von Mitte Januar bis Ende April 1915 versuchte Rußland, den Gebirgskamm der Karpathen zu überschreiten, um in Ungarn einzudringen.

125 *und dann auch noch die Revolution mit Béla Kun ...:* Béla Kun (eigentl. Aaron Kohn, 1886–1939) zählt zu den schillerndsten Revolutionärsfiguren des europäischen Kommunismus. Bis Ende 1916 war er radikales Mitglied der ungarischen Sozialdemokratie und schloß sich als russischer Kriegsgefangener im Februar 1917 den Tomsker Bolschewiki an. 1918 organisierte er den Aufbau der ungarischen KP und wurde 1919 Führer der Räterepublik (21. März–1. August), die sich auf die Terrorkommandos von Tibor Sammely und die von Oberst Stromfeld gebildete Rote Armee stützte. Ende März 1919 erklärte Kun der Tschechoslowakei den Krieg und besetzte die Slowakei; im Juli 1919 folgte die Offensive gegen Rumänien, die mit der Niederlage in der Schlacht an der Teiß endete. Die anschließende rumänische Besetzung Budapests führte zum Sturz der Rätediktatur. Kun floh nach Österreich und wurde von dort an die UdSSR ausgeliefert. Als deren Bevollmächtigter für Deutschland war er 1921 für die terroristisch-revolutionären «März-Aktionen» verantwortlich, die indes kläglich scheiterten. Während der stalinistischen Schauprozesse wurde Kun als rumänischer Agent angeklagt, zum Tode verurteilt und hingerichtet.

125 *erzählte in gebrochenem Französisch von Rennenkampf und Koltschak ...:* Pavel Karlovitsch Rennenkampf (1854–1918) war russischer General, der aus einer deutsch-baltischen Adelsfamilie stammte und als charismatischer Heerführer galt. Als Kommandeur der ersten russischen Armee hatte er die Niederlage in der Schlacht bei Tannenberg zu verantworten, was seine Absetzung und eine Untersuchung wegen Verrats zur Folge hatte. Rennenkampf blieb bis 1917 in Petersburg, floh dann nach Süden, fiel jedoch in die Hand der Bolschewiki und wurde von ihnen im März 1918 in Tagaurog exekutiert.

Alexander Wassiljewitsch Koltschak (1873–1920) befehligte 1916/17 als Admiral die russische Schwarzmeerflotte und errichtete 1918 eine antibolschewistische Front in Sibirien. Wie Rennenkampf geriet er in die Gefangenschaft der Bolschewiki und wurde von einem revolutionären Kriegskomitee zum Tode verurteilt und hingerichtet.

126 *Was interessierte es jetzt noch den langen Wiener Malek, der behauptete, zur Holzhammerbande gehört ... zu haben ...:* Eine Holzhammerbande läßt sich selbst in detaillierten Untersuchungen über die Nachkriegsunruhen in Wien nicht nachweisen (vgl. z. B. Gerhard Botz, *Gewalt in der Politik: Attentate, Zusammenstöße, Putschversuche, Unruhen in Österreich 1918–1934*. München: Wilhelm Fink 1976).

128 *in dem eine Kompagnie Tirailleurs und eine Schwadron Spahis lag ...:* Als Tirailleurs wurden algerische Schützen bezeichnet, wobei das Wort einen leicht abschätzigen Beiklang hatte. Spahis nannte man die aus Einheimischen gebildeten Reitertruppen.

135 *Irgendwo, am Wiedener Gürtel, auf einem unbebauten Platz ...:* Der Wiedener Gürtel ist eine Straße beim Wiener Südbahnhof, liegt also unweit der Starhemberg- und Kolschitzkygasse, wo Glauser seine Kindheit verlebte.

144 *Datteln aus dem Tafilaleth ...:* Das Tafilaleth ist eine größere Oasenregion rund 100 km südlich von Gourrama und widersetzte sich der französischen Herrschaft bis ins Jahr 1935 (vgl. S. 235).

149 *Und der Major hatte dem Capitaine geraten, diesen Mann in einem Bureau zu beschäftigen ...:* Wie einer Streichung Glausers zu entnehmen ist, geschah dies wegen einer «leichten Arhytmie des Herzschlages» (vgl. S. 421), was an eine entsprechende Stelle im Legionsbericht erinnert: «Der Arzt mochte mich gern und verschrieb mir jedesmal, wenn ich zu faul war, den Bureaudienst zu tun, zwei oder drei Tage vollkommene Ruhe. Mein Herz funktionierte ein wenig unregelmäßig.» (*Erzählungen 2*, 59) Diese Stelle bezieht sich zwar auf die Zeit in Géryville, doch Glauser wußte sich jene ‹leichte Arhytmie› auch in Gourrama zunutze zu machen: «Bei der ersten Untersuchung durch den Arzt wurde ich als für Märsche untauglich erklärt. So kam ich in die Administration.» (*Erzählungen 2*, 63).

174 *steinern schreitend wie der erwachte Komtur ...:* Anspielung auf die Schlußszene von Mozarts *Don Giovanni*, in der die lebendig gewordene Grabstatue des erschlagenen Komturs als Gast auf dem Festmahl erscheint und Don Juan zur Reue auffordert. Als dieser schroff ablehnt, öffnet sich die Hölle und verschlingt ihn.

176 *er pfiff die Anfangstakte von Tipperary ...:* Das Lied *It's a long way to Tipperary* gehörte zu den bekanntesten Schlagern der späten 10er und frühen 20er Jahre.

189 *Dann zogen sich Herr und Hund in die Verwaltung zurück ...:* Als Bewunderer von Thomas Mann läßt Glauser hier eine kleine Anspielung auf den Titel von dessen 1919 erschienener Erzählung *Herr und Hund* einfließen. In ähnlich versteckter Weise hat Glauser auf S. 143 auch Emmy Hennings und ihrem Gedichtband *Helle Nacht* von 1922 seine Reverenz erwiesen.

190 *«Labbès, Caporal»...:* vgl. dazu den Dialog zwischen Mahmoud und dem Ich-Erzähler in *Kif*: «‹Labbès chuja?› – ‹Labbès, labbès!› antwortete ich. (‹Geht's gut, Bruder?› – ‹Es geht, es geht ...›).» (*Erzählungen 4*, 90)

195 *Und dann lief er los, ... hörte nicht die Stimme am Tor, die «Halt!» rief ...:* Die realen Geschehnisse, die zu Glausers eigener Verhaftung in Gourrama führten, werden im Legionsbericht wie folgt geschildert: «Die Katastrophe kam ganz plötzlich. Die Kompagnie war fort, nur eine Sektion war im Posten geblieben, mit dem kleinen Leutnant, der mein Vorgesetzter war. Eines Tages war er schlechter Laune und bestrafte mich mit leichtem Arrest. Ich durfte die Administration nicht verlassen. Als ich es trotzdem versuchte und der Wache am Tor einen Bidon Wein versprach, wenn sie mich hinausließe, alarmierte dieser Mann den Posten mit seinem Geschrei. Ich wurde zurückgebracht und bis zur Ankunft des Leutnants, der ausgegangen war, in mein Zimmer gesperrt. Um zehn Uhr abends wurde ich dann von zwei Korporälen feierlich in die Zelle geführt. Der alte Kainz brachte mir noch Zigaretten.» (*Erzählungen 2*, 65)

196 *wenn der Vater in seiner Schulmappe ein Nick-Carter-Heft entdeckt hatte ...:* Nick Carter war gleichzeitig das Verfasserpseudonym und der Name der Detektivfigur einer Kriminalromanserie, als deren Erfinder John Russell Coryell gilt. Ab 1886 erschienen mehr als 1000 Hefte, die von einem größeren Autoren-Team verfaßt wurden.

197 ‹*Knie nieder vor mir, und ich will dir ...* ›: Anspielung auf die Versuchung Jesu in der Wüste (Matthäus 4, 8–9: «Wiederum führte ihn der Teufel mit sich auf einen sehr hohen Berg und zeigte ihm alle Reiche der Welt und ihre Herrlichkeit und sprach zu ihm: Das alles will ich dir geben, so du niederfällst und mich anbetest.»).

200 *eine stille Befriedigung hat ihr den Platz geräumt ... keine Verantwortung mehr hat man zu tragen ...:* Wenige Wochen nach Abschluß der ersten Fassung des Romans beschreibt Glauser in einem Brief an Max Müller, wie sehr er selber bisweilen noch diesem psychischen Mechanismus unterworfen war: «Ich will es irgendwo nicht wahrhaben, daß durch die Analyse etwas geändert ist, daß es mir nicht mehr gelingt, mit tiefgründiger Überzeugung eine Katastrophe zu inszenieren und dann befriedigt im Gefängnis oder im Irrenhaus die Hände in den Schoß zu legen und mich als Märtyrer zu fühlen. (...) Eigentlich wäre jetzt ja eine Katastrophe fällig, aber ‹es› will nicht mehr recht funktionieren. Und ich sehne mich trotzdem nach Witzwil oder nach Münsingen, nach Verantwortungslosigkeit ... » (*Briefe 1*, 270; vgl. dazu auch den summierenden Satz in *Morphium*: «Ich war in des Wortes richtigster Bedeutung ein ‹Leidsucher›. Zufrieden war ich eigentlich immer erst, wenn ich im Gefängnis oder im Irrenhaus war.»)

210 *gehöre zur Action Française ...:* Die Action Française wurde Ende 1898 im Zusammenhang mit der Dreyfus-Affaire gegründet und verfolgte unter dem Schlagwort des «integralen Nationalismus» autoritär-antidemokratische Ziele. Als Chefideologe profilierte sich ab 1900 der Schriftsteller Charles Maurras (1868–1952), später assistiert von Léon Daudet (1867–1942) und Jacques Bainville (1897–1936). Die Bewegung strebte die Wiedereinführung der Erbmonarchie und eine föderalistische Dezentralisierung Frankreichs an. An die katholische Kirche angelehnt, machte sie den ‹zersetzenden› Einfluß von Protestanten, Juden und Freimaurern für den Wertezerfall der Moderne verantwortlich.

210 *dem Duc d'Orléans vorgestellt worden ...:* Philippe duc d'Orléans (1869–1926) erhob als ältester Sohn des Comte de Paris, Louis-Philippe d'Orléans (1838–1894), Anspruch auf die französische Königskrone und wurde in dieser Forderung von der Action Française unterstützt.

218 «*Cazzo, Mona!» brüllt er ...:* In der ersten Buchausgabe des Romans von 1940 wurde dieser Fluch eliminiert; daß das erste Wort das männliche Geschlechtsteil bezeichnet, war offenbar damals zu anstößig, obwohl der Ausdruck nicht mehr als etwa ‹Verdammt, du Affe!› bedeutet.

220 *Inventar ...:* Von allen Kapiteln des Romans wurde dieses durch Halperin am intensivsten gekürzt: In der Druckfassung umfaßt es schließlich nur noch rund die Hälfte seines ursprünglichen Umfangs. Bei dieser Streichaktion unterlief ihm jedoch der gleiche Lapsus, der Glauser in *Matto regiert* beim Kapitel *Sieben Minuten* passiert war – der Kürzung fielen auch jene Sätze zum Opfer, aus denen allein die Kapitelüberschrift verständlich wird (vgl. *Matto*, 224 u. 304). Im vorliegenden Fall war es jedoch nicht ohne weiteres möglich, das Problem durch Einfügung der gestrichenen Textpassage zu beheben, denn Glauser wollte ‹Mutterkomplexe› und ‹psychoanalytische Requisiten›, von denen im betreffenden Abschnitt kein Mangel herrscht, erklärtermaßen aus dem Roman verbannt wissen (vgl. *Briefe 2*, 669). Aus diesem Grund blieb die Streichung bestehen (eine ausführlichere Erläuterung für diese Entscheidung bietet der Editorische Bericht auf S. 302 u. 318 – 321).

231 «*Ich bin kein Blauer ...»:* Die Legionäre nannten die Rekruten der regulären französischen Armee ‹Bleus› und verbanden damit, da sie sich als eine Elitetruppe fühlten, eine herablassende bis verächtliche Bewertung.

232 *In den Mund mit den Ptisanen ...:* ‹ptisane› ist eine ältere Form des heute gebräuchlichen französischen Worts ‹tisane› (Kräutertee). Ursprünglich aus dem Griechischen kommend, bezog es sich auf Gerstengraupen, die man für einen Arzneitrank verwendete. Glausers privat-etymologische Eindeutschung des Wortes dürfte auf diesen Bedeutungskern zurückgehen.

232 «*Das Perlhuhn zählt eins zwei drei vier ... »:* Glauser zitiert Christian Morgensterns Gedicht *Das Perlhuhn* aus dem *Palmström* (Berlin: Bruno Cassirer Verlag 1910).

233 *Seigneur, Seigneur, nous sommes terriblement enfermés …:* Im Gegensatz zu den Autoren der beiden anderen Motti ist Glausers Einschätzung von André Gide eher ambivalent. Besonders deutlich tritt dies im Essay *Gide retouchiert seine Rückkehr* zutage, den Glauser zu eben jener Zeit schrieb, als er auch an der Überarbeitung von *Gourrama* saß. In Form rhetorischer Fragen versucht er sich der Bewertung Gides anzunähern: «Hat Gide nicht (…) sein Leben lang das Beispiel gegeben zu diesem Jonglieren mit Worten und Bedeutungen? Hat er nicht mit Begriffen gespielt wie mit bunten Bällen? Liebten wir ihn nicht gerade darum, weil er es verstand, die Haut zu wechseln, heute anders zu sein als gestern und nach der *Porte étroite* die *Caves du Vatican* zu schreiben und nach der *Symphonie pastorale* die *Faux-monnayeurs*? Oder war es umgekehrt?» Einige Zeilen später faßt Glauser seine Überlegungen zusammen und nennt Gide einen Autor, «den wir lieben, wenn er über Dinge schreibt, die er aus eigener Erfahrung kennt: Literatentum, Homosexualität, Kriminalpsychologie, Calvinismus.» (*Erzählungen 4*, 224) In politischen Fragen aber empfindet ihn Glauser als pharisäerhaft, dies insbesondere hinsichtlich seiner Haltung zur Sowjetunion, für die Gide zunächst euphorisch Partei ergriffen, von der er sich bald aber mit einem pathetischen Enttäuschungsgestus abgewandt hatte (vgl. Glausers Artikel *Rückkehr aus Sowjetrußland, Erzählungen 3*, 314–318). «Er ist ein Mensch, der so tut ‹als ob›», schreibt Glauser in einem Brief an Martha Ringier; «und so sehr ich in gewissen Dingen mit der Als-Ob-Philosophie einverstanden bin, so wenig bin ich mit ihr einverstanden, wenn es sich um die Feststellung von realen Dingen handelt.» (*Briefe 2*, 783)

Der Roman *Paludes*, aus dem das Motto stammt, gehört zu Gides frühen Werken; er entstand in den Jahren 1893/94 und erschien erstmals 1897 in Buchform.

234 *Der Kampf …:* Einen ‹Dschisch›-Überfall mit anschließendem Kampf hat auch Glauser miterlebt, wie in seinen Kindheitserinnerungen *Damals in Wien* bei einer Reflexion über Angst erwähnt wird: «Ich habe nie verstanden, warum dies Gefühl [i. e. die Angst] mich immer gepackt hat, wenn Ruhe und Sicherheit mich umgab. Und nie habe ich unter ihm gelitten, wenn der Tod in meiner Nähe war. Ich denke noch jetzt oft an jenen Kampf in Marokko, als ich hinter dem Maschinengewehr saß und eine Räuberbande unsere Sektion stürmte. Damals hab ich gepfiffen und gesungen, ich war glücklich, weil die Angst ganz ferne war, so ferne, daß sie überhaupt nicht mehr bestand.» (*Erzählungen 4*, 156)

234 *und dann wird er sie verwehen ...:* Glauser hatte das Kapitel ursprünglich durch drei lyrische Reflexionen über das Verlöschen und Verwehen von Worten untergliedert. Die erste Passage eröffnete das Kapitel, die zweite war zwischen das Gespräch der Legionäre und die Unterhaltung Chaberts mit Narcisse eingeschoben (siehe S. 402), die dritte («Worte, vom Winde verweht ... ») bildete den Abschluß (siehe S. 403). Die erste Stelle ließ Halperin gelten, die beiden weiteren empfahl er zur Streichung, womit Glauser offenbar einverstanden war. Besonders scheint Halperin gestört zu haben, daß sich Glauser bei der Neufassung des Kapitels nicht hatte enthalten können, auf Margaret Mitchells Bestseller *Gone with the Wind* anzuspielen, dessen deutsche Übersetzung unter dem Titel *Vom Winde verweht* 1937 erschienen war.

235 *weil er die berühmte Kolonne mitgemacht hat – wißt ihr, ins Tafilaleth, damals, neunzehnhundertachtzehn ...:* vgl. die entsprechende Passage im Legionsbericht (*Erzählungen 2*, 62).

236 *Korporal Cleman, von der ersten Sektion ...:* Ein Deutscher, der seinen Namen Kleemann zu Cleman französiert hatte, gehörte zu Glausers ersten Freunden in der Legion. Er lernte ihn, wie im *Afrikanischen Felsental* beschrieben wird, bereits bei der Überfahrt von Marseille nach Algerien kennen (siehe *Erzählungen 2*, 53). Die Geschichte dieses Mannes überträgt Glauser im vorliegenden Roman auf Todd (vgl. Anmerkung zu S. 39). Ein Cleman taucht außerdem in der frühen Legionsgeschichte *Mord* (*Erzählungen 1*, 182 ff.) und in der *Fieberkurve* (*Fieberkurve*, 27 ff.) auf, ohne daß die entsprechenden Figuren nähere Ähnlichkeiten zum hier vorgestellten Korporal hätten.

236 *Vor einem halben Jahr hat ihn der Huf eines Maultiers mitten auf die Stirn getroffen ...:* In der Erzählung *Ein altes Jahr* läßt Glauser die gleiche Figur unter dem Namen Baumann auftreten und führt sie mit den Worten ein: «Selbst Baumann, ein St. Galler, den ein Maulesel mit dem Huf mitten in die Stirn getroffen hatte und der seitdem nicht mehr ganz gescheit war ...» (*Erzählungen 3*, 275).

237 *sonst ist fertig mit Pinard ...:* Pinard hieß der kräftige algerische Rotwein, von dem die Legionäre täglich eine Ration zuerteilt bekamen.

239   *Ich denke da zum Beispiel an Ferdyschtschenko aus dem Roman* Der Idiot ...: Ferdyschtschenko ist einer der Mieter von Ganjas Mutter und wird im 8. Kapitel des 1. Teils von Dostojewskys Roman mit den Worten vorgestellt: «Er war ein Herr von etwa dreißig Jahren, groß von Wuchs, breitschultrig und mit einem äußerst großen Kopf, der durch das rotblonde krause Haar noch größer erschien, als er an sich schon war. Sein Gesicht war fleischig und rosig, die Lippen dick, die Nase breit und platt und die kleinen Augen unter den dicken Lidern schienen fortwährend spöttisch zu blinzeln. Der Gesamteindruck war der eines ziemlich unverschämten Menschen. (...) Wie der Fürst später erfuhr, hatte dieser Herr es sich gewissermaßen zur Aufgabe gemacht, einen jeden durch Originalität und Witze in Erstaunen zu setzen, nur wollte ihm das nie so recht gelingen.» (Zitiert nach der Übersetzung von E. K. Rahsin)

242   *Vor vierzehn Tagen sind in Atchana zwei Araber mit einem Mädchen vorbeigekommen ...:* Die folgende Erzählung Patschulis wurde in der ersten Buchausgabe von 1940 weggelassen (vgl. *Gourrama*, 1940, S. 274).

246   *du sang, de la volupté et de la mort ... Auch ein Buchtitel ...:* Lartigue spielt auf eine Essaysammlung dieses Titels von Maurice Barrès (1862–1932) an, die 1893 erstmals erschienen war (erweiterte Fassung 1903; deutsche Übersetzung unter dem Titel *Vom Blute, von der Wollust und vom Tode*, 1909). Barrès vertrat darin einen pathetischen Nationalismus und verlieh seiner Hoffnung Ausdruck, die Vitalität des Blutes werde Frankreich von seiner politischen, geistigen und moralischen ‹Décadence› befreien. Das richtungslos gewordene, narzißtisch verstrickte Ich des modernen Menschen solle auf religiös-mystische Weise in der nationalen Gemeinschaft, der Tradition und im Heimatboden neue Verwurzelung finden. Diese Haltung führte Barrès folgerichtigerweise in die nationalistische Action Française, zu deren führenden Propagandisten er seit 1906 gehörte. Zu Barrès' Anhängern zählte im übrigen auch Glausers Vater, und es war nicht zuletzt diese literarisch-politische Haltung, an der Glauser die unüberbrückbare Kluft zwischen seiner Generation und der seiner Eltern erkannte. In einem Brief an Max Müller vom 13.9.1926 begründet er die Tatsache, daß ihm sein Vater «innerlich fremd» sei, mit dem Hinweis: «Ich bitte Sie, er schwärmt noch für Maurras und Barrès.» (*Briefe 1*, 126)

255 *Er hatte sie sich an der Marneschlacht als Korporal verdient ...:* In der Marneschlacht (6.–9. September 1914) konnten die französischen Truppen den deutschen Vormarsch zum Stoppen bringen, was das Scheitern des sogenannten Schlieffen-Plans bedeutete. Als Folge der Marneschlacht ging der Bewegungskrieg in den Stellungskrieg über.

256 *«Ein Ungar und ein Franzose» ...:* Bei seinem ersten Auftreten wird Malek als Wiener bezeichnet (vgl. S. 126); da jedoch unklar ist, ob die Unstimmigkeit auf ein Versehen Glausers oder die Unkenntnis von Capitaine Chabert zurückgeht, wurde hier nicht korrigierend eingegriffen.

260 *und hinterließ auf Lös' Bett* La Garçonne *unter dem Hinweis, dies sei das bedeutendste Buch, das er seit langem gelesen habe ...:* Der Roman *La Garçonne* von Victor Margueritte (1866–1942) erschien im Sommer 1922 und erzielte einen Skandalerfolg (dt. Übersetzung 1923 unter dem Titel *Die Junggesellin*; Neuauflage 1982 unter dem Titel *Die Aussteigerin*). Im Mittelpunkt des Buches steht Monika Lerbier, eine junge vermögende Frau, die entschlossen ihr Recht auf berufliche Emanzipation und sexuelle Selbstbestimmung geltend macht. Unter diesen programmatischen Vorzeichen experimentiert sie mit verschiedenen Lebensformen und Partnerschaften; obwohl sie am Ende doch im Hafen einer bürgerlich-liberalen Ehe landet, erregte die zeitweise von ihr praktizierte Umkehrung des sexuellen Rollenverhaltens heftigen Anstoß. Auf Grund dieser Passagen wurde Margueritte – trotz der Fürsprache von Anatole France – Anfang 1923 die Ehrenlegion aberkannt.

263 *in Bel-Abbès vor allem, wenn am Morgen der dicke Boulet-Ducarreau in die Kaserne rollte ...:* Die Figur des rundlichen Colonel Boulet-Ducarreau gehört auch zum Personal der Texte *Der 1. August in der Legion* (*Erzählungen 3*, 101 ff.) und *Mord*, wobei in der Erstfassung des letzteren der Name Troulet-Ducarreau lautet (*Erzählungen 1*, 185). Möglicherweise handelt es sich dabei jedoch um eine Fehllesung des Setzers, denn in der Zweitfassung (*Erzählungen 1*, 394) ist der Name wie in den späteren Texten geschrieben.

263 *Auch Seignac, der um fünf Uhr auf Wache gezogen ist ...:* Die ganze folgende Szene (bis S. 266 oben) wurde von Halperin in die Vergangenheitsform gesetzt. Da jedoch keinerlei Anzeichen erkennbar sind, daß Glauser diesen ausnahmsweise mit Tinte ausgeführten Eingriff autorisiert hat, kehrt der vorliegende Text zur ursprünglichen Fassung zurück.

266 *Denn du weißt, Kamerun gehört uns ...:* Bis Ende des 1. Weltkrieges war Kamerun eine deutsche Kolonie.

267 *Marokko sei groß, die Eingeborenen hätten genug von der fremden Herrschaft, einige Teile des Landes seien auch noch nicht unterworfen ...:* Die Besetzung und Beherrschung Marokkos zählt zu den blutigsten und verlustreichsten Kapiteln in der Geschichte des französischen Kolonialismus und der Fremdenlegion. Weder die französischen noch die spanischen Truppen, welche den Westteil Marokkos besetzt hielten, vermochten je das Land zu kontrollieren. Zwischen 1907 und 1935 verloren allein auf französischer Seite über 2000 Legionäre ihr Leben. Zentren des marokkanischen Widerstands waren vor allem die Gebirgsregionen des Atlas und des Rif. Eine besondere Rolle spielte dabei Abd-el-Krim, der Führer der Rif-Kabylen, dessen Verbände den Spaniern bis Mitte der 20er Jahre so schwere Niederlagen zufügten, daß diese um französiche Unterstützung bitten mußten.

275 *Der Frühling ...:* Glausers eigener Abschied aus der Legion vollzog sich in ähnlicher Weise. Nach seiner Ausmusterung kehrte er Anfang April 1923 nach Frankreich zurück. Obwohl es ausländischen Legionären nach ihrer Entlassung eigentlich nicht erlaubt war, in Frankreich zu bleiben, fuhr Glauser nach Paris. Nach einigen Tagen, die er mit unschlüssigem Herumstreifen verbrachte, erlitt er einen Malariaanfall und fand für mehrere Wochen Aufnahme in einem Krankenhaus. Von Ende Mai bis September arbeitete er als Tellerwäscher im Hôtel Suisse, wurde nach einem Diebstahl jedoch entlassen, so daß er Paris schließlich in Richtung Brüssel und Charleroi verließ.

275 *für drei Jahre Dienstzeit ...:* Glausers eigene Legionszeit war etwas kürzer und dauerte nur knapp zwei Jahre (29. April 1921–30. März 1923).

277 *nach Oran. Mit den Camions bis Colomb-Béchar und von da mit dem Zug ...:* Wie diese Reise verlief, erzählt das Feuilleton *Colomb-Béchar – Oran* (*Erzählungen 4*, 51 f.). Glauser schrieb diesen

Text als Antwort auf die Umfrage der *Zürcher Illustrierten* zum Thema ‹Mein aufregendstes Reiseerlebnis›.

277   *Und dann hieß es: Réforme No. I ohne Pension ...:* Auch diese Einstufung deckt sich mit den Umständen von Glausers Entlassung aus der Legion. Seine Personalakte hält dazu fest: «Dirigé sur le Centre spécial de Réforme d'Oran le 13-3-23. Reformé No. I par la CSR d'Oran le 30-3-23 pour: ‹Invalidité inférieure à 10% pour trouble fonctionnel du cœur, crises de palpitations et de dysphée par œdème. – Bon état général.» (Archiv der Fremdenlegion, Aubagne)

278   *Zeno hatte er verkauft, für eine Flasche Anisette ...:* Gleiches wird in Glausers Erzählung *Zeno* von Sitnikoff berichtet (vgl. *Erzählungen 3*, 139).

281   *Ein Titel ... leuchtete ihm entgegen. Le temps retrouvé – Die wiedergefundene Zeit ...:* Glauser nimmt hier – offenbar bewußt – eine historische Unstimmigkeit in Kauf; der Chronologie von *Gourrama* zufolge wäre der letzte Teil von Prousts *Recherche* bereits eineinviertel Jahre nach dessen Tod erschienen. In Wirklichkeit wurde dieser Band jedoch erst 1927, d.h. gute fünf Jahre nach Prousts Tod, publiziert.

283   *Auf dem Klavier Noten: Massenet ...:* Jules Massenet (1842–1912) wurde als Komponist sentimental-effektvoller Opern bekannt, die sich meist literarischer Stoffe bedienten und sich zum Teil an Wagner orientierten (*Manon*, 1884; *Werther*, 1892; *Don Quichotte*, 1910 etc.). Massenet schrieb daneben auch Klavier- und Kammermusik.

283   *Was war das für ein Parfüm? Chypre? ...:* ‹Chypre› ist die Bezeichnung für eine Gruppe von Männer-Parfums, die ausschließlich aus Eichenmoosextrakten hergestellt und in Form von Eau de Cologne oder Eau de Toilette angeboten werden. Je nach Art des Zusatzes eignet ihnen eine intensiv-herbe bis schwül-sinnliche Note.

284   *«Und unser Verlangen, die Zeit sich ändern zu sehen ... »:* Glauser zitiert hier nicht, wie von der Handlung her zu erwarten, aus dem letzten Teil von Prousts *Recherche*, sondern aus dem zweiten Band *A l'ombre des jeunes filles en fleurs*. Die Stelle findet sich in einer längeren Reflexionspassage, die sich an eine der bedeutsamsten

Szenen des gesamten Werks anschließt. Nachdem der Ich-Erzähler eine alte chinesische Vase verkauft hat, um mit dem erlösten Geld Gilberte eine Freude zu machen, glaubt er sie kurz darauf auf den Champs-Élysées in Begleitung eines unbekannten jungen Mannes zu erkennen, mit dem sie beschwingt flaniert. Darauf beschließt er, Gilberte nicht mehr wiederzusehen. Die von Glauser zitierte Stelle lautet bei Proust: «Le désir, l'appétit de nous revoir finissent par renaître dans le cœur qui actuellement nous méconnaît. Seulement il y faut du temps. Or, nos exigences en ce qui concerne le temps ne sont pas moins exorbitantes que celles réclamées par le cœur pour changer.» In der ersten deutschen Übersetzung des Bandes, die von Franz Hessel und Walter Benjamin besorgt wurde und zum Jahreswechsel 1926/27 erschien, lautet die Passage: «Begier, Lust, uns wiederzusehen, erwachen endlich aufs neue im Herzen, das jetzt uns verleugnet. Allein dazu ist Zeit nötig. Nun sind unsere Forderungen in bezug auf die Zeit ebenso maßlos wie die, welche das Herz stellt, um sich ändern zu können.» (*Im Schatten der jungen Mädchen*. Berlin: Die Schmiede 1926, S. 257) Eva Rechel-Mertens übertrug den Satz dann folgendermaßen: «Der Wunsch, das Verlangen nach einem Wiedersehen leben endlich in dem Herzen wieder auf, das uns so lange verkannte. Aber dazu braucht es Zeit. Wir jedoch stellen mit Bezug auf die Zeit ebenso maßlose Forderungen, wie sie das Herz für seine Wandlung stellen muß.» (*Im Schatten junger Mädchenblüte*, Frankfurt/Zürich: Suhrkamp/Rascher 1957, S. 296)

Anmerkungen zu Fragmente

329   *Schilasky: Der Tod[d] hat mir schon am Abend vorher gesagt ...:* Glauser nannte die folgende Darstellung des Kampfes verschiedentlich «das Gesprächskapitel» (z. B. *Briefe 2*, 622). Die szenische Form hat er womöglich in Anlehnung an ein Theatererlebnis gewählt, das aus der Zeit unmittelbar nach seiner Rückkehr aus der Legion datiert. Dies scheint zumindest aus einem Brief vom 19. Februar 1936 hervorzugehen, in dem er Josef Halperin auf dessen Kritik am Schluß des Buches antwortet. «Ihre Vorschläge sind gut», bemerkt er, «am besten gefällt mir der vom Theater. Ich werd's mir noch überlegen. Der Pirandello ist mir deswegen in die Quere gekommen, weil es das erste Stück war, das ich nach der Rückkehr aus der Legion in Paris sah. Und genau, wie Sie es schildern. Wie wußten Sie das? Auf dem billigsten Platz im Théâtre des Champs Élysées mit Pitoëff und seiner Truppe.» (*Briefe 2*, 164) Worauf die

Pirandello-Anspielung im Detail abzielt, ist indes nicht klar, da Halperins Brief sich nicht erhalten hat. Möglicherweise hat Glauser auch eine Passage aus den letzten, verlorenen Seiten des ursprünglichen Manuskripts im Auge. Das ‹Gesprächskapitel› und den Schluß hat Glauser bei seiner Redaktion des Romans im Sommer 1937 durch eine neue Fassung ersetzt.

332 *Einer hat dann den Seppl an der Verse getroffen ...:* Ein Maultier dieses Namens machte Glauser auch zur Titelgestalt einer kleinen Tiergeschichte (vgl. *Erzählungen 3*, 175–179).

350 *«Pardon?» frug ⟨Mamadou⟩ Seignac höflich ...:* Der gestrichene Namen entspricht demjenigen eines schwarzen Legionärs in der Erzählung *Der Hellseherkorporal*, die in Géryville spielt (vgl. *Erzählungen 3*, 30 ff. bzw. S. 441 im vorliegenden Band: Streichung S. 264, Zeile 30).

350 *ein Père blanc ... eine rote Scheschia saß auf seinem Kopf ...:*
In dieser beiläufig eingeführten Figur aus dem Orden der Weißen Väter erkennt man unschwer das Vorbild für den zwielichtigen Pater Matthias im Roman *Die Fieberkurve*. Auch dieser trägt eine rote Scheschia, die er bisweilen auf einem Finger rotieren läßt, was z.B. eine junge Tanzlehrerin nervös macht (vgl. *Fieberkurve*, 56).

351 *Das ist nur, weil du die Sünde deiner Mutter büßen mußt, die es zugegeben hat, daß du nicht in ihrer Religion erzogen worden bist ...:* Daß die unterschiedliche Religionszugehörigkeit von Glausers Eltern zu Konflikten in der Familie führte, deutet auch der autobiographische Text *Damals in Wien* an: «Die Heirat meines Vaters wurde von seiner Familie abgelehnt und meine Mutter nicht ernst genommen, weil sie trotz der katholischen Religion, der sie angehörte, einen Calvinisten geheiratet hatte.» (*Erzählungen 4*, 165)

352 *Er trat in die Kirche. Am Portal stand eine Nonne und bettelte ...:* Die Szene, deren Ausgang sich leider nicht erhalten hat, wird auch in der Erzählung *Im Dunkel* in knapper Form aufgenommen: «Ich bin gelaufen, gelaufen ... die Gesichter waren alle fremd, und ich habe mich gefürchtet, denn es schien mir, als sei ich plötzlich unsichtbar geworden ... In einer Kirche waren viele Stühle in einer Ecke aufgestapelt, an der Tür bettelte eine Nonne. Mit ihrem gestärkten Häubchen und ihren weiten Röcken sah sie aus wie ein riesiger Vogel. Jeder, der einging, gab ihr Geld. Sie murmelte Gebete, und ihre Finger hafteten lange an jeder Perle des Rosenkranzes. Aber dennoch verpaßte sie keinen der Vorübergehenden, sie streckte ihre Arme aus, und ihre Hand hielt ein Zinntellerchen. Mich hat sie böse angesehen, weil ich ihr nichts gab. Ich hatte selber nichts. Dann war es heiß auf einer Bank am Fluß ...» (*Erzählungen 3*, 204f.)

Anmerkungen zu Kürzungen und Lektoratskorrekturen

354 *Im Gymnasium, ich bitt dich, drei Jahre schon vor dem Krieg bis zu zehn Selbstmorde in einem Jahr ...:* Die steigende Zahl von Schülerselbstmorden führte in den Jahren vor dem 1. Weltkrieg zu zahlreichen Diskussionen in der Öffentlichkeit und fand in der Literatur (z. B. Emil Strauß, *Freund Hein*, 1902 u. Hermann Hesse, *Unterm Rad*, 1906) sowie in der pädagogisch-psychologischen Forschung der Zeit ihren Niederschlag. Am bekanntesten ist heute noch der von Sigmund Freud eingeleitete Band *Über den Selbstmord, insbesondere den Schülerselbstmord. Diskussion der Wiener Psychoanalytischen Vereinigung* (Wiesbaden: Bergmann 1910).

360 *Die Lichtbündel, die dann durch die Nacht schnitten, waren unverständliche optische Signale ...:* In der Erzählung *Marschtag in der Legion*, die am 3. Dezember 1933 im *Kleinen Bund* erschien und sich über weite Strecken mit dem Text des Romans deckt, ist diese Passage noch nicht gestrichen (vgl. *Erzählungen 2*, 288 ff.).

370 *Als Knabe hatte er dieses Gefühl gehabt, manchmal, wenn er das Wörtchen ‹ich› öfters vor sich hingesprochen hatte. Die verschiedenen ‹Ich› bedeuteten ebensoviele Stufen ...:* Eine entsprechende Erinnerung findet sich auch in Glausers Kindheitserinnerungen *Damals in Wien* und wird dort ausführlich beschrieben: «Das Wort ‹ich›, das mir bekannt war in vier Sprachen, als: ‹je›, ‹I›, ‹io›, ‹ich›, füllte meinen Kopf aus – nein, dieser Vergleich war falsch. Es schien, als sähe ich vor mir eine Brücke, die aufwärts stieg, und sie bestand aus Sprossen. Jede Sprosse war ein anderes ‹Ich›, und müde Füße stiegen höher und höher, von einem ‹Ich› zum andern. Ganz oben, zwischen den Sternen, schimmerte winzig das letzte, das wahre ‹Ich›. Und je mühevoller meine Füße von einer Sprosse zur andern stiegen, desto weiter entfernte sich das Ziel. Das Ziel, welches ‹ich selber› war ... Ein Fehltritt, mir schwindelte. Die Leiter lehnte an einem waagrechten Balken, dessen Enden in der Dunkelheit verschwanden. Und sobald mein rechter Fuß die vierte Sprosse oberhalb des Balkens berührte, kippte die Leiter um, mit den Händen konnte ich mich halten, und nun ging es bergab. Die letzte, die winzig leuchtende Sprosse verschwand in einem dunklen Wasser, dessen Oberfläche sich kräuselte.» Diese Phantasie wird in *Damals in Wien* verknüpft mit der auch im Roman ursprünglich vorkommenden Erinnerung an die Mutter, die mit auffangbereiten Händen ihren kleinen Sohn ermuntert hatte, von einer Bank herab in ihre Arme zu springen: «Zwei schlanke Hände kamen mir entgegen. Flach schwebten sie in der Luft und lockten mich. Ich wollte sie ergreifen, sie halten, mich von ihnen führen lassen und von der Leiter abspringen. Tanzen in der Leere. Meine Lippen flüsterten: ‹Ich ... ich ... ich ...›» (*Erzählungen 4*, 175; vgl. S. 153 im vorliegenden Band)

373 «*Und sie sahen, daß sie nackt waren, und schämten sich*»...: vgl. die biblische Geschichte vom Sündenfall, erstes Buch Mose 3, 7.

374 «*Andächtig betet sie leise / Gelobt seist du Marie*»...: Glauser zitiert hier – mit leichten Abweichungen – aus dem dritten Teil von Heinrich Heines Gedicht *Die Wallfahrt nach Kevlaar*, das den Abschluß seines Gedichtbandes *Buch der Lieder* (1827) bildet.

374 ‹*Heine und die Folgen*›, *dachte er* ...: In seinem Pamphlet *Heine und die Folgen*, erschienen 1910, wettert Karl Kraus gegen den Feuilletonismus als jene «Franzosenkrankheit», die Heine in die deutsche Literatur – und besonders die wienerische – eingeschleppt habe. Die bemerkenswert chauvinistischen Ressentiments, die Kraus in diesem Text offenbart, zielen indes nicht nur auf die französische Kultur, sondern auch auf Frauen, die Demokratie, den Journalismus und manches sonst.

376 *die Mutter vor ihm. «Ich kann fliegen!» rief er* ...: Dieselbe Szene schildert Glauser auch ausführlich im ersten Teil der Erzählung *Im Dunkel*. «Hopp, kleiner Bub!» ruft hier die Mutter ihrem vierjährigen Sohn mehrmals zu und breitet die Hände nach ihm aus. «Da stoße ich mich ab von der Bank», schreibt Glauser weiter. «Es ist ein großer Sprung, den ich wage, aber die Arme fangen mich auf. Es ist weich, wenn man gehalten wird. Der rote Morgenrock riecht so frisch nach Kölnisch Wasser. Ich greife mit der Hand in die braunen Haare, halte mich fest und rufe: ‹Ich kann fliegen, Mama, ich kann fliegen ...› ‹Natürlich kann der Bub fliegen ...› sagt die Stimme.» (*Erzählungen 3*, 227f.)

376 «*May*», *murmelte er leise*, «*May, die Tänzerin.*»...: An wen Glausers Alter ego sich hier erinnert, läßt sich leicht ermitteln, wenn man zwei andere Texte nebeneinanderhält: «Abendlicht fließt durch eine offene Tür in einen Raum, der mit braunem Holz getäfert ist», wird die Szene in der Erzählung *Im Dunkel* situiert; «in einer Ecke steht ein alter Flügel. Ein kleines Fräulein mit einer Hornbrille spielt. Und May tanzt.» (*Erzählungen 3*, 228) Zum Vergleich dazu die entsprechende Passage aus dem autobiographischen Text *Ascona. Jahrmarkt des Geistes*: «Abendlicht fließt durch die offene Tür in den holzgetäfelten Raum. In der Ecke steht ein alter Flügel. Mary Wigman tanzt.» (*Erzählungen 2*, 87) Ob sich Glauser und Mary Wigman erst im Sommer 1919 in Ascona oder schon früher kennengelernt haben, ist unklar. Auf Grund zweier Tagebucheintragungen Hugo Balls steht zumindest fest, was Glauser in seinem autobiographischen Text nur vermutet: Daß die damals schon berühmte Tänzerin im Publikum gesessen hat, als Glauser im März/April 1917 bei der ersten und dritten Soirée der Galerie Dada auftrat (vgl. *Erzählungen 2*, 86 bzw. Hugo Ball, *Die Flucht aus der Zeit*. Zürich: Limmat 1992, S. 149 u. 158). So besitzt es auch eine gewisse Wahrscheinlichkeit, was in *Im Dunkel* weiter über die Asconeser Begegnung mit May alias Mary Wigman zu lesen ist: Daß die um zehn Jahre ältere Tänzerin auf den jungen Glauser zugetreten sei und eine Unterhaltung mit ihm begonnen habe, welche dann auf einem Abendspaziergang eine romantisch angehauchte Fortsetzung fand (vgl. *Erzählungen 3*, 228 f.). Welch nachhaltigen Eindruck Mary Wigman bei Glauser hinterließ, belegt auch ein Brief, den er am 10. Juli 1926 aus Liestal an Max Müller schrieb; er entwirft darin ein Bild seines neuen Logis und schreibt: «Ich habe ein sehr nettes Zimmer gefunden ... so groß, daß Mary Wigman darin Solotänze aufführen könnte (sie tut es auch, jedoch nur in stillen Nächten, wenn kein Mond scheint).» (*Briefe 1*, 112 f.)

379 *und habe an May ... geschrieben, ich zöge nun aus wie Rimbaud ...*: Daß Glauser selbst seinen Gang in die Fremdenlegion als eine Art Rimbaud-Nachfolge verstand, besitzt eine gewisse Wahrscheinlichkeit, hat er sich doch schon in Ascona und Baden gerne als eine

Art zweiter Rimbaud stilisiert. Und selbst nach seiner Rückkehr aus der Legion konnte er im Basler Kreis um Katja Wulff noch von jenem ‹verblaßten Rimbaudschimmer› zehren, wie er in einem autobiographischen Fragment von 1938 (irrtümlich eingereiht in *Erzählungen 2*, 356f.) durchblicken läßt. Das Wort vom ‹Rimbaudschimmer› taucht auch in einer weiteren gestrichenen Passage des Romans auf (siehe S. 383). Selbst die Tatsache, daß Glauser 1924 von Paris nach Charleroi ging, kann man als Teil einer Rimbaud-Nachfolge verstehen – war doch auch Rimbaud 1870 von Paris nach Charleroi geflohen. Was im übrigen die Beziehung zu Mary Wigman betrifft, so war in ihrem Nachlaß kein Brief Glausers zu finden, obwohl es – gemäß einer Notiz Walter Schillers vom 18.4.1921 – eine Korrespondenz zwischen beiden gegeben haben muß (Akten der Amtsvormundschaft, Zürich, Nr. 491; Stadtarchiv Zürich).

381 *Sie erzählte ihm Märchen und trug einen violetten Schlafrock ...:* Der violette bzw. rote Morgenrock der Mutter kehrt in verschiedenen Texten signalhaft wieder und scheint schon Max Müller, der 1927 mit Glauser eine Psychoanalyse durchführte, zu einer Deutung herausgefordert zu haben. In bezug auf diese Therapiesitzungen heißt es in *Damals in Wien*: «Ich erinnere mich, daß oft und oft, während ich auf dem Ruhebett lag, die gefalteten Hände unter dem Hinterkopf, meine Mutter erschien: Sie erschien in ihrem roten Schlafrock und erzählte mir Märchen, sie erschien in einem weißen Pierrotkostüm, das sie einmal für einen Ball angezogen hatte. (...) Und der Mann, der mir helfen wollte, versuchte eine Deutung; er sagte: ‹Noch nie habe ich eine so scharfe Trennung der beiden Muttersymbole erlebt wie bei Ihnen. Die Mutter in Rot, das ist das Symbol für die Böse, die Frau in Weiß das Bild für die Gute. Wie Sie es formuliert haben, klingt es noch genauer: die Rote ist in der Hölle, die Weiße im Himmel. Verstehen Sie?› Ich nickte, denn etwas anderes hätte ich wohl nicht tun können. Aber glauben?» (*Erzählungen 4*, 153; vgl. im übrigen auch *Im Dunkel, Erzählungen 3*, 227)

383 *daß es damals nur zwei Möglichkeiten gab: Korrektionshaus oder Flucht ...:* Vor diese Alternative sah sich Glauser im April 1921 tatsächlich gestellt, als entdeckt wurde, daß er verschiedentlich Rezepte gefälscht und Schulden auf den Namen seines Gastgebers, des Badener Stadtschreibers Hans Raschle, gemacht hatte. Da Glauser seit seiner Flucht aus der Berner ‹Irrenstation› Steigerhubel polizeilich ausgeschrieben war und seine spätere Entlassung aus der Zürcher Psychiatrischen Klinik Burghölzli nur auf eine Art Bewährung erfolgt war, mußte er mit einer Inhaftierung oder Internierung rechnen – dies um so mehr, als sich Raschle auch noch als gehörnter Ehemann vorkam und folglich wild entschlossen war, seinen amtlichen Einfluß zur unnachsichtigen Verfolgung des ehemaligen Schützlings zu nutzen.

400 ‹Soll und Haben›. *Nein, jetzt werde nicht in die Literatur abgeschwenkt mit Gustav Freytags Roman …:* Als eines der erfolgreichsten Bücher des 19. Jahrhunderts erzählt Freytags 1855 erschienener Roman die Geschichte eines jungen Kaufmanns, der zunächst durch zu hochfliegende Gedanken und Sehnsüchte vom rechten Weg abkommt, dann aber in die Bahnen bürgerlicher Pflichterfüllung zurückgelenkt wird. Das Werk entwirft ein Panorama der sozialen Schichten und Entwicklungen seiner Zeit und nimmt bewußt Partei für das patriarchalisch-konservativ ausgerichtete Bürgertum.

Danksagung

Bei dieser neuen *Gourrama*-Ausgabe habe ich von verschiedener Seite Rat und Hilfe erfahren, wofür ich mich herzlich bedanken möchte. Im besonderen Maß gilt dies für Mario Haldemann, mit dem ich die Konzeption der Ausgabe mehrfach diskutieren durfte, der einen Teil des Manuskripts zu transkribieren half und der freimütig gestattete, die Ergebnisse seiner Dissertation (*Die Mutter und die Wüste*, Bern 1991) für den Anhang zu nutzen. Zu danken habe ich im weiteren den Mitarbeitern des Schweizerischen Literaturarchivs, namentlich den Herren Feitknecht, Gaspard, Michaud und Sarbach, die mir in freundlichster Weise Zugang zu Manuskripten und Materialien gewährten. Herr Direktor Jauslin von der Schweizerischen Landesbibliothek, Bern, war mir bei der Beschaffung einer Kopie von Glausers Legionsakten behilflich, wobei ich den ersten Hinweis auf die Existenz des Materials Frau Sara Magnoli, Mailand, verdanke. Die ‹Stecknadel im Heuhaufen›, d.h. die von Glauser zitierte Proust-Stelle fand schließlich Herr Claude Haenggli, Bern. Ihm wie allen Vorgenannten nochmals herzlichen Dank.

Friedrich Glauser über sich

»Daten wollen Sie? Also: 1896 geboren in Wien von österreichischer Mutter und Schweizer Vater. Großvater väterlicherseits Goldgräber in Kalifornien (sans blague), mütterlicherseits Hofrat (schöne Mischung, wie?). Volksschule, 3 Klassen Gymnasium in Wien. Dann 3 Jahre Landerziehungsheim Glarisegg. Dann 3 Jahre Collège de Genève. Dort kurz vor der Matur hinausgeschmissen ... Kantonale Matur in Zürich. Dann Dadaismus. Vater wollte mich internieren lassen und unter Vormundschaft stellen. Flucht nach Genf ... 1 Jahr (1919) in Münsingen interniert. Flucht von dort. 1 Jahr Ascona. Verhaftung wegen Mo. Rücktransport. 3 Monate Burghölzli (Gegenexpertise, weil Genf mich für schizophren erklärt hatte). 1921–23 Fremdenlegion. Dann Paris Plongeur. Belgien Kohlengruben. Später in Charleroi Krankenwärter. Wieder Mo. Internierung in Belgien. Rücktransport in die Schweiz. 1 Jahr administrativ Witzwil. Nachher 1 Jahr Handlanger in einer Baumschule. Analyse (1 Jahr) ... Als Gärtner nach Basel, dann nach Winterthur. In dieser Zeit den Legionsroman geschrieben (1928/29), 30/31 Jahreskurs Gartenbaumschule Oeschberg. Juli 31 Nachanalyse. Jänner 32 bis Juli 32 Paris als ›freier Schriftsteller‹ (wie man so schön sagt). Zum Besuch meines Vaters nach Mannheim. Dort wegen falschen Rezepten arretiert. Rücktransport in die Schweiz. Von Juli 32 – Mai 36 interniert. Et puis voilà. Ce n'est pas très beau ...«

Friedrich Glauser an Josef Halperin, 15.6.1937

Friedrich Glauser
Das erzählerische Werk
im Limmat Verlag

Mattos Puppentheater Band I: 1915–1929
Der alte Zauberer Band II: 1930–1933
König Zucker Band III: 1934–1936
Gesprungenes Glas Band IV: 1937–1938

Herausgegeben von Bernhard Echte und Manfred Papst

»Bernhard Echte und Manfred Papst haben nicht nur die verstreuten und verlorenen Geschichten von Glauser gesucht und gefunden. Sie haben mit ihren erzählenden Kommentaren einen Schriftsteller, den wir alle schon zu kennen glaubten, neu entdeckt.« *Die Zeit*

»Hier wird ein ebenso gebildeter wie scharfsinniger Schriftsteller sichtbar, der seine Texte in Frage stellte, immer wieder überarbeitete, weiterentwickelte und variierte, dem vor allem das Handwerk des Schreibens ein vorrangiges Anliegen war und der schon während seiner Gymnasialzeit nichts anderes als Schriftsteller sein wollte.« *Der Spiegel*

»Der Schreibzwang dieses sprachmächtigen Erzählers war seine Lebenskraft: Sie riß ihn hoch aus seinem seelischen Elend in die Literatur.« *Frankfurter Allgemeine Zeitung*

Friedrich Glauser im Unionsverlag

Friedrich Glauser *Schlumpf Erwin Mord (Wachtmeister Studer)*
Der Mord im Gerzensteiner Wald scheint ein Routinefall zu sein: Der Verdächtige Erwin Schlumpf sitzt bereits in Untersuchungshaft auf dem Schloß Thun. Sein Selbstmordversuch wird von Studer, Fahnder der Berner Kantonspolizei, im letzten Moment vereitelt. Aber Studer ist der einzige, der von Schlumpfs Unschuld überzeugt ist.

Friedrich Glauser *Matto regiert*
Eine Irrenanstalt im Kanton Bern: Der Direktor ist verschwunden, der Patient Pieterlen, ein Kindsmörder, ausgebrochen. Wachtmeister Studer leuchtet hinter die Kulissen psychiatrischer Theorien und Therapien. Er tritt auch eine Reise in seelische Grenzregionen an. Matto, der Geist des Wahnsinns, regiert und spinnt seine silbernen Fäden ...

Friedrich Glauser *Die Fieberkurve*
Wie gelangt ein schlichter Fahnder der Berner Kantonspolizei in einen marokkanischen Posten der Fremdenlegion? Glauser schickt seinen Wachtmeister Studer in die Wüste. Dort erlebt er ein Wechselbad verschiedenster Gefühle. Studer träumt auch am hellichten Tag und vergißt mitunter, daß er einen Fall lösen muß. Er gewinnt den Eindruck, daß man ihm übel mitspielt – ein grausames Spiel, dessen Regeln ihm fremd sind.

Friedrich Glauser *Der Chinese*
Pfründisberg, das ist eine Armenanstalt, eine Gärtnerei, eine Dorfwirtschaft. Und zwei Tote. Denn die Taschentücher der Anna Hungerlott, die an Darmgrippe gestorben sein soll, weisen Arsenspuren auf. Und der Chinese liegt mit einem Schuß mitten durchs Herz im Novembernebel. Wachtmeister Studer beobachtet. Daß die Armenhäusler dünne Kohlsuppe löffeln, während der Armenvater erlesenen Wein trinkt, hat nichts mit den Morden zu tun. Oder doch?

Friedrich Glauser *Die Speiche*
Wachtmeister Studer verheiratet seine Tochter in die Ostschweiz. Da geschieht ein Mord, der den Fahnder in die fremden Verhältnisse eines Appenzeller Dorfes hineinzieht. Plötzlich nimmt die provinziell scheinende Angelegenheit internationale Züge an.

Bestellen Sie unseren kostenlosen Verlagsprospekt:
Unionsverlag, Rieterstrasse 18, CH-8059 Zürich

Kriminalromane im Unionsverlag

Driss Chraïbi *Inspektor Ali im Trinity College*
Der geniale Detektiv aus Casablanca, der aussieht wie ein marokkanischer Bauer und kombiniert wie Sherlock Holmes, wird nach Cambridge geschickt, um einen delikaten Fall zu lösen.

Giuseppe Fava *Ehrenwerte Leute*
Ein sizilianischer Kriminalroman ohne Täter, ohne beruhigende Aufklärung der Morde, ohne sichtbare Motive. Ein Schlüssel zum absurden Gesetz des Schweigens.

Chester Himes *Lauf Mann, lauf!*
Der Schwarze rennt durch das Keller-Labyrinth, hinter sich die Schritte des Verfolgers. Er weiß nur eines: Lauf Mann, lauf ... Dann bricht er bewußtlos zusammen.

Chester Himes *Der Traum vom großen Geld*
Die blutige Jagd nach dem großen Geld hat begonnen. Die beiden Detektive Coffin Ed Johnson und Digger Jones haben viel zu tun, um Harlem aus diesem bösen Traum zu reißen.

Chester Himes *Fenstersturz in Harlem*
Während einer Trauerfeier stürzt ein Mann aus dem Fenster. Er bleibt unverletzt: Er ist in einen Brotkorb gefallen ... Doch wenige Minuten später liegt ein anderer Mann im Korb. Mit einem Messer in der Brust.

David Goodis *Schießen Sie auf den Pianisten*
Eddie, einst ein bejubelter Pianist, verdient sein Geld in einer schäbigen Spelunke. Plötzlich taucht sein Bruder auf, der ihn wieder um Hilfe anfleht. Eddie bleibt hart, kommt aber nicht ungeschoren davon.

Nagib Machfus *Der Dieb und die Hunde*
Ein dichtes Psychogramm eines Verbrechers und eine Abrechnung mit einer selbstzufriedenen Gesellschaft, die Unrecht begünstigt, sich aber ausnimmt, über ihre Opfer zu richten.

Die Braut im Brunnen *Chinesische Kriminalgeschichten*
Harmlos beginnt es – mit Intrigen, Entführungen, Mord und Totschlag enden die Kriminalgeschichten im alten China.

Bestellen Sie unseren kostenlosen Verlagsprospekt:
Unionsverlag, Rieterstrasse 18, CH-8059 Zürich